话说中华五千年

# 民国春秋演义

许啸天 著

中国文史出版社

图书在版编目（CIP）数据

民国春秋演义 / 许啸天著 . -- 北京 : 中国文史出版社 , 2018.6
（话说中华五千年）
ISBN 978-7-5205-0293-1

Ⅰ . ①民… Ⅱ . ①许… Ⅲ . ①章回小说—中国—现代
Ⅳ . ① I246.4

中国版本图书馆 CIP 数据核字（2018）第 113445 号

责任编辑：秦千里

出版发行：中国文史出版社
社　　址：北京市海淀区西八里庄 69 号院　邮编：100142
电　　话：010-81136606　81136602　81136603（发行部）
传　　真：010-81136655
印　　装：廊坊市海涛印刷有限公司
经　　销：全国新华书店
开　　本：16 开
印　　张：24.5
字　　数：550 千字
版　　次：2019 年 5 月北京第 1 版
印　　次：2019 年 5 月第 1 次印刷
定　　价：85.00 元

# 出版说明

《民国春秋演义》,共一百回,民国许啸天著。1929年由上海国民图书公司首版,为同类演义的开创性作品。

全书以孙中山的生平为主线展开,对戊戌变法、辛亥革命和北伐战争等重要历史事件做了全景式描述,清末明初的主要历史人物如康有为、梁启超、袁世凯、黄兴、黎元洪、蔡锷、王士珍、段祺瑞、冯国璋、吴佩孚、张作霖、蒋介石等皆粉墨登场。作者早年曾追随秋瑾参加革命,作为历史的亲历者,其所见所闻使全书更加鲜活和感性。诸多奇闻趣事逸闻秘史穿插其间,许多小人物(赛金花、小凤仙等)的故事也颇精彩,让本书增添了阅读趣味。本书脉络清晰,生动形象,具有历史厚重感和文学艺术性的双重魅力。

作者心忧天下,在细说历史的同时,对民国时期政治的腐败黑暗、军阀和政客的无耻进行了无情鞭挞。

许啸天(1886—1946),名家恩,字泽斋,号啸天,浙江上虞人。近现代著名作家。早年曾与秋瑾共事,投身革命。秋瑾被捕后,许啸天逃亡上海,从事新戏剧,曾特别推出《秋瑾》一剧演出。1914年与夫人高剑华创办《眉语》月刊,转为宫闱、武侠、社会之类小说创作,成为鸳鸯蝴蝶派重要作家,著有《清宫十三朝演义》《明宫十六朝演义》《唐宫二十朝演义》和《民国春秋演义》等作品。周瘦鹃称其"有大仲马氏之志",其作品"不亚于《水浒》、《三国》诸巨作"。抗日战争爆发后,许啸天流亡于南方各省。1946年重返上海,在诚明文学院任教,仍事写作。后因车祸去世。

黄興
孫文
黎元洪

周道如女士
馮國璋

徐世昌
袁世凱
袁克定

熊希齡
趙秉鈞
陸徵祥
唐紹儀

蔡元培
宋教仁
汪兆銘

鄭汝成
李純
段祺瑞
張勛

尹昌衡
程德全
徐紹楨
林述慶

應桂馨
白狼
洪述祖

陳其美
陳炯明
柏文蔚
李烈鈞

佛妻和肖兒
庫倫活佛
西藏達賴喇嘛

閔氏
于夫人

袁克文
袁克端

安女士
周氏
洪氏
周媽

段芝貴
阮忠樞
袁乃寬
楊度

周自齊
梁士詒

朱啟鈐
楊士琦

筱鳳仙
蔡夫人
蔡鍔

梁啟超
陸榮廷
岑春萱
唐繼堯

陳樹藩
張懷芝
倪嗣冲
閻錫山

靳雲鵬
龔心湛
錢能訓
江朝宗
伍廷芳

劉冠雄
薩鎮冰
程璧光
林葆懌

孟恩遠
張作霖
鮑貴卿

陸宗輿
曹汝霖
章宗祥
章陳氏

王揖唐
徐樹錚
傅良佐
盧永祥

陳光遠 王占元 吳佩孚 馮玉祥

日本委員長齋籐 德使辛慈 俄使庫達攝福

譚浩明 熊克武 温宗堯

李家四妾 李夫人王氏 齊燮元

# 序

从前专制时代，一切是非，都被帝王的威权所压迫，不能明白宣布出来，——历史，便变做了帝王的专有品。自从孔老先生删《诗书》，订《春秋》，方把帝王所专有的历史，散布民间，因此民间才有了是非。但是后来一代不如一代，史馆的主笔先生总是要把笔弯过来，少不得替有权力的人做护身。所以到底董狐的直笔少，魏收的秽史多。

现在，帝王是没有的了，历史似乎是属于民众的了。可是民众自身依旧不能直接享受历史的价值。一样历史是由许多装饰而成，不是坦白的本来面目。越发闹得是非忒多，黑白不清，好比议会贿选的选举，便是当选了，仍然是不应该当选的人，谁也弄不清楚。

经过许多政局的变相，却似五色玻璃映在太阳光下，反射出无数杂色的光线来，再也看不清楚哪一种是真正的颜色。况且民众在这个时候，多半是近视眼，又哪里说得上民国春秋呢！

谈何容易？要把民国的历史，按到春秋上去。这一件工作，差不多的人都不敢下手。要下手做这一件工作的，至少要备有几种条件：第一，头脑清楚，曾在政治上走过来的；第二，不受任何党派的传染，纯然是属于国民的；第三，目光尖锐，能够剔除一切反射光线，看得本来光线的色彩的。

许啸天先生便是具备这几种条件——不但这几种，而且自有一副天才，运用他深刻的笔墨，描写那自在的事实，打成一片民国演义。自然，出版人与阅者都信得过这书的价值与声誉。

泗水渔隐叙于上海 十八、十二、十二

# 自 序

“下层工作!”这不是一句最时髦的口号吗？唉！俺们中国人在中国地方，早已该做下层工作的了！所谓下层工作，便是到民间去找工作，不要专爬在什么机关衙门里摆架子。中国现在的情形，正好似一片腐烂荒田，满目荒烟蔓草，荆棘稊稗，倘然真能整理田土的，他希望这田地有收成，他必先要将那荆棘稊稗一齐拔去，——连根拔去——然后把泥土垦熟，然后把谷种撒下，然后辛苦耕耘，然后能得到秋后的收获。如今这农人，既不斩除荆棘，又不开垦泥土，更不将谷种撒下，尤其是不肯辛苦耕耘；只是天天在荒田旁祷告着：“快长出稻子来！快长出五谷来！上帝保佑，给我丰富的收获。”待到秋风一起，邻家田地上都收得了满仓满笼的五谷，只有这家田上，依旧长着满眼的芦苇，遍地的荆棘。这农人失望了，哭了，咒诅了。咒诅这荆棘芦苇，以及貌似稻谷的稊稗，咒诅这田土；咒诅这上天。啊哟！蠢懒的农夫呀！你忘了么？你忘了你田地里下的什么种子么？从来说的：“种瓜得瓜，种豆得豆。”如今你种的芦苇稊稗，却要希望他长出丰美的五谷来；这不是你蠢，便是你懒，不是你妄，便是你贪！虽然你也曾在你这荒田上做过一番革命的工作；但这仅仅是表面的工作，仅仅是割去了土面上的荆棘枝儿、稊稗穗儿。你何曾拔去它的根？何曾垦过它的地？何曾撒过五谷的种子？何曾做过耕耘的苦工？你咒诅天，天不担这个责任；你咒诅地，地也不担这个责任，咒诅荆棘芦苇，以及貌似五谷的稊稗，荆棘芦苇稊稗如何肯担这个责任？你咒诅五谷，五谷更如何肯担这个责任？你无可咒诅，只须咒诅你自己。咒诅你自己不彻底，不尽力！斩草不除根，春风吹又生！

如今中国革命的工作，尽做那表面的，尽做那割土面上荆棘枝儿稊稗穗儿的工作。以致一阵春风，一批茅草；打倒了一班军阀，又来了一批军阀。中国社会一天腐败一天，那军阀政客土豪劣绅投机分子一天多似一天。你说革命，他居然也是革命；你说立宪，他居然也是立宪；你说三民主义，他居然也是三民主义；你说共产主义，他居然也是共产主义，道高一尺，魔高一丈，使你永远革不成功命。任你有如何尽善尽美的主义，他总能够使你主义不能实现。因此，我怀疑了，我忏悔了！怀疑我们从前的种族革命，怀疑我们现在的政治革命。我曾经说过一番话：

> 我十八岁的时候，受种族主义的逼迫，拿我所有的光阴、精神、才力、幸福，……都贡献在“政治运动”四个字下面。当时我们的同伴，如：秋瑾、徐锡麟、陶焕卿、陈英士、陈墨峰等等；他们所供献的光阴、精神、才力、幸福、生命，……数量千万倍于我所牺牲的。我们那时一种拔剑砍地，不共戴天的气概，真是如醉如狂。直到我二十六岁，民国成立了，朋友死的死了，散的散了，所谓种族主义，也失去了他的驱迫力，我们奔走呼号的事业，也就此罢手了。

但是，我如今回心一想，觉得以前的举动，有些走错路径，有些盲从。虽不是全盲，至少也有些半盲。这个半盲，在什么地方？只因为我们那时所见到的政治运动，却只睁开了一只眼，注定在民族二字身上；那一只眼，却是盲了。倘然我们那时两只眼都能看，应该先看见民族主义的前面，还有一个人道主义站着；政治运动的前面，还有一个社会运动站着。我们原该不问民族怎么样，政治怎么样，我们先要求人道的光明，社会的改革；倘然统治我们的，不讲人道，异种固然要排斥，同种尤其要排斥。我们做政治运动的前一步，应该先要看一看社会怎么样？政治运动，固然要紧；社会运动，尤其是要紧。没有好社会，便是有了好政治，也没有他站脚的地方。再进一步说，没有好社会，也万不能产生好政治。——因为操政治权的人，都是从社会里产生出来的；有了好社会，那政治处于人民监督之下，强迫他，攻击他，也不容他不好。

可惜！我们那时都走上岔道儿！我们第一步，原不曾走错；"为人民求幸福而革命"，这个是大前提。可惜我们那时的眼光，只把人民幸福看在"种族""帝制"两重眼罩上；在当时以为无论如何，赶跑了异种，打倒了帝制，我们中国便可以立刻上天堂。谁知国家大事，决没有这样简单。揭去了两重小黑幕，便露出一层大黑幕来。这一重大黑幕是什么？是社会的堕落。本来，异种的暴虐，政体的专横，都是从社会堕落的根蒂上产生的。你若不求社会根本的解决，虽暂时推翻了帝制和异种，暂时揭去了两重小黑幕；一转眼，那帝制又复活了，异种又侵入了。便是在这有名无实极短的号称为革命成功的时间里，那变相的帝制，变相的异种，和鬼影一般，憧憧出现，触目皆是！人民何尝得到片刻的真幸福？我恨我们那时只因错认从排斥异族而求人道光明，不是因为求人道光明而先排斥那暴虐的异族。除去暴虐政府，是求人道光明路上的一个过程；我们应该继续向求人道光明的路上走去。只因他暴虐，只因他阻挠了人道光明之路；我们排斥他的时候，眼前只有"人道"二字。倘然有人违背人道，我们不问他是谁，我们一律打倒他。民族主义固然要紧，民权主义尤其是要紧。倘然不从这一点上着想，专讲民族主义，难道说因为这个皇帝是我们的同种，任他如何暴虐，我们总不革命了么？总不要收回民权了么？那么，那法国、美国都是同种人，为什么又要革命，又要收回民权呢？

这样看来，我们倘然因为种族主义而革命，这是全不对的。——孙中山先生，民国八年，草《建国大纲建国方略》，创"行易知难"之说；民国十三年，改组国民党，成《三民主义》一书，便是为种族主义而革命的进一步的觉悟。《过去三十五年中之中国国民党》一书上说："章炳麟，自辛亥革命成功后，即退出同盟会，与张謇所领导之预备立宪公会，另组统一党；一面依附袁世凯，一面反对孙总理。因章氏只知排满，罔识其他；其所以加入同盟会者，亦以共同为推翻满清故。章氏只奉行一民主义，亦即本党主义之第一次分裂也。厥后，黄兴亦离总理而另组欧事研究会，以实行其不完全之二民主义，置民生于不顾。世间所传阻碍本党发展之政学会，即该会之后身。此为本党主义之第二次分裂也。”这便是还不曾见到最进步的一层革命,也可说最下的一层工作。——因为异种暴虐而革命,这是有一半对,也有一半不对;因为他只认排斥异族是一个历程,却不知道因为他暴虐而排斥他,是求人道光明的一个过程。我们革命的途径,是在求人道光明;人道一天不光明,革命的历程一天没有完。而驱除暴虐的政府,不过是许多过程里的一个过程;还有许多过程,是要向社会运动的途径里去找。所谓种族主义,实在算不了什么一回事!但已断送了无数的好头颅了!

断送了无数好头颅,才创造出一个民国来,——一个貌似的民国!而所谓民国春秋演义者,竟满纸蹲踞着青脸獠牙吃人民骨肉的军阀,又无处不潜伏着狐媚鬼蜮吸人民膏血的政客!民国挨命似的挨了十八年,无年不鬼打架,无年不被鬼迷。自武昌起义以后,什么二次革命,云南起义;以后便是复辟之战,直皖之战,直奉之战,江浙之战,南北之战。在广东,又有护法之役,东江之役,惠州之役;直至今日的国民革命北伐成功。其间虽颇多有维护人道的战争,但“人何寥落鬼何多”!至今政府还得不到人民的助力;而一方面鬼影憧憧,还自渐滋暗长的向这一点仅有的生机阴谋着,包围着。投机分子,腐化分子,如暗潮一般的袭来,如春笋一般的复生!可怕的军阀,可恶的政客,他一天不绝种,民权便一天没有实现的希望,民生更一天没有来苏的希望!我再说一个譬喻:

他的妈给他一个饼,正要往嘴里送时,来了一个魔鬼,夹手抢去便吃。他哇的哭了,又来了一个魔鬼,哄他说:他去打倒魔鬼,夺回饼来。待到第二个魔鬼赶跑了第一个魔鬼,他依旧得不到饼;第二个魔鬼,又吃了他的饼。第三个魔鬼又吃他的饼,第四个,……魔鬼很多,这个去了,那个又来。他们来的时候,总说去替他夺回饼来;但是这个饼老没有到他自己嘴里的时候;魔鬼愈多了,饼被他们愈吃愈小了!他饿了!他哭了!他一辈子也得不到他妈给他的这个饼了!

啊!这个魔鬼,什么时候可以死尽灭绝呢?我们的饼呢?我们的妈呢?魔鬼打架,打了十八年,才来了一个妈,把魔鬼赶跑。他真是我们的妈!魔鬼真的被他赶走了!但我们要知道,魔鬼仅仅是避去罢了,避去的魔鬼,是还可以来的;不死尽不灭绝的魔鬼,是可以子子孙孙生出来的。我们的妈虽来了,我们大家不帮助她,任她一个人去和大群的魔鬼交战,我们的妈还是要被魔鬼打倒的。要养成我们帮助母亲的力量,是要做下层工作;要魔鬼的种子死尽灭绝,永不再生,尤其是要切实的去做下层工作。做下层工作,垦熟了这爿腐烂荒田,淘清了这恶浊的社会,使魔鬼无处逃影,无处存身,才有吃到我们的讲底一天。

这便是我写完了《民国春秋演义》以后的一点感想。

十八,十一,十三;在上海讲学社

# 目 录

001 序
002 自　序
001 第　一　回　蓝衣儿就读北帝庙　金港盗突临翠亨村
005 第　二　回　行白契老父困苛税　劈甘蔗奇童展长才
009 第　三　回　游子不返伤心嫠妇　弱弟偕游属目巨梁
013 第　四　回　奋铁拳海外却奇辱　折佛手村中逢众怒
017 第　五　回　孙中山初遇郑士良　广州城密行三合会
021 第　六　回　红花亭参预秘密会　砥德立厚爱高材生
025 第　七　回　风云际会志士兴中　雷霆爆发党魁漏网
029 第　八　回　走伦敦孙文被难　遇柯尔孟生仗义
033 第　九　回　翁同和识拔维新党　孙家鼐输诚西太后
037 第　十　回　袁世凯小站练雄兵　康有为深宫伸大义
041 第十一回　六君子断头西市　二首领识面南洋
045 第十二回　菲岛风云孙中山仗义　长江奔走哥老会合群
049 第十三回　西太后深宫读日报　端郡王畿辅纵拳兵
053 第十四回　瓦德西甲帐狎徐娘　唐才常长江断首级
057 第十五回　千钧一发误在中六　直入长飞威震惠州
061 第十六回　史坚如身殉总督署　秋竞雄志合同盟会
065 第十七回　风云际会黄兴来日本　肝胆期许吴樾走天津
069 第十八回　通新军赵声仗义　打先锋林文陷阵
073 第十九回　四川路组织光复会　安徽省运动学生军
077 第二十回　遭奇祸恩抚台洞腹　受极刑徐烈士挖心
081 第二十一回　锦阁情深贵福认义妹　轩亭冤重秋瑾成烈女
085 第二十二回　吴芝瑛仗义葬遗骸　袁世凯习射伤少女
089 第二十三回　浪荡儿初涉花柳场　纨绔子惯欺脂粉儿
093 第二十四回　落魄京华他乡遇故　销魂沪地穷途卖壶
097 第二十五回　宫灯掩映闵妃赠弱妹　炮火连绵袁军占韩宫
101 第二十六回　唐绍仪代人受困　阮忠枢助友仗义
105 第二十七回　一雕双箭自相妒杀　芝草杨花计取功名
109 第二十八回　病相思美人归黄土　杀奸雄志士入西牢
112 第二十九回　惨诀别光绪帝逝世　失权位袁世凯回家
116 第三十回　数行日记不忘权势　八次革命逼走元勋

120 第三十一回　汪精卫开设照相馆　胡汉民化装外国人
123 第三十二回　黄花岗烈士殉党　打金街川民护路
126 第三十三回　搜党册逼成兵变　起老臣谋定国事
130 第三十四回　隆裕后挥泪托国　黎元洪顺时救民
134 第三十五回　陈英士光复沪浦　朱介人助战南京
138 第三十六回　冯国璋胜占汉阳镇　刘之洁猛攻南京城
141 第三十七回　歌声起处茗盏横飞　美色投来香车叠拥
145 第三十八回　吴禄贞车站遭暗杀　隆裕后宫庭议遗书
149 第三十九回　彭家珍计炸良弼　蔡元培受惊北京
153 第 四 十 回　都北京养成恶势力　结四国攫取外债权
157 第四十一回　借刀杀人张方送命　慈猫哭鼠故友吊丧
161 第四十二回　王金发撤销督府　许啸天受惊越城
165 第四十三回　朱夫人求医产子　宁女士骗钱杀人
168 第四十四回　莺嗔燕咤都督府　酒绿灯红总统家
171 第四十五回　寂寞宫闱隆裕后逝世　大好家园宋夫人别子
175 第四十六回　北车站宋教仁被刺　迎春坊应桂馨遭擒
178 第四十七回　漏消息隔墙有耳　施鬼蜮举国伤神
181 第四十八回　儿女英雄松下接吻　劣父弱女火里逃身
185 第四十九回　美人胯下留炸弹　将军门前弄干戈
189 第 五 十 回　孙中山劝袁退位　陈英士抗北兴师
193 第五十一回　郑汝成防守制造局　钮永建鼓励学生军
197 第五十二回　让吴淞民军出走　攻南京辫兵横行
201 第五十三回　选总统议员受窘　修约法政府越权
205 第五十四回　黎元洪发难散国会　袁世凯用计撤副座
209 第五十五回　冯国璋得妇感主座　曹汝霖卖国亲东邻
213 第五十六回　除国贼上海罢市　试骏马日置伤胫
217 第五十七回　廿一条签约　六君子筹安
221 第五十八回　月明夜静美人伴公子　利令智昏总统变帝王
225 第五十九回　贺振雄上书抗帝制　杨士琦献计辱民权
229 第 六 十 回　梁士诒罗掘金钱　杨皙子笼络名士
232 第六十一回　谈国体梁启超发谠论　拒封号黎元洪持正义
235 第六十二回　灯昏月上将军遇刺　纸醉金迷都督被围
238 第六十三回　西子湖边金发送命　镇南关外任公逃生
241 第六十四回　弹药横飞郑汝成遭惨击　金壶远掷袁世凯受虚惊
244 第六十五回　群雌粥粥戏呼万岁　新臣济济试锡五封
247 第六十六回　张敬尧军败泸地　蔡松坡威震綦江
250 第六十七回　逼退位总统抚遗物　不吃饭巡按传笑柄

254 第六十八回 黄金逼人陈其美遇刺 帝子末路袁项城病疯
257 第六十九回 托孤寄子徐世昌受遗命 推云见日黎元洪就大位
261 第七十回 国会重光冯华甫中选 伟人遽弱黄克强病逝
264 第七十一回 识英雄小凤仙寄痴情 苦风尘蔡松坡赍壮志
267 第七十二回 孙总理重组革命党 卢夫人力持离婚议
270 第七十三回 宋庆龄慧眼识英杰 李烈钧独力抗凶徒
273 第七十四回 段祺瑞受惑凌总统 德意志持强封海面
276 第七十五回 公民党干涉参战案 督军团逼下解散令
279 第七十六回 闹复辟悍将逼宫 避烽烟总统出府
282 第七十七回 段祺瑞马厂誓师 孙中山广东拜帅
285 第七十八回 绮梦难圆冯国璋悼亡 雄心勃发张作霖劫械
288 第七十九回 穷书生海天欣奇遇 小将军杯酒斩元凶
291 第八十回 美人薄命海天折鸳翼 侍儿多情风月结郎心
295 第八十一回 罗帐春深名媛失节 情天月缺武夫亡身
299 第八十二回 陆征祥和会抗议 章公使车站蒙羞
303 第八十三回 学生队捣毁曹家宅 工商界停罢沪市场
306 第八十四回 孙中山退沪著书 吴佩孚投笔从戎
310 第八十五回 徐树铮邀权遭众敌 段祺瑞护短受大羞
314 第八十六回 李纯羞愤戕生 孙文慷慨誓师
318 第八十七回 陈炯明炮攻总统府 张作霖兵败天津卫
322 第八十八回 徐世昌被逼下场 黎元洪受围登台
326 第八十九回 孙中山重返广州城 许崇智力守博罗江
329 第九十回 战东江大元帅冒险 修黄河众西宾观礼
333 第九十一回 祝师长力围抱犊崮 孙头目智劫津浦车
337 第九十二回 孙中山据理争关税 王承斌持强夺印信
341 第九十三回 张培荣计杀孙美瑶 孙传芳逼走卢永祥
345 第九十四回 写遗嘱总理逝世 设公祭指挥行军
349 第九十五回 廖仲恺遇仇遭惨杀 何应钦初战立奇功
353 第九十六回 刘玉春坚守武昌城 孙传芳兵退沪宁道
357 第九十七回 谋响应夏超失踪 乘间隙龙潭苦战
361 第九十八回 守涿州傅军震威名 袭羊城共党扰后路
365 第九十九回 杀蔡公五三留惨案 炸张帅东北悬新旗
369 第一百回 孙哲生西山移榇 宋庆龄南海伤神

# 第一回　蓝衣儿就读北帝庙　金港盗突临翠亨村

这一天,大风从海面上吹来,吹得犁头山上的老树干子,呜呜的怒号起来;满天罩住了灰黑色的厚云,反映着大地,也呈现出灰色来。山脚下便是翠亨村,村中的居民,各人忙着他的工作:男子努力的在田地上耕种,女人两手不停的在她房中纺织;村中大街上,也来来往往不断的走着人。街的东尽头,一带红墙,是一座北帝庙,是村中独一无二的一座庙。庙的西廊下,平列着三间屋子,从屋子里飞出一阵好似鸦鹊噪晚晴的一片娇脆嘈杂的声音来,原来这屋子里开着一爿子曰店。店中子曰子曰的喊声和东廊下阿弥陀佛阿弥陀佛的念佛声,一阵高,一阵低的互相答应。这时来了一个妇人,一手拉住了一个男孩儿,身上穿着蓝色的小衣,脑后挂着一条小辫,腋下挟着一个书包,他两人慢慢的走进庙来,向子曰店中走去。这孩子有一双点漆也似玲珑的眼珠,高高的额角,丰富的脑筋。他一眼见庙中烧香的妇女,进进出出的很多,各人手中都拿着香烛,上去满脸露着至诚,向殿上好似捣蒜一般的磕着头。她们大都是年轻的妇女,头上梳着蝉翼一般的鬓儿,裙下露出红菱一般的小脚,身上穿着一色的拷皮衫儿。这翠亨是广东南部近海的一座乡村,虽在秋天,还是很和暖的,海风一阵一阵刮在身上,只觉得凉爽,不觉得寒冷。这穿蓝色衣的小孩,他年纪虽小,他却很能用脑筋,见有可疑的事体,他便爱问。他又有锐敏的眼光,他看出这班烧香妇女的脸,从诚敬中露出忧郁的神气来,他便问伴送他的三婶母道:"三婶!你没有看出来吗?这班妇女,脸上都带着忧郁的神色,这是为什么?"他三婶听了,不觉叹了一口气说道:"她们都和我一样的!丈夫都到加利佛尼亚采金子去了,许久得不到她丈夫的信息,做妻子的在家中,急得没法,只得赶到这北帝庙中来求神道保佑;若不为了丈夫的事,她们年纪轻轻,怎肯抛头露面的到街上来呢!"这小孩子听了,侧着他的小脖子,思索了半晌,便哼了一声,说道:"神道是什么?他怎么保佑得人!"

妇人送小孩子进了子曰店,回身走出庙来,在庙门外遇到了一个东邻的朱嫂嫂。那朱嫂嫂满脸露着笑容,上来一把捏住了手,唤着孙三嫂道:"昨天金星港船到,俺丈夫从加利佛尼亚带得许多金洋钱来,他不但身体很好,他还发了财。因此我今天特特来谢谢神,我要多烧些香,多磕几个头呢!"朱嫂嫂说着,乐得眉飞色舞,那脸上的胭脂,愈加红得可怜。孙三嫂听了这一番说话,不觉勾起了她的愁肠,愠的变了颜色。朱嫂嫂觉悟了,忙转过谈锋来殷勤问道:"你家三哥儿和二哥儿不是也到加利佛尼亚去了么?可有信寄来吗?"孙三嫂听了,脸色愈加暗淡,不觉把脖子低了下去。那朱嫂嫂忙拍着孙三嫂的肩头劝道:"三嫂,不用忧愁,你家三哥不久便有信来的。为三嫂忍得眼前的凄凉,将来怕不是三哥发了洋财回家来,和金家一般,盖造着高大的洋房呢!"朱嫂嫂说着,一手向东南方指着那从树梢头露出来的金家洋房的屋顶。孙三嫂跟着朱嫂嫂的手指向那屋顶望了一眼,也不禁微微的点了一点头,露出微微的笑容来。

海风愈吹愈急了,子曰店中的书声愈读愈响了;因为天上布满了彤云,看不见日光,大约已到日落西山的时候。忽听得远远的一声一声吹着海螺,呜嘟嘟!呜嘟嘟!那翠亨地方的乡民,不论老少男女,立刻脸上变了颜色,齐声嚷道:"海盗来了!"许多乡民,和鸟兽一般的四散奔逃;各人逃回自己家里去,紧紧的闭上大门。那村中大街上,立刻躲得人影也看不见一个。那班海盗,人人手中擎着雪也似亮的钢刀呐喊着,和潮水一般的向犁头山脚下扑来。他们原来是抢劫金家来的,一个头目,领着百数十个喽啰。踏上了向金家的大路便听得砰砰的枪声,接着震天价的一声喊,那金家的大门早已紧紧的闭上。那喽啰们绕着金家的屋子,跳着,喊着。四面都是高墙,那大门又是铁打成的,那围墙又是用水泥浇成,高得和城墙一般。头目见无法下手,不禁大怒,高声向大门喊道:"姓金的!你若知趣的,快快开了大门。送俺弟兄们几个盘缠,便保你一家无事,倘你执拗不悟,待老爷亲自动手,打开了你大门,便杀得你鸡犬不留!"这姓金的名金满成,他在美国采金发了大财,如今回他的家乡翠亨来,造着高大的洋房,准备享他后半世的福气。这翠亨离金星港不远,常有海盗出入。金满成造的这高大的围墙原也是要防备海盗的攻击。他在翠亨地方,富翁的名气,愈传愈大,传在海盗耳朵里,果然今天降临了。那金满成仗着他的房屋坚固,围墙高厚;强盗在墙外高声大骂,金满成墙里哈哈大笑。在他的笑声里,忽然墙外发着大声,震动得全村的人都害怕起来。这大声连续不断,全村的房屋都好似在那里摇头。原来这班是积世的海盗,他打家劫舍的本领十分高强;海盗的首领见铁门无法攻打,便喝令众弟兄一齐动手,把门外的一株大树,齐根锯下。砍去枝叶,成了一条粗大的柱子,又用他们海船上的大索子,在柱子的拦腰挂绑住,挂在别一株近墙的树枝上。众人前推后送用柱子的一头撞着,墙接连着发着大声,砰碰砰碰,他们一些不放松。全村躲在屋子里的人,听了这声音,都替金满成捏一把汗。大家都说:可怜这又富厚又慈善的金满成,眼见得他的家产不保!原来这金满成在村坊上,除了富翁的名称以外,还有一个慈善家的名称。

任你高厚的围墙,终挡不住大柱的猛击,不久被他们在墙上打成一个大窟窿;百数十个海盗,发一声喊,抢进屋子去。第一个找到了金家保藏巨大钱财的库房,他们一点也不客气,把所有钱财,抢得个干干净净;还有主人房中的珍宝玩器,细软衣服,搜刮得一件也不留。那金满成在墙垣未破的时候,便已带了他一家老小,从后门逃了出去,远远的躲着。那强盗头目,还在四处搜寻这屋中主人,见不到影迹,他便放一把火,那座高大洋房顿时烧成一座火焰山,四围的树林,都烧成焦炭。顿时火光烛天,人声鼎沸。海盗在这全村惊惶的声中,欢笑而去。他们个个手提朴刀,肩负财帛,穿出树林,掠过一个身穿蓝衫脑垂小辫的小孩身旁,大踏步而去。他们谁也不留意这树身后躲着的小孩,但这小孩却气得圆睁着两只小眼珠,紧握着两只小拳头,满脸露出一种愤怒的神气来。看看那座大房屋烧成一堆瓦砾了,忽然从草丛中跳出一个面如土色辫发散乱的金满成来。他对着这一堆瓦砾,大声哭喊道:"天啊!这番我毁了!我全毁了!他们把我所有的都抢去了!许多年来我冒了生命的危险,在洋人的地方做苦工,节衣缩食的积聚了许多金钱;我原也不为我一人的享用,我原也为我家族和乡村的利益起见。现在却都被抢完了!我倘使留在洋人的地方,那边便有肯担责任的地方官,有法律的保护,有巡捕的救助；而此地在中国，中国的皇帝，是只有禁令，没有保护的！”

在火光烛天、人声鼎沸的时候，那村中做母亲的，都乱拖着她吓得和木鸡一般的孩子，东藏西躲。尤其是那班子曰店中的小孩子，是他们父母的心肝宝贝，大家赶到北帝庙里去，把她的孩子救回来。孙三嫂也挤在许多人里面，找寻她穿蓝衣褂小辫的小孩儿。谁知喊着寻着，从庙里寻到庙外，又寻到大街上，却毫无影踪。孙三嫂满脸慌张，回到家中，家中的孙二嫂、孙大嫂，听说丢了孩子，一齐挂下眼泪来，孙大嫂是那孩子的母亲，尤其是惊惶得脸上失了血色。独有孙大爷却毫不惊慌，反用好言劝慰这三位妯娌说：“我这孩子，是胆大心细的，他又是天性好奇，海盗烧了金家的房屋，他怕是看火去了。”一句话不曾说完，房门呀的一声响，这穿蓝衣的小孩回家来了。孙大嫂见了，好似得了天上落下来的宝贝，忙去把小孩抱在怀中，问他：“受了惊吓没有？”这小孩说：“我躲在一株大树背面，眼看着海盗抢劫金家来呢！这高大的房屋，被火烧毁了可怜；那金家的老头子，气得要发癫了。”他说完了话，便低头在那里思索。

停了一回，他忽然向他父亲问道：“为什么中国没有洋人一样的能够保护百姓？为什么这金老头子冒了生命的危险赚来的金钱，那洋人却允许他拿回国来，俺们中国却不能使他安居？这是俺们中国的错。”他父亲听了孩子的话，也答不出话来。只说道：“这是和蝗虫水旱灾一般不能避免的，俺这翠亨村接近金星港，金星港有海盗，翠亨村自然也有海盗了。从来翠亨村是被海盗抢劫惯的，为什么现在不可以被抢劫呢！要避免盗劫的法子，只有把钱财藏起来，使他们找不到，他们知道你只有一点点；他们便不来抢你的了。”这小孩听了他父亲这样的答复，心中很是不满意。便摇着头道：“洋人住的地方，没有海盗；洋人有法子捉住海盗，俺再大几岁便要到洋人住的地方去看看。”说着，他的哥哥把身子摇晃着走进房来接着说道：“弟弟的意思不错，俺再过几年，也要到洋人住的地方做工去。”他二婶母三婶母听了，忙摇着手，说道：“你们快不要去！你看你二叔三叔，到洋人住的地方去了快一年，还得不到他的一封信。到洋人那里去，到底有什么好处呢？”正说话时，一个田地上的长工进来，对孙大爷说道：“外边到了两个收税的二爷。”孙大爷听了，不觉把眉头一皱，跟着那长工走到外边去了。这小孩子拉住他哥哥的手，并肩儿走出房去。正走过一间卧房口，忽听得里面飞出杀猪一般的喊声来。这小孩觉得诧异，忙伸着脖子，向卧房中一望。只见他母亲捉住了他姊姊的一双小脚，在那里使劲的包扎，还有一只未曾包扎的小脚，却折断得可怕，从脚趾脚踝上不断的流着脓血。可怜他姊姊睁大了两眼，眼泪似潮水一般涌出来。这孩子看了实在不忍心，便抢步上去，拉住他母亲的手臂，说道：“母亲呀！这个痛苦使姊姊疼得太厉害了！母亲，你可怜姊姊，爱惜姊姊，请不要再缠姊姊的脚吧！”他母亲如何肯依，便回答道：“倘使你姊姊现在不忍些痛苦，这一双脚怎样能小呢？你姊姊的脚不缠小了，将来长大起来，叫她怎样做人呢？你看那客家的女人，一双大脚，多么难看！可是，俺们广东的上等绅士人家都不愿娶大脚女人做老婆。”这一句话，说得这孩子恍然大悟。但他立刻有了一个主意，便对他母亲说道：“假使天下女人都是大脚，那上等人家便一辈子不娶老婆了吗？再则，像母亲这样把一双脚包得和红菱一般小，实在没有什么好看！母亲走着路，多么的不便啊！”他母亲无话可答，只说道：“这是女孩儿的事，用不得你们男孩子管的。”说着，把这孩子推出房来，接着又听得他姊姊在房中，发出一阵一阵惨痛的哭声来。这小孩子皱一皱眉，摇一摇头，走了出去。

欲知后事如何，且听下回分解。

## 第二回　**行白契老父困苛税　劈甘蔗奇童展长才**

这穿蓝衣的小孩子,拉着他哥哥,从内屋子出来;正经过外屋子的门口,只听得外屋中有两个人,高声叱咤着,接着又有他父亲很柔和的声音解说着。这小孩子听他父亲在那里受人的欺喝,他心中十分的不自在,便把他的脸凑近门缝中去一看。只见他父亲拿着两个小包儿,向两个客人袖中塞去;那两个客人,还大模大样的,不肯收,经他父亲连连作揖打恭,说了许多好话,那客人才勉强收下了。小孩子看了这情形,心中万分疑惑,忙问他哥哥:"这是什么?"他哥哥年纪比他大,自然知道他父亲的事体,便低低的对他弟弟说道:"父亲在那里完白契的地税呢。"小孩子不懂什么叫做白契,他哥哥便拉他走到院子的东南角上一株大槐树荫子下面,并肩坐着,细细的对他说道:"俺们孙家,自祖宗搬到这翠亨村来住也留下了数千亩田地;后来因为俺祖父和父亲在急要用钱的时候,陆续把田地卖去了几部分。这几次所卖的,都是照广东向来习惯,用白契转让的,因为若要官吏在白契上盖一颗印,成了红契,那便要费很多的银钱。这笔钱在买的卖的两方面都不肯花,因此那卖地的,不过给一张官厅未曾盖印的契纸与买主,这是私地买卖的办法。那买主虽得了田地,而官厅地产册子上却还是原来地主的名字;因此,俺家虽卖去了许多田地,而俺父亲却依旧有缴纳全部田地税响的责任。我每年总看见这两个可厌的差役到来向俺父亲收取全部的地税。那差役明知道俺父亲已不是全部田地的主人了,也知道这全部的地税是再要俺父亲向那些有白契的人家经过种种困难才能收得到。这是每年使我父亲因为要保全孙家的体面和白契的信用,不得不受着加倍的困难,向那真正的地主收得了税钱,并在一起,交给这收税的差役。但是这田地卖去已多年,地产已经改换了许多主人,因此常常因无从查考,便不能够收得地税。但俺父亲无论怎么样困难,每年必须付这一大笔全部的白契地税。可是,弟弟!你也知道俺孙家的境况,一年难似一年了,不比从前俺父亲在澳门做裁缝时候的有钱了。因此,俺父亲每年对于缴这一笔巨大的地税,十分为难。这件事好似被讼事牵累一般,全家人自俺父亲母亲,以及二叔父三叔父都常常担着忧虑。如今积欠已多年了,成了巨大的债额。每年那催税的官差到来,俺父亲除了送贿赂与他们以外,没有别的办法。俺二叔父和三叔父的冒着危险到加利佛尼亚去做采金的苦工,原也是因为的这件事。满以为两位叔父得到了大笔的工资,寄回家来还了这一笔地税,免免俺父亲天天担着忧;谁知两位叔父去了快一年,莫说银钱寄回家来,连一封空信也没有。这是使我父亲如何失望的事!看来这件事须得待我出洋去赚了银钱回来,才能还清这一笔地税。"这小孩子听他哥哥说要出洋去,便说:"我也要出洋去!出洋去赚得巨大的银钱回来,不独还了全部的地税,还要赎回俺孙家全部的田地来!"他哥哥听他小孩子说着大话,便不觉一笑,走了开去。

槐树荫中坐着一个小孩子,他两眼望着天,痴痴的想出了神;他的小脑筋中,起了无数疑问。他想：天生了人，给人住在地上，耕着田，种着棉，衣食是天赐的，土地是公有的，为什么那班差役可以靠着土地的事来受我孙家的贿赂？为什么那些官吏对于红契要这样勒索重费，而使人家想出这种用白契的作伪方法呢？为什么那所谓皇帝的，容许这样不公平的法律，使百姓不得已要行贿赂，逃过官吏的苛税呢？再者，那做皇帝的，做官吏的，做差役的，拿了我们百姓的钱去，用在什么地方呢？这种不公平的事体，有没有补救的方法呢？他想到这里，便不觉自言自语道："难道我们没有补救的方法来反对官吏的罪恶吗？"恰巧父亲从他身旁走过，听小孩子问出这句话来，便答道："没有的！小孩子，你不懂得，这是没有补救方法的！因为这是皇帝定下的法律。"这小孩子真不服气了，他紧握着两个小拳头，大声的说道："那没……我们不能去反对皇帝吗？"一句话，把他父亲吓得去忙捂着小孩子的嘴，低低的说道："你小孩子懂得什么！你少胡说吧，这也是犯皇帝法律的！"小孩子待他父亲去远了，便又撅着小嘴咕噜着说道："这是什么理？方后海盗烧了金家的房屋，抢了金家的钱财，这班官府差役到什么地方去了？如今向我家讨取地税，他却又出现了！难道他们专管要钱不管强盗的吗？"

阿金、阿芳、阿英、阿香都是这小孩子的好朋友。他们都怕这小孩子的父亲，如今见他父亲走远了，这一群小友，都一窝蜂似的聚集起来，把这坐在槐树下的蓝衣小孩子围住，七张八嘴的唤他小孙。阿英手中擎着一个红色风筝，阿金手中拿着两支短棒，一个要拉他放风筝去，一个要邀他量棒去，阿芳要小孙踢键子去，阿香要小孙跳田鸡去。这几样游戏，都是小孙所最欢喜的。但是这小孙无论做什么事体，都是很有秩序的。他便领着他的一群小友，到他住屋的西面空场上，把这种种游戏，一样样的玩着。阿金风筝放得很高，阿香田鸡跳得很快，阿芳键子踢得最敏捷；小孙量棒，是他的拿手本领。法子是先把一支棒，向空中掷去，待他快要落地的时候，又拿另一支棒打出去，打得愈远愈好。阿英却远远的站着，看棍棒飞来，便撩起衣兜去接。阿英接住了，便轮阿英打棒，小孙接棒。但无论如何，阿英打棒便总赶不上小孙打得有力。一群孩子，正玩得起劲，忽见小孙的哥哥大孙来了，手中拿了几根甘蔗一边吃着一边走来。小孙见了，便想出一种劈甘蔗的游戏来。甘蔗在翠亨地方，是家家园子中种植的。那一群小友，听了小孙的号令，便各人到家中去拔了几根甘蔗来，又把每根折做两三段，拿一段竖在地下，手一松，趁它没有倒下地去的时候，拿刀猛力的一劈，劈得甘蔗最大的，便算胜利。这一段甘蔗，便归胜利的吃了。这小孙却是此中的能手，每一次劈甘蔗，他总劈得最大的。后来他赢得了很多的甘蔗，他哥哥大孙帮着他捧回家来，正是家中吃午饭的时候，他父亲带领着一班长工，从田地上回来，团团坐着吃饭。那饭菜都是新从地上掘起来的，碗豆青菜，十分有味，这小孙也很爱吃。他在吃饭的时候，小孙又运用他的脑筋，便问他父亲道："父亲！你不是从前在澳门做裁缝的吗？"他父亲点点头。又问："父亲做裁缝的时候，不是很赚钱的吗？"他父亲继续点着他的头。他问："那末，父亲为什么要离开澳门回家来呢？"他父亲露出很慈爱的面色，对小孙说道："你知道吗，你父亲是最爱子女，最爱家乡的人；你父亲从做裁缝的学徒起，直到后来自己做裁缝，每年赚得很多的钱，但是已有十多年不回家了。你父亲赚钱的心总敌不过爱家乡爱儿女的心，况且家乡自己也有田地可种，你父亲终于抛去了澳门繁华的市场，回返家乡来，做劳苦的农人。从来我们广东的乡下人,若得在澳门得了一个位置,决不肯再回去过着乡间劳苦的生活了。因为葡萄牙人得了澳门,把西方的文明,移植过来,造成荒淫佚乐。他们利用了穷的中国人的劳力,富的中国人的资本,建筑了这个花花世界,来哄编中国人的钱财,而他们却坐收利益。便是一个学生意的小孩儿,也曾被他们所设的陷阱所勾引,乐而忘返。他们来的时候,个个都是一双空手像乞丐一样;后来竟弄得个个饱暖富足,这大都是我们广东乡下人去帮助他成功的。因此他费尽心计,迎合寻快乐的中国人的心理,在这地方,建造了黄的绿的红的墙垣,照着日光露出宝石般黄金般的颜色来,那海水做了它深紫色的边缘。这一块地方上,开设了大规模的妓院、赌场、烟馆,弦管笙歌,通宵达旦;这种罪恶,因有外人势力的帮助,却是一天增高一天。可怜我们广东四处的乡下少年,到了这地方,好似入了烦扰困人的牢狱。在我们有堕落根性的中国人看来,这是一种天然应享的快乐,有钱去买这一种快乐,就像用手去折花一般容易。但是在我看来,那花船上的灯光,亮晶晶地照耀着,这是魔鬼勾人的眼光。在黑暗中吹来妓女悲惨的歌声,可以听得出是因强迫而走入黑暗凄凉的世界中去,从罪恶的途径走到死亡的城中去。我怕罪恶!我怕魔鬼!因此我愿意丢去了清艳的水光,葱笼的山色,高大的楼阁,华美的宅第,五光十色,炫耀夺目的澳门地方,归到我淡泊清静的乡村地方来。为的要保全我的性命,要保全我的灵魂!"

这小孙的年龄,一天一天似的大起来了;他的怀疑的范围,也一天一天似扩大了。他的三婶母每天送他到北帝庙中子曰店里去读书,他每天跟着别的学童一般的抬起了头,撑大了嘴,高声朗诵那书上的字句。天天刻板的功课,他实在做得厌倦极了。有一天,子曰店中许多学童,正齐趁好喉咙,读着无意味的书句;这小孙实在觉得不可耐了,便霍地立起身来,高声对他的教师说道:"我一些不懂,尽是这样唱,是没有意思的。我们读它做什么?"许多学童的读书声,立刻停止下来。教师于是大怒了,随手取起一根戒尺,紧紧的捏在手中,大声喝道:"什么?反叛经训吗?"小孙答道:"不是。可是我一些不懂书中的意义,为什么要天天这样无意识的读它呢?"教授不待他说完,又大喝道:"这便是大不敬!这便是反对先圣先贤的教训!"好一个小孙,他也不用思索,立刻回问道:"敢是先圣先贤教我们这样无意味的死读的吗?"一句话问得教师开不得口。小孙又说道:"可否请先生启发我,使我知道读的是什么?"这时教师不但是动怒,且又觉得诧异。他一手擎起了戒尺,原想向小孙头上打下去的,但回心一想,小孙是全学堂中读书最能背诵的,打他似乎不能使别人心服。教师的心软了下来,拿戒尺重重的向桌子上一拍,说道:"小孩子懂得什么!你要懂书的意思,你只须熟读!"小孙知道这位教师终于不能使他懂得书中的意义了,便也不再多说话。一群学童,见风潮平静了,便又齐声朗诵起来。独有这小孙他又撅着嘴叽咕着,低低的说道:"便是这书本里面,一定也有道理的,我总有一天要寻求出来。这一天放学回去,他便把要知道书中意义的话,对他父亲说了。到吃夜饭时候,他的堂房叔父来了。这叔父住的地方,离翠亨不远,名叫蓝谷。叔父家中,也开着一个私塾,教读为生。小孙见了他叔父,也把这读书求意义的意思说了出来;他叔父大加赞赏,便拿了几本《大学》《中庸》,略略的对他讲解了一番。小孙大喜,便和他父亲说明,从此要跟着他叔父去读书,不愿再到北帝庙中去一味唱书了。这时候,小孙已有十二岁。那蓝谷地方,忽然来了一个美国传教师,名克尔的,借一间民房,做了教堂。克教士又专爱和乡村孩子说笑,拿些糖果给孩子们吃,讲些外国故事给他们听。小孙每天从他叔叔书房里放学回家去,路过教堂,便拉着克教士问长问短。他从六七岁起,便发生了三个问题:一万年是怎么样长久?青天是什么东西做成的?人死了怎么样?他从六七岁问起,直问到如今十二岁了,却找不到一个能答复他的人。

欲知后事如何,且听下回分解。

## 第三回 游子不返伤心嫠妇 弱弟偕游属目巨梁

这十二岁的小孩儿，他如今从克教士学习英国语言了。他的知识一天一天进步得很快，他所久悬不决的三个问题，也从克教士那里得到满意的答复。克教士是美国人，平日听他讲些自由平等的道理，又说：美国人是抱着博爱主义的，视天下人都如兄弟。又说：耶稣视敌为友。又说：美国是共和国家，听人民公举总统，管理国事，并没有皇帝的专制，官吏的暴虐。这小孙梦想多年的真理，一旦被他找到了，他为何不喜。第二天，他见了叔叔，便问："我们中国为什么不革命？为什么没有总统？这时在中国长江一带，所谓长毛造反的事体，过去了才十五年。他叔父便对他讲说洪杨革命的故事，如何建立民主政府，如何打倒满清皇帝，如何占据了十二省，如何在南京建京城；后来如何失败在曾国藩、左宗棠二人手中。听得这小孙眉飞色舞，跌足叹息。他便和叔叔商议：要到洋人的国里去，看看共和政府如何的好法。他叔叔便劝他，要研究外国学理制度须先读外国书。他便又跑到克教士那里去，说明要读外国书。克教士便劝他信仰耶教，愿保送他到夏威夷耶教学堂中去读书，可以不要他的费用。小孙听了，万分欢喜，便急急赶回家中来，要找他父亲商议。

谁知一脚跨进了房门，屋中的情形大变了：小孙的父亲，垂头丧气的站着；大孙手中捧着一封信，正在那里默默的诵读；他的二婶母和三婶母，已哭得和泪人儿一般抬不起头来；他姊姊和他母亲，却在一旁低低的劝慰着。静悄悄的半晌，小孙的父亲带着凄惨的声音说道："两个弟弟的死，我早已得到信息了；那时只怕两位弟媳妇悲伤坏了，所以直瞒到如今。如今加利佛尼亚来了信，我也隐瞒不住了；老实说了罢，我二弟还是出发的时候轮船过上海的洋面，一失脚落下海里去淹死的。三弟却是到了加州，害病死的。他两人打算很省力的在加州带些金子回来，给他家中的女人；如今金子不曾采得，却丢下你们两个年纪轻轻的做了寡妇。"他父亲说到这里，也禁不住喉音酸楚起来，顿时老泪纵横。那两个寡妇，再也耐不住了，便放声大哭。哭够多时，小孙的父亲安慰着他两位弟妇道："如今人已死了，哭也无用。但两位弟妇请放宽愁怀，我在世一天，总不缺少你二人一天的衣食；便是我过世以后，也须嘱我的子女，和母亲一般的奉养你们。"这两位可怜的寡妇，听了他大伯这一番劝诫的言语，才算止了哭。那小孙的母亲，却说道："出洋！出洋！如今枉送去了两条性命！从今以后，我孙家无论穷到如何地步，却不愿我的子孙出洋去，一句话，把小孙满肚子的希望打了回去。小孙知道在这个时候，要求到夏威夷读书去，他父母是决不答应的，只得默默的退出屋去。

这是一个春节。翠亨的地位，在热带上，漫山遍野的开满了娇艳的花。小孙大孙兄弟二人，随着他父亲来游玩梁氏花园；这梁氏是三兄弟，在翠亨村上，除了金家，要算梁家最富了。梁家兄弟三人，都和孙家有交情；小孙的父亲，因为他兄弟三人是勤俭成家，心中甚是敬重他们，也常常到他兄弟的花园中来游玩。这小孙又最是爱听鸟唱，梁氏花园中禽鸟最多,唱着各样好听的曲调;小孙有时也独自一人,走进这座花园中来静坐听鸟。看看到了夏天,小孙又走进花园来,在绿荫深处纳凉,耳中听着蝉声和鸟声,一高一低的对唱着,甚是怡神。那梁氏弟兄三人,也正在屋中午睡,满院子静悄悄的。忽听得一声呼啸,尘沙起处,闯进来数十名满清兵士,手执刀枪,后面跟一班如狼似虎的差役,还有强盗一般的官吏一齐打进梁氏三兄弟的屋中去。屋中顿时起了一片惨呼痛哭的声音。小孙在树叶密处躲着,望见那班兵士,把他弟兄三人横拖竖拽的拉出院子来,加上手铐脚镣,蜂拥而去。那班强盗似的官吏,便占住了这一座园林不去。隔了许多时候,这小孙慢慢的从树林中走出来一看,呀!怎么园中的景子全变动了?喷水泉和石像,已打得粉碎了;花木都毁坏了,顿时满园露出凄凉的景状来。当时小孙还认做是和上回抢金家一般的海盗假扮做官兵来抢劫的,后来一打听,却真是香山县城中派来的兵士。据说他们把三兄弟捉去,一个竟被照杀海盗一般,在广州法场上斩决了。还有两个,也打入死囚牢中,求生不得,求死不能。小孙听了这个话,一个小肚子里耐不住气了,他便鼓着勇气,赶到梁氏花园中。他跨过了一道坍败的墙垣,眼前景物,十分萧条,所有屋中的陈列,俱被他们偷去。在走廊下遇见一个挂刀的官员,小孙毫不退缩,挺身站着。那官吏恶狠狠的问道:"你来这里干吗?"小孙却昂着头答道:"我自到这梁家三兄弟的花园中来,这是他们的园子,他们是我父亲的朋友,我来赏玩他们的园子,与你什么相干?"这官吏听了不觉大怒道:"你这孩子说的什么话?"小孙反迎上一步,把他两条小臂膊撑住了腰,直问着道:"你们为什么把他们捉去?为什么把他们加上镣铐?又为什么杀了他们三个人中的一个?为什么把他们关在牢监中不放出来?"这官员的脸色立刻变成好似凶恶的野兽,他竟对着这十二三岁的小孩子,行起凶来。当下他拔刀在手,大声喝道:"好,让我来教导你这目无王法的孩子!"他说着,竟把那刀尖直向小孙当胸刺来。小孙也是很机警的,他见那官吏手中拿着锋利的武器,自己是一个小孩子,又是赤手空拳,只得逃回家来。他从这一次以后,才明白所谓官兵,原来是和海盗一样的。那海盗抢劫了人民的钱财,还知道惭愧,还知道怕王法,所以急急的逃去;如今这官兵,抢劫了人民的钱财,占据了人民的房屋,又冤杀了人民的性命,他非但不知道惭愧,非但不怕王法,他还要向小孩子行凶。因此,这小孙受了那官员的欺侮心中愤愤不平;他到了第二天,便去找克尔教士,问他:"外国可有这样凶横的海盗?"克教士说:"没有。""可有这样贪狠的官员?"克教士笑着说道:"俺们美国,上自总统,下至地方官吏,都是人民雇用的公仆;人民便是主人,主人倘有不满意仆人的地方,尽可以提出弹劾,革去他的职位。"这几句话,听得小孙直跳起来,嘴里连说:"我一定要到洋人住的地方去!"

过了几天,小孙的机会来了。原来小孙还有一个大哥,比小孙大着十五岁年纪;他早年由他一个远房叔叔,带他到火奴鲁鲁去。那地方比加利佛尼城的路程,要近一半,海也没有加州地方那样大。他大哥在火奴鲁鲁地方,每年来一次信,工作甚是顺利,每年也寄回许多金钱来;他信上常常劝他的弟弟也到火奴鲁鲁地方去,说到了那面,又可以赚钱,又可以读书。但孙家自从死了两位叔叔以后,这小孙的母亲,死也不肯放他两个儿子出洋去了。便是小孙的父亲,也常常说道:"不遵守祖宗成法,真是愚笨!若是一个人没有得到村中的尊敬,那么,就是得到了一座金山,有什么利益呢？一个人远离祖国,就要失掉了这一种的尊敬了。”可是,不久大哥忽然从火奴鲁鲁带了许多银钱回来;他一来是来探望家中的父母,二来是要劝村中的人和他一块儿到火奴鲁鲁去耕种。大哥耕种的地方,便是现在夏威夷岛上的珠港;他起初天天用了他两手去耕种那芦苇丛生的湿地,使他可以生产一百倍的米谷。他在翠亨所学得排水耕田的工夫,夏威夷土人看了,很觉奇怪。岛上因为有中国人耕种以后,出产更加丰富;他们土人,得到了利益,凡是他大哥所住的地方,得到了全社会的尊敬,不单是大哥,并且和他一同工作的中国人,亦得到同样的优待。后来夏威夷人请大哥招呼别的中国人去帮助他们工作,特地声明凡中国人愿到夏威夷去的,当先给每人一百元。因此,这孙家大哥,不得不到家乡地方来走一趟了。

大哥回来了,且是很得意的回来。他父母看了,果然欢喜;便是他可怜的两位寡妇婶娘,也在她凄苦的眉眼间,露出暂时的笑容来。家中设筵相庆,亲戚邻舍,都走来问讯。大哥此番来,他已和人合股买了一只航海的大船,可以把免费的中国侨民,运送到火奴鲁鲁去。那夏威夷王所给的每人一百元,他大哥也可以从中得到酬报;这一笔利益,也很是不小。大哥此番在翠亨村外立了一座移民事务分所,专招呼一班村民到海外去。那村民见孙家大哥得了利益,便个个踊跃,预先到事务所去报名的,有数百人。这样的情形,看在小孙眼睛里,他原也很有意出洋的,叫他如何不动心。他便每日拉住他大哥,问些火奴鲁鲁的情形。他大哥说:“那边地方,没有海盗,贫民没有重税的负担,没有白契,富人没有被烧劫的事,官吏不但不虐杀百姓,并且很出力的保护百姓。”又说:“那边有黄金似的奇怪的沙滩,色似靛青的海水,海边澎湃的大浪,永流不绝,水晶一般的泉水,凸入温暖海水中的紫色山岩,遮护着那些物产丰富土地肥沃的山谷。又有香的花,唱的鸟;山谷中长满了棕树、香糠树、波萝蜜,种种的树林。”小孙听得手舞足蹈起来,他今年十四岁了;跟着他叔叔读得了许多古书,那古书中讲的道理,和洋人讲道理是差不多的。因此他愈是要想出洋去。他先去求着他父亲。他父亲说道:“儿呀！我有两个弟弟死在外国,你忘了吗?”后来他大哥也向他父母解说:“到火奴鲁鲁去,并无危险,又有自己照看保护着。”那克尔教士又替小孙写了一封介绍信,介绍他到夏威夷一个耶稣教人开设的学堂中去读书。费了无数唇舌。那只英国轮船格兰诺去,便是大哥和人合股买的,离开翠亨向火奴鲁鲁航行的时候,这小孙居然也跟着大哥在船上了。这是小孙第一次吸到海洋上的空气。他心中便有说不出奇妙的快乐。

小孙在船上所看见的东西,所听见的声音,无处不是新奇。他最触目的,他见船上有一条很伟大的铁梁。他想:这么粗重的一条铁梁,不知要多少人才可以把它装配在船上。一转念,又想到那已发明这大铁梁有天才的人;他想外国有这样的人才,何以我中国没有？这便是外国优胜于中国的证据。他又进一步想:人类是一样有天才的,那海盗的知道用大树撞墙,原也可以算是天才;但觉得这种天才,太可惜了。船走了几天,又叫小孙见了一件惊奇的事。原来这时船上死了一个水手,在尸体刚冷的时候,已经把他缝在一只粗的帆布袋里,放在甲板上;再把铁块绑在袋上,使他增加重量。又把这帆布袋安放在一块板上,把这块板搁在船旁的洞口;又把一面颜色鲜明的国旗,包住了布袋。船上钟声响了，死人的朋友同伴，都来送葬。小孙听不懂英文，只见船主从一本书中读了几句什么，砰的一声，水花四溅，这个尸体已抛向海中去了。小孙看了，心中大不以为然。他想，这是大不敬的事体，这船主有什么权力可以不经死者的家族许可而任意把死者的尸体抛入大海中去？使这尸骨不得搬回家去，照风水安葬。这原是他从村坊中得来的教育，但是他此时便感想到，从此要到一个与中国道德绝然不同的地方去了。这种道德，比中国好呢，比中国坏呢？这两个问题，不停的在他小脑筋中盘旋着。后来他自己得到一个简单的结论，他知道这是非，是不能立刻断定的；但是外国人和中国人不同的地方，不但是能造船上的铁梁，还有这海葬的道德；一个是关系于物质的，一个是关系于精神的。

欲知后事如何，且听下回分解。

# 第四回　奋铁拳海外却奇辱　折佛手村中逢众怒

这一位聪明的小孩子，到了火奴鲁鲁，第一个接触他眼帘的，便是那高大的邮政局。他大哥告诉他说："只须在信上贴了邮票，写了姓名住址，投入一只邮箱里，便可寄到中国，和火轮船一般的快。"小孙听了大哥的说话，便认这邮政局是一座奇怪的房子。他到了夏威夷，不久便进了教会学校，从外国教授，得到了许多新的知识。他随时留心夏威夷地方上的情形，他很显明的可以看出美人治夏威夷，是替这地方的民族谋幸福的。最奇怪的，这样一个繁盛富饶的地方，却找不到一座衙门，人民很是快活，从没有犯法律的事体。小孙便想起翠亨人说的"生时不入衙门，死后不入地狱"的一句老话来。他因为美国人的治理夏威夷人很得法，他便觉得中国皇帝和官吏的虐待中国人民，是十分可恨；尤其是觉得中国急于需要美国式的共和政体和自由法律。他存了这一种意志，他在学校里面，对于美国的历史，格外的喜欢研究。后来被他发见了林肯的释放黑奴；华盛顿的大革命，脱离了英国专制势力，而建设民主的共和国；以及哥仑波找寻新大陆。那种百折不挠的精神，都可以使他意识上受着重大的刺激。他在外国学堂里，最感觉精神痛苦的一件事，便是外国同学们对于他辫子的嘲弄。内中有一班小学生，常常觑着小孙不防备的时候，蹑着脚从他身后走过来，猛力拖他垂在脑后的辫子。起初小孙还忍耐着，后来他忍无可忍了。好得他从前在翠亨田地上做惯了工作，体力十分发达，到了必要的时候，他便用拳脚来抵抗他们的侮辱。那同学都敌不过，他们渐渐的由畏惧他而敬重他，由敬重他而亲近他。那里有一个很大很清洁的游泳池，小孙这时俨然做了一个游泳的健将；但在游泳的时候，脑后挂一条发辫，却甚是不便。旁人问他："你为什么不把你的发辫剪去呢？"这个问题，小孙自己也常常觉得怀疑，后来他自己找得了一句很深切的答语道："我们看中国人的大病，应革除的，这剪辫是最后一件事。大家须联合起来，等到全体的中国人，都可以剪辫的时候，才把辫子剪去，也还不迟。若是一个一个少数的剪去，是没有什么大效力的。这种蠢陋的风俗，是满洲人强逼我们做成的；必须等全体中国人决心把满洲政府推翻以后，才使全国剪去这可羞耻的辫发。因为这发辫，不过中国所受许多耻辱中的一种罢了。"这长不满四尺的小孩子，竟能说出这眼光远大的话来，使火奴鲁鲁人都不觉钦敬起来。不久，他在这教会学校中毕了业，在全校中他考了一个第一名，由夏威夷王亲自到学校中来，给他一件奖品。

大哥还开了一家商店，在当时所称为爱槐的地方，便是如今称做珠港的。小孙从教会学校毕业出来，又到他大哥的商店中去做了半年生意；趁这个机会，小孙能够和夏威夷的华侨接近。他常常对人说，要推翻满清政府和改革政治的事体。他大哥听了他小弟弟的一番言论，觉得这小孩子前途无量，怕埋没了他的才干，立刻又送他进了火奴鲁鲁的高等学校，称做圣路易的。在这高学校里读了一学期，又改进了夏威夷大学。

这时火奴鲁鲁地方,发生了一件中国人和外国人冲突的事体。大哥十分愤怒,原想抛去了火奴鲁鲁回到自己家乡地方去。只因自己在夏威夷地方,买了田地,开了店铺,又合股买了轮船,一时不能离开,但他的小弟弟在火奴鲁鲁都没有什么关系的,与其在外面受外国人的欺侮,还不如打发他回国去侍奉父母;在他大哥是很看重中国学问的,他以为他的小弟弟所受的外国教育已够了,不要他再受外国学问妨碍他的古学。因此很严厉的对他小弟弟说,要他立刻回故乡去。这时小孙已有十八岁了,他也很想念故乡的父母,便依顺了他大哥的意思,从火奴鲁鲁动身回翠亨去。他们坐的一条沙船,将近香港口的时候,一定要经过一个小岛上的关税处。在事先,船主已对一班客人告解过了,说道:“你们对于厘捐局中的人,须要忍耐;若是触怒了他们,他们要难为你们的。停了一刻,果然厘局中的人来了,东搜西寻。这小孙暗暗的留心着,觉得他们只知强取勒索,许多搭客只恐自己的东西充公,或是要捕捉他们去罚他们的钱;只求太平起见,不得不拿些礼物送给他们。小孙因为要免得船主多受困难,对于厘捐局人过度的勒索,他也忍受着;后来见他们拿了许多东西去,以为他们一定满意了,小孙便把自己的行李收拾起来。刚把箱子上了锁,不料又来了一批人,对他说道:“快把你的行李打开给我瞧!”小孙答道:“我已经受过检查了,你们为什么还要使我受这麻烦?”那差役们冷冷的说道:“他们是收海关税的,我们是收厘捐的。”搭客们也没得说,只得忍心耐气的,重复把他的行李打开,候差役搜检完了,大家再收拾起来。谁知第三批搜查的差役又来了,他们拿着刀子,拿着铁钎,在客人的行李上面乱斫乱刺,连声喝道:“打开来!”小孙问他们是做什么的,他们爱理不理的说道:“我们是查禁私运鸦片,保护百姓的。第三次搜查过了,那船正要准备航行,却不料还有第四次检查的人;他们穿了军衣,拿了快枪,命令着客人道:“打开行李来!”众客人问道:“你们搜查了三次,还不够吗?”他们高声答道:“俺们是查火油来的。”小孙听了,不觉大怒,说道:“这是胡说!你看看我们的行李这大小的形状,可以藏得火油的吗?我可受不住你们的麻烦了!”别的客人见小孙反抗官役,十分害怕,大家都来恳求他道:“这一回也听他们检查吧!否则他们要无缘无故的扣留我们在这里的。”这小孙怒气一发,如何止得住,他心中自己忖量着道:我便借这个机会,开始努力与恶势奋斗吧!他便高声对众人说道:“诸位放心,待得我们到了港口,我便帮助你们上诉;眼看着这些谋害人民的差役,都要受罚了。”船主听了,大笑道:“孩子真不懂事!在中国是没有可以上诉的;你若是到上级官厅那儿去,他们亦不过使我们再受些麻烦罢了!”小孙这一次争执的结果,真的使搭客受着麻烦了。那一群差役,把船上的舵拿去;把船扣留起来,不准开行。直到第二天早上,船主悄悄的去纳了一笔贿,给那班差役,这一条船才得开行。可笑差役把贿赂称做罚款。小孙看了这情形,心中愤怒极了。待船开行了以后,他便趁着机会,对搭客演说中国政治改造的必要。他高声问搭客道:“中国在这些腐败万恶的官吏掌握中,你们还坐看着不救吗?”他在船中尽力的宣传,直到这条船进了金星港。

这十八岁的童儿,回到故乡来了。他已不是从前小孩子的气性了,他一肚子藏着改革中国的思想,更是一肚子怀恨那阻挠改革中国的皇帝、官吏差役。尤其是痛恨当时皇帝、官吏差役的虐待剥削我们中国的人民。他此番回家来,闲空着无事可做,他便利用这个时间，做宣传的工作。他很大胆的对村民演讲道："你们的县衙门，是在香山城里；你们的衙门，替你们干些什么事呢？每年衙役到翠亨来一次，向你们收取那官吏规定的钱；得了你们的钱，便转身去了。你们花了钱也不向他要些什么，他亦不向你们要些什么……"这童儿在演讲的时候，那村坊上男女老少的人民围着他听的很多。从此翠亨地方家家人都在那里批评这童儿的狂妄，但他们仍旧欢喜听他的宣讲。隔了几天，他又得了一个机会，对大众演说道："这衙役对于一年中村间所遭的事，一点都不知道，亦不询问你们，为什么呢？因为你未必比衙门高明些。你们不要衙门干涉你们的事，衙门亦不要你们干涉他的事，所以中间就有了隔膜。他们拿了你们的钱，你们没有受着出钱的益处。一个政府应该替人民管理种种事情，正像家长应该注意到家中各人一样。现在你们若是要一条路，你们要自己造，或者要你们自己捐钱的，甚至清兵所用的桥，也要你们出钱去造。这里因为车子少，我们无须大路，这是的确的；但是因为小路是通大路的，我们也应该鼓励建造大路。你们既然出了税，他们应该每年做些事体给你们看；无论是建造学校、桥梁、马路。你们所出的钱，哪里去了？到皇帝袋子里去了！皇帝替你们在这翠亨村里干了些什么事呢？却是一些也看不见，这还可以算得一个政府吗？"

我在第一回中已说过了，这翠亨村有一座北帝庙，是一个全村人民最信仰最尊敬的神道。这十八岁的童儿，天天眼见得村中一班男女老少的愚民，如狂如痴的赶到庙中去，向神像礼拜；他想中国人民，须要领他向前进，他们如今相信了神像和庙里的签诗的话，便永远没有方法使他们进步了。他知道迷信便是愚昧的表现，又想到中国若常在紊乱的礼拜和迷信的极桎状态之下，只有退化的。他常常对人说："迷信使人害怕这些神像，必须在中国能够成一个进化的民族之前去掉它，因为迷信的原因，便是畏惧和愚昧。"他便起了一个决心，在一天香市最热闹的时候，他领了几个同伴，直闯进北帝庙中去。见有人向神像跪拜的，他便把他们拉起来；又自己走近神像前去，握住了北帝的那只木手。在庙中的一班的香客，见他如此亵渎神道，便大惊起来。这童儿也高声向众人说道："我们为什么敬礼这个木偶？他们自己还不能帮助自己，谁说他能帮助我们？现在看我拉去他的手指，他能不能反抗我！"他说着，只听得刮啦啦一声，那北帝的木手，竟被他拉断了。他把木手高擎在手中，又高声对众人说道："现在你们可以看见这样的保护乡村的神道了，我折了他的手指，他还照旧撑着嘴笑；这样的神道，如何能保护我们的乡村？"全庙的香客，见了这童儿大胆的行为，都十分惊惶的逃出庙门去。不多一会儿，这个惊人的新闻，传遍了全村。这童儿的行为，被家家人呼着他的名字咒骂着他。村中做父母的教训他的儿子道："你们快离开这个疯子吧！这都是外国教育使得这孩子做出这样的事来的！这样亵渎神灵，只有洋人教得出来。啊唷！天哪！这孩子得罪了神明，俺们这全村都要遭灾了！"这班人愈说愈气愤，大家赶到孙家去，围住小孙的父亲讲理，还要这孙大爷担保全村人口十年的平安。孙大爷是一个看重旧礼教的人，他因为要平乡中父老的气，立即拿出钱来，去把破坏的神像修复；村中的人民还不甘心，大家挤在孙家屋子里吵嚷，说非把这个疯癫了的小孩子驱逐出翠亨村去不可。今天也吵，明天也吵，这位孙大爷知道自己儿子得罪了全村的人民，再也难把他安顿在家里了；看看这个小孙，依然是倔强不服气，留在他家中，难保不再闯出大祸来，便去和住在蓝谷的弟弟商量。他们便决定把这意志坚强的童儿，送到香港皇家学校去读书。在一天清晨的时候，小孙乘一只小船，离了他的翠亨村。他的父母，一夜没有好睡。因为他不服从中国的教训，让他到外国人中间去，也许他回来时终究要虚心而顺从的。他们以为外国法子是坏的，但是因为他已经依了他们，索性让他这样下去，学个透彻，也许他会觉悟过来，懊悔而回来敬重他的家属和故乡。这一番话，是小孙的父亲，在小孙临走的时候，用严厉诚恳的声调再三叮嘱着。这小孙听了，也不觉起了骨肉分离的悲感；但他的意志，却还是很坚强的呢。

欲知后事如何，且听下回分解。

# 第五回　孙中山初遇郑士良　广州城密行三合会

这个穿蓝衣垂小辫的孩儿，这个十八岁童儿，这个翠亨村中的小孙，便是如今世界上人人崇拜的孙中山。中山此次不容于乡里，孤零零的一个人，到香港皇家学校来读书，正是他一生命运的转机，又是终身革命的开始。他进了皇家学校以后，不久便有中法开战的事体。这战争的经过，中国大臣李鸿章，在一千八百八十四年五月十七日和法国订定条约，交涉的结果，中国皇帝的兵退出安南地界；但这次战争直延长到一千八百八十五年八月廿三日。法国元帅戈白，带了他的海军，进了中国的闽江，夺了中国福建的兵工厂；在七分钟最短的时间中，用炮火打沉了中国十一只大战船。中国人心大怒，便是在香港的华侨，也甚是愤恨。那时恰巧有一只法国兵船，受了伤，从台湾开来，要在香港修理。那香港船厂里，尽是中国工人；他们因为这是敌人的兵船，修理好了，依旧要去打自己国土的，因此拒绝这个工作。这一桩案件，大感动了中山的心，他顿时觉得中国的人心，未始不可以用；只因被满洲人专制的势力压迫住了，发展不出来。因此，他推翻满人政府的意志，更是坚决了一层。

中山不久在皇家学校毕业，他自己也知道，要做革命事业，先要学一种能够自立的技能，更可以借这职业，他日为藏身之地。他自然最愿意去学陆军，或海军，或法律；但是他没有政府的帮助，最后却选中了广州的博济医学校去学习医生的技能。他意思将来可以靠医生的牌子，秘密进行着计划；因为中国人眼光中看医生，是良善守法的人。他的所以要到广州去，因为那里可以做一个发展革命的中心地。他在日间，虽尽力做试验室和课堂的功课，一到休息的时候，或是夜间，他便在他四百个同学中，留心人物。他常常把革命的思想吐露出来，去试验那班少年的性质；可怜这四百个学生，看看都是眉清目秀，年富力强，但他们的脑筋，却已在老年时代。若对他说起革命，他们大半都是抱着多一事不如少一事的态度，不肯去冒这个险。中山深觉得此时有须秘密组织一个党会的必要，但环顾左右，却绝少有他的同志。中山心中甚是郁闷，正一人坐在灯下出神的时候，忽然房门一响，进来了一个昂藏七尺的奇男子。中山向这男子看时，认得他便是学校中同级学生，名郑士良的，又名弼臣。他见了中山，便说道，大丈夫行事，须有独来独往的精神，成败在所不计。中山听了，不觉肃然起敬，正要问话时，那郑士良拉住了中山的手便走。二人走到一座大园场中，人迹所不到的地方，并肩坐下，便说明：自己是三合会中的大哥，今特意在广东南洋一带地方，借读书为名，招罗人才。中山问他三合会中宗旨，郑士良说出“覆清复明”四个字来。中山不觉大喜，便又追问他三合会的历史。郑士良说道：“三合会，又称天地会，在中国长江一带，各立支会，又有三点会、清水会、匕首会、双刀会许多名称。最早是一个少林寺和尚发起的。在乾隆五十二年，台湾有一个林爽文，他是三合会中的大头目。他住在彰化县大理村中，村人受了他的劝化，全入了三合会。原意是要抵抗地方官的凶横，后来消息传在台湾抚台耳中,便打发一个总兵官柴大纪,带领三百官兵,到大理村中来捉人。这林爽文如何肯忍,立刻召集他一千多村民,和官兵对敌;在夜深时候,直杀入官兵营中,斩死他的司令官,得了大胜,乘势占据了彰化县城,又夺得邻近各处紧要地方。那官兵败逃回去求救,福建的黄提督、普总兵,带了大队人马,火器大炮,前后夹攻。林爽文大败,全家逃去,躲在深山中土番人家里。那家忽然出来了一个女英雄,姓郑的;她面貌长得绝美,武艺也十分高强,一支手枪打人,百发百中。她接了林爽文的残兵,和官兵力战。那官兵被她活捉,杀死的很多;可惜这位女英雄太淫荡了,她捉住了一个少年军官,见他年轻貌美,便逼他奸淫。那军官不从,百般辱骂,这女英雄大怒,立斩下这军官的头来,去浸在酱缸里。后来她终于失败,逃在广东,被官兵捉去杀死。直到现在,那大理村中的人民,还年年祭祀这郑美人呢。直到道光三十年,太平军洪秀全起事,三合会派人在两广地方,随地骚扰,助太平军的声威。当时三合会人,随身带有武器的,都去帮助洪秀全。不久,因为宗旨不合,便大多数退出,只有广东人罗大纲,带了他的部下去跟着洪秀全。此外真正的三合会员,多在沿海各处活动。直到得道光二十九年,新加坡有三合会首领陈正成,创立三合会支部,在厦门地方,改名称匕首会,会员有数千人。到咸丰元年,陈正成被官兵捉去,活活打死在公堂上;那差役们把陈正成的尸首,装在轿子里,抬去抛弃在陈家门口,匕首会中人,十分愤恨。那时有一位名黄威的,他又被会众举他做了头目;在咸丰三年的时候,福建官兵竟明目张胆的抢劫富户黄姓的钱财,黄威带着部下二千人,和官兵对抗,杀死官兵无数,乘胜占领了附近的两座市镇。这时会众有八千余人。黄威带了他们,竟占据厦门。当时贴发告示,自称明军指挥官,和清朝的官兵,抵抗了几个月。在厦门地方,原有许多外国人住着,他一面战斗,一面还能保护外国人。他又能讲人道主义,爱护部下的生命;白天交战,夜间休息。只因日子支持得太久了,四面被清兵层层围住;后来弄得粮尽弹绝,不得不开城和清朝兵讲和,得保全他的部下,乘轮安然远去。清兵乘机打进城去,纵兵淫杀;便是手抱的孩儿,白发的老人,都不能免得一刀之苦。清兵杀人太多了,刀口也卷缺起来;便把数十人缚成一大捆,抛在河中,活活淹死。一时惨哭凄嚎的声音,远闻数十里以外。厦门的英国领事官,不禁大怒;一面写信给清兵官吏,劝他止杀。清兵置之不理,英领事便调到两只兵舰,停在海口,立逼清兵退出。同时在上海,也有三合会人起义,聚集广东、福建两省人十四万,由广东头目刘丽川,福建头目陈阿连统带,攻打上海城。事体未成,已经被清朝的地方官侦探出来,捉去头目七八人;他部下人大怒,立写信给地方官,责他轻听谣言,无故捉人。若不速放还,使要立邀十四万友人,攻入城池,立杀汝头。地方官十分害怕,便立即把头目放了回来。这时恰遇地方官祭祀孔庙,在天色黎明的时候,由刘、陈两头目带六百余党人,悄悄的去埋伏在北门城外。城门一开,伏兵尽起,杀进县城杀死县官袁某。此时城中已有同党一万多人,一拥进了道台衙门,逼道台吴健彰缴出官印,又取得官库银两数十万。这时刘陈二头目,传令党中,个个用红巾包头,称为红头军。上海租界的洋人大恐,便和清兵联合。清兵从镇江来,亦有一万余人,借洋兵之力,断绝红头军粮道。又借洋兵大炮,向城中攻打。刘丽川势穷力竭,便率领死党一百多人,冒险冲出围城,远逃来广东地方。在咸丰四年,三合会人又在广东各州及广西全省占据了很大的势力，所有肇庆、佛山、东莞，凡是沿珠江一带地方，尽被会中徒党占有。处处高揭'反清复明'的旗帜。四年十一月，在珠江与清兵大战，打破清兵船只四十四艘。只可惜此时太平天国的主力军，已被清兵打灭，那广东叶总督，便出其全力回攻珠江党人，英国海军亦帮助清兵，党人的势力一天衰弱一天。此时太平军石达开，从湖南进兵；广西三合会军人，亦帮助他进攻桂林。不料石将军突遇强悍的清朝援兵，一败涂地；三合会军人，亦回散逃避。清兵夺去各处城池，每日杀死良民七八千人；更惨的，有活剥人皮、挖取心肝的。总计广东人死在清兵手中的，竟有一百多万人。三合会中人，无处立足，便四散在南洋一带地方，暗暗的联合同志。如今各外国殖民地所有华侨，十有八九，皆为我三合会中人，在各地的头目，已出面与殖民地外国官吏立定一种协商条约，各不相犯。在光绪二十四年的时候，我们也曾大举过一次。当时由头目李立亭、洪振年，在广西郁林、南宁一带地方起事，不上三个月，已经占据得广西全省，只剩得梧州、贵州二处，清兵十余万人投降入会中。后因人多粮缺，除广西一省外，又没有响应，清朝军官从四处调集了大军来，包围广西各城。李头目死战十数个月，力不能支，只得暂时再退出广西。那时俺正奉了本部的命令，前住南洋一带，联络同志；待广西各路同志失败出来，齐集在海外各岛。近地新加坡一带，远地夏威夷一带，统计已召集了三十余万人；有经营商业的，有开垦土地的。俺们已向荷兰商人，购到大批军火，专做推翻满清政府的工作。现在时机未熟，俺暂在此医学堂中藏身。不想遇到老哥，俺平日在暗地里默察老哥器度和平日的谈吐，已知是有大志气的人，如今何妨便请老哥加入俺们会中，俺便当举你为公所大哥。"中山便问："什么是公所大哥？"郑士良说道："俺们这三合会，如今分会做五大公所：第一公所又称为一九梯，分配在福建、江苏二省，用'江彪'二字为记，用黑色旗号，用菱角印信；第二公所，又称为十二梯，分配在广东、广西二省，用'洪[illegible]'二字为记，用红色旗号，用三角形印信；第三公所，又称为九梯，分配在云南、四川二省，用'泪[illegible]"二字为记，用深红色旗号，用四角形印信；第四公所，又称为二九梯，分配在江南湖广一带，用'淇[illegible]'二字为记，用白色旗号，用平行四边形印信；第五公所，又称为四七梯，分配在浙江、江西、湖南一带，用'泰[illegible]'二字为记，用绿色旗号，用圆形印信。此外又有[illegible]各部，都由公所管理。每一公所，公举一位首领称为大总理，又称元帅，平常便称大哥；大哥以下，有香主，平常称二哥；香主以下，有白扇，又称先生，平常称三哥；三哥以下，有先锋；先锋以下，有红棍，专管会中执行刑罚的事体；红棍以下的执事，统称草鞋，专管会中一切奔走杂事。老哥有这样的大才器、大志愿，俺便推举老哥当一位大哥，先拨五万人，由老哥调度；待一有机会，俺们便可以立刻起义了。"中山听了郑士良的话，低着头思索了半晌。又问道："如今广州的会所在什么地方？入会是怎样的规矩？"郑士良答道："俺们入会，称作做戏，又称放马；每招得同志五十人，便举行入会礼一次。在本地的会员，须齐集在会所，称做看戏，会员称做香，新入会的，称做新丁。凡是三合会的会员，都称做洪家兄弟。"中山又问："在最近什么日期再举行入会礼？"郑士良说道："这说不定，会中随时有消息来的。"中山便约定待他们举行入会礼时，前去参观，郑士良便答应了。他二人在园子里秘密长谈，直谈到月色西沉，那全学堂的人却没有觉得。看看东方已发出青白色来了,他二人才悄悄的回到卧室中去。

隔了几天,那郑士良又悄悄的对孙中山说:"明天俺们又要做戏了!"中山点头会意。到了时候,他二人向学堂里美国校长请了假,悄悄的溜出校门。郑士良在前面领路,经过许多街道,看看出了广州西城,转到一座山脚下,进了山峡,经过一条崎岖山路,忽然露出一方大空地来。空地上人头攒聚,旗帜飘扬,中间五丈见方地上,搭盖着三座芦席房屋。最后一座屋子,称做红花亭,是会中的秘密室。室中供奉关帝神位,上有匾额,写着"忠义堂"三字;两旁有女军神关英,前五祖,后五祖,郑君达,万云龙,郑玉兰,郭秀英,周洪英,各先辈的牌位。神座前设一木塔,名高溪塔;大盘盛着瓜果;中设一香炉,炉上刻有"反涓复汨"等字;此外又有红灯、官伞、七星刀、龙凤棍棒。在屋子正中,设一长案,案上陈列七星剑、大算盘、红灯、长尺、镜、秤、剪刀、桃树枝儿;在案下设一小木桥。孙中山看了这许多古怪的东西,心中莫明其妙。

欲知后事如何,且听下回分解。

## 第六回　红花亭参预秘密会　砼德立厚爱高材生

中山看了这许多古怪器物，心中正估量着。郑士良便在一旁解说道："这七星剑，是表明覆满兴明之意；算盘，是算灭清后明帝再行登位的日期；红灯，是可以照见人心的真假；尺，是考量会员行为的，又可以量天地合一的地方；秤，是表示正义公道的意思；镜子，是能照见一切忠诚邪恶；剪刀，是要剪去遮掩光明的云障；桃枝，是暗示昔日刘关张桃园三结义的意思；坛下小桥，是表示昔日五祖由少林寺逃出时所过的桥。"中山听了这一番话，心中半信半疑，却也不好细问。一眼见郑士良身穿明朝的衣服，头包红巾。中山问："为何不戴帽子？"士良道："只因大明江山未复，无暇正冠。"又向四面望去，见屋子里大小头目，都一律穿着明朝衣服。此时坛上呜呜角声吹动，屋外面接着鼓声四起；在屋子的进门口，有兵士拔刀直立；从门口直到坛前，有三个大竹圈，竹圈两旁，都有兵士把守。那一群新会员，排成一串，从门外徐徐行来；行到第一个竹圈旁，便有兵士高声问道："你来干什么的？"会员答道："来投军做洪家兄弟的。"问："你怎么知道此地招兵？"答："见过公所告示来。"问："什么人唤你来的？"答："自愿来的。"走到第二个竹圈口，又问道："你从何处来？"答："从东方来。"问："什么人替你担保？"答："有我家大哥。"问："兄弟们吃三分米七分沙，你吃得这辛苦吗？"答："兄弟们吃得的我也吃得。"走到第三个竹圈口，又问道："宝剑和颈子，是谁坚牢？"答："是颈子坚牢。"会员说着，立刻解开衣襟，露出右臂来，手擎香三枝，有先锋领着，走到坛前，口中念着诗句。那会员一齐跪倒，匍匐在坛前。那先锋向管坛兵士高声说道："高溪之天祐洪，现在带领得新兵数千，欲加盟我军，遵守桃园兄弟之约，来报明香主，新兵都愿改姓洪氏，求香主当着五祖的神前，用镜子照看新兵的心迹，收容了他们。"先锋说罢，那管坛兵答道："天祐洪便拜见五祖。"先锋口称："遵命！"这时郑士良带领了众头目登坛，先焚香在木斗，拜见五祖。有赞礼在一旁唱着诗句。礼毕，郑士良坐神位前，香主坐左首，先生坐右首，草鞋站立在两边。香主向先锋问道："汝是何人？"先锋答："我是高溪天祐洪。"香主喝道："不得胡说！世上无姓天的人，你究竟生在什么地方？"先锋答道："我是崇祯宫中一个太监，忠心义气，一意复仇，欲再兴明室。我以天为父，以地为母，以日为兄弟，以月为姊妹。天用洪家管天下，日月为明，因此我自名天祐洪，是说上天保佑洪家。"问："天地日月姓什么？"答："天姓兴，地姓旺，日姓孙，月姓唐。"问："你跑了多少路？"答："一万里路。"问："有几人同来？"答："三人。"问："何以你到此只有一人？"答："谢哥前面走，万哥后面走，我在中间走。"问："你从何方来？"答："从东方来。""何时来？""日月照东海时来。""你从大路来，从小路来？""大路中央来。""你读什么书？""我读文武书。""文是何人？武是何人？""文是孔子，武是养由基。""从何处学来？""从红花亭学来。""读书读在第几卷？""读百万书，洪水横流的一卷。""在什么地方练武？""在少林寺。""你的祖宗姓什么？""姓洪家。"香主和先锋的话问答完，大哥起立坛前，左右兵士拔剑交叉，高举成门；一群新会员，从剑门下挨次走进去。大哥口中念道：

吾人当吉凶与共，以求回复天地万有之明；灭绝胡虏，以待真命。吾人当虔拜天帝地皇山河土谷之灵，六恶之灵，五才五龙之灵，以及无边际之神灵。创造以来，百事提倡；其古人所知而足为后代教训者，当传遗之。诸兄弟念再导汝于忠义之中，吾人当以同生死誓于上天。今夜吾人各介绍数新信徒于天地会，仿桃园结义故事，约为兄弟；洪其姓，金兰其名，以合为一家。自入洪门之后，当一心同体，互相扶持，毋许有彼我之别。今夜拜天为父，地为母，日为兄，月为姊妹；复拜五祖及始祖，万云龙等，与夫洪家之全神灵。今夜吾人跪拜炉前，心神即立清净，吾人各刺指血混啜之，以为同生死之盟誓。吾人以甲寅年七月二十五日丑时为生诞时，凡昔二京十三省，当一心同体，人人互求幸福，各分其劳，毋或疏隔。一遇今朝廷王侯非王侯，将相非将相，人心摇动，即为明代回复胡虏剿灭之天兆。吾人当决行昔时陈近南之命令，立亭作桥开天下太平之域，以实行做戏，历五湖四海，以求英雄豪杰，握木杨城主权，焚香以设山河同永之誓。凡新会员，各以其范围，行所任务，顺天行道。顺天者存，逆天者亡。如有能回复明代，报仇雪耻，建设天下太平之治者；及身封王侯子孙，则历史永昌。违反是道者，应灭绝于剑戟之下，且须灭绝其种；惟忠心义气之人得受永远之福祉。吾人受生于天地，被日月之所照；结义以后啜血盟誓，上仰神明之降鉴，当各表诚意，以矢三十六誓。

接着那新会员一字儿排列在坛前，高声读三十六誓道："第一誓，自入洪门以后，尔父母即是我父母，尔兄弟姊妹即我兄弟姊妹，你妻即我嫂，你子侄即我子侄；如有不遵此律，不念此情，即为背誓，五雷诛灭。第二誓，倘有父母兄弟百年归寿，无银埋葬，有白燐飞到，求兄弟相帮，必要通知各兄弟；有多帮多，无钱出力，以完其事；如有诈作不知者，五雷诛灭。第三誓，各省外洋洪家兄弟，不论士农工商，江湖之客到来，必要支留一宿两餐；如有不思亲情，诈作不知，以外人相看者，死在万刀之下。第四誓，所有洪家兄弟，未相识，挂牌号，说起投机，必要相认；如有不认者，死在万刀之下。第五誓，洪家之内事，父不能传子，子不能传父，兄不能传弟，弟不能传兄；以及六亲四眷一概不得传讲说，以及私传衫仔腰平，以及本底私教私授贪人钱财者，死在万刀之下。第六誓，凡我洪家兄弟，不得做线捉拿洪门兄弟，倘有旧仇宿恨，必要传齐众兄弟，判其是非曲直，当众决断，不得记恨在心；倘有不知者，捉错兄弟，须要放他逃走，如有不遵此律者，五雷诛灭。第七誓，兄弟患难之时，无银走路，必要相帮银钱水脚，无论多少；如有不念亲情者，五雷诛灭。第八誓，捏造兄弟有逆伦，以及诛害香主，行刺兄弟者，死在万刀之下。第九誓，不得奸淫兄弟妻女及兄弟姊妹；若犯者，五雷诛灭。第十誓，兄弟托寄银钱以及什物，必要尽心交妥，逮到支还；如有私骗者，死在万刀之下。第十一誓，兄弟寄妻托子，或有要事相托；如不做者，五雷诛灭。第十二誓，今晚入洪门，年庚八字，须要报真姓年月日时；如有假报瞒骗五祖者，五雷诛灭。第十三誓，今晚入洪门之后，不得叹息自怨入错，当天解愿；如有此心者，死在万刀之下。第十四誓，私劫兄弟财物，暗帮外人抢夺兄弟财物者，五雷诛灭。第十五誓，不得强卖兄弟货物以及骗买争卖，亦不得强为；如有恃强欺弱者，死在万刀之下。第十六誓，所借兄弟钱财物件，有借有还；如有欺心不还，不念情义者，五雷诛灭。第十七誓，或有抢劫取借兄弟财物者，即速送回兄弟；如有欺心不送回者，死在万刀之下。第十八誓，倘有被官兵捉获，此乃天降横祸，不得供出洪门兄弟，亦不得记念旧仇，乱供兄弟；如有乱供兄弟，不念洪门结义之情者，五雷诛灭。第十九誓，兄弟被捉去，或出外日久，不得回家，留下妻儿子女，无人倚靠，必要留心帮助，以得长大成人；如有诈作不知者，五雷诛灭。第二十誓，有兄弟被人打骂，必要向前，有理相帮，无理相劝；若系屡次被人欺他者，即传知众兄弟商议。若其家贫，必要帮助钱财，代他争气，如无钱者出力；不得诈作不知，如有犯此律者，五雷诛灭。第二十一誓，各省以及外洋兄弟，文书以及物件，有官府追拿，即时通知他逃走为上；如有不通知者，死在万刀之下。第二十二誓，赌博场中，不得使假吞骗兄弟钱财，以及串通外人骗赌，贪图利己，以伤兄弟；有此欺心者，死在万刀之下。第二十三誓，不得捏造是非，有增言灭语，离间兄弟者，死在万刀之下。第二十四誓，不得私做香主，入洪门之后，三年以外为服满，果系忠心义气，有香主传授文章，或前传后教，或有三及第保举，方可做得香主；如有私自为之者，五雷诛灭。第二十五誓，自入洪门之后，或有前仇旧恨，不得再行记念前事，过了无容怀恨；如有私怀怨恨者，五雷诛灭。第二十六誓，有亲兄弟以及洪家兄弟相打，或官讼等事，必要相劝，不得帮理一边，总要以和为是；如有不遵此律者，五雷诛灭。第二十七誓，兄弟看守之地方，不得犯他；如有事业，如有诈作不知，固犯兄弟所守之地方，连累兄弟受苦者，五雷诛灭。第二十八誓，有兄弟劫抢偷拐或骗执之财，不得眼红；兄弟有财帛似及物件，如有心怀恨兄弟，因以图谋分阔者，五雷诛灭。第二十九誓，有兄弟发财，不得漏泄机关；如有不遵此律者，死在万刀之下。第三十誓，不得以外人包押货物，指东话西；庇外人吞骗洪门兄弟者，死在万刀之下。第三十一誓，勿恃我洪家人多，倚势欺虐外人，不得横行凶恶，须安分守己，各守职业；如有恃众欺人者，天地难容，死在万刀之下。第三十二誓，不得因借不遂生冤，以及怪饮怪食；如有怀恨含冤于心者，此乃小人之见，五雷诛灭。第三十三誓，不得弄奸我洪家兄弟之幼童少女，有犯此律者，五雷诛灭。第三十四誓，不得受买洪家兄弟妻妾为室，亦不得以兄弟妻妾通奸，如有犯此律者，死在万刀之下。第三十五誓，不得对外人乱讲书句，口白宜谨慎，腰平衫仔，不得被外人看破，务宜小心，不得失漏机关；如有犯此律者，死在万刀之下。第三十六誓，士农工商，各执一艺自入洪门，必要忠心义气为先交结，各省洪家兄弟，皆同一体，手足之情，不得分彼此；或日后起义，务宜支办军火粮草，一同协力杀灭汈朝，保汨主回复，以报五祖火烧之仇，以表今日结义连盟之情。如有二心，不奋发其力者，死在万刀之下。”众人念誓毕，又同声高唱着四句诗道：“立誓传来有奸忠，四海兄弟一般同；忠心义气公侯位，奸臣反骨刀下终。”

郑士良待众人宣誓毕，便拿出各种大小红白黄数种颜色不同的会员证书来，发给新会员。此种证书，是拿布片印成八角形文字，居中盖着一颗公所的红印。会员称证书为腰平，称公所为红花亭，又称松柏林；称入会为入圈，又称拜正，又称出世。称会外人为疯子,又称鹧鸪,称赴会为去睇戏,会中的秘书称作衫仔。称猪为毛瓜,称牛肉为大菜,称狗为穿浪,称米为沙,煮饭为打沙,吃饭为耕沙。吃鸦片称咬云。水称三河,香称桂枝,烛称古树。蚊帐称灯笼,明朝衣服称袈裟。套裤称菱角,靴称铁板,帽称云盖。道路称线,出门称游线。家称甲子,船称平,坐船称搭平。剑称桔板,小刀称狮子,大炮称黑狗,火药称狗粪,银圆称瓜子,铜钱称芝麻,手称五爪龙,耳称顺风,杀头称洗面,海称大天。秘密会所称三尺六,扇称弯月,木斗称木杨城。这都是孙中山当时在会场上无意中听来的。这一次会,直开到黄昏月上,山中火把齐明,照耀有如白昼,各项仪式,依次行毕。郑士良便拉住中山的手,离了公所,两人在路上默默地走着;到西门城楼下,幸得城门未闭,二人挨城门进去。回到医学堂里,医学堂里的教师砭德立,平时最是看重孙中山的。他见中山和士良二人回来甚晚,学堂中夜膳已吃过,便问中山:"从什么地方来?"中山回称去看望朋友,因谈论国家大事,不觉太晚了。

欲知后事如何,且听下回分解。

# 第七回　风云际会志士兴中　雷霆爆发党魁漏网

砭德立虽是一个英国人,但他很是讲究博爱和平的。他见中国人民宛转忍痛在满清专制皇帝暴力之下,心中也有几分公愤。他如今听中山说谈论国家大事,便合上了他的心意,忙把孙、郑二人邀到自己房里去,备下晚餐,给二人吃着。中山在这时候,说了几句要救中国脱离专制苦厄,力求富强,使与东西洋各强国立在平等的地位的话。砭德立见这中国学生年纪甚轻,却有如此大志,十分惊叹,便也勉励中山,须多求学问,多交朋友,为他日之用。中山连声称谢,退回房去。他因心中有事,在床上翻来覆去,一夜不得安眠。第二天,一清早起来,他便决定另行组织一个兴中会,与三合会相辅而行。拿起笔来,飕飕的一阵,把十条会章也写成了。他起首几句道:"中国积弱,至今极矣! 上则因循苟且,粉饰虚张;下则蒙昧无知,鲜能远虑。堂堂华国,不齿于列邦;济济衣冠,被轻于异族。有志之士,能不痛心!"中间又有几句指斥政府的道:"政治不修,纲维败坏。朝廷鬻爵卖官,公行贿赂;官府则剥民刮地,暴过虎狼。盗贼横行,饥馑交集,哀鸿遍野,民不聊生。"他结束几句又说道:"有心人不禁大声疾呼,亟拯斯民于水火,切扶大厦之将倾。庶我子子孙孙,或免奴隶他族。用特集志士以兴中,协贤豪而共济。"他的十条章程:第一条,是取名兴中会,总会设在中国,分会散置各地。第二条,是说明联结四方贤才志士,切实讲求富国强兵的本旨。第三条,是劝诫不可藉端舞弊,结党营私。第四条,是说推定总办、帮办、管库、文案、董事等人员。第五条,声明入会须得旧会友二人荐引俱结,入会缴会底银五两。第六条,每一处有会友十五人,便可设立支会。第七条,无论中外人士,肯为中国尽力,皆得入会。第八条,设银会以集巨资,每股银十元;至开会之日,每股可收回本利百元。第九条,各处支会,可设一公所。各会友随时聚集请求兴中良法;不得在此博奕游戏。第十条,详细节目,各处支会,可随地变通别立规条。

第二天,把这章程悄悄的拿去给郑士良看。郑士良甚是赞成,愿先邀在广州的三合会员加入兴中会,又邀孙中山到公所去演说革命的真意。中山自然很是高兴。到了约定的日子,孙中山和郑士良二人,悄悄的出了学校,到三合会的公所中去。那公所的房屋,甚是宽大;里面一座大客厅,已是黑压压的挤满了一屋子的人。先由郑士良上去,宣布了兴中会的章程,又由孙中山上去,激昂慷慨的演说了一场;说得人人赞叹,个个点头。孙中山又劝他们只须革命,不必复明;因为明朝也是专制政体,甚不合世界的潮流。如今我们要组织一个极平等、极自由、极博爱的共和民主政府。中山这句话才说完,只觉得满堂齐喝一声好。当时会友们签名加入兴中会的,人数已达到了一千以上;又认捐的银钱,有十数万之多。郑士良又提议先组织一个敢死队,以便分派到内地实行暗杀,宣传本会宗旨的。中山也极口称是,便请会员愿入敢死队的签名。当时有陆皓东、杨飞鸿、夏亚伯、李亚举、李芝南、杨衢云、刘秉祥、朱浩清、陈少白、王质甫、汤亚才、吴子才、莫亨、陈焕州、侯艾泉、魏友琴、黄丽彬一班人。又把会中事务，分作三大部分，一军事，一民事，一爱国募金。孙中山任爱国募金事，郑士良任军事，陆皓东任民事。这时孙中山的学期已满，他不但热心党国，且是热心学问；毕业的时候，考试的成绩很好。医学堂教授砼德立十分看重他，又派中山到香港阿赖斯医院中去实习。孙中山也很是欢喜它，便可以趁此机会，到香港去成立兴中会分会；便与郑士良商量，广州的事体，由郑士良主持。士良劝中山把陆皓东带去，因为香港是皓东旧游之地，那边同志很多，可以由陆皓东招呼。到了西历一千八百八十二年，孙中山、陆皓东二人，从广州到香港。中山在医院中，指挥一切，皓东在外面奔走拉拢。这时香港有三个著名的三合会头目，一名陈少纨，一名杨鹤龄，一名尤少白，他们手下会员，各有四五千人。孙中山暗暗的去和他们联络了，不上一年，那香港地方的兴中会声势甚大，他们会中人，称陆、陈、杨、尤四人，为四大寇。

在西历一千八百九十二年，孙中山已是二十七岁了。他在香港医院实习的年限又满，得了毕业凭证，医院中许他在外面挂牌子做医生的营业。孙中山也要借行医周游各埠，招募同志。此时得友朋来说，澳门很多有富于金钱、富于爱国思想的华侨，中山便决意到澳门去行医。带了他五六个最密切的同党，动身到澳门去。他医生的牌子挂出了不多几天，便有葡萄牙政府来干涉。凡医士没有欧洲修业证书的，不能在澳州行医。中山个人的势力，不能和外国政府抵抗，只得回至广州，重复与郑士良相见。郑士良已令他部下混入防营中，运动兵士，同谋革命。那防营兵士，原也是哥老会中弟兄，便彼此呵成一气。孙中山在广州城内城外，都设立医馆，秘密进行革命事业；所有敢死队员，也分发至内地各处，乘时而动。此时中国和日本开战，丧师辱国。满清政府，正慌张失措时候，孙中山认为时机已至，便日夜训练党人，又秘密向荷兰商人买得步枪五百支，弹药数百箱，分配汕头、西河、香港三处，约定日期，同时起事。孙中山亲自在广州指挥，陆皓东在西河指挥，夏亚伯在香港指挥。郑士良又劝孙中山亲赴长江、北京一带游说同志，使他们四方同时响应，可以分去官兵的势力。这时满清的海军正和日本的海军，在北黄海打得十分热闹。中国的兵船大炮，最近由李鸿章向德国克虏伯枪炮厂去定购来，全是最新式的，教日本人听了，也觉胆寒。孙中山有意要到北洋一带去看看满清政府的利器，使自己也有一个准备。他便和陆皓东二人，改换姓名，从湖南直达扬子江，沿途也会见了几个哥老会、洪江会的小头目，因乘此国家多事，江湖上各党会的大头目，都要奔走活动，往来无定。孙中山和陆皓东既考察得长江一带形势，便从陆路走到天津、北京一带。中日战事，十分紧急，京、津一带人心惶惶。不料号称中国海上的雄师，竟不经日本的海军一击，早已打得落花流水，全军覆没。李鸿章以六十衰翁，便亲自动身到日本去，订结马关羞耻的条约。孙中山到天津时候，正适李鸿章也乘火车到天津，在车站左近，设立行辕。孙中山此时心中不觉感动，他想满清政府，遭此大创，一时欲恢复国力，颇不容易；今李鸿章大权在握，彼原是汉人，乘此劝彼主持革命，兴汉覆满，真易如反掌。何必劳苦奔走，使数十万党人，冒此大难；使四万万人民，重遭兵火？中山认此为千载难逢的时机，便令陆皓东在辕门外守候，自己大脚步走进行辕门去。那守门官吏，见孙中山气度轩昂，却也不敢待慢，便上前来招呼。孙中山说出自己改换的名姓来,又说有机密事欲面见中堂。李鸿章也有意欲延揽天下豪杰,便把中山招待进内室去相见。孙中山不待李鸿章开口,劈头一句便说道:“先生身为汉人,却奔走于满清政府之下,有功则满人享之,有罪则先生受之;今丧师辱国,内外交迫,祸患之来,我汉人首当其冲。而助满人以欺凌汉人者,实先生辈也!先生与我汉族四万万同胞,同有家室,同有子孙;将来大祸临头,我汉人的家室子孙不可保,岂先生的家室子孙独能保全吗?为今之计,乘满清政府飘摇危急的时候同先生领导革命,推翻满清专制政府,重立汉族共和国家;在先生为一举手之劳,而四万万同胞千秋万纪以后,永受先生之福。如此功业,先生何乐而不为?”那李鸿章一手捋着他颔下的长髯,微微含笑,侧着脖子听着;听孙中山滔滔的一番议论说完了,才点着头说道:“好一个有志的少年;此等革命大事,老夫耄矣,何能为力?”他用很和缓的声气,说了这几句,便端茶送客。中山见了李鸿章脸上毫无怒容,却也出于意料之外;来时一般的勇气,如今被李鸿章冷冷的几句,说得一肚子失望。退出辕门来,只见陆皓东在辕门外东张西望,他满脸露着惊惶之色,孙中山便上去,拍着他的肩头,说道:“大丈夫行事,‘泰山崩于前而色不变’,方可任得大事。我才进去了不上半个时辰,你便惊惶得这个样子;给路人看出破绽来,岂非坏了你我的大事!”陆皓东见孙中山出来了,便也把心放下,忙低低的问这李老头子有没有意思?中山摇着头道:“此老迷恋禄位,不可以理喻;看来时机已迫,我二人快回广东举事去吧!”

孙中山和陆皓东二人,从天津渡海回至广州,连夜召集重要党人,开秘密会议。郑士良又介绍了两位南洋富商,一姓吕,一姓胡的。他二人都愿毁家纾难,把一千余万财产,尽数扔助在革命事业上。中山大喜,他们原在香港开设一家商店,又在广州设立一个农学会;借着这两处地方,遮掩人的耳目,却在暗中作革命的活动机关。这时便把姓吕的安插在商店中,把姓胡的安插在农学会中。又把他二人财产的一部分,新买得六百支手枪,令敢死队在举事的时候,去攻击广州督抚衙门。另分一部银钱,令郑士良带至内地,联络三合会各处分会,同时起事。谁知事机不密,在早一天,已被广东巡抚的侦探发觉,在半夜时分,由亲兵队长带领全队亲兵,直扑农学会。中山在睡梦中惊醒,带领五六个同志,赤脚从后园爬墙逃走。可怜陆皓东一班人,已束手被擒。孙中山逃在一处农人家里,那农人原也是三合会会员,忙替中山扮作农夫模样,一清早驾一渔舟,绕道至大沙头附船逃到澳门。此时澳门已传遍了兴中会失败的消息,又见官厅在大小街巷张贴告示:悬赏捉拿兴中会首领孙文花红银一千元,夏亚伯一百元,李亚举二百元,李芝南二百元,杨衢云一千元,刘秉祥二百元,朱浩清二百元,陈少白一百元,王质甫二百元,汤亚才三百元,吴子才二百元,莫亨一百元,陈焕州二百元,侯艾泉二百元,魏友琴二百元,黄丽彬二百元。中山见此情形,知道自己在澳门也安不得身,便由郑士良、陈少白伴送到日本去,在横滨登岸。此时日本浪人慕孙中山名誉的,探听得中山已来日本,便齐聚横滨来拜访;中山又恐招摇太甚,于前途有不利,他便连夜剪去发辫改换西装,留陈少白在日本,郑士良回中国。自己附船先至布哇,又从布哇渡美国,更从美国转到英京伦敦。他在路上又写了一封与李鸿章的信,长篇大论的万言书,总是劝李相国赶快救中国百姓,拿中国变法自强起来。船到了英国,从外国报上,得了广州失败详细的消息。当时被官兵捉去的重要会员,除陆皓东以外,还有丘四、朱贵全,一共七十余人,一齐押解到长提,斩去首级。还有程壁光的哥哥程奎光病死在牢监里。这事体的败露,是因为从香港运六百杆手枪到广州,被海关搜查出来,一面由侦探查出农学会的机关来,把一天大好事,弄得烟销雾散。孙中山孑然一身,逃来英国,住在斯屈朗路的赫胥旅馆中。所有从前的伴侣,死的死,逃的逃,一个也不在跟前。举目无亲,甚是寂寞。幸得无意中,从报纸上见了硁德立的名字。这硁博士是孙中山的教师,又是和他感情最厚的;如今他带着家眷回国来了。中山大喜,便问明白了地址,立刻去拜访他。

欲知后事如何,且听下回分解。

## 第八回 走伦敦孙文被难 遇柯尔孟生仗义

砭德立一见孙中山剪发西装,几乎不相识。博士家中雇用一日本乳娘,见了孙中山,又错认做是同国人,便表现出很亲昵的样子来,和他絮絮话家乡事体。后经孙中山说明来意,砭德立始恍然,便留中山在自己家中用膳。在吃饭的时候,中山便说及此次革命失败的经过道:"我们此番定计,欲占据广州为根本地,在汕头和西江沿岸,募得两支军队,同时向广州进逼;在起事的这一天,我和兴中会员,时时在农学会中集议。眼看着军械弹药,源源而来,在屋中屯积得很多;此时除汕头、西江两路军队以外,又由邓荫南募集得四百人,从香港赶到。另有敢死队一百名,身中暗藏兵器,在农学会房屋四周巡查,保护我们重要的会员;又遣发急使三十人,奉命分赴各处分会,约在第二天一清早同时起事。在我们预料这西南东北两路军队,在四小时之内,可以齐达省城。正在听候消息的时候,忽有一人送一个密电来,说:两路军队,在半路上被阻。农学会中人看了这个电报,都慌乱起来,立刻把所有的文书册子,军械火药,在左近荒地里,埋藏起来。可怜那香港一路军队,却无法去救护它,已有陆皓东带领了四百同志,把六百杆手枪,装成十余箱,乘船直进广州,这真是自投罗网,如今陆皓东已被杀了。"孙中山说着,不觉抱头痛哭。硅德立和他的夫人,竭力劝慰,又欲中山常得到他家中来往,便替他在左近葛兰旅店寻得一房,帮着中山由赫胥旅馆搬入葛兰旅店。从此中山常得在他的老师家中读书用膳。砭德立夫人十分慈祥,对中山说道:"我家离你们中国的公使馆不远,先生的行为,在你们政府看来,是一个反叛;你现在虽逃到外国来,但在你们的官厅,总要想法子把先生捉回国去正法的。因此先生在我家进出的时候,便当格外小心,不可走进公使馆的地界去。中山听了,心中又是感激,又是害怕。

不料在一千八百九十六年十月十一日的这一天,孙中山一早起来,出了葛兰旅店,向覃文省街走去。这原是前一天砭德立和他定的在覃文省街礼拜堂中相会。中山正走在半途上,忽觉身后有一个中国人跟随着,一前一后。走过了几条街,孙中山觉得诧异起来,便回头向那中国人一看,那中国人便笑容可掬的,抢上一步,低低的说道:"先生是日本人呢?是中国人呢?孙中山从他不完全的英国话中,听出他是广东口音,不觉起了同乡之念,便也和他谈话。一边走着,一边说着;转弯抹角的不知走了多少路,眼前都是孙中山所不认识的街道。正行走的时候,忽然迎面又来了两个操广东口音的人,彼此招呼。他三人再三邀中山到他家中去用茶点,略叙同乡的交情。中山推说要赴朋友的约,便要告别离开他们。正在此时,在他们眼前,有一座高大房屋,门开处,走出来两个身材高大的汉子;见了孙中山,不由分说,便一人拖住一条臂膀,只说得一句:"请吃茶去!"那中山便身不由主的被他们拖进了屋中,随手砰的一声,把门闭住。屋子里又走出两个穿公服的人,帮助前两人把中山拉到二层楼一间铁栅窗的房中,喝令中山在屋中坐下。这四人一齐退出屋去,随手又把房门反锁起来。孙中山到了这时候,才恍然明白，自己已被捕；心中却也不惊慌，只是静悄悄的候着。

隔了许久许久时候。"呀"的一声，房门开时，只见三五个穿公服的人，护卫着一个须发全白，官派十足的老头儿，踱进屋子来。向中山点点头说道："你到了此地，便算是到了中国。"说着，一个差役送上椅子，那老人坐下向中山问道："你便是孙文吗?"中山点点头。老人道："实对你说了吧，我得了驻美国的中国公使电报，说你乘坐麦竭斯轮船从美国来英国，我今日奉大皇帝命捕你。"中山问："先生可是中国驻英公使龚照瑗?"那老人点头。中山道："可否许我写一字条，托人往旅馆中搬取行李。龚点首许可。中山立写一纸道："予在中国使馆，乞告砭德立君，为予送行李至此。"龚取中山所写字条，退出屋子去。又来公役二人，搜查中山的身上，所有袋中钥匙刀笔，都被搜去。从此中山被幽囚在一间屋子里，做了囚犯。中山心中时时计划脱逃的方法，当时有两个英国仆人，轮流入囚室照料。中山从里衣袋中，取小金钱，贿通仆人，请求他通一个消息与砭德立。后来中山知道这是无效的。

被幽囚的第四天，忽有一个自称唐先生的，走进屋子来。中山一看，认得他便是在路上第一个遇到的中国人。他见了孙中山，便再三道歉，说："是受着上司的差遣，是无可奈何的。"中山冷笑着说道："尔等用欺骗手段，捉我进使馆；倘被英国政府知道了，决不干休。"唐先生说道："此事可无庸关照英国政府，如今诸事已办妥，轮船亦已雇定，到时可拿棉花塞住你的口鼻，绑住你的四肢，装在麻布袋中，私地里运送上船；船到中国海面，便有中国炮船迎接着，把你换船直送到广东省城正法去。"孙中山听了，脸上毫无惊惧的颜色，反说道："尔等行事，恐有不妥；须知开往中国的是英国船只，我在船中，只须与英国人通一消息，彼等都肯救我。"唐先生摇头说道："该轮船主人是与中国公使颇有交情的，此次开往中国，不搭一客，只装货物；所有船中仓位，统由中国公使包去，专载先生一人赴中国，先生虽有万能，亦不能插翅飞去了。"中山听了，不觉大怒说道："尔等徒贪区区赏金，捕捉我到此；但英国政府知道了，必要引起重大的交涉，将来英政府将要求中国政府尽数惩办英使馆中人。况君为广东人，我革命党在广东在英国的甚多；他们若知道我是被你所捕的，便要为我复仇，不但欲置汝于死命，且欲杀尽汝一家。"唐先生听中山说出这个话来，立时露出他惊惶的脸色来，垂着头，一语不发，退出屋子去。

孙中山料到他这句恐吓的话，已发生了效力；果然在半夜时候，那唐先生又走进屋子来，立改了和平的气色，向中山说出他懊悔的意思来。又说，愿与中山为友，救他出公使馆去。中山问他用如何的方法？唐先生说欲出使馆，却有两种方法：第一法，先生上书与中国公使，书中极力表白自己是安分良民，并非乱党；此番因私怨得罪广州官员，被官厅诬陷为乱党，因亲自投到使馆中来，请求昭雪。孙中山听唐先生的话说得有理，便也照他的话写了一封上公使龚照瑗的信。信中把被捕的话，改作自己投到。唐先生取了中山的信，又对他说："万一此信无效，我已秘密令匠人制成钥匙两柄，一可开这囚室的门，一可开公使馆的大门。明日下午，我将钥匙交与先生，先生夜静时开门逃走。"直到第二天靠晚，还不见唐先生把钥匙拿来，中山才明白自己是上唐先生的圈套了。原来他们是要哄骗中山亲笔写出自己投到公使馆的一句话，免得将来英政府知道了,又责问中国公使,不该诱捉中山,是为脱卸的地步。中山到这山穷水尽的地步,终不肯灰心,处处留心可以脱逃的机会。忽见那英国仆人名柯尔的,送牛乳面包进屋子来;中山低低的对他说道:“先生肯为我出力援救吗?”说话的时候,从里衣袋中尽取所有钞票得二十镑,交付与柯尔。柯尔问中山犯的什么罪,中山说:“是国事犯。”柯尔微微点首,取得中山的钞票,转身出屋子去。到午后,这柯尔又送煤进屋子来,把煤倒入火炉中;那煤篓子底面,忽露出白纸来,写着几句简单的英文道:“我当设法为君递信于君友,但君作书时,切勿据案坐,因监守者伺察极严,可于钥管中窥见君之所为;幸君伏于榻上书之为要。”中山看了这句话,直喜得跳起来,忙爬在榻上拿一张名片,多多写了几个字,是给砭德立求救的。柯尔把名片藏入裤袋中,走出屋子去。到了第二天,一清早,那柯尔又送煤篓子进房来,在篓子底上,发见了一张砭德立的复信。上面寥寥几个字道:“勉之毋自馁!吾政府正为君尽力,不日即可救君出险。”

原来砭德立接到中山求救的信,已在半夜。砭德立的夫人,甚是机警,便急急赶到葛兰旅店中,把中山的行李书札,一齐搬回家中。检点信件文牍,统统丢入火炉中,付之一炬。这一类文件,倘被中国使馆取去,便可以按照地址,捕捉中山的同党。砭德立也立刻赶赴梅尔蓬巷警察衙门,告诉中国使馆诱捕孙文的事。又转赴苏格兰场警察衙门,谒见侦探长,请求援救孙中山。谁知道侦探长却回答道:“这件事关系太大,不是我们警察厅能管得了的。”砭德立大愤,匆匆赶到他友人孟生博士家中去,与孟生商量如何从速援救的方法。孟生说起中国使馆中,有一马凯尼,是多年老友,我二人可同去面恳马凯尼帮助援救孙文的事。马凯尼住哈兰区三号屋中,砭孟二人,便出门急急向哈兰区奔去,在途中又遇仆人柯尔,见他面色慌张,砭德立急问他何事,柯尔道:“我正欲到先生家报告消息,现在中国公使,已定于礼拜二清早将孙文押解回国;他们将使孙文改去名字,假说是一个不知姓名的疯人。今夜是礼拜日之夜,离押解孙文的日期只有一日。砭德立听了,更是惶急。孟生博士又问马凯尼消息。柯尔说道:“此次诱捉孙文的事,原是马凯尼主谋。”孟生听了,十分诧异,立刻变计。二人俟到第二天礼拜一的清早,便直叩中国公使馆之门;出来见客的,便是那位哄骗孙中山的唐先生。砭德立不待他开口,便连声问他孙文,又说我立刻要见孙中山。唐先生听了砭德立的话,神色十分镇静,假说:“我们使馆中,并没有孙文这个人。”孟生博士又从旁恐吓着说道:“我知道孙中山确实在你们使馆中,不但是我知道,便是俺英国外务部中人,也全知道。那苏格兰警察署中已将派遣人员来彻查。”谁知那姓唐的听了这一番话,容色依旧不改变,反从容的说道:“你们两位先生,可不要上了孙文的当。这个消息,也许是出于孙文自己捏造的,却藏有别的奸计在里面呢。”这句话,却弄得砭孟两人无话可说,一齐退出了公使馆。

两个人退出公使馆来,觉得这件事,愈弄愈糟。孟生说道:“我们做事太鲁莽了,我们跑到公使馆里去,不但不能救出孙中山来,是使公使馆中人知道风声已漏泄外面,便格外要把孙中山看守得严紧了;也许到不得礼拜二,便要把孙中山押解回国去了。”砭德立听了,也连连的顿着脚说道:“我们要赶快想法子。”忽然想得了一个法子,孟生到《太晤士报》馆去报告这中国公使馆诱捕孙文的新闻,使它第二天宣布在报上,引起英国政府的注意，砭德立自己却去雇了一个私家侦探来，两人赶到渭墨街中国公使馆门口。这时已是后半夜两点钟时候，看见使馆中灯火十分明亮，屋子里的人影憧憧，便可以知道屋子里的人，为了一件重大事体在那里十分忙碌。砭德立和那侦探，便雇了一辆汽车，两人躲在汽车里，把车中的电灯熄灭了，悄悄的把车开到公使馆对面街道旁停着。这时月明如昼，凡在中国公使馆前后门进出的人，汽车里面都可以望得见。砭德立看诸事停妥，又叮嘱了侦探几句话，才回家去安睡。

第二天清早起来，英国外部衙门，派了一个人看砭德立，详细问了孙中山被捕的情形；砭德立把这情形详详细细的写了一张呈文，交外部人员回带衙门去。那英国政府，因为这件事体，只凭私人的报告，却没有正式的凭据，不能向中国公使提起正式交涉；便秘密派人去侦查伦敦各家轮船公司，查到格来轮船公司，果然有中国公使馆在公司中预定船舱的事体。这件私捕孙文的公案，才证实了。

欲知后事如何，且听下回分解。

# 第九回　翁同和识拔维新党　孙家鼐输诚西太后

英国政府既查实了这件事体，如何肯放手。当日便派了六个皇家侦探，秘密在中国公使馆房屋四周巡查，到了礼拜四的这一天，伦敦的《地球报》首先把中国公使馆诱捕孙文的消息，刊登出来。伦敦全市的居民，立刻大哗；那各报馆的访事，一齐赶到砼德立家中去探听新闻。硅德立家中，顿时挤满了一屋子的人。砼德立把这件事体的前后，对各访员说了；内中有几位访员，听了十分愤恨，转身跑到中国公使馆里去，声势汹汹的指名要见孙中山。公使馆里的那位唐先生出来招待，绝口回说不知道。那访员愈加气愤，对唐先生说道："你不用抵赖，那孙文被你们诱捕已有多日了；伦敦全埠的人都已知道。倘不立刻放出，立刻便有几千百个市民来闹使馆，你们受得住这个风潮吗！"这句话还没有说完，果然屋子外面人声鼎沸起来，那唐先生听了，也不觉变了脸色；那班市民，愈来愈多，有高呼"中国公使蔑视人道"的，有呼"保全英国警察权"的。从上午到下午，市民聚集了四五千人，把个中国公使馆包围的水泄不通；便是孙中山幽囚在使馆房屋里，也听得了人民的呐喊声。那英国仆人柯尔，又从煤篓里私藏着一张《地球报》，送进囚室去，给孙文看。中山见报上载着中国公使诱捕孙文的新闻，又说伦敦全体市民反对，知道自己有救了，心中十分快活；直到傍晚四点半钟的时候，忽见一个中国仆人和一个英国仆人，开门进来，对孙中山说道："公使馆参赞马凯尼先生，在楼下相候。"中山便问："龚大人到哪里去了？"仆人回说："龚大人害病睡在床上，使馆中一切事务，现全交给马参赞办理。"中山也不多问，便跟着仆人，走出屋子去。孙中山心中想：这一回，怕要押解我上轮船去了；也许把我搬一个房，在地窖中藏身起来。想着，心中不觉害怕起来。但那仆人却对中山说："参赞要释放你出外去了。"中山终不敢信他的话。直到最下一层房子，望去，只见那砼德立含笑立在马凯尼身后。中山才知道仆人的话，不是假的，忙上前去和砼德立握手，说了许多感谢的话。砼德立身旁立着一个白髯老者，中山向他招呼，又见那苏兰格场的侦探长，也走上来和中山握手。马凯尼当着众人面前，把前几天从孙中山身上搜去的零星物件，一一检还给中山。又笑容可掬的送中山走出了公使馆门。那门外围绕着的民众和各报馆的访员，见孙中山走出门来，便一齐蜂拥上来。侦探长乔福斯急把孙中山推进了一辆四轮车，夺围而出。

孙中山依旧安然的回到他的好友砼德立家中，砼博士的夫人子女，下至日本乳母，个个都欢迎他；尤其是那班报馆访事员，天天跑到砼博士家里去采访新闻，几乎要把门槛踏断了。孙中山觉得自己住在伦敦地方，毫无意味，但是砼德立夫妻二人的客情太厚了，再三把中山留在伦敦，中山也趁此得以休养几天。但是他心中，却时时不忘记中国，每天在外国报纸上看有关中国的消息。这时中国地方，却出一个惹得人人注目的人，便是康有为。这康有为在中日战事以前，原名祖治，却是一位学者；平日专心研究《公羊传》，又著《孔子改制考》，在家乡地方，都称他圣人。少年时候，便留着一下颔的长髯，朋友中取他的绰号，称他作长髯，后来他借音改了一个别号，称做长素，因孔子称素王，自比是素王日之长。在中日交战最激烈的一年，康有为却在他本省地方考中了一名举人。康长素还有一位出类拔萃的门生，名叫梁启超，是广东新会县人，和他师傅是同乡，中举却比他师傅早几年。在中日战争的第二年，他师徒二人，在路上结了同伴，动身到北京去会试。三场考过，他们一班读书人，住在会馆里，闲着无事。这时正值中国海军在日本人手里吃了一个大败仗，打得全军覆没，李鸿章忍辱含垢的到日本去订了马关条约，引得国中的士大夫人人愤恨。每日吃了饭，无事可做，便聚集在一块儿，谈论些如何报仇，如何雪耻的话。那康有为最是热心，便写了一张奏章，给光绪皇帝，劝满清政府，要快快变法自强，洋洋洒洒的真是一篇万言书。那住在会馆中的考先生，一齐在奏章上签了名字；把一封公书，托总理衙门送进皇帝宫中去了。这便称作公车上书。

翁同和尚书，是那时头脑最新的一个大官，光绪皇帝，便派他做了阅卷大臣。看到康有为的文章，十分赏识，便竭力荐举他中了一名进士。当时朝廷大权，大半在满人手中。翁同和虽有意维新，但处处遭守旧派的压制，因此在翁同和接见康有为的时候，便极口的夸奖了他一番。又劝他维新的事业须慢慢的去做；先要把朝廷的旧势力推翻了，才可以着手。康有为听了他老师的话，便退出来和梁启超商量。梁启超主张要打倒旧势力，须先从鼓吹维新做起，他决意跑到上海去办了一种《时务报》，上面讲的尽是维新的论调，又介绍了许多外国的思想和历史。最能叫人欢迎的，便是每期附印在报后面李维格所译的福尔摩斯包探案。那时帮助梁启超办《时务报》的，有麦孟华、徐勤这班人。这《时务报》便风行一时，无论穷乡僻壤，人人都读《时务报》，个个都谈维新。同时有一种《国闻杂志》，在天津出版，上面有严复译的赫胥黎的《天演论》，是外国的一种哲学思想。于是中国北方的一班读书人，也大谈起维新调子来了。王修植翰林和孙宝琦、严复等，有一天，在天津侯家后窑子里闲逛；大家躺在炕上，吞云吐雾的抽着鸦片烟，烟抽足了，精神勃发，议论风生，大家谈起维新，又谈起中西学问和时局的危险。这一谈的结果，便产生了一个北洋学堂，王修植当了总办。同时夏曾佑也在天津办了一个育才学堂，上海办了一座鼎鼎大名的南洋公学，便是现在的交通大学。吴稚晖在天津北洋学堂当国文教员，也是一个很有新思想而善于说话的人。康有为默察四处情形，知道人心都爱维新，便秘密到北京，和他的老师翁同和计划维新事业。那朝野间一班维新的人物，都和康有为来往。吴稚晖也和廉南湖、陶欣皆一班人，到北京米市胡同南海馆走访康有为，纵论天下事。吴稚晖说："现在我们中国要除三害。"康有为问："什么三害？"吴说："第一是八股；第二是鸦片烟；第三是小脚。"康有为大为称许。第二天，便去见翁同和，说起除八股、洋烟，解放小脚的事体，恰巧这时恭亲王已死，朝廷大权，尽在翁同和一人手中。那光绪皇帝最是信任翁相国的。翁相国每天进宫去，君臣二人，谈起中国被日本战败的羞耻，又说国家政治的腐败，翁同和便提起康有为公车上书的事。谁知这一篇痛哭流涕的奏章，至今还搁置在工部衙门里。光绪皇帝立刻去调上来，看时见上面写着：一是拒和；二是迁都；三是变法。上面有几句最叫光绪皇帝动心话是：若不早变法，皇上虽欲求为长安布衣而不得。又说，臣等不忍见煤山前事的话。

光绪皇帝读一句，叹一声，待把奏章读完，不觉搥胸痛哭起来。翁同和在一旁，竭力劝慰；趁此力保康有为才堪大用。光绪皇帝，立刻亲手写着诏书，用康有为为工部主事，暂行在部学习。康有为做了官，又接二连三的上过几次痛哭流涕的条陈。当时御史杨深秀，侍读学士徐致靖，也连篇上疏，请皇帝变法自强。光绪皇帝便决计下一道变法的诏书道：

数年以来，内外巨工，讲求时务，多主变法自强；迩者诏书数下，如开特科，载冗员，改武科制度，立大小学堂，皆经再三审定，筹之至熟，甫议施行。惟是风气尚未大开，论说典衷一是；或托于老成忧国，以为旧章必应墨守，新法必当摈除，众喙哓哓，空言无补。试问今日时局如此，若仍以不练之兵，有限之饷，士无实学，工无良师，强弱相形，贫富悬绝，也真能制挺以挞坚甲利兵乎？朕惟国是不定，则号令不行；极其流弊，必至门户纷争，立相水火，徒蹈宋明积习，于时政毫无补益，即以中国大经大法而论，五帝三王，不相沿袭。譬之冬裘夏葛，势不两存。用特明白宜示，嗣后中外大小巨工，自王公以及士庶，如宜努力向上，发奋为雄，以圣贤义理之学，植其根本；又需博采西学之切于时务者，实力讲求，以救空疏迂谬之弊。专心致志，精益求精；毋徒袭其皮毛，毋竞腾其口说。总期化无用为有用，以成通经济变之才。京师大学堂，为各行省之倡，尤宜首先举办，着军机大臣总理各国事务王大臣，会同妥速议奏。所有翰林院编检、各部司员、大门侍卫、候补候选道府州县以下，及大员子弟、八旗世职、各省武职后裔，其愿入学堂者，均准入学肄习；以期人才辈出，共济时艰，不得敷衍因循，循私援引，致负朝廷谆谆告诫之至意。

光绪皇帝下了这一道旨意以后，便在颐和园仁寿殿中召见康有为，面问一切变法的次序。康有为对答得很有条理。光绪帝大喜，即下旨升康有为为总理衙门章京，又许他随时条陈意见，引用真才。康有为既得了光绪皇帝的信用，第一个便引荐他得意的门生梁启超。光绪帝赏六品职衔，办理译书局的事体。湖南巡抚陈宝箴保荐杨锐、刘光第二人；侍读学士徐致靖又保荐浏阳人谭嗣同。福建人林旭也是康有为的得意门生，远远的从福建赶来，康有为保举他和杨、刘、谭四人，都得了四品卿，入军机参预新政。康有为平日最喜讲《公羊传》，说《公羊传》是孔子大弟子子夏传下来的，颇多微言大义。翁同和也爱读《公羊传》，一时朝野的人士，都随声附和，说孔子黜周尊鲁，是一种政治上的革新，讲变法的，应当人人去读他。从这年五月初五日起，到八月间，先后不过一百天工夫，那变法的事体，做得真多。张之洞和陈宝箴二人，议定改变科举的章程，实行起废除八股的考试来。李端棻议定了各省学堂章程，通令各地方绅士，赶速开办学堂。御史曾宗彦亦上奏章，讲农务；少詹事王锡蕃上奏章，令各省办商会；刑部主事萧文昭，上奏章，请整顿丝茶；庶吉士丁惟鲁，上表请立岁入岁出预算表；王凤文上奏章，设赈施局。那亲王瑞洵，也看了眼红，上奏章，请办报馆；李端棻上奏章，请破除则例，袁昶请筹八旗生计。光绪皇帝立志维新的时候，臣下所上的奏章，无不一一照准。

内中独康有为有一本请定立宪开国会的奏章,最是国家大事。他写好了奏本,一时却不敢递进,被内阁学士满人阔普通武知道了,便壮着康有为的胆,自己在奏折上写了第一个名字。里面有几句警要的文章道:“国会者,君与国民共议一国之政法。以国会立法,以法官司法,以政府行政,而人主总之。”又说:“在吾国之义,则曰天视自我民视,天听自我民听;故民之所好好之,民之所恶恶之。故黄帝亲问下民,则有合宫;尧舜询于刍荛,则有继章;盘庚命众至庭,周礼询国危疑。洪范称谋及卿士,谋及庶人;孟士称大夫皆曰,国人皆曰,盖皆为国会之前型,而分上下议院之意焉。”这一番说话,光绪皇帝看罢了,连呼:“不错!”立刻下旨,拔升阔普通武为礼部左侍郎,一面决意欲行立宪政体。大学士孙家鼐,在一旁看了奏章上的话,不觉大骇;急爬在地下连连碰头说道:“这立宪政体,万万行不得的!百姓有权,皇帝便无权了。”光绪大声说道:“朕欲救中国,无权何害?”孙家鼐碰了这个钉子,便又悄悄的去奏知西太后。西太后听说要把皇权削去,她如何肯依,立刻去把这请开国会的奏章收回不发。光绪帝见太后不愿意,只索罢了。

欲知后事如何,且听下回分解。

## 第十回　袁世凯小站练雄兵　康有为深宫伸大义

康有为一得志，那班自命为维新志士，一时风起云涌，都做出一番新事业来；连那两湖总督张之洞，也看了眼热，便在湖南办了一个强学会，召集了许多新学之士，每天开会讨论，发印一种《强学报》。那报上写着孔子降生二千几百几十年，这是不奉正朔反叛的行为。被张之洞看见了，不觉大诧，立刻把《强学报》停止了。那时余杭章太炎，也在上海办报。绍兴经莲珊发起了一个不缠足会，各省设立分会；把各家太太小姐的小脚，都一齐解放开来。这时朝廷变法的上谕，每天好似雪片一般的下来。内中第一件难事，便是裁汰冗员。光绪帝召康有为进宫去商量了一天，意欲尽裁各闲废衙门；但各衙门都有皇亲国戚，便是皇帝，也下不得这个辣手。康有为在一旁竭力撺掇，便随手在皇帝案上大臣的名片背面，开了一张单子。光绪皇帝看了，很以为是，便照单子抄下。第二天发下上谕去，先裁去詹事府、通政司、光禄寺、鸿胪寺、太常寺、太仆寺、大理寺等衙门。可怜那班积赀养望的宫詹，有名无实的京卿，饭碗一律打破；大家把个康有为恨入骨髓。隔了一天，光绪帝下旨，又把礼部六堂官，尽行革职。那礼部尚书怀塔布，是慈禧皇太后的内亲，他如何肯罢休，便赶到慈禧太后宫中去哭诉。这慈禧太后，自从让位以后，看着光绪皇帝所做的事，处处和反对自己，心中已是老大一个不愿意。如今索兴听信了康有为说话，闹起什么变法不变法的事体来，打破了许多人的饭碗，弄得一班革职的大臣，天天到太后跟前去哭诉。太后是一个有心计的人，听了众人哭诉的话，他便悄悄的派人到天津去，把荣禄召进宫来。

直隶总督荣禄，是西太后的亲内侄。她见如今满朝臣工，都是康有为的同党，光绪皇帝讲变法，把太后的一班亲信大臣，一天一天的革去，现在朝中，无一可靠，便暗暗的和荣禄商议了一条打倒维新党的计策。第二天，慈禧太后轻车简从，悄悄的走到皇帝宫中来。光绪帝这时和康有为正在尚书房中商量颁行新政的事体；光绪皇帝很主张易服剪辫，康有为也竭力赞成。这一天，康有为悄悄的从外面带了一套洋服进宫来，光绪帝见了大喜，急脱去袍褂，把辫子盘在头顶上，戴上铜盆帽子，穿上洋服，手中拿一条棍子，在书房中踱来踱去，十分得意。正在这个时候，外面报说："老佛爷来了！"光绪皇帝不觉慌张起来，但是脱换已来不及了。西太后一脚踏进书房，见皇帝这样打扮，只皱了一皱眉头，也不说什么。光绪帝上去请安，西太后大声道："你们天天讲变法，我却也有一件事该变变法子。"光绪帝忙问什么事，太后道："俺们吃东洋人打得这个样子，还不该练练兵吗！"一句话说得光绪帝恍然大悟。太后接着说道："让我今天来保举一个练兵大臣吧。"光绪忙问："什么人？"太后道："荣禄。北洋练兵大臣，非他干不行。"光绪帝明知道荣禄是太后的私人，但太后如今来面要这个差使，不容皇帝不答应。太后见皇帝答应了，便立逼着下手谕。太后接过手谕，转身便去。光绪帝心中十分怀疑，便问康有为道："你看怎么样？"康有为奏道："练兵原是目前的要事，但太后怕另有用意。"光绪问："有何方法？"康有为道："宜派心腹武臣，以辅助为名，随时监督。"光绪帝问："何人可派？"康有为道："此事却须慎重，待臣与同僚议定密保。"

康有为退出宫来，便在寓中会集了一班同僚，商量密保辅助练兵的武臣；商量了半天，众意都说只有直隶按察使袁世凯可当这大任。康有为进京以后，袁世凯也常来请见。康有为见袁世凯为人精明强干，言语爽直，所谈新政，也能洞中肯要。谭嗣同和袁世凯更是交好，常在康有为跟前说，袁世凯是一位中国有希望的将才。这时袁世凯在小站练兵，操演纯熟，纪律严明，用的全是新式枪炮，在军界中算是一种最新式的军队。他部下的将士，如姜桂题、杨荣泰、龚元友、吴长纯、徐邦杰、任永清、段祺瑞、梁华殿；偏裨如冯国璋、陈光远、王占元、张怀芝、何宗莲、马龙标、雷震春、王英楷、吴凤岭、赵国贤、田中玉、孟恩远、陆建章、曹锟、张勋、段芝贵这一班人，都是一时人才。那新军驻扎的地方，名新农镇。当时英国海军提督勃拉斯福特也到新农镇去参观新军的操演，极口称赞袁世凯能治军。这时康有为一班人，自命为新党；又见外国都与政党，便也组织了一个保皇党，拉拢在朝在野的人，一齐入党。当时有一个阮忠枢，是京师地方称做十三太保中的一个；他做人最能联络同僚，迎合上司。朝廷上不论大小官员，都和阮忠枢好。阮忠枢也入了保皇党，康有为甚是欢喜。实在阮忠枢是袁世凯的心腹幕友，他的入党，原是替袁世凯做侦探来的。袁世凯做人十分精细，最能看得出人心。他见康梁的党羽，虽是十分得意，但是朝廷大权，还是在慈禧太后手里。太后是不爱新法的，那班皇亲国戚，尤其是不爱新法。那荣禄是皇亲国戚的首领，此时荣禄的势力很大，根蒂很深，万不是康有为新进之辈能够抵抗得过的。便是所谓新法，也不过如昙花的一现罢了。袁世凯把这情形看得雪亮，他一方面虽与康梁亲近，一方面却着实趋奉荣禄。如今康梁一班人，都保举袁世凯去辅助荣禄练兵，说他前在新农镇当新军统领时，成绩甚佳，不如仍令袁世凯督练北洋新军，以收驾轻就熟之效。原来直隶按察使袁世凯，不多几天，简放浙江温处道的；现尚未到任，光绪皇帝又降谕道：

> 现在练兵紧要，直隶按察使袁世凯，办事勤奋，校练认真，着开缺以侍郎候补，责成专办练兵事务。所有应办事宜，着随时具奏。当此时局艰难，修明武备，实为第一要义。袁世凯惟当勉益加勉，切实讲求训练，俾成劲旅以副朝廷整饬戎行之至意。

袁世凯得了上谕，便上奏章，请编练北洋五军；又推荐董福祥、聂士成、宋庆等宿将，为督练官。光绪皇帝又拜袁世凯为北洋练兵大臣，兼武卫右军统领。在光绪帝和康梁诸人，意谓有如此新军，拱卫京师，缓急肯出死力，也不虑守旧党的反对了。谁知这件事情，全然出于光绪帝意思之外。袁世凯亦是一世之杰，他见康梁既得了皇帝的信用，自己也不甘居人后，因此他便暗暗的去走太后的门路。但要走太后的门路，非去先打通太后宠用的总管太监李莲英不可。袁世凯原是一贫如洗的，后来幸遇到一个旧友奉天举人王英楷。他是一个大富户，便借他巨万银钱，到京中来奔走于李莲英之门。又得密友道员张景崇替他在荣禄跟前吹嘘，荣禄身居要职，正要物色一个能员，做自身的辅翼；今见了袁世凯，也甚是中意。此次见光绪帝提拔袁世凯做了练兵大臣，他也将错就错的把兵权全交与袁世凯一人。袁世凯是最不喜讲公羊学的，他常常对荣禄说："康有为书生之见，徒自苦耳！"

此时康有为、谭嗣同一班维新党人，势力一天强盛一天，徒党一天多似一天，所做的事体，处处和守旧派为难。守旧派人人大怒，慈禧太后更是怒不可当，连夜召集一班亲王，在宫中一同会议。太后做主，欲在十月十二日，借两宫同赴天津阅兵为名，乘京师空虚，荣禄即率兵入京师，废立皇帝，仍请太后垂帘听政。一面由皇太后下一道密示给荣禄，令他暗为谁备；一面把欲同赴天津的意思，对光绪帝说了。光绪帝不料其中另有计谋，本来自己住在宫中也闷得慌了，听说太后要去阅兵，乐得趁此跑一趟活动活动，便立刻下旨，着荣禄将行宫御营先行修理，又令京津铁路总办届时预备特别花车，以供两宫乘坐。这道旨意下去，不上三天，忽然康有为慌慌张张的赶进宫来，奏道："十二日天津阅兵的事体，万岁万万去不得。"光绪帝问："是何故？"康有为把在外面打听得太后有废立之谋的话奏上去。光绪帝听了，不觉大惊。忙问："这件事怎么办？"康有为趁此便奏说："事已至此，势成骑虎，请皇上相机独断，立刻召袁世凯入京，面授机宜，大义灭亲。时机万不可失。"光绪帝听了，低着头不作声在室中盘旋着。康有为见皇帝不能决，便一连在身旁边催促；半晌，光绪帝把靴脚一顿叹道："此朕骨肉间事，今听汝等办去吧！"康有为便磕着头请皇帝下手诏。光绪帝便在书案上，写成手诏，交与康有为。手诏上有善保朕躬，无伤慈意的话。一面却秘密遣使至天津，将袁世凯唤进宫来。康有为和谭嗣同说袁世凯以大义，定在十月初三日夜午举事。使袁世凯临时率兵入卫京师，袁世凯入见的时候，光绪帝又面加勉慰了一番。袁世凯从皇帝宫中退出，又悄悄地跑到太后宫中去，太后又吩咐他，十月十二日，皇上赴天津阅兵汝须好好伺候。袁世凯诺诺领命而出。第二天上谕下来，特升袁世凯为侍郎。

那荣禄在天津调度一切，一面得到京中同党的密电，说袁世凯连日蒙皇上召见，又加升官职的事。荣禄怕世凯有变动，便接连几个电报打去。说英国和俄国在海参崴地方开战，英国兵船，已逼近大沽口，令世凯急速回防。世凯接到电报，立刻赶回天津；探听得董福祥已得太后密令，统领军队，驻北京彰义门外四十里长升店地方，又见聂士成带八千兵士，驻扎在京津路一带，声称扈驾。世凯回到天津，却并没有英俄战争的事体，才恍然明白。荣禄恐自己久留京师，被康梁辈所引诱，又见兵马纷纷调动知大局立刻有变。过了几天，看看约定的十月初三日期快到；袁世凯又连接康梁的密电，催他准备兵马。世凯一面又怕太后威力，一面又不忍违背皇帝意旨，终日屋子里绕着圈儿，打不定主意。直到半夜时分，忽听得院子里一阵西风吹来，噗的一声，那窗棂上新糊的窗纸，被风吹破了，心中忽然大悟，自己对自己说道："新党的势力，终究是靠不住的！"他便立意帮助太后。第二天，便悄悄的跑到荣禄那里，把光绪皇帝和康有为的密谋，对荣禄说了一个备细。荣禄大惊，立刻秘密进京，奏闻太后。他姑侄二人，在宫中磋商了半天；荣禄便想出了一条计策，劝太后按计行去。太后便吩咐李莲英先入皇帝宫中，将皇帝亲信的侍卫，一律调开。一面在第二日清早，亲自带领禁军，赶到皇帝宫中去。这时皇帝身体稍有不适，在御床上假寐，见太后一脸怒容，直走进寝宫来，将手中三本奏章，掷与皇帝观看。第一本，是荣禄密奏，皇帝听信康梁妖言，约在十月初三日，行弑太后，逆伦大事；第二本，奏康有为进呈红丸，欲谋害皇上；第三本，奏康有为谋率徒党，围颐和园，欲害皇太后。光绪帝见自己的密谋被太后揭破，吓得两手索索抖动；太后在室中敲台拍凳的大骂，骂够多时，回头喝传禁军。这时太后两眼露出凶光来。李莲英在一旁，怕太后一时之怒，做出骨肉间的惨事来，忙跪下来碰着头，口称："请老佛爷息怒！"这时候已有四个禁兵，上去把皇帝左右挟住。光绪帝到了此时，也不觉挂下泪来。

欲知后事如何，且听下回分解。

## 第十一回　六君子断头西市　二首领识面南洋

袁世凯的不可靠,林旭早已在暗地里看出来,只是不好明说,常常写些讽刺的诗句,送与康有为看,望他觉悟。这一天,林旭又有诗笺送来;康有为读着,正读到:“愿君为歌千里草,本初健者莫轻言!”心中便沉吟着。忽然谭嗣同直闯进来,康有为便给他看诗,谭嗣同大笑道:“老林何胆怯乃尔!须知世界各国,未有不流血而能改革政治的;俺谭某大好头颅,愿为国斩去!”正议论时候,只见梁启超气急败坏的跑来,一把拉住康有为便走。谭嗣同赶着问时,梁启超一边跑着,一边说道:“皇上已被太后幽禁在瀛台,现在九城已闭,步军统领立刻来捉人也!”谭嗣同听了,却毫不慌张走回寓所去,静静的候着。隔了多时,果然见步军统领亲自率领数十名兵士,气势汹汹的打进门来,揪住谭嗣同的辫子,往外便拽。门外有一辆骡车候着,兵士押着谭嗣同上了车,轮声辘辘,向西行去。到了一座大宅院中,在一间黑暗的屋子里,囚禁起来。谭嗣同心中毫不恐慌,他还口中念着诗句道:我自横刀向天笑,去留肝胆两昆仑!

第二天,解上刑部大堂;在堂上高高坐着的,是刑部尚书赵舒翘。谭嗣同留心看时,那阶下站着的,除自己以外,有杨深秀、杨锐、林旭、刘光第、康广仁五人,却没有康有为、梁启超二人在内,心中不觉暗暗的欢喜。接着堂上便拍案大骂,把个维新党骂得狗血喷头,骂够多时,他也不问口供,便喝令六人在招纸上口供。第二天,这六人被押解到菜市口,一齐砍下脑袋来。那宫中的皇太后,见捉不到康梁二人,如何肯罢手,便发下电谕,给各省的地方大员,责成他密拿维新党首领。又飞电烟台、上海两处,令该处地方官,严查进出船只,毋使漏网。这电报到了烟台,恰巧那山东的东海道不在衙门里,赴胶州与德国领事办理交涉案件去了,因此把这一紧要的电报,译也不曾译出,搁置在一边。那康有为是从北京逃到天津,由天津搭轮船直赴上海。那轮船经过烟台,照例要停泊几小时的,却不见衙门中人来搜查,稳稳的偷过了烟台,船向上海进发。看看进了吴淞口岸,忽见一只小轮船,斜刺里向大船驶来;小船上把旗一升,大船立刻停下。小船上跳出一个西装的人,一手拿着一张照片,在船舱中到处找人。康有为躲在人丛中,见这人来得突兀,心中已是不安了;又偷眼看他那张照片上,竟是自己的面目,不禁吓了一大跳。正欲转身逃时,那人已抢到面前,只向康有为脸上注定了眼光。半晌,突然问道:“你在京里杀人没有?”康有为连答道:“没有,没有!”那人一把拉住康有为的袖子,离开众人,掏出一张已经译成的电文。原来是日本公使馆打给上海英国领事请他搭救康有为的电报。康有为看了电报,心才放下。那来人催着康有为快上小轮船去。上海道已得了北京皇太后的电报,快要来查舱了!康有为便也不敢怠慢,急急跟着那人,跳过小火轮,一声汽笛,离开大轮鼓浪而去。直把康有为送上停泊在吴淞口外的威海司英国兵舰,那兵舰又把康有为直送到香港登岸。康有为在香塔,才得了梁启超的电报,知道梁启超也得了日本使馆的保护,由平山周、山田、小村俊三郎、野口多内四个日本人,护送着梁启超,从北京逃到天津,又从天津搭乘日本轮船,直达横滨。事后,康有为细细的调查这日本使馆和英国使馆,搭救康梁二人,还是袁世凯在暗地里请托的。袁世凯为什么去告密,又要在暗地里请托外国人去救康梁两人呢?只因从前袁世凯和康梁一班维新党人,是十分拉拢的;又一切推翻守旧党、兵围颐和园的事体,袁世凯无不与谋的。今见时机急迫,倘一旦康梁被捕,问出口供来,虽说自己有告密大功,皇太后不致加罪,但从此自己是一个首鼠两端的人,却要被人看破了。因此他在未发动以前,便把救康梁的事体,安排妥帖了。康有为在香港听得北京杀死六个维新党人中的一个是自己的弟弟康广仁;连那翁同和、汪鸣銮、长麟、阔普通武,都已罢免了官职;李端棻、张荫桓二人充军到新疆,徐致靖下狱监禁,陈三立、江标、熊希龄三人,都革职永不叙用,圈禁在家中;文廷式和照直二人,又被皇太后下谕拿办,逮捕家属。此外陈宝箴、徐仁铸、仁镜、王锡蕃、黄遵宪、宋伯鲁、李岳瑞、张元济一班人,都得了革职永不叙用的处分;张百熙革职留任;吴懋鼎、徐建寅、端方三人,也得了撤衔销差的处分。平日一班趋奉维新党的人,到此时一变而为趋奉守旧党,帮助荣禄、刚毅一班守旧党的首领,到处捕杀维新党。所有如火如荼的各项新事业,一霎时瓦解冰消,收拾得干干净净。那赵舒翘、袁世凯一班人,因为得了守旧党的信用,十分得意起来。最得意的,要算袁世凯,他的头衔立刻变成护理直隶总督兼北洋大臣。

梁启超在日本,出了一种杂志,名《清议报》;天天在报上把个西太后骂得狗血喷头,梁启超一支笔,又是很来得的,那国内外的学生界,都十分欢迎看《清议报》。在日本的中国留学生,都替梁启超打边鼓,声势甚是浩大。康有为在香港,也彰明较著的立了一个保皇党,天天对南洋的一班华侨演说。那华侨听说康有为是中国变法的大臣,便有许多人信从他,大家捐钱,送给康有为。康有为打听得孙中山在南洋一带设立兴中分会,他便极力破坏,反对革命,又反对共和政体。后来康有为又说保中国不保大清,迎合南洋华侨的心理。因此孙中山在南洋的势力,大受保皇党的打击。会员打电报到伦敦去,请孙中山从速到南洋主持会务。孙中山接了会中的电报,心中也万分焦急;便辞别了砭德立,从英国动身,先到日本。此时有一日本革命家,名宫崎寅藏别号白浪滔天,生平以运动东亚革命为职志。他当时受了日本大臣犬养毅的嘱托,和可儿长一、平山二人秘密到中国内地去调查中国的秘密社会。他们从上海到香港,忽听得孙中山从伦敦到日本来的消息,他们知道孙中山是兴中会的首领,又是中国的大革命家,便也急从香港赶回日本。那陈少白自广州失败以后,逃到日本,便与宫崎、平山一班人相识。如今宫崎又得了陈少白的介绍,跑到横滨山下区一百二十一号屋子里去拜见孙中山。这时已设立兴中会总办事处,在日本那山下区地方,是日本政府指定的一个外国人居留的区城。这时日本的治外法权,尚未撤废,外国人不能杂居内地,因此这山下区地方,有许多外国的领事衙门,而中国的领事署,离兴中会总机关,却只隔得一条弄子。孙中山竟当着他仇家的面前,大弄起神通来。宫崎寅藏著的一部《三十三年落花梦》上书有一段记他初次和孙中山见面时候的情形道:

划然一声,双扉洞开,首肯而出迎者,即曾见写真的支那兴中会首领革命党孙逸仙其人也。坐定，余出名刺，述初交之酬应。彼云：由陈少白而知事。呜呼，“满堂兮美人，独与余兮目成”。今日何日，心中之喜可知也！惟其举止动作，飘忽不重，使人稍生失望之心。既而入洗脸漱口，余于斯时，脑中之旋涡乱起；以为此人能背负四百州而独立乎？能挥权于四亿万人之上而有民主之资格乎？能逐夫华盛顿之后而与布鲁东、巴克宁辈相齐足乎？余助其人而是以遂我志乎？余依外貌而试判鼎之轻重，窃不自量也。

英雄不与人以易测。英雄者，不可以名求，不可以威仪容貌求。余自恨陷于东洋之皮相学，而顷所谓飘忽不重使人失望之孙逸仙，一变而眉宇丰采，咄咄逼人，正襟危坐而开谈话之绪。余先发问曰：“君以支那革命为志，愿闻君所谓革命之宗旨与方法手段之详。”彼徐对曰：“余以人民自治为政治之极则，故于政治之精神，执共和主义。然余谓此事宜有革命之责任者也。况清虏执政柄三百年于兹矣，我黄帝子孙，神明之裔，忘越王之杀而父而觍颜以事之久矣，其无天日也。彼虏者愚民之术日工，朘脂屯膏之术日巧；而良田好山，不自珍惜，犹复任人取携。夫彼虏不能保，则何为旧主者出，光复而自保之？此天经地义之不可易者也。此吾徒不自量，欲以三色之旗，代黄龙之僭号；而天不助汉，空遭蹉跌，然不足以灰余之心也。人或谓共和国体不适于中国人民，不知共和之名词，诞育三代文明之治，实捉得共和之神髓。无谓我国民缺理想之资，无谓我国民乏进取之气；即其饕慕文明，实足显其有自治之干才与资格。试观不浴政虏之泽之荒村僻地，无在非自治之民；立尊长而听诉讼，置乡兵而御强暴。其他一切共同利害，皆人民自议而处之；共和政治之雏形，而文明之花初胎之蓓蕾也。吾观满清寿命，亦不过数十年；有豪杰起，拳捶脚踢，倒政府而自组织，则我国民之前途，殆未可以量也！且吾主张共和政治，而必以革命为先导者，非以同胞之头颅血肉为儿戏，盖欲求文明之幸福，不得不经文明之痛苦。夫中国古来革命之历史，实未有完全之方案；一方摇动，则百方之群雄起而割据，互相雄长，常互数十年而不统一。夫统一岂必一王之为尊也？今我辈革命，尤困难矣。主客相争，常有第三位者之干涉；欲避干涉，惟有行疾雷不及掩耳之革命，而与行革命同时又在使英雄各充其野心，万弩齐发，万马齐足，一朝布置，作联邦于共和名下，公推有夙望者，雄长一部，而中央救府，遥领而熟驭之，亦不至甚见纷扰。所谓行共和之革命，而有便益者此也。呜乎，今举我土地之大，民众之多，而为俎上肉，饿虎爪而食之，以长养其蛮力，而雄视世界；若以有道心者运用之，则足以提倡人道，号令宇内。余世界之一平民，又人道之拥护者也。虽绵力不足担大事，然今非求重任于人而可享事外之福，故自进而为革命之前驱，以应时变。天若眷吾党，有豪杰起而来助乎，余即让现时之位而服犬马之劳，务求自奋以当大难之冲。余固自信为中国人民，为亚洲黄种为世界人道而尽力；天必有祐助吾党，即君等之来，犹是也。天机已动，吾党宜发奋努力而不负诸君之望，诸君亦宜尽力以助吾党之成。救中国四亿万之苍生，雪亚东黄种之屈辱，恢复宇内之人道，唯在霹雳一声之革命耳。革命成而他之问题悉迎刃而解矣。”

这一席话,是很有价值的。孙中山的和白浪滔天第一次的晤见,是在中国革命史上很可以纪念的一个聚会。常时使由宫崎寅藏介绍他的同志朋友南万里,和中山见面;又介绍和犬养毅见面。这山下区一百二十一号的秘密机关里,忽然大热闹起来。孙中山用兴中会的名义,新招得了许多同志。横滨地方,有二千五百中国商人和雇工加入兴中会。他们大半是广东人,在长崎有许多宁波人,在神户大阪有许多福建人,都很踊跃的加入孙中山的秘密社会。同时又在日本的华侨那里捐了许多银钱,中山得了银钱,便去秘密购买枪炮。他又觉得革命的事业,虽靠知识阶级的运用机谋,但也很需要工人苦力的实力帮助。在日本的华侨中,工人苦力是最多的了;但他们终日在茶馆里消遣。孙中山便想得了一个利用他们空间的方法,创立了一个秘密俱乐部,招集那班劳工苦力,到他俱乐部中来闲坐吃茶。中山便亲自去和他们讲说革命的道理,又劝他们加入兴中会。这一来,孙中山的党羽愈多,势力愈大了。

欲知后事如何,且听下回分解。

# 第十二回　菲岛风云孙中山仗义　长江奔走哥老会合群

孙中山住在日本横滨山下区地方，日子久了，那同志愈来愈多，屋子里十分热闹，渐渐的风声传到外面去，那邻近的中国领事署，也有几分觉得。中山时时看见有不伦不类的人，在一百二十一号门外，徘徊观望。后来宫崎寅藏也看出来了，力劝中山避开，中山还是大模大样的毫不顾忌，宫崎便劝他以党国为重。此时日本法律，是不许外人在内地杂居的，还是犬养毅想出一个法子来，借着请中山教授中国语言为名，把中山邀到东京去，和陈少白一块儿住着。宫崎寅藏和南万里，又动身到中国上海地方去，打算再找寻几个同志，共图亚东的大事。不料宫崎到香港，康有为也到香港，宫崎便由康的两位高足弟子介绍相见。这时康有为受英国的保护，安置他在香港警察公署的楼上。宫崎便和康有为在楼上面见，康敝衣垢面，兀坐室隅；宫崎上前去道劳苦，康愁眉略展，便滔滔不休，议论天下事。在康有为的意思，欲效法日本维新的故事，更欲借日本志士暗杀的手段，去取中国皇太后的性命。在宫崎的意思，欲邀康有为渡日本与孙中山合作，共图中国的新事业。此时中国驻日公使黄遵宪，因是康梁的同党，早已撤换；后任李盛铎，却是荣禄的私人。康深怕到日本去自投罗网，被李公使捉回国去。宫崎便担保以堂堂日本侦探警察之严，岂不能庇一国事犯。同时犬养毅也有电报到香港来，欢迎康有为。康有为才决定主意，由宫崎一行十一人保护着到日本去。

康有为在日本第一个相见的，便是梁启超，第二个相见的，便是孙中山。孙中山见康梁徒党众多，声势煊赫，便欲说他入兴中会，因此两人屡屡相见；但康有为眼中看孙中山的价值，简直是清室的叛逆，皇帝正欲以十万金购他的头颅。康有为自已虽一般的亡命在外，但是他在醒里梦里，都望有重返帝室而为朝廷建立不世的功业，他今日如何便肯轻易和孙中山联合？他们两党的首领，屡次相见，终是落落难合。最后，孙中山去拜访康有为，康有为竟避而不见。在康有为心中所希望的，便是当时的日本内阁总理大隈伯。康和大隈，交情很深，若能得他的帮助，尽可以在日本占据大势力。无奈此时大隈内阁改组，成立了新的山县内阁，这一来，便大失所望。那时日本一班志士，对待康有为也不如从前一般的热烈。康久居在日本，也觉得郁郁无味，便悄然离日本到南洋新加坡去。

在这时候，有一件很可以纪念的事，便是孙中山的帮助菲律宾人独立。因为菲人欲摆脱西班牙的束缚，与美国联络；不料如今又受了美国人的束缚，菲律宾人十分愤怒，便暗举阿圭拿度为菲国大统领，竟欲与美国宣战。那阿圭拿度一方面力修战备，一方面却派人到日本去，求日本志士的帮助。当时接受阿大统领意思的，在日本有宫崎寅藏，在中国则有孙中山。孙中山当时因在国内的运动不能成熟，便一转其锋向菲律宾。在孙氏的计划，他原欲借菲律宾的事体，召集全部党员，去投在阿氏的独立旗帜之下。一旦阿氏成功，便假菲律宾为革命军根据地，用堂堂之阵，正正之旗，向满清政府进攻。主意既定，孙中山便往横滨访问菲岛独立委员，那委员听说孙中山肯以全力帮助菲人，十分欢喜；当时便将私运军火一事，重托了孙中山，又说愿君为菲岛之义士。孙中山退而与宫崎商议，宫崎便与犬养毅商议，犬养毅推荐一人名中村背山的，孙中山与宫崎同访中村，谈秘密运输军火的事，中村便一力担当这个重大责任。恰巧这时有一只布引丸出口，中山与宫崎先集合了几个同志，附船向菲岛进发。又过了几天，那军火也买成了，大家便天天聚集在一起商最如何偷运的方法。日本警察果然耳目甚灵，凡中山与宫崎平日来往之处，隐隐都有侦探追随着；宫崎欲避人耳目，便借松荣妓院谋划大事。但入妓院而不召妓女贿酒，更易动人疑惑；宫崎便令人召艺妓留香女史来，在屋中的同志，也各人唤一妓。不料此一群艺妓应召至松荣妓院，见有警吏侦探在门口来往监视，大家心中恐慌，转身逃去。恰巧南万里从门外走来，见此情形，不觉大笑，便一手拉着艺妓，一手挽住一个侦探，进入院子去，开怀畅饮，欢乐终宵。那侦探为酒色所迷，便也忘其所以，直闹到更深夜静，侦探才起身别去。南万里便报告众人：军火已大集，只因日本政府严重监视，不能运出，暂寄存在小仓商店中，中山便定计令宫崎发香港，平山周、毕永年、林述唐一行人走长江一带，招集同志，共图大举。待宫崎到达香港，始知布引丸已在中途出事，兴中会同志遭淹毙的很多，那存留在日本的军火，终至无法出口，便密电孙中山。孙中山知道时势大变，非亲自出马不可，便立刻动身，前赴香港。毕永年从湖南至香港，同行有哥老会头目七人，由毕介绍与孙中山相见。此时三合会头目郑士良亦来香港，于是中山说哥老会头目，使他协助兴中会。在某一日，他们便实行哥老会、三合会、兴中会三会大闭结，歃血立誓，另改名目称“兴汉会”。

讲到这哥老会，又称哥弟会，成立在清朝乾隆年间；只因在同治年间，曾国藩、左宗棠率领他百战百胜的湘勇，实行同胞杀同胞的计划，替满清政府杀退了洪秀全的太平军。在军事吃紧的时候，凡是曾国藩的乡中男子，无一个不出来当兵吃粮的。一时湘中子弟，布满中国。但一到战事平定下来，飞鸟尽，良弓藏，那班湘勇，一齐裁撤下来，几十万男儿，闲得无事可做；便有几个有资格有才干的人，出来组织了一个哥老会，不论水陆将弁，在职不在职的，一律都人哥老会。原是结合团体，互相扶助的意思；但后来日子久了，饥寒交迫起来，除了几个现职的人员，得了温饱以外，在江湖上落魄的多了，他们便干起赌博、抢劫两种买卖。他们第一次试好身手的劫案，便是劫了李鸿章弟弟的衣箱八十余，这案子便在湖南湘水上做下的。李的弟弟在广东做大官，此番奉召回京，随身带有细软行李一百余箱；不料那哥老会的弟兄，却分了他一大半去。从此他们在江湖上常常犯案，犯的案却是很大，而没有一次能够破案的。他们也有一种大义，只许抢劫！不许偷窃是表示侠义的本色；又不许扰害良民，只取那豪富大官。他们抢劫为武差，便称赌博为文差。因内中有一股称为洪家的，又名红帮，是他们的大房弟兄；另有一股，称青帮的，便是俗称监枭光蛋，在安庆地方，又称“道友会”，他们弟兄最初都是在运河一带转运漕米的工人船夫，后来河运改为海运，这一大群人都失了衣食饭碗。当时有一个姓潘的兄弟二人，便组织了一个青帮团体，专在江浙一带地方贩卖私盐。这潘家弟兄在哥老会中算二房，除红青两帮以外，又有黑帮、白帮。黑帮又称为“江湖团”，专在各处做偷盗乞食的事体；白帮的人，便是骗拐党。这两帮在哥老会中，算是最下贱的；倘在红青两帮势力范围内做了偷盗拐骗的事体，那哥老会便要向他征收重大的税金，不从命的，便要致之死地。

在光绪十七年，哥老会中出了一桩私运军火的案件，便引得人人注目。这案件是和镇江税关洋人弥逊有关系的，他们会中有一个会员，名李丰的，家资巨万，势力在头目以上。李丰的父亲李昭寿，原是淮北地方的一个无赖，曾在太平军忠王李秀成部下当一员战将。后来清兵包围天长县，昭寿孤军深入，势力不敌，便倒戈投降了清兵，由清室大臣胜保奏请光绪帝奖他三品顶戴，赐名世忠。后来终究受了胜保的骗，便假了别种罪名，杀死了昭寿。他儿子李丰，对这杀父之仇，势不两立；便去入了哥老会，分家财六万两赠与哥老会。又用银三万两，托镇江税关洋人弥逊购买军火，准备起事。弥逊又介绍他回国的洋人六人，在暗地里帮助。李丰计划军事，不多几天，买到军械药弹炸药，从香港入口，秘密运至镇江，不料时势不密，李丰的仆人在他同伴前无意中露了口风，被官家知道了，立刻把他的秘密会所包围起来，捉住同党一百多人，用严刑审问，招出税关洋人弥逊。中国官吏把弥逊捉去，转送与上海外国领事，审问确实后，监禁九月，期满押解回国。直到第二年，才把李丰捉住，打入死囚牢中；李丰在狱中自刎而死，当时李丰的妻妾丫鬟，一齐自杀。这年冬天，又在醴陵捉得哥老会的头目四人，二人当场杀死，二人尚禁在狱中。湖南地方的哥老会员，人人愤怒，便集合了一千余会员，蜂拥而起，打破县城，杀进监牢，救得头目二人，直走天台山中。湖南官兵在后面紧紧追杀，会员立脚不住，便向四方奔散，那时恰值平山周、毕永年、林述唐这一班兴中会重要人物，闲游至湖南见哥老会正被官兵杀得狼狈，便带了他们的头目李云龙、杨鸿钧、张尧卿、李堃山这一班人，到香港来，与孙中山结合。孙中山细细的盘问他哥老会的秘密情形，李云龙说道："俺哥老会在中国十八行省中，约有山堂数百十处；组织方法，大同小异。但各地自为统属，绝少连络运动。在湖南名金龙山，甘肃名虎形山，共举正龙头杨鸿钧；湖南另一部分名泰华山，山海关名宝华山，共举萧松山为正龙头，在湖南的会员最多，又有锦华山，举刘传福为正龙头；又有楚金山，陈尧为正龙头；又有金凤山，胡佐臣为正龙头；又有天台山，胡云为正龙头；甘肃有西凉山，贺桂林为正龙头；四川有峨眉山，颜鼎章为正龙头；广东有天宝山，萧朝举为正龙头；江苏有东梁山，李云龙为正龙头；浙江有终南山，何步鸿为正龙头；又有飞虎山，刘家福为正龙头；又有万云山，王金宝为正龙头。正龙头下有副龙头，称副龙头大爷。此外有坐堂，称坐堂左相大爷；有盟证，称盟证中堂大爷；有陪堂，称陪堂右相大爷；有理堂，称理堂东阁大爷；有刑堂，称刑堂西阁大爷；有执堂，称执堂尚书大爷。连正龙头共称为内八堂。在外面办事的，有心腹，称京内军师，又称老二；有圣贤，称京外军师，亦称老二；有堂家，称京外总督粮饷，或称行帖三江，总理粮饷军机，或称坐帖；总理营务处，统称老三。有红旗，称红旗督营粮台，或称蓝旗传报山堂，或称黑旗伺候坐堂，统称老五；有巡风，称巡营查哨又称老六；只因当初老四、老七两个职位中人，做了不光棍的事体，所以从此把老四、老七两个名儿废了。以下的有大九、小九、总幺满、大幺、小幺、大满、小满，合上那心腹大爷、圣贤二爷、当家三爷、管事五爷、光口六爷、巡风八爷、大满九爷、幺满大爷统称做外八堂。李云彪说着，又从身旁拿出一张哥老会的票据来。中山看时，见正中写锦华山三个字，下面又有四海水、万福香、仁义堂等字;又印上一首歪诗道:“锦华山上一把香,五祖名儿到处扬,天下英雄齐结义,三山五岳定家邦。”左边又写着内口号“义重桃园”一行字;右边写着外口号“英雄克立”一行字。此外他所说的开山堂、见面盘问、祭旗开火等等,都与三合会大同小异。他们会中所用的一种隐语,会员称圈子,或称左玄,集会称开山;外人称马子、贵四哥、刁滑马子、玲珑马子;秘密书称金不换,或称海底;会员证书称宝。鸦片称熏老,吃鸦片称靠熏,鸦片管称熏管子,茶称青,茶馆称混堂子,酒称红花雨,鞋称踢土,伞称开花子,道路称线,出门称开码头,洋钱称饼子,被捉称被摘,杀头称劈,牢狱称书房,衙门称威武窑子。

欲知后事如何,且听下回分解。

## 第十三回　西太后深宫读日报　端郡王畿辅纵拳兵

哥老会原是江湖亡命之徒，他们所用文字，全是浅薄粗俗的；独有东梁山的出山柬文，却写得十分典雅，它写道：

窃思世道衰微，正英雄建业之秋；水秀山清，本豪杰立功之地。古帝王乌牛白马，告天地而起义桃园，破黄巾而三分鼎足。继起者或据瓦岗而立寨，或镇梁山以称雄；贤豪之崛起，不一而足。迨康熙间，我祖招募英豪，平西出力，功不加赏，劳不拨爵，我祖乃独羁山东，建旆出师，登坛拜将，兴起龙虎之兄弟，裁成仁义之英豪；此当时之俊杰，乃我辈之渊源，本而行之，未敢改易前章，用谨稍参末议。云龙少读诗书，粗知礼义，飘零山岳，寄迹江湖，鲜受仁兄之指教，多蒙前辈之栽培。睹此世变时艰，焉敢不一动念？识时务者乃为俊杰，知世道者不愧英雄。云龙虽不敢自居，乃既承冒昧，点作龙头，亦聊以仰慕前贤追随骥足。爱览东山之盛，兴怀西水之清名山曰东梁山者，因山势挺峙，卓尔不群故也；名水曰西江水者，因水势活泼，清澄且涟故也。得山之厚，得水之深，兼有人文之蔚起，故名其堂曰北汉堂；祝我祖威灵，馨香勿替，山岳禋祀，千秋永存，故名其香曰南岳香，取南方火德之旺也。兹当天朗气清，惠风和畅；谨选吉日诹良辰，设五祖之灵，虔伸祭奠。当三光之照耀，共矢至诚。伏愿当道俊彦，执事仁兄，踊跃急公，指挥美举；俾豪杰同心，雷雨拟经论之盛，英雄合志，光辉如璧玉之圆。聊志芜词，用伸小引。

孙中山看了这一篇柬文，便说道：“好虽是好，但依附古人，终不是我们大丈夫所做的事体，我们是今要救四万万同胞出水火，得自由，与法美两大民主国，并驾齐驱。莫说是五祖三王，便是帝王制度，从此不愿他再见于中国。如今我的意思，须把兴中会、三合会、哥老会熔化在一炉，重新创造出一个革命大团体。”李云龙听了，甚是欢喜，立刻去召集弟兄开了一个秘密会议。他们写出一张革命的檄文来，上面的话说得很痛快。他说道：“怎样叫作革命？革命，就是造反。有人问我革命就是造反，这句话如今是通行的了。但这革命两字，古人有得说过吗？我得应道有的。《易经》上面汤武革命，应乎天而顺乎人，就是这两字的出典。又有人问我革命既是顺人应天，为什么中国古老话儿又把造反叫做大逆不道呢？我答应道：列位，这大逆不道四个字，并不是我古时苍颉圣人造字的时候就把来作造反二字注脚用的，要晓得这是后代做了皇帝的人，自己一屁股坐了金交椅，恐怕别个学他的样，就同着开国军师、文武百官，造出四个字来，硬派做造反的罪名。又用着粟米芝麻大的官职，又冷又臭、将要腐烂的猪羊肉，骗骗那些不识羞耻认强盗作祖宗、略识几个字的人。他说道，咄！你们听着：把大逆不道四个字,做了那造反的注脚。说我做皇帝的,是天上所传授,别个不容妄想的。我便生前把个官你做,你死了,我便写一尺二寸长、四五寸阔、猪血苏木汁染红的一块小小木头,上写着先儒两个字的封号,送你到孔夫子庙里去,摆在东西二廊,春秋二祭,杀猪宰羊的祭祀。那些不爱脸的人,听了这句话,便巴结到死,同狗舔屁股一样的趋奉着他。他这独夫位便可以传子传孙,安稳不过了。有人要想造反,就便帮着他吠。”以下还有打倒满清政府,实行五族共和的话。孙中山看了这篇檄文,连说:“痛快,痛快!”当时哥老会、三合会、三点会、洪江会、双龙会、九龙会、千人会、白布会、百子会、白旗会、红旗会、黑旗会、八旗会,还有那英雄会、龙华会,共有数十万人,联合起来;又集合了浙江、福建、江苏、江西、安徽五省的大头目,组织了一个兴中会,教练了一支革命军。孙中山又派他的心腹同志陈少白、史坚如、郑士良一班勇敢少年,到香港、长江一带各处去活动。香港地方,又发行一种《中国日报》,专鼓吹革命的。这一份报纸,不知什么人带到北京去,在皇宫里发现了。这北京城里,无论在朝在野,都充满了守旧党的气息;因守旧而痛恨维新,凡见有洋务新派的人物文字,都拿他当乱党办,又如何能容得这孙中山的革命言论。西太后见了《中国日报》,真是怒不可当;她意谓杀死了维新党,赶跑了康梁二人,便可以高枕无忧了。谁知又跑出一个革命党来,却比维新党还要凶猛。又见孙中山是广东人,康梁也是广东人,他三人一定是合了伙的。太后便立刻打一个电报给广东督抚,令查封康梁家产。又严缉兴中会首要孙文诸人,一面又通谕步军统领衙门,五城兵马使,及各省督抚,搜查会匪,解散会所。清朝的王公如此顽固,恨新党,恨洋人,那京城内外,山东、直隶、山西、河南各省,顿时出了一种拳匪,到处设神坛,练拳棒,说要杀尽洋人。那顽固的地方官,又暗暗帮助他,弄得这班愚民,越是胆大起来,终日结队横行,惹事生非。当时拳匪闹得最早而最凶的地方,便是山东。因为山东巡抚毓贤,平日思想陈旧,又是痛恨洋人的,如今见有这班专一仇杀外人的拳匪,便十分的欢迎他,容留他们在山东地面上胡作妄为,号称义和拳。实在他们都是白莲教的余党,所谓神拳不过一班赶车的撑船的以及那游手好闲的人,在那里学习。如今见赏于山东巡抚,便加了他义民二字的大头衔。他们便弄出许多邪术来,什么洪钧老祖、梨山老母。恰巧这时满清政府特许德国人在山东铺设胶济铁路,山东地方的百姓,见有许多红胡须绿眼睛的外国人,到内地来测量路线,便大起恐谎,联合了许多乡民与洋人为难。那义和拳便趁此时机,大鼓吹其仇教杀洋人的议论。那洋人见山东人民如此凶横,便去找山东巡抚毓贤说话。谁知毓贤心中正恨着洋人,今见洋人前来请求保护,便把洋人一齐捉住杀死。在北京的各国公使知道了,大怒起来,很严厉的向总理衙门诘问。北京政府便把毓贤革去,改命袁世凯做山东巡抚。当时唐绍仪做他的参赞,段祺瑞做他的统将,唐段二人,竭力劝袁世凯须剿除拳匪。此时山东地方,拳匪的势力,已是不可收拾。那历任山东巡抚的,先有李秉衡,后有毓贤,都是深信拳术,和拳匪有往来的。如今见袁世凯来了,他们认做与前任巡抚都是一鼻孔出气的,便在袁世凯到任的时候,召集了他的徒党,手提红灯,身披彩衣,排列在街市上,口中喃喃不住的读着咒语。袁世凯坐在轿中,假装做不看见。此时山东的莱州府、高密、昌邑二县,已有拳匪起事,到处杀人放火。地方官长飞电袁世凯告急,袁世凯便秘密调集夏辛酉、冯国璋、姜桂题的人马，赶到高昌一带地方去包抄防堵，吩咐不可与拳匪战，只须守住要塞，不使他蔓延到别处去。

济南地方的拳匪大师兄，听得高昌一带已起事了，便在省城一带地方，跋扈起来。一天清早，大师兄带了他手下的徒党，大模大样的走到巡抚衙门中，来拜见袁世凯。袁世凯很谦恭的招待他，大师兄又夸说他的神法，能不受炮火。袁世凯不信，大师兄说可以当面试验，便使一个门徒当庭立着，袁世凯与大师兄并肩站在廊下看着，抚院中卫兵手执步枪，分四面站着。袁世凯喝一声："放！"只见眼前白烟四射，那门徒依旧兀立不动。大师兄笑对袁世凯说道："大人看我们义拳的法术如何？"一句话未完，只听得砰的一声，那大师兄倒地死了。原来袁世凯手执短枪，亲自把大师兄打死了。那卫兵放的是空枪，是袁世凯预先安排下的。省城中既打死了大师兄，袁世凯便密电夏、冯、姜三人，进兵痛剿拳匪。拳匪赤手空拳，如何敌得住无情的枪炮，他们在山东站不住脚，便一齐到直隶省地界去。那直隶总督裕禄，又是一个迷信拳匪的人，口口声声称他为义民。在北京、天津一带地方，拳匪更是聚集得多，终日横行街市，筑坛演法，满街只见红布包头的大师兄二师兄，坐着轿子，在总督衙门中进进出出。他们称外国人为毛子，称新派的人为二毛子，渐渐的在天津杨柳青一带地方干起杀人放火的营生来。又知县劳乃宣，写了一篇《拳匪源流考》，把历来那道乱民不可靠的情形，写得详详细细。无奈裕禄不信他，不但不禁止拳匪烧杀的行为，反去和端王载漪、辅国公载澜、大学士徐桐、承恩公崇猗、尚书刚毅、赵舒翘一班人，打通一起，在皇太后跟前竭力夸说义和拳如何神通广大，法力无边。那拳匪又声称要取一龙二虎的首级，告祭天地。一龙，是说光绪皇帝；二虎，是说庆王奕劻和李鸿章二人。这时，光绪皇帝自从变法失败以后，便被皇太后幽禁在瀛台中。一面立端王的儿子溥儁为大阿哥，预备接续皇位，废去光绪帝的意思。当时有上海经元善和两江总督刘坤一，以及海外华侨，都纷纷电争。皇太后见人心未去，便也把废立的事体暂时搁起。如今端王见义和团起事，又听说要取皇帝首级，他心中盼望光绪皇帝早一天死，他儿子便可以早一天登大位；因此也竭力帮助拳匪，领着大师兄二师兄进宫去朝见皇太后，又当着皇太后演出种种法术来。皇太后受了他的骗，便也十分信任，赏戴花翎，赏穿黄马褂，又赏与数万银两，恨不得把这全国的政权，统交与大师兄二师兄掌管。拳匪愈加弄得胆大起来，开手便焚烧宣武门内的东城马市的教堂。端王还嫌不痛快，便召集王大臣，开御前会议，主张焚杀使馆。当时有一个吏部侍郎许景澄，太常寺卿袁昶，都上奏，竭力言拳匪不可信，外人不可侮。光绪帝也听了许袁二人的话，不肯下焚杀使馆的诏书。端王便把许袁二人恨入骨髓，由内廷传旨，第二日清晨，捉住许袁二人，在西市斩首。一面又密令自己部下的虎神营兵，趁着德国公使克林德男爵到总理衙门的时候，杀死在西单牌楼北面。那董福祥的兵士，又杀死日本书记官杉山彬，在永定门的地方。这一来，便引起了国际间重大的交涉。在光绪二十六年七月二十日的一清早，各国联军打破了北京城，从广渠、朝阳、东便三门进来。那联军的统领，是德将瓦德西，他部下统带着德兵二百五十人，美兵二千五百人，英兵二千五百人，日兵一万二千人，俄兵八千人，法兵一千人，奥兵一百五十人，意兵一百人。外国兵声势浩大，炮火连天，早把一班拳匪打跑得无影无踪。便是京中的官兵，也抵敌不住，纷纷溃退。光绪帝只穿了一件玄色布袍，西太后穿了一件蓝夏布衫，慌慌张张的逃出了北京城。到贯市地方，夜色昏黑，肚子饥饿难当，只向村中要了一碗麦豆粥来充饥，又向村妇借得一条布被来，胡乱睡了一晚。第二天，又向西安地方逃命去。那时统兵保护帝后的，便是甘肃布政使岑春煊。

拳匪在北京闹得一塌糊涂，它的结果，无非是赔款割地，丧师辱国。赔款的数目，共是四万五千万两。当时闯祸的罪魁，都分别斩决的斩决，赐死的赐死，永禁的永禁，革职的革职。李鸿章与瓦德西议和，那瓦德西态度十分强硬，后来幸得有一个名妓赛金花，从中调停，才把这和约订下来了。原来照各国将领的意思，要请瓦德西带兵直追西太后，问他一个纵匪之罪。无奈这时瓦德西迷恋住了一个赛金花，便不愿再动追兵。那赛金花，原名傅彩云，她是江南的名妓，颜色又美；嫁与苏州洪状元做二夫人。后来洪状元出使外国，带着二夫人同去，在各国交际场上，成双作对的来往着；因她面貌既美，人又伶俐，到外国不多几时，便说得一口好流利的外国话。遇到有交涉事体，这位二夫人替丈夫折冲樽俎，那外国人被她美的威权慑服住了，这交涉无有不胜利的。便是英国女皇维多利亚，也很和她要好。瓦德西便在这个时候，遇见她过。

欲知后事如何，且听下回分解。

# 第十四回　瓦德西甲帐狎徐娘　唐才常长江断首级

后来洪状元死了，这位二夫人便下堂求去。她仗着做过状元夫人，又做过公使夫人，便在北京地方，悬牌卖笑。平日所往来的，尽是王公大员，中外名人。她住着高楼大厦，出入高车驷马，举止十分阔绰；门口高揭着赛公馆的门榜，两旁站着大肚子奴仆，上上下下都称赛二爷。这赛二爷虽是徐娘半老的年纪，但却具一种勾魂摄魄的手段，拜倒在她石榴裙下的，尽是少年公子，美貌王孙；缠头十万，卖笑千金。这赛二爷又最爱骑马，一鞭过眼，香风四溢。这联军打破北京城的时候，赛二爷还天天骑马游行，无意中遇到了那德国统帅瓦德西。他二人在德国时候，原是相见过的，瓦德西见赛金花骑在马上，刚健婀娜，风韵超尘，心中不觉大动。只因他昔日是公使夫人，便不敢存什么妄想，后来叙谈起来，才知道这位美人，已做了路柳墙花，任人攀折。瓦德西便大动了他怜惜之念，便立刻并辔进仪鸾殿去，两人双宿双飞起来。这时北京的王公大臣，见赛金花勾结上了瓦德西，便人人来趋奉她；赛金花也在枕席间为民请命，无形中消灭了不少祸患。有一晚，一个中国美人，一个外国英雄，正锦衾绣帐中搂抱着，香梦沉酣的时候，忽然仪銮殿火起来，他二人赤条条的从睡梦中惊醒过来。那瓦德西是一个百战健儿，力大无穷，他抱着赛金花在怀中，好似抱着婴儿，光着身体，从火烟中逃出。后来樊樊山有《前后彩云曲》，记赛金花艳事的，如今节录在下面：

姑苏男子多美人，姑苏女子如琼英；水上桃花知性格，湖中水藕比聪明。自从西子湖船住，女负尽化垂杨树；可怜宰相尚吴绵，何论红红与素素！山塘女伴访春申，名字偷来五色云；楼上玉人吹玉管，渡头桃叶倚桃根。约略丫鬟十三四，未遣金刀破瓜字；歌舞常先菊部头，钗梳早入妆楼记。北门学士素衣人，暂跻球场访玉真；直为丽华轻故剑，况兼苏小是乡亲。海棠聘后寒梅喜，待年居外明诗礼；两见陇冈墓草青，鸳鸯绘上春风起。画鹢东乘海上潮，凤凰城里并吹箫；安排银鹿娱迟暮，打叠金貂护早朝。深宫欲得皇华使，才地容齐最清异；梦入天骄帐里游，阏氏含笑听和议。博望乘槎万里通，霓旌难得彩鸾同；词贼环球知绣虎，钗钿横海照鹭鸿。女君维亚乔松寿，夫人城阙花如绣；河上蛟龙尽外孙，房中鹦鹉称天后。使节西来娄奉春，锦车冯嫽亦倾城；冕梳七毳瞻繁露，槃敦双龙赌宝星。双成解得西王意，出入椒庭整环佩；妃主青禽时往来，初三下九同游戏。妆来潜随夷俗更，语言总爱吴娃娟；侍食偏能厌海鲜，报书亦解缗英字。凤纸宣来镜殿寒，玻璃取影御林宽；谁知富媪河山貌，留与杨枝一例看。

三年海外双飞俊，还朝未几相如病；香息常常韩寿闻，花头每与秦宫并。春光漏泄柳条轻，郎主空嗔梁王清；只许大夫驱便殿，不教琴客别宣城。从此罗韩怨离索，云蓝小袖知谁托？红闺何日放金鸡，玉貌一春锁铜雀。云雨巫山枉见猜，楚襄无意近阳台；拥衾总怨金龟婿，连臂犹歌赤凤来。玉棺画下新宫启，转盼玉郎长已矣！春风肯堕绿珠楼，香径还思苎萝水。一点奴星照玉台，樵青婉娈渔童美。穗帷尚挂郁企堂，飞去玳梁双燕子；哪知薄命不犹人，御叔子南先后死。蓬巷难栽北里花，明珠忍换长安米；身是轻云再出山，琼枝不落平康里。绮罗丛里脱青衣，翡翠桥边梦朱邸；章台依旧柳毵毵，琴操禅心未可参。杏子衫痕学官样，枇杷门巷换冰衔。

吁嗟乎！情天从古多缘业，旧事烟台哪可说！微时菅蒯得恩怜，贵后萱芳都弃掷。怨曲争传紫玉钗，春游未过黄衫客；君既负人人负君，散灰扃户知何益。歌曲休歌金缕衣，买花休买马塍枝；彩云易散玻璃脆，此是香山悟道时。《前彩云曲》。

纳兰昔御仪鸾殿，曾以宰官三召见；画栋珠帘谒御香，金床玉几开宫扇。明年西幸万人哀，桂观飞廉委劫灰；虏骑乱穿驿道走，汉宫重见柏粱灾。白头宫监逢人说，庚子灾年秋七月；六龙一去万马来，柏林旧帅称魁杰。红巾蚁附端郡王，擅杀德使董福祥；愤兵入城恣淫掠，董逃不获池鱼殃。瓦酋入据仪銮座，凤城十家九家破；武夫好色胜贪财，桂殿清秋少眠卧。闻道平康有丽人，能操德语与英文；状元紫诰曾相假，英后珠施并写真。柏林当日人争着，依稀记得美蓉面；隔越巫山十二年，琼华岛畔邀相见。隔水疑通银汉槎，催妆还用天山箭；彩云此际泥秋衾，云雨巫山何处寻？忽报将军亲折简，自来花下问青禽。徐娘虽老犹风姿，巧换西装称人意；百尺螺髻满簪花，全匹鲛绡长拂地。鸦娘催上七香车，豹尾银枪两行侍；细马遥遵辇路来，袜罗果踏金莲至。历乱宫帷飞野鸡，荒唐御座拥狐狸；将军携手瑶阶下，未入迷楼意已迷。骂贼反嗤毛惜惜，入宫自诩李师师；言和言战纷纭久，乱杀平人及鸡狗。彩云一点菩提心，操纵夷獠在纤手。

胠箧休贪赤侧钱，操刀莫逼红颜妇；始信倾城哲妇言，强于辩士仪秦口。后来虐婢如虺蝮，此日能言赛鹦鹉；较量功罪相折除，侥幸他年免缳首。将军七十虬髯白，四十秋娘盛钗泽；普法战罢又今年，枕席行师老无力。女闾中有女登徒，笑捋虎须亲虎额；不随槃瓠卧花车，那得驯狐集金阙？

谁知九庙神灵怒，夜半瑶台生紫雾；火马飞驰重凤楼，金蛇破却燔离树。此时锦帐双鸳鸯，皓躯惊起无袴襦；小家女记入抱时，夜度娘寻凿坏处。撞破烟楼闪电窗，釜鱼笼鸟求生路；一霎秦灰楚炬空，依然别馆离宫住。朝云幕雨秋复春，坐见珠槃和议成；一闻红海班师诏，可有青楼惜别情？从此茫茫隔云海，将军也有连波悔。君王神武不可欺，遥识军中妇人在；有罪无功损国威，金符铁券趣销毁。太息联邦虎将材，终为旧院蛾眉累！

蛾眉重落教坊司，已是琵琶弹破时；白门沦落归乡里，绿草依稀具狱词。世人有情都不达，明明祸水褰裳涉；玉堂鹓鹭愆羽仪，碧海鲸鱼丧鳞甲。何限人间将相家，墙茨不扫伤门阀！乐府休歌杨柳枝，星家最忌桃花煞；今者株林一老妇，青裙来住春申浦。北门学士最关渠，《西幸业谈》亦及汝；古人诗贵达事情，事有阙遗须拾补。不然落溷褪红花，白发摩登何足数！

北方满清政府，昏聩糊涂，闹下这赔款割地丧师辱国的大祸来；弄得全国人心愤怒，鸡犬不宁。你想那南方的党会，如何容得他再这样胡闹下去。孙中山终年在南洋、香港一带奔走联络，在他做党魁的，果然是胸襟阔大，气度宽和；便有人来劝中山与康有为合作，共图大事。在中山看来，在这革命正需要人才的时候，自然兼收并蓄，来者不拒。况且康有为在当时，也有相当的势力；在保皇党中，也颇有杰出的人才，因此一再派人去和康党联络。又劝他：保皇的事业，是不彻底的；如今世界上大势所驱，那专制皇帝，渐渐的大半都站不住脚了，何况我们中国的皇帝，是一个异种，又是一个顽固昏乱淫恶暴虐的独夫。如今我们为民除暴，还恐不及，却为什么还要去保他？无奈康有为做了一百天的官，深深的中了官毒；他一肚皮抱着天皇神圣、臣罪当诛的奴隶心性，如何能醒悟过来？这时康有为受外人的保护，留住在新加坡，孙中山便托宫崎寅藏，再去说康。那时有一位姓邱的，专替康有为在外面招呼宾客，宫崎便先去谒见邱先生，说明欲劝康有为加入革命党的来意。谁知康有为对于宫崎，却十分疑惑；因为这时外面有一种谣言，说有刺客从日本来，欲不利于康党。今宫崎特为其来，康有为便拿他当刺客看待，避去不见，又令人送宫崎一百元，算是报答他从前的恩德。宫崎见此情形，不觉大怒；知道两党决不能融合，便也丢开了手。

这时候算是孙中山一生运动革命最困苦的时候。在名义上，兴中会已得到了三合会、哥老会的帮助，三党合而为一；但能真正明白大义、切实做事的人，仍是很少。在南洋一带的党会，多数在自由政府保护之下，他们结会的目的，不过为手足患难的联络罢了，全失却政治意味。因此知识薄弱，团体散漫，只能望他做一个响应的工作，却不能靠他做原动力。在此时候，光绪皇帝和皇太后避难在外，一班无知无识的小百姓，人人激发他似是而非的忠君思想，在南洋的华侨尤甚。康有为趁此机会，大鼓吹其保皇之说，竭力反对共和政体。孙中山大受他的倾轧，在南洋的地方，几乎没有革命党的立脚地。那宫崎、平山二人，因受了行刺康有为的嫌疑，被新加坡的警察捉去，拘禁在市政厅里；孙中山得了这个消息，急急赶到新加坡去将他二人保出。康有为仗着他官僚的头衔，在南洋势力一天一天似的大起来。那时有一位湖南人唐才常，也是一个有志之士；可惜他做了康梁的信徒，在上海到汉口一带地方，设立了许多秘密团体，联络了许多江湖人物，谋在汉口起事，使长江一带会员响应。他在上海的团体，称做中国协会，由容闳专管外交，沈克诚专管内政；在汉口的称做宾贤公，在襄阳的称做庆贤公，在沙市的称做制贤公，在荆州的称做集贤公，在长沙的称做招贤公，发卖富有票，充做军费。一面联合各省营兵会党，在各处充任向导。又有同仇会首领马福益和大头目李和生、徐宝山都来约他在湖南起事。便是那李云彪、杨鸿钧，也都赶到上海来，和唐才常见面。唐才常见时机已至，便把各路分为三军：在湖北的称为中军司令处，在安徽的称为前军司令处，在湖南的称为后军司令处，约定在光绪二十六年七月廿九日武汉等处同时起事。好得此时光绪帝和西太后逃亡在外，各省都起了勤王兵；那各省的会党，也借着勤王二字，在江、浙、皖、赣、湘、鄂一带地方，召集人马。这声势太浩大了，早惊动了各省的督抚大员，便派人在暗地里调查，知道全是浏阳人唐才常的主动。两湖总督张之洞得了这个消息，便不动声色，悄悄的派兵去把唐才常捉住。连他的同党，共有八个人，又有许多军令军票，证据确实，问也不用问，一朝绑出西市门，砍去头颅。绝大风云，从此销息。这唐才常与谭嗣同同是湖南浏阳地方人，后人称他为浏阳二杰。两人的诗才，又都是十分横溢。谭嗣同在监狱的墙上写着一首诗道："望门投止思张俭，忍死须臾待杜根；我自横刀向天笑，去留肝胆两昆仑！"

欲知后事如何，且听下回分解。

## 第十五回　千钧一发误在中六　直入长飞威震惠州

唐才常一班人，被杀以后，各处党会的头目都隐姓埋名，向四方逃避；独抛下一具唐才常的无头尸身，丢在武昌城外，日打雨晒，狼吞犬嚼，谁有这样大胆的人，肯去收殓他。这时忽然来了一个乞丐，趁着夜静更深的时候，觑着守城兵士不留意，便悄悄的把尸首偷去，埋葬起来，待到官兵发觉，那乞丐已去得无影无踪。原来这盗尸的人，并不是什么乞丐，是一位同志，名沈翔云，化装出来的。这沈翔云原是浙江湖州府的秀才，他因愤恨满清政府的专横，便从此抛去了功名，专一在江湖上奔走，结识四海英雄。如今见唐才常死得可怜，尸体被犬狼咬嚼得残缺不全，只剩了几条骨殖；他便悄悄的去偷了来，把骨殖包裹起来，负在肩上，步行到安徽地界，拣一个山明水秀的地方，替他安葬下了。这时各处官府正捉拿盗尸的人，风声十分紧急，沈翔云便也一溜烟逃往南洋去，投在兴中会里。这时孙中山见时机急迫，终日和他部下紧要的会员，筹划举义的事体：一路，打发三合会的首领郑士良到惠州去，召集同志，约期发动；一路，打发史坚如到广州省城里去，召集同志，预备响应。自己却带了几位外国军官，绕路由香港登岸，欲从香港潜入内地。不料船未进口，那香港总督已得了保皇党的秘密消息，待孙中山一到香港船埠，便被警察监视，不放他登岸，勒令孙中山乘坐原船出口。此时郑士良和史坚如二人，已各各分头进行。孙中山深怕郑史二人断了后方的接济，功败垂成，便委托在香港的杨衢云、李纪堂、陈少白一班人，妥为照料；自己又折回日本。在日本住了不久，中山心中终觉不安，便又从日本渡台湾。幸得台湾总督儿玉大将，颇赞成中国的革命事业；他说中国政府如此腐败，非革命不能救中国，便委派了一位民政长官，名后藤的，秘密与孙中山接洽，许他发动的时候，量力帮助。

孙中山得到了这有力的帮助，便决计大举起义，在台湾地方，加聘了几位日本军官，充革命军的顾问，召集敢死的勇士，共有六百人，令郑士良率领，改由沿海进攻。先集中在广东大鹏湾附近山州田地方，因为山州田离新安、深州一带地方很近。新安驻有清兵，有很丰富的兵械库，可以出其不意，扑进城去，夺他的军械。郑上良奉了军令，便由台湾偷渡到山州田地方，六百个壮士，只有洋枪三百杆，每人只带子弹三十粒。此时日本小仓商店中，尚存有大批军火；此种军火，原为孙中山欲帮助菲律宾人独立运动时候购下的，后来因不易出口，菲岛的独立运动，亦已销息，便搁置到现在。郑士良到达了山州田，便发一急送军火的电报。孙中山便令宫崎、远藤二人急至日本，提取军火。当时这军火的收藏，全是中六和小仓商店的交涉。中六正欲他去，便介绍远藤与小仓办理这提取军火的交涉。今节录宫崎与孙中山信中一段关于军火交涉失败的记事在下面：

远藤访小仓，求弹丸授受之事；彼曰："时有不利，故不能引渡。"远藤曰：

“今当急送之时,岂费代价而无权催送?”彼曰:“品物虽属于君,然定运送之机,我权内之事也。是在与中六所契约之个条中。”远藤闻之,且惊且怪,张求检查实品。彼曰:“此品今在××仓库,虽吾亦不能易见;且二百五十万品,如何检查?”远藤曰:“吾奉职××,略谙此道,可以方法概定之。”彼悄然曰:“此品原废物,不如输之出外以占巨利。此中六所贻与君等之利便也。”远藤闻言,益惊且怪。盖小仓之意,误以远藤为与中六同臭之人;于是驰告木翁,又以电话招仆,至是而中六之非行明矣。

小仓与中六既肥私而误公,则弹丸之运送何如乎?乃电告先生,而先生复命曰:息送代金。至是木翁乃亲访小仓。彼曰:“以一万二千五百金买返可也。”翁曰:“对于六万五千,而所偿不及五分之一,来免太酷。”彼急遮之曰:“否。吾所受者,五万金;而此五万中之利润,犹多归中六,与夫关于中六方面之人。”于是知中六之所私,实不少。乃强请出三万金,彼继请再献二千五百金,则计以一万五千金买返此丸也。

可叹以中山的历年心血,买得此二百五十万弹药,尽断送于中六一人之手。今郑士良军中急需军火,中山便送金钱与士良,士良勾通城中某营的队长,买得稍许兵器。又买得一小汽船,可以在山州田山寨中来往。此时因中山不能在香港登岸,日本的军火,又化为乌有,郑士良率领六百健儿,因守山寨,旷日持久;便是军中粮食,也日短一日。郑士良束手无法,便令部下散住在附近同志的家中,只留八十人,守住山寨。那山下的村人,常到山上来樵采,郑士良又怕他窥了军中的秘密,把风声漏泄出去,见有村人上山来,便擒住幽禁在山寨里,不放他下山去。不料那村中人家,见山寨中捉了他家中人去,便顿起恐慌,大家鼓噪起来,说山寨中伏有数万人马。这个消息传在两广总督的耳中,不觉吓一大跳;便下密令给水师提督何长清,带领虎门防军四千人,向深洲进发。陆路提督邓万林,带领惠州防军,移驻淡水、镇隆一带。水陆夹攻,前而又阻住山州田的出路。这时山州田一带的居民,谣言愈重,说山寨中人马足有十万,所用的全是外国最新式的快枪大炮,又有外国兵官教导战法。这个话传在官兵耳中,不觉人人胆寒;水陆两路兵马,都在深州、淡水一带,徘徊观望。郑士良见时机不可失,探马报来,说官兵又调先锋队二百人,进驻沙湾地方;前哨的骑兵,已出没于横冈一带。山州田的形势,十分危急。那后路军火的接济,眼见得是断绝了。当夜郑士良便在山寨中开一会议,众人的意思,与其坐以待毙,何如冒险夺围。便在深夜,由先锋将黄某,率领敢死勇士八十人,直扑沙湾官兵;手枪炸弹,一时爆发,在阵上杀死官兵四十人,夺洋枪四十杆,又弹药数百箱。官兵在睡梦中惊醒过来,人不及甲,马不及鞍,纷纷退走。郑士良挥动部下六百人,乘胜追杀,直冲过沙湾,收住阵脚,又活捉住官兵数十人,军声大震。中山在台湾,得了捷报,立刻通电虎门革命军,遥为接应。那虎门同志,集合了五六千人守候着;欲待山州田的同志一到,便可以里应外合,共扑新城的军库。此时郑士良集合部下,已有一千余人;一路得了胜仗,直越过横冈。此时忽又有一人,从香港带了大统领的密电来,令郑士良全部改道攻厦门。那虎门的同志,守候了多时,不见山州田的同志杀来，也只得无形散去了。

何长清连吃了几个败仗，退守淡水地方，集合兵士，还有三千人；便分兵一千进驻镇隆隘口的佛子坳。郑士良的军队，任你如何凶猛，总不能冲过这佛子坳去。郑士良部下，进展到平山、龙冈一带，又收得同志一千多人。便发号令向镇隆猛攻。革命军人一半是没有枪械的，郑士良便令执长枪大刀的在中央，手持洋枪的在左右保护着前进。一时佛子坳岗后面，枪声四起，弹如飞蝗；官兵出其不意，顿时惊惶起来。革命党人，又是悍不畏死，蛇行匍匐，大呼扑敌。那山头上的官军，势不可支，纷纷溃下山来。郑士良身先士卒，奋勇杀敌，活捉官将兵领杜凤梧，及敌兵数百人，夺得洋枪七百余杆，马十二头，旗帜、号褂、翎顶一类的东西，不计其数。又占据了敌兵的军库，得子弹五万粒。镇隆重地，便全入于革命军手。博罗城中，亦有同志数百人；听说郑士良已占领镇隆，便暗地里屯粮积草，专候郑军一到，立刻响应。谁知这时满清官兵，陆续增加，四面包围，共有一万多人；内中官军将领最有名的是提督刘邦盛和马维祺、莫善积、郑润材、刘永福一班人。革命军人，亦各个鼓其勇气，准备迎敌。此时凡革命军人所到之处，地方百姓，一路燃放爆竹担酒牵羊，欢迎民军。百姓口中，齐称仁义之师。只是郑士良一路同志，已有四千余人之多；他们所到之处，丝毫不侵犯人民利益。

郑士良见敌兵众多，知道非经一血战不可。乘夜向永湖进发，沿途遇着敌兵的埋伏，都经革命军奋力击退，经过四小时，到达了目的地，郑士良传令扎住营盘。早有探马报来，说官兵从淡水退回的，以及从惠州派兵来会合的，共有五六千人。但执有快枪的，只一千余人。郑士良便把洋枪队调在前面，呐喊冲锋，勇猛前进；不料这近万敌兵，竟不经一战，便纷纷向惠州城、淡水、白芒花一带四散逃窜。提督刘邦盛且战且退，郑士良立马高处，用望远镜见他在马上一种慌张的样子便取过卫兵的快枪来，瞄准那刘提督的红缨帽子，砰的一声，那刘提督应声落马。幸得他左右抢上前去，把他主帅扶上马鞍，抱头逃去。官军见主帅受伤，顿时大乱，郑士良挥动大队，在后面追杀，夺得步枪一千余杆，子弹六万发，马四十余头，活捉敌兵数百人，割去他的发辫，令在营中当工役。此一战，革命军的声势愈盛。郑士良不敢怠慢，连夜乘着月色，追踪前进；直追了一夜，却不见敌军的踪迹。各处村民，前来欢迎投顺的，有一万人以上，便是供给粮食的，也陆续于道。郑士良把新军编入队伍，在白芒花休息一天，继续向厦门进攻。军行三日，前面群山环列，河水溶溶，在地名崩冈墟，传令扎营分发，探马向四处侦察，依旧不见敌军所在，郑士良便令靠山傍水为营。待天色微明，忽见隔河人马蠕蠕行动，知是敌兵会集。革命军依山峡而阵，另出奇兵渡河进取；敌军约有七千人，前来应战。两军相持终日，不分胜负。革命军退守营垒，刁斗之声，彻夜不绝；第二天，依旧向前搦战，敌兵坚守不出。待至夜深，革命军伏兵齐起，大呼杀贼，扑人敌营，满清兵卒，仓皇败退。革命军渡河穷追，苦于弹药不济，眼看着敌人脱逃而去。当夜郑士良在营中开军前会议，众人意思，都望至厦门以待接济。

举义以来，已是第八日，军队前进至三多祝地方，暂宿一宵。次日四方来投奔的同志，竟有二万人之多。郑士良划分队伍，整理粮食，三多祝至梅林地方，共须五日路程，军中亦带有五日粮草。第十日，军队已行至白沙地方；忽见一壮士飞骑投至营门，出孙中山手令，说事局大变，外援不可期；即至厦门，亦无可发展。军中之事，请前敌司令自决行止。此二万健儿，读此败兴之报，不觉眼眦尽裂，拔剑击石，悲声动野，怨气冲天。郑士良一方用温言安慰众人，一方召集各首领，开秘密会议。众人皆谓厦门之行既不成，不如沿海退走，再返山州田山寨，委人赴香港购得弹药，再向西北联合新安、虎门之同志，直扑广州省城，为革命根据地。郑士良见事败垂成，亦无可如何，便照众人意思，先行解散新来同志，留存洋枪手一千余人，由海陆二路退回山寨。此时满清水师提督何长清驻扎横冈，可笑那革命军大队人马，从横冈经过，官兵却毫无知觉。从此千余健儿，依旧困守山寨，度其无聊之岁月。郑士良只身渡日本报告他惠州革命的经过，孙中山满怀郁闷，正无可言说的时候，忽见宫崎寅藏满眼流泪，抢入屋子来。

欲知后事如何，且听下回分解。

# 第十六回　史坚如身殉总督署　秋竞雄志合同盟会

孙中山见宫崎慌慌张张的进来,忙问什么事。宫崎未曾说话,先流下泪来道:“好好一个孩子,竟在广州送去了性命!”中山一听,便知道是史坚如在广州失败了。因为在兴中会诸会员中,算是史坚如年纪最轻,面貌最美。孙中山最是爱他。他对于革命事业,又最是热心,每有公事,他总是奋不顾身的,勇往直前。孙中山也曾劝过他多次说,你年纪正轻,前程远大,凡事须小心为上。此次运动广州省城军队的事体,原是史坚如自告奋勇,他与孙中山在香港握别,便秘密向广州出发,单身入了广州城,暗地里与省城防营互通声气。原欲候郑士良在惠州得手以后,便起兵响应他;不料惠州的一役,功败垂成,而史坚如在广州地方,已闹得风声鹤唳,草木皆兵。史坚如守在广州地方,一天艰难似一天。那满清将吏,渐渐注意到他的行动。史坚如深入重围,知道已身临绝地,但他生成性格,十分强毅,凡事不肯回头,此番他怀了必死之心,如何肯空手回去。因此他悄悄的扮成一个差役模样,混进总督衙门去。那衙门中的差役,都错认他为同伴,却也没有人去盘问他。看看已混进了上房,正是总督的内室;那院子里丫鬟仆妇,往来不绝,好似穿梭一般。又望见一带玻璃窗,遮着大红色的窗帏,心知道那总督一定在这屋子里。原来衙门中正进午膳,房门口挤着一群奴仆,在那里伺候上菜。内中有一个俊俏丫鬟一抬眼见了史坚如,脸上露出诧异的神气来。原来总督衙门中有一定的规矩,选了四个年老的家人专值上房,此外,年轻的差役一律不许在内室中乱闯。如今史坚如是一个年轻貌美的男子,忽然在上房中出现,叫这丫鬟如何不要诧异。忙上前来拦住,连声喝问:“你是什么人?”史坚如却不露慌张,只是飞也似的向上房中闯进去。这如何可能的事体?早被房门口的许多奴仆上前来围住了,史坚如便从怀中掏出炸弹来猛力向上房门中掷去;那炸弹碰在门框上,落在地下,只听得震天价的一声响。接着房里房外的人,一声惨号,顿时墙坍壁倒,炸死了二十多个人。那大堂上的武巡捕,听说上房中有刺客,便急急招呼同伴,赶进上房去救护。恰巧这一天总督在四姨太太房中抽鸦片烟,只炸死了一个老姨太太和总督的六小姐。此外死的,全是一班丫头仆妇。便是那史坚如,也因炸弹铁片打破了头,一时晕绝在地;众人忙着搬运尸身,又把冷水浇在史坚如脸上。史坚如惊醒过来,那总督亲自坐堂审问。史坚如假装做神志不清,任你如何拷打喝问,他总给你一个字的口供也没有。总督看看,无可奈何,他便喝令绑出大街,斩首示众。

郑士良在惠州失败,孙中山知大事已去,便立派一亲信同志,名山田的,送一密令,到山州田去,令士良就地解散同志。士良亲自领导部下数百人,从山阴小路,逃至香港。这山田是日本人,不熟悉广东道路的,在半路上迷失了途径,被惠州的清兵捉去,斩去首级。那郑士良因积劳成病,自与孙中山在日本一会以后,回至香港,也一病身死。毕永年亦削发入罗浮山做和尚去。惟有当时惠州大将杨飞鸿,隐身在香港,一面设立私塾,教授英文,一面却依旧暗暗的与同志互通声气。有一天,正在讲堂上授课的时候;忽然有一暴客,排闼直入。杨飞鸿正要问话,只见那暴客从怀中拔出手枪来砰砰两声,杨飞鸿急拿手中书本向暴客脸上掷去,大声喝道:有贼!那第三声手枪又响,杨飞鸿只喊得啊哟一声,便倒在地下死了。宫崎寅藏得了这几个人身死的消息,便急急来告诉孙中山;中山听说死了一班最得力的大将,怎的不伤心,便不由得放声大哭起来,一室中人都不觉凄然泪下。正哀悲的时候,忽一人进来报说,有可喜的事体。中山忙问:"什么可喜的事?"那人说道:"自从唐才常在汉口失败以后,马福益幸得脱身逃去;马福益的参谋长刘佐楫被张之洞派兵捉住,用严刑拷问,那刘佐楫熬刑不过,尽把党中同人的名姓和地址,统统招认出来。张之洞便按名去捉拿,幸而那班同志逃避得快,官兵只捉住哥老会头目二人。马福益逃在湖南,与黄兴设立了一个华兴会。这华兴会,是联合广西各首领,与三合会、青帮、白帮以及江湖上各小团体,组织成功的。人数也在十万以上,专以推翻满清政府为事。各首领中,有一个陆亚发的,他部下有数千人;受了马福益和黄兴的命令,在广西起事。如今已攻破柳州城,夺得官兵步枪五千支。广东总督调齐各路兵马,与陆亚发交战,每战陆亚发总是打胜仗的。他一面发密电与马福益、黄兴二人,令他们也在湖南起事响应。这时在八月中,湖南地方正行普济大会,所有江湖好汉,齐在湖南聚会。马福益便暗暗的召集三十六正龙头,七十二副龙头,分东南西北中五路进行。约定在十月十日,各路同时起事。如今黄兴也派人来日本,欲联络我们兴中会同时响应。"孙中山听了大喜,立刻发一密电与香港的哥老会首领李云彪、杨鸿钧二人,令他速回内地,在长江一带,召集弟兄响应。李杨二人,到了内地,与黄兴见面,共议大事,一面派人与镇江的青红帮首领徐宝山,联络一气,在长江一带,广发富有票,充作军费。那时国民因帮助义举起见,买富有票的人很多,党会中经费,顿时充实起来。后来李杨二人,竟因富有票的事体,大闹意见,闹得彼此不见面。会中同志,十分愤怒。此时辜鸿恩也发卖一种贵为票,李和生发卖一种回天票,各图财利,把好好一件大事,闹得四分五裂。这消息传在两湖总督耳中,便下密令四处搜拿会党。在九月十五日,捉住南路正统肖桂生,西路副统游得胜。那马福益也在浏阳被捕,斩首在西门外。广西陆亚发虽一时得胜,但因各路援兵断绝,困守在柳州城中,被两广总督派兵去攻破柳城,活捉陆亚发。

史坚如和杨飞鸿二人的死,孙中山心中最是悲悼,每对同志说起,总是流泪不止。长江哥老会的事体失败,各路同志都垂头丧气,销声匿迹,有躲避在南洋的,有偷渡来日本的。恰巧此时中国各省派留学生来日本,孙中山便在暗中运动,与一班留学生结合。那班留学生,全是头脑清新的,不消三言两语,都投在革命党旗帜下面,一时人才济济,声势大盛。当时有一个刘成禹,最是留学生中的激烈分子,他在留学生的新年会里,竟大力鼓吹他的革命主义,又痛骂满洲人异族横暴。又有湖南学生秦力山,发起了一个支那亡国二百四十二年纪念会,做了洋洋洒洒的一篇大文,遍发同学。文中说:"愿吾蜀人无忘李定国,愿吾闽人无忘郑成功,愿吾越人无忘张煌言,愿吾吴人无忘瞿式耜,愿吾楚人无忘蒙正发,愿吾燕人无忘李成黎。"一时竟被他这篇文感动的人很多,遍地学生,无处不谈革命。那时驻扎日本的清国公使蔡钧,见此情形,十分恐慌。便暗地与日本警察议妥，一面革去革命学生的学籍，一面由日本警察出面，驱逐激烈学生回国。留学生大怒，那时有戢元成、沈虬斋、张溥泉几人办的《国民报》，一面鼓吹革命，一面痛骂蔡钧公使的无耻行为。章太炎也到日本来，根据他历史的考证，说满洲人是犬羊贱种，大鼓吹他的民族革命主义。孙中山见时机不可坐失，便召集在日本的全体同志，重新组织一种革命中心团体，定名为同盟会。会中公举孙中山为同盟会首领，定下大纲六条：一是颠覆现今之恶劣政府，二是建设共和政党，三是维持世界真正之平和，四是土地国有，五是主张中日两国之国民联合，六是要求世界列国赞成中国之革新事业。同盟会一成立，四方的同志，都来归附。浙江光复会首领徐锡麟和他的表妹秋瑾都来加入。孙中山见秋瑾女士，语言警辟，才气纵横，甚是满意。细问秋女士家世，原来她自幼随宦在湖南，嫁一王道台，已生一子一女。王道台思想腐败，家庭专制，又是嗜好鸦片，毫无志气。秋女士为父母强迫成婚，忍气吞声挨过了六七年光阴。她也曾用好言劝解他的丈夫，无奈这王道台不但不知觉悟，反毫不念夫妇之情，竟用威势逼人。秋女士自幼诵读诗书，深明大义，到此地步，如何能忍得？此时她父亲已去世，母亲全家已迁回绍兴，她便借着回家探母为名，从湖南来到绍兴，从此脱离家庭羁绊，努力做社会事业。徐锡麟联合处州王金宝的双龙会、衢州刘家福的九龙会、浦江杜亦勇的千人会、严州濮振声的白布会、绍兴竺绍康的平洋党、嵊县王金发的乌带党，此外如金钱党、祖宗教、百子会、白旗会、红旗会、黑旗会、八旗会一班同志，共有数万人，组织了一个复古会，协力做革命工作，欲光复我中国祖宗的故土。当时徐锡麟、蒋尊簋、秋瑾、陶焕卿四人，在杭州西湖白云庵歃血结盟；那白云庵的当家和尚名得舟的，原来富于革命思想的，他偷听了四人的秘密，便也愿加入为同志。从此浙江地方，所有来往同志，都在白云庵中投宿，又在庵中开秘密会议；所有私运的军火，都在庵中收藏，外人毫不知觉。自从徐锡麟、秋瑾二人到日本去，加入同盟会后，又遇到陈英士一班人，回来在上海北四川路厚德里，组织了一个秘密场所，那时又有陈墨峰、马宗汉、姚勇忱、许啸天一班少年同志加入，又将复古会改名光复会。用金牌做会员的徽章，中央刻一复字篆文，口号用七言诗一首："黄河源溯浙江潮，卫我中华汉族豪；莫使满胡留片甲，轩辕神胄是天骄！"光复会首领，便在徽章上刻一黄字；协领，刻一河字；分统，刻一源字。全会共分十七部。此次在上海会议的结果，徐锡麟和陈墨峰、马宗汉担任去运动安徽，蒋尊簋担任去运动广东，陶焕卿入内地联络党会，劝募军费。秋瑾、许啸天、姚勇忱回绍兴，立大通学堂，教练军队。

孙中山在日本，发刊一种《民报》；胡汉民在广东，发刊一种《岭南报》；章太炎、吴稚晖、邹容在上海，发刊一种《苏报》，都是尽力宣传革命的报纸。邹容著一部鼓吹革命的书，名《革命军》，痛骂满清异族，专制暴虐，印成十万部，分送同志。同志辗转传抄的，也有数十万部。章太炎作《革命军》序文，刊登在《苏报》上面。满清官吏，见了大怒，立向上海租界衙门提起诉讼。政府和人民立于平等地位涉讼，是第一次的事。这次诉讼的结果，租界衙门判决邹容监禁两年，章太炎监禁三年。而吴稚晖便逃到欧洲去，因为此时吴稚晖在日本大闹中国公使馆，被中国公使唆使日本警吏，驱逐吴稚晖回国。同时还有一个孙道毅，都在日本受了扰乱治安的罪名。一时在日本的留学生大愤，纷纷退学回国,在上海组织了一个中国公学,自求学问。但从此吴稚晖不能再至日本,只得在欧洲奔走运动。同时杭州求是书院中一班优秀的教员学生,如孙江东、汪曼锋等,组织了一个励志社,鼓吹革命;因《罪辨》一文,被杭州驻防满兵捉拿,教员学生,一时都向日本欧美亡命。

欲知后事如何,且听下回分解。

## 第十七回　风云际会黄兴来日本　肝胆期许吴樾走天津

自驻日中国公使蔡钧，暗里指使日本政府取缔中国留学生以后，所有在日本的留学生，齐动了公愤，大家都退学回国，也有许多转学到西洋各国去的。因此孙中山的革命事业，便无形停顿起来。其时安南地方举行河内博览会，安南总督韬美氏，原与孙中山有旧，屡次托驻日法国使公邀孙中山赴安南游历，今孙中山在日本闲着无事，便邀集了二三同志，到安南参观河内博览会去。在安南地方，又结识了几个商人黄龙生、甄吉亭、甄壁、杨寿、彭曾齐等加入为同志，他们都肯用他的财产，帮助中山的革命事业。中山在安南的时候，又听得江西又起了革命军，原是萍乡矿夫闹起来的。那班矿夫，全是哥老会、洪江会中的人，马福益在湖南被杀以后，黄兴带领他的部下，转入江西地界暗地里和萍乡矿夫联合，乘机起事。他们来势十分勇猛，在一日中，占据了萍乡全城。黄兴率领敢死队，冲锋陷阵，从江西转战，攻入湖南醴陵、浏阳，官兵四面溃散。黄兴一时有十余座县城入手，所得兵马粮饷无算；检点部下，已有数万之众。黄兴便决意大举进攻长沙，向四处发贴革命军告示，有“为祖宗雪耻，宜同德同心体天伐罪”一番话。革命所到的地方，人民无不踊跃欢迎，两江总督，发兵二千，向萍乡进攻；湖广总督，发兵三千向浏阳进攻。可笑那班官兵，都与革命军互通声气的；他们一到交锋的时候，大家把枪口向天开放，打了半天，一粒子弹也打不到人身来。湖广总督，从别路调来炮兵一大队，向革命军奋力围攻。革命军中独缺少炮弹，从此便打一仗败一仗，失去了长沙，又失去浏阳，失去了醴陵，又失去萍乡。弹尽援绝，黄兴立脚不住了，便逃来日本。这时孙中山已赶回日本，正欲调动人马，响应黄兴。那时新收得的同志，如吴稚晖、钮铁生、吴禄贞、程家柽、廖仲恺何香凝夫妇二人、马君武、胡毅生、黎仲实这一班人，全是热心毅力、怀才有志之士；内中尤以黄兴为特出人才。我如今节录一段包尔林百克记的《黄将军传》在下面：

> 克强生于一八七五年，中山长他约十岁；但是克强并不是为了这个而尊中山的。中山是东方和西方的产物，克强完全是东方的产物，没有受过西方教育。他的中等教育，是在两湖省立学校受的；优等毕业后，入日本东京大学，毕业成绩也很优。我们可否想，倘使克强也受了中山受过的西方教育，要怎么样？克强是一个湖南人承认广东人中山的领袖；因为他知道中山的才能，能够有更大的成功。中山也知道得克强的帮助，可以相托他一同进行长时期的奋斗计划。满清为谋收反对中山革命的功效起见，下大赦革命党令，算皇太后七旬生日的恩典。但独有孙文、康有为、梁启超三人不赦，因此中山倚畀克强的地方愈多。他两人成立了同盟会以后，敢死队也接着出现，个个扎缚乡布，内穿钢甲，准备剧烈战争。克强是生成的敢死队的领袖，克强每当

出发的时候,对部下慷慨的说道:“我们必有一死,让我们死得勇敢!”那时候,敢死队训练得有很可惊人的力量了。在日本训练,比较在中国好得多。因为日本人很讲究击剑和勇的,国内武士道的风气,鼓励这种个人牺牲和爱国运动;所以后来敢死队回到国里,做了许多轰轰烈烈的事业。敢死队所用的兵器,也有短而锋利的刀,以取其易于掩藏。克强的躯干,并不十分长大;但头颅魁伟,臂长腿健,有古时剑客的风度。他的身体,若泰山的屹立,不可动摇;胸膛挺出,肩膀宽广,而敏活有力。他攻敌人的时候,总放出十二分的力量,加敌以重创。因为他的主张是以为敌人常常比他强,所以他总要此敌人格外勇,动作格外迅速,机会格外好,才可以胜敌人。这也是勇士的名论。因为克强有这种的军人性质,所以使得两湖的富豪,肯完全的相信他,而予以金钱上充分的助力。

中山几年来承认,倘使能把广州巡抚衙门取到手,他可以用了那边的钱粮,抵敌全中国的满清兵。克强也很明白这个道理,在一九〇二年四月二十七日,他统领了一班敢死队,全副武装,准备去攻夺广州巡抚衙门,不料那巡抚已得了消息,早已严密防备。但刚毅果敢的黄兴,笑退后为怯;况且援兵允许他来的,他若能先取得衙门,那援兵必来帮助他。就是援军不来,他既能够力战以陷敌阵,必能够力战以脱重围,慑敌人的胆,使敌人知道同他们对垒的是不怕死的。不怕敌的众多,也不怕械的精利,敢死队,是没有怯敌的。中山和克强常常在同盟会里说:他们没有卑怯党徒的地位。而且宁使死于战阵,享无上光荣,不愿违背誓约而忍辱偷生。这样,克强已决有死无二的心,发令前进;自已领了头,勇鼓的队伍跟上猛力血战,攻进了一道墙,已得到优越的地位。克强攻广州巡抚衙门的一天,事实是演一出勇武英烈的大悲剧。衙门被攻不已,阵势动摇,清兵重重叠叠颠仆于敢死队的枪弹刀锋之下。衙门里边,血流成渠;外边踉跄奔溃,克强容貌威猛镇定地看着一个个弹壳的爆发,数着他一方面扑下的人数,指挥每一次的反攻;他身子被敌人的血、同党的颠扑和他自己的创伤所染红,一手已被砍去一部,裹住创伤,换一只手拿了刀再指挥前进。他虽然流血如注,几乎晕去;也知道他队伍的情形渐渐坏了,他却依旧的力战。口中喊道:“援兵!——他们还来不来!”弹匣的碎声,来福枪的爆声,炸弹的轰声,尸骸愈积愈多,墙壁倾摇,屋瓦震动,奋呼酣战血泊中,空着一个黄兴数一数他活着的人数,敌人虽杀了无数自己的人,死的数目也可惊了。黄兴发出悲壮的喊声来,说道:“援兵失了我们的约了!天黑了!我们快杀出重围呀!”但活着的敢死队,深深陷入敌阵,杀不出重围来;可是克强一点也不露慌张,高声喊道往前冲,敢死队这样就突然用力猛攻清兵阵势,清兵震惊,很快的败退。那敢死队得到了一个空隙了,把来福枪、马枪、手枪,都撇在一旁,枪刺在人丛中,也是累坠了,只用刺刀在火炬光中闪舞乱砍。此刻他们在重围中冲突,要杀开一条血路。在旋涡的中心,四面的压力很大,一重一重的围困,把他们裹在垓心,杀不出去。最中心里,克强在火炬光中,向四周围厮杀;他那只未受伤的手,握着刀飞舞,上下左右,挥挥霍霍,刀锋起处,砍着的,不死便伤。故人四散奔避,留下了空地位,容他们来往冲突。黄兴奋力杀出一条血路,在前面喊道:“弟兄们!跟着我,这里是冲出的路呀!”敢死队立刻转过来,跟着向黄兴刀尖所指的地方杀出去。呀!另外一批密集的敌兵,又裹上来,把他们冲散了!克强被裹在人丛中依旧死战。他们裹到那一边去了,敢死队的血流得越多了!所向无敌的克强,虽是杀出去了,留下的勇士,更陷入重围;有的当场被杀,另有数十人,被捉了。克强杀出了战地,像一只受伤的大虫,还在黑暗中来往找寻救兵,来救被擒的弟兄。他们的创伤,使他无力;但是他没有休息,同他同逃的一个敢死队员,替他掩住手腕上的流血,裹住头上的伤痕。克强在十分寒冷的夜里,把脸向着河喘息着,守候着。死人都搬出去了,喊声依旧震动长夜,火炬来往照耀,他们正在搜寻敢死队的首领,过了一天早上,七十多个敢死到底的人,很惨酷的在杀场上被杀了。

克强在家庭里的时候,就是和蔼可亲;同他在战场上的时候就判若两人。那时他坐在有垫子的椅子上,三个手指的手中,握着他女儿的手,回头微笑,像一个快乐的小孩子一样,可是虽然享着他家庭的安适和爱情,他依旧一日不忘国事的专制魔王统制中国的时候。他就掉开那舒服而有垫子的椅,去坐在兵营里的石上,预备在星光中攻击敌人。

我们读了这一篇传记,很可以看得出黄将军的人格和他那一段敢死队勇敢的历史。他自广州失败回到日本来与孙中山一班人见面,在凤乐园中大排筵宴,报告此次失败的经过,并勉励同志的继起。克强满脸露着希望,毫无颓废神色。孙中山又介绍几个重要同志汪精卫、陈天华、宋教仁、刘揆一与黄兴见面,彼此在席间议妥,以日本为中国革命同盟会的总部,又立五大分部于中国内地。武昌立一中部,会所立在汉口;凡是两湖的学生军人,纷纷向中部报名入会。孙中山又议定以青天白日旧旗为军旗,另用红蓝白三色为国旗。红,是代表血的颜色,世界革命事业,都要拿热血去换来的;蓝,是代表天的颜色,是公正的意思;白是代表人心清洁的意思。这三种颜色,又可以代表自由、平等、博爱三大主义。当时推定宋教仁主持全会重大计划。宋教仁,字钝初,原来是湖南地方人,是最早的日本留学生。他的文章,他的计划,在同志中可算独一无二。会中又推汪精卫到南洋一带去设立同盟会支部,汪精卫名兆铭,原是留学日本法科的学生,当时与汪精卫共事的,还有四川人黄理君,善化人宁协万,他们都在同盟会的机关报《民报》上大做宣传文章。孙中山发明了他的三民主义和五权宪法。三民主义,是说民族主义、民权主义、民生主义;五权宪法,是说立法权、司法权、行政权、弹劾权、考试权。这种学说,远大切要,深合人心。凡是东西洋的留学生和内地的年轻子弟,以及头脑略新的人物,没有不信服孙中山的三民主义、五权宪法。

这时满清政府,自从庚子年大乱,得了八国联军重大的教训以后,知道专门守旧,不能挽回人心,便也非驴非马的讲究起新政来。把总理衙门改做外务部,又添设农工商部、学部、民政部,考试功名八股文改做策论,各省开设学堂,派遣出洋学生,教练新军,停止武科,修正法律,废除刑审;雷厉风行,弄得各省督抚司道,下至府厅州县,一桩未了,又是一桩,一项未完,又是一项,往往改头换面,便算成功。那时中国人民,认作西太后真有变法维新的意思,便公举了一班绅士,到北京去请求立宪。西太后用缓兵之计,便派五大臣出洋去考察各国的政体。这五个大臣中,有三个是满洲人,有两个是汉人:第一个是载泽,第二个是绍英,第三个是戴鸿慈,第四个是徐世昌,第五个是端方。这五人称做考察宪政大臣。当时五大臣动身的时候,由各部官员送他们到前门车站,乘坐特放的专车。五位大臣,鱼贯似的上了车,跟着便是一班送行的官员,各各上车去和五大臣握手道别。火车上气管连连响着,送行的官员,都退下火车来。车门口站着一班如狼似虎的守卫兵士。正拥挤不开的时候,忽见一个少年男子,打扮得好似家人模样,身穿白灰袍子,头戴红缨帽子,脸上露着慌张的神色,低着头向车门中乱闯。那班守门兵士,见他形状可疑,便上前去拦住,喝问:“到什么地方去?”那人吞吞吐吐说道:“来伺候我家大人。”卫兵看他脸上颜色忽青忽白,知道不是好意,便极力把那人推出去,口中喝道:“你们大人不配坐这花车!”

欲知后事如何,且听下回分解。

# 第十八回　通新军赵声仗义　打先锋林文陷阵

那刺客见被卫兵拦住，知道事体不妙，便很敏捷的从袋中掬出一个黑漆漆圆溜溜的炸弹来，向车厢掷去。只听得天崩地裂的一声响亮，车内的五大臣，车门口的一班卫兵和那刺客，一齐应声而倒。只见烟尘满目，窗板飞扬。那班送行的官员，站在月台上，发一声喊，抢上车子去一看，见五大臣并不曾受伤，只是受惊倒地。大家七手八脚把五大臣扶下车来，送回各人家中去。可怜那三五个卫兵，都被炸药打得脑破肠流；便是那刺客，也是直挺挺的倒在车门口早已气绝过去了。前门车站出了这样一桩大暗杀案件，顿时京城内外闹起大恐慌来，大家都说革命党要在京城里起事了。忙得那步军统领衙门和五城巡警，在各处学校团体客店寓所里，很严密的查抄，闹得天翻地覆，也查不出一点证据来。后来还是仵作检验刺客的尸身，见死人袍子里面，衬着一件操衣，那肩章上面有"北洋高等学堂"一行字，那衣领上还编着号码。照着这号码到高等学堂中去一问，才知那刺客姓吴名樾，字孟侠，原是安徽省人。那北洋高等学堂堂长，见出了这乱子，慌得连连向学部去辞职，西太后也并不追究同党，只查吴樾的生平历史。那吴樾到天津不久，他的历史也无从探听；只有那江苏已卸任的标统名赵声的，却与吴樾交情最厚。当时吴樾在未死以前，有诗两首寄与赵声。那诗道：

淮南自古多英俊，山水而今尚有灵；相见麈杰一漾洒，晚风吹雨太行青。双撑白眼看天下，偶遇知音一放歌；杯酒发挥豪气露，笑声如带哭声多！一腔热血千行泪，慷慨淋漓为我言；大好头颅拚一掷，太空追攫国民魂！临时握手莫咨嗟，小别千年一刹那；再见却知在何处，茫茫血海怒翻花！

那赵声原也是一个铁血男儿，有心人物；他在中华民国的革命史上，确占据着一个重要位置。如今我把柳亚子先生的一篇《赵声传》节录在下面，是我们读民国史的所急欲知道的一人。

君讳声，字伯先，姓赵氏，丹徒之大港人也。父为乡老，有闻于里闾。君生而有大志，龙行虎步，瞻视非常；既负奇慧，复擅神力。慕义若渴，疾恶如仇。大港固有虏吏，一日捕市人置狱，其因泣请于君父，父逡巡未应；而君已入狱破械，挟囚出矣。时年甫十四。一市皆惊，吏亦无如何也。少负神童之月，九龄应试，邑令欲畀以冠军，君顾弗肯循绳墨，作字大小错出，纵横溢尺幅乃已。稍长，成诸生，复举援拔科，才名藉甚。会科举废，入江南陆师学堂，既卒业，任新军标统焉。

自满人盗中国二百数十年，胤禛弘历，屡以文字兴大狱，士无敢言种族者。民益懵然，忘仇事虏；太平天国坐是败，谈者犹寇洪王帝，爱亲勿悟也。孙逸仙建议惠州，响应未众。逾岁而《苏报》倡道于沪渎，昌言夷夏之防。邹容诸子，相继起，著书立说；民族风潮，始一日遍东南数省。君自肄业陆师时，已隐然自任匡复之重矣。既掌兵柄，意气益舒发，尝率部下，谒明孝陵，猝询其众曰："若曹识此为大明太祖高皇帝陵寝乎？"众有知有不知，则杂然应。君慷慨大言："高皇逐胡元尊汉族，功业隆重无与比伦；至圣安而复亡于虏，闽、浙、滇、黔亦继陷，地下有灵，勿来享矣！吾曹亡国民，其何以报前皇？"众皆失声痛哭。复杂然和曰："唯主将令是从！"君喜，抚循之益力，语骎闻于虏。江督将中君以危法，顾事无左证，第罢其职。所部兵士，夙归向君，临别赠言，泪盈盈承睫也。君既不得志于江南，则北走津、沽，从皖人吴樾游。吴之将刺虏酋端方，君实与其谋，多所擘划。谋定，吴促君南行，君贻诗告别。及车副误中，吴以身殉；君益指天画地，誓有所为。遂入粤复任新军标统。会廉州以抗税帜，土人刘思裕为之魁，四方志士，多羼入其军，势稍稍张。虏粤督命军率师御之，君既抵境，密遣部下通声气；顾刘起草泽，无足共事。虏将郭人漳与君同行，又时掣其肘；君怒谋诛之弗克，知事未可为，遂驰告诸志士，使他去。而刘党亦分道离散，廉事遂定。君设宴廉之南门外海角亭，招诸将校痛饮，酒酣即席赋诗，有"八百健儿多踊跃，自惭不是岳家军"句。

君既班师旋广州，虏粤督张人骏，亦器其能将畀以重任；而端方自江南密电戒张，谓：君才堪大用，顾志弗可测；毋养虎肘腋，致自贻患。张获电，遽削君兵权，使为陆军小学监督。未一月，复降督练公所提调。君知无望于内，遂请假归吴，一省其家。复走香港，谋大举焉。香港密迩两粤，又为虏政令所弗及；亡命之士，多麇聚于是。既获君来，咸大欢忭。君以粤新军多已旧部，且与满吏不相中，谋藉其力以覆广州，因属其事于皖人倪映典，而已为之谋主。顾事终弗集，映典殉焉。虏吏知谋出于君，悬五万金购其元；侦骑四出，卒无所获，威名愈振。

初，扬州熊成基者，江南时，曾隶君麾下，受其陶铸，及虏酋载湉那拉母子相继暴毙，熊遂起兵于安庆，事败，走海外谋刺载涛于哈尔滨，机泄死之。君闻耗叹息曰："孺子今日乃能先我成名耶！"会汪精卫、王理君北入虏窟，刺摄政载沣，复不得当，且被囚，君益发愤，随奔走南洋群岛，遍访其豪杰，备军实，购器械，期年而后有成。将以纪元一千九百十一年辛亥夏四月，潜师袭广州，推黄克强为总司令，率同志先期入粤，而君与胡汉民驻港备后劲。于是吴、楚、闽、粤、滇、桂、洛、蜀、皖、赣、越十一国之士相继来会，论者咸谓中兴有日矣。会粤人温生才，新自南洋归，狙击虏将军孚琦殪之。广州大震，戒严而虏之词人，有厕身吾党者，复漏师焉。虏两广总督张鸣岐，水师提督李准，益拥兵自卫，且下令大索。党人知谋泄，有议解散为后图者，克强持不可，谓："网罗已布，散无所之；战亦亡，不战亦亡，不如先发，事纵不成，犹足以谢天下而激起后者也。"众曰："诺。"

三月二十九日，遂攻虏督署，入之。张鸣岐仓皇洞垣，如狗窦遁。义师既失张，而李准兵复大至，乃巷战，人自为斗，无不以一当百，杀伤相当。顾众寡弗敌，卒致北。石经武、宋玉琳、石庆宽、喻倍伦、姚国梁、秦炳、王明、韦云卿、罗节军、周华、劳肇明、李芬、林常被、杜钰兴、黄养皋、李晚、王鹤明等百余人，先后死之；独克强等数人得脱，间道走香港。初，君与克强约师，期既定，即亲入粤；会二十六日，某女士自粤度港，谓机旗已漏，事且弗谐。君因留港俟之，而不虞众之骤发也。既得密电，知有二十九日之举，即仓卒就道；舟行，晦日晨始抵广州，则事已大去，党人尽死，遂复回港，感愤成疾，废寝忘馈。医者谓痈生于肠，请割治；君急于离港，弗允，顾病益甚，党人送之入病院，施刀割。翌晨，咯黑血，遂昏愦。时狂呼："黄帝来诏！"或曰："岳武穆来晤！"四月二十日竟卒，年三十有五。克强诸人殡之于港，颜其碑曰："天香阁主人之墓。"

赵声原是日本早稻田大学法科学生，读书十分勤苦，他虽选习法律，但于科学各书无所不读，学成后回国，翻译实业科等书甚多。他又长于文字，凡是赵声的著作，社会上十分欢迎，一时书店中销数甚广。但在赵声还以为不满意，当时袁世凯开办天津北洋陆军学堂，聘请日本教师竹松井三郎，赵声与三郎原也相识，便又从三郎为师，再入北洋陆军学堂，学习武事。他在同学中，常常谈论国事，义愤动人；不多几天，全学堂中的人，个个都信服赵声的人格。赵声看待他的同学，亲爱如弟兄。那时有一个范毅生，是河间人，资质十分聪明，年纪也是最轻，和赵声交情甚厚，两人起居食饮，常在一处。范的家境贫寒，赵声时时拿金钱接济他；后来范毅生竟一病死去，家中只留下老母寡妻，赵声痛哭流涕，向同学捐得数百元，自己又典去衣物，得数十金助他。日本教师竹松井三郎，见他如此义勇，便大感动，又捐助一百元共得八百元。赵声亲自扶柩到范毅生家中，安慰范生的妻母，出八百金；范生的母亲感激拜谢。赵声掉头不顾而去。从此竹松井三郎更看重赵声，赵声在陆军学堂中毕业，竹松井三郎便竭力向袁世凯保举赵声，袁世凯便聘赵声为陆军小学堂长。这时抵制美货的风潮弥漫全国，袁世凯独违反民意，和美国人买卖军火。天津《大公报》痛骂袁世凯，袁世凯大怒，便用官家势力，勒令停版。这一天晚上，袁世凯的总衙门忽然捉到一个刺客；袁世凯正欲杀刺客，赵声急上前力劝说："不可压迫民意。"袁世凯听了赵声的话，便将刺客责打一百板，放去。后来周馥做了两江总督，袁世凯便推荐赵声充新军标统，周馥十分优待赵声，每月给俸九百元。赵声尽把一人的俸金，给予将士；自奉十分俭朴，到冷天便穿一件粗棉袄，出门便穿一件蓝布长衣。有时兵士向赵标统借钱，赵声无钱的时候，便令兵士抱一旧棉胎，夹一赵声的名片在内，拿去东门外某当铺中，可借得银五两。因为当铺中人，深信赵声为人义侠，不失信于人。三日后，赵声便自去将棉胎赎出。因此新军中各兵士上自员弁，下至伙夫，人人称颂赵标统侠义照人。后来因赵声带领部下兵士皇陵前演说革命，被周馥知道，降赵声的官阶，赵声便辞去。当赵声奔去革命的时候，得交一生死至友，名林时爽的，单名文，原是福建人，前云南巡抚状元林鸿年的孙子。文学极高，才气也极旺，生平酷爱革命，在日本成城学校大学法科毕业，和赵声相识，屡次担任革命党中危险事务。三月二十九日革命大队进攻广东总督衙门,林时爽口吹军号,大步当先,身中七弹,倒地而死。林文生平长于吟咏,和赵声时有唱和的诗篇,登在当时的报纸上。林文的诗道:

落叶闻归雁,江声起暮鸦;秋风千万户,不见汉人家!仆本伤心者,登临夕照斜;何堪更回首,坠作自由花,故国河山远,秋风鼓角残;登临悲岁促,涕泪向人难!路尽天应近,江空月自寒;不辞随落叶,分散去漫漫。

赵声的诗道:

决战由来堪习胆,杀人未必便开怀;宝刀持向灯前看,无限凄凉感慨来!临风吹角九天闻,万里旌旗拂海云;八百健儿多踊跃,自惭不是岳家军。

赵声在香港设立秘密革命机关,煞费苦心;这时广东地方,采买头发,运输出口的很多。赵声私买军火,装作头发,货箱运入,或在城中,或在河南一带起岸。

欲知后事如何,且听下回分解。

# 第十九回　四川路组织光复会　安徽省运动学生军

赵声又在大石街、莲塘街、小东营、天官里、仙湖街一带地方，租下了许多房屋，外面挂着公馆招牌，屋中住着同志的眷属，这都是革命党私藏军火的地方。在莲塘街二十六号吴公馆中，立了一个总机关；在小东营沈公馆中，立了一个总会场。所有屯积在香港的军火，往往借用僧道建醮的经箱，辗转运入内地。后来广州小北仁安街十二号粤成公司头发店中，破了一所机关，那巡警在伙伴床上，搜得同盟会票，上面写着，中国同盟会会员，当天发誓，同心协力，驱除满虏，恢复中华，平均地权，矢忠矢信，如敢渝此，任众处罚。介绍人某某，主名人某某。末行写着天运月日字样。他们预先约定同党在街上会哨的暗号，一人口呼天字，第二人便接呼运字。秘密在观音山脚下竖一旗杆，夜间悬挂红灯，为夜战的暗号；红灯三起三落，为收队的暗号。不料到廿八日在总机关中，捉去九人，消息败露；首领黄兴，召会同志七百余人，在小东营沈公馆中开秘密会议，黄兴竭力主张冒险进行。到下午二句钟的时候，各人分头四出去购买毛巾，用两条相连的毛巾，挂在肩膊上，作暗号。当先一人，扮作洋人模样，用六人抬着，坐一肩籐轿，直向总督衙门中冲进去。后面随着一群党人，纷纷抛掷炸弹。赵声得了这消息，立刻于三十日一早，从香港赶到广州，胡汉民亦同去。待到广州城门已闭，知大事已去，胡赵二人，即乘原船回至香港。不久，赵声便死，年只三十九岁。这消息传在孙中山耳中，孙中山为之失声痛哭。

黄兴在广州，因攻打总督衙门失败下来，便逃至日本，匿迹销声。孙黄二人，终日密议，知道这革命的事体，非得各方同时发作不可。孙中山决计欲冒险往中国内地运动革命，黄兴再三劝阻。孙中山先由日本渡上海，察看情形，船泊吴淞口外，有法国武官布加卑，奉本国陆军大臣的命令来见孙中山，谈及法国政府有赞助中国革命事业的好意，说如能将各省军队联络成熟，法国政府便可立刻相助。孙中山便请法政府派人来中国帮助中国革命，布加卑便派定在天津的法国营盘参谋部中武官七人，归孙中山调遣。孙中山便在吴淞口外法国兵船中指挥同党，分头进行。派遣廖仲恺到天津去设立机关；命黎仲实偕法国武官去调查两广情形；命胡汉民的弟弟胡毅生偕同法国武官到四川、云南一带地方去调查情形；命乔宜斋偕同法国武官到南京、武汉一带地方去联络军队。这时长江一带，都有新军驻扎，他们听了革命的言论，从军官到士兵，无人不欢迎。武昌新军军官刘家运，约同同志的军人，在教会的日知会中开会演说，到会的人甚众，有新军镇统张彪，也改扮作平常人模样，混入人丛中去偷听。演说台上大倡其革命论调，那法国武官也上台演说，赞助革命，这事机便不能秘密。湖广总督张之洞，便派一海关中洋人，暗暗的去跟在法国武官身后，走到冷静的地方，洋人便上去和武官订交，假说也赞成中国革命事业的。法国武官因彼此同是外国人，便也不疑他，把党中的秘密全盘说了出来。张之洞便奏明政府，政府和法国公使交涉，此时法国已改组内阁，新内阁不赞成帮助中国革命的事体,便撤退布加卑。可怜那刘家运却被上司捉去,白白的送了一条性命!孙中山见一时事机未熟,便又从南洋往日本暂住。

革命事业屡次失败,到此时候,不得不暂归沉寂;此中独急坏了一个徐锡麟。他自与秋瑾入了同盟会以后,回浙江创办光复会,在上海设立了一个秘密会所,所有秋瑾、徐锡麟、陶焕卿、陈伯平、马子崖、许啸天、姚勇忱、秋玉如一班心腹党员,天天在秘密会所中会议。在绍兴举办大通学堂,又办体育传习所,运动同志进学堂去受军事训练;一面私运军火,制造革命旗帜。在事务所中一班心腹同志,十分忙碌;他们不但忙着做革命工作,还要各人轮流做着煮饭、洗衣、买菜、扫地的工作。因为他们做的,全是秘密事体,不能给外人知道;所有男女仆人,一概不用。各样劳苦事体,都是会员亲自动手。一时秋瑾做菜,许啸天烧火,陈伯平劈柴,姚勇忱淘米,秋玉如买油,十分忙碌可笑。做菜的把菜烧枯了,烧火的把灶门打坏了,劈柴的却劈开了自己的手臂,厨房里挤满了男女的笑声。吃过了饭,洗净了碗盏,徐锡麟笑盈盈的走进来,大家忙着开会。徐锡麟从袋子里拿出一张捐官的执照来,原来他已经捐了一名候补道,分发在安徽。秋瑾看了执照,早明白了徐锡麟的用意,便拍着徐的肩头,说道:"三哥,你好好的去做吧!所有绍兴的事体,妹子和此地几位同志,全能担任。"当下便议定秋瑾、许啸天、姚勇忱三人,到绍兴去办事;陶焕卿扮做苦行和尚,打着大木鱼,到浙江各府州县去募化革命经费,并运动同志入光复会;徐锡麟却带着陈伯平、马宗汉二人,到安徽去行刺安徽巡抚恩铭;独留秋瑾的弟弟秋玉如在上海看守秘密机关,白天到中国公学去读书,藉以掩人的耳目。

徐锡麟原是光绪二十九年浙江的副贡生,又在日本警察学堂毕业,在当时是一个崭新的人物。他到了安徽省城安庆,见了巡抚恩铭,把外国办警察的好处,以及中国急欲教练警察来保护地方的意思,详详细细写了一张说帖。这恩铭在满洲大官员中,头脑也是很新的;他颇想在安徽地方,办几样新政,叫人敬重他。如今见了徐锡麟的说帖,正中下怀,立刻着巡捕官拿大红帖子去把徐道台请进抚院里去,两人促膝谈心。徐锡麟说了一番恭维的话,又说了一番变法维持的话;恩铭听了十分得意,口称徐锡麟唤做老弟,立刻下一道札子,先委徐道台为陆军小学堂总办,接着又委他做巡警会办,兼充警察学堂总办。一个人兼了三个头衔,徐锡麟顿时红起来了。当时安徽省城里的大小官员,都认作徐道台是恩抚台的心腹,谁不去趋奉着徐道台。有送礼物的,有拜把弟兄的,把个徐道台包围起来,谁知徐锡麟心中全不是这一回事。他时时刻刻不忘记革命,任你恩抚台拿如何重大的恩情牢笼他。有一天,正是大雪天气,恩抚台在花厅上排下盛大的酒席,邀请省城中藩台桌台,以及各司道大员,饮酒赏雪;独有徐锡麟得同席饮酒。在酒酣时候,徐锡麟议论风生,谈论各国的新政;满屋子大员们,都十分叹服。酒罢,恩抚台独邀徐道台进签押房去密谈,商议省城新政的事体。这时衣架上挂着一件紫貂套子,毛片甚是丰润。恩抚台命徐锡麟试穿,徐锡麟把紫貂套子穿在身上,踱着方步;那衣服肥瘦长短,不差分毫。恩抚台便笑说道:"这件衣服,是北京友人送来的;俺身材比老弟略长了一寸,穿着不合适。如今老弟既穿着合适,便送与老弟做一个纪念吧!"徐锡麟听了,连连道谢,便披着那件紫貂套子,走出衙门来。他同寅中人见了,谁不羡慕他；大家围着徐道台，向他道喜，又缠着他向他要喜酒吃。徐锡麟无法，便在家中摆了一桌盛大的筵席，宴请同僚；宾主之间，正酒酣耳热的时侯，忽然抚院上送进一个密札来，传徐道台上衙门去商议要事。

徐锡麟一脚跨进抚台的签押房，只见恩铭在屋子中间打着旋儿。徐锡麟忙上去打过恭，恩抚台一手从书桌上拿过一张电报纸来，递给徐锡麟看，口中连连说："这件事怎么办？"徐锡麟看那张密电，是两江总督端方打给恩铭的，电报上说："近日侦缉队在南京下关破获私运军火的革命党人，供出同党人名甚多；内中一个大首领，名光汉子，现在潜入安徽省城，密图大举。徐锡麟看了这几句话，不觉一缕魂灵，轰的从脑门中直飞出去。那身体也摇摇晃晃，站立不稳。他急擎着电报纸，遮住自己的脸面，只防被恩抚台看破他的神色来。幸而恩抚台正低着头，在满屋中打着旋儿，不曾留心到徐锡麟脸上的气色；但是那密电上的事体，正是徐锡麟切身所做下的事体。徐锡麟到安徽，原是为革命来的；那城外驻扎的新军，徐锡麟早已和他们联成一气。所有自己警察学堂里的学生，全已受了他的感化，一齐加入了光复会。徐锡麟手下有两个心腹同志，一个是光复子，便是陈伯平；一个是宗汉子，便是马子涯。那密电上的光汉子，却是徐锡麟自己。这三个子，天天聚集在警察学堂里，秘密会议；筹集了许多银钱，托一个姓叶的同志，到南京去和日本人购买军火，便令这姓叶的守候在南京，以便接收枪械。不料这姓叶的因事机做得不密，竟败露了出来；当时恩抚台并不疑心到徐锡麟，便将这一道密电，交与徐锡麟，命他去秘密查办。又把嘴凑近在徐锡麟耳边，低低的说道："老弟帮一帮愚兄的忙儿，好好的办去；若办得好，愚兄准保举老弟一个头品顶戴！"徐锡麟听了，袖中缩着电报，诺诺连声，退出抚院衙门来。

徐锡麟回到警察学堂里，立刻召集了一班心腹同志，开了一个秘密会议。当时陈伯平便主张事既败露，便当立刻起义，用迅雷不及掩耳的手段，直攻巡抚衙门，杀了满贼恩铭再说。马子涯说："这事不妥，如今各处同志尚多未联络的，如何可以冒昧起事？"后来还是徐锡麟出了一个主意，说："五月二十八日，是我们巡警学生毕业之期，照例须把恩铭请来阅操，给发文凭的；我们何妨便在这一天下手何如？"同座诸人听了，都说："大妙大妙！"会议散后，徐锡麟立刻到城外新军营中去和各军官约定日期，一面又上抚院去禀见恩抚台，说："二十八日请大人到学堂看操，给发文凭。"恩抚台听了二十八日四个字，连说："不行不行！这一天俺衙门里有事。"徐锡麟忙问："什么事？"恩抚台笑着说道："老弟却不知道二十八日，是俺老太太的生日呢！"徐锡麟听了，心中不由得一跳，忙说道："卑职该死！卑职糊涂！不知道太夫人的大庆日子。"恩抚台又道："俺们改一个日子罢。便改在明天二十六日，老弟你看行不行？"徐锡麟如何敢说不行，只得连声称是的退了出来。

退出抚院衙门来，已是傍晚时候，那城外的新军，是来不及通知他了，只得回到警察学堂里去，和陈、马二人商议。徐锡麟又召集了全堂学生在操场上痛哭流涕的演说了一番。到半夜时候，全学堂的人，都已深入黑甜乡里。徐、陈、马三人，亲自动手，在花厅中埋下炸弹，专候次日恩铭到来动手。谁知他们警察学堂里有一个账房，名顾松的，却是奸细。那天徐锡麟开秘密会议，顾松便在房外偷听；只因徐、陈、马三人的说话声浪太低，不十分能听得明，只有二十八日四个字，是听在耳中了。他便不敢怠慢，把这日期去报与恩抚台知道。徐锡麟是恩铭最信任的人，万想不到徐道台要下他的毒手。但这顾松，也是恩抚台用他在里面做耳目的；如今既来报告，也不可不提防一二。接着徐锡麟上院来，果然说出二十八日请恩铭去给文凭的话来，不由得犯了恩抚台的疑。恩铭情急智生，他随口说出老太太生日的话来，有意把这日期避去。在徐锡麟听了恩抚台的话，虽觉得日期局促，但也万想不到已有人走漏了消息；便是徐、陈、马三人半夜里在花厅上埋炸弹的事体，顾松在睡梦中，也有几分知觉。那边恩抚台正要上轿到警察学堂中来，忽然顾松又赶到，在耳边低低的说了一句：大人不可坐花厅。

欲知后事如何，且听下回分解。

## 第二十回　遭奇祸恩抚台洞腹　受极刑徐烈士挖心

那边警察学堂学生一百数十人,各个腰挂刺刀,分两行站立在院子里。徐锡麟往来指挥,脸上露出很镇静的气色。忽听得大门外军乐齐鸣,知道恩抚台已到。徐锡麟急抢步出去,把恩抚台迎接进来道:"请大人花厅坐地。"恩铭答道:"今日衙门中有要事,不便耽搁,便传令开操吧。"徐锡麟诺诺连声,便吩咐掌号的吹动军号。恩抚台高坐在大堂上,所有司道大员,以及府县官吏,都分左右站立着看操。徐锡麟却站在阶下,陈、马二人,紧跟在他身后。眼看着一队一队学生操演着过去,精神抖擞,步伐整齐。全堂的人,都凝神一志的注意在学生身上。猛不防徐锡麟一个箭步,抢上堂来,一手握定恩抚台的左臂,满脸狞笑,大声说道:"安徽全省革命党定在今日起事,大人还不知道吗?"恩抚台喝道:"什么样儿?"一句话未完,徐锡麟手中一个炸弹抛来,略偏了一点,轰的一声,打倒了一个武巡捕。接着那陈伯平、马宗汉二人拿着炸弹,砰砰乓乓的向大堂上乱抛。那大小官员吓得直脚飞奔,口中连喊革命党。一霎时大堂上已打死了许多人。那徐踢麟高擎手枪,只向恩抚台嘴脸上乱轰,把个恩铭打得焦头烂额,体无完肤,早已气绝倒地而死。回头一看堂上已空无一人,只有陈马两人还跟在身后。他三人弄得满脸满身都是血污。看看堂下的学生,也逃得一个也不剩。徐锡麟喝声走,他三人大踏步走出大门去。只见那学堂中的账房顾松在大门口大喊道:"快闭上门儿,不要放走了革命党。"一语未完,徐锡麟手中砰的一响,一弹飞去,把顾松打死在地。徐、陈、马三人左手擎手枪,右手抱炸弹,在大街上走着,还有谁敢去拦阻?徐、陈、马三人一口气跑到军械局,那守门的兵士早得了风声,逃走得影子也不留一个。徐锡麟毫不费力的打进了军械局,只见满屋子的快枪大炮。可惜洋枪找不到子弹,大炮找不到炮闩,那储藏子弹的屋子房门,又封锁得十分坚固,一时找不到钥匙。三个人正在屋子里乱跑乱闯的时候,忽听得一阵阵排枪声音从远而近,纷纷向军械局攻来。徐锡麟和马宗汉二人搬了一个大木柜,把军械局大门抵住。门外此时已有五六百兵士围住,子弹打着空气,嗤嗤的响着,向四面墙内来。徐锡麟和马宗汉二人尽力把手中的炸弹抛向墙外去,接着墙外的爆裂声、呐喊声和那密集的排枪声,吓得马宗汉脸色洁白如纸,两手索索的发抖。他手的炸弹也抛完了,手枪的子弹也放完了。忽然隔墙飞过一粒子弹来,只听得马宗汉啊哟一声,他中了流弹,痛倒在地。徐锡麟正要上前去扶他,猛听得震天价似的一声响,角上的一垛墙壁坍倒了。官兵如潮水一般的涌了进来。徐锡麟弹尽药竭,只得束手受缚;独有那陈伯平这时不知躲向什么地方去了。许多官兵分头在军械局里里外外寻找,却一点也找不出形迹来,问徐锡麟,徐锡麟也回说不知。后来把军械局中所有的地板一齐掘起,原来十数间房屋地板下面,都是能相通的;直掘到西面最末了的一间地板底下,才见陈伯平的尸首缩在一处,早已闷死过去了。

徐锡麟被捕以后,钉上镣铐,打入臬台衙门的大牢里。他常常问那看守的人,恩铭可曾绝命？那看守的不说话。第二天藩臬两司坐堂审，臬台问他可是受革命党首领孙文的指挥？徐锡麟大笑道，革命是四万万人的心理，何必受人的指挥？藩台问他那警察学堂全堂学生，是否是他的同党？徐锡麟说道：他们小孩子懂得什么？安庆省城中的革命党，只有我和我友光复、宗汉二子。徐锡麟问堂上，你们现在拿我定一个什么罪名？那臬台咬牙切齿的说道："俺们打算挖出你的心肝，来祭供恩大人！"徐锡麟得知恩铭已死，便不觉哈哈大笑。笑罢，命拿过纸笔来，在上面洋洋洒洒的写下一大篇道：

> 我本革命党大首领捐道员，到安庆专为排满面来。官本是假的，使人无可防备。满人虐我汉族将近三百年，余观其表面立宪，不过牢笼天下人心；实主中央集权，可以膨胀专制力量。满人妄想立宪，便不能革命；殊不知中国人之程度，不够立宪。以我理想：立宪是万万做不到的；若以中央集权为立宪，越立宪得快，越革命得快。我只拿定革命宗旨，一旦乘时而起，杀尽满人，自然汉人强盛，再图立宪不迟。我蓄志排满已十余年，今日始达目的。本拟杀恩铭后再杀端方、铁良、良弼，为汉人复仇。竟于恩铭后，即被幸获，实难满意。今日之举，仅欲杀恩铭与毓钟山耳！恩铭想已击死，可惜便宜了毓钟山。此外各员均系误伤，惟顾松系汉奸。他说会办谋反，所以将他杀死。赵廷玺他要拿我，故我亦欲击之；惜被走脱。尔言抚台是好官，待我甚厚，诚然！但我既以排满为宗旨，即不能问满人作官好坏。至于抚台厚我，系属个人私恩；我杀抚台，乃是排满心理。此举本拟缓图，因抚合近日稽查革命党甚严，他又当面叫我革命首领。恐遭其害，故先为同党报仇，且要当大众将他击死，以表我名。只要打死了他，文武不怕不降顺了我。直下南京，可以破竹，我从此可以享受大名。此实我得意之事也，尔等再三言我密友二人，现已一并拿获，均不肯供出姓名。将来不能与我大名同垂不朽，未免可惜。所论亦是，但此二人皆有学问，日本均皆知名。以我所闻，在军械局所击死者为光复子陈伯平，此实我之好友。被获者或系我友宗汉子，向以别号传，并无真姓名。若尔等所说之黄福，虽系浙人，我不认识。众学生程度太低，无一可用之人，均不知情。你们杀我好了，将我心剖了，两手足斩了，全身斫碎了均可。不要冤杀，学生是我诱逼他们去的。革命党本多在安徽，实我一人为排满事，欲创革命军。欲助我者实光复子、宗汉子二人，不可拖累无辜。我自知即死，令将我宗旨大要亲写数语在此；使天下后世，皆知我名，不胜荣幸之至。谨供。

那藩臬两司，得了徐锡麟的口供，也没有话说，便把徐锡麟拍照钉镣，照例监禁起来。当晚再提马宗汉来审问，宗汉自己供认道："我名马宗汉字子班，年二十四岁。浙江余姚县人。在去年三月中，由日本留学归国。在上海与陈渊字伯平的又号墨峰即光复子，同住周昌记客栈，由姓陈的介绍去见徐锡麟。纵论时局，从此结为朋友，徐锡麟在上海欲组织女报未成，回浙到南京，旋由直隶州过道班赴引指分安徽。陈伯平和徐道台先来。徐道台到安徽，便在去年冬天得了陆军会办的差使。由伯平寄信给我，唤我到安庆，我没有去。今年二月，徐道台又得了警察会办的差使后，伯平又写信来唤我去；我因自己不是警察出身，不愿到安徽去，无奈陈伯平再三催促，我原想来游历一次，长进学识。我从上海起身，在四月二十九日到安徽，寄住在徐锡麟公馆里。徐锡麟每日住在学堂里，我住了十多天，又跟陈伯平到上海。伯平买得手枪两支，他说长江一带的官吏防范革命党甚严，此是防身之物，不可不备。你若会用，我送你一杆，藏在箱中，包管你无事。在二十二日，我两人在上海搭美顺上水轮船到安庆，二十五日清早到徐锡麟家中。徐锡麟说起排满，又说明天请抚台演说行毕业礼时，我要刺死抚台，请二公帮助我。我答说：'素来不会放洋枪。'锡麟说：'抚台如死，我便可做抚台。文武官若不肯投降，我便立刻杀死他们，再派人拆毁电杆，占军械局。官场无电报可通，呼应不灵，我何患不一举成功？况且我兵亦可不两日到南洋，后援接应再到南京，势如破竹。'所恨学生程度卑下，谈不到此，此事实在害多利少。二十六日，抚台到学堂看操，锡麟便放手枪乱击，中伤了抚台。又转入后厅，见有一戴金顶的人，锡麟喝令他跪倒在地，痛骂道：尔是奸细！进房去拿刀在手，向那人乱砍。伯平也在旁放了一枪，那人立刻倒地气绝。锡麟又威喝学生跟随自己走，不从者杀头。当时大约有二三十人，跟锡麟到军械局。伯平看守前门，我看守后门。官兵四面包围，众寡不敌，势难持久。我正想爬墙逃走，便被官兵捉住。当时我假说名叫黄复，今既被擒，我也知难逃性命。昨日在前门见倒地的尸首，确是陈伯平。我也自知罪在不赦，其实是被徐、陈二人所愚弄，学生亦为威力所逼成。到军械局时，见外面兵齐到开枪，大家口出怨言。今日我特为学生剖白之。承询光复会是何名目，是何宗旨，我实在不知。"

藩臬两司得了徐、马二人口供，便与众官商定办法。众官员都说徐锡麟罪恶滔天，按着公义私情，都是可杀。此时恩铭的儿子也坐在一旁痛哭着说道："徐锡麟这人非挖心致祭，不足以泄俺心头之恨！"众人又磋商了一会，都说按张汶祥刺马新贻的先例。便挖下徐锡麟的心肝，致祭恩铭的灵台。把徐锡麟的尸首，在大街上暴露一天，又把马宗汉绑赴刑场砍去了脑袋。一面由藩臬两司，会衔奏知西太后。西太后见了奏章，十分愤怒，竟要下旨诛徐锡麟的九族。幸得肃亲王善耆再三劝阻，他上了一个奏章，力说不可压迫民气，当乘其势焰未炽，讲利导之，策施消弭之术。西太后看了这几句话，才算把一腔怒气稍稍退去，但下密旨令各省搜捕革命党。那安徽藩台，时已升做抚台。他搜捕革命党，格外出力。果然在轮船上捉得徐锡麟的同党卢钟岳，又在九江轮船上捉得徐锡麟的八弟弟徐伟。那卢钟岳也是日本警察学堂的学生，和徐锡麟是同学，是浙江诸暨县人，又是同乡。当下安徽抚台把二人用严刑审问，二人极口说毫不知情。徐伟说他弟兄不和睦，便是家中老父也早已把徐锡麟驱逐出族。因他自幼在外游荡，不务正业，把家中产业花尽，便投身在革命党中，做这大逆不道的事体。父亲深怕他闹出事来，因此早在地方官厅中存案，断绝父子关系。安徽抚台听了徐伟的供辞，立电绍兴地方官，查问真情。那徐锡麟父亲徐梅生，果然于早年在衙门中存案，不认这个儿子。因此把徐伟的罪名也减轻了下来。定卢钟岳终身监禁的罪，定徐伟监禁十年的罪。徐锡麟自投身革命事业以后，早已存了破釜沉舟的志愿；他又深怕连累了老父，便和他父亲说明预先在衙门中存案出族，才算免得一家大祸。

安徽巡抚密电绍兴知府贵福，着他暗地看管徐锡麟的父亲徐梅生，一面又密查绍兴革命党，以及徐锡麟亲友的举动。贵福接到这个密电，他第一个不放心的，便是那所大通师范学堂。那学堂中的人物，如秋瑾、竺绍康、王金发、许啸天、陈毅、姚勇忱、孙德卿这一班，全不是安分的人。平日贵福也常到学堂中去察看，和学堂中的教师们谈论。听他们说话中，全是一班维新的论调。贵福心中原早已不舒服的了；独碍着秋瑾的交情，不好意思发作。这贵福和秋瑾到底有什么交情？原来这也是大家预先定下的计策。秋瑾这一班人从上海回绍兴去接办大通学堂，秋瑾便用官家小姐道台太太的名义，去拜见绍兴知府贵福。

欲知后事如何，且听下回分解。

## 第二十一回　锦阁情深贵福认义妹　轩亭冤重秋瑾成烈女

从来说官官相卫，那绍兴知府贵福，满肚子存着势利念头。他见秋瑾是一位官家小姐，又是湖南王道台的夫人，如今亲自到衙门里来拜望他。这是何等荣耀的事体？后来又看见秋瑾容貌美丽，举止潇洒；他更觉心中痒痒的，便做出十分亲热的样子来。秋瑾也和他谈笑风生，毫不在意。后来贵福又请出他的母亲来，和秋瑾相见。那贵福的母亲，见秋瑾语言伶俐，却也十分爱怜她，留她在上房中吃饭。在吃饭的时候，问起秋瑾家中可有老太太？这时秋瑾新死了母亲，穿着一身缟素。听了贵福母亲的话，便不由得泪珠承睫，十分凄楚。贵福的母亲忙揽秋瑾在怀里，着力安慰了一番。贵福在一旁凑趣道："老太太这么爱秋小姐，秋小姐的老太太恰巧又过世了，便何妨收秋小姐在膝下，做一个义女？俺们来往着，也显得格外亲近一点。"那贵福的母亲听了，禁不住呵呵的笑道："这样一个粉装玉琢的美人儿，做俺的义女，我有什么不愿？只是怕我当不起这个福。"秋瑾不待贵福的母亲话说完，便噗的跪倒在贵福老太太的膝下，口称我便在今天拜认了义母吧！贵福忙上去，把秋瑾扶起，口称要折煞俺老母了。一面吩咐厨房里办酒，便在当晚邀集了合城的文武官员，在府衙门中大排筵宴，介绍秋瑾见了各官员，说这位是我的义妹。

从此贵福见了秋瑾，便把妹妹叫成一片，秋瑾也假意和他周旋。因此秋瑾在贵福跟前说的话，言听计从。秋瑾说中国人种日弱，外侮日亟，当今之世，非提倡尚武精神不可，大通师范的学生，须令他练习兵式体操，从备将来万一之用。贵福此时也无暇问她的究竟，便替他向省城军械局里去领得二百支快枪来，发给大通学生操练。秋瑾又向贵福说，要领公款补助学堂经费。贵福便立刻拨助经费，每月五百元。总之秋瑾要什么，便有什么，要求什么，便答应什么。秋瑾和大通学堂的一班同事，胆子便渐渐的大起来。那竺绍康原是平洋党的首领，王金发也是乌带党的首领，他们手下都有许多徒党。秋瑾便在大通学堂以外，办了一个体育传习所，暗地里招了一班徒党来，所中教练兵式体操，预备将来在革命军中充当弁目。又使大通学生天天练习野战，什么中队教练、散兵线、密集线练得十分纯熟。每天有四个钟点的操场功课。学堂中的教员，个个骑马戎装，在大街中驰骤。一个名义上的师范学堂，实际上简直是一个陆军学堂。当时绍兴地方的一班绅士，个个吓得坐立不安，大家都去对贵福说秋瑾招兵买马，有造反的意思。无奈贵福此时一味听信了秋瑾的话，把众人的话，抛在脑后。他因信任了秋瑾，从此也不到大通学堂去察看了。那秋瑾一班人，因为学堂里原有快枪的，便把私运来的军火，一齐收藏在学堂里。又买了两条大船，每天在夜静更深的时候，便召集了学堂中的重要分子，在大船中开秘密会议。那只大船摇到水中央，船梢船头，都有人把守，便不怕有人偷听了秘密去。

霹雳一声，那徐锡麟的事，在安徽爆发了。安徽的官员，连夜打一个密电给绍兴知府贵福，说绍兴是徐锡麟的家乡，他家乡地方一定有许多革命党藏躲着，叫贵福在府城中着力的搜查。又说刺客徐锡麟，在绍兴城中办有大通学堂，现由徐犯的表妹秋瑾接办，须立刻把学堂抄没，才绝了后患。贵福看了这电报，不觉吓了一跳。他想这秋瑾是自己心爱的，屡次都有地方绅士来告密说秋瑾在学堂中招兵买马，图谋不轨。只因自己太相信了秋瑾，所以从来也不曾到学堂中去查看过。这秋瑾倘然是真的革命党，将来事体一闹穿了，自己的罪名，却也不小。他便去和自己衙门里的刑名老夫子商量，那刑名师爷一听了这个话，便主张从严查办。正在这时候，忽然差役进来，报说外面有一个姓胡的绅士，说有机密大事要见大老爷。贵福看那片子上写着胡道南三字，贵福心想他是秋瑾的表弟。在这个时候进衙门来，必是秋瑾有什么事托他来说。当下便请胡道南进花厅中相见。那胡道南一见了贵福，便附耳低低的说道，俺表妹秋瑾与安徽徐锡麟暗通声气，如今徐锡麟已死，秋瑾欲为徐复仇。已联合绍、台、金、衢、严、温、处七府土匪，约定六月初十在绍兴城大起事。因太守是满人，便欲先杀太守，占据了府城，再渡江进攻省城。贵福是第一怕死的人，听说秋瑾欲取他的脑袋，他如何不恼。当下便着实赞叹了胡道南一番，立刻打了一个密电到省城里去请命兵。那浙江抚台张曾敭，恰巧也是一个满洲人。他听得徐锡麟刺死了恩铭，早已吓得提心吊胆，终日躲在姨太太房里，不敢伸出头来。如今得了贵福的电报，说绍兴城中有大股的革命党，欲渡江直攻省城，杀尽满洲官吏，他立刻把第一标标统李益智，传进衙门来。一见面也不及说旁的话，只连连的说发兵发兵。李标统问军队出发到什么地方去。张抚台道："到绍兴捉大股革命党去。"李益智听说绍兴有大股革命党，也不觉吓了一大跳，立刻回营调齐全标人马。徐方诏带二百新军打前敌，在钱塘江边，捉了二十只渡船，掩旗息鼓，飞也似的渡过江来。

那边秋瑾原与徐锡麟约定，听得安徽得手，绍兴也立刻起义响应。不料约定的日期未到，而徐锡麟已遭了难。大通学堂连夜开紧急会议，当时有几个党会的首领如竺绍康、王金发都在座。大家都说事起仓卒，来不及召集部下；况且安徽失败，官厅已有戒备。我们不如暂时散去躲过风潮，再图大举。好在这时已是五月终，天气十分炎热，便以放暑假为名，把大通学生及传习所中学生一律放走。只留十几个重要分子，住在学堂中接洽事务，探听消息。这时原也有人来报告，说省城官厅有搜查徐锡麟亲友的意思。秋瑾听了，毫不在意。这时学堂里的军火文件，都已收藏起来；便是官厅来查，也查不出什么证据来。因此秋瑾一班人，天天在学堂里饮酒笑乐，故意装做没事人儿一般。这时因学堂里学生已走，空下的房屋很多，秋瑾为便于会议起见，便也搬在学堂中住。不料在六月初四的清早，秋瑾正在房中梳洗，忽听得一阵一阵排枪响，从水澄桥一方面打来。后来愈打愈近，那竺酌仙、王金发、陈毅、许啸天、姚勇忱一班人，一齐抢进屋子来，拉着秋瑾，便向大门外逃去。一串儿二十几个人，内中还有几个住堂的学生。这时排枪声音愈逼愈近，好似飞蝗一般，呜呜的在空中打来。大通学堂门口，便是一道河，那官兵沿河岸攻来。学堂中人看看无路可奔，便一个一个的扑通扑通向水中跳了下去泅过对岸，向荒草野地里乱钻逃，连夜逃出了城外，在乡下人家中暂躲了性命。这一班人逃出大门的时候，秋瑾走在最后面，陈毅又走在秋瑾前面。他脚下奔逃着,常常回过头去照看秋瑾。秋瑾逃出了大门,忽然想起有一个重要的手提皮包遗落在床上枕边,便叫陈毅稍待,自己又飞也似的回身跑进学堂去。那陈毅在门外站着守候,耳中只听一阵一阵的枪声,夹着和野兽一般的喊声。那子弹一群一群的,向他顶上飞过。看看还不见秋瑾出来,那河岸上已隐隐约约的望得见一大堆追兵。陈毅见时机急迫,不能再待了,急飞跑进秋瑾房中去。见秋瑾还在那里东寻西找,找寻那重要的文稿,一卷一卷的塞进皮包去,陈毅也不由分说,上去拉住秋瑾的手臂,往大门外跑。谁知已来不及了。大门外有二百个穿黑衣服的新兵,各个装着瞄准的姿势,蛇行匍匐着向学堂的大门直扑进来。当头一个军官徐方诏一手拿着指挥刀,一手擎着手枪,喝一声进攻。可怜一个娇弱女子,被十几个虎狼似的兵士,横拖竖拽,从学堂里直揪出大门外来。正是大热天气,秋瑾身上只穿一套黑生纱衫裤,薄薄的衣裳,如何经得起十几个大汉撕夺?早嗤嗤的一阵响,肩头也扯破了,膝头也擦烂了,胸背腿儿的肌肤,一齐破露了出来。脚上原套着一双革履的,这时已脱去了一只,露出一只脚。可怜任秋瑾如何叫唤,这二百个雄赳赳的兵士,押着一个少妇,横拖竖拽的经过大街。那军官徐方诏好似杀了千军万马回来一般,满脸露着得意之色。这弱女子的喊声,谁也不去理会她。

他们捉住了一个陈毅、一个秋瑾,直送进会稽县衙门。那会稽知县李钟岳,略问了几句,便吩咐打入监牢,自己上府衙门去请示。那贵福听说已捉住了秋瑾,欢喜得谢天谢地,立刻把秋瑾提到花厅中来审问她。见了秋瑾,立刻沉下脸来,把惊堂木一拍,说道:"好好的一个官家小姐,朝廷命妇,为什么不守三从四德的大道理,却要做一个女革命党?如今天网恢恢,已被我捉在案下。快把革命党造反的情形,及现在绍兴城中还有几个革命党,一一从实招来,还有一线的生路。"秋瑾站在堂下,任你贵福如何喝问,她总是昂着头不作声儿。贵福一连问了几遍,秋瑾才冷冷的答道:"如今绍兴城中大小官员,谁不知我是你的妹妹,你是我的哥哥。岂有妹妹做的事,哥哥不知道的吗?你如今说我是革命党,那你做哥哥的也便是革命党了!"贵福猛不防秋瑾说出这句话来,听说秋瑾攀他也是革命党,早不觉心慌意乱,手足无措。一叠连声骂放屁,岂有此理,混账的妇人。他也不敢再问下去,便发落会稽,先细细推问。一边他去找衙门里的刑名老夫子商议。那刑名老夫子是一个狠心辣手的人,听了贵福的话,便把手不住的摸着嘴上的鼠须,低头半晌。忽然拍案说道:"这件案子,东翁若要保全自己的前程,也管不得什么兄妹关系。依晚生的见解,竟也不用审问,把她定了死罪便得了。"贵福说道:"她没有口供,便怎么办?那刑名老夫子便凑近耳边,去低低说了几句。贵福连声说妙。当即把会稽知县传进衙门来,当面嘱咐他务要把秋瑾问成反叛的罪。那知县李钟岳回说没有真实凭据,如何问成死罪?贵福听了这句话,愠的变了颜色,便大声喝道:"好一个糊涂虫,这一点事也办不成,还做什么官?"那李知县碰了这个钉子,吓得喏喏,连声告辞。回衙门去,见了他太太,只是顿足大哭说道:"我的前程毁了。"正在恐慌的时候,忽然知府衙门里送来一个札子,叫把秋瑾一行人犯移提山阴县去审问。那山阴县官,迎合贵福的意旨,早已替秋瑾假造了一篇口供,逼秋瑾画押。秋瑾便在纸上,写了"秋雨秋风愁煞人"七个字。那县官也不问一句话,依旧把秋瑾还押在监中。贵福得了这假口供,便立刻打电报到省城里去。那抚台张曾敭连夜回一个电报,只有"就地正法”四个字。这时是六月初五的半夜子时。贵福得了省城的电报,立刻调动守备的营兵,和两县的巡警,还有省城中的新军五六百人。由山阴县官统带着在后,半夜三点钟的时候,把秋瑾从山阴县牢监中提出来。这时秋瑾身穿白汗衫,外穿黑色生纱衫裤,足穿皮鞋,身带铁镣,两手反绑。前有恶狠狠的一群兵士牵住铁索,后面有大汉三四人推送着。到轩亭口大街,一声号炮响,刽子手举起钢刀,如闪电一般的下去。

欲知后事如何,且听下回分解。

## 第二十二回　吴芝瑛仗义葬遗骸　袁世凯习射伤少女

秋瑾被虎狼似的兵士推拥到轩亭口的刑场上，知道自己不免一死，便站在断头石上，举眼向四处一看，便低下头去。只听得喀嚓一声，一个人头落下地来。那看杀人的一班百姓，个个手中拿着馒头，向秋瑾的尸身颈子上蘸着血，笑嘻嘻的拿回家去，可怜独丢下秋瑾的尸身。地保来把她装在一口薄皮棺材里，棺材盖也不曾盖好，风吹雨打的，尸身早已腐烂得不堪。直暴露了七八天，也不见有人来收葬。当时秋瑾的亲友，都远逃在外面。那贵福在绍兴城中，兀自搜捉革命党，不肯罢手。见有穿白帆鞋，或是穿洋白纱长衫，头戴草帽的，都说他是革命党。一时里满城风鹤，那班少年学生，逃得连影子都不留一个。贵福自杀了一个柔弱的秋瑾以后，一点也得不到她的真实罪状，不觉引动了天下人的公愤。东也打电，西也开会，四处来责问贵福的电报信札，每天都有几十件。上面全是严厉愤怒的话，慌得贵福手足无措。幸得秋瑾被捕的时候，手中还提着一个皮包，忙打开皮包来一看，里面藏着一支短短的手枪。此外有一大卷文稿，每篇文章下面都具着著作人的姓名。他便拣那有革命气味的文章，把下面各人的姓名，一齐抹去，统统刻印出来，刷印十万纸，分发到各处团体里去，算是秋瑾的罪状。那罪状上面，诗歌也有，议论也有，小说也有，全是同会的人陶焕卿、姚勇忱、许啸天、陈墨峰一班人做的。最可笑的，许啸天做的一篇《黄帝纪元表》，那题序下面附记着许啸天的名字，贵福一时不及检点，一齐刻印出来，至今还留着这个名字。因此，大家知道贵福所宣布的秋瑾罪状内中，大半不是秋瑾的著作，真正冤枉了秋瑾。贵福见这个罪状，不能满众人的意，便天天用严刑拷问那陈毅，逼他把革命党的实情，秋瑾的实情招供来。可怜这陈毅好好一个清秀少年，被贵福用极刑弄得骨断筋摧，皮开肉烂，那陈毅却是铁铮铮的一个好汉，任你如何受着痛楚，他总是一个字也不肯吐露出来。不多几天，陈毅便病死在狱中了。

秋瑾生前有一个最知己的女友，名吴芝瑛，原是廉南湖的夫人，桐城吴挚父的侄女。名门闺秀，诗礼之家。秋瑾每过上海，总与吴芝瑛风雨联床，兰闺夜话。当时还有一个女伴，名徐自华的，她三人往来得最勤，如今听说秋瑾受了断头之祸，吴芝瑛和徐自华二人便痛哭失声；又打听得秋瑾的尸棺，暴露在风日之下多日，无人敢去收殓。当时各省满洲大员，搜捉革命党，十分严厉，凡是男子，都不敢出头去领葬秋瑾的棺木。独有吴芝瑛女士，亲身到绍兴去，领得秋瑾的棺木，运来杭州，埋葬在西湖西泠桥苏小坟旁。这事被浙江抚台知道了，便赫然大怒，立刻去平了秋瑾的坟墓，说吴芝瑛是秋瑾的同党，便要行文到上海捕捉吴芝瑛。幸得一位美国女教士出来，仗义执言，说吴芝瑛此举，全是慈善性质，与政治问题毫不相干，才算把一天大祸事，化为乌有。吴芝瑛的书法铁画银钩，人人宝爱。当时她埋葬了秋瑾以后，便仿古人十字碑的意思，亲笔写成“呜呼鉴湖女侠秋瑾之墓”的一方墓碑；又写一副挽联道：“今日何年共诸君几许头颅来此一堂痛饮”“万方多难与四海同胞手足竞雄廿纪新元”。这竞雄是秋瑾的号,秋瑾字璿卿别号鉴湖女侠。自幼受了诗礼的家教,才气甚是发皇,文章十分雄茂。当时人传诵的,有秋瑾女士一篇《红毛刀歌》道:

一泓秋水净纤毫,远看不知光如刀。直骇玉龙蟠匣内,待乘雷雨腾云霄。传闻利器来红毛,大食日本羞同曹;濡血便令骨节解,断头不俟锋刃交。抽刃出鞘天为摇,日月星辰芒骤韬。斫地一声海水立,露锋三寸阴风号,陆刳犀象水截蛟,魍魉惊避魑魅逃。遭斯刃者凡几辈,骷髅成台血涌涛。刀头百万冤魂泣,腕底乾坤杀劫操;揭来挂壁暂不用,夜半鸣啸声疑鸮。英灵渴欲饮战血,也如磊块需酒浇。红毛红毛尔休骄! 尔器诚利吾宁抛。自强在人不在器,区区一刀焉足豪?

贵福自从杀了秋瑾以后,天下人群起攻之。他拿不出秋瑾真实的罪状来,自己心中也懊悔当初做事过于孟浪,弄得天怒人怨,神嚎鬼哭。从此他好似害了大病一般,神情恍惚,白日见鬼。他知道在绍兴地方站不住脚了,便秘密请求上司,替他调缺,改调宁国府。那安徽人听说杀人的知府来了,便群起反对,开会的开会,打电报的打电报,一律拒绝贵福。弄得他走投无路。他在半路上,忽然失踪了。便是那浙江巡抚张曾敭,也自知舆论难容,便挂冠归去。那新军标统李益智,后来在广东大沙头一场大火,烧死在妓船上。还有那亲自动手捉秋瑾的徐方诏,在四川军队中,也因贪赃枉法,败露出来,受了枪毙的极刑。他家眷把他的尸骨烧成灰,装在匣子里,带回杭州埋葬。凡是害死秋瑾的人,都得不到好结果。后人都说这是因果报应,但作恶的人死于恶,在心理上也是自然的结果。只是光复会中失了这两个巨大的头目,却一时销声匿迹起来。姚勇忱、竺绍康、许啸天这班人,逃到上海,和陈英士、王金发另有结合。陶焕卿依旧做他的苦行僧,在南洋一带结识了许多英雄,预备重整旗鼓。

袁世凯在北京十分得西太后的宠任,官至北洋大臣。从光绪三十年起,便立了练兵处,袁世凯充练兵大臣。在他幕府中的有徐世昌、段祺瑞一辈人。徐世昌见清帝的势力日衰,党人的势力日大,便劝袁世凯乘机占领兵权,为他日自身立脚的地步。这袁世凯自幼便有野心的,讲到他的家世,原也是将门之子。他父亲袁保中,在清咸丰九年生世凯,已是第六子。六岁便气力强壮,在弟兄中十分蛮横。兄弟们常常被他踢打。保中痛加责罚,终不改他的性格。家中聘得师傅王志清教袁氏弟兄读书,世凯不耐闷坐,时时逃学,但师傅督察甚严,世凯衔恨在心。在夏天时候,师傅十分怕热,常独坐庭中挥扇纳凉,袁世凯在花园中,捉得流萤百数十头,握在掌中,悄悄的去躲在师傅床下。待王师傅熄灯安睡,袁世凯便将手掌中萤虫搓碎乱涂在面上,从床下直跳起来,口中叽叽的叫着。他师傅直从睡梦中惊醒过来。在暗屋里见了这满面发光的鬼怪,吓得他满屋子乱叫乱跳。袁家的仆人忙擎着灯火前来照看。袁世凯从屋子里闯出来,推倒了那仆人,一溜烟似的逃回内室去。他师傅自从受了这一场惊吓以后,便害了一场大病,直到秋深时候,才能扶杖起坐。后来从仆人语言里,探听得是袁世凯的恶作剧,便十分愤怒，竟欲辞馆归去。袁保中再三挽留，百般认罪；又把袁世凯痛痛的责打了一场。但王师傅从此总不愿教导袁世凯了。袁世凯不进书房去，乐得在家中游荡几天工夫，几乎房屋都要被他拆毁。他母亲于氏，专爱养猫。家中窗棂床榻，无处非猫。内中有一只猫名“乌金”，全身漆黑，体格肥大，是于氏所最疼爱的。又有头名“玉雪”，全身毛色如雪，是世凯所欢喜的。一天乌金与玉雪争食，玉雪受伤，世凯大怒，时有一木棍倚在墙边，世凯举棍一挥，乌金立刻倒毙。于氏大怒，举棍欲责世凯，世凯大声说道：“大丈夫当赏罚分明，方能治天下，似妇人女子之仁，何足道哉！”于氏愈怒，欲伸手去揪住世凯衣襟。世凯急转身逃入花园中去。从此不敢来母亲房中，只在花园中游玩。袁保中家中原藏着许多弓箭，世凯闲着无事可做，便在花园中练习弓箭。花园中原养着许多白兔锦鸡，世凯年纪虽小，气力却大。他练习得不多几天，便能拉十数斤弓，射得数十步远。但那花园中的鸡兔，却天天遭殃，被他射死很多。有一天他追捉一只锦鸡，一边追一边放箭，猛不防隔着花叶子，一箭射中在一个乡下姑娘的眼眶中。只听得那姑娘大喊一声，晕倒在地，满脸流着鲜血。那个箭头深深的陷入眼眶中，顿时哄动了合家的仆妇。内中有一个朱妈，抱着这姑娘嚎咷大哭。原来这姑娘便是朱妈的女儿，名叫葵香，她今日才从乡下来探望母亲，在花园中闲逛。不料遭此横祸，那朱妈便大哭大吵，一定要袁世凯娶她女儿做媳妇。她说我女儿瞎了眼睛，从此终身失了依靠。后来还是于氏再三劝慰，请医生给葵香调治；又答应把葵香留养在府中，直到老死。每年贴一百块钱给朱妈，作为终身之靠。但从此袁保中夫妇二人，把个袁世凯痛恨在心。其时恰巧有一位袁世凯的叔父袁保庆，因平定捻匪有功，多年在南京做道台。今日进京，顺便来探望保中。老弟兄相见，自然有一番情感。保庆的夫人牛氏，夫妇二人年纪都到了四十几，却无子息。今见保中子女甚多，不觉说了几句羡慕的话。保中便指着袁世凯，便愿出嗣保庆为子。牛氏夫人在一旁见袁世凯头角峥嵘，便也十分欢喜。此时袁保庆新奉江督马新贻命令，到山东去办理赈饥的事体，便带着世凯和牛氏夫人一块儿去。牛氏夫人原是门名宦族，深通诗书。在山东地方，闲着无事，便亲自在闺房中，教世凯读书。牛氏夫人仁爱慈祥，世凯却颇能听嗣母的教训。这时年只十二岁，却已读得许多诗书，心思又十分灵敏。一日袁保庆出一课联，上句是“一两三点不成两”，世凯略一思索，便对道“东南西面皆有风”，保庆不觉大喜。这时还盛行八股文章，保庆教世凯学做破承题，题目是“道千乘之国”。此时袁保庆正和客对坐下棋，世凯见景生情，便提起笔写道：“道千乘之国，若着此棋焉。夫着棋不厌诈也，治国亦不厌诈也。治国非如着棋乎？”保庆看了大惊，便呵道：“国家大事，小孩如此胆大，却信口开河，下次却不许轻于议论。”世凯口中虽答应着，心中却在暗里笑他叔父迂阔。世凯做的律诗，却不讲音节。有咏怀诗二首道：“人生在世如乱麻，谁为圣贤谁奸邪？霜雪临头凋蒲柳，风雨满地起龙蛇。治丝乱者一刀斩，所志成时万口夸。郁郁壮怀无人识，侧身天地长咨嗟！”又有一首诗道：“不爱金钱不爱名，大权在手世人钦！千古英雄曹孟德，百年毁誉太史公。风云际会终有日，是非黑白不能明。长歌咏志登高阁，万里江山眼底横。”袁世凯虽能做几句极放纵的诗文，但他平日玩武艺的事体多，玩文墨的时候少。当时山东地方民风强悍，人家子弟年至十余岁，便个个延师教授拳棒。每在冷街僻巷，教师集数十儿童,配成对儿,互相厮打。世凯在一旁看了,甚是眼热,欲求教师指导。教师见世凯是宦室公子,便令交贽金十元,方肯教导。世凯便乘他叔父不备,窃得银饼十元,献与教师,教师便尽心指导他。世凯本是气力刚强的人,一懂得拳法,更是肆无忌惮。这时山东巡抚张汝梅有一子名宝儿,与世凯同年,不爱读书。每日与世凯两人骑马舞剑,十分放纵。袁保庆因钟爱世凯,每至抚院议事,便令世凯陪侍在旁,因此世凯与宝儿相识。且二人性情相同,十分投机。他们当公子的人,终日闲着无事,便在大街小巷中闲逛。一天二人走过历城县衙门外,只见仪门内大堂上,挤满了人头。世凯知道是知县老爷坐堂,便拉着宝儿二人挤进人丛去看热闹,那历城县官满人同安,正高坐堂皇,大声呼喝,审问更夫偷窃路灯煤油案件。

欲知后事如何,且听下回分解。

## 第二十三回　浪荡儿初涉花柳场　纨绔子惯欺脂粉儿

更夫偷了路灯煤油去吸鸦片烟，今日被知县大老爷责打。那大老爷手段又是十分凶辣的，一打便是一千。可怜这更夫骨瘦如柴，如何经得起重刑？早已打得血肉横飞，阶石都染成红色。只听得那更夫和鬼哭一般的声音，惨号着。世凯在一旁忽动了慈悲之念，暗中拉着宝儿的袖子。宝儿亦点头会意，袁世凯便抢步上前，指着堂上县官大声喝道："汝身为父母官，专以打人为能事耶？穷苦小民，偷得些许灯油，受鞭几死，若案情稍重大者，岂不欲取彼首级耶？如此凶横，官吏直以小百姓之皮肉，传汝一人之功名而已！"几句话说得堂上堂下，大惊失色。那知县官见一小孩子如此大胆，便喝令拿下，快去捉他父母来，问他一个失教之罪。两旁差役听了，齐声答应，向袁世凯奔去。那袁世凯如何肯给他们近身。当时拳脚齐动，众差役有许多被他打倒在地的。宝儿趁这个当儿，便跳身上去，一把揪住县官的辫发。袁世凯亲自动手打县官的嘴巴，啪啪的清脆可听。宝儿用脚踢着知县官的下身，堂下的亲兵见大老爷吃两个小孩子踢打，闹得不成样子，便拥上前去，将两个孩子捉住。发交捕厅一问，原来一个是抚台大人的少爷，一个是袁道台的公子。这时候袁道台在山东地方是一个红人，如何敢得罪他？这同安县太爷便一肩轿子送这两位少爷上抚院去，对抚台哭诉情形。抚台立刻把袁保庆唤来，保庆见世凯闯出这样的大祸来，便当着同安的面，痛痛的责打了一顿。同安因为事体关涉宝儿，于抚台面上不大好看，便反来劝住了保庆。

袁保庆因世凯杰豪不驯，不容易管教，自己又终日在官场中应酬，又没有工夫管教。路过扬州的时候，去拜访亲戚张亮基。那张亮基曾经做过云贵总督，如今隐居在扬州地方，造着偌大园林。袁世凯也同往扬州游玩，见张家园林优美，便依依不忍去。而张亮基有子五人，长次二子，俱已出仕在外，只三四五三子，张鼎、张鼐、张才鼎，尚在童年。家中延请宿儒王伯恭教读。保庆见世凯爱张家园林，便将他留在张家附读。张家三子都和世凯交好，四个孩子瞒着师傅，在背地里什么事体都玩出来。但他读书也很聪明，先生所讲解的诗书字义，他丝毫不忘。张家三子，远不及世凯。世凯尝为张才鼎捉刀，先生一日出一文题"故善战者服上刑"，世凯提笔在张才鼎文卷上写道："以杀止杀，杀杀人者而杀即止矣。"师傅一看，便认得是袁世凯的笔迹，不由得夸奖了几句。但是世凯生性好动，又好食鸡子。当时有张亮基的内侄与世凯年纪相仿，便与世凯赌食熟鸡子二十枚，又馒首十支。如能食尽，便认输十千钱为东道。世凯毫无难色，便狼吞虎咽似的，一阵吃下肚去了。那内侄却拿不出钱来，世凯便也如法炮制，逼着他吃下肚去。那内侄勉强吞下，那肚子大如鼓，立刻疼痛难受，回家去害了一场大病。后来给他师傅知道了，便把世凯唤至面前，痛痛的呵斥了一场。世凯从此怨恨这先生，不常至书房中，每次一人出外去游玩。扬州地方如平山堂、小金山、法海寺一带，终朝到晚，游人如织，十分热闹。又有那班盐商巨贾的子弟，终日出入酒肆妓寮，十分豪放。世凯看在眼里，便渐渐和一班纨绔子弟亲近起来。他们也以世凯为官家子弟，便乐得和他拉拢。起初还不过酒肉征逐，后来竟至宿娼狎妓。只苦手头金钱有限，不能畅快的游玩。后来他渐渐的去勾引张家三个弟兄。他们都是书房哥儿，如何尝过这个滋味，早弄得神魂颠倒起来。袁世凯却从中教唆，如何在家中向母亲骗取金钱，如何托故出外，他却从中取利。在张家弟兄中取得了金钱，便如数去孝敬他心目中最爱的一个妓女。日子久了，钱也花完，小孩子做事如何能瞒得到底？终究是败露出来。张亮基知道了，气得髭须根根倒竖，把三个儿子痛责一场，监禁在家，不许出门一步。一面送袁世凯回南京去。

世凯到了南京，自知无颜见他嗣父，只寄住在旅馆中。终日徘徊街巷，悔恨百端。渐渐的把一身行装，尽寄存在长生库中。天寒衣单，面目黧黑；踯躅冷巷，宛如乞丐。忽见一昂藏男子，拍着他肩头，问弟如何流落在此，何不早回家去？世凯认识是他哥哥世敦，原是保庆的侄子。此时袁保庆已署理江南盐巡道，世凯的堂兄世廉、世传都由保庆召来，在衙门中帮办公务。今日世敦与世凯相见，世凯哭诉了从前的过失，说无颜去见嗣父。世敦竭力劝慰一番，便悄悄的带他进衙门中去，寄宿在幕友周馥房中，又领他先去见嗣母牛氏。那牛夫人原十分仁慈的，便使世凯沐浴更衣，暂居别室。过了数日，周馥便对保庆说知，又代世凯求饶。世凯便在此时膝行而前，涕泣自悔。保庆亦不责打他，只把他幽禁在书室中，不许出门一步。不多几天，那江督马新贻，忽然被张汶祥刺死。南京城中，顿时慌乱起来。那袁保庆是官场中的一个要人，便也十分忙碌，世凯读书的事体也无暇过问。世凯幽禁在书房里，觉得十分烦闷。监巡道后花园的隔墙，便是一座外国教堂，常有外国妇女，在墙外草地上游玩。中有一女郎，生成天姿国色，世凯垂涎已久。此时是炎夏天气，世凯在墙下桐荫中纳凉，忽听得隔墙起了一阵妇女的戏笑声。世凯心头不觉跳动。他哥哥世敦，也在园中游行纳凉。世凯忙招手令世敦走近身来，推说是欲采墙头花朵，令世敦伏身在墙根。自己两脚踏在世敦肩上，攀住墙头，向外窥探。只见池边草地上，三四五女，身穿浴衣，只掩住乳胸大腿，那此外肩颈手足，和白玉似的，一齐逞露在外面。世凯留神寻觅他心爱的女郎，果然也夹在女伴中笑乐。看他皓体如酥，花貌如仙，便不禁出了神。世敦站在下面，被他踏得两肩十分疼痛，便推开了世凯的两脚跑开去。那世凯两脚腾空，失了依据，他原是有大气力的人，便索兴把两臂在墙头上按，一耸身跳上墙去，骑马式的坐在墙头上，目不转睛的看着那外国女郎，口中又吁吁的吹着气。那外国妇女，见袁世凯如此放浪形骸，不觉大怒，立刻想了一个计策。那个女郎笑着向袁世凯招手儿，袁世凯此时被美色迷住，便也忘其所以，跨过墙头去，踊身一跃，落在草地上。正要走近女郎的身体去，忽见花丛中跳出一个碧眼红髯的大汉来。袁世凯知道不是路，便拔脚飞奔。那大汉在后面追。袁世凯这时也顾不得什么了，只看见屋子便闯，看见门户便钻。穿房入户的，乱跳了一阵。那大汉在后面紧紧的追着不放，不知怎么东一转西一弯，被他逃出了大门，向一带河堤旁飞也似的跑去。那外国大汉愈追愈气愤，嘴里不停的叽哩咕噜的骂着。看看追到一河尽头，一片大水，前无去路，在南京城北一带地方是十分荒凉的。此时袁世凯情急智生，忽然站住脚在河边。待那外国男子追近身来，高擎两臂，正向袁世凯身上扑来。袁世凯把身体向下一蹲，眼见那外国男子一个鹞鹰翻身，叶咚一声落下水去了。袁世凯在岸上拍手大笑了一阵，扬长而去。

袁世凯在南京地方，闹下无数笑话，也闯下无数祸事。这时袁保庆因会审张汶祥刺马新贻的案件，忙得天天不得空闲。案件审问明白，拿张汶祥剖肚子，挖出心肝来祭供马新贻。袁保庆接着也升了官。但不久袁保庆又大病了，所有世凯读书的事体，也便无人过问，世凯越发肆无忌惮。他新近学得骑马，便天天跨着一头栗色大马，在清凉山、幕府山、覆舟山、四望山一带往来驰骋，在大街上追风逐电似的跑着。毁坏器物，撞伤人口，他都不问。那小百姓人家也怕他是富贵公子的势，只得忍气吞声。有一天袁世凯一人骑马，缓辔进江东门来，见一年老婆婆，在路旁哭得甚是伤心。袁世凯便驻马问何事悲伤。那老妪一边抹着眼泪，一边说道："老身穷苦人家，只生得一女，长得颇有姿色。自幼已许配内侄为妻。不料前几天小女在河埠洗菜，被那将军的公子，骑马行过堤旁，瞥眼看见了，便打发家人来对老身说，欲娶小女去充一位姨太太。老身当即回绝说小女已说有婆家，不能再献与公子。谁知那公子蛮不讲理，今日亲自带了一群家丁来打破我家大门，把小女抢去。可怜老身舍命的追赶着，他们都是骑马的，叫老身如何追赶得上？眼见一群强盗，抢着我女儿出城去。"那老妪说了又哭，哭了又说。袁世凯听了不觉动了义愤之气，当下问明了这老妪的详细住址，便策马又出江东门去。江东门外是一道大河，河中尽是游船。江宁驻防将军的公子名绮恒，在南京地方是人人知道的。今日他抢了民间妇女，雇了一只大游船，摇到河岸幽静的地方，寻他的快乐去。袁世凯便也雇了一只游船，追踪上去，沿路问绮恒的坐船，便有几个船家，指点给他。袁世凯寻到一带绿杨城郭的水面上，果然见靠着一条大船，悄悄的摇近船身去，只听得那大船上发出一缕哭喊的声音来。袁世凯一跃过了船，直冲进船舱内去。果然见那将军的公子绮恒，搂住了一个女孩儿在那里厮拉厮扯。那女孩儿满面泪珠，只有娇嘶的份儿。袁世凯看了，不觉大怒，一纵身上去，揪住那绮恒的辫发，擎着醋钵也似大的拳头，夹嘴夹脸的打去。那绮恒的脸上，立刻开了果子铺，东一个块西一个疙瘩，额角上不住的淌下血来，打得那绮恒鬼也似的叫喊起来，没嘴的讨着饶。当时船舱中，原也有许多家丁，只因公子被袁世凯揪住了不肯放手，大家也不敢近身。袁世凯喝令把姑娘送回自己船上去。那家丁们你看着我，我看着你，大家都不敢动手。袁世凯照着那绮恒脊梁上又是一拳，打得绮恒直叫起天爷爷来。家丁恐怕公子被袁世凯打死，那公子也连声唤家丁们把这姑娘送回去，不要她了。家丁们便急急扶着那姑娘，送到袁世凯船上去。袁世凯一手揪住绮恒的衣襟，慢慢的走到船头上，大声对绮恒说道："你须认明白了，今日打你的是我，我名叫袁世凯，与他母女二人是不相干的。明天你若要报仇，可休找错了人！"说着便一耸身，跳过船头去，箭也似的驶近岸去，找到了那个老婆婆，便把女儿还了她。把个老婆婆喜得拜天拜地。袁世凯头也不掉，拍马而去。

这绮恒仗着父亲是驻防将军，一向在地方上横行不法惯了。如今吃了袁世凯这个眼前亏，他如何肯罢休？回到衙门去，把自己抢劫良家女子的事体瞒起，只说袁世凯行凶殴人。他们满洲官员自以为是天生骄子，如何肯吃汉人的亏？这位将军听了他公子的话，便立刻上院去告诉抚台，说袁保庆纵子不法，要参革他的功名。那抚台原和袁保庆有交情的,他听了将军的话,只得拿好言安慰着,说袁某如今病在垂危,他儿子在外面胡作妄为,请将军恕过。他在昏聩之中,待袁某病愈,再令他父子二人来踵门谢罪。谁知那袁保庆自从在三个月前,一病直到如今,病势一天危险一天。到袁世凯打人的第三天,便脱离尘世去了。一场宦海,从此销息。牛氏夫人盘着丈夫的灵柩,带着世凯弟兄们,回到原籍去安葬。世凯的原籍在项城地方,乡僻小县,毫无游乐的地方。世凯天天和乡间无赖来往,渐渐的入于邪途,非赌即嫖,终日在外面闲荡。不多几年,把嗣父好好的一份家产,败得精光。仗着他是官家子弟,便出入衙门,渐渐替乡下人包揽词讼起来。又苦于官样文章不甚熟悉,替人写着呈子,常常闹出笑话来。有一次替人辩诉,被告祖父强夺田产的诉呈中,有句道:"鹊巢鸠居,数世于兹;某何不控祖而控孙?"官厅批道:"既自认为占夺,尚敢强辩耶?"

欲知后事如何,且听下回分解。

## 第二十四回　落魄京华他乡遇故　销魂沪地穷途卖壶

袁世凯替人写的呈子，自认是鹊巢鸠占，便吃了输官司；从此，乡人称他为“包输先生”，便也没有人肯来请教他了。袁世凯弄得落魄无聊，穷愁万分。南京妓女金媛媛，又时时寄信来，诉说相思之苦。那妓女金媛媛，原是袁世凯在南京时候结识下的；长得花容月貌，在南京地方，可算得仕女班头。那时袁世凯跟随他继父保庆在南京衙门中读书，家教甚严，每月继父只给他有限的银钱，作为零用。无奈袁世凯天性爱玩女人，当时南京藩台惠崇有两个儿子：一名朗堃，一名敏贤。只因惠崇和袁保庆交谊甚厚，朗堃兄弟二人，便常在袁家走动，与袁世凯相见，彼此都是少年公子，一见便十分相投。他三人便瞒着家人，常常在秦淮河钓鱼巷一带妓家出入游玩。独老鸨六八子家中的妓女，个个都出落得和洛水仙子一般，就中要算金媛媛，是花中魁首。那时金媛媛只十八岁，长成水蛇腰儿，美蓉脸儿，横眸一笑，不知道要颠倒几多众生。在金媛媛妆阁中出入的，尽是王孙公子，缠头一掷，何止千万；独有袁世凯，却是不鸣一钱的。只因他是堂堂一位江南盐巡道的公子，一同出入的，又是江宁藩台大人的少爷；妓院中人，明知他是镶边客人，却也不敢怠慢他。那朗堃兄弟二人，见媛媛有倾国倾城之貌，便竭力报效，终日留连在金媛媛妆楼中；丁娘十索，挥金如土。谁知这两位呆公子，钱已花去了上万，那金媛媛依旧保住她女儿的身体，他见了朗堃兄弟二人，每到调笑的时候，便冷言冷语，从没有一张好嘴脸对他们的；倒是见了这一位镶边客人袁世凯，却是有说有笑。袁世凯却也十分狡诡，他觑着朗堃弟兄不在妆阁中的时候，便独自一人溜去，和金媛媛密密谈心。从来女子的心理，最爱听人说几句知心着意的话；袁世凯虽说生性粗暴，但他在女人身上，却颇能用工夫。不多几天，金媛媛却上了他的钩，袁世凯却不花一钱，破了金媛媛的身体。从此金媛媛却一心一意在袁世凯身上。说也可笑，金媛媛只因被袁世凯破了身体，从此却不许别人亲她的肌肤；但是那朗堃还一味的迷恋着金媛媛，竟愿出五千块钱，为金媛媛梳弄。金媛媛起初抵死不肯，后来经老鸨再三劝说，那朗堃又拿官场的势力压迫她；金媛媛见袁世凯手头拮据，便也依从朗堃的心愿，又向朗堃私地里索得了五百元，如数赠与袁世凯，两人背着人私地里山誓海盟，定了嫁娶。金媛媛再三叮嘱袁世凯：须努力功名，妾将留此清白身以待君，君若不得功名，妾惟有一死而已！那金媛媛自从袁世凯盘柩回家以后，便真的撤去簪环，静守闺中；任那鸨母如何威逼，她总是不接一客，不出一局。一面又写信去督促袁世凯，劝他早立功名，早完心事。这时袁世凯孝服已满，困守家中，正觉无聊；读了金媛媛的来信，便不觉动了功名之念。当下便与他的生母刘氏说明，欲取三千金，进京去捐一功名，为进身之计。那世凯的生父保中在日，原也不曾留下多大产业；但见世凯有志上进，刘氏便忍痛把家产变卖，得数千金，交给世凯。世凯腰上有了钱，便立觉气概轩昂起来。临行的时候，嗣母牛夫人又赠他千金，另赠他玛瑙鼻烟壶两个。壶身长三寸，质地透明，中现龙凤花纹。牛夫人再三叮嘱他说:“这鼻烟壶是尔祖父遗留之物,今给汝作纪念,须小心保藏着,千万不可遗失!”袁世凯当时诺诺连声,谁知他一离家乡,沿途经过几处大城大镇,眼看着繁华的景象,心中早不觉跃跃欲动。他天性爱嫖爱赌,他在路上客店中,也嫖过几个姑娘,又与同店的旅客,赌过几场牌九,已经花去了几百块钱。待一到了京城里,刘氏原叮嘱他去投奔他叔父袁保恒的。保恒这时在北京做户部侍郎。袁世凯虽到了北京,因见北京地方繁华,他游玩的心重,早把来时功名之念抛向九霄云外去了。又怕住在叔父家中,被叔父管束住了,不得自由游玩;因此便也不去看望他的叔父,瞒住了京中的亲友,竟放胆嫖赌起来。所来往的,尽是一班地痞;不消几天,早把袁世凯袋子里的几千块钱,骗得干干净净。那班地痞,便一哄而散,丢下袁世凯一个人,在京师地方,冷冷清清的举目无亲。囊中早已空空的了,那客店主人,追索房金,又是十分紧迫。袁世凯到此时,才觉心中懊恨,垂头丧气的独自一人在大街上行走。忽然迎面来一辆驴车,车中人直唤着世凯的名字。袁世凯抬头着时,认识车中坐着的人,便是老友徐世昌。这徐世昌原是一介寒儒,从前在江宁地方,当了一位蒙馆老夫子。袁世凯和馆主人来往,因认识徐世昌,两人谈谈,甚觉投机,日子久了,他们便自命为道义之交。徐世昌却是一个有志气的男儿,他坐了三年冷板凳,觉得终非长策,他意欲入京应试,苦于缺乏川资。当下便与袁世凯谈起,袁世凯动于一时的义气,便替他在四处张罗,果然凑集了数百元钱,打发世昌进京赶考去。徐世昌此番进京,一来是全仗世凯帮助,二来也是官星照命,殿试下来,果然点了翰林,此时正充当史馆协修的职衔。当下徐世昌无意中在京城里与袁世凯相遇,异地相逢,班荆道故,袁世凯把自己落泊的情形,细细的述说一番。徐世昌此时正是报德的机会,便把袁世凯邀到自己家中去住下,好茶好饭看待。袁世凯此时把家中带来的几千块钱,早已化为乌有;捐纳功名的事体,已成梦想,只欲在京师地方觅一啖饭之处,免得长期拖累朋友,当下便把这意思对徐世昌说了。徐世昌便替世凯在外面到处誉扬。当时有一位徐世昌的同年陈家麟,在直隶总督衙门里,专司奏稿,颇得总督李鸿章的信任,因之公事十分繁重,便欲添聘一位记室。徐世昌当即把袁世凯推荐了去,陈家麟看在世昌的分上,便也重用世凯,每遇到重大案件,便与世凯商酌办理。世凯这时也尽心竭力帮助陈老夫子。此时正遇黄河决口,直隶总督兼办河工,所有河工上一切办事章程,往来奏议,全是袁世凯一人担负;待河工完成,照例须把出力人员,由直隶总督出面保奏。陈老夫子也把袁世凯的名字写上去,李鸿章见了,便问:“袁某是甚等样人?”陈老夫子说明世凯的家世,又说他在河工上如何出力。李鸿章听说世凯是袁保中之子,又是保庆的继子;李家和袁家,原也是世交,当即传世凯进上房相见。世凯听说总督传见,怀着一肚子的高兴,进去拜见。谁知李鸿章一见了袁世凯,便大声喝问:“汝年几何?便想做官!汝究有多少学问?胆大已极!”说着,声色俱厉,吓得袁世凯气都喘不过来。那李鸿章便昂头大步,走进内室去了。袁世凯退出来,心中栗栗危惧;恰值有一个龚道台到来闲谈,世凯把挨骂的话告诉他。龚道台听了,连连向世凯打恭道贺,袁世凯弄得瞠目不解。龚道台说:“凡有挨总督痛骂的,没个不交好运。”世凯心中只是不信。谁知李鸿章果然把袁世凯的名字,列入奏折中,保荐他才堪大用;圣旨下来,赏袁世凯一个同知衔,仍留在直隶总督署中遣用。

不多几天，袁世凯忽接家中来信，促他速速回乡完娶。原来世凯嗣母牛夫人，因为抱孙心切，便在家乡地方给世凯聘定于氏之女；又听得世凯在京中已得了功名，顿觉光生门户，便催促世凯回家举行婚礼。那新娘于氏，原也是项城地方的世家闺女，家中富有金钱。新媳妇原带有奁资数千两，因此袁世凯既得新妇，又得多金，不觉旧病复发，拿了新娘床头的黄金，到外面去尽量挥霍起来。起初还是小赌，后来竟大弄起来，在外面穷日穷夜，一掷千金；不多几天，把新娘的妆奁，销化得干干净净，还逼着于氏向岳家去告贷。那于家父母，因看在爱女面上，便也时时接济他，谁知世凯因告贷有门，便也诛求无厌。于氏不觉大怒，夫妇二人，顿时反目。袁世凯怀着一腔怒气，立刻抛弃家乡，来到上海；原想向上海朋友中筹得盘费，再进京去的。却不料上海是一个金迷纸醉之场，灯红酒绿，彻夜笙歌。袁世凯如何忍得住，早和一个名妓名吕商英的，结了不解之缘。当时世凯赠吕商英一副对联，上幅写："商妇飘零，一曲琵琶知己少；"下幅写："英雄落魄，百年岁月感怀多！"袁吕两人，如胶以漆，缱绻一月，早不觉囊中空空。袁世凯无奈何，只得拿出那牛氏夫人给他的两个玛瑙鼻烟壶去质给朋友，得了五百块钱。谁知那个朋友，又去转押给一位姓陆的道台。当时有一个王雁臣也是官场中人，和陆道台时相来往；见他手中拿着的鼻烟壶，颇像是袁保庆的旧物。原来王雁臣和袁保庆从前南京多年的同寅，又是世凯的老师，常常见保庆手中拿着的玛瑙鼻烟壶，和今日陆道台手中的一式一样。那时还记得保庆对他说："这鼻烟壶是祖传的宝物，现在价值数千两。"王雁臣当时便向陆道台查问鼻烟壶的来源，陆道台从实告诉了他。王雁臣大诧起来，立刻去寻根究蒂，果然被他在吕商英妆阁中查出一个袁世凯来。王雁臣原是老师，当时便向袁世凯切切实实的教训了一场，立刻逼着他离了吕商英的妆阁；又自己拿出钱来，替袁世凯向陆道台赎回鼻烟壶来，一面写了一封荐书，推荐袁世凯到江苏巡抚吴大澂幕下去。吴巡抚和袁家原也是世交，见世凯少年豪气，便留他办理营务，颇有成效，吴大澂保举他一个道员的功名。他叔父袁保恒在京城里，写信给世凯，劝他求正途功名。世凯自幼也从王雁臣学做八股文章，在家乡得了功名；如今见叔父劝他进京赶考，不觉也心动，立刻辞了吴大澂，到北京城里投考去。袁世凯的文章，原也做得不弱，只是他自负才气，不肯用中正和平的文句。那时考题是"普天之下，莫非王土；率土之滨，莫非王臣"四句。世凯做的文章里，有一段道："东西两洋欧亚两洲，只手擎之不为重；吾将举天下之土，席卷囊括于座下，而不毛者犹将深入！尧舜假仁，汤武假义，此心薄之而不为；吾将强天下之人，拜手稽首于阙下，有不从者，杀之无赦！"这样的奇怪文章，给主考官看了，早已把卷子抛去。因此袁世凯依旧考不得功名，保恒怕他闲住在京城地方，又要做出不安分的事体来，便将他推荐到山东海防督办吴长庆衙门里去办事。吴长庆和世凯的嗣父，是八拜之交；如今见了世凯，便留他在衙门里，劝他读书。当时吴长庆身旁有一位书启老夫子张謇，原是状元出身，满肚子文章；世凯便跟着张老夫子学做八股诗赋。但袁世凯满肚子豪气，如何耐得这埋头的滋味；屡次向吴长庆求差使，吴长庆便给他一个营中稽查的职务。正在新年，营中大小将弁，都出外游玩去了；天上又下大雪，北风紧急。独有袁世凯带了巡逻队，在大街小巷中密查；走列小西街地方，忽见自己同营的兵士，各个扭住了，约有百余人，在那里斗殴。已有十数人，打伤了，倒在街心里。世凯命手下士兵放一排空枪,禁住了众人;便上前去查问,原来因新年赌博启畔。世凯大怒,立命请出军令来,就大街上把为首十数个兵士,一齐斩首。吓得众兵各各逃回营去躲着。

欲知后事如何,且听下回分解。

## 第二十五回　宫灯掩映闵妃赠弱妹　炮火连绵袁军占韩宫

袁世凯擅自做主，杀死兵士十余人，待吴长庆回衙，他便把不杀祸首如何危险的情形说了，吴统领甚是赞叹，立刻升他做营务处总办。当时出外游玩的军官，各记大过，从此吴统领手下的兵士，个个见了袁世凯害怕。那吴统领也很看重袁总办。后来吴长庆军队剿灭土匪，屡立战功，全是袁世凯一人的智谋。李鸿章把吴长庆调进京城去，吴统领在李鸿章跟前竭力保举世凯。这时候适值朝鲜政府大乱，朝鲜王李熙的父亲大院君和守旧党首领，暗通声气，欲推翻李熙，一面又竭力排斥外人，竟杀死法国教士伯尔钮。他排斥外人，不外动于一时盲目的爱国思想，至于推翻国王这原因，是由王妃闵氏而起。大院君的妃子，也是闵家的，如今李熙的王妃却是前皇后闵氏母家的侄女，和李熙原是姑表兄妹。闵氏自幼长成容姿绝世，当时世界各国有外交官驻扎在韩国京城里的，见了闵氏的颜色，交口称颂，许为世界第一美人。韩王与这位美人自幼耳鬓厮磨，惺惺相惜，早不觉发生了恋爱。李熙未登王位以前，便与母后说知向闵家求婚，太后见太子爱上了自己家中的侄女，两代后妃，光生门楣，岂有不愿？独有父王李昰应不赞成这门姻事，他说：如今朝中外戚专权，渐渐有跋扈之势，如何经得再选出一位王妃来？从此闵家的势力，要压迫王室了。无奈这时后党的势力已成，便不由分说，由母后做主，将自己侄女闵氏，选入宫去配给太子。后来大院君退位住云岘宫，李熙立为朝鲜国王，闵氏立为王妃。那后妃一党的外戚，果然势焰熏天，连大院君也见了他们害怕。便暗暗拿金钱去勾结守旧派的大臣和他手下的兵队。那闵妃虽是一位年轻妇人，却也很有见识，她打听得大院君的计谋，便也拿金钱去暗地里买服了一班开化党人党魁李载冕、金宏集、朴定阳一班人。他们都是从日本留学回来的，思想很新，深得国王的重用，在总理机务衙门中当大员。又聘日本军官堀本教练军队，裁去那老弱无能的兵士。那被裁的兵，怀着一肚子怨气，去大院君跟前哭诉，大院君正要利用他们，便在深夜时候，令守旧党兵士偷进宫门，鼓噪起来。众兵士拥入内宫，双双捉住国王闵妃二人，囚禁在云岘宫外的小屋中。大院君重登王位，亲自指挥众兵士，杀出宫去，围住了总理机务衙门，把里面大小官员一齐杀死。幸得开化党中有一人私地逃出城来，急急到中国京城里去告急，说大院君仇杀外人，扰乱朝纲。此时中国政府还拿属国的地位看待朝鲜，如今属国有变，主国如何可不问？当下李鸿章便召集马建忠、吴长庆、丁汝昌一班名将，商议派兵平定朝鲜内乱的计策。这时袁世凯也跟随吴统领进相府议事。待退出相府来，袁世凯便向吴统领自告奋勇，愿先领一千军士，用迅雷不及掩耳手段，去活捉大院君，削平韩国内乱。吴长庆听了世凯的话，甚是欢喜，当即点交一千军士，令袁世凯统带为先锋队。袁世凯得了令，立刻拔队，把一千兵士扮作渔户，分乘数十只渔船，乘着顺风悄悄的开到朝鲜马山浦冷僻地方登岸。早有那新党接着世凯，又扮作宫中侍役模样，偷进宫去。只见矮屋三椽,门外有一队兵士把守着。门帘开处,有一个绝色美人,出来向袁世凯招手儿;世凯随着美人走进矮屋去,屋中端坐着朝鲜王和闵妃二人。朝鲜王对世凯微微点着头儿,又看闵妃虽是乱头粗服,脂粉不施;但雪肤花貌,愈觉动人怜敬。朝鲜王便对世凯说道:"此间守兵已由妃子将簪环首饰赏给他们,他们也感恩图报;倘得外间大兵救应,便可里应外合,保朕出险。但不知将军今日带得天兵若干?"世凯这时故意作大言道:"已有天兵十万,早晚可保陛下回宫。"闵妃在一旁听了,不觉笑逐颜开。便指着身后一个美女说道:"将军若能保得俺夫妇复位,便将舍妹赠嫁。"世凯到此时,才知道那先前出来招呼他进屋去的美人儿,便是闵妃的妹子;正是一对姊妹花,国色天香,不可多得。又看那美人时,早已低鬟侧颈,不胜娇羞。世凯也禁不住心中一动。接着听得宫外喊杀声大震,朝鲜王李熙不觉惊惶起来;便是袁世凯也觉手足无措。一侍役奔进屋子来,报说是大院君兵士在那里围攻日本公使馆。袁世凯听了,不觉大喜说道:"鹬蚌相争,渔人得利;机会不可失!"立刻辞别韩王,走出宫外,在乱兵扰攘中,混出了京城。招呼一千兵士,仍扮作渔人模样,各各暗藏兵器,直到城门口。一声炮响,龙旗高举,枪弹齐发。世凯又令兵士大声呼喊,有天兵十万到此,已将京城团团围住,尔等速速献出大院君开城投降,不然尔等死无葬身之地。那时韩国守城兵士,见中国军队忽如天空飞来,又久闻中国是上国,早不觉吓得手忙脚乱。同时宫中守卫兵士,奋力杀出,城中藏躲着的维新党人,也从四下里杀来。日本公使率领他的使馆卫兵,勇猛杀出。大院君手下的守旧兵士,原是一班裁剩的老弱残兵,如何当得四面挑战?大院君因守旧头脑,在推翻国王及开化党以后,因开化党平日常亲近日本人,便把一肚子怨恨发泄在日本公使身上,竟亲自率领兵士,直扑日本公使馆。日本公使却也不弱,便率领少数卫兵,与他死力抵抗。幸得此时袁世凯与维新党人里外夹攻,杀进城来,眼见日本兵士被韩兵包围形状,万分危险。世凯指挥众兵,掩旗息鼓,疾趋前进,埋伏在对门墙脚下。一声令下,枪弹四起,那朝鲜兵顿时溃乱起来。日本公使趁着扰乱的时候,便夺围而出。逃到城外仁川港口,便有英国兵舰搭救上船去。袁世凯乘胜上去,逼令朝鲜兵缴械,又押着大院君回云岘宫去。宫门外用新军把守,从小屋中迎接韩王和闵妃出来,亲送回内宫去。第二天,吴长庆、马建忠的军队都到,见袁世凯已立了大功,大家称贺。水师提督丁汝昌乘着超勇兵舰,也到高丽京城外的南阳湾停泊。当时三位将军,一同进宫,去拜见大院君。第二天大院君到兵舰上去回拜,早由袁世凯喝令手下兵士,将大院君擒下,用兵舰直送大院君到中国天津地方拘留起来。吴长庆见袁世凯办事具有胆识,便大加赏识,立刻拔为副统领,带兵驻扎在朝鲜京城中。此时朝鲜宫中,大乱初平,国王李熙又是懦弱无能的,幸得闵妃却是足智多谋的,袁世凯随时进宫去和闵妃商议国家大事。有时直至深夜,闵妃命置酒歌舞。此时灯红酒绿,娇歌软舞,闵妃的弱妹,又亲奉酒食。云髻半偏,星眼微润,依依肩肘,倍觉可怜。袁世凯此时如置身众仙国里,心眼俱醉。到灯昏酒阑,闵妃又命宫车送袁将军归甲帐,挑灯入幛,那美人闵氏已横陈枕席间矣。从此闵氏以堂堂国姨,屈为袁将军如夫人矣,便是今日人人所传称的高丽太太。吴统领打听得世凯得了新宠,便与同营将士前往贺喜。世凯置酒款待，以吴统领是上官，便呼新夫人出拜。吴统领见新夫人容貌都丽，不禁连呼美人。

袁世凯自得闵氏以后，心中感激闵妃不尽，便时时进宫去劝闵妃须厚结私党。闵妃便推荐世凯与韩国王，由朝鲜政府聘袁世凯为朝鲜练兵大臣，挑选朝鲜农民，用练淮军的方法教练。无奈此时袁世凯已迷恋着高丽夫人的美色，把练兵的重大责任，交给部下去办；自己却朝朝暮暮，与美人在帐中欢笑宴乐。那一班中国兵士，没有上官的约束，又因帮助韩国王有功，在京城地方，欺侮人民，奸淫妇女，无所不为。便是袁世凯所练的朝鲜兵，也奄奄无生气。当时日本公使竹添氏依旧到朝鲜来复任。有一班在日本学习士官的高丽学生同回国来，见袁世凯所练新兵万分腐败，那中国兵士在京城地方横行不法，一班爱国志士，十分愤怒。便去劝韩国王另聘日本军官，用新法教练兵士。国王李熙原也感觉妃党压迫过甚，欲趁此自练军队，保护王室。从此朝鲜的军队，分作中国、日本二派；这两派军士：一是保护国王的，一是保护王妃；竟至如水火一般；不能相容。此时中国在朝鲜的势力甚大；除袁世凯统兵驻扎京城外，又有吴长庆、马建忠的军队。李鸿章派大员与韩国王订属国的条约，干涉朝鲜的内政；又推荐西人穆麟德充朝鲜的外务顾问，英人赫德充朝鲜的税务司。老臣闵台镐、赵宁夏、闵泳穆、尹泰骏、韩圭稷、李祖渊，又与袁世凯打通一气。他们怂恿袁世凯所练的朝鲜兵，在京城地方哗变，直攻宫庭，口口声声打倒昏君。又分一支兵去围攻日本使馆。此时日本兵驻扎在朝鲜的也甚少。当时亲日派首领金玉均，急拿了韩王亲笔书信，到日本兵营中去告急；由日本军士进宫去攻退朝鲜乱兵，救朝鲜王及闵妃出宫。但宫门外炮火连天，韩王与闵妃四处乱窜，已不知去向。正在纷乱的时候，迎头忽见袁世凯督着中国兵士，打进宣仁门来。此时日本兵已占据宫庭，中日两军便混战起来。正酣斗的时候，那日本公使馆已被朝鲜旧兵攻破，霎时火光烛天，把个公使馆已烧成瓦砾场。在宫中的日本兵，因欲去救他自己的公使，便无心恋战，弃了袁世凯，保护使臣逃出城去。此时城中全是中国兵和守旧兵，闵妃投入袁世凯营中，世凯念他姊妹分上，便派兵保送她到乡间去暂避。又留住韩国王在营中。日本公使吃了这一场大亏，如何忍得？便大调兵马，围住仁川口，不放中国兵船回去；一面与中国政府严重交涉。李鸿章一听袁世凯擅与日本兵开战，不觉大怒，立派吴大澂、续昌二人星夜赶赴朝鲜查办。幸袁世凯耳目甚灵，用金钱买通钦差的左右，才得无罪。但日本和中国订定，从此中日两国兵队都不许驻扎朝鲜。但袁世凯不得军部的命令，擅自动兵，总是有罪的，李鸿章便撤去袁世凯的功名，调回北京闲住。这时袁世凯既得美人，又得黄金，在北京优游自得。后来渐渐的拿黄金结交得一位红官张佩纶；张是李鸿章的爱婿，他在相国跟前真是言听计从。此时袁世凯在京中，闲叙时便托张佩纶在李相国跟前要求差使。李鸿章因此时韩国大院君还拘留天津，日本政府也常常寄公文来责问。此时朝鲜的政局，已转入事大党手中。党魁闵泳翊、金元植，和袁世凯素来是认识的，世凯又秘密与闵、金二人通信，使闵、金上书李鸿章，指明请袁世凯护送大院君回国。此时除袁世凯以外，却实在没有能熟悉朝鲜事情的人。李鸿章便给袁世凯一个驻韩办事大臣的头衔，护送大院君回国。大院君车驾到朝鲜宫门外，照礼须韩王与闵妃出宫来迎接；但闵妃此时恨大院君入骨，抵死不肯出迎。袁世凯便亲自进宫去说闵妃，又随带许多珠宝绸缎，送与闵妃。闵妃与世凯原有一番交情在先，如今又得了许多珠宝绸帛，不觉盈盈娇笑，随着袁世凯出宫来，把大院君迎接进宫去，依旧安住在云岘宫里。

欲知后事如何，且听下回分解。

## 第二十六回　唐绍仪代人受困　阮忠枢助友仗义

袁世凯调停于朝鲜王骨肉之间，得到他国中君臣的信服。事大党首领金元植已升任韩国首领，与袁世凯打通一气。这时闵妃的势焰炙手可热，凡是朝廷上重要官位，尽是闵妃母家亲族，把个少年英俊的韩王弄成傀儡一般，毫无威权。如今得袁世凯从中替他们谋划，闵妃把个袁世凯看做自己的心腹。世凯天天进宫去和闵妃秘密商议。韩王看在眼里，心中又妬又恨，便暗与独立党首领金玉均交结，令玉均买下死党行刺袁世凯。这消息传在闵妃耳中，便暗暗告诉袁世凯，叮嘱他随处留心。袁世凯得了这信息，心中十分恼怒；便立生一计，当即传集了一班闵妃的心腹，在宫中开秘密会议，由金元植矫韩王名义，闵妃偷得韩王的玉玺，修一封书与李鸿章，请留袁世凯在韩国监理国政。这时韩王心目中视中国为天朝，不久李鸿章答复韩王，准袁世凯为朝鲜宫庭监理。这是天朝的命令，如何敢违背？从此所有韩国的政权兵柄尽监入于袁世凯一人之手。有时韩王李熙，召集了各国公使，在御前开外交会议，袁世凯也坐在一旁监督，弄得大家一句话不敢说。此时韩国副丞相徐雨相偶与俄国公使低低说了一句话，袁世凯直斥他为不知体统，一手掌打在副丞相的面颊上，声音十分清脆。日本公使竹添氏在一旁，见世凯如此跋扈，不觉大怒，便起立欲与世凯为难。经众公使劝住，一场扫兴散出宫来。徐丞相吃了这个眼前亏，如何肯罢休？当与金玉均秘密行动，金玉均立刻动身到中国去，欲面见李鸿章，诉说袁世凯跋扈的情形。袁世凯这时实际上好似做了朝鲜国王一般，闵妃感激他帮助自己，便在离宫门不远，替袁世凯造一座别墅。里面楼台重叠，花木扶疏。袁世凯带着美人闵氏在别里中起居。袁氏是一个好色之徒，他打听得韩国京城中有一名妓名云仙的，长得容姿绝世，觑着闵氏进宫去探望她姊姊闵妃，悄悄的去把云仙唤进别墅中寻乐。正调笑的时候，忽见那闵氏匆匆回来，向世凯报说徐副相已派金玉均到中国去见李相国。袁世凯听了，便也不觉着慌，立刻打一电报与张佩纶，嘱他阻住金玉均，不得与李相国相见。那金玉均见不得李鸿章，便暂住在上海虹口的东洋旅馆中。袁世凯又拍秘电与他心腹朋友洪钟宇，侨装作日本人模样，闯进日本旅馆去，用手枪打死金玉均。这次金玉均到中国来，暗地里有日本公使帮助他，现在被袁世凯派人暗杀，日本公使更把个袁世凯恨入骨髓。那时俄罗斯政府也想并吞朝鲜，只碍着中国夹在中间，便派人到朝鲜来竭力和袁世凯拉拢。被日本公使探听出来，便用调虎离山计，由日使直接通电与李鸿章，要求派袁世凯到日本去会议中日亲善的事体。李鸿章便许他的要求，令袁世凯速赴东京商议外交。袁世凯明知此去十分危险，但李相国的命令违抗不得，他便邀同唐绍仪一班人到日本去办理交涉。唐绍仪原是一位外交人才，他知道日本毫无诚意，便劝袁世凯态度强硬。会议了十多天，一无头绪。袁世凯便重回朝鲜。他的威权愈大，日本公使无法可施，便秘电日本政府，说袁世凯将谋作高丽王,韩国将起大乱,速派大兵来朝鲜保护侨民。日本皇帝,便立刻调动大兵,水陆并进,开到高丽地界。袁世凯也早知日本动兵,秘密电告中国政府,说日本动兵并吞朝鲜,请速派兵来援救高丽。李鸿章信了世凯的话,立刻点派叶志超、聂士成两大将,统带三千人马,乘坐军舰两艘,飞也似的开到仁川港,日本公使见中国兵来得神速,十分诧异,便责向袁世凯,中国进兵为什么不事先通知?袁世凯也责问他,为什么调动人马?两下里各不相让,便枪弹齐飞,中日两国竟开起火来。袁世凯知道祸由己起,自己住在朝鲜十分危险,便与唐绍仪商议,所有职务,托唐代理。自己便带了闵氏,扮作农人农妇模样,偷出城去。此时城外中国营和日本营,随时放枪,中流弹死的人甚多。袁世凯和闵氏在荒好地方,昼伏夜行,历尽艰苦。步行到南阳湾,搭船逃回天津,躲在客店里,不敢出头。一面秘密通信与张佩纶,求他在李相国跟前运动;又说日兵如何欺压中国侨民,并欲并吞韩国。张佩纶的话,李鸿章无有不听信的。当时中国皇帝,便下上谕,一面着袁世凯回国,一面又增添兵队向朝鲜进发。日本兵士恨袁世凯甚深,听说袁世凯要回国去,便派刺客在船埠头守候着,欲乘不备行刺。谁知此时袁世凯早已住在北京地方,逍遥自在。中国加派大将马玉崑、宋庆、倭恒额等,统率大军,在平壤九连城、金州凤凰城一带,与日本兵大战。丁汝昌也统带全部水师,在黄海与日本水军大战。谁知杀一阵败一阵,不多几天,竟弄得全军覆没。此时袁世凯又暗暗的运动得运粮差使,往来东三省一带。当时转运使原是直隶臬台周馥,周原是从前袁保庆的幕客。因和袁世凯是世交,便用世凯为转运委员。不料中国军队在满洲一带败退很快,竟不待袁世凯的粮草送到,那吃粮草的兵士,便四散逃亡。从此一笔糊涂账,也没有人向袁世凯追究。但袁世凯在兵荒马乱之中,脱身逃回,所得也是有限。

甲午一役,中国大败。李鸿章奉命至马关,与日本伊藤博文订丧权辱国的条约。从此把朝鲜台湾两处藩属,双手供献与日本。这一场失败,朝廷中人都有怨恨袁世凯不善处置的,袁世凯因此也很不得意,闲住在家中。幸有美人可抱,黄金可用。这时他忽然想起南京的妓女金媛媛来,便拿了银钱,打发一个心腹仆人,秘密到南京去访寻。谁知金媛媛早已不在南京,四处探听,也得不到美人的踪迹。袁世凯回想起当初与金媛媛啮臂情深,便不忍使美人江湖流落。自己在京中闲着无事,又因中日之役,自己是一个中心人物,住在京城地方,处处受人指摘。为避人耳目,顺便打探美人消息,便离京南下。初在南京下关一带探问金媛媛消息。那青楼姊妹,都说不知道。世凯又寻觅到上海来,上海地方金迷纸醉,繁华甲天下,便是北里中人姿色胜于金媛媛的触目皆是。袁世凯原是好色的人,早不觉神魂颠倒,别有所恋,终日沉迷在脂粉堆里,把随身带来的几个盘川,俱已花尽。那班娼妓,见袁世凯用钱不爽利了,便也渐渐的冷淡起来。袁世凯既不得意于名场,又不得意于情场,见上海地方富商豪贾,日进万金,便不觉眼热起来了。此时适值公利洋行招请买办,袁世凯颇想尝一尝商人的风味,便从北京汇来一万银钱,充作买办的押柜。便有许多新交故友,聚集在妓院中饮酒贺喜。座中忽遇到旧友王英楷,王是奉天地方的富豪,见袁世凯欲投身商场,不觉大诧。待酒阑人散的时候,王英楷拉袁世凯到密室里,竭力劝说不可短气、愿助十万金,进京再图功名去。袁世凯被王英楷一语道破，顿时恍然大悟。便取了王英楷的十万金，重返京师。顿时裘马轻肥，举止豪阔起来。袁世凯意欲重投李鸿章门下；但李鸿章因马关之辱，心中颇不满意于袁世凯。世凯无路可奔，暂在京城地方酒楼妓馆中消遣一天。在福寿饭庄正与几个朋友猜拳豪饮的时候，忽听隔房有人引吭高歌，唱一段《捉放曹》的流水板，真有珠走玉盘的妙。袁世凯不觉喝了一声好，揭起门帘看时，不是别人，正是当年穷途相逢的阮忠枢。那年袁世凯在上海流落，往投吴长庆的时候，在船上遇一读书人，彼此攀谈，十分投机。此时袁世凯正是金尽裘敝的时候，阮忠枢便慨助袁世凯一百银圆，以壮行色。如今一别十年，不料在京城中相遇。世凯问起阮忠枢近况，阮忠枢不觉长叹。原来阮入京考试，已高中进士，点入翰林院，十分富贵。后来因在妓院中和一位贝子争夺一妓女，甚至斗殴起来。那贝子在朝中是极有势力的，当时便去和庆王说了，立刻参去了他的功名。阮忠枢一时弄得落魄无聊，便有同寅中介绍他到总管李莲英家中去当一位教读老夫子。这李莲英是西太后最信任的一位宦官，在朝中权势既大，家产又富。他却知道敬重读书人。当时阮忠枢在李家教他的子侄读书，却得李莲英十分优待。阮忠枢得了这个清闲地位，每日无事，也常在外面走动，无意中今日遇到了袁世凯。问起情形，世凯便把欲重入仕途的意思说出来。阮忠枢拍着袁世凯的肩头说道："老弟何必舍近而图远？便是敝居停一人之力，即可置君于青云！"袁世凯听了，不觉大喜。当日阮忠枢回至李府，见了李总管，又把袁世凯三万元的孝敬送上，便说明袁某的来意。那李莲英是见钱眼开的人，第二天便约袁世凯在李府中相见。袁世凯说了许多请求的话，李莲英拍着胸膛说道："这算不了什么一回事！俺便包你办到。但俺们在宫中当差使的人，照例不能推荐人员，须在外边找一个有脚力的人，在西太后跟前保荐一句，俺便可以从旁赞助成功。"袁世凯听了这一句话，一时却踌躇起来；说自己除李鸿章以外实在不认识别的大臣。李莲英便立刻写了一封介绍信，令袁世凯拿去见荣禄。袁世凯又另备了二万金一封礼，跪去见军机大臣荣禄。那荣禄是西太后的甥儿，现任军机大臣，和李莲英是打通一气的，李莲英既有荐书，当然百发百应。袁世凯拜在荣禄的门下，不多几天，皇帝上谕下来，便拜袁世凯为练兵大臣。

袁世凯自得识荣禄，常常在一班亲贵府第中走动。荣禄是守旧派的首领，袁世凯因欲迎合荣禄、西太后的意旨，事事与新党为难。康梁的变法，因袁世凯不肯助力，终归失败。光绪皇帝被禁在瀛台，西太后重握朝政，立端王的儿子为大阿哥。端王因轻信拳匪，闹得八国联军进京，赔款求和。西太后从西安避难回京，因袁世凯能预防拳匪，江南不遭大难，从此西太后愈加重用。袁世凯升作直隶总督，北洋大臣。此时日俄大战开始，在我东三省地方作战场。中国政府既无力驱逐日、俄二国，又怕自己卷入战争旋涡。西太后便召集御前会议。袁世凯便独身担负责任，与日俄两国划清战线，以辽河为界，辽河以西为中立地。令提督马玉昆镇守辽西，段祺瑞、张怀芝驻兵锦州，便在新军中抽调数营驻扎榆关、辽阳等处，防守十分严密，直至日俄战毕。西太后十分赞赏，便加袁世凯太子少保衔。从此袁世凯的权势愈觉炙手可热。当时满朝亲贵，见袁世凯深得太后信任，不觉有嫉妒之意，大家计谋欲推倒世凯。世凯也深知自身的危险，便花了许多银钱，与庆王父子结交，庆王之子，便是振贝子，是一位公子哥儿，专爱嫖妓。袁世凯身为大员，不便在妓院中出入，便暗令他属一位道员段芝贵，领着振贝子在花柳场中出入。

欲知后事如何，且听下回分解。

## 第二十七回　一雕双箭自相妒杀　芝草杨花计取功名

当时朝中那班顽固的亲贵，一意欲推翻袁世凯，便大家去鼓动着惇王，使惇王与袁世凯为难。西太后为国家大事，常召集各亲贵大臣进宫去会议。此时庆王父子、惇王、兵部尚书铁良和袁世凯都在座。庆王便提议欲仿外国组织内阁。袁世凯顺转庆王意思，便当场演说内阁的好处，滔滔不绝。惇王听了，已是十分不耐烦。接着商部尚书载振也起立赞成袁世凯的话。惇王听了，更是怒不可忍。便戟指大骂："载振小王八羔子，你不是俺们一家中人吗？怎么也忘恩负义说出这个话来了！袁世凯久有反意，路人皆知，汝今甘心从贼，俺便先杀你！"说时迟，那时快，惇王便袖出手枪，向载振开放。顿时大哄起来，殿上闹成一团糟。西太后命宫中侍卫，驱逐惇王出宫。因他犯了大不敬之罪，永远不许入宫。袁世凯自从这宫中一闹以后，更能得了西太后的信用。从来官场中人最善逢迎，今见袁世凯得势，又打听得他是爱女色的，大家便去买了许多绝色的女孩儿来送与世凯。在名义上原是充府中的婢女，实际上都是荐枕席的。此时袁世凯身旁有正式名义的如夫人，已得了八位；高丽闵氏，却占据了首席。第八妾小名红红，原是京津一带的名妓。容貌绝世，善弹琵琶。当袁世凯在小站练兵时，随营无眷属作伴，甚觉孤凄。段芝贵甚是知趣，便买得红红来献与袁世凯，世凯也十分宠爱。直到世凯得太子少保头衔，已过了四年光阴，对于红红已觉厌倦。此时更有一个乖觉的钟藩台，他因要谋山东巡抚的缺，便千方百计的去觅得那袁世凯的旧爱金媛媛，来送进府中去。世凯一见，未免有故剑之思，便出奇的宠爱她起来。金媛媛此时年齿加长，但因与袁世凯有过去一段姻缘，不是那班姬妾所能及的；再加金媛媛天生美人风韵，令人对之，不觉悠然神往。从此袁世凯终日起卧在金媛媛房中，早把其他八位如夫人高搁起来。别的姨太太都还能忍得，独那八姨太太红红她仗着自己年轻貌美，不甘冷落。见袁世凯迷恋着金媛媛，多日不到她房中来，心中甚是委屈，不免口出怨言。那时府中姬妾众多，人人都要在主人跟前献殷勤，便有人去把红红在背地里怨恨的话告诉与世凯听。世凯听了大怒，立刻赶到红红房中，去拿皮鞭向红红浑身上下打着。可怜红红娇嫩的皮肤，如何经得起毒打？早已遍身染着胭脂血，痛得晕绝过去。红红从此冷清清的独守在空屋中，连婢仆都不来看望她。每到夜静更深，红红想到伤心处，便不由得呜呜咽咽的哭泣起来。正哭得肠断，忽觉有人伸手过去，抚着她的背。红红抬头看时，原是府中一个值上房的小厮名叫小宝的。当下小宝着意劝慰了一番，又偷偷的送些食物和银钱给红红；红红在这满目凄凉的光景中，忽有这人来问慰体贴，便不觉动了知己之感。更加这小宝是童儿身体，只十八岁年纪，面目长得秀媚，能说能笑，甚是讨人欢喜。男女之间，在这夜静更深的时候，又彼此动了怜爱之念，免不了要做出风流的故事来。从此这小宝夜夜溜进红红的房中，去替他主人做这鞠躬尽瘁的工作。两人甚是得趣。谁知日子久了,他二人在人前也渐渐的忘形起来,被一个家人名唤长福的看出破绽来。那长福十分狡诡,他当时也不声张,暗地里跟随着小宝。见小宝在夜半踏进八姨太太的房中去,他也闯了进去。红红和小宝二人见被人揭破了私情,吓得浑身索索的发抖,双双跪在长福跟前,求他包荒。那长福笑着,双手将八姨太太扶起,竟不由分说,搂着她的软腰儿,向床上睡觉去了。从此红红一雕双箭,轮流奸宿,倒也相安无事。那长福已是三十许人,在外面原是拈花惹草,放浪惯的。他和八姨太太私通,原看做是逢场做戏,不算什么一回事的。因此常对他同伴谈论,那同伴见他说得得意忘形,心中不免有了妒念。便有人去说与上房中的仆妇知道。从来妇人妒恨的心思最深,每欢喜在背地里说人的是非。不料这风声传在袁世凯耳中。袁世凯是一个极有机变的人。他当时也不动声色,待到半夜时分,忽然闯进红红房中,去从红罗被中拽出红红和小宝二人来。青天一个霹雳。可怜吓得他二人赤条条的跪在地下,和木鸡一般。袁世凯见他二人这样子,不觉哈哈大笑,一手扶起红红,来用好言安慰着她,说,我是一个半老的人,原是不中用了;你正在年轻,爱上这个漂亮小伙子也难怪得你,只是我便恨你为什么不好好的对我说明,却在背地里偷偷摸摸,蹧蹋我的房屋?如今我便放你出去,好好的跟着小宝去做一对夫妻。红红听世凯说出这个话来,心中甚是诧异。只把两只灵灵的眼珠不住的望在袁世凯脸上转动,却不敢说话。袁世凯连连逼着她说话,红红才呜呜咽咽的说自己懊悔,及愿留在府中的话。袁世凯听了,不觉大怒,立刻拔出手枪来,逼着红红出屋子去。红红说懊悔的话,原是假的,心中原爱着那小宝。经袁世凯这一逼,便求袁宽限她一晚,第二天竟和小宝二人收拾了随身细软从后门走出府去。当时诸位姨太太,看了袁世凯如此宽大的行为,各个暗地里诧异。谁知袁世凯却另有毒计,他却另去叮嘱一个仆妇,暗暗的去对那长福说,八姨太太因厌恶你便带了小宝出逃。那长福果然大怒,仆妇又授他计策,教唆他去在半路上杀死红红与小宝二人,回来在主人前报功,非但报了私仇,且可得主人厚赏,那长福听了,果然中计,立刻藏着尖刀,追踪上去,跟在红红和小宝二人背后。眼见红红和小宝二人,一路里调笑着走去。长福妒火中烧,看看走出了城,到了荒僻地方,长福拔出尖刀,抢步上前,一刀一个,结果了性命,剥下二人的衣服,拿回来向袁世凯报功。谁知袁世凯听说长福杀了红红和小宝,立刻脸上变了颜色,大声喝道:"奴才胡说!八姨太太今日赴城外烧香去,是我打发小宝护送去的,汝何得妄自杀人?"说着也不由长福分说,立刻唤府中卫兵来把长福拖到马棚里去,秘密杀死。

这件借刀杀人的命案,当时因北洋大臣的威力,谁也不敢放一个屁。但袁世凯的反对党,见姓袁的势力愈大愈觉得人人自危。他们大半都是满洲王族,大家在背地里说道:"天下的饭都被姓袁的一个人吃了去,咱们还打算过日子不过日子了!"内中有一个王爷,却想出了一条计策来。他知道袁世凯有一个六弟,名唤世彤,与他哥哥素来意见不合的;便想法把世彤去引到惇王府中,用威逼利诱,指使他写一封信与袁世凯。信中说了许多恫吓话,有一段道:"兄二十年来之事,均与先人相背。朝中弹章,已积至四百余折。皆痛言吾兄过恶。吾兄抚心自问,上何以对国家?下何以对先人?母亲在生之日,谆谆告诫于吾兄;而兄置若罔闻,将置父母之颜色于何地?

兄能忠君孝亲,乃吾兄也,不能忠君孝亲,非吾兄也！弟避兄归隐故里十年于兹矣！今因事关国家,祖先荣辱存亡,方不能不以大义相责。自吾兄显贵以后,一人烹鼎,众人啜汁,今吾兄贵为总督,弟则贱为匹夫,非故为矫情也！盖弟非吾心者也！兄于弟,固不必过加亲爱;弟于兄,亦不敢妄有希求。吾兄之爱弟与否,固非所知;弟求无所愧于己心而已！弟挑灯织履,供晨夕之助爨;枕流漱石,吸清泉以自如。不特无求于兄,亦无求于世也！弟视大义如山岳,等富贵于浮云;惟守父母遗训,留此清白身,终老于林下而已。己亥之春,弟曾上书荣相曰:朝中无有能制吾兄之人;若解其兵权,调京供职,固所以存兄,实所以存功臣之后也云云。其言昭昭,如在目前。自今以后,但愿苍天有知,祖先有灵。吾兄痛改前非,忠贞报国,则袁氏幸甚。临纸挥泪,书不尽言。”袁世凯接到了这封信,只付之一笑,依旧和庆王父子二人终日谋扩张权势,排斥敌党。庆王奕劻原是一个毫无见识的人,此时庆王兼领外务大臣,遇有外交议案,必先与袁世凯商议。袁世凯得在其中操纵一切。奕劻之子振贝子,更是一个执绮好色之徒,凡有人向他求功名,银钱原是爱的,最爱的却是女人。当时段芝贵竭力向袁世凯运动黑龙江巡抚的缺份,袁世凯指点他须走庆王父子的门路。段芝贵打听得振贝子是好押妓的,尤其是爱嫖南妓,他每对人说南妓胜于北妓的好处,如性情温柔,床笫缠绵,说不尽的好处。这话传在段芝贵耳中,便去求袁世凯,欲一识振贝子。袁世凯原常在贝子府中出入的,却巧第三天贝子府中请客,袁世凯也在被邀之列。当时袁便带着段芝贵去见振贝子,芝贵一见贝子,便曲意逢迎,竭力谄媚。席间贝子又说起南妓的好处,芝贵便在一旁附和,说南方妇女天生柔情媚骨,雪肤花貌,真是绘声绘色。振贝子听了,不觉心中大动。停了一刻酒阑人散,载振便拽着段芝贵袖子,走入一间密室,要他做向导逛南妓去。这时段芝贵正结识下一个南妓名杨翠喜的,长得长身玉立,弱骨丰肌。段芝贵和她正调得情热,如今为自己前途功名计,也顾不得儿女私情了。他便和振贝子二人,各人换了便衣,从贝子府后门出去。走到杨家院中,贝子一见了翠喜,那副宜喜宜嗔的面,早不觉心痒难搔。当晚便在杨家院中留宿。芝贵在背地里暗暗的叮嘱翠喜,须好好的伺候,这位王爷将来好处多呢！翠喜见了芝贵,还撒痴撒娇说芝贵只图富贵,不顾情义。芝贵又说这王爷没有长性的,三五个月玩过了,俺二人依旧可以接续前情的。说着推翠喜进房去,一面便和院中掌班的讲身价。掌班的知道这是一注好买卖,便要他十万元身价,加一万元喜封。芝贵一一如数。第二天一肩小轿,把杨翠喜送进贝子府中去。隔了三天,上谕下来,果然着段芝贵署理黑龙江巡抚,把个段芝贵喜得连向袁世凯打恭道谢。谁知此时那班袁世凯的反对党,侦查工夫十分严密。袁世凯介绍段芝贵,段芝贵赠妓谋缺的私事,立刻被他们调查出来。便不动声色的,由御史官狠狠的参奏了一本。幸得西太后早放了一个风声给庆王,吓得庆王屁滚尿流,连夜赶到袁世凯家中求计。袁世凯这时也得到风声,知道参奏的御史赵启霖,上谕下来,派孙家鼐切实查办。这赵御史和袁世凯是有宿怨,他的参奏,原欲间接中伤世凯。世凯明知道一查出来,自己也脱不了干系,便当时思得一计,劝振贝子暂把翠喜寄托在段芝贵家中,乱头粗服,装作丫头模样。后来孙家鼐到振贝子家中去查看,果然查不出一点痕迹来,便把查无实据四字复奏了上去。上谕下来,革去段芝贵黑龙江巡抚之职。这一场风流案,闹得京里京外人人知道。从此振贝子也不要杨翠喜这人了。翠喜却暗地里仍与段芝贵往来。

欲知后事如何,且听下回分解。

## 第二十八回　病相思美人归黄土　杀奸雄志士入西牢

在振贝子风流案闹过以后，官场中赠妾的风气，也稍稍敛迹了一点。袁世凯床头有美妾八九人，他正和金媛媛过得很好，一时却无得陇望蜀之意，独是金媛媛自入袁府以后，身体却一天衰弱似一天。讲到金媛媛当初和袁世凯风尘结知己，巨眼识英雄，他两人的交情，决非平常人可比；如今历尽艰苦，有情人终成了眷属。在金媛媛固可以心满意足，在袁世凯也是另眼相看，差不多已得了专房之宠，还有什么不满意，却弄得美人憔悴，名花零落？这里面金媛媛却也有难言之隐。金媛媛初遇袁世凯的时候，正值他宦途潦倒，媛媛见世凯气宇轩昂，知道他不是久困的人，便和他私订白头之约。后来袁世凯一入京华，果然飞黄腾达，官直做到太子少保。金媛媛在困苦颠连中，得了此消息，心中未尝不喜，但事隔多年，京中一无消息。又打听得袁世凯家中姬妾众多，知道这贵人是好色之徒，从前一段恩情，想他早已抛在九霄云了。又想自己身落平康，一贵一贱，相去有天渊之隔，此身决不能再嫁袁世凯的了。再加鸨母从旁劝说袁世凯已近中年，金媛媛却在盛年，他日老夫少妾，总没有好结果。金媛媛听了这一番话，心中也便渐渐的冷淡下来。其时恰巧遇到一个西洋刚回国来的留学生姓张的，长得面目秀美，年纪也轻，性情又温存。在金媛媛妆阁中，走动不多几次，金媛媛已和他结下私情。两人海誓山盟，如胶似漆。在那姓张的原欲替金媛媛脱籍，从早娶回家去，度他恩爱夫妻的岁月；独苦于张生家境贫寒，有愿难偿。他两人常常想起心事难圆，便抱头痛哭。正在难解难分的时候，忽然晴天一个霹雳似的，金媛媛被一位直隶藩台，用万金买去，献与袁世凯。袁世凯见新宠便是旧爱，心中暗暗的赞叹这位藩台能办事，便立刻替他运动升任山东抚台去。一面拿个金媛媛出奇的宠爱起来。谁知金媛媛与姓张的正打伙得赤紧，如今深锁侯门，竟与萧郎长别。虽说和袁世凯一般也是旧相识，袁世凯的气质愈变愈粗暴，在府中处置婢妾，惨无人道。他一般的有八九位如夫人，大半都遭弃置。金媛媛回想到自身将来，也难避袁世凯弃置；再自从结识了姓张的以后，不用说那品貌年龄比袁世凯美少，便是性情也温和得多。况且那姓张的家中还不曾娶得妻室，自己若嫁得张生，却稳稳做一个大妇。这样两两比较，金媛媛愈想愈悔，渐渐的害起相思病来。这种心事，叫袁世凯如何知道，只是给她请医服药。金媛媛进府来的时候，随身带一个老仆妇的；后来金媛媛病势一天重似一天，竟是吐起狂血来，弄得枕席狼籍，袁世凯也厌恶她，丢她在一间冷屋子里。在夜静更深的时候，金媛媛忽然大呼三声张郎，便咽过气去死了。那时只有一个老仆妇，伏在床边呜呜吸泣。金媛媛临死时候，喊着张郎，早已有一个丫鬟偷听了去告诉与袁世凯。袁世凯立刻唤老仆妇来盘问，仆妇见人已死了，也没有什么顾虑，便把金媛媛生前结识下张生的事说了出来。袁世凯大怒，第二天只吩咐买一口薄皮棺材，从后门抬出去埋葬了事。

袁世凯死了金媛媛以后，心中郁郁，如有所失。虽轮流在一班姬妾房中息宿，但总赶不上金媛媛一般的柔顺知趣。内中只有高丽姨太太,是出身贵胄。虽说年纪稍长,每日伴着袁世凯谈笑解闷,还不觉十分讨厌。高丽太太知道袁世凯是喜新厌旧的,便暗暗的去把京城地方几个有名的娼妓唤进府来,听袁世凯玩弄着。袁世凯又在娼妓中挑选了几个绝色的,买作新宠。此时袁府中已有姬妾十二人,袁世凯每当宴饮的时候,必令众姬妾侍坐弹唱。当时总督衙门幕府中,有一个阮忠枢,原是袁世凯的恩人。袁世凯每有宴饮,必邀阮老夫子在座;府中姬妾,从不违避的。有时那班年轻的姬人,也常常逗着阮师爷玩笑,袁世凯也抚着阮忠枢的肩头,笑着说道:"这班女娃子很有意思,老哥也何妨随意挑选一个去玩玩呢?"一句话吓得阮忠枢连连打恭,口中说不敢不敢。袁世凯知道阮忠枢家中姬妾不多,又从幕友中打听出阮老夫子近日常在南班妓院小玉家中走动。袁世凯便暗暗的吩咐一个心腹幕友出去,如此如此办理。到了日期,袁世凯换了轻衣小帽,拉着阮忠枢悄悄的从督署后门出去。阮忠枢连问大人到什么地方去?袁世凯笑说今天有一个老友娶妾,却瞒着我们;现在和老哥去闹他的喜酒吃去。阮忠枢听了,也连说有趣。两人步行了不多路,见当前一个大宅院里面,挤着许多宾客。袁、阮二人,拉着手一齐踱进院子去。阮忠枢看时,那宾客尽是总督衙门里的同人,不觉诧异起来。问诸位到此何事?众幕友指着袁世凯笑说道:"是大人吩咐俺们到此地来帮着向主人闹喜酒吃的。"阮忠枢也不觉大笑。抬头见堂上双烛高烧,红毡贴地,停了一回,细乐吹奏,一群仆婢捧着一个女娇娃出来,踏上红氍。阮忠枢看时,心中不觉一跳,原来这女娇娃不是别人,正是他近日新结识上的那个南妓小玉,不料她今日已嫁为他人姬妾。阮忠枢看了,虽不好说什么的;但心中终觉酸溜溜的,渐觉站脚不住。正欲转身退出,不料众幕友一哄上前,围住了阮忠枢,你推我拉。阮忠枢身不由主的被众人簇拥到堂上,向南坐着,那小玉便盈盈下拜,吓得阮忠枢直跳起来,连说怎么一回事。到此时袁世凯才上去解说,是我袁某特意买来赠老哥的,连这宅院宅中器物一齐奉送与老哥,以报老哥昔日之德。阮忠枢到此时,也没得说,只是连连向袁世凯作揖道谢,立刻排设筵席,款待众人。宾客中除督署幕友外,又有新军各官佐,如无根草段芝贵、大斧头雷震春、蹄子姜桂题、小超马龙标、小龙赵国贤、魁首王占元、小令公杨荣泰、小黑面张镇芳、天将张勋一班人,都是平日来往极熟识的。一场喜酒,直喝得海竭河干,袁世凯才扶醉回去。

这一年正是袁世凯五十岁的大庆。当时阮忠枢得了袁世凯的好处,心中时不忘报德;同时袁世凯所提拔的如杨士骧、梁士诒一班人,都要趁袁世凯生辰,大大的报效一番。那杨士骧原也是袁世凯的幕友,袁世凯一生得意之事,大都出于杨氏一人计谋。因此袁世凯也十分看重士骧。后来袁世凯升任外部尚书,留下直隶总督一缺,袁便保举了杨士骧。杨一到任,便把袁世凯任内所亏空的二百万公款,设法弥补了;又在袁世凯的生辰,暗暗的送了一家金铺。梁士诒却送了一房紫檀木器和四个俊俏丫鬟。梁士诒原是庶常吉士出身,散馆就职同知,签分在直隶省,多年不得差事。生平只善作楷书,又能作馆阁体诗,无意中和杨士骧在客店相遇。杨士骧是酷爱诗书的,当时便引为同志。后来杨升任直隶总督,梁士诒便充文案。帮办三年,保举卓异,赏给五品京堂。谁知梁士诒一得意,却渐渐的骄傲起来,不把衙门里的同事放在眼中。杨总督有一位小舅子，仗着内亲的势力，也在总督衙门中出入管事，一天，竟和梁士诒争吵起来。这位小舅子去在他姊姊跟前哭诉，他姊姊告了枕边状子，立刻把梁士诒的饭碗打破。梁士诒走到京城里去，花了一笔银钱，先和袁世凯的心腹仆人交通，两人换了兰谱。那仆人在袁世凯跟前替士诒说了好话，立刻传见。世凯问士诒能办什么事，士诒答称能写小楷，做馆阁诗。世凯仰天大笑说道："俺这里专讲权谋手段，不用这书呆子的东西！"说着随手在书架上拿了几本讲财政外交的书，交给士诒道："你好好的去用功读一读罢！"梁士诒却也很是乖觉的，从此回家去，便闭门读书，质衣缩食，过着日子。不到半年工夫，梁士诒去见袁世凯，对于财政外交的事体，滔滔而谈，却颇有心得。袁世凯听了大喜，便把他留在衙门里办事，名为顾问。这时日俄战争以后，俄国大败，丧师割地。俄国人心中，痛恨日本，梁士诒便献策主张联俄。袁世凯身为外交尚书，正欲做几件事体。当时听了梁士诒的话，便与庆王父子实行亲俄，和俄国公使秘密订下条约，有许多损失权利的地方。这个消息传出去，那班在日本留学的中国学生，第一个反对起来，组织了一个拒俄会，到处开会演说。当时有一个王之春，是袁世凯手下的一位外交人才，又是亲俄派的一员健将。袁世凯便派王到俄国去办条约事务，王先到上海去拜见俄国领事，这时上海有许多志士，也天天开会演说拒俄的事体。王之春到上海的第二天，便有一个老友，送一张请帖来邀王之春到金谷香去吃番菜。谁知王之春在番菜馆中候了多时，不见那老友到来。王之春正欲回去，才踏出房门，忽见一个大汉迎面扑来，向腰间拔出手枪，连珠似的向王之春开放。王之春甚是机警，急转身逃进屋子去，爬在大餐桌下面躲着。这时番菜馆中的侍者，已把马路上巡捕唤来，捉住了凶手，带到捕房去审问。原来这凶手名万福华，是一位有志之士。当时便有上海《警钟日报》主笔陈佩忍、高天梅一班同志，大家帮助他请律师在法堂上辩护。会审公堂判决监禁西牢十年。直待到民国元年，由同盟会同志签名，向公堂保释万福华。当时戴天仇一班人，在上海开欢迎会，甚是热闹。这都是后事。当时上海出了这一件暗杀王之春的案件，北京一班亲俄的大员，心中也甚是害怕，到处防备。独有袁世凯甚是大意，依旧一人在庆王府中出入。此时袁世凯得西太后的信任，权势一天大似一天，那班守旧的王族亲贵，心中甚是妒忌，百般的想法子中伤他。庆王也暗暗的嘱咐袁世凯，教他须小心防备。袁世凯听了却一笑置之。谁知道一晚三更时候，袁世凯府中一个打更的，正走到内宅门口，忽见屋顶上现出一个人影来，一纵一跳的向上房奔去。那更夫发一声喊，顿时惊醒阖府中的仆人，个个明火执杖，四处搜寻贼人，一无所得。袁世凯心中却明白是有人在那里暗算，他便吩咐府中卫士，第二晚在内宅四周墙角夹弄中埋伏下守候。到半夜时候，果然听得屋瓦上有人行走的声音，在月光下见一个人影噗的一声，和飞鸟似的落下地来。当时伏兵四起，捉住了刺客，从他身上搜出手枪刺刀来。拿粗绳把刺客的手脚扎缚成大蟹似的，送去给袁世凯亲自审问。袁世凯见了刺客，并不恼怒，反笑问壮士何来。那刺客却大声说道："汝身为尚书，却去亲近俄人，订这卖国的条约！我恨不生啖汝肉；今已被捉，何必多问，请速杀我！"袁世凯正欲问话，忽见梁士诒匆匆进来，请袁世凯退去左右，屋中只留下刺客一人。梁士诒却上去，解去刺客的缚，和刺客握手大笑。

欲知后本如何，且听下回分解。

## 第二十九回　**惨诀别光绪帝逝世　失权位袁世凯回家**

袁世凯见梁士诒与刺客握手大笑,知道其中必有蹊跷。梁士诒便对袁世凯说明这刺客是梁士诒指使他来的。因袁世凯近日颇受一般亲贵的排挤,又有在野一班志士反对他联俄的政策,便故意指使这假刺客来。又请袁世凯好好的把这刺客放去,博一个宽大的名儿,使那班志士知道了,平下气来。一面又在太后跟前诉说那刺客是守旧的亲贵指使来,他们反对袁世凯,便是反对皇太后。袁世凯听了梁士诒一番话,连连拍着梁的肩头说妙计。当下真的把刺客解放了,用好言安慰他,亲自送他出大门去。合府的人,见袁世凯如此大度,便大家称颂一时。袁世凯宽大的名气,传遍了京城内外,那班志士的怒气,也便渐渐的和平下来。一方面袁世凯进宫去奏明西太后,假意欲辞去官职。西太后问什么原因,袁世凯便把亲贵指使刺客的话说了出来。西太后不觉大怒,一面挽留袁世凯,一面下旨把那反对派的亲贵一齐降逐出去。从此袁世凯在朝中,和庆王父子联合独断独行。袁世凯见梁士诒的计策有效,便替他运动了一个铁路局长的差使。梁士诒也不觉感恩流涕。

这时候西太后依旧亲理朝政,把光绪皇帝幽禁在瀛台中。那瀛台四面绕着水道,只有正中一路可通。西太后派了心腹太监,在瀛台四周看守。每天只送饭一次。可怜光绪帝幽禁在里面,终年不见天日,蓬首垢面,衣不暖食不饱。光绪心爱的一位瑾妃,原长得花容月貌,平日和光绪帝言笑相亲,并肩相守。自从光绪帝囚禁在瀛台以后,彼此不得见一面儿。光绪帝也屡次向太后哀恳,放瑾妃到瀛台去伺候起居;西太后总是不许。他们两地相思,一个拥衾饮泪,一个对月嘘哀。光绪帝渐渐的成了相思重症,经年咯血,看看已是不起了。最后光绪帝用笔蘸着血,写一张字条儿,求太后怜念垂死的光阴,格外开恩放瑾妃入瀛台,彼此诀别。西太后便与袁世凯商量。袁世凯明知光绪帝不能再活的了,便出主意令太监押着瑾妃到诚台,和皇帝见面。那瑾妃见了光绪便拜倒在地,呜咽不能成声。光绪帝颤巍巍的从床上伸过一只手去,握住瑾妃的臂儿。瑾妃拿膝头行着路,靠近皇帝床前,去揭开黄罗帐,一阵血腥气,扑入鼻管。再抬头看光绪帝时,瑾妃不觉轻轻的唤了一声万岁爷,跟着泪珠儿和潮水一般涌出来。此时光绪帝经年不曾剃过须发,满脸须发蓬松,和刺猬一般。那张瘦小露骨的脸儿,隐埋在乱发丛中,几乎看不清楚。只见光绪帝撑大了两只眼珠,死盯住在瑾妃脸上。那嘴里微微的嘶唤着爱卿二字。瑾妃手中捧住光绪的手,看他骨瘦如柴,皮色白如纸,不由得悲从中来,把脸贴住皇帝的手背,那热泪淋漓满手。光绪帝一手抚着瑾妃的云发,扶起她粉脸来看时,可怜瑾妃也消瘦得多了。她从前一张鹅蛋脸儿,如今变成狭长形的了。两面粉腮儿上的两点笑窝,早已销减得无影无踪,只留着鼻边两道皱纹,双蛾紧蹙,脂粉狼藉。光绪帝眼睁睁的看了半晌,只模模糊糊的说了一句,可恨我二人为什么要生在这罪恶深重的帝王家。一时喘不过气来,便死去了。瑾妃跳起身来,扑上床去,抱住光绪帝的身体,带哭带唤着万岁爷。那光绪帝眼角上挂下两点泪珠来,气也绝了,身体也冷了。那左右侍卫的太监,见皇帝正的宴了驾,立刻飞报西太后。西太后一面禁住宫中不许把消息传出去,所有瀛台的宫女太监,一齐看守起来。一面召集了一班亲信大臣,到太后宫中去商议大事。袁世凯和庆王父子,都在座,大家叩问皇太后继统之事。西太后踌躇了半晌,说出醇亲王载沣的儿子来。庆王又奏说新皇年幼,宜择一顾命大臣,随时监护。庆王说时,两眼看着袁世凯。这时大学士张之洞、孙家鼐都在座,听了庆王的话,忙叩头说不可。宫中便起了一番争执。商议了许久,是西太后的意思,命新王溥仪的父亲载沣为监国摄政王,连夜将摄政王父子二人传进宫去,接了遗诏,立溥仪为宣统皇帝。第二天,光绪帝逝世的消息,传布出去,通国的人,觉得十分诧异。接着又有西太后逝世的消息传出来。因此便纷纷的谣言,说光绪皇帝是被西太后毒死的,只因西太后病重,知道自己不能留在人世,又怕自己死了光绪帝重行新政,便先下手将光绪帝谋死。朝廷中连出了两件大丧事,那班文武大臣,顿时忙乱起来。袁世凯便奉派为治丧大臣。

宣统皇帝是四岁的孩儿,由他父亲抱着坐在龙椅上,受百官的朝贺。从此朝廷大权,统在摄政王掌握中,摄政王载沣,少年英俊,素知袁世凯倚势弄权。此次管理大政,便有排斥袁世凯之意。载沣便和大学士张之洞商议,那张之洞恰巧也是袁世凯的冤家。照摄政王的意思,说袁世凯为人奸险,留之恐有后患,不如以治丧不敬的罪名,立时斩首,永绝祸根。张之洞听了载沣的话,只默不作声。此时满大臣端方在一旁,力劝摄政王,国家在大丧之中遽杀大臣恐乱人心;不如令他自行辞职,永不录用。摄政王听端方的话说得有理,便命端方传谕袁世凯,袁世凯经端方传谕,知道自己不容于众,推说足疾复发,上表乞退。十二月十一日,上谕下来,令袁世凯回籍休养。端方此番保全袁世凯,原看在儿女姻亲面上。当袁世凯任北洋大臣太子少保的时候,声势煊赫,内外大臣谁不逢迎他?忽然世凯的生母刘氏太夫人去世,世凯当即上表告忧。西太后却不肯放他回家,只给他四十日假回籍葬母。袁世凯奉了圣旨,便一路耀武扬威的开吊收礼。待葬事已了,又奉朝命视察南方。袁世凯坐着京汉火车先到武昌。端方正做两湖总督,见袁世凯奉命而来,不由得不竭力趋奉他,便在总督衙门中治筵,为袁世凯洗尘。袁世凯见堂上烧着红烛,忙问何事,一班陪坐的属员,便说总督新得一女,今日适值汤饼之期。袁世凯便向端方道贺。端方又命人将婴儿抱出中堂相见。袁世凯立解下腰间宝串来,相赠为见面礼物。又见婴儿面貌长得颇美,不由不赞叹几句。正在说笑时候,忽见袁世凯一个亲信仆人,走近他主人身旁,低低的说京中电报来,六姨太太在今日午刻生一子,说着随手将电报纸送上去。袁世凯见了,不觉笑逐颜开。当端方和众宾客齐向世凯道贺,世凯心中忽然一转念,得了一个主意,忙握住端方的手,说明欲求端方新生之女,配与自己新生之子为妻,彼此结一个满汉儿女亲家。袁世凯这句话一说出口,全堂的宾客,齐说大喜大喜。端方也在众人欢笑声中,把这婚事答应下来。当晚端方留住袁世凯在总督衙门中,次日重张喜筵,邀集了许多宾客,热闹了一天。直到第三天,袁世凯坐着兵舰,向长江下游驶去,到了南京,已是半夜时分。军舰在江心中下了碇。那南京城中的官员,却一个人也不知道:到第二天一清早,袁世凯雇了一肩小轿，两人抬着进城去拜见两江总督。这时张之洞，正在两江总督任上，那辕门口的仆人，见袁世凯悄悄而来，毫无声势，认做是平常客人。当即回绝说大帅尚未起身，不能见客。袁世凯也不和他说话，只踱进客室里去坐着，从早坐到晌午，也没人来送一杯茶。看看院子里进出的官员很多，忽然见梁鼎棻也踱进客室来，和袁世凯相见。彼此原是认识的。此时梁鼎棻做江宁藩台，今日上院有要公和总督面谈，无意之中却与这北洋大臣太子少保相见。把个梁鼎棻吓得飞跑进内院去，亲自通报与张之洞知道。一时辕门口号炮齐鸣，鼓乐大作，当有省城中将军、织造、藩、臬、司道大员等前来陪奉。袁世凯进了花厅，那张之洞却轻衣小帽候在阶上，见了袁世凯，只一拱手让进屋子去。袁世凯在客室中受了半天的闷气，心中已觉不自在了，如今见了张之洞不但没有半句道歉的话，反而衣冠不整，语言淡漠。原来张之洞虽身为大员，却不脱书生习气，他生平最看不起那非科甲出身的大员，如今见袁世凯便是一个行伍出身的人。近来张之洞在两江两湖地方，颇办了几件新政。袁世凯每见人，便笑斥张之洞不新不旧的冬烘头脑。这话传在张之洞耳中，张之洞心中颇不舒服。如今袁世凯到南方来，张之洞却有意怠慢他。当下在花厅中设席款待袁世凯，正在宾主酬酢之间，忽然张之洞伏案而眠，鼾声大作。同座的官员，欲上去唤醒他，袁世凯忙摇手止住，自己觑便起身，推说小便，便溜出衙门去了。待合城官员，追踪出来，袁世凯已上了军舰，鼓轮东去。待到得京中，袁世凯在太后跟前，竭力说张之洞的坏话；说他书生积习太深，不能胜封疆大任的。无奈张之洞资格甚老，门生满朝中，便是太后，也不放摇动他。此时张之洞已内调为体仁阁大学士，在宫中时时与袁世凯相见。每见必有争论。西太后也不敢作左右袒，直到西太后死后；张之洞在摄政王跟前，竭力破坏袁世凯，说袁是乱世枭雄，阴险不可测，宜早除之。如今将袁世凯放归田里已是袁世凯的大幸。他常对人说朝廷不杀我，我之幸也。世凯临行的时候作《出都诗》四首道：

　　一鞭遥指去京畿，远望嵩山信马归。万事不如归去好，一身只少宦囊肥。打头哪怕西风恶？前事都如落叶飞。终感圣朝多雨露，老臣从此得知菲。

　　一肩行李去神京，回首依依不忍行。先后圣明今古少，老臣涕泪此时零。治安赖有诸时彦，游钓吾将作野人。更喜嵩山无恙好，至今不改旧时青。

　　难得吾生遇圣尧，廿年知遇到今朝！功名虽似烟云幻，恩泽偏如雨露饶。岂料风波多险阻，不如泉石任逍遥。回头凰阙多依恋，只恐重来鬓已凋。

　　回首髫龄到此时，至今白发已丝丝；衰年五十人如梦，弱水三千路易迷。尚喜天恩容我去，但忧伏祸有谁知？野人不问朝廷事，日闭柴扉读道书。

袁世凯祖宅原在项城地方，此番挂冠归去，却有许多平时属员，以及新军将领，见冰山已倒，大家也一同辞去官职，跟随袁世凯回家。因之项城旧屋，不敷分住。世凯便拿出私财来，在彰德地方，大兴土木，建造宅第。那屋子前临洹水，右依小山，风景甚是清幽。袁世凯住在别墅中，又将来的人员将领，各各安插在左近住宅中，依旧按着官俸支给。又拨田数百界，令兵士耕种。他家中会计员报告，每月支出款六万元左右。因此他部下甚是感激，人人心中只知有袁宫保。袁世凯每值风和日暖的时候，带着几个随从人员，到田边游玩。或与他从兄世廉弟世传在洹河钓鱼，自己穿着蓑衣，戴着笠帽，扮作渔翁模样，令两位老弟兄扮作船家模样，摄成照相。故意在京城各照相馆门口张挂，使人看了不疑他有大志的意思实情。那京中大小衙门，都有袁世凯的心腹埋伏着，朝廷的消息，十分灵通。

欲知后事如何，且听下回分解。

## 第三十回　数行日记不忘权势　八次革命逼走元勋

袁世凯身虽闲居，而耳目却布满在国中。所有南北大员，朝廷亲贵，都暗暗与他通着消息。朝中机密宫庭秘事，他人所不知，袁世凯早已知道。庆亲王此时新娶一姬人，十分宠爱。袁世凯在姬人寿辰，送去一寿幛。此寿幛是专人到上海去采办来的，在绣铺中定绣。用红缎作底，上面用金银线盘成纹理，都成卍字，十分精密。满幛绣着花纹，微露红缎和金银线相映，灿烂夺目。近看都是卍字花纹，远看中间现一大寿字，若有若无，闪烁不定。仅此一寿幛，已费去五千余元。又加上珍宝古玩，金刚钻石，这一封寿礼，足足花去五万银圆。庆王得了，甚是欢喜，此时庆王在朝权势依旧盛大。袁世凯去的时候，曾将徐世昌、赵尔巽二人安插在要津。此时庆王将赵尔巽内调进京，帮助自已，又将徐世昌调任东三省总督。徐世昌在任上，每逢重要公事，依旧派人到彰德去向袁世凯请示；便是赵尔巽在京中做官，也时时听袁世凯的指示，袁世凯因此自称山中宰相。便是袁世凯在家中的享用，也远胜在朝的亲贵。他家中雇用厨夫十数人，配成食品数百种，每日厨夫送上食单请袁世凯点选。在三个月食品不许重复。菜中有鱼肝汤、鸭绒、鸭足皮、桂花菜、文武鸡最是美味。袁世凯每进食，必唤十四姬妾，排立前后，轮流尝味。世凯又立出条规来，使诸姬妾遵守。世凯起卧在中，四周分居姬妾，称为内院。院中不许男仆出入，到日色西沉，便将内院加锁。又将诸妾名字写在小银牌上，今日欲传第几妾伴宿，只须看世凯房门外的小银牌，按名值宿，不得混乱。各姬妾都有一定的月规钱，不论谁人不得向世凯私索分文。月规以外，如有要索衣物的，立命府中账房代办。到月终领月规钱，已将衣物钱扣除。从此众姬妾不敢向世凯轻索衣物。又禁止姬亲口角，如有口角一次的，不论谁是谁非，立刻咨照账房，扣去月规钱三天。也不许姬人在世凯跟前评论别人的好坏。那时有第四妾，在袁世凯跟前说第七妾背地有怨恨主人的话，袁世凯大怒，立命仆妇将第四妾上衣剥去，用皮鞭鞭背五十。从此群雌粥粥，毫无口角啼哭之声。那时袁世凯已有子十三人，只长子克定是于氏夫人所产，在家中权力甚大，性情也粗暴。次子克文，好弄文墨，自命为陈思王。第十三子克相是爱妾叶氏所生，据说生克相时，世凯夜梦一虎，衔儿入室，待梦醒过来，便有仆妇来报说生子。世凯大喜，说此儿日后必成大器。侍克相长成五六岁时，世凯每出游，必使仆人抱之，追随左右。大夫人于氏见世凯不爱长子，且爱幼子，心中不乐；便在世凯跟前絮聒，世凯不觉勃然大怒。于夫人说当日克定生时，那算命人不也是说大贵的吗？一句话提醒了世凯，从此便看重克定，将府中大事，尽交与克定管理。原来克定在三岁时候，于夫人便命瞽人为之推算命运。那瞽人推算多时，不觉大诧说道："此儿大福命，亦是大凶命。"世凯问何谓大福命，瞽人说此儿福命除天子外，无人可及。世凯听了，不觉心中一跳，忙问何谓大凶命？那瞽人说道："此儿大贵之日，即其父丧身之日。"但当时世凯只求儿子能大贵，已是心满意足，也不计及那大凶的话。

世凯退居家中，爱作日记。曾写有《圭塘日记》，偶传一二则在外面。从此日记中可以知道他在家中的生活状况。如今将他附录一二则在此。“十三日，晴，午后雨（此是辛亥三月间）。晨八点钟起，西医来视足疾。彼云忌服牛肉。余曰：‘西医多劝人服牛肉，君独言忌服何故？’西医误会吾意，曰：‘如尊性嗜牛肉，亦可少服。’余曰：‘我本不吃牛肉，虽无病亦不下箸也。’旋伴医生为八儿克珍视病。医云腹泻，宜投以止泻药。十二点钟，上海寄来《时报》《神州报》到，多言粤东乱事。温生才何人，竟能闹此大乱子，奇哉！老夫江湖散人！此等事殊不欲闻也。午后观《阅微草堂笔记》，夜与家人麻雀。十点钟睡，夜不安眠。十四日大雨，午后晴。有风。昨夜失眠，今晨起较迟晏西医云卫生者，宜早起。余当面诮之，谓惟大富贵及极贫贱者，始早起耳。京中大员，每晨早朝，必鸡鸣而起。此外则乡下人辛勤工作，亦黎明即起。此两种人吾皆不为之，何用早起？况吾病足，更宜多睡。克珍病稍好，十儿克坚又发寒热。午后张季直有信来，命大儿复之。三点钟，上海某报总理来访。夜早睡。十五十六两日，晴。病体疎慵。两日惟独坐靠背椅上而已。十七日，雨。晨起至园垂钓，午刻归。庆王有信来，夜于灯下批复稿，命二儿书之。老徐有信来，此老叨叨不休，甚可厌也。十八日，大雾。午前晴霁，晨起默坐。暗计当局人才，真无能任大事者。铁路小风潮尚且不能了，其他大事更可知矣，殊可发一笑也。满人中能办一点事者，只有浭阳，然尚不脱书生习气。其他三点兄弟，乳臭小儿，如何知道做官？世事岂如儿戏耶！午后内人置酒园中赏牡丹，诸姬侍侧，儿孙辈亦在，但无外人。家庭乐事，胜于为官十倍矣。惟儿辈顽劣不解事，将来不知如何立身处世而已。”

这一篇日记，虽说残缺不全，但我们可从他文字里面，看出那时满清政府办事愈糊涂，人民愈痛苦。那革命的祸机，已传达全国。他日记中说的温生才闹此大乱，铁路风潮等等，都是革命的预兆。那孙中山自从在日本组织同盟会以后，四方响应的豪杰，愈聚愈众。那革命的第一声，便是徐锡麟刺死恩铭，秋瑾女士被难。丙午年，湖南的同盟会员，在萍醴一带起革命军。在日本的同志，纷纷回国助力。可惜因事起仓卒，事前又不曾和日本本部通声气，致孙中山远处东京，爱莫能助。虽说那时湖南的满清兵士，被革命军杀死的很多，但因众寡不敌，革命军终究失败。首领刘道一、宁调元、胡英一班人，统被湖南官吏捉去。有当场斩首的，有关在牢中的，这是同盟会革命的第二声。满清政府屡次和日本交涉，欲将孙中山驱逐出境。到此时，孙中山不得已便带着他左右手胡汉民、汪精卫二人，离开日本，来到安南，设机关部在河内地方。一面遣发敢死队，秘密至潮州、黄冈二处起事。谁知偶一不慎，被满清官吏破了机关，敢死之士，被杀的甚多。孙中山又遣发同志邓子瑜，在惠州起义，因响应的人不多，立刻失败。这是革命的第三声。第四声恰巧第二年广东钦廉两府人民，因反抗满清苛捐的事，聚众争闹。孙中山知道事机不可失，打听满政府派新军将领郭人漳、赵伯先二人，统带兵士四千人来广东弹压民众。这郭、赵二人，原与中山相识的，中山便委派黄兴到郭营中去，派胡毅生到赵营中去，劝他们响应革命。郭赵二人，说孙先生如有堂堂正正的革命军，我二人必倒戈相应。孙中山一面派人去游说钦、廉二处的乡绅团勇，一面派萱野长知，带了大宗银钱，到日本去购买兵器。另在安南一带，召集同志，聘法国退伍军官为革命军指挥。预料兵器一到,便占据防城至东兴一带沿海地方。此处与法国属地芒街只隔一河,进可以战,退可以守。广东如得手,便可以联合长江、南京的同志,真攻北京。谁知此时在日本的同志,忽起风潮,购买兵器的事,亦被破坏。孙中山在安南,焦急万分。那郭、赵两军,见革命军失信,便也按兵不动。孙中山没奈何,只得命三千同志军,退入十万大山。这是革命的第五声。孙中山看看坐失了大好机会,便亲自带领黄克强、胡汉民,和法国军官、安南同志共四百余人,乘满兵不备,直攻入镇南关。在一日之间,占领了三座要塞。一面命十万大山中数千同志,会攻龙州。不料山中同志,因远路不能如期达到。孙中山以数百人占据三座炮台,和满清军官龙济光、陆荣廷数千兵士奋斗七日七夜,终因不可支持,退入安南地境,革命军士又完全失败。这是革命的第六声。此时孙中山又因满清政府与法国政府交涉,将孙中山驱逐出安南地界。孙中山临行的时候,密嘱黄兴集合安南同志,再行设法攻入钦、廉二州。一面命黄明堂率敢死士,进取河口。黄兴果然是一位大将,他亲自率领同志二百余人,横行于钦廉上思一带地方,攻城略地,无坚不克,无战不胜。支持了四五个月。满清兵士,一闻黄将军的名号,都不觉惊慌逃散。后来黄兴的军队,愈入愈深,卒至弹尽援尽,黄兴不得不率领部属,从容退出,这是革命的第七声。黄明堂受了孙中山的命令,亦统带同志百数十人,夺得河口地方,杀死边防督办,收了一千多降兵,便死守河口地方,静候救兵来到。那黄兴得了消息,便领部下前去援助。不料行至半途,被法国军队拦住,疑黄兴是日本人,便强押送之回河内部下。军士失了指挥的人,立刻慌乱起来。那黄明堂久候援兵不来,也只得率领着六百余同志,退入安南地界。这是革命的第八声。此时满清政府,因法政府屡次帮助革命军,便派大员与法政府交涉。法政府便遣送在安南地方的革命党人出境,共有六百,乘法国邮船至星加坡。星加坡是英国的属地,英政府拿革命同志作乱民看待,不许此六百人登岸。后由法国官吏再三证明革命军是交战团体,英政府才准登岸。但革命同志,在星加坡行动不自由,不能再谋军事上的发展。此八次的失败,孙中山劳神竭力,只是军费一项,已用去百数十万。其中出资最多的同志,算是张静江。他十数年来,陆续捐助革命党的经费,已是不少。只是河口一役,张静江尽将巴黎商店中所积蓄的七八万元,捐入助饷。此外又有安南提岸的黄景南,西贡商人李卓峰、曾锡周、马培生一班人,亦捐军费数十万,孙中山此时已不能安居于日本、安南、香港地方,便漫游欧美,专任筹款接济内地党人。将党内一切计划,委托与黄兴、胡汉民二人。此时又有赵伯先、倪映典、朱执信、陈炯明、姚雨平一班同志,在广州组织机关。就中倪映典热度太高,他未到时机,便率领一部分同志,从沙河进攻省城。到黄枝冈地方,被满清兵士包围,映典中弹阵亡,致全功尽弃。当时汪精卫见革命屡次不利,不觉大愤。他忽想得一个暗杀方法,可以寒敌人的胆,鼓同志的气。当时与黄兴商议。黄兴因汪是党内重要人才,孙中山临行之时,将党中机要事务,记托与此三五人办理。如今汪激于一时义愤,欲入北京谋刺摄政王,以宝贵生命,作孤注之一掷,殊不值得。因竭力劝阻。无奈汪精卫去志已坚,当时对众同志大哭说,吾誓欲为已死的同志报仇。如众人不放我去,我便当投水自尽。黄兴见汪志不可夺,便助以金钱,又派男女同志六七人,伴至北京,假作商人,开一照相馆。同志中有黄复生,亦与汪精卫表同情,还有汪妻陈璧君,原是在槟榔屿新会商人之女，自幼好学。平日爱读汪精卫的革命文章，因亦加入同盟会。后因与汪精卫为友，情爱甚深。汪加入暗杀部，璧君亦加入暗杀部。所谓暗杀部，非党中忠实同志资格最老者，不能加入。在广东有汪、陈二人，及黎仲实；福建则有方君瑛、曾醒二人；四川则有黄复生、喻云纪数人。最难的是陈璧君之老母，亦表同情于革命事业，加入同盟会，曾将其田宅簪珥，售去补助会中经费。

欲知后事如何，且听下回分解。

## 第三十一回　汪精卫开设照相馆　胡汉民化装外国人

汪精卫自始至终，追随孙中山热心革命事业，因之也无暇念及婚姻之事。汪在十六岁的时候，原由他父母聘定刘家女儿为妻；后来汪考取日本留学法政，得了新思想的感化，颇不愿结此专制婚姻。竟由精卫直接寄信至刘家，退去婚事。谁知刘家女儿，性情十分坚贞，立志终身不嫁他姓。汪精卫虽未与刘家女见面，但心中甚是感激。因此在外面奔走革命多年，虽常有女同志作伴，但他从未发生爱情之念。如今遇到了这位陈璧君女士，知识相当，志趣又是相同，陈氏母女，为革命事业牺牲钱财甚多。此次又欲入京行暗杀大事，陈璧君以同志名义，伴送汪精卫进京，同开设照相馆。陈璧君已做了汪精卫名义上的妻子，藉以掩人耳目。汪精卫在北京秘密探访摄政王的行动，又用了许多金钱，买通了宫中太监，在要道上埋伏地雷，将炸药线连结在电线上。摄政王每日清早进宫，必经过此要道。在汪精卫用尽心计，以为大功必可告成，谁知事机不密，被宫中另一太监探听得秘密，深夜去在摄政王府告发。摄政王立刻打电给步军统领衙门，带同兵队，直扑入照相馆中，把汪精卫一班同党一齐捉住。陈璧君因是女儿身，未曾捉去。汪精卫在被捕的时候，陈璧君含着两眶眼泪上去握住汪的手臂，呜咽着说道："郎君何以置侬？"汪精卫慷慨的说道："我与女士相交日久，相爱甚深；所以不急急谋婚姻之事者，以来日方长，正可从容商议。今我此去必死，以近我二人身世未明，不可不以一言为定。女士其为我精神上之爱妻乎？"陈璧君听汪精卫已承认他是爱妻，一生的心愿已偿，便说道："郎君放心，妾当终身为郎君守此清白女儿身矣！"

当时与汪精卫同时被捕的同志有七人，内中有黄复生，最是激烈。在法部审问的时候，黄复生一口承认是自己的主动，与汪精卫无干的。汪亦承认主谋。法部堂官，将二人一律定永远监禁的罪。照摄政王的本意，原欲将这一班党人斩首；幸得陈璧君在外面奔走营救，并行贿与肃王，才从轻发落。汪精卫在监狱中，肩荷四十斤重的铁枷，每日只吃得稀粥一盂，粗面饼一块。颈子被枷拦住了，不能用手取食，只能伸长脖子在枷面上，以口取食。每日又在牢中作苦工，那时忽有一少年学生来监中欲探视汪精卫，被管监人拦住不得入内。少年便写词一首送与精卫，精卫在监中亦和一词道："别后平安否？便相逢凄凉。旧事不堪回首。国破家亡无限恨，禁得此生消受；又添离愁万斗。眼底心头，如昨日数襟期，梦里重携手。一腔血，为君剖泪痕。莫滴新词，透倚寒窗。巡环细读，残灯如豆。留此余生成底事，空令多情僝僽愧。戴却头颅，仍旧跋涉山河。知不易，愿孤魂绕护车前后。肠已断歌难。"事后汪精卫才知道那少年便是日后用炸弹炸死凤山将军的烈士。此时杀机四伏，随处都有暗杀满洲大员的案件发生，紧接着便是熊成基暗杀振贝子的事件。那熊成基原是安徽炮队队官，生平醉心革命。在光绪帝去世、宣统帝初登位的时候，诬有革命党人范传甲、宋玉琳，暗地里去勾结他的军队，趁着那时端方、荫昌在河南秋操的时机，又去暗地里约定了南洋、湖北两军，与炮兵正目李朝栋及军官薛哲为内应。先欲得安庆省城为根据地。熊成基潜入军队,慷慨誓师,发出十三条军令。不料到了时侯,那军官薛哲忽然变卦,熊成基带了死党,猛扑安庆城,不能得手。那江上的兵船,又四路逼来,姜桂题从河南带着陆军星夜赶来。成基独力难支,便遣散同志,单身一人从河南绕道山东逃去。直到这年,振贝子由满清政府派往英国,贺英皇加冕礼,从北京坐着京奉道上的花车,绕道东三省,到哈尔滨地方。恰巧熊成基也躲在俄国边界上,见又是一个暗杀满清大员的好时机,他如何肯舍得?立刻带了他同党石往宽、喻培伦一班人,秘密造成炸弹,住在哈尔滨客店里。早被当地侦探看出了破绽,立刻下手,把熊、石、喻三人一齐捉住,由吉林巡抚审问。熊成基一口招认,振贝子面谕将此三人绑赴哈尔滨车站斩首示众。熊成基一死,那各处革命党人,愈觉愤怒,接着便有温生才杀广州将军孚琦的事。

此时满清政府新从外国买得几架飞机,交给广州军队中应用。将军孚琦,便传令在城外燕塘地方,试行飞机。那驾驶飞机的是新从美国留学毕业回来的学生冯九如,定在初十日午后演放。那时燕塘正中设着官座,将军孚琦坐在中央台上,挤满了戴红顶蓝顶晶顶金顶官员。台下面四周站满了卫兵。那孚琦的儿子,也站在他父亲身后看热闹。待飞机演毕,大小官员各个散去,独有孚琦余兴尚浓,一手拉住了他儿子,在左近农事试验场中步行一回。直到靠晚,才坐轿进城去。正打从谘议局前商店麒麟阁门首经过,忽听得耳中砰的一声,一粒子弹直向孚琦眉心中飞来。孚琦只喊得一声拿,那护兵轿夫已丢下这位将军四散逃命去。刺客走近身去,又连发两枪。孚琦早倒身在血泊中死去。他儿子见出了大事,急急赶到谘议局去唤救兵。那谘议局原有守卫巡士和巡警,四处兜拿凶手。那凶手自认是温生才,是革命党派他来,专杀满人的,原在南洋做烟草锡矿的苦工。由营务处官员用刑逼供,那温生才一味的装作发痴发癫模样,实在问不出他的真口供来。那官员无法可想,便绑赴出事地点,斩首了事。

黄兴自从钦、廉二州失败以后,从广州逃来香港,新得了两个得力的同志:一个是广东归善的林国慈,一个是四川大足的姚国梁,都是一腔热血救济同胞.还有那饶辅廷、廖勉一班热血少年,前来会合。那暹罗京城的韦云卿、周华、劳肇明、罗仲霍,都悄的带了大批军火来香港见黄兴,密约起事。黄兴电达福建林觉民,招冯超骧来港,共谋大计。超骧在半路上遇到南海李达泉弟兄,又福建刘峰、吴适,各把手下同志集中在广州惠州一带,待黄兴发令。黄兴将惠州一路委托李汉业布置。汉业先去联合三点会首领洪顺堂。那洪氏部下头目有张兰彬、赖发、刘祥、罗桂仔、罗天子、卢亚贵、陈亚纯一干人,都是熟悉路径,膂力过人。汉业又弄了许多炸药炸弹来,分与顺堂。赖发一支走增城,刘祥一支走博罗,所有旗号军衣,白布白带,全从香港黄兴处运来。偏是有少数炸药,被英国人扣住,旗帜被秦提督搜出,弄得广州的官厅,风声鹤唳,一夕数惊。汉业怕大事败露,便密电黄兴,请于三月二十五日取齐。又公推黄兴为总司令。黄兴查点在香港的同志,有赵声、李达泉、李芬、李晚、李雁南、李海、李燮和、李海书、李文楷、周华、吴适、吴润、王明、冯超骧、冯雨苍、陈可钧、陈更新、陈与燊、陈汝环、陈德华、陈敏、陈福、陈才、陈材、陈启言、陈文波、雷胜、韦云卿、罗坤、罗仲霍、罗联、罗干、葛郭树、彭安、喻云纪、方声洞、秦大诱、河天华、黄鹤鸣、庞雄、庞鸿、姚国梁、梁纬、余东鸿、杜凤书、马侣劳、马胜、江继厚、郭继梅、先选、林常拔、林文、林尹民、林觉民、萧成跻、石经武、胡汉民、程耀林、刘钟群、刘铎、徐满凌、徐钊良、徐端、徐容九、徐松根、徐应辉、徐习成、徐培添、徐培汉、徐礼明、徐日培、徐保生、徐广滔、徐沛流、徐应安、劳肇明、饶辅庭、马堂龄、廖勉、黎新倍、游祷日全、宋玉琳、伍吉三、冯仁海、罗俊、徐林湍、徐进召、刘元栋、石庆宽一班，全是少年英雄。先派饶辅廷在广州租定机关房屋。因欲攻打总督衙门，那房屋便租在总督衙门左近。一个人租了很大的一座空屋，屋中毫无器物，便引起当地警察的怀疑，立刻把饶辅廷捉了去，用严刑审问。饶辅廷只承认自己是革命党人。广州地方官知道革命党将有大举，便急召钦、廉两处兵队，来保护省城。海中有兵舰，城中有满兵，又因新军态度不稳，便一律缴械迁出城外。把个广州省城，把守得水泄不通。此时黄兴一班重要同志，早已在数日前混进城去，秘密商定。先攻总督衙门，后打提督衙门。胡汉民却扮了外国领事模样，乘坐绿呢大轿，直闯进总督衙门去，声称欲拜会总督。轿子抬进二门，汉民手中第一粒枪弹飞出去，二门号房，知道事体不妙，直奔进内宅门去。此时总督张鸣岐，身穿短衣，仓皇奔走，喝问何事，远望二堂上火光烟气，夹着砰砰的枪声，已闹得不亦乐乎，心中明白是革命党发作，急转身逃入内屋。令家丁打通墙洞，带着家眷，从后门出去逃入水师提督衙门中暂避。督署卫队长金振邦，见只有一洋人模样和几个轿夫在二堂上，横冲直撞，急喝令卫兵，直取洋人。忽听门外喇叭声起，那一队一队的革命军，一路开枪打进衙门来。胡汉民认识那带第一队是冯超骧、罗仲霍一班人，带第二队的是韦云卿、陈更新一班人，手下革命武士勇力杀上。金振邦被困在核心外面，一层一层的围住，一路一路的逼近。振邦心中还记念上房官眷已否出险，只得且战且走。那时手下的卫兵，纷纷中弹倒地，三停中人，剩不得一停。振邦大喊一声转身向外来，意欲杀出一条血路。陈更新放了一枪，金振邦便中弹而死。此时胡汉民见部下得手，急传令打进内宅去。忽听得辕门外一片鼓噪，那水师提督部下的水军，已把总督衙门团团围定。革命军士，奋力对垒，从未时杀到酉时。那刘元栋、林文阵亡，罗仲霍被擒，喻云纪看看自己人渐渐的走到绝路上去，便带了七十余人，大喊一声，杀出重围，飞也似的跑出辕门外。一路又死伤了十几个同志。后面韦云卿、陈更新也带了他部下，厮杀出来。两路人合作一路，一窝蜂又杀向督练公所去。沿路水陆军看他们十分勇猛，也不与他们交战，只排成队伍，向四面包围拢来。宋玉琳见黄兴和方声洞骑着马，带着自己同志，杀进围中来，不觉胆气愈壮，转身也向清兵阵线猛攻。枪声起处，玉琳中弹倒地，声洞也伏在地上呻吟。云纪误踏炸弹，只听得一声响亮，云纪的尸身，已炸得四分五裂。玉琳在地上带滚带走，从莲塘街抄出，向小石街逃去。冯超骧带了十数个受伤同志，也从督署中杀出。忽见冯超骧喊了一声啊哟，已中枪僵立。此时只剩了一个韦云卿，带领一群人，左冲右突，和清兵厮杀。又在状元桥一带，叠起沙包，竭力抵抗清兵，从后路包抄上去，放一把火。云卿陷在火阵里，当和陈文波、刘铎、林常拔、林觉民、李海、庞雄、陈可钧、陈更新几个同志，被清兵活活捉去。这是清宣统三年三月三十日之事。黄兴见各路失败，便换一身破衣，扮作乞丐模样，躲在毛厕里。乘黑夜奔向西北城角上冷僻之处，缒城而出一溜烟仍逃到香港去了。接着胡汉民也逃来。

欲知后事如何，且听下回分解。

## 第三十二回　黄花岗烈士殉党　打金街川民护路

在广州失败的同志渐渐在香港会集，和黄兴、胡汉民同居一室，林常拔、宋玉琳、陈文波睡在床上养伤，陈更新目赤如火，只在一旁喘气，一言不发。黄兴一人在室中来往行走。其余同志被清兵杀死的杀死，活捉的活捉。当时由水师提督审案。那林觉民一边肩上流血，一边还向提督叫骂。骂罢，提笔写成几千字的《革命论》。那提督却用好茶好烟看待觉民，一面传令陆军警察，挨户搜查。所有沿江及永清直街一带的西装少年，一律被捕。不料第二天，那仙湖街始平书院中又捉出了十余个革命敢死队。当陆军围攻书院的时候，敢死队从屋子里发出来的炸弹手枪，声震天地，一霎时，把小北街附近打成一片瓦砾场，所有敢死党人，都葬身在火窟中。城中积尸满地，凝血成渠。同时佛山镇的会匪，也掌着革命党旗号，前来攻城；城中军等合力抵御，会匪见不能得手，便向四乡抢劫，城中军警依旧向四处搜寻。在九如坊陈公馆中，搜出枪弹两大木箱；落城街药房中，亦搜出炸弹一桶。最妙的有吴家姊妹二人：一名炎娘，一名七娘，却也是革命党中出色人物。他家中停着一口棺木，被军警搜查出来。原来棺木中满装着手枪炸弹，他姊妹被捉到官里去，毫无畏惧之色。提督审问时，炎娘穿着长裙革履，短衣花冠，望去柳腰一搦，云鬓半偏，煞是动人；那七娘长袍短褂，却是男子装束，好似玉树临风，摇曳多姿。当时炎娘也不劳问官盘诘，只把革命大义说得个滔滔不绝。那七娘却一无口供，只娇声说道："今日之事，有死而已。"自从捉住了吴氏姊妹以后，那军警更注意到女子身上去。当时又有龙祥里的陈邓氏，德邻里的梁李氏，因革命嫌疑被捕。城中新军蒋协统、秦标统二人率领部下，往来弹压，在燕塘及沙河捕头一带茅屋里，捉出几个党人来。广州城经过这一番大乱以后，从华宁里起，所有制台前后司街、小东营、二牌楼、史巷、状元桥、天平、莲塘、大石、厚祥和旗界各坊巷，都变成败井颓垣，弹痕点点，血迹模糊。一时尸骸枕藉，横纵道路，便有广济医院董事廖少帆，方便医院董事胡善波，爱育堂董事张子谦，同去请求官厅，备棺收殓；又择定东门外黄花岗为七十二烈士坟地。

此次广州革命，死伤革命党中少年英俊甚多；而耗费孙中山苦口劝募得来的军费，竟有十万元之巨。孙中山因与黄兴、赵伯先等筹划广州起义的事体，先在槟榔屿召集当地华侨，劝募军费。一夜演说，得军费八千元。又令各同志担任到各埠，分头劝募。数日之中，已得五六万元。孙中山又远赴美国各埠劝募，共筹得十万大款。而所得的结果，便造成此七十二烈士壮烈的举动。这是三月二十九日的事，那时广州同志，还约定惠州同志同时起义。那时惠州首领李汉业，已暗地里约定三点会同志在四处响应；谁知广州同志全军覆没。李汉业看时机已去，只得按兵不动，与罗天子一班人痛饮而别。不久李汉业病死，赵伯先也死在香港；但此次失败，逃在四处的同志，暗地里运动民众，结合同党，势力却愈厚，地盘却愈大。清朝宣统皇帝，此时已有六岁，照例择师上学。便封世续、徐世昌为太子太保，陆润庠、陈宝琛为太子太傅，伊克坦教授满洲文字和武备。所有国中大事,全交与摄政王办理。那时政府第一个难问题,便是财政支绌。便有邮传部大臣盛宣怀,他拿出他造铁路的老手段来,主张借款造路;又把全国铁路收归国有,那财政便可从中解决了。摄政王听了盛大臣的话,连称妙计,立刻下谕度支大臣载泽,与英、法、德、美四国借款一千万镑,先造粤汉、川汉铁路。这一件事体关系广东、湖北、四川三省人民的生命财产。这三省人民,如何肯罢休?立刻表示反抗。粤汉铁路已有三省人民集股,向美国合兴公司收回自造,朝廷何得与民争利?满清政府如何把人民的公意看在眼中?谁知此次人民,却十分强项,见政府不理,那谘议局一律停开大会,工商业同时罢工,声势十分浩大,弄得摄政王也手足无措。忽然想起有已革职直隶总督端方,他做过两湖总督、湖南巡抚,平素与当地新学界中人往来,人心都服从他。便立刻召他出山,赏他侍郎头衔,做督办粤汉、川汉铁路大臣;接着又派赵尔丰做四川总督。因端、赵二人,头脑比较新一点,派他两人去,无非想把风潮弄平息下来。那端方原是一个文人,又是满洲种族;他一到武昌,那湖北新军统制张彪,巡警道黄祖徽,正在那里竭力捉拿革命党人,竟在龙神宫井和佛座下搜出大批炸弹手枪来。吓得湖北巡抚瑞澂,把端方留在武昌不放,也是拿他张张胆的意思。张彪又探听得湖北新军有与革命党私通声气的,便用压力管束各营兵士,许他们自由行动,一面与标统黎元洪商议止乱的方法。那黎元洪原是一个有志之士,甲午年见中国被日本打得大败,一时悲愤跳海,给船上人救起,从此名闻全国。两湖总督张之洞,此时改署两江总督,立刻把黎元洪请去,亲手写“智勇深沉”四个字送他。后来黎元洪追随张之洞到湖北,教练自强军,又奉派到日本观操,此时在武昌当标统,张彪十分看重他。那黎元洪看待兵士十分仁厚,因此兵士也都爱戴他。但此时两湖兵士,都受了革命同志的劝化,心中各个准备,待一有时机,便当乘时而起。如今恰巧有这铁路风潮,真是革命党千载难逢的机会。孙中山在海外看看广州的事体,已是失败,便密令陈英士、宋教仁、谭延闿、居觉生一班重要同志,分头率领部下,潜入武汉、江南一带。他们都乔装作流民乞丐,或带着香花衣纸等,扮做水客;亦有穿了红绿衫裤,扮作剧场角色的,亦有扮作乡人穷户、手中拿着衣包进城质当的。此时广州地方,亦有李满南、林冠慈、陈敬岳一路密谋,刺死水师提督李准的。瑞澂在武昌听说广州水师提督遇刺,更加吓得他魂胆飘摇。他便异想天开,立刻去拜武昌的各国领事,求他们调长江下游的兵舰入武汉江面;约定如有革命党起事,便由外国兵船开炮轰击。武昌城中,一日数惊。瑞澂又打听得仁义会会长余化龙已担任做革命党首领,约定在八月十五日围攻武昌城。那湖南巡抚杨文鼎,也查出当地的革党首领是姓陈的,正在四处查拿。那河南巡抚宝棻,也接得直隶总督的密电,说有周德培秘密到汴省起事。宝棻立刻四下里侦查,果然在山货街捉得这姓周的,还搜出与余化龙往来的书信名册。从名册上,又捉得赵信、李扶汉、郭惟一、李心漓、王汉成五人。此时铁路风潮,愈闹愈大,那湖北、四川、广东各处谘议局学生,和各地商人,都加入开会反抗,大家都抱定商办铁路宗旨。广东人民最是愤激,大家提取官办银行的现钱,不再用官发钞票。四川人民设立了保路同志会,公举谘议局副议长萧湘代表,进京请愿。湖北省议员汤化龙,湖南省议员谭延闿,又充了人民的首领,向官厅交涉,由人民查铁路局账款。民气如此汹涌,谁知官厅全不在意;依旧划定路线,聘请英人格森林为川、汉、粤铁路总工程师，美国人克林苏为川汉路工程师。所有铁路学堂铁路银行，一齐举办起来。瑞澂有政府的威权可以凭藉，便也上奏说那反抗铁路的人民，如同反叛一样。摄政王大怒，下谕给赵尔丰，着他严行弹压，格杀勿论。谁知四川人民，得了这个消息，便在七月初一日开股东会。在演说的时候，会场秩序大乱，有拍案大骂的，有顿足痛哭的，有喊罢市的，有喊不纳税的。最可笑的他们在散会以后，于各处街头巷尾，盖着席棚，设立光绪皇帝的牌位痛哭跪拜。各界都设立同志会：男学生同志会在文庙前梓潼宫，女学生同志会在玉沙街美术学堂，工匠同志会在东门外然灯市，印刷部工人同志会在悦来园，满营同志会在文昌宫，军人同志会在商业场。这班同志，结伴游行，沿街叫喊，差不多已成为变乱的现状。第二天果然聚集了数千人，发起抗粮抗租的事体。在外府州县，同时有打毁衙门局所的，杀害警察的行为，省城里发现了革命的传单。赵尔丰疑心是当地新党蒲殿俊、颜楷、维纶、邓孝可这班人做的事，便打发衙役去，把这几个人捉来，扣押在督署里。那邓、罗二人，性如烈火，当着赵尔丰的面，便顿足大骂。那一班在外面游行的民众，听说赵总督捉了几个最热心的绅士，便立时鼓噪起来，齐声叫喊说俺大伙儿都死到总督衙门里去。嚷着哭着，如潮水一般涌向督署大街来。将军昆玉得了消息，飞马赶来见赵尔丰，那时有一位尊经书院伍院长，年已八十岁，须发皓白，也扶杖到总督衙门中来苦苦哀求赵总督，把一班志士释放。将军昆玉也愿作保请放众民首领。谁知那一大群民众，已在打金街放起一把火，顿时四处延烧，火光烛天，城中军警弹压人民要紧，也无人去救火，一霎时满城火起。人民愈聚愈众，把个总督衙门，挤得水泄不通，声声叫唤快释放志士。赵尔丰此时一半愤怒，一半害怕，便吩咐卫队长田征夔，预备开枪。那民众一听说开枪，便不顾死活，向大堂上直冲。田徽夔看看形势不佳，便令卫兵先放一排空枪。谁知民众听见枪声，非但不怕，却愈来愈多。赵尔丰大怒，把手一挥，那卫兵手中的枪弹，和连珠似的打出去，眼见得洞胸穿骨，血飞肉搏。那四川人民，天生成有一副倔强的骨气，见愈是人死得多，却是拥挤着不肯退，齐声哭喊着。有嚷民权万岁的，有嚷革命万岁的，也有嚷先皇帝的，闹成一片。那田征夔仗着总督大人的势力，便喝令把大炮抬出来，安放在大堂上，对准了大门口的民众，装上炮弹，正要开放。幸得那时首府见要闯出大祸来了，只喊一声慢着，忙抢步上去，抱住炮口，不让他们开炮。究竟怕死的人多，那班民众，见了大炮，便一齐四散奔逃。当时又有被马蹄踹死的，有吃刀棍打伤的。一路哭声震天。同时城外的民团，又与官军血战起来，吓得赵尔丰忙把城门关闭，一面飞电武昌，请端方带兵来救助。此时四川人公举谘议局长萧湘到武昌去拦住端方的兵马，谁知已被瑞澂派人将萧湘捉住，发交首府看管。那端方带着一支新军，星夜赶赴四川来。却不知道这一支新军，全是有革命思想的人，早已受了孙中山的运动，正欲守候时机，响应各路人马。那时革命党人，手段也很敏捷，先由宁协万发出敬告中国青年书数十万份，散发在四川、湖北一带的军队学堂中；一面由孙中山委令宋教仁担任外交，黄兴担任运动军人，彭家珍向云南一路去联络。宋教仁又拉孙君武，黄兴也拉胡侠魂，同去办事，一面电陈英士，邀同上海同志来武昌协助。

欲知后事如何，且听下回分解。

## 第三十三回　搜党册逼成兵变　起老臣谋定国事

黄克强运动军队的手段十分敏捷。当时武昌城中的炮兵工程兵，全都听了黄兴的劝导，加入了革命党。又有陆军第三十标加入革命，内中全仗着彭楚藩一人往来联络。孙中山又向德国买得军火，暗暗的向中国各口岸偷运。这件事情瞒得中国的官员，却瞒不得外国人的耳目，那时各处海关都搜查得革命党私运的军火。各国公使便一齐到外交部面告外部尚书，说革命党已潜伏在长江一带，连日私运军火，不在少数。外部尚书转告摄政王，摄政王大骇，立刻电南京、武昌一带，责成地方官加严守备。那瑞澂也接到英美领事送去照会，说有革命党约期在十五、十六两日起事，有三十标陆军响应。瑞澂立刻与张彪商议，先调马队八标，余化龙驻扎在总督衙门左右防守。瑞澂还不放心，又调马队一标，右队兵士，驻扎在督署大堂。四十一标全体兵士，每晚巡察宾阳门一带。从督署头门、二门、三门、四门，以及正堂、五福堂会议室、招待室、办公室，一律都有特别巡警站岗。汉阳兵工厂原有四十二标兵士把守，瑞澂又派混成协统黎元洪带兵去帮助看管。城外塘角靠江一带，地方冷僻，便派湖准雷艇在江面看守，湖鹗雷艇在兵工厂后面游弋，所有长江舰队楚谦、楚同、楚有、楚材、楚安、江清、江泰十余条军舰，一字儿排列在江面上，听候瑞澂命令。那革命同志，受了黄兴密令，来到武昌，看看官厅防备十分严密，正苦无处下手。不料孙君武住在汉口俄租界宝善里地方，因制造炸弹，一不小心，炸弹爆裂。震天价一声响亮，房屋坍倒，火光烛天，孙君虎炸断了手臂，晕倒在地。早被巡捕拿获，由中国官员会审。那荆襄巡防队统领陈得龙，又在英租界捉得党人邱和尚、刘汝夔，一并绑赴刑场斩首。有一个先兵名彭楚藩的，他竟对他的同伴大演说革命主义，被人去告密，督署卫队来将他彭楚藩捉住，交给兵法官铁忠审问。彭楚藩怒发冲冠，对着问官大骂。那巡查兵士又从襄阳学社里捉到陈鸿诰、年鸿勋、陶德明、龚侠一班革命少年，查出真凭实据。又张彪亲自捉得女党员龙韵兰，男党员刘复基、杨宏胜，及枪械旗帜多箱，由瑞澂亲自审问。那龙韵兰蹁跹多姿，上下身穿着白色衫裙，望去好似洛水神女，遗世独立。瑞澂从男党员身上搜出日记册子来，上面写着三十多个同志的名姓，下面都记着住址。张彪便带兵去打破各处机关，活捉得三十余个党人。此时在武昌城中暗地里奔走运动的，有孙武、刘公、谭人凤一班人，十分得力。孙武又设法与在监牢中的胡瑛暗通声气。胡瑛早年因谋刺铁良不成，只死了他同伴王汉；后又在长沙运动革命失败，逃在武昌，被当地官厅促住，下在武昌监狱中。胡瑛在狱中日夜向囚犯鼓吹革命，已有许多囚犯信仰革命。此次又有三十余革命党人拘入监牢，胡瑛的声势愈觉雄厚了。他见龙韵兰一个娇弱女子，居然也奔走革命，今日事败被上镣铐，打入死囚牢中，不觉起了怜敬之念。他暗暗与同狱的囚犯，约定便要打破监牢，去救出这美貌女同志。

此时武汉三镇每日总有革命党的机关破获，官兵到处杀人。张彪在宾阳门大街，破了孙武的总机关，搜出党人的名册一大捆，孙武早已脱逃，此时已在半夜。张彪亲自检查党人的名册，见那炮兵营工程兵营，都有士兵加入革命党的，不觉大骇，连夜挟了名册，到总督衙门里去密议。谁知那工程营中耳目甚长，早已得了败露的消息。为先发制人计，便立刻鼓噪起来，斫死了督队官阮荣发、队官黄坤荣，大队人马，一路开放排枪，大喊革命万岁，向望楚台一带整队而去。那守城旗兵，当去拦阻，被他们开枪打死了一百多人。城中警察，见不是路，便一齐卸下服装枪械，四散逃命去。那工程兵联合了炮兵和十五协全体军士，在大教场会合。由同盟会特派员熊秉坤、蔡济民、刘公、张振武一行人率领，全体党人和城内外投降的军士，四处埋伏。所有瑞澂的心腹教练队卫兵巡防队，虽在大街上及督署前后站岗巡逻，但见了革命军人，反举枪致敬，并不干涉党人的行动。只有少数兵士，在街头巷尾开枪对敌。那蔡济民带领敢死队，直向总督衙门进攻，衙门中守卫兵士也伏地开枪，一霎时烟云弹雨，把一座总督衙门，团团围住。那瑞澂和张彪、铁忠一班人，正在花厅上会议搜捉党人的事体，忽听得外面喊杀声四起，夹着连珠炮响，瑞澂脸上神色大变。那张彪手下的协统王得胜，慌慌张张的闯进屋中，来在张彪耳边低低的说了几句。张彪立刻站起身来，口称待我看来，一转身从花厅围墙上爬了出去，溜回家中，带了家眷带值逃命去了。那瑞澂独坐在花厅上，耳中听得枪弹劈劈拍拍，愈打愈近，心头止不住砰砰跳动，忙派人出去打听。那人急急回来，报说大人快走罢，革命党已进大堂了！所有衙门里的卫队消防队，已被打死了五六百人，尸首堆满在大堂上呢。瑞澂不待那人说完，急跳起身来，赶回上房去。从被窝里把他最宠爱的小老婆抱起，再赶到花园里。只见墙外四面火光烛天，只有当空一轮皓月，照耀得园中依旧花木明瑟。瑞澂想起平日带领他一班姬妾，在花园中饮酒作乐的景象，不由得对着月儿叹了一口气。他姨太太在一旁呜咽痛哭。瑞澂正要觅路爬墙出去，忽见一人忽也似的赶来。看那人时全身军服，袖缠白布，手提短枪，站在面前。瑞澂认得是协统黎元洪，忙打着颤说道："黎协统快救俺性命！"黎元洪大声说道："我今日已是革命军都督，请问制台拿我怎样办理？"瑞澂忙改口称道："恭喜黎都督。今日之事，只求都督保全俺一家性命。"黎元洪知道他不想殉节，便派一支兵队，护送瑞澂到楚豫兵船上，转送汉口租界安置。此时武昌全城，已入于革命党之手，用同盟会孙总理的名义，出示安民。那瑞澂到了汉口便去拜会各国领事，要求外国兵船践约开炮，攻打武昌城。他却不知道各国领事，因受庚子条约的束缚，一国不能自由行动。便召集外交团体开会，瑞澂出席要求多数领事通过，令外国兵舰开炮打平革命党。在座各领事听了瑞澂的话，却不发一言。独法国领事罗氏，原是孙中山的老友，当时对众领事力言孙中山是改良政治的行为，决不能和拳匪一样看待。接着俄国领事也和法领事取一致行动。各国领事议决宣布中立，不加干涉。瑞澂见已无望，便逃到上海去了。

当时武汉地方的有力军队，大部已被端方带往四川。今武昌军士因名册被张彪搜去，便铤而走险，竟一举成功。当时又举汤化龙为民政长，宋教仁为参谋长，不到三日，那汉阳、汉口两处，一律光复。这个消息传到北京，摄政王吓得手足无措，立刻开御前会议。结果派荫昌统兵南下，又派萨镇冰统带外海舰队，程允和统带长江舰队水陆并进,去救应武汉的变局。那荫昌在满人中,比较头脑清新一点,他在德国留学陆军。此番奉了政府命令,乘着京汉火车南下。半路上张彪接住把军队驻扎在刘家庙地方。次日荫昌下令,着张彪统带旧部,反攻黎元洪,也指挥民军应敌,在刘家庙车站混战一场。张彪部下伤亡甚多。荫昌见军心已去,急电北京求救。摄政王看满朝廷却没有一个知兵大员;后来还是庆亲王奕劻和内阁协理大臣徐世昌想起袁世凯来,便在摄政王跟前力保。摄政王虽不喜世凯,但事已危急,其势又非请他出来统带各军不可。只因当时驻扎在长江一带的新军,差不多都是袁世凯的旧部,除老袁以外,别人是无力统驭的。当由政府名义,下命拜袁世凯为钦差大臣,统制各路军队南下。谁知老袁此时也放刁,复电辞谢,只说足疾未愈,又患咳嗽,势难当此重任。此时荫昌的军营中,接到黎元洪的约战书,二十七日继续在刘家庙开战。北军有火车头攻击,民军由参谋官胡汉民督队,先由张彪的先锋队向民军猛扑,民军守住地势,兀然不动。后来荫昌兵到,民军中连开大炮,打翻了北军的火车头。北军大败,民军追攻。江中的楚同、楚有、楚泰各兵舰,也开炮攻打民军。民军雇用数百十只小船,向江中四路围攻,打坏了一只兵船。其余的兵船,便鼓轮向东逃去。从这一日起,两军无日不战,北军无日不败。长江上游宜昌府城,也在这时被民军义勇队放火为号,结合陆军警察,内外响应,赶跑了满清的官员,宣布独立。黎元洪得了这个消息,更是胆大了,只奋力向北军攻打。荫昌支持不住,急打电到北京请兵。此时摄政王又请出两人来:一个是冯国璋,命他统带第一路兵;一个是段祺瑞,命他统带第二路兵。一面又由徐世昌、庆王二人,写了一封恳恳切切的信。打听得阮忠枢和袁世凯很够得上交情的,便托阮忠枢怀着信,亲自赶到彰德去见袁世凯,面交此信。袁世凯此时安居洹上,大兴土木,家中饶有林园之乐。他每至下午,一蓑一笠,手持钓竿,与从兄世廉、弟世传,在水滨钓鱼为乐。当时阮忠枢见了袁世凯,送上庆王的信,袁世凯只付之一笑,随手将信捺入衣袋中。阮忠枢正欲说话,袁世凯笑指隔岸山色,说此间山明水秀,无异世外桃源;老友难得到此,请与吾共钓。说着随手递一钓竿与阮忠枢。阮忠枢心中虽万分焦急,但见袁世凯如此冷淡情形,也只得暂把心事按下,和袁世凯并肩垂钓。可笑阮忠枢因心中慌乱,手中钓竿不停的摇晃着,吓得那鱼远远的躲去,一个也不来上钩;独有袁世凯含笑静坐着,时时有大鱼被他钓起来。到傍晚时分,一连钓得十数条大鱼。袁世凯抛下钓竿,不住的呵呵大笑。他一手拉住阮忠枢,缓步回家。到晚膳时候,袁世凯与阮忠枢对坐,鲜鱼下酒。阮忠枢到此时再也不能忍耐下去了,便将朝廷渴望出山的话说了。袁世凯笑着道:"满清天下,与你我何干?今夕只谈风月,莫论国事。"阮忠枢听了这几句话,却又不好再说下去,便站起身来告辞。袁世凯一把拉住,说我家即兄家,且在此安静数天去。阮忠枢知道袁世凯的性情是违拗不得的,只得耐着性儿住下。过了几天,八月二十日,正是袁世凯的生辰,自有四方权贵派人来祝寿敬送礼物。忽然那庆王的儿子振贝子,也亲自赍送礼物来祝寿。并有庆王第二次催世凯出山的书信。袁世凯故意装作脚气病甚重,令长子克定、次子克文,左右扶着出来见客。载振见了袁世凯,说摄政王早晚盼望大人出山,还请大人以国家为重,助咱们一臂之力。袁世凯便答称贱病累人,势难担负大事;说着随手从袖管里面取出一扣谢折来,交给振贝子,托他转奏朝廷。振贝子见袁世凯不肯去,不觉露出惶急的样子来。当时满堂宾客,大都是朝廷将相,齐口劝世凯出仕。那袁世凯只略拱一拱手,转身退入内室去了。

欲知后事如何,且听下回分解。

## 第三十四回　**隆裕后挥泪托国　黎元洪顺时救民**

振贝子复命，说袁世凯无意功名，把个摄政王急得搔耳摸腮，在室中踱来踱去，无计可施。忽然大悟，便立刻召庆王进宫来，说道："老袁的不肯出山，怕是记着俺昔日之恨；现在请王爷亲自劳驾一趟，去对老袁说明，他若肯出山帮咱们的忙，俺情愿让出这个摄政王的位置，请他坐上王爷。出去务必要将老袁拉进宫来。"庆王见摄政王说话惶急的样子，便也说不得亲自到彰德找袁世凯去。谁知袁世凯早已叮嘱守门的，无论什么人来，一概挡驾。庆王吃了一杯闭门羹，无精打采的进宫去复命。那武昌传来战报，说冯国璋第一路军队，乘坐火车，开到刘家庙，火车尚未靠月台，埋伏在野田里的民军开来一炮，打翻了四五个列车，军士阵亡了二千多人，现在冯军退五上里下寨。冯国璋的部下，原是袁世凯亲身教练的新军，如今也这样的不经一战，摄政王气得拍案大骂。接着又得了密报，说端方四川被杀，四川全省也投降了革命军。这事非同小可，摄政王又把庆王去请进宫来，向他再三打拱连连作揖说道："务必请王爷再往彰德一走！"那庆王被摄政王催逼不过，只得向摄政王请了一道上谕，捧着又向袁世凯家中来。这袁世凯虽说在家中闲住，但他自从武昌战事起后，也十分忙碌。那长江一带，袁世凯都派有密探，在那里刺探消息。所有革命党的一举一动，以及各地民心的向背，每日必有密电数通打到彰德来。此时袁世凯独坐静室，与家中姬妾隔绝。阅一电报，他必闭目深思，又起身在屋中绕着圈儿半晌，又将长子克定，传进屋中，去切切私议。在世凯的意思，对付眼前的时局，总不出三计：第一，乘机而出，夺满清天下以为己有，此是上计；第二，扫平革党，为清室忠臣，此是中计；第三，在家中坚卧不起，终老林泉，此是下计。袁克定是野心勃勃的人，听父亲说欲夺满清天下，将来自己也不失为一个二世皇帝，便极口称说上计最妙。又说父亲门生故旧满天下，各镇将领全是父亲一手提拔起来的；父亲若一朝出山，又谁敢不服从命令？几句话说得袁世凯不觉掀髯大笑。笑声未毕，忽报庆王爷送圣旨到来。袁世凯忙吩排列香案，迎接圣旨。庆王宣读圣旨，说袁世凯着授为内阁总理大臣，兼钦差大臣，所有全国海陆军，并长江水师，统归大臣节制。着即督师前往湖北平乱。袁世凯接过圣旨起来，邀庆王到内书房密谈。所有仆役家人，一概不得走近廊院。远远的派家丁守住四门。

袁世凯坐定，劈头一句便说道："主上年幼无起，摄政王又刚愎自用，把国事糟到这个样子。今日若定欲老臣出山，非另易主上不可。"庆王听了，不觉大骇，忙道："此事无论能否办到，纵使易主，试问我爱新觉罗子弟中，谁能继此大位？"袁世凯道："老巨心目中已有一人！"庆王急问何人。袁世凯伸手按住庆王肩头，微笑说道："吾遍观亲贵中，惟世子载振英明贤达，足承大统。"庆王听了，急跳起身来，连连摇手说道："大人快莫说此话，岂非要断送俺老头皮吗？"袁世凯上去附着庆王耳边，低低的说了几句话。庆王不觉笑逐颜开。袁世凯又大声说道："我今日有两言与王爷约定，迫主上退位，是在王爷；推世子登极，是在老臣。”庆王听了，连连点头。当日袁世凯随着庆亲王，乘火车进京来。到宫门外已是灯火齐明。摄政王听说袁世凯已到，传进宫去。此时宫外，又送来几通密电：第一通是说黄州府、沔阳州、宜阳等地，乘机响应，遍竖白旗；第二通是说湖南省城，于八月三十日宣布独立，巡抚余诚格不知下落；第三通是说九月三日陕西省城宣布独立，巡抚钱能训拔刀自刎，不死，被革党驱逐出境；第四通说山西省宣布独立，抚巡陆钟琦阖家殉难。摄政王看了这许多密电，只是顿足叹息，忙问袁世凯有何妙计，可以立平大乱。袁世凯正欲答话，忽报太后驾到，慌得摄政王、庆亲王、袁世凯忙跪倒在地下接迎，那隆裕太后一手拉了宣统皇帝进屋坐定，淌眼抹泪的对袁世凯说道：“吾母子性命，今日均悬在卿的手中，只望卿念先太皇、太后和大行皇帝的深恩，好好的做去，帮俺母子一个忙儿。”袁世凯听了，便不住的碰着头道：“老臣今日承皇太后、皇上恩召，惟力是视，尽忠皇室，不济当以死继之！如有二心，天日鉴之。”隆裕太后听了袁世凯这几句话，不觉愁眉略展，连称好大臣，便起身退入内宫去。接着第二天，朝旨下来，又封袁世凯世袭侯爵。

袁世凯受了满清政府的托付，他第一道命令便把荫昌调回京城。名是拱卫京师，实是因为前敌的将领全是袁世凯的旧部，去了荫昌，便成了清一色袁家的军队。第二道命令即就督师大臣的名义，令前敌将领，奋力杀敌。果然那冯段两路人马，和萨镇冰的海军，长江舰兵，一听说袁钦差亲自出马，便人人奋勇，个个争先。冯国璋打前敌，段祺瑞为后应，十数万兵士，浩浩荡荡，杀奔湖北来。一战而下滠口，长江舰水师一路开炮掩护，再战而入汉口。武昌的革命军，在江边死力抵住。那汉口中国地界一带，已被北兵烧杀淫掠，弄得烽火满天，鬼哭神嚎。幸得袁世凯亲身赶到，传下大令去，立刻禁止烧杀。那汉口的各国领事，听说袁世凯到来，便一齐去拜会。冯国璋、段祺瑞二人见袁世凯有如此的威力，便进帐去见袁世凯，劝他传令开战，乘胜夺回武昌城，便可将革命党打平了。袁世凯听了冯段二人的话，不觉呵呵笑，说道：“二公真不识大势。”说着随手递过一封密报，给二人看。原来密报上说江西独立，云南独立，贵州独立。冯段二人，不觉咋舌说道：“我不信革命党势力有这般的大！”袁世凯笑道：“此番革命差不多是通国一致的，不久连那江苏、浙江、山东、直隶也要独立。革命党真是杀不胜杀，眼看满清的气数已尽，我们便是夺回武昌，也不能救得大局。”段祺瑞听袁世凯说出这个话，便作色说道：“依大人这样说法，俺们北洋军人的颜面何在？”袁世凯道：“俺这一次南下，打一个胜仗，正是要保全北洋军人的颜面。以后的事，本大臣自有主张。”到了第二天，便令部下随员刘承恩，赍亲笔手书，去见鄂军都督黎元洪，约定彼此停战，开议和局。袁世凯因刘承恩是黎元洪的乡亲，希望黎元洪看在私交面上，答应了这个和局；谁知刘承恩渡过江去，呈上书信，黎元洪不但不复，连看也不看。第二次又送一公文去，更是杳无消息。第三次袁世凯打发亲信随员蔡廷干，随同刘承恩前去求和。进得武昌城，果然见五色旗帜挨户插遍，由旗牌官接住通知都督府。黎元洪派出招待员两名，并拨卫队十二名，沿途保护，到入府中。黎都督已率领各部长列座而待。两代表见过了诸位，便说明来意。他说袁世凯受清室三世厚恩，不忍皇室灭亡；又说起某某两国，已派定水师提督将直入长江，怕有瓜分之祸。请贵都督统筹善策,顾全大局,传知各省暂息争。任你蔡廷干能说话,但黎元洪早已认明来意,反教袁世凯倒戈北上,当有直隶都督可做。蔡廷干见不是路,便告辞出来回复袁世凯去。袁世凯也无可奈何,一面令军士虚张声势,向汉阳隔岸排成阵势,今日放一炮,明日投一弹;一面密电摄政王,下圣旨实行立宪,准人民自由剪发,改用阳历。又改派十个国务大臣:梁敦彦为外交部大臣,赵秉钧为民政部大臣,严修为度支部大臣,唐景崇为学部大臣,王士珍为陆军部大臣,萨镇冰为海军部大臣,沈家本为司法部大臣,张謇为工商部大臣,杨士琦为邮传部大臣,达寿为理藩部大臣;又派胡惟德为外部次长,乌珍为民政部次长,陈锦涛为度支部次长,杨度为学部次长,田文烈为陆军部次长,谭学衡为海军部次长,梁启超为司法部次长,熙彦为工商部次长,梁如浩为邮传部次长,荣勋为理藩部次长。为收拾民心起见,又特别派了十二个宣慰使:张謇宣慰江苏,汤寿潜宣慰浙江,谢元涵宣慰江西,乔树楠宣慰四川,江春霖宣慰福建,梁鼎棻宣慰广东,赵炳麟宣慰广西,王人文宣慰云南,柯绍忘宣慰山东,渠本翘宣慰山西,高增爵宣慰陕西,谭延闿宣慰湖南。摄政王又怕自己在位,招袁世凯的忌讳,便向隆裕太后再三辞职。所有国家大权,尽交与袁世凯一人。袁世凯此时见和议不成,也急欲显显自己的手段,便令开战,把主力军调在前线,奋勇向汉阳进扑。革命军虽忠勇敢战,但北军有兵舰大炮掩护,先锋队的机关炮,也十分厉害。革命军拚命前攻,从早战到午刻,夺回大智门、刘家庙一带,又夺回铁路车站。但已杀得尸横遍野,血流成渠。清军将领,见革命军来势凶猛,便传令开放野炮,轰去民房以防革军埋伏。跑马场附近各处,全为清兵夺去。清兵野战炮步步进逼,革命军势不能支,且战且退。看看已逼近汉阳,清军在铁路两面及玉带门、大智门,分布密排炮队,不停的施放。革命军亦在汉阳炮台放炮。双方炮火甚是猛烈,两军死伤甚多。此时有上海张竹君女士,组织的红十字救护队,带领女看护抢救后方伤兵。黎元洪也出入火线,督励士卒。黎夫人亲在伤兵病院看视,按名给予银钱食物。那兵士们都感激涕零,愿以一死报国。后来革命军在龟山上开炮,武昌城楼上,也向清兵开炮,两路夹攻,才把清兵打退。不多时,清兵又蜂拥上前,进逼桥口,包围汉阳,将招商码头占住,在趸船中捉获许多民军细作。此时清兵将领,忽接各国领事照会,说清军粮台设在汉口租界十四号房屋中,实是破坏各国中立条约,又说沿江趸船内均系避难旅客,清军轰击码头,实是违背人道。清军得了这个照会,明知外国人已暗助革命,便退回桥口扎住营垒。黎元洪见有机可乘,便传令连夜劫营,当时枪炮齐施,谁知清军营中,早有准备,却扼守不动。从此民清两军,无日不战,一连十多天,却不分胜负。袁世凯因摄政王已辞去名位,所有朝廷,都是他一肩担负。自己离京已有多日,便将军事交付与冯国璋,星夜乘车入都,就内阁总理之职。那边黄兴,远处香港调度一切,时时与黎元洪通信,知道武汉局面一时不能解决,便与孙中山通电商议。孙中山令陈英士、陶焕卿在江浙一带起事,又令周之贞、李应生在广东地方起事,扰乱清兵后方,原是声东击西的方法。此时广东将军孚琦,被温生才杀死以后,北京政府便续派满人凤山来做广东将军。那周之贞接了黄兴的密电,便要在凤山身上掀起广东的革命风潮。那时有之贞朋友高钊父、梁琦臣,从河南回广东,便和之贞、应生及李沛基兄弟，联合在一起，就广州仓前街开了一家洋货铺子，招了女同志徐忠汉、飞汉姊妹二人，作为内眷。天天候着凤山到来。那凤山率领部属，乘轮船来广东，在天字码头登岸。之贞暗中同党李沛基、陈军雄二人，怀着炸弹，在成记南货店屋顶上守候着。

欲知后事如何，且听下回分解。

## 第三十五回 **陈英士光复沪浦 朱介人助战南京**

那成记店位适当大街往来要冲。凤山登岸，即乘绿呢大轿，向大街进发，但也鉴于孚琦旧事，沿途都有军警严密保护。虽知凤山的轿子，刚行到仓前街转角地方，忽听得霹雳一声。那炸弹的力量真大，顿时墙坍壁倒，尘烟满目，那凤山被压在一堆瓦砾场里面，头破血流，早已死去。那顶绿呢大轿，也打成齑粉。李沛基、陈军雄二人，见事已得手，早在人丛中一溜烟逃去。周之贞也收拾店铺，从容离了广州。此时黄兴已由黎元洪电请，间道入湖北，担任民军总司令名义。此时湖南亦已独立，由湖南都督谭延闿拨湖南兵两师，交与黄兴指挥。黄兴带了湖南兵来武昌，与清兵奋力攻杀，连杀几阵。一时不能得手，便密派军官苏良彬至南京，运动徐绍桢独立，扰乱长江下游，使清兵失了斗志。那徐绍桢在南京任第九镇统制，他部下全是新军，早已与革命党有相当联络；但被南京总督张人骏，将军铁良，时时监视着动不得手。张人骏知道新军不可靠，便不许新军驻扎在城里，又扣住他的重要军器。那提督张勋的江防营，却是老营兵，平日忠心于清室的。张人骏便暗嘱张勋在城内外节节设防。这时第九镇军士驻扎在秣陵关，张勋在总督将军跟前献计欲暗杀徐绍桢，收服新军。张人骏很赞赏他的妙计，便派了许多心腹，有扮作乞丐的，有扮作皮匠的，潜至新军营门口，伺候徐统制。后来那陆军警察营官桂城和三十四标教练官恩锡，自告奋勇，去行刺徐绍桢。谁知那徐绍桢早有准备，在营门口埋伏着兵士，见有刺客，来一个捉一个，来两个捉一双，一齐押在营牢里，听候发落。此时安徽省也宣布独立了，推举旧时巡抚朱家宝为安徽都督。那云南也举协统蔡锷为都督。黄兴在武昌得了此消息，甚是欢喜，但南京一时不能发动，长江战事也无法开展。便打发湖南同志李燮和，带了湖南、广东两部敢死队，秘密到江浙一带去运动独立。那江浙地方，原是革命同志的根据地，四处出发帮助别省独立的颇有成效。便是驻扎在江浙一带的，如浙江光复会的陶焕卿、蒋尊簋，同盟会的陈英士、黄膺白，此外高子白、姚勇忱、许啸天、王金发、竺绍康，都是屡次举过事的。姚、许一班人自从徐锡麟、秋瑾被杀失败以后，便潜来上海，与杨侠卿开设闸北小学，遮人耳目。一方面与绍兴陶焕卿、王金发一班同志往来，一方面与陈英士日夜谋划革命的事业。当由许啸天提议各种宣传方法，陈英士担任从报章入手，便与湖南谢君组织竞业学会，发行《竞业旬报》。又在四马路开设《中国日报》，又在马霍路德福里组织秘密机关，门口悬一《民声报》编辑部的木牌，遮人耳目，邀集亲信同志，天天在编辑部中集会。许啸天担任从小说戏剧着手，除撰小说在于右任的《民吁报》、李怀霜的《天铎报》、商务书馆的《小说日报》分别发表外，又借重沈仲礼、马湘伯的力量，与王钟声组织春阳社，表演新派剧，鼓吹主义。第一次在圆明园路英国剧场开演，万头攒动，一新上海人的耳目。许啸天见新派剧有如此效力，便与王钟声分任宣传责任，一路由王钟声带领同志，到北京去表演，并担负革命工作，一路由许啸天在上海，又联络任天知、王楚九在南京路建设伟大的新派剧场，定名新新舞台，现改称天蟾舞台。无奈那舞台的股东，头脑陈旧，全非同志。许啸天便联合吴稚晖，另组织俱进会，谋文艺革命上的发展。许啸天此时住马霍路马德里，与陈英士所住望衡对宇，便常至陈屋中探望，彼此讨论时局。此时革命风潮日紧。一日，机关中同志愈聚愈多，待预备攻击上海制造局的前数日，大家忙着在屋中制造炸弹。陈英士忙着联合四方同志，用尽心力，已运动得南市商团加入革命。那商团首领李平书，亦愿亲自出马。许啸天此时已决定向社会做革命工作，一日与陈英士在密室中啜茗闲谈，许啸天发表意见道：

> 我们从前的革命运动，是个半盲，只睁开了一只眼注定在满洲人身上；倘然我们两只眼都能看，应该先看见种族主义的前面还有一个人道主义站着，政治运动的前面还有一个社会运动站着。我们先要求人道的光明，社会的发展；不问他操统治权的是什么人，只问他讲不讲人道。倘然不讲人道，异族固然要排斥，同种尤其要排斥。我们做政治运动的，前一步应该先要看一看社会怎么样？政治运动固然要紧，社会运动尤其是要紧。没有好社会，便有了好政治，也没有站脚的地方。况且没有好社会，却万不能产生好政治；因为操政权的人，都是从社会里产生出来的。有了好杜会，那政治处于社会监督之下，强迫他攻击他，也不容他不好。“为人民求幸福而革命”这个大前提原是不错，但我们的眼光，只把人民幸福看在满洲人身上，这是我们戴上了蓝色的眼罩了。我们赶跑了满洲人，取消了帝制，我们中国是否便可以立刻上天堂？我想国家大事，决没这样简单。揭去了一重政治的小黑幕，使露出一重大黑幕来；这大黑幕是什么？便是社会的堕落。本来异种的暴虐，政治的专制，都是从社会堕落的根蒂上产生的；你若不求社会根本的解决，虽暂时推翻了帝制和异种，一转眼那变相的帝制，变相的异种，和鬼影一般憧憧出现。人民依旧得不到片刻的真幸福！

陈英士听完了这一番话，便捧着他生平所最爱的一只紫沙茶壶，替许啸天筛满一杯茶，又自己筛满一杯茶，举杯微笑，说道：“你的问题太大了！我们且作牛饮。”从此陈英士在上海一隅积极进行。那陶焕卿自从与秋瑾、徐锡麟、蒋尊簋、得舟和尚，在西湖白云庵歃血结盟以后，便扮作苦行头陀，打着大木鱼，赤着脚向浙江各府州县村坊冷僻的所在走去。足足三年工夫，被他召集来的革命同志，果是不少，便是捐募来的革命军费，也是可惊，那浙江光复会，因此一天发达一天。九月十三日，上海地方到了广东敢死队秘密联合商团，由陈英士、李平书率领，直扑江南制造局。那时有一个姓钱的，原是许啸天新派剧的学生，早伏在制造局门外望道桥下，见大部敢死队赶到，他便从桥下直跳起来赤手高呼，奋勇当先，士气为之一震，立刻占据了制造局。李燮和乘势带兵，收复吴淞，又令商团收服四境。陈英士做了沪军都督，李平书做了民政长。那姓钱的也充了游击队长，带着兵轮巡查黄浦，中流弹而死。九月十四，江苏全省光复，巡抚程德全被举为都督，张謇为民政长，应德闳为财政长。同日夜间，陶焕卿在浙江运动革命,亦已成熟。那时许啸天在中国女子公学中识拔两个女学生,名尹锐志、尹维峻姊妹二人。他担任了浙江光复会的敢死队,在十四晚怀中挟了炸弹,坐了肩舆直入巡抚衙门,顿时炸弹爆烈,火光直起。后面八十一标、八十二标两队新军,一占据了军械局,一占据了藩台衙门。巡抚增子固被捉,囚禁在福建会馆中。所有军事,统由标统周承菼担任,议员褚辅成担任了政治,公举沪杭甬铁路总理汤寿潜为浙江都督。杭州地方原驻有满洲兵队,因右协贵翰香阴图反抗,便将贵翰香捉住枪毙,大局始定。隔了三天,贵州省也公举杨尽诚、赵德全为正副都督,宣告独立。此时长江一带,只有南京未下。那武汉一带的战事,因清兵有京汉铁路可通,军队不住的南下,和革命军打得甚是激烈。看看黎元洪的兵力单薄,有不能支持之势。黄兴十分忧急,一连几个电报打与徐绍桢,催他从速发动以牵制长江下游的清兵。绍桢便将全镇兵士,编成混成协,一面派良彬与督抚卫队巡防营结合,议定内外夹攻的计策。南京地方绅士探得了消息,便派代表去见总督张人骏,请求照苏州的例,宣布独立。那张总督一味狡猾,推托在将军铁良身上。铁良便暗令张勋准备,铁良自领满兵,守住满城。张彪兵士驻扎在雨花台一带,远远望去,城内外都遍插着张字的帅旗和满人的黄龙旗,军容也甚是威武。良彬见时机已迫,便暗领巡防队,胸围白布,直攻督署。督署亲兵出来抵抗,巡防兵此时乘乱打开城门,却不见徐绍桢的兵前来救应。那张勋的兵却已赶到,见有无辫发的人,不问他军民,抓住便杀。可怜巡防兵,两面受敌,人马已死了大半。良彬无奈,只得向四面散去。张勋重复紧闭城门,上架机关大炮。待到徐绍桢得了城中发动的消息,便把新军分作三路策应。前面竖起革命军旗,走到石马村地方,早被雨花台的守兵望见,便迎头放炮,打得新军好似落花流水,死伤满地。又有两标兵在姑娘桥、曹家桥一带,与张勋兵士死战。到天色昏暗,各个回营休息。那边徐绍桢得城中的密报,巡防兵依旧约为内应。当时徐绍桢发令夜间袭攻炮台,不许呐喊。到三更向尽,月明如昼,远望台上还有几点灯火。新军三十四标,摆开队伍,三十三标一营兵驻守雨花台死角,另调一营,掩护雨花台西侧。台上兵士,酣斗一日,已是精疲力尽,深入睡乡。忽听得城外吹起冲锋号,三十四标喊声大作。台兵一时慌乱起来,也不及瞄准,只是一炮一炮放去。三十三标各营,望见炮火从斜刺里杀出助战,三十四标冲入雨花台敌阵中。台兵见革命军如疯狂一般的扑来,便用机关枪扫射。新兵回掷炸弹,台兵稍退。新兵正欲抢夺机关炮,忽然对台飞过一炮弹来,震天价似一声响,可怜大队新军,连督队官一齐葬送在炮火里面。新军且战且退,张勋见自己军队得胜,便传令开了朝阳门,放出马队追赶,大杀一阵。绍桢见一时不能得胜,便死守住秣陵关,一面亲自到上海去求救。立刻召集苏浙联军,先开发到镇江汇合。联军共分五路,公推程德全为海陆军总司令。部下有宁军总司令徐绍桢、浙军总司令朱介人、苏军总司令刘之洁、镇军总司令林述庆、沪兵总司令洪承点这五路人马,一齐向南京进发。后来黎天才也带了济军六百敢死队,前来助战。朱介人统领浙军,攻打天宝山,刘之洁进攻雨花台;黎天才进攻乌龙山、幕府山;林述庆往来策应。黎天才奋勇当先,向乌龙山进发。田犹龙向朱介人借得浙兵一营助天才,一路攻去。张彪守住山头,黎天才不顾死活,冒着炮火,前去争夺山头。山顶上弹如飞蝗,黎田二军拚命向前,有进无退,步步进逼。张彪兵士果然不能支持,弃下乌龙山逃去。当时夺得大炮二尊,小炮二尊,克虏伯炮四尊。乌龙山上,革命军旗临风飘扬。铁良见失了乌龙山,便厚添兵力,守住幕府、狮子二山。黎天才留下一支兵守住乌龙山,自己又带着敢死队去夺幕府山。看看逼近山头,那守山台兵,并不开炮,反扬旗相招。原来此时湖南革命军已占住了幕府山,张勋退入城内,却传令狮子山炮台攻打民军。谁知那台兵因心向民军,开的都是空炮,接着下关炮台守将何明焕,已去投入民军,南京水师,同时也愿听民军指挥。

欲知后事如何,且听下回分解。

## 第三十六回 **冯国璋胜占汉阳镇 刘之洁猛攻南京城**

革命军海军参谋宁协万，将已投诚之海军，分为二队：一队留南京江面助战，一队开赴上游救应武昌。那苏浙联军和张勋的辫子军对垒了多日，张勋调三路人马，死守南京城，因此联军亦不能得手。当由朱介人召集军官，会议攻城策略，内中刘之洁最是勇敢，说愿率领五百敢死队去攻朝阳门，朱瑞也愿领着部下进取天宝城，那徐绍桢、林述庆、洪承点各路军马，往来两处策应。此次五路民军，人人怀必死之心，奋力攻城。朱介人在天宝山脚下，望得朝阳门一带烟云冲天，知道刘之洁在那边施放炸弹，便也催逼部下，猛力攻打。刘之洁也听得天宝山脚下炮火震天，知道朱介人在那里攻夺炮台。他愈觉精神百倍，眼见他部下呐喊进攻，炸弹如雨一般的抛掷，那砖石泥土飞上半天。张勋在城上指挥军队，大炮轰轰，向城外民军阵地中射去。民军地势低下，头顶上炮弹飞来，无处躲避，只有拚死向前。那前敌的军士，眼看着一排一排打死在地。朱介人知道此时是民军生死关头，便大喊一声，匹马当先，向天宝山顶上冲去。后面兵士蛇行而进走到山腰，地形奇险，朱介人便下马沿着石壁进攻。此时山顶上的炮弹，如闪电一般下来，有向他头上飞过的，有落在他脚后的。眼看着他部下的弟兄们中了炮弹死去，那尸体一个一个被弹力抛掷在半天里，朱介人此时也顾不得这许多了，只回头对他弟兄大声喊道："好弟兄，提起你的勇气来罢！我们须占了这山头，才得活命啊！"此时民军虽说死的很多，但兵士们个个咬紧了牙齿，低着脖子不作声儿，奋力的爬，山愈爬愈快。到了一个山谷口，朱介人又回头用很沉着的声音发令道："快向前！快向前！我们须越过这山谷，才是生路。"那兵士们听了大喊一声，一齐来抢这个山谷。山头上兵士，连用大炮向山谷扫射，民军愈死愈多。朱介人只喊得一声随我来，一纳头，和一只大虫似的越过山谷去，兵士也潮水似的涌进山谷来。耳中只听得轰轰几声，一粒炮弹当顶飞来，朱介人急向石壁让去。只听得震天价一声响，自己不知不觉晕厥过去。他随身的护兵，抢着朱介人的身体，向大树底下躲去，解下腰间的水壶，灌下冷水去。朱介人悠悠醒来，见自己弟兄们的尸体塞满了山谷；幸得此时已越过了山谷，他也不顾满身泥污，头上血流如注，忙拔出指挥刀，大喊冲锋，向炮台脚下冲去。此时炮台上大炮已失了效力，只有连珠似的枪声。那班民军毫不畏惧，一步一步向炮台包围上去。看真已近在眼前，那台上兵士力不能支，便丢下炮台向山后逃去。朱介人奋身而起，第一个跑上炮台顶，把一面革命军旗高高的插在台上，临风飘扬着。急转过炮口，向后山的逃兵打去。一连十几炮，打死了四五百辫子兵。那边刘之洁也打死了数百敌军，占据了孝陵卫。张勋此次失了地势，急急退进城去死守；一面把战事不利的情形，来报告张人骏、铁良二人。张铁二人，也一筹莫展，相顾太息。正束手无计的时候，忽报冯国璋军队打退了黄兴，已夺回汉阳、汉口二镇，只留武昌一座孤城，旦夕可下。一面又接到北京电谕，嘱张人骏死守南京，做长江的砥柱。

此时投降民军的水师，有保民、楚观、江元、江亨、建威、通济、楚同、楚泰、飞鹰、楚谦、虎威、江平和张字鱼雷艇共十三条兵舰，一同开到镇江。湖北方面的清兵只靠冯国璋统带的陆军，以后继续在招商码头、龙王庙桥等处和民军开战，两下不分胜负。冯国璋却用了一条声东击西的计策，把兵队分作几路，忽在跑马场出没，忽在大智门挑战，忽在刘家庙埋伏，忽在歆生路列阵。此时民军方面，是黄兴任总司令。见清兵出没无状，也分几路迎敌。冯国璋又从京汉铁路运来大炮十八尊，在四官殿江岸设两尊，在张之美巷江岸设一尊，在龙王庙江岸设四尊，在循礼门铁路外设二尊，在济生堂铁路洞门口设一尊，在英租界一码头后设三尊，在英租界五码头后设二尊，在刘家庙设三尊。黄兴见清兵愈来愈多，深悔不先将黄河铁桥轰断，如今冯国璋仗着京汉路的运输便利，又从北京调来大队人马，预备久攻。黄兴便与黎元洪商议，一面电至湖南，再请救兵。湖南都督谭延闿，挑选精壮兵士，编成敢兵队，令张尧钦带至武昌，救应黄兴。得了湖南兵，便令进攻汉口，另派一支军队由黑山上面偷渡汉水，一队又从孝感包抄过来，合力猛攻，颇觉得利。自从十月初一日起，一败清兵于兵工厂，再败清兵于美娘山，三败清兵于三眼桥，四败清兵于梅子山。冯国璋见独立难支，便电调段祺瑞另统生力军，赶到助战。在黑夜中从新沟安设吊桥，扮着民军模样，私渡汉水，夺得雨淋山。黄兴得了消息，亲自督阵前来迎敌。此时清兵得了地势，又有冯国璋马队冲锋，四路杀来，雨淋山上大炮掩护着清兵，出死猛攻。从十里铺转战前进，拔城头山，过扁担山、黄陵矶，入黑山、龟山、四平山、梅子山。黄兴抵敌不住，一路败退下来。冯国璋乘胜便夺得汉阳。只见那汉阳居民，扶老携幼，纷纷渡江向武昌逃难。那清兵不讲人道，一路追杀居民，又在临江放炮，打沉民船无数。顿时江心中起了一片惨哭叫喊的声音。黎元洪在武昌城楼上远望见隔江汉阳城上，早竖起了黄龙旗，便传令兵士，在江岸立栅张网。从上游金口设至青山，一路防守，十分完密。清兵也暂时休战，隔江相守。

武昌城门紧闭，一人不能出入。看看已是半月光阴，黎元洪困守在围城中，心头十分焦急。忽然驻扎在汉口的俄国领事，入城来拜访黎都督，愿以和事老自任，劝两下暂时休兵。黎元洪和同人商量，欲借议和为缓兵之计，当即派出孙发绪、曾贻文二人为代表，清军方面亦派出刘承恩、张春建二人。双方在俄国领事馆中见面。这次和议的结果，是清军退守滠口，民军暂不渡江，汉口地由外国兵队接管，划为中立地，俟袁世凯南来再定和战方针。这时黎元洪也乐得借此休息，一面密电南京联军，从速进攻。此时南京方面的联军，已是着着得了胜利；连日大败张勋的辫子军，夺了幕府山和下关的炮台。五路联军，直薄城下。张勋闭关不出，只令狮子山、雨花台、天宝城一带炮台，日夜不息的开炮，抵敌民军。十月初七，浙军朱瑞率领部下，猛扑天宝城。张勋亲自督战，传令将克肤伯大炮架设在紫金山上。此时张勋部下的兵士，已有若干受了民军的劝化不愿死战。当时听了张勋的号令，便推说山路崎岖，炮身沉重，不能上去。张勋传下第二次军令，说能抬炮上山者，赏银三千两；不抬炮者，一律斩首。那兵士又爱钱，又怕死，果然用尽九牛二虎之力，把那尊大炮搬到山顶。张勋接着传下第三次军令，说能打中民军一炮的赏银一千两。果然钱能通神，那克肤伯大炮打出去，连打中了民军三炮。黎天才的部下和朱介人的部下被炮打死了五百余人。朱黎两人，不觉大怒，立刻督同士卒,猛扑狮子山炮台。台上的炮,似珠的打下来,来的枪弹如雨。朱瑞怀着一肚子愤怒,不顾死活的直冲上去。他从前攻夺炮台,已有经验,双方经过一阵很激烈的战争,在当日下午,那狮子山、雨花台两处炮台,已入于联军之手。由海陆军总司令程德全,下令联军,分三路进攻:刘之洁领苏军取聚宝门,朱瑞领浙军取太平门,黎天才领济军取朝阳门;又设两路疑兵,去攻神策门、尧化门。张勋在城内顾此失彼,疲于奔命。到初八,天色黎明,朝阳、太平二门,被民军同时攻破,民军恐城中有地雷埋伏,暂不进城,一面分兵去攻夺富贵山、清凉山、老虎山各路炮台。张勋明知是不能再战,便在城中烧杀一阵,率领他的辫子军退守那浦口。总督张人骏、将军铁良,连夜逃入日本领事馆中。五路联军,便整队入城。光复了南京这一处重要地方消息传到武昌,那黎元洪便鼓励士卒,杀过江去。此时冯国璋得了南京光复的消息,已是兵无斗志,黎元洪乘势又夺回了汉阳城。接着山东也独立了。这山东是紧接直隶省的,如今也宣告独立,不由得袁世凯不慌张起来。此时中国二十二行省,已有大半入了民军之手,便由各省派定代表,在上海开会,组织临时政府,称中华民国。举伍廷芳为外交总长,定五色国旗,青天白日军旗。讲到这两面旗的来历,却颇有可以使人纪念的价值。第一次创造青天白日旗和便用此旗的人,便是陆皓东烈士。陆烈士和孙中山在广州起义,便议定用此青天白日旗。青天白日,是光明正大的意思。在白日十二支义光,角上又附十二小星球,是代表一日十二时的意思。后陆烈士事败身死,接着,便在庚子年惠州起义,由大将黄福、先锋黄耀廷率领敢死队二百人大破清兵在山州田地方,即用此青天白日旗为军旗。后又用此青天白日旗为国旗。第一次在新加坡中华堂开会时挂用,一般侨民见此新旗,皆欢呼拍掌,当时英国政府也不加干涉。后来在日本东京孙中山改组同盟会本部时,提议国旗。有会员廖恩煦,提议用井字大红旗,以表示中国井田制历史的平民色彩。后由孙中山以历史性质,主张用三色革命旗。当时全体通过,改定青天白日旗为军旗,三色旗为国旗。旗上用红蓝白三色,这是世界所通用的革命旗。红是流血之意,是说自由须由流血得来;蓝是天色,表示天道公正公平,便是平等;白是清洁之色,是说人心清洁,便能博爱。所以三色旗,便是代表自由、平等、博爱三大主义。在丁未年,革命军在惠州七女湖起义,及潮州黄花岗起义,亦兼用三色旗为军旗。后南洋《中兴报》和香港《中国报》所印月份牌上用三色中国国旗,世人渐知是中华民国的新国旗。以后继续着用三色旗,指挥革命大战。如钦州防城之战、广西镇南关之战、钦州马笃山之战,皆国旗最光荣的战史。镇南关一战,由孙中山、黄克强、胡汉民自统党军,连夺三座炮台。清将刘荣廷大败后,党军守炮台至七日之久,弹尽援绝,从容退去。军队行至半山,忽有一十三岁的同志,他想起尚有一革命军旗遗失在炮台顶上,恐落入敌人手中,受清兵侮辱,便欲返回炮台,取下此旗。此时清兵炮火,齐向炮台上三色旗施射,若欲取回此旗是万分危险的事。孙中山亲自劝此小同志不可冒险,此童儿奋然道:"军旗为一军荣辱所寄,岂可落入敌人手中!"冒险上山,孑身登炮台,盘旋至旗竿颠,将此三色旗从容取下,还至队中。清兵弹如急雨,向此童儿射击,而此勇敢小英雄竟安然无恙。

欲知后事如何,且听下回分解。

## 第三十七回　歌声起处茗盏横飞　美色投来香车叠拥

黄兴在马笃山一战，带领大队人马，前面三色大旗领导，鼓乐洋洋，由越南法属，绕道入钦州。法国守兵，非但不加干涉，且欢呼目送，表同情于中国的民主运动。此是三色旗第一次招展于外国境域。又在戊申三月，王明堂等起事，打败清兵在云南河口一带，杀清吏王镇邦，占据附近各州县，与清兵持至二十余日。彼时三色革命旗，遍插于云南各州县。此是三色旗第一次入内地。当时法文报、日本各报，皆绘此旗式，宣布于报纸，认为新中国的新国旗。庚戌年，广州独立，此三色旗的用途愈广。在香港缝造数千幅，夹入被褥中，运入广东；待倪烈士映典，奋袂而起，革命军皆树此三色旗欢呼相从。当时报上绘一蓝袍大将，手持大红日光旗，驰马指挥，中弹阵亡的，即指倪映典。此次失败，所有数千幅三色旗，尽被李准搜去，付之一炬。这是三色旗最大之厄运了。直到此次组织临时政府，始议定将三色旗改成五色国旗，以离五族共和之意。

在临时政府成立的时候，第一需要的便是临时大总统。众人的目光，都注定在孙中山身上。因孙中山不但有奔走革命数十年的辛劳，且有驾驭党国的才德。因此各省都电致海外欢迎孙中山回国。孙中山在武昌起义的第二日，正在美国哥罗拉多省的典华城。此时接得黄兴在香港发来一电，言居正从武昌到香港，急欲军费接济前敌。孙中山到典华城不久，人地生疏，无从筹款。孙中山焦灼终夜，不觉沉沉睡去。直到次日，在饭堂读报，始知中国已光复，不觉大喜。但此时孙中山心中所踌躇不决的，有两条路在面前：一是回国，一是不回国。后来孙中山决定暂不回国。他深知自己此时，当尽力的并不在疆场之上，而在樽俎之间。此时中国欲得世界各国的扶助，第一须着力于外交方面。当时只有美国对于中国取门户开放、机会均等、领土保全的主义；而法国对于中国革命，却深表同情。英国人民亦与中国表示好感。独英政府与日本政府同是一鼻孔出气，且德俄两国政府，因他自己是极端的专制政体，所以倾向满清政府。此时孙中山决定先与英国政府办理外交，便约同志朱卓文相偕赴英国。在路上又接到广东同志的电报，说围攻省城，旦夕可下。孙中山为欲免流血起见，便从英国电致两广总督张鸣岐，劝他献城归降，又电广东同志，令保全张鸣岐性命。此时孙中山与英国政府第一件须办的外交，便是停止付与清政府的借款。当时有英国人里马头代邀四国银行团商议。此时银行团已与清政府订约川汉铁路借款一万万元，又币制借款一万万元。这两种借款，一种已发行债票，一尚未发债券。当时孙中山要求一律停止进行。银行团推在外务大臣身上，孙中山便托维加炮厂总理，代表与英外相磋商妥求三事：一停止清室借款，二劝阻日本援助清室，三取消英属政府驱逐孙中山之命令。英政府原也颇知风色，眼见中华民国政府快要成立，便一律应允了孙中山的要求。立刻停止清政府的借款，并取消驱逐孙中山的命令。孙中山继续与英国政府交涉借款与新政府的条约。英外相答称须与新政府直接交涉，又派一银行行长随同孙中山回国，办理借款全权的事务。

此时中华国革命战事,因袁世凯的请求,隆裕皇太后便下谕所有开往南方的军队一律停战,令袁世凯派代表到南方去讨论和议。当时唐绍仪充了北方的全权议和代表赶到武昌,由西人李德立居间约同汉口总领事,去见南方议和全权代表伍廷芳。双方约定从十月十九日早八点钟起,到十一月初五早八点钟止,全国停战。当时随唐绍仪南下的,有杨士琦、严修、于邦华、傅增湘、范源濂、孙多森,唐宝锷、许鼎霖、严复、关冕钧一群官僚。谁知赶到武昌,伍廷芳却不在湖北。便派胡瑛、孙发绪、王正廷一班人,接见唐代表。孙发绪劈头便问道:"足下游历欧美二洲,当知世界大势;今以足下高见,清政府如此顽固,果能立足于世界否?再足下留学美国时,亦羡慕美国政治否?"唐绍仪答道:"先生所问极是!此次中国革命,我亦深表同情。但余此次之来,是欲免去战争得和平解决为第一要义。"接着,王正廷与胡瑛表示欲唐绍仪至上海开议。因武昌为两军战地,如在武昌开议,类于城下之盟,革命政府深以为辱。唐绍仪即慨然应充,转赴上海开南北和议。一方面由黎元洪电告上海,预备议场。上海伍廷芳接到此电,便欲选择一中立地点开议,便与英租界当局约定,借南京路市政厅为议和会场。又由驻沪英领事介绍英商人李德立住宅,充唐代表行辕。谁知唐代表行人乘船到上海码头,由小轮渡上黄浦江岸时,忽有一莽汉援枪在手对准唐代表当胸大声喝道:"你此番来讲和须完全接收南方的条件,若有半个不是,须当心我的手枪,决不饶你!"这唐绍仪是老于外交的人物,当时遇此莽汉,也丝毫不露慌张之色。李德立在一旁欢迎的,见了这情形,忙也拔出手枪,来上前欲扣住此莽汉。唐绍仪摇手制止,笑对李德立说道:"此也是爱国男儿的行为,我们听他去罢!"说着便与李德立挽手登汽车,疾驶至戈登路李宅去。后来租界捕房调查这莽汉的来历。原来他名黄祯祥,四川人,是行伍出身,后流落在杭州、上海一带,曾经充当药房伙友。因爱国心热,便时在大街人众之处大唱爱国歌,又分送爱国传单,举动颇似有神经病的。一日法租界新剧场正在演剧之时,黄祯祥忽跃上台去,大唱其爱国歌。台上戏子,纷纷避去。台前观众大怒,取茶杯茶壶向台上掷去,更有连椅凳从楼上掷下。黄急抱头逃下台去。此时黄贫困日甚,许啸天常以金钱接济之。武昌起义,于右任之《民吁日报》,为革命军之招待所。每日由于送往湖北从军的少年甚多,许与于为旧识,当指示黄祯祥以革命的机会。黄祯祥被送赴武昌前敌,因摇机关枪炸伤右臂,送回上海后方医院调治,但从此黄之右臂作废,黄即自号为"断臂将军"。彼在上海养伤,闲游无事,适遇唐绍仪南下,故有此惊人之举。不料即因此举,而断臂将军之名,宣传于政府当道之口。当道爱其忠勇,使率敢死之士,徒手捕获四川巨头顾鳌于三山会馆。后黎元洪闻其名,调充元帅府卫队长,复由袁世凯招之入京,充总统府卫队长,得了将衔。直至今日,彼亦驾汽车住洋房,而为海上寓公矣。

十二月二十八日午后二时,为南北两代表在上海第一次会议和约之期。当时唐绍仪携其随员许鼎霖、赵椿年、欧阳祥、欧赓祥,又西友李德立,乘汽车先到;次伍廷芳携随员王宠惠、温宗尧、汪兆铭、钮永建、胡瑛、王正廷,乘马车来。两代表彼此用国际礼节相见,陪坐的有英、日、俄、美、德、法六国领事。当时由领事声明外国人不干涉中国内政，此次列席原为调和战事，保全商业起见。当时伍廷芳第一个提出的难题，便是清帝退位，改行民主政体。唐绍仪因关系重大，不敢擅自做主，退出会议，立电满清政府请示。袁世凯此次派代表议和，原有成竹在胸，他知道满清的天下，是万难保全，但自己在北方的势力很大，颇有取而代之的意思；所以南方的要求，清帝退位，袁世凯也深表同情。当时袁世凯和他的心腹梁士诒一班人商议，决定逼清帝退位。第二天袁世凯入宫，递上一道表章，内阁总理率领各部大臣一律辞职。隆裕太后不觉吃了一惊，忙问袁世凯为何要辞职？袁世凯摇着头说："国事棘手得很。今日接到唐绍仪来电，说人民万众一心，主张共和，请皇上退位，非达到民主政体不可；倘然和议决裂，如今国库空虚，势难再战！况孙中山在英国已止住银行团的借款，从此莫说军费无处着落，便是政费也无从筹措。"袁世凯这一番话说得咄咄逼人，把个隆裕太后说得目瞪口呆，连说如何是好。没奈何只得用好言将内阁全体人员慰留住，一面召集王公亲贵，在宫中开御前会议。那班亲贵平日只知作威作福，骄奢淫乐，一旦有事，全没有一个主见，连开了三天会议，毫无结果。隆裕太后见此情形，不觉伤心大哭道："不料祖宗创下三百年的基业，如今却断送在俺们手中，令俺死也不能瞑目！"众亲贵七张八嘴，把这位太后劝进宫去，就此散会。接着，袁世凯府中有人来告密，说第六镇统制吴禄贞有不稳的消息。

吴禄贞是一位少年英雄，号绶卿，湖北云梦县人，幼年即入湖北武备学堂。后得官费派往日本学习陆军。革命党唐才常在汉口起义，便约吴禄贞响应。吴即侨装平民，从日本秘密回国，在大通召集同党，准备响应。谁知唐才常以事机不密，被张之洞杀死。禄贞重复逃至日本，从此便以革命为职志，奔走南北，结合同志。赵尔巽任东三省总督时，吴禄贞前往投效，颇得重用，即在东三省教练新军，转眼升为延吉厅边务大臣，与日本办理间岛交涉，着着胜利。赵总督保举为副都统。袁世凯教练新军，编成六镇，每镇设一统制；素慕吴禄贞方名，便聘吴任第六镇统制之职。吴既蓄意革命，今日兵权在手，他便暗暗的进行。恰巧武昌起义，吴禄贞便自告奋勇，愿赴前敌。当时清政府因吴禄贞部下全是新军，颇不放心。当有密令，传与荫昌率吴军南下，随时考察，如有可疑之处，许荫昌便宜行事。吴禄贞却也乖巧，他见荫昌同行，沿路着着防备。知道此行不能如愿，便推说有病，留在天津养病。又恐有侦探他的行踪，他便终日沉溺在花柳场中。天津原有女伶，吴禄贞便天天狎着女伶，招摇过市。那清政府见他如此行为，便也不去疑心。此时恰巧滦州兵变，威逼清室颁布立宪，清室当即派吴禄贞前往安抚。吴禄贞趁此时机，便对那滦州的军队演说他的革命思想，又说民主的利益，五族均沾。说得慷慨淋漓，军队有几个满洲军官，也被他说得感动起来，愿与吴统制取一致行动。吴禄贞联合两处军队，悄悄开至丰台，打算在北京城外示威，逼宣统皇帝退位。这个消息第一个在袁世凯耳中，他对梁士诒说道："此人不去，俺袁某不能安枕！"便秘密下令，调集京奉路线列车，留北京车站候用。一面调回各路人马，拱卫京师；一面由清政府下令，使吴禄贞率部入山西剿匪。此时山西尚未独立，吴禄贞欲趁此时机据山西为己有，便令军队扎在石家庄车站，自己轻车简从，来至山西省城，与山西民军秘密商议，欲连结北方各军队，共取北京；一面沿京汉、京张铁道，截取南下军队的辎重，以挟迫冯国璋、段祺瑞的军队。山西各团体亦愿出力帮助。诸事议妥,吴禄贞匆匆回石家庄来,便以火车为行辕,一面电告北京政府,说山西军队已愿就抚。

欲知后事如何,且听下回分解。

## 第三十八回　吴禄贞车站遭暗杀　隆裕后宫庭议遗书

吴禄贞在石家庄火车上，正发出奏本，忽见一卫兵跃上车来。吴禄贞原也十分机警，忙喝问什么人？那兵士抢步上前，屈着一膝，口称恭喜大人。禄贞见这卫兵的肩章，有第十二协字样，知是自己的军队，便也不疑。正欲听那兵士说下去，忽见那兵士耸身直扑，手握刺刀，向吴禄贞胸膛刺来。吴禄贞见事机危急，便跃身而起，站在大餐桌上，拔出手枪砰砰两声，那兵士应声倒地。谁知吴禄贞身后又赶过两个刺官来，擎枪乱放。吴禄贞胸脑中、心脏中，同时中了两弹，倒身死去。一时火车上大乱，车站上的兵士，赶来援救，已是不及。当时有一个姓詹的秘书长，也中流弹身死。事后追究那十二协兵士，原是吴禄贞部下协统周符麟统带的。这周协统与吴统制原有宿怨的，吴禄贞也曾上奏参革他过，只因陆军部驳斥不准，从此吴周二人做了生死冤家。吴禄贞正要借一个机会把姓周的调去，谁知这时姓周的已得了北京方面二万元的好处，竟令他暗杀上司。吴禄贞被刺的消息传到北京，第一个是袁世凯，听了快活。他对梁士诒一班人说道："从此老夫得高枕无忧了！"梁士诒又献计劝与庆亲王联合逼着宣统皇帝退位。那庆王自从得袁世凯赞叹振贝子以后，便时时在那里做太皇上的梦。便没有袁世凯运动，也常常在隆裕太后跟前絮聒说，人心已去，为保全皇族生命身家起见，还不如早早退位。接着袁世凯率领各部大臣，又上第二次辞职表章，弄得隆裕太后一个人手足无措，她见了庆亲王只有啼哭的份儿。庆亲王此时又得了上海来的密电，说革命党人已组织中华民国政府，举黄兴为大元帅，黎元洪为副元帅。同时袁世凯也得到唐绍仪电报，说上海中华民国政府选举正副元帅，原为他日选举正副总统张本。初次投票，黄兴得票最多，黎元洪却是次多数。依理黎元洪为副元帅，黄兴为正元帅。谁知江浙联军群起反对，说黎元洪劳苦功高，黄克强是败军之将，如何正副倒置？誓不承认。那党人也闯入代表人会场吵嚷不已，说黄克强在党国有相当历史，黎元洪却是因人成事的，理当举黄兴为正元帅。两面争执不休。黄兴见大局未定，却有权利之争，未免使外人见笑；且江浙联军自恃功高，竟干涉政治。此军人干政之嫌，断不可起，便愿自退让，通电推举黎元洪为大元帅。各代表见彼此争执不休，那公开的选举又无法推翻，便想出一个调停的办法来，请黎大元帅暂驻武昌，由副元帅代行大元帅职务在南京组织临时政府，一面派人去欢迎黄副元帅。那黄兴如何肯来？正在无办法的时候，上海忽得到孙中山从海外归来的消息，并传说随身带有三百万镑军饷。因此人人盼望。在十一月初六这一天，孙中山果然到了上海。欢迎的人排山倒海。便把正副元帅问题搁过一边，立刻由代表组织选举临时大总统会，在初十这一天投票。每省代表一人一票。当时有奉天代表吴景濂，直隶代表谷钟秀、张铭勋，河南代表李盘，山东代表谢鸿焘，山西代表景耀月、李素、刘懋赏，陕西代表张蔚森、马步云，江苏代表袁希洛、陈陶怡，安徽代表许冠尧、王竹怀、赵斌，江西代表林子超、赵士壮、王有兰、俞应麓、汤漪，浙江代表汤尔和、黄君平、陈时夏、陈毅、屈映光，福建代表潘祖彝，广东代表王宠惠、邓宪甫，广西代表马君武、章勤士，湖南代表谭人凤、邹代蕃、廖名搢，湖北代表马伯援、王正廷、杨士杰、胡瑛、居正，四川代表萧湘、周代本，云南代表吕志伊、张一鹏、段宇清，共投十七票。孙中山以十六票当选为临时大总统。孙中山下令改用阳历。在中华民国元年元月元日，由上海乘火车赴南京就临时大总统职。火车上及总统府中，遍挂五色旗。这五色旗原是根据三色革命旗，由程德全、宋教仁二人议决寓五族共和之意，改造成五色。此时已正式用为国旗。孙中山在南京行就职礼十分隆重，当众宣读誓书道：

> 倾覆满清专制政府，巩固中华民国，图谋民生幸福，此国民之公意，文实遵之以忠于国！至专制政府既倒，国内无变乱，民国卓立于世界，为列邦公认，文当解临时大总统之职，谨以此誓于国民。

孙中山就职后三天，又开选举临时副总统大会，当时黎元洪以得票最多当选。又仿美国制度，不设内阁总理，只分九部，每部设总长一人次长一人，亦请代表授票。公举黄兴为陆军总长，蒋作宾为次长；黄钟瑛为海军总长，汤芗铭为次长；伍廷芳为司法总长，吕志伊为次长；陈锦涛为财政总长，王鸿猷为次长；王宠惠为外交总长，魏宸组为次长；程德全为内务总长，居正为次长；蔡元培为教育总长，景耀月为次长；张謇为实业总长，马和为次长；汤寿潜为交通总长，于右任为次长。内阁成立以后，天天会议国家大事。第一件便是继续与满清政府会议。此时中华民国已成立，在国体上绝对没有满清帝王的立足的地方。所以此时南方所提出的条件，除宣统退位外，无转圜的余地。当时武昌战事，自袁世凯下令军中停战以来，浦口有张勋，汉阳有冯国璋，南北两军，隔江而守。而南京地方，却亟亟组织北伐队，一片喊声打倒满清政府，声势十分盛大。这消息传到北京，袁世凯又上表劝宣统皇帝退位。隆裕太后见人心大变，已是无法挽回，便只得允许退位。那唐绍仪得了满清政府退位的消息，又继续开议优待皇室条件六条：第一条，大清皇帝辞位以后，尊号仍存不废，中华民国以待各外国君主之礼相待；第二条，大清皇帝辞位之后岁用四百万两，俟改铸新币改为四百万元，此款由中华民国拨用；第三条，大清皇帝辞位之后，暂居宫禁，日后移居颐和园，侍卫人等，照常留用；第四条，大清皇帝辞位之后，其宗庙陵寝，永远奉祀，由中华民国酌设卫兵妥慎保护；第五，德宗崇陵，如制修妥，奉安典礼如旧，其经费由中华民国支出，宫内各项执事人员，可照常留用，惟以后不得再招阉人；第六条，大清皇帝原有私产，由中华民国特别保护，原有之禁卫军，归中华民国陆军部编制，额数编如旧。此六项条件，隆裕太后看了，认为满意；一面命袁世凯拟让位上谕。在十二月二十五日，便是中华民国元年二月十二日，隆裕太后在养心殿召见王公大臣。袁世凯将拟就的让位诏书呈上。隆裕太后未曾看完，便忍不住掩面大哭。袁世凯、世续、徐世昌及一班国务大臣，都随着大哭。哭罢，便将诏书交给世续、徐世昌用印。当时有一班亲王，便欲出班拦阻。隆裕太后厉声喝道："全是尔等一班糊涂虫将国事弄到如此腐败！如今还敢阻挠共和，将置我母子于何地？"几句话吓得庆王父子慌忙倒躲。诏书送到南京，孙中山与各部总长开读，那诏书上写道：

朕钦奉隆裕皇太后懿旨：前因民军起事，各省响应，九夏沸腾，生灵涂炭。命袁世凯遣员与民军代表讨论大局，议开国会公决政体。两月以来，尚无确当办法。南北睽隔，彼此相持。商辍于途，士露于野。徒以国体一日不决，故民生一日不安。今全国人民心理多倾向共和，南中各省既创议于前，北方将士亦主张于后，人心所向，天命可知。予亦何忍以一姓之尊荣，拂兆民之好恶。是用外观大势，内审舆情，特率皇帝将统治权，公诸全国，定为共和立宪国体。近慰海内厌乱望治之心，远协古圣天下为公之义。袁世凯前经资政院选举总理大臣，当兹新旧代谢之隔，宜有南北统一之方，即由袁世凯以全权组织临时共和政府，与民军协商统一办法。总期人民安堵海宇乂安，仍合满、汉、蒙、藏、回五族完全领土，为一大中华民国。予与皇帝，得以退处宽闲，优游岁月，长受民国之优礼，亲见郅治之告成，也不懿欤？钦此。

清帝退位以后，紧接着便是组织临时共和政府、统一南北的问题。袁世凯此时已撤回唐绍仪的代表资格，直接与孙中山函电往来，磋商时局。那孙中山既身任临时大总统之职，一面与袁世凯办理交涉，一面又急急整顿国政。第一件是外交问题。南京政府成立以后，便派王宠惠与各国交涉，凡革命以前清政府所欠外债，均由民国继续偿还；所有以前订定约章，一概有效；各国侨民教士，一体保护。第二件是内政部便下令剪发。命令上海地方，凡中国地界的警察，外国租界的巡捕，身旁皆置一竹篓，见有垂辫的人行过，便由巡警代为剪去，抛入竹篓中；又下令废除跪拜礼，改行鞠躬礼；又废去大人老爷的名称，凡山陕教坊乐户和浙绍惰民丐户，还有福建棚民，广东蛋户，一律解放，人人平等同享共和幸福。孙中山日夜经营，所有应兴应革的大政，大致都已举行。此时妨碍统一的只是北京尚有一个政府，直隶、河南、新疆、蒙古、西藏等地方，还不曾光复过来。那东三省地方官的公文时而称中华民国，时而称大清国，故弄狡诡。最是刁滑的，便是山东巡抚孙宝琦，他忽而附和民军，自称都督，忽而服从清室，反抗革命，令人不可捉摸。便是山西、陕西二省，虽早已独立，但常被北方军队袭击，二省督齐电孙大总统告急。孙中山处在这戎马倥偬的环境中，他知道不取消北京政府，人心必不能划一。当下便通电与袁世凯，请他从速收服东北各省，取消北京政府。那袁世凯却秘密寄了一信与孙中山，他信中直说要孙中山让位与他，才肯帮助共和事业。孙中山以国事为重，原无迷恋禄位之意，当即写一通复书，说明暂时任职，如能使中国统一随时可让位于贤者的一番意思。袁世凯犹恐孙中山是假意推让，便又寄一信，有君主共和问题现方付国民公决，无从预揣；临时政府之说，未敢预闻。这一假惺惺的话，孙中山明白他的意思，便立复一电，中有“推功让能，自有公论，文承各省推举，誓词俱在，区区此心，天日鉴之！若以文为诱致之意，则误会矣！”几句话。袁世凯这才相信。便令部下进兵东三省及山东一带，暂挂五色国旗。此时袁世凯在北京城中耀武扬威，出入宫庭，真有惟我独尊的气象。那旧时的亲贵，都奔走总理府中，承奉颜色。满人中惟摄政王载沣和军咨使良弼二人最是袁世凯的仇敌。但如今袁世凯得了权势，便是摄政王见了他，不得不退避三舍。有一天晌午时分，袁世凯正从宫中出来，顶头遇见了载沣从宫门外进。袁世凯昂头天外，假装作不曾看见，一队卫兵簇拥着登轿而去，把个摄政王气得只跺脚骂人。

欲知后事如何，且听下回分解。

# 第三十九回　**彭家珍计炸良弼　蔡元培受惊北京**

一天，袁世凯坐着大轿，出东华门来，卫兵前呼后拥，好不威风。街旁军警密布，举枪致敬。正行到丁字街口，忽见路旁茶室楼上抛下一物，落在地上，只离袁世凯坐轿五六尺远。轰的一声，烟尘四起，顿时人声鼎沸。那站街的军警，知道出了乱子，忙赶来保护。只见袁世凯安坐在轿中，丝毫未受伤害，只当场轰死了一个卫队长和卫兵二人。袁世凯一面吩咐搜捉凶手，便打着轿板，令轿夫抬回家去。接着，有许多人到府中来问安。那步军统领，前来报告说，在茶楼上捉住凶手三人：一名杨雨昌，一名张光培，一名黄之萌。这三人直认亲手抛掷炸弹，欲谋死总理。又问他是受什么人的指使，他却抵死不肯说话。问总理如何发落？袁世凯说，此等乱民，自然有人主使，如今凶手既不肯招认，我心中却已明白，不必多问，拿他正法便是。那统领官受了命令，立刻拿凶手绑出去枪毙。接着，民政大臣赵秉钧，受袁世凯传唤，进府去密谈。袁世凯屏退左右，和他商议机密。那赵秉钧受命而去。隔了不多几天，北京地方又出了一件暗杀案：原来那军咨使良弼，被人用炸弹轰去了右腿，性命难保。赵秉钧得了这消息，忙忙赶到袁总理家中去报告。他劈头一句说道："恭喜总理！那宗社党首领一去，俺们大事无碍了。"这良弼原是亲贵中的英俊少年，他见满人势力日衰，朝廷奸臣日多，便组织了一个宗社党，专事暗杀奸臣，破坏革命，保护清室，团结亲贵。袁世凯此时虽威权煊赫，但也很忌这个良弼，处处防备着他。今良弼被炸，这消息传来，他心中如何不乐？又打听得那凶手名彭家珍，是四川的少年，在四川武备学堂毕业，又至日本留学，历任四川、云南、奉天各省军官，平日所交游的，尽是革命男儿。因此，他也很富于革命思想。此次武昌起事，北方政局牵延不决，他便秘密来京，租一小屋住下。深夜制造炸弹，立意要炸死几个反抗革命的大员，使北方人不敢藐视南方政府。良弼此时统领禁卫军，主战最力，家珍便蓄意攻击良弼。先写一封绝命书，后将预备的新军标统服装穿上，投金台旅馆住宿，推说是奉天进京来，有要公拜见禁卫军统领，使旅馆代雇一辆马车直赴良弼家中，投刺请见。此时他已改名崇恭二字，名片上有奉天标统字样。那看门人见了名片，却也不敢怠慢，忙回说家大人在宫中议事，一时怕不得下来，说着，把家珍邀进府中客室中请坐。彭家珍既已来此，便也安心守候着，谁知直至日落西山，还不见良弼回来。家珍不觉心中慌张起来，他向看门人问明路经，便坐着原来的马车赶到东华门外去候着。约过了半小时，果然见良弼坐着马车出来，前后卫队簇拥着，家珍见无可下手，便令自己的马车退过一旁，让良弼的车马先行，自己却紧跟在后面。看看到了良弼家门口，良弼下车正要进门去，那彭家珍抢步上前，口称卑职有要公求见。良弼不由得站住了脚，回过头来，问：你是什么人？家珍双手捧上名片，良弼正注目在名片上时，猛听得大声一震，火光四射，良弼右腿，已被炸断，倒身在大门内。那卫兵见闯了大祸，急上前来捉凶手；那家珍不待卫兵近身，第二个炸弹掷去，轰倒了一排卫兵，连彭家珍自己也不及躲避,立刻炸死。良弼倒身大门内,由家人上去扶起,急招西医锯去右腿。只因流血太多,延至第二天亦死。死后只留女儿三人,家境甚是萧条。此时清帝已退位,也无从请求恤金。直到民国时代,由慈善家廉南湖的夫人吴芝瑛女士,替良弼之女名慰男的,向政府请求得了一笔抚恤金,勉强度日。

清帝未退位以前,孙中山原与袁世凯约定,如袁能使清帝退位,统一南北,遵守宪法,便当举袁世凯为临时总统。如今宣统帝已退位,孙中山不欲失信于人,便立刻向参议院提出辞职。书中有"当缔造民国之始,本总统被选为公仆。宣布誓书,以倾覆专制,巩固民国,图谋幸福为任。誓至专制政府既倒,国内无变乱,国民卓立于世界,为列邦公认,本总统即行辞职。现在清帝退位,专制已除,南北一心,更无变乱。民国为各国承认,旦夕可期。本总统当践誓言,辞职引退。"他后面又附着三条重要条款:一是,临时政府地点设于南京,为各省代表所议定,不能更改;二是,待参议院举定新总统亲到南京受任之时,大总统乃行解职;三是,临时政府约法为参议院所制定,新总统必须遵守。接着又有推荐袁世凯为新总统的咨文。大略说道:前使伍代表电北京有约,以清帝实行退位,袁世凯君宣布政见,赞成共和,即当提议推让。此次清帝逊位,南北统一,袁君之力实多,其发表政见,更为绝对赞同共和,举为总统,必能尽忠民国,故敢以私见贡荐于贵院。孙中山这两道公文发出以后,便有人进言说袁世凯坐获渔人之利,其心不可测。孙中山却不听信,立命议会公布选举临时大总统日期。在二月十五日这一日上午,孙中山率领全部军队,及总统府国务员全体人员,到明太祖墓前去行礼读着祭文,宣告汉族光复,民国统一。当场孙中山演说,又推荐袁世凯,说北京一方面全赖袁世凯惨淡经营,始得统一,如果袁世凯当选,想必能实行共和精神。到了下午,参议院开选举会,果然袁世凯由十七省代表投十七票,全场一致,当选为临时大总统。当由参议院通电全国,一面催促袁世凯来南京就职。但袁世凯是北京为巢穴的,他的羽翼他的军队全在北方,如何肯抛弃兵丁只身南来?他明知南京方面是要借此剪他的羽翼,使他做一个光杆儿的总统,因此他便百般推诿,不肯南下。但孙中山为人忠厚,心中实毫无成见,只以袁世凯倘然在北京就职,一个京城里既有总统,又有皇帝,且宣统让位的诏书,有由袁世凯组织临时政府一语。堂堂民国总统当由国民公举,岂能由亡国之君命令组织?因此孙中山坚决必欲使袁世凯南来就职。那袁世凯实在不愿离开北京,便与他心腹梁士诒商议,立刻回答一电道:

清帝退位,自应速谋统一,以定危局。此时刻不容缓,实为唯一要图。民国存亡,胥关于是。顷接孙大总统电开,提出辞表,推荐鄙人,嘱速来宁,并举人电,知临时政府,畀以镇安北方全权各等因。黄陆军总长暨各军队长电召鄙人赴宁等因。世凯德薄能鲜,何堪肩此重任?南行之愿,真电业已声明,然暂时羁绊在此,实为北方危机隐伏,全国半数之生命财产,万难恝置,并非因清帝委任也!孙大总统来电所论,共和政府不能由清帝委任组织,极为正确。现在北方各省军队,既全蒙代表,皆以函电推举为临时大总统。清帝委任一层,无足再论。然总未遽组织者,特虑南北意见因此而生,统一愈难,实非国家之福。若专为个人职任计，舍北而南，则实有无穷窒碍。北方军民意见尚多纷歧，隐患实繁；皇族受外人愚弄，根株潜长。北京外交，向有凯离此为虑，屡经言及。奉江两省，时有动摇，外蒙各盟，迭来警告。内讧外患，递引互牵。若因凯一去，一切变端立见，殊非爱国救世之素志。若举人自代，实无措置各方面合宜之人。然长此不能统一，外人无可承认，险象环集，大局益危。反复思维，与其孙大总统辞职，不如世凯退居。盖就民设之政府，民举之总统而谋统治，其事较便。今日之计惟有南京政府将北方各省及各军队妥筹接收，以后世凯立即退归田里，为共和之国民。

这一番话满纸要挟的口气，孙中山看了，肚子里又是气愤，又是忧虑。他想彼此意见不合，倘然战局重开，不独见笑于外人，且人民也受不起这一场灾祸。当时参议院委员长李肇甫，直隶议员谷钟秀，也劝孙中山息事宁人，在北方时局的时期中暂将临时政府设在北京，顺从袁世凯的意思。孙中山当下派蔡元培为欢迎正使，汪精卫、宋教仁二人为副使，到北京去欢迎袁世凯南下。带了孙中山致袁世凯的手书，说道：临时政府或设北京或在南京，原无不可，但民国成立以后，急盼先生一至南京交换南北意见。至国都问题，留为他日召集国会付之公决。袁世凯听得南京派专使来，便一面吩咐军警保护，一面预备行辕，搭盖彩棚，竭力欢迎。蔡元培、汪精卫一行人到了北京，袁世凯命黄沙铺路，花车迎送。三日小宴，五日大宴，见了面总是万分客气。只有蔡元培提起请新总统南下就职一句话，袁世凯总是百般推托，说待北方局面平静，即赴南京。此时袁世凯家中新来了一位谋士，名杨度的，可称得足智多谋。他与梁士诒二人追随世凯，如左右手。当时袁世凯便对杨度说起南方专使，坚执新总统南下就职之约，颇觉踌躇不决。杨度忽然得了一计，便向袁世凯附耳说道，如此如此。袁世凯听了，也不觉点头称妙。杨度退去，袁世凯用电话立刻召统领曹锟进府。待曹锟到袁家，世凯即与之在密室中谈话甚久，便是府中亲信幕友，也不知道他们商量的是什么机密。

蔡元培与汪精卫、宋教仁充当专使，到京住在顺成王府中。屋宇十分宽大，起居十分舒适。汪精卫忽然想起一年前进京开设照相铺，谋刺摄政王的事。因事不成，被捕禁入牢狱中，那种黑暗痛苦的情形，与今日住在王府中那种颐指气使的情形相较，真有天渊之隔。此时饭后无事，便与蔡宋二人谈谈昔年在北京监狱中的状况。又说幸得陈女士在外面用钱常来看望，又常送衣食，才得保住性命。蔡宋二人听说陈女士已与汪精卫结婚，便觉十分可敬。他三人正在闲谈，忽听得屋外喊声四起，接着枪声如连珠似的响着。蔡元培忙拉住汪宋二人出院子看去，只见院子外面火光烛天，哭声震地。时在深夜，他们都是人地生疏的，不觉慌张起来。正惊惶的时候，忽见一个当差的进来，连说兵变兵变。话犹未了，只听得大门哗喇喇一声响亮，已被乱兵打破了，蔡元培看情形不妙，拉着宋汪二人急向后院逃去，溜出后门。只见满街男女，四处奔逃。这三位专使，也混在人丛中乱窜，渐渐的离开乱兵远了，心才定下。这时已在后半夜，无处投奔，只得找一家客店，权宿一宵。次日去见袁世凯，袁世凯再三道歉，又竭力安慰了一番，留三位专使在自己府中住下。事后调查，原来那变兵正是曹锟部下的，一夜工夫焚毁了十数条大街,杀害了数十人命。幸得袁世凯派卫队,拿着大令,出去弹压。那乱兵一见了袁世凯的大令,便立刻平服下来。蔡元培见袁世凯有如此威力,便也深深叹服。

欲知后事如何,且听下回分解。

# 第四十回　都北京养成恶势力　结四国攫取外债权

蔡元培、汪精卫、宋教仁三人,在北京吃了兵变的惊吓,又眼见袁世凯那种平乱的手段,深信北方局面非有袁世凯这样的人久驻镇压不可。原来南京参议院,为建都北京建都南京的事,费了两次激烈的争辩:第一次投票结果,赞成建都北京的有二十票,主张建都南京的只有八票。咨文送达孙大总统,照政府组织条例,大总统对于参议院议决事件如未以为然,得在咨文到后十日内声明理由,交参议会复议。此时孙中山一力主张建都南京,他说北京已被数百年恶势包围,欲望政治清明,非建都南京不可。因将参议院咨文退回,令再开会议表决。第二次投票结果,忽有十九人主张建都在南京的,七人主张建都在北京的。文人的笔舌,到底不敌武人的枪杆。如今经过北京的兵变,接着又是天津兵变,保定兵变,他们口口声声说是攀留袁大总统坐镇北方。蔡汪宋三位专使也受了蒙蔽,代袁世凯电达南京,说临时政府地点,不如改设北京。北京地势,可以统驭全国,维系人心。当初主张建都南京,因彼时大江以北,尚属清军范围,不能不因时制宜。如今情势殊异,似以移都北方为宜。这一番话头,那参议院又因此事起了一番争执。直到三月初六日,始由参议会议决办法六条:一、允袁世凯在北京就职;二、袁大总统须电参议院宣誓;三、宣誓后即由参议院通告全国,认为袁世凯正式受职;四、所拟指派国务总理及国务员姓名,须得参议院同意;五、由国务总理及国务院在南京接收临时政府,交代事宜;六、孙大总统于交代之日始行解职。到三月初十日,袁世凯便在北京就职,向众宣誓。誓文中有:愿竭其能力,发扬共和精神,涤荡专制瑕秽。谨守宪法,依国民之愿望,达国家于完全安固之域一番话。当时全国人民,所视为最重要的便是参议院议决的中华民国临时约法。这约法是共和政体精神所寄托的,后来经十数年战争不已,大都是因争这个约法的尊严。如今附写在下面,是我们做国民的人人当知道的:

第一章总纲:第一条,中华民国由中华人民组成之。第二条,中华民国之主权属于国民全体。第三条,中华民国领土为二十二行省、内外蒙古、西藏、青海。第四条,中华民国以参议院、临时大总统、国务员、法院行使其统治权。

第二章人民:第五条,中华民国人民一律平等,无种族、阶级、宗教之区别。第六条,人民得享有左列各项之自由权:(一)人民之身体,非依法律不得逮捕拘禁,审问处罚;(二)人民之住宅,非依法律不得侵入或搜索;(三)人民有保有财产及营业之自由;(四)人民有言论、著作刊行及集会结社之自由。第七条,人民有请愿于议会之权。第八条,人民有呈诉于行政官署之权。第九条,人民有诉讼于法院受其审判之权。第十条,人民对于官吏违法损害权利之行为,有呈诉于平政院之权。第十一条,人民有应任官考试之权。第十二条,人民有选举被选举之权。第十三条,人民依法律有纳税之义务。第十四条,人民依法律有服兵之义务。第十五条,本章所载人民之权利,有认为增进公益,维持治安,或非常紧急、必要时得依法律限制之。

第三章参议院:第十六条,中华民国之立法权以参议院行之。第十七条,参议院以第十八条所定各地方选派之参议员组织之。第十八条,参议每行省、内蒙古、外蒙古、西藏各选派五人,青海选派一人,其选派方法由各地方自定之。参议院会议时,每参议员有一表决权。第十九条,参议院之职权如下:(一)议决一切法律案;(二)议决临时政府之预算决算;(三)议决全国之税法币制及度量衡之准则;(四)议决公债之募集及国库有负担之契约;(五)承诺第三十四条、三十五条、四十条事件;(六)答复临时咨询事件;(七)受理人民之请愿;(八)得以关于法律及其他事件之意见建议于政府;(九)得提出质问书于国务员并要求其出席答复;(十)得咨请临时政府查办官吏纳贿违法事件;(十一)参议院对于临时大总统认为有谋叛行为时,得以总员五分四以上之出席,出席员四分三以上之可决弹劾之;(十二)参议院对于国务员认为失职或违法时,得以总员四分三以上之出席,出席员三分二以上之可决弹劾之。第二十条,参议院得自行集会开会闭会。第二十一条,参议院之会议须公开之;但有国务院之要求,或出参议院过半数之可决者,得秘密之。第二十二条,参议院议决事件,咨由临时大总统公布施行。第二十三条,临时大总统对于参议院议决事件,如否认时,得于咨达十日内声明理由,咨院复议;但参议院对于复议事件,如有到会参议员三分二以上仍执前议时,仍照第二十二条办理。第二十四条,参议院议长由参议员用记名投票法互选之,以得票满投票总数之半者为当选。第二十五条,参议院参议员于院内之言论及表决,对于院外不负责任。第二十六条,参议院参议员除现行犯,及关于内乱外患之犯罪外,会期中非得本院许可不得逮捕。第二十七条,参议院法由参议院自定之。第二十八条,参议院以国会成立之日解散其职权,由国会行之。

第四章临时大总统、副总统:第二十九条,临时大总统、副总统,由参议院选举之。以总员四分之三以上出席,得票满投票总数三分二以上者为当选。第三十条,临时大总统代表临时政府总揽政务,公布法律。第三十一条,临时大总统为执行法律,或基于法律之委任得发布命令,并得使发布之。第三十二条,临时大总统统率全国陆海军队。第三十三条,临时大总统得制定官制、官规,但须提交参议院议决。第三十四条,临时大总统任命文武职员;但任命国务员及外交大使、公使,须由参议院之同意。第三十五条,临时大总统经参议院之同意,得宣战讲和及缔结条约。第三十六条,临时大总统得依法律宣告戒严。第三十七条,临时大总统代表全国接受外国之大使、公使。第三十八条,临时大总统得提出法律案于参议院。第三十九条,临时大总统得颁给勋章,并其他荣典。第四十条,临时大总统得宣告大赦、特赦、减刑、复权;但大赦须经参议院之同意。第四十一条,临时大总统受参议院弹劾后,由最高法院全院审判官互选九人，组织特别法庭审判。第四十二条，临时副总统于临时大总统因故去职，或不能视事时，得代行其职权。

第五章国务员：第四十三条，国务总理及各部总长，均称为国务员。第四十四条，国务员辅佐临时大总统，负其责任。第四十五条，国务员于临时大总统提出法律案公布法律，及发布命令时，须副署之。第四十六条，国务员及其委员得于参议院出席及宣言。第四十七条，国务员受参议院弹劾后，临时大总统应免其职，但得交参议院复议一次。

第六章法院：第四十八条，法院以临时大总统及司法总长分别任命之法官组织之，法院之编制及法官之资格，以法律定之。第四十九条，法院依法律审判民事诉讼及刑事诉讼；但关于行政诉讼，别以法律定之。第五十条，法院之审判须公开之，但有认为妨害安宁秩序者，得秘密之。第五十一条，法官独立审判，不受上级官厅之干涉。第五十二条，法官在任中，不得减俸或转职；非依法律受刑罚宣告，或应免职之惩戒处分，不得解职；惩解条规以法律定之。

第七章附则：第五十三条，本约法施行后限十个月内，由临时大总统召集国会。其国会之组织及选举法，由参议院定之。第五十四条，中华民国之宪法由国会制定。宪法未施行以前，本约法之效力，与宪法等。第五十五条，本约法由参议院参议员三分二以上，或临时大总统之提议经参议员五分四以上之出席，出席员四分三之可决，得增修之。第五十六条，本约法自公布之日施行。

在南京临时政府成立的时候，原是照美国的制度，不设国务总理，只有国务员，由大总统直接担负行政上的责任。这便是总统制。因为武昌起义的时候，各省联合响应，好似美国十三州联合反抗英国的形势差不多。如今南北统一，改为中央集权，便仿法国制度，设国务总理，由总理负行政的责任，大总统只须坐享其成。这称做内阁制。袁世凯就职以后，第一个便任唐绍仪为内阁总理。当时为要安插南北人才起见，便照预定的国务员名额，加多一名。开出名单来：陆征祥为外交总长，赵秉钧为内务总长，熊希龄为财政总长，段祺瑞为陆军总长，刘冠雄为海军总长，王宠惠为司法总长，蔡元培为教育总长，宋教仁为农林总长，陈其美为工商总长，施肇基为交通总长。大总统既在北京，国务院当然也要搬到北京去。南京地方由袁世凯任命前陆军总长黄兴为留守，管理南方军队。副总统黎元洪兼领参谋总长职衔，仍驻在武昌。这唐绍仪做内阁总理，也不是容易的事。第一个难问题，便是各方请发历欠军饷，共要五百万之多。唐绍仪无法可想，只得向外国银行团举借外债。那时便有四国银行团来承接这注生意。这银行团的历史，直起点于宣统二年，因当时满清政府欲改良币制，及振兴东三省实业，举借外债一千万镑。由英国汇丰银行、法兰西银行、德华银行、美国资本团合力应借，当时便称为四国银行团。后经日俄两国出口头抗议。交涉还未办妥，中国已经革命。四国银行团便将借款停止。但当时已交过垫款四十万镑。到了袁世凯时候，那四国公使却自己上门来承揽借款。但他要求借款优待条件,他既要担保,又要监督用途。唐绍仪见他条件如此的苛刻,便另向华比银行借到垫款一百万镑。比利时原是小国,如何有此大力?只因他贪图中国的重利,便联合了俄国银行,还有未曾列入团体的英法银行,打七九折付款,利息五厘,便以京张铁路余利作抵。唐绍仪得了此款,便付南京二百三十万两,武昌一百五十万两,上海五十万两。那四国银行团见唐绍仪向别国去借款,破坏他们的优先权,大家来责备袁大总统,逼着要中国退还比国借款,中国如欲借债,非向四国银行团开口不可。唐绍仪开口便要借七千五百万两。那银行团一定要监督用途。因此两方决裂起来,袁世凯便也不理会他们,独向日本正金银行、俄国道胜银行借款。那英美两银团,第一个着起慌来,便挽出英美两国公使来调停借款之事。袁世凯自己却不见命唐绍仪去办这个文涉。

欲知后事如何,且听下回分解。

## 第四十一回　借刀杀人张方送命　慈猫哭鼠故友吊丧

唐绍仪便将借外债的交涉，给新任财政总长熊希龄去办理。这熊希龄是凤凰厅人，一班朋友因他颇有才干，便称他为熊凤凰。这只凤凰果然有本领，他把极棘手的借款交涉办妥。第一批便得了三百万两银子，作为支放南北军饷的用途。后来日俄两国又加入了银行团，成为六国，继续又借到三百万两银子的垫款。此时的共和政府，已成借债度日的局面。唐绍仪身为总理，只因银钱两字，终日奔走于外国银行家的门下，仰碧眼红髯儿的鼻息，所有军国大事，一事不能办。唐总理心中已是不舒服了，谁知那总统左右的人物，又时时在总统跟前说总理的坏话。有说总理的权太重了，总统简直是一个傀儡；有说唐绍仪加入了同盟会，事事帮助民党，与总统为难。袁世凯本来是一个多疑人，他和唐绍仪虽是多年老友，但如命两人因国家大事，时起争执；再加左右时进谗言，袁世凯不觉勃然大怒，一日，对唐绍仪说道："我已老了，少川你来做总统好么？"唐少川听了这个话，明知总统轻薄他，他便一言不发，乘车往天津养病去。后来说定任命王芝祥为直隶都督的，待王芝祥到了北京，袁世凯却不得唐总理的同意直接下着命令，着王芝祥仍回南京收束军队去。唐绍仪忙进总统府，去责问为什么置前日委王芝祥为直隶都督的命令于不顾。袁世凯也不说话，只拿出一张直隶五路军人反对王芝祥的电文来，给唐总理看。唐总理说这是军人干政，万不可开此风气。袁世凯也不答话，只是端茶送客。唐绍仪一肚子没好气退出总统府来。才走得数百步，忽见当前一队军马，簇拥着一辆高车，吆喝而来。唐绍仪的车辆退让得稍缓了一步，那卫兵们已不耐烦了，便怒目扬鞭的大声喝道："快走快走，不要恼了老子。"唐绍仪看了这情形，心中更是纳闷，待车马过去以后，才知道那高车坐的是拱卫军总司令段芝贵。唐绍仪叹道："乱世文官不值钱！"他便决意告退，仍回天津去。袁世凯假意派秘书长梁士诒到天津去劝驾。唐绍仪索兴写了一封辞职书，托梁士诒带回，一面收拾行李，乘船回南。在船中遇见一个大汉，亦步亦趋的跟在唐绍仪身后。唐绍仪看这大汉的面似曾相识，便喝问你是何人。那大汉说出黄祯祥三字来。唐绍仪大悟，便笑问道："你敢是又来行刺老夫么？"大汉长叹说道："如今民国已见成立，我与君并无夙仇，今日系奉极峰命令，来此下手。我看君来去坦白，亦不忍下此毒手，否则早已行事，恐君难免死于俺腕下矣！"说着长扬而去。唐绍仪也不去追求他，只对左右说道："嗜杀人的人亦欲杀之；此杀机一开，不知要闹出多少惨事来呢！"

果然唐绍仪辞去总理以后，第二任总理便是陆征祥。他是一位好好先生，不偏不党的。袁世凯乘机便把总统的权限扩大。他属下第一个杀人机关，便是军政执法处。遇有嫌疑的人，便由执法处任意捉来枪杀。那时因杀了湖北军务司副司长张振武，及将校团团长方维二人，吓得人人胆寒。原来张方二人，武昌起义革命有功人物，后因解散军队，黎元洪派张方二人为蒙古调查员，先至北京去领旅费。那张方二人到了北京，住在前门外西河沿旅馆中住宿。第二天,张振武进城去闲游,独留方维一人在旅馆中。到晌午时分忽有军警百余人闯入旅馆,竟至方维房中,不由分说,拿绳子反绑着拉入军警执法南局中去。那张振武带领武昌同来将校十三人,在前面游玩,忽见一队军士,个个手执快枪,驱逐行人,赶近身来,将张振武一行人包围在垓心。内中一个军官,高声喝道:今日只捉张振武一人,大家不要动。那十三人都是赤手空拳的,见此情形,也无法救他,只眼看着张振武被他们套上铁链,狼狷而去。第二天下午一点钟时候,军政执法处已将张方二人枪毙,说他在武昌煽惑军心,谋为不轨。由步军统领衙门会同军政执法处宣布罪状道:

阳历八月十五日,奉临时大总统令,八月十三日,准黎副总统电开:张振武以小学教员赞成革命起义以后,充当军务司副司长,虽为有功,乃估权结党,桀骜自恣。赴沪购枪,吞蚀巨款。当武昌二次蠢动之时,人心惶惶,振武暗中煽惑,将校团乘机思逞。幸该团员深明大义,不为所惑。元洪念其前劳,屡与优容,终不悛改;因劝以调查边务,规划远谟。于是大总统有蒙古调查员之命。振武抵京后,复要求发巨款设专局。一言未遂,潜行返鄂,飞扬跋扈,可见一斑。近更蛊惑军士,勾结土匪,破坏共和,昌谋不轨,狼子野心,愈接愈厉!假政党人名义,以遂其影射之谋;藉报馆之揄扬,以掩其凶顽之迹,排解之使,困于道途,防御之士,疲于昼夜,风声鹤唳,一夕数惊。赖将士忠诚,侦探敏捷,机关悉破弭祸无形。吾鄂人民,胥拜天赐。然余逆虽歼,元恶未殄,当国事未定之秋,固不堪种瓜再摘。以枭獍习成之性,又岂能迁地为良?元洪爱既不能,忍又不可,回腹荡气,仁智俱穷。伏乞将张振武立予正法,其随行方维系属同恶相继并乞一律处决,以昭炯戒。此外随行人,有勇知方,素为元洪所深信;如愿归籍,请就近酌拨川资,俾归乡里,用示劝善罚恶之意。惟振武虽伏国典,前功固不可没,所部概属无事,元洪当经纪其丧抚恤其家,安置其徒众。决不株累一人。皇天后土,实闻此言。元洪藐然一身,托于诸将士之手阘茸尸位,抚驭无才;致令起义健儿,夷为罪首,言之赧颜,思之雪涕。独行踽踽,此恨绵绵,更乞予以处分,以谢张振武九泉之灵,尤为感祷。临颖悲痛,不尽欲言等因。查张振武既经立功于前,自应始终策励,以成全人。乃披阅黎副总统电陈各节,竟渝初心,反对建设,破坏共和,以方维同恶相济。本总统一再思维,诚如副总统所谓爱既不能,忍又不可,若事姑容,何以对烈士之英魂?不得已即着步军统领军政执法处总长遵照办理此令。等因奉此。当即将张振武方维二人,遵照军令枪毙。其随行诸人,概不株连。至张振武方维二人身后一切,从优,按照大将礼治丧。

张方二人枪毙以后,那随来的十三人,吓得风流云散,各个逃回湖北去。内中有与张方二位人熟悉的,便去报告当时张方二人在北京被杀的惨状。可怜这两位夫人一边痛哭,赶进北京去。见张振武、方维两口棺木,寄在庙宇里,那棺材头上用白纸大字,标着张振武方维字样，两位夫人看了，又不由得抚棺大哭一场。后见两口全是上等棺木，便也稍减悲怀，当即盘柩回湖北去，在武昌宅第中择日开吊。自有当时一班军政界中人，前来吊祭。独有黎元洪在灵前哭得最是悲哀，又进内宅去拜见两位夫人，用好话竭力抚慰了一番。当即送上五万块钱，为治丧费。又另拨银十万两为抚恤费，亲自交与两位夫人。两位夫人见如此重礼，便也不得不叩头称谢。此时军事已停，各路军队不得不收缩改编，因此各处都闹着兵变：新疆都督袁鸿祐被杀，苏州先锋营变乱，山东省兵闹戏园，奉天省城因官长指派国民捐兵士哗变，芜湖卢军暴动，洛阳总制张钫部下哗变，浦口第一军第一师因三月未给饷兵变，滁州兵士也闹饷，湖北第一镇因裁兵变乱，江西景德镇兵变，安徽省城兵变，北通州兵变，湖北军官祝制六谋叛，沙市兵变，陕西兵变，南昌兵变，烟台兵变……闹得处处兵灾，人民流离。好不容易，把编遣军队的事体弄清楚了。还有那各省的都督，有独据一方，有自封自拜的。苏州有了都督程德全，上海又有都督陈其美，镇江又有都督林述庆，清江又有都督蒋雁行，扬州又有都督徐宝山；一个省份里，产生了五个都督，这政权如何能统一？还有杭州，既有都督蒋尊簋，绍兴却也有都督王金发，宛似群雄割据，情形纷乱已极。袁世凯便派王芝祥南下，帮助黄兴办理，撤销骈枝都督的事体。二十二省立了二十二个都督：直隶都督冯国璋，奉天都督赵尔巽，吉林都督陈昭常，黑龙江都督宋小濂，江苏都督程德全，安徽都督柏文蔚，江西都督李烈钧，浙江都督朱瑞，福建都督孙道仁，湖北都督黎元洪，湖南都督谭延闿，山东都督周自齐，河南都督张镇芳，山西都督阎锡山，陕西都督张凤翔，甘肃都督赵惟熙，新疆都督杨增新，四川都督尹昌衡，广东都督胡汉民，广西都督陆荣廷，云南都督蔡锷，贵州都督唐继尧。这一大批都督里面，虽有几个是老官僚改变的，有几个是革命的新人物，但形式上弄得这样整齐，已是很不容易的事体了。

许啸天这时在上海因社会教育的事体，竭力提倡新剧。联合旧时春阳社同志王熙普和从日本回国的老友春柳社中坚分子陆扶轩，在上海组织了大座表演新剧的舞台。内中以许啸天主任的新新舞台为最大，可容积看客五六千人。层楼高入云霄，矗立在英租界南京路上。各舞台所表演的问题剧，都含有教育政治社会个人等性质的。一时观众大受感动，交口称颂。又由六座舞台，合力组织一新剧公会，公举许啸天为会长。此时一班旧友，都奔走政治事业，做官的做官，立党的立党，孙中山成立了最有名的国民党；江亢虎成立了社会党；章炳麟、张謇成立了统一党；蔡锷、王芝祥成立了共和党；又有自由党，国民协进会，种种名目。许啸天虽与党中重要分子有所来往，但大都是私交，因他此时正注力于社会事业，颇不愿入政治的旋涡。后来绍兴一方面颇多因从前秋瑾的一役共过患难的朋友，现在也纷纷出来，做官的做官，办社会事业的办事业。他们共有十八个团体，联合打了一个电报，特派专员到上海来，把许啸天拉了去办理社会教育的事体。又在绍兴城中，组织了一座新剧场。那王金发在绍兴做了都督，衙门高踞在府山上面，便由都督夫妇二人出面邀请许啸天夫妇二人上山去赴宴。从山脚下直到山上都督府内堂，沿路都有卫兵擎枪把守。王金发因此时正办理撤销都督的事体，十分忙碌，便由都督夫人徐自芳和府中秘书长谢斐麟代表招待。彼此故旧重逢，谈笑甚欢。此时许啸天的家眷安插在水陆军总稽查何姓的公馆中，自己每天在越铎报馆接见朋友。因绍兴一班士绅，大都是昔年知交，每日言笑一室，甚是快乐。

欲知后事如何，且听下回分解。

## 第四十二回　王金发撤销督府　许啸天受惊越城

绍兴越铎报馆总理孙德卿，昔年毁家纾难，赞助革命事业。当初徐锡麟、秋瑾创立大通师范学堂，教授革命同志军事知识，孙德卿亦捐助经费不少。如今革命成功，孙便组织越铎报馆，主持公道。此时王金发在绍兴充当都督，他左右有称三王的，不免狐假虎威，无恶不作。便是都督部下的兵士，大部从前江湖弟兄，在患难中相从多年，如今王金发看待他们，不免宽纵了一些。那班兵士们在地方上，常有强借硬赊的事体，扰害人民。那《越铎报》上一件一件的给他披露出来，因此也拖累了王金发的名誉，颇不好听。那一天都督府中杀猪宰羊，犒赏兵士，分发恩饷解散。军队别的兵士一听说解散二字，心中满不高兴，独有王金发的部下一听说解散二字，便觉得分外高兴，大家在都督府中饮酒食肉，欢呼畅饮。酒醉饭饱，大家齐集在礼堂中听训话。此时一大队兵士，已把服装军器缴还。他们原是跟随王金发在江湖上十多年，彼此都以弟兄称呼。如今王金发做了都督，一班弟兄们做了他的部下，见了金发哥出门喊立正进门喊举枪，每月只领了有限几个口粮钱，动一动便有军法跟在身后，满觉浑身不自在。现在一听说要解散军队，金发哥也不做都督了，大家满心想簇拥着金发哥依旧到深山大泽中去，度他江湖快乐的生涯。谁知到听训话的时候，王金发却满口说着官话，口口声声说弟兄们各自归田，做一个安分良民，又说如今中华民国革命成功了，大家都要做一个光明磊落的国民，所有从前啸聚山林的营生，一概洗手不做。那班弟兄听金发哥说的话完全不像从前做大阿哥说的话，便有人上前去责问。一开口便唤了一声金发哥："如今我们军队解散，已不是金发哥的部下了，你金发哥也不是我们的都督，但我们十多年的交情，你金发哥如今富贵了，也不好意思抛开我们弟兄不管。从今以后，我们仍旧跟住你金发哥在一块儿，有福同享，有祸同当，不失了当年的义气，岂不是很好吗？"王金发听了那兵士的话，不觉勃然大怒道："你们快别讲义气了！你们倘然有义气的，也不致天天给我坍台，让绍兴报纸上天天骂你们不守纪律，扰害人民。从今以后，我也没有这张脸做你们的大阿哥了！我和你们各走各的路罢！"说完了这几句话，王金发便撇了众人，退入内室去。那五六百个弟兄，见大家失了面子，便垂头丧气的退出都督府来。走到半山里，内中有一个从前当过连长的，便忍不住气，向大众高喊道："我弟兄们的面子都被那几家鸟报馆剥去了！我们还不报这个仇吗？"这句话听入众人耳朵里，便一唱百和说，我们打报馆去。那连长把弟兄们分作四队，向四路打报馆去；又约定事过以后，大家在昌安门外会集，回嵊县新昌老家去。

当时绍兴社会事业，也颇发达。许啸天到了绍兴，除办一家新剧场以外，又办了一所贫民习艺场。全是没收逆产来开办的。城中也有报馆四家，最有势力量发达的，却要算越铎报馆。许啸天每日在越铎报馆中，和总理孙德卿闲谈。此时孙德卿兼充民团局长，那地方上中心人物，也常到报馆中来聚会。一个屋子里，聚集了十几位宾客。内中还有一位成章女学校的女校长,正与许啸天商议学校的事体。孙德卿便欲为许啸天洗尘,请在座诸宾客作陪。此时天气十分炎热,大家科头跣足,解衣挥扇。小窗临水,柳荫入户,好风徐来,正可以洗濯尘烦,谁愿向热闹酒楼中去挤轧?便一律要求孙德卿即在此临水书屋中,开筵畅饮。团围一桌,正好坐了十个人。孙德卿最爱诙谐,因此室中常有笑声。正在大笑的时候,忽听得院门外人声鼎沸,夹着吆喝号哭之声。合座宾客,齐变了色。便抢出中庭看时,见大门外拥进百数十个大汉来,各各手执铁器,逢人便殴,逢器便毁。乒乒乓乓,打成一片。大家看情势不妙,苦于报馆房屋后门是临河的,无可退避。当时见一大队凶汉,直向内院中冲来,孙德卿便率领众宾客,向厢房中绕出前院去,十个宾客,鱼贯而行。走到前面庭院,正欲抢门逃脱,一眼见一个尸身倒卧在血泊中,他脑袋上已深深的砍了三刀。再回头,那大门口已有三四十个流氓,各个手执凶器,守住门口,他们见当头一个是孙德卿,正是仇人相见,分外眼明,便有十数个人恶狠狠的扑上去,一把揪住孙德卿的顶发,好似鹞鹰抓小鸡似的抓了去,按在地下,数十个人攒殴起来。许啸天在后面看看情势不妙,急转身退入后院去。此时屋内屋外,已布满了凶汉;许啸天在廊下迎面遇到了一个大汉,提着醋钵似的大拳,直向面门上送来。只觉眼前金星乱迸,许啸天一只左眼,已被打瞎了。他急转身向厢房中溜去,见一个大汉掀翻一只大餐桌,哗喇三声,拉断两条桌腿,擎在手中,向许啸天当胸舞来。许啸天说一声不好,即转身避去。那肩胛上背心上,已被桌腿上的铁钉儿凿成几个窟窿,立刻血流如注,一件洁白的汗衣,染成血色。此时报馆中四进厅屋,满眼都是横冲直撞的凶汉。许啸天见无路可奔,便奔向楼上去。谁知才走到楼梯顶,向楼屋中一探头,便见约略有四五十人,各个手执菜刀,在那里劈箱毁笼的搜掳银钱衣物。许啸天不由得倒抽了一口气,忙退下楼梯去。一转身见楼梯脚下正有十数个大汉,要冲上楼来,许啸天这时候逃命要紧,也顾不得危险了。看看离地还有丈余高,便一耸身穿出扶梯栏杆,跃下地去。虽闪坏了腿筋,但也不敢停留,急匍匐着向后门奔走,开了后门,隐身在门外。眼前一汪河水,也找不到一条渡船,看那河身又宽又深,他是不识水性的,几次要跃入水中,却又不敢。耳中听那门内喊杀声愈喊愈近,许啸天心想倘然那班凶汉冲出后门来,岂不是进退维谷,走上了一条死路吗?没奈何,只得硬一硬头皮,重复走进后门去,藏身在壁角里守候脱身的机会。那百数十个凶汉,在屋中杀人毁物,砰碰嘭喇,闹得震天价响。但也有许多静静的放着两条和饿狼似的眼光,四处找寻他们的财物。许啸天趁他们找寻财物忙乱的时候,便一步一步的溜出外院去。最后走到最外面的一进屋子,只须穿过一间厢房,便是大门。大门口倘然没有拦阻,便可以脱险。他正要向这厢房中奔去,忽又有十几个凶汉冲进厢房来。许啸天忙退身躲在门背后,看他们的动静;那一群人进得厢房,一眼见窗下安放着一只钱柜,大家便笑逐颜开,七手八脚的把钱柜打开,一齐弯下身体去,竖起了屁股,忙着捞取银钱。许啸天一看机会来了,虽说他们一排屁股离墙根只有一尺来宽,让出一条狭巷;但除了这狭巷,竟别无脱身之路。许啸天到此时不得不冒一冒险,一侧身一溜烟似的逃出了这一个屁股关。但且慢开心,此时忽有一个大汉,伸过一只巨灵般的手掌来,在许啸天当胸扣住,接着有十数个大汉把许啸天的身体包围住了,他们个个摩拳擦掌,跃跃欲试。内中有一个大声喝问道："你是什么人？快快说来！"许啸天只说出两句话来道："前几天在大善寺戏台上演说的许啸天，昨天在都督府中饮酒的许啸天，难道你们不认识了吗？"那一群人听了，顿然大悟，连说打错了打错了，便放了手让许啸天向大门走去。但大门内还挤着一大堆人，可怜那孙德卿已被众人打得和血人一般，只在地上打滚，大腿上被刀尖捅成一个窟窿。那鲜血和豆腐一般的积成块儿涌出来，满地都凝结成血块。那班凶狠的人，还是你一拳我一脚的在那里攒殴。他看他爬在地上，辗转嘶号，身上的血都流完了，脸色洁白如纸。他挣扎了半天，那凶人一脱手，孙德卿奋着两臂，爬出大门外去。那一班凶汉从后面追出大门去，许啸天却也机巧，趁势一拥走出了大门，逃入对门一家药材铺子里，卧倒在床上，不省人事。那班凶汉将绍兴城里四家报馆，烧杀得变成白地，才算出了怨气。孙德卿由医生注血调治，养了半年的伤，才能扶杖而行。许啸天也将眼睛治好了回上海去。

我如今要补说这成章女学校"成章"二字。原来陶焕卿名成章，他是浙江光复会的中坚分子。他自从甲辰年钦廉一役失败以后，便回浙江奔走劝告。所有浙江西北各州县，都有他的足迹。当时由陶焕卿捐募来的经费，及拉拢的革命同志，着实不在少数。后来浙江光复，全仗光复会的力量，而光复会又靠陶焕卿的力量居多。浙江省第一任都督汤寿潜，后来汤都督辞职，多数人都要推举陶焕卿继任浙江都督。但这浙江都督的缺份，争夺的人颇多，此时又是各省裁并都督的时候，每省只限制一个都督。这浙江的地盘，早有邻近有势力的人在暗地里运动成熟。陶成章是一个忠厚老实的人，从不知道争夺权势。但陶焕卿左右的人，却不肯放松和那有势力的人竞争，其势非得这个浙江都督不可。此时陶焕卿恰巧在上海广慈医院中养病，不料在三月十三日夜深时，来了一个刺客，连放两枪，将陶焕卿打死在床上。凶手早已不知去向。这消息一传出去，凡是陶焕卿的同志和同乡，人人悲愤。恰巧这时徐锡麟、陈墨峰、马子畦三口灵柩，从安庆运回杭州去，路过上海。那绍兴和革命同志，联合着在上海开了一次极大的陶、徐、陈、马四烈士追悼会。陈其美也到场致祭。当时有学生军总司令沈定一，对众演说，痛骂谋死陶焕卿的奸人。在演说台上，拔出手枪来，几致动武。又宣读许啸天起草的陶、徐、陈、马四烈士传：

溯自鄂渚揭义，兼旬而响应反正者十有七省，风虎云龙，人才际起。虽然，做有名之英雄易，做无名之英雄难；被时势造成之英雄易，造成时势之英雄尤难。饮水思源，此陶、徐、陈、马四烈士之事迹有足多者。谨案，陶公焕卿讳成章，越之山阴人也，性诚笃，有大志，谈革命尤重实践。世之无名英雄也！甲辰以前，入北京谋歼那拉氏不果，退而探其穴，乃遨游满蒙，考察地势，以图大举。后以事阻，益自克励，东渡入成城学校，习陆军，头角已峥嵘。汉奸汪大燮患之，与那桐、陶大均谋去之，诱以爵。陶公思从权潜进，乃归国，而奸奴遽反汗削其学籍。陶公怒，进行益力。甲辰钦廉之役，陶公有马！及事败，求所以为永久之墓础，惨淡经营，而光复会乃成立。四海豪俊，奔走归之。（中略）继徐公奔走浙属，团体日坚，又走南洋，藉联络任新加坡《中兴日报》笔政，复于爪哇立书报社。栉风沐雨，胼手胝足，晏如也！及武汉事起，公返里召集旧部。浙江光复，公之力也！会浙督汤卸职，邦人咸属公。公退让不遑，养疴沪渎。国人方钦公之谦德，讵意于月之十三日夜二时，遽遭奸人暗杀于广慈医院。呜呼！冤矣！世之争名攫利，而得保首领者，于以视陶公之志鞠身歼，则尤冤矣！

这篇传文读毕，满场人一齐拍起手来。

欲知后事如何，且听下回分解。

# 第四十三回　朱夫人求医产子　宁女士骗钱杀人

上海开过追悼会以后，便把陶、徐、陈、马四个烈士棺木运回杭州去，安葬在西子湖边，了却同志的一重心愿。浙江都督改举朱介人接任。这朱介人原是行伍出身，他在营中十分好学。夫人朱慕莲，本住在乡间。朱介人见如今男女平权，别人的眷属都纷送入女学堂读书，他夫妇正在少年，岂甘落人之后？便也把夫人从乡间唤出来，送在杭州女子蚕桑学堂去读书。此时光景甚是贫苦，每遇星期休息，朱介人总是布衣草帽到女学堂中去看望他的夫人。那学堂中一班女同学，大都是名媛闺秀，见了朱夫人那种朴实拙直的样子，已是觉得好笑。又见他丈夫是一个面目黧黑的乡下人，举动粗蠢，大家在背地里议论窃笑他。这位朱夫人心中一气，便发起羊癫疯来。原来朱夫人的羊癫疯，是个宿疾，她心中一怒，便晕倒在地，口吐白沫，喉中咩咩的唤着，四肢不住的抽缩。这学堂中的女孩儿，如何见过这怕人的样儿？因此人人远避着她。后来这位朱介人见自己处处落人后，便也发奋向上，不久他从弁目升到连长，又从连长升到营长、团长。攻打南京天宝城一役，最是朱介人出的力多，论功行赏，这浙江都督一席，自然非让与朱将军不可。朱夫人身为都督夫人，也吐了一口气。所有从前同学的姊妹，此时大半已是罗敷有夫，见朱夫人贵了，大家非但不远避她，反有许多人去亲近她。有的替自己丈夫谋地位的，有的借办学堂办公益事业的名儿运动公款的。朱夫人也不去和他们计较。好在有权势在手，乐得做一个顺水人情，使她们一一如愿以偿。这一来，都督衙门中，平添了无数女清客。内中便有一位女谋士献计说，你丈夫如今贵了，男子一到富贵的地步，第一要防他的是娶妾。朱夫人听了这个话，正说着了她的心事，便忙问有什么方法可以制住男子娶妾呢？那女谋士说，男子娶妾，第一个原理便是说大夫人不能产子，如今为后嗣起见，不得不娶一个妾来传接宗嗣。这样的大题目，夫人如今又一无所出，都督正好藉口娶一二位如夫人来玩玩。朱夫人听到这里，心中不觉十分焦急起来，忙问我如今要想生一个儿子，你看有什么法？那女谋士故意迟迟的不说。朱夫人知道这班姊妹的脾气，便忙将自己手指上套着的一只金刚钻戒指卸下来，替他女谋士戴在手上。这女谋士才说出此地有一个外国医生，他善能医治妇人的子宫病。大概妇人不能生子，总是子宫偏斜的缘故。夫人若肯去请医生将子宫扶正，那自然能受精生子了。朱夫人听了这句话，不觉恍然大悟。立刻乘轿赶到外国医生那里去，请他看子宫病。医生说要割子宫，非得要住在医院中一个月不可。朱夫人为急欲生子，便也没奈何，只得安心住在医院中。但心中终是不放心这将军的行为，忙用电话把女谋士唤来，再三叮嘱他代行监督这位将军的行动。

中华民国号称男女平权，但每次革命成功，总平添了一批新贵人。却专有一班女妖怪假着男女平权的名义去亲近那班新贵人，借此得到一点油水。如今我要说上海一个女妖怪，此人姓宁，她因慕古时名妓薛涛的风流，便取名宗薛。生在寒苦人家，自幼便送到一家洋货铺中做童养媳。她这位未来丈夫却是蠢如鹿豕,而这位宁宗薛女士,却艳如桃李。骏马驮痴汉,巧妻伴拙夫,自然不能相合,渐渐的做出许多风流故事来。那洋货店倌,当不起这个臭名气,便狠一狠心腹把这宁女士驱逐出门。宁女士仗着她这副动人怜爱的脸嘴,如今没人管束她,越发是放浪不羁;但她也不肯自暴自弃,那平常男子却也不在她眼中。自己打扮成女学生模样,口口声声说自己是黄花闺女,专一去勾搭那富有金钱的男学生,或是独身的学者。假意和他讲恋爱,换指环订嫁娶,哄得那班男子昏天黑地,人人想吃天鹅肉,而天鹅肉总不肯落进嘴里来。当时有一个姓丁的内地学生,从大学毕业,自备资斧预备到英国留学去。道出上海,住在客店里,便遇到了这位女妖怪宁宗薛百般勾引。那姓丁的初出茅庐,自然落在她圈套里。卿卿我我,两人订了嫁娶。这姓丁的迷恋得十分厉害,把所有出洋的旅费五千块钱,如数交给了这位宁女士。这宁女士钱一到手,便去如黄鹤,从此不和姓丁的见面,却去和别人讲恋爱去了!可怜姓丁的不见了他心爱的人,这五千块钱却是小事,便终日终夜在马路上往来寻觅,饭也不吃,睡觉也不睡,好似发了疯的一般。到第七天上,这姓丁的实在不能支持了,发了神经病,便投身在黄浦江上淹死了。第二天报纸上宣布出来,那宁女士此时正坐在一个姓章的男子怀中,见了报纸上姓丁投浦自尽的新闻,却不动声色,依旧把个身体和扭股糖儿似的扭在这姓章的男子身上。这姓章的原是绍兴人,在上海地方开了一家报馆。家中虽有一个黄脸婆子,但因面貌生得丑陋,颇想觑着机会换一个老婆玩玩。如今碰到了这位宁女士,真是五百年前的风流冤孽。他把宁女士的面貌越看越美,向她求婚。宁女士知道姓章的家中是有银的,又家中娶有老婆的,她便提出两个条件:第一个条件,是先与家中的老婆离婚;第二个条件,是先付五千块钱作为聘礼。那姓章的接了这两个条件,心中日夜的筹思。那与家中妻子离婚,原是不成问题的;独有这五千块钱,不容易筹措。他家中虽有巨万家产,但财权全握在他父亲手中,非得他父亲死后才有自由支配财产的权力。他一人在室中苦思的时候,忽然门外面送进一封信来,正是他父亲写给他的。信上说近日湿气病复发,速在上海购一瓶去湿药水回家。他父亲原是一个守财奴,自己湿气病害得十分厉害,却不舍得医药费。只写信给儿子,在上海买湿气药水。谁知道姓章的便在这一封信上,得到了犯罪的机会。他此时一心在宁女士身上,也顾不到自己犯罪了,立刻去买了一瓶去湿药水,又去买了一瓶毒药,把去湿药水倒去,将毒药装在去湿药水的瓶中,寄回家去。果然立发立应,不多几天,那姓章的接到家中父死的电报。他开心得直跳起来,一面安慰宁女士在上海安心守他,一面急急回家,去料理丧事,把父亲全部的家产,拿在手中。他第二步便要进行和老婆办离婚的手续。他在一天清早的时候,突然在老婆面颊上掴了几掌,打得老婆凄惶鬼叫。他回手又拿小刀子,将自己的面门割破,鲜血直流。他一手揪住老婆的头发,立刻送到警察局里,说妻子行凶,伤害丈夫,一口咬定,要堂上断离。可怜他妻子是一个老实人,见夫的行为忽然发了疯的般,哪里还敢说话?只得依了他,把好好的夫妻活活的断离。他父亲既死,老婆又去,便称心如意的拿了五千块钱,到上海去双手捧着,交给这位宁女士。宁女士拿了他的钱,又出了一个条件,说要待他满了三年之丧才行嫁娶。这姓章的正好似热锅上的蚂蚁,如何能守得这许多日子?再三磋商,便说到最低的限度待半年以后结婚。从此这宁女士以未婚妻的资格,到姓章的地方来得愈勤。那姓章的今日买首饰,明日买衣料,要得她的欢心。谁知乐极生悲,那姓章的谋死父亲的案件破了。绍兴法院打发差役到上海来,会同租界巡捕,在一清早把这姓章的捉了去。在会审公堂中审了一堂,立刻递解回绍兴去归案。

从来父子最能相信相爱。那姓章的父亲,接到他儿子从上海寄来的一瓶药水,再也料不到是瓶毒药。这药是有麻醉性的,吃了下去,隔不多时,人好似安睡一般的死去;他家里人,再也想不到是这药水在那里作怪,总认作老太爷年纪大了,无疾而终。合家的人,还说他好福气呢。匆匆收殓,那姓章的罪恶,永远也不得发觉。谁知天下的事,有起因,必有结果。善的因,一定结善的果;恶的因,一定结恶的果。那姓章谋死了父亲,这样的大恶事,岂能够毫无结果。恰巧离章家老太爷死后,不上三个月,他邻家一个姓傅的儿子,年纪只有二十四岁,忽然大发湿气病。也是章家老太太热心待人,他见那傅家少爷病得真正痛苦,便把从前章老太爷吃剩的一瓶湿气药水,送给那傅家。他们内地人,听说是上海买来的药水,当作仙丹一般看待,忙冲了一大碗吃下肚去。老实不客气,这药水跑下肚去,隔不上一个钟头,那傅家儿子,便变了脸色,后来愈变愈凶,他家里人着了慌,急急去请了一个西医来救急。那西医一诊察,断定是中了麻醉性的毒质,因时候太久,不及救治了,便查问病人吃过什么药。他家里人,便将章老太太送给他们的湿气药水拿了来,西医拿回去一化验,果然是毒药。此时病人已死了,年纪轻轻,不能说他无疾而终是有福气。大家听说是毒,便去和章老太太拼命。那章老太太一时摸不着头路,只得把这瓶药水的来路,老实说了出来。这一来,事体更闹大了。那傅家人便告到官里去,审判官问明案情,不觉大骇。立刻派差役到上海去,把那姓章的提回绍兴来,严严地审问。这时姓章的看看因一念之错,害死了两条人命,一条是他父亲的命;他原想父亲死去,家产夺来,那又香又美的宁女士,可以稳稳的抱在他怀里了。谁知那宁女士五千块钱到手,只有一个月工夫,彼此还来往得亲热;后来渐渐的疏淡下去,到第三个月上,竟至绝脚不来,任那姓章的在各处找寻,也不见这美人儿的踪迹。那姓章的勃然大悟,知道上了这女妖怪的当。如今案情败露,他正在失恋悲痛的时候,恨不得寻个自尽。那问官严严的盘问他,他也良心发现,便把自己如何起意,如何买药,如何谋死父亲,一情一节,老老实实的说了出来。那两旁听审的人,个个都痛骂这姓章的该死;便是章老太太,虽说宠爱儿子,但如今见儿子谋死了父亲,也不由得戟指痛骂。尤其是傅家的人,恨不得咬下这姓章的肉来。官厅一面开棺相验,一面定了姓章的死罪,立刻执行枪毙。只因宁女士一个人,一连送去了三条性命,但那宁女士丢去了姓章的一边,又去害别人去了。此时中国正闹革命,南方人民,一致说要北伐!那学校学生,纷纷组织学生军。便是平日搽脂擦粉的女孩儿,也组织了女子北伐队,居然戎装跃马,夹在一班男军人里面,分外生色。那宁女士仗着她平日交际广阔,自有一班流氓似的女子跟随了她,专以骗人为事。此时便也投机,组织了一个什么女子队,宁女士做了队长,专在战地上一班上级军官的营帐里,穿进穿出。那宁女士打扮得异样妖艳,早引动了一位军官的痴心。

欲知后事如何,且听下回分解。

## 第四十四回　莺嗔燕咤都督府　酒绿灯红总统家

军官的性格总是拙直的多,经不起宁女士一番花言巧语,两人便赤紧似的相爱起来。这位军官要求肌肤之亲,宁女士却约他在战事以后再行在床第上开战。因此一鼓励他便拚命的攻城。果然不多几天,那南京城里被他攻下,打着得胜鼓回到上海。仗着他战胜的余威,在政治舞台上运动运动,果然把一位都督运动到手,又向宁女士心地上运动运动,又把宁女士的玉体运动到手。他二人在床第上大战了十昼十夜,这一次却没有打南京城这般容易,却把个将军杀得拖枪而走。亏得他夫人赶到上海来救驾,把将军救出重围,押解到江东上任做都督去了。这位都督原是一个忠厚老实的乡下人,从不曾破过戒体;如今被宁女士勾引得意马心猿,他虽新上任做都督,但终日有夫人监视着,心中终觉不快活。后来他夫人到医院中去医肚子,将军好似遇了皇恩大赦,立刻飞也似的推说商议军国大事,赶到上海去幽欢密会。偏那宁女士撒痴撒娇,说你如今做都督了,也得让我威风威风。这将军问她如何威风法?宁女士说,你把我带到江东去,拿你全副执事和你的卫兵,迎接我上你的都督衙门,又须使我在你太太的铜床上,舒舒服服的睡三夜。所有你衙门中的丫鬟使女,全须听我的使唤,这样我心中才快活。那将军听了,便没嘴的答应,带宁女士坐着花车,到了江东。先将宁女士安插在一家大旅馆中,自己悄悄的回都督衙门来。一问太太还在医院中,将军不觉暗暗的欢喜。一脚踏进房门,那铜床上跳起一对男女来。将军看时那男子便是衙门中的吴参谋长,那女子便是太太的女参谋傅小姐。吴参谋长见了都督,把一张脸涨得通红,说不出话来。倒是这将军对他们说道:“你们男参谋和女参谋想来在这里参谋什么事体吗?”一句话提醒了那傅小姐,便接着说道:“都督的话对了,我们正在这里参谋一件事,不得解决,恰巧都督来了!”那将军便挥着手说道:“你们在我太太的房中参谋是不方便的,傅小姐要是有什么事,须与吴参谋长商量的,尽可以到参谋长家中去商量。”那吴参谋长忙说道:“到底都督是明理人,我原请傅小姐到我家中去商议的,傅小姐却推说太太临出门的时候,原托她在房中照应都督的,又再三叮嘱她留心都督,寸步不可离开。所以她不愿出去。”吴参谋长说着这话,却暗地里向傅小姐溜了一眼,傅小姐只是抿着嘴笑。这将军心中也明白,立刻掏出一千块钱的钞票来,交给傅小姐说,我从上海来,不曾带得礼物送你,如今送你这一点点意思罢!这里我已回来了,有我照看。如今我给你十天的假,你跟着参谋长好好的参谋去罢。说着,他把这两位参谋一齐推出房门,立刻传齐丫鬟使女来,收拾卧房。一面传官长用他的轿马执事和全部的卫队乐队,到旅馆中去把那宁女士接来间居,实行在太太的铜床上睡了三夜。所有衙门里的丫鬟使女,都听宁女士的使唤。宁女士觉得舒服极了,便在太太房中一天一天的住着不肯出去。那将军也迷恋着她,不舍得放她出去。谁知到第八天的一清早,都督太太从医院里回来了。一眼见自己床上那都督,拥抱住一个女子睡着,她一溜醋气直冲脑海,立刻敲台拍桌，大哭大骂的吵闹起来。那宁女士原是一个有心计的人，她却丝毫不慌忙，一把揪住那位都督，娇声说道："我只问你，你原说是没有太太的，将我接进衙门来做太太；如今我这黄花闺女的身体，被你骗了，却指使出这样一个泼妇来。意思要赶走我吗？那很好很好，我现在和你到大堂上评理去！堂堂一位都督，却白奸骗了一个黄花闺女，看是什么理性？"那都督太太被她这句话一说，立刻气焰低了三丈。那宁女士见自己占了上风，便哭着嚷着，全身攀住将军的项脖子，死命的往外面拽。闹得云鬓飘蓬，衣裳颠倒，那将军也没了主意。后来究竟是女参谋傅小姐进来做好做歹，把这个宁女士劝到外面客室中休息，慢慢的讲起条件来。那宁女士狮子大开口，说破了他的贞节，至少要十万块遮羞钱。还要在上海买一座大住宅，宅中全副红木家伙，由衙门中拨四个丫头去服侍她。这将军每到上海，必须到宁女士家中去看望一次。那都督太太接了这个条件，别的都可承认，独有都督以后仍与宁女士来往这一条，决定办不到。好在这宁女士是只重钱财不重人的，便发了一笔横财，满载而归。从此宁女士和傅小姐，彼此因是同志，便做了好朋友。那傅小姐生平嫁过的丈夫，最少也在十个以上，但她见了人，自己总称是小姐。她在江东地方的女界中，很占据一部分势力。仗着她一身细皮白肉，那时凡到江东去做都督的，她总想尽法子去结交他夫人。那历任的都督夫人，没有一个不聘请她做女参谋的；而这位女参谋，却没有一个参谋长不是和她发生恋爱的。而每次恋爱的结果，总是被这女参谋骗了一大批银钱房产去。从来做参谋长的，最容得人的孝敬：田地啊，房产啊，银行存折啊。那参谋长得了这许多财产，不便用自己的名义，便寄存在这位傅小姐的名户下面。那傅小姐觑着这参谋长势位倒了，便一卷而去。待后任的参谋长来时，她再去勾结上手。参谋长来自田间，从不曾见过这样迷人的妖怪，每来一个，必被她迷住一个，收吸一大批财产。如今因她收吸的精华太多了，满身长足了油，愈觉得肥白了，她在杭州西湖水边，造了一座大庄院，建筑甚是华丽。便有许多穷于银钱而富于精髓的男子，大家抢着在她门下奔走，供给傅小姐的收吸。

搁过儿女一边的事。再说孙中山自辞退临时大总统职务以后，便至沿江沿海各省去游历。孙中山颇有平民主义的精神，所到之处，访问人民风俗，与人民直接游宴。有一次他在上海江湾地方看驾驶飞机，跑马场上，挤得人山人海。那孙中山和他夫人宋庆龄，手挽手儿，也在人丛中挤进挤出。那人民见了他，向他行礼，他也含笑点首答礼，颇有美国退职大总统的风味。后来袁世凯再三派人到江南去邀请孙中山进京，孙中山便轻车简从，来到北京。花车才到前门车站，那欢迎的人民，个个手中持着团体的旗号，把个车站包围得水泄不通。孙中山一脚跨出月台，那民众挥旗高呼声震山谷。侍从武官递上名片手帖，竟有一千多份。孙中山也不及观看，只向各民众点头道谢。袁世凯派一队卫兵，又派一国务员充当代表，放十一辆高大汽车，前来迎接送到行辕里安顿了一宵。第二天，孙中山到总统府去拜会袁世凯。一个是政治的豪杰、一个是民众的英雄，彼此神交多日，一旦相见，自然十分愉快。当时袁世凯在总统府中，设宴款待，宾主酬酢尽欢而散。第三天，袁世凯去回拜孙中山，自然也有一番欢宴。此总统府中每隔三五天，必请孙中山去宴会，彼此交谈得甚是投机。袁世凯便欲聘请孙中山为总统府高等顾问。孙中山说："俺孙某素求实事，不爱虚名。"袁世凯便问："如今我们中国什么实事最急?”孙中山毅然答道:“莫急于建造全国铁路!总统练兵百万俺孙某造铁路二十万里,治全国如在指掌间,何患不得富强?”此时孙中山愈说愈高兴,把全国铁道分作几大段,又几条干路几条支路,如何筹款,如何筑路;说得头头是道。袁世凯听了,不觉动容;又听孙中山说建设一大公司,借外债六十万万,分四十年偿还这一番话,更觉有味。第二天,总统府便下命令请孙中山为全国铁路总办,有筹款筑路的全权。接着,又是黄兴到北京来,孙黄二人异地重逢,更觉亲切。这黄兴饱经阅历,是很有城府的人,不像孙中山的豁达大度,易于对付。袁世凯虽一般的用盛礼招待,但黄兴在暗地里四处考察,总觉得北京是一个藏垢纳污之所,那袁世凯种种设施,终不合共和主国的精神。他在饮酒之间,便向袁世凯说道:“革命成功,先生一身负国家重任,我黄兴有两件大事,盼望在先生手中成立:第一件,是要召集可以代表人民公意的国会;第二件,是要早议定共和宪法。事事从建设着手,处处以民意为归,那先生勋名德业,自是无量。”几句话说得袁世凯毛骨悚然,知道黄兴这人不是好相与的,退休的时候便与府中秘书商议。第二天,便下命令黄兴、黎元洪、段祺瑞三人,同授为陆军上将,每月可向陆军部领一份薪水,借此为笼络英雄之计。黄兴明知道是袁世凯以国家的名器为买服人心之用,便暗地与孙中山说道:“袁世凯居心叵测,恐不可靠,一有变动,势必将我们数十年心血,尽付东流。”孙中山便问黄兴有抵制的方法么。黄兴说:“我们的国民党宜与统一、共和两党合并,因现在国家全权俱在参议院,而参议院中,统一、共和两党人数不少。倘能并入国民党中,我们便能以党的势力监督政府,使袁世凯不敢有违法的行为。”孙中山听了也极以为是。不多几天,孙中山便辞别出京。黄兴却留在北京,办理国民党的事体。以他的资格学识,只须略事鼓吹,居然多数赞成,便组织成了一个伟大的国民党。那时最有势力的新国民党员,便是国务总理赵秉钧,司法部长许世英,农林总长陈振先,工商总长刘揆一,交通总长朱启钤。黄兴又去劝袁世凯,请他加入国民党,为全党首领。这老袁自有他一番心事,如何肯贸然入党?便推说身为现任总统,不便入党。却介绍他一个心腹秘书杨度先行入国民党。这杨度别号皙子,藏着一肚子的机谋。在康梁变法的时候,也爱谈新政,与康梁为莫逆之交。后来一同逃在外国,到处演说保皇主义。后见民国革命成功,他便变计回国,充当袁世凯的顾问。此次袁世凯命杨度先入国民党,原是使他刺探国民党内容的。黄兴是一个明眼人,如何能容得他?便拿党义和他辩论。杨度也知难而退。但此时赵秉钧做了内阁总理,他原是和袁世凯一鼻孔出气的,只知有大总统,不知有国家。遇有国家大事,他先去总统府请示,迎合总统的意旨,先在外面开一个委员会议,再提出国务会议照例通过。那参议院、国务院,都形同虚设。黄兴见此情形,一怒出京。袁世凯便在国庆日,下令授孙文为大勋位,授黄兴勋一位。孙黄二人,知道袁世凯又用笼络手段,便一齐辞谢。

欲知后事如何,且听下回分解。

# 第四十五回　寂寞宫闱隆裕后逝世　大好家园宋夫人别子

隆裕太后自从退位以后，眼见宫庭萧索，院落荒凉的景象，心中百感交集，渐渐的成了肝郁病，每食必呕吐。虽召御医佟质夫、张午樵二人诊脉服药，但病势终是有增无减。这一天，是隆裕太后的生日，袁世凯派梁士诒为道贺专使，赍送藏佛一尊、寿屏全堂、袁世凯放大照像一座，乘坐黄舆进乾清门来。下轿直至下书房，自有清总管内务大臣世续出来迎接，领入乾清宫。那隆裕太后冷清清的坐在殿上，两旁没精打采的站着两个宫女。殿下左右，虽也有几个王公大臣，七零八落的站着，但看去衣冠不整，袍履垢敝，便是那皇太后也是满面病容，颜色憔悴。她见了梁士诒，忍不住抛下两行珠泪来。梁士诒抢步上前，行了三鞠躬礼，又递上国书，上面写着：大中华民国大总统，谨致书大清隆裕太后陛下；愿太后万寿无疆！那皇太后也预备着答书，由世续当殿宣读，内有万寿庆辰，承大总统专使致贺，感谢实深这一番话。礼毕退朝。隆裕太后见了袁世凯的相片，猛然间提起几年来的心事，忍不住回房去痛哭了一场。两旁宫娥劝慰着，太后呜咽着对宫妃们说道："孤儿寡妇，千古伤心，每睹宫宇荒凉，不知魂归何所？"从此病势更是一天重似一天。徐世昌此时做清朝的太子太保，因监督光绪帝坟墓的工程，久住京外。此次太后病重，由世续派人去把他请进宫来。徐世昌见了太后，便竭力辞太保官职，隆裕后再三挽留，甚至哽咽不能成声。徐世昌也不禁陪了几点老泪。退出宫来，进总统府去见袁世凯，说隆裕后贫病交加，甚是可怜。袁世凯便以私人的资格，赠送隆裕太后一万元，又人参十盒，便请徐世昌做代表，送进宫去。谁知隆裕太后见了袁世凯的礼物，更觉是悲苦难言。只见她两眼一翻，口中喊了一声啊唷，昏厥过去。隔了多时醒来，那近支的望公亲族和世续、徐世昌，都站立在榻前。那宣统皇帝，也攀住床沿立着。隆裕太后一眼见了宣统皇帝，又止不住双泪齐抛，伸出一只枯瘦的手来，抚着宣统皇帝的脖子，呜咽着说道："汝生长帝王家，一事不知，如今国已灭亡，汝母亦将死，奈何奈何！"说着，一时回不过气来，闭上眼喘着气。停一回，又断断续续的对宣统帝说道："我和你要永别了，从今以后，各奔前程！我亦不能顾你了！"众人见隆裕太后声息微细，两眼直视，那喉中不住的发出响声来，世续知道是时候了，便与徐世昌二人在外屋商议后事。延挨到傍晚，隆裕后便死去了。当即把尸身移到体元殿中去停放。此时清宫内尚有瑾、瑜、珣、瑨四妃，得了隆裕太后的死信，欲连夜赶至太后宫中哭吊。行至神武门，已经锁闭。直至第二天清早，才得进宫去行礼。内中独有瑾妃，因光绪帝在日争宠，结下的仇恨。当时见了隆裕后的遗体，也并不哭泣，指着尸身冷冷的说道："你也有今日么？"说着，便喝令小太监到寝宫中去纷纷搬运珍宝物件，连夜不绝。世续看了这情形，又是气愤，又不敢拦阻，只恐吓着小太监道："如今袁世凯派段芝贵入宫弹压，他是军人，稍有差错，便当以军法从事。"那小太监听了，果然害怕，便停止搬运。但检点器物，已损失价洋十万元。袁世凯此时又添派荫昌、孙宝琦、江朝宗、言敦源、荣勋等一班人,帮同世续治丧。所有一切经费,均向中华民国财政都支取。清宣统皇帝归瑾、瑜两太妃抚育。

袁世凯自从清太后死过以后,势力一天膨胀似一天。当时他做临时大总统,心中总觉不满意,一心要做正式大总统,但正式总统是要国会选举出来。当时第一要事,便是公布国会组织法,及各省议员选举法。一面由袁世凯下令召集国会。那国会议员,是从各省议员选举出来的。接着,袁世凯便下召集省议会议员的命令,于是全国的党人,因竞争选举,纷纷活动起来。当时与国民党对敌的是共和党;但国民党是中华革命党的大本营,一般人称他为民党。在民国时代,自然是民党占着优势。再加党中有二位健将在那里呼号奔走:一位是黄兴,一位是宋教仁。宋教仁身为农林总长,但他知道袁世凯这人是不可靠的,他一朝得势,国民党便无立足之地。便在各处奔走运动,欲在国会中使国民党得到雄厚的势力,为日后与袁世凯对抗。他奔走的结果,居然成功,那国会参众两院的议员,国民党人数要占十分之六七。这个报告传在袁世凯耳中,心中甚是不快,他便与府中心腹人商议。那班谋士都劝袁世凯用杀一儆百的手段。大家都说黄兴是有勇无谋的人,独有宋教仁是一个精细人。他在南京任法制院院长的时候,凡临时政府法令,多出于他一人之手。如今见袁世凯野心勃勃,他便要用一个法字来束缚袁世凯的手脚。这事教这位野心家如何忍得?此时宋教仁正在上海,便有人劝他须防备奸人暗算,宋教仁却一笑付之。眼见得北京国会快要开幕,又见国民党选举成功,心已放宽。恰巧此时家中老母,接连着来信唤他回家去。宋教仁也因在外多年奔走,久违老母膝下,如今接到家书,不禁起了孺慕之思。当即收拾行李,回湖南桃源原籍去,见了母亲,自有一番亲热。宋教仁十二岁丧父,他母亲守节抚孤,母兼父职,将儿子教养成人。如今见这孤儿做了党国要人,心中自是愉快。宋教仁偷闲归来,便往四处探望亲友,朝晚伴着他母亲用糕。谈话之间,不觉说起当年的情景。宋老太太说道:“想起当年你父亲去世的时候,留下我孤儿寡妇,辛苦度日。你叔父屡次要将你送到当铺中去,充当学徒。是我看你资质聪明,前途有无限希望,便忍苦日夜做着女工,换得工钱,来贴补你的学费,送你进学堂去读书。果然你十分聪明,不多几年便由小学毕业入中学,又由中学毕业,入武昌文华大学。你在学堂中,时时向同学鼓吹革命,联络同志,被校长觉察,将你斥逐出来。幸得你此时已有许多朋友帮助,大家凑集银钱,送你到东洋去游学,得结识了孙中山、黄兴一班首领,才得有今日的光荣。从此你须努力向光荣的路走去!中国大难未已,你以后千万不可因贪图利禄,改了你的志气。”宋老太太说一番话,宋教仁听了不觉竦然起敬。即站起来,恭恭敬敬的回答道:“做儿子的总不忘记母亲从前的一番苦楚,现在的一番教训,以后总当努力做一个好人,做一个宋家的争气子孙。”宋老太太听他儿子宋教仁说到这里,便伸手抚着他儿子的肩头说道:“这才是我的好儿子!”说着,不由得拿手帕拭着眼泪。宋教仁在家中住不到几天,那北京的一班国会议员,已是函电交驰,催他从速进京去指导一切。那宋老太太也劝着宋教仁,以国事为重,又深夜替他缝成一件衬衣。宋教仁穿在身上,第二天便辞别母亲,向上海出发。到了上海,自有一班老友同志,开会欢迎他。宋教仁因北京方面催促得十分紧急,便也不敢在上海逗留。定在三月二十日附十点钟晚车北上。当晚黄兴宅中邀集一班朋友,替宋教仁饯行。宾主之间,十分欢洽,到钟鸣九时,宋教仁和黄兴二人,同坐一辆汽车。此外送行的朋友,也各个乘车,赶向沪宁火车站来。到了车站,一问离开车时间还有半个钟头,宋教仁便和黄兴一班送行的朋友,在月台上闲谈。正说到北京国会开幕的事体,忽听得砰砰的手枪声,从身后双股传来。黄兴急欲扶宋教仁上车,忽见宋教仁脸色大变,两手按住胸口,露出凄惨的声音说道:"克强,我中枪了!"一时月台上人影大乱,也有追寻凶手的,也有看护宋教仁的。黄兴见宋教仁胸前血流如注,忙扶他上汽车,飞也似的开到左近铁路医院中。谁知时已夜深,医生都不在院,黄兴无法,只得扶宋教仁在室中坐候。接着,国民党干事于右任赶来,说及车站上警察已向四路追捉凶手。那送行的朋友,大半留在车站上,纷纷打电话给各处机关,托他们协助严缉。于右任说话时,见宋教仁面色如纸,两手按住伤处,不住的呻吟。于右任俯首视他伤处,宋教仁用手推开于右任的前额,不欲于见他伤口,一面却忍不住纷纷落下泪来,向黄于二人说道:"我痛极了,我的性命决不能保!人总不免一死,死也不怕。只有三桩心事,奉托二位:一是我死以后,诸君仍当努力国事,勿因仇家势大,见我惨死便存畏缩之念;二是我人生最爱读书,所有寄存在南北两京,及日本友人处的书籍,一律捐入南京图书馆,给公众做一个纪念;三是我家寒苦,家中尚有老母,我死以后,务求克强、右任二位,联合一班老友,代为照料。务使老母不致哀痛丧生。"黄于二人满口答应,一面劝他安心忍痛。停了一刻,医生赶到,检察伤处。原来那枪弹正在右腰骨稍偏处攒入,其地接近心脏,十分危险。但无论如何,枪弹已留身内,总须取出子弹,才能着手医治。医院规矩:须有人负责,方肯动手剖割。当时便由于右任担负完全责任,由医院中看护士用病床抬宋教仁上三层楼诊室,解开血衣。此时宋教仁因身体起动,愈觉疼痛难忍,又因见那血衣正是他在家中母亲替他新做成的,见了血衣,便不由得连呼母亲。在室中的人听了这惨呼声,不觉一齐落下泪来。医生用动手刀割开伤口,好容易取一粒尖形的子弹来。这是最新式的手枪子弹。因宋教仁呼痛不止,便由医生连注止痛药水,又注射吗啡针,望他安睡。宋教仁此时神志甚清,只是宛转呼痛不安枕席。勉强挨到晚明,黄兴得入室来探望,宋教仁便忍着痛说明意思,请黄兴代拟一电与袁世凯。当由黄兴在病榻前酌夺字句,拟成一电道:

北京袁大总统鉴:仁本夜乘沪宁车赴京,敬谒钧座,十时四十五分,在车站实被奸人在背后施放枪弹,由腰上部入腹下部,势必至死。窃思仁自受教以来,即束身自爱;虽寡过之未获,从未结怨于私人。清政不良,起任改革,亦重人道守公理,不敢有一毫权利之见存。今国基未固,民福不增,遽尔撒手,死有余恨!伏冀大总统开诚心布公道,竭力保障民权,俾国家得确定不拔宪法,则虽死之日,犹生之年。临死哀言,尚祈鉴纳。

黄兴拟这张电稿时,也止不住流下眼泪来。当时病室中挤满了同志好友,彼此传观,大家不胜感叹。当即打发人到电报局去拍发。又看宋教仁时精神尚佳,只是连声呼痛,医生连连替他打针,总不能止住他的痛。宋教仁咬着牙,求医生设法使他速死。

欲知后事如何,且听下回分解。

## 第四十六回　**北车站宋教仁被刺　迎春坊应桂馨遭擒**

黄兴见宋教仁几次痛得晕绝过去,口中不住的求着医生,使他速死,心中也不觉惨然。便与医生商议,多请上海的名医,共同研究。那医生立刻用电话去召集了四位医生来,大家围在宋教仁的床前商议方法,又用器具考察。众人都说腹部已受重伤,必须剖腹修补或可得救。这剖腹的事体,关系重大,于右任当即与众人商议。诸友都说事已至此,与其不剖而死,徒遗后悔,何如听凭医生剖割,万一有生全之望。大家决定了主意,当即将宋教仁身体抬至割诊房中,五个医生一齐动手,只许于右任一人在室中监视。医生先用迷药将宋教仁迷倒了,又用刀剖开肚子,取出大肠洗去那瘀积血块,腹膜上果然现着小伤口,医生忙用线缝住伤口,将大肠安放停妥,缝合肚腹,再将宋教仁救醒,抬入病房安睡。那宋教仁只是呼痛,不肯安睡。医生连打吗啡针,也没有效力,接着小便中流出血来。医生再来查验,原来宋教仁肾脏中也受了重伤,但看看病人体力不支,也无法剖治。延挨到深夜,果然病势陡变,神志昏瞆,两目上视。于右任陪坐在床上,那眼泪不住的延着他长胡髭上流下来。黄兴和诸位好友,都陆续入室。黄兴问宋教仁痛否?宋教仁反答说不痛。黄兴伸手入被窝,握宋教仁的手足,已是冰冷,忙请医生来救治,医生只是摇头叹气。那宋教仁此时还有一口气,两道眼光直注定在黄兴脸上,好似要说什么,只苦于不能说话。黄兴会意,忙附耳连呼着渔父,又呼钝初,接着说道:“你放心去罢,身后之事,一切有我担任。”宋教仁听了,微微点首,两眼一合,便死去了。年纪只有三十二岁。室中一班朋友,都一齐低头流泪。陈英士、黄兴、于右任几人,尤其哭得悲伤。陈英士一边哭,一边跺脚说道:“这事真不甘心,这事真不甘心!”众人听了英士的话,愈是泣不可抑。后来还是黄兴劝住众人的哭,便在宋教仁床前商议后事。于右任主张将宋教仁受伤之处,拍一影片,再穿齐礼服拍一影片。其时天色已大明,照相馆人已到,依于右任的话,向尸身拍得影片两张。一时来吊丧的人,中外男女,共有三四千人,把一座铁路医院,几乎挤破。直到午后收殓完毕,遗柩往湖南会馆停放。一路执绋的人,竟有上万,那素车白马,蜿蜒数里。路旁间看的人,听说死了宋教仁,莫不同声感叹。第二天,接到袁世凯的电报,上面说道:上海宋钝初先生鉴:阅路透电,惊闻执事为暴徒所伤,正深骇极。顷接啓电,方得其详。民国建设,人才至难。执事学识冠时,为世推重,凡稍有智识者,无不加以爱护。岂意众目昭彰之地,竟有凶人敢行暗杀。人心险恶,法纪何存?惟祈天相吉人,调治平复,幸勿作衰败之语,徒长悲观。除电饬江苏都督、民政长,上海交涉使、县知事,沪宁铁路总办,重悬赏格,限期缉获凶犯外,合先慰问。隔了一天,袁世凯接到宋教仁去世以后的电报,又复一电道:宋君竟尔溘逝,曷胜浩叹!目前紧要关键,惟有重悬赏格,迅缉真凶彻底根究。宋君才识卓越,服务民国,功绩尤多。知与不知,皆为悲痛。所有身后事宜,望即会同钟文耀妥为照料。其治丧费用,应即作正开销,以彰崇报。这电上所说的钟文耀,便是沪宁铁路局长。此次他车站上出了暗杀事件，他便出赏格五千元缉拿凶手。那江苏都督程德全和民政长应德闳，通电地方官，一体协拿，限期捕捉凶手。黄兴和陈英士一班同志，又以私人资格，写信给公共租界的总巡卜罗斯，请他通饬全班探捕，着力查拿。如能擒得正凶给赏一万元。那班探捕得了号令，谁不想发这一笔横财，便在四处察访，日夜搜寻。正在十分忙乱的时候，忽由铁路医院看门人交来一封怪信，上面写宋钝初先生收，下写"铁民自本支部发"七字。这信落在黄兴手中，打开信来看时，上面写道："钝初先生足下：鄙人自湘而汉而沪，一路欢送某君赴黄泉国大统领任。昨晚正欲与某君别，赠以卫生丸数粒，以作纪念。不意误赠与君，实在对不起了。虽然，君从此亦得享千古之幸福了！因某君尚未赴新任，本会同人昨夜曾以巨金运动选举结果，则君最占优胜。每票金额五千元，故同人等请君先行，代理黄泉国大统领。俟某君到任后，自当推举你任总理。肃此恭祝荣禧。并颂千古。救国协会代表铁民启。"这虽是一通儿戏的信札，但从他的口气里，可以看得出确是凶手写来的，而这凶手，决不是一个人，他们是有组织的。信里所说某君，又颇像是说黄兴。黄兴看了此信，知道凶手完全是政敌指使出来的，自己也不久有点寒心，当下把这封信一并交与租界捕房去研究。那捕房连日正因此事分头侦探，略探得线索。在三月二十三日下午八九点钟时候，那四马路迎春坊一带妓院中，正是笙歌四起，莺燕纷投。那班章台押客，深入迷魂阵里的时候，忽然赶来一大群红头巡捕，把迎春坊三弄四弄，一齐堵守。总巡卜罗斯、西探长安姆司·脱郎都，亲自出马，带着中西探捕步入弄中。在一家李桂玉妓院门口站住。后面闪出四个穿西装的朋友来，闯进院子去，问应老爷在何人房中？那龟奴慌忙起来招待，说在西厢楼上请客。那四人中有一人疾忙上楼，一脚跨进房门，便高呼夔丞先生楼下有人请你去说一句话。此时满屋子宾客妓女，各个露着丑态。主席上有一个年约四十余岁的男子，已喝得半醉，怀中正搂着一个妓女，在那里调情，听有人唤他的名号，忙起身答应问是何人看我。那来人说有一好友在楼下候君，说一句紧要话儿。这应夔丞略不迟疑，起身便走。到楼下院中，便有那三个穿西装的人，拿他包围起来。应夔丞口中还不住的问你们什么人，便有卜总巡上前去拿出手铐来，将他左右两手与两个穿西装的人连臂铐住，簇拥着到总巡捕房中去。

应夔丞他名叫桂馨，原是上海地方青红帮的首领。此时青红帮人组织了一个共进会，那应桂馨便是共进会的会长。官家因他势力甚大，为买服安静起见，便派他一个江苏驻沪巡查长的职衔。家住新北门外文元坊，平日举止十分阔绰。谁知此次经租界捕房秘密查察，那行刺宋教仁的案件，应桂馨竟是一个教唆犯。在宋案未曾发生以前，曾有一个古玩客人名王阿法的，常在应家走动，已有数年的交易。应桂馨和他平日无话不说，这一天王阿法又到应家去，应桂馨拿出一张照片来给阿法看。阿法看照片上人的面目不相识，便问是什么人。那应桂馨笑问，你要发财么？若能办去此人，可凭我取一千元酬金。这王阿法听说一千元，心中果然大动，便说有一姓邓的朋友，颇有膂力，原在东三省当马贼，如今闲着无事，住在此地客店中，待我去和他商量。那王阿法兴匆匆的赶到旅馆里，把请他杀人酬谢一千元的话说了，那姓邓的起初听说有一千元，便也不觉心中一动；转心一想，无故去杀人，未免太罪过，便一口违绝了，说自从到南方来，便不愿再做杀人的事体。那王阿法又再三劝说，无奈那姓邓的已打定主意，不觉动了天良，说道："俺们江湖上人，虽说做的劫富济贫事业，但无故也不肯杀伤人口。如今平空里叫俺去杀人，虽说有一千元的酬谢，但将来闹出事来，也是俺的干系。人家报了仇，我却去替死。这种闲事，我劝老兄少去管管！"这姓邓的因为理直气壮，不免说话高声了些。谁知那旅馆主人见姓邓的那种不尴不尬的形状，心中早已起了疑心。今日偶然打他房门口走过，无意中得房中高声说杀人杀人，更是动了心。便站定脚跟，细细的听了一个明白，才知道这姓邓的还有几分良心。待到宋教仁被杀，上海地方闹得满城风雨，那租界探捕连日在大小客店中搜查形迹可疑的人。那旅馆主人，听说这事破了案有一万元赏格可领，他便悄悄的赶到巡捕房中去告密。说在六七日前，在一个姓王的奉了应桂馨之命，到他客店里来找一个姓邓的客人，愿出一千块钱，指使他去杀宋教仁。他在隔房把这个话听得明明白白。那巡捕房此时查案正在吃紧时候，一听说应桂馨，觉得颇有些像。但他是租界上的一个大流氓，轻易不能动手的，便指拨几个精练暗探，先在应家住宅四周察看情形。见他那家中常有一班奇形怪状的男女出入，回去报告总巡。卜总巡素知应桂馨这人久非善类，如今既有嫌疑，不妨先下手捕捉，免得他闻风脱逃。打听得这应桂馨在迎春坊李桂玉妓院中请客，便用迅雷不及掩耳手段，将他捉来。一面早已派人暗地里将文元坊应宅看守住。那应桂馨被捉到捕房中，由一班探捕安置他上等房间中住下，一般的供给他吃鸦片烟。过了一宵，仍由卜总巡押着会同法捕房总巡，一齐坐汽车到法租界文元坊应宅。那门外挂着一块江苏巡查长公署的招牌，又有一方共进会总部的招牌。便这两块招牌，已可以知道这姓应的不是好人。当时一班探捕，先在应家宅子四周分布人马，便是那文元坊弄口，也有红头巡捕、安南巡捕把守，不放一个闲人进出。然后由卜总巡、法总巡率领大批人员，入室搜查。当时搜出许多嫌疑文件，一齐装箱封锁。此时宅中男女人等，早已有巡捕分别关在房内看守住。内中有两个可疑人物：一个是穿男装的少妇，头戴瓜皮小帽脑后垂着油松大辫，身穿皮袍，一字襟坎肩，当眉心帽沿上缀着一粒大珍珠，脸上满涂脂粉，口中说着苏州话。这一望便知是妓女，但妓女为什么跑到人家里来？岂不令人可疑。还有一个男子满口说着山西话，混身上下穿着新制衣服，看他举动又是十分粗暴，问他说话又是期期艾艾的说不明白。卜总巡看了十分动疑，便吩咐将这男女二人一并带至捕房。其余宅中男女不下二十余人，一齐关锁在屋子里，分派红头巡捕、安南巡捕及中国巡捕，日夜看守着。总巡回至捕房，将这男女两人隔别审问。审那妓女，据她供说是长三妓女胡翡云，平日和应桂馨甚是交好，彼此已说定下节由应娶她回宅子去做姨太太。平日也常在应宅中走动。二十三晚，应桂馨在李桂玉家请客，叫胡翡云的局。胡翡云到房中才坐定，那应桂馨便被捕房捉去。只因自己与应桂馨有关切的，便在第二天一清早赶到应家去通报消息，因为应家还有两位姨太太，我去通报她们送衣服食物与应桂馨。胡翡云这一番口供，那卜总巡不便相信；又问她在上海做妓女几年？她回说两年。问平日来往的除应桂馨外。还有几个熟客？她回说出几个客人的名字来，全是商界中有名人物。卜总巡便将这一班名人传来，教他们证明。他们果然齐声说这确实是妓女胡翡云。

欲知后事如何，且听下回分解。

## 第四十七回　漏消息隔墙有耳　施鬼蜮举国伤神

那妓女胡翡云虽经众嫖客证明，但也不能就叫脱离关系，卜总巡吩咐将她发落在女看守所中暂住几天。接着，便审问那山西口音的男子。此时已有暗探在沪宁火车站上，查得一个酒室中的侍役，据他说当时亲眼见凶手向宋教仁放枪逃走，如今若见了凶手，还可以认得出面目来。当由侦探将此侍役带到捕房中来，谁知那侍役一见了这山西口音男子的面，便连声说凶手凶手。那男子见已被认出了原形，只是低首无言。那卜总巡连连追问他，他还想抵赖。总巡伸过两掌去打得他昏天黑地，接着又踢了两脚。那凶手连声呼痛，骨软筋酥，站不起身来。总巡看他还不肯招认，提起手中的棍子，兜头两棍，打得鲜血直流，忍痛不过，才招认出来。原来他名武士英，曾在云南充当七十四标二营管带，后来被裁下来赋闲无事。因与应桂馨在江湖上素来相识的，便到上海来住在应家作客。却巧应桂馨受了要人嘱托，谋杀宋教仁可得重赏。武士英一时利欲熏心，因贪图一千元赏，自己又是玩手枪的老手，便把这重大干系担任下来。打听明白宋教仁动身的日子，他怀着手枪跑去，果然一击便中他，身体又灵便，趁众人忙乱的时候逃出车站，回到应家，神不知鬼不觉的稳稳得了一千元赏钱。又仗着应桂馨是一个大护法，神通广大，在上海地方弟兄又多；况且宋教仁和应桂馨二人平素是风马牛不相及的，任尔聪明绝顶的侦探，再也想不到他身上去的。但是天网恢恢，疏而不漏，再不料从那客店主人的隔墙耳朵听了去，竟到捕房中去告密。那铁路酒室的侍役，因贪得总办的赏银，也愿做见证。如此几方面逼来，不怕你应桂馨、武士英二人逃到天上去，也是要被他们捉住的。接着，出事的第三天，那法总巡带了西探三名，华捕四名，又到应宅去查抄。抄得手枪一柄，枪膛子里原可装五粒子弹的，如今还留存两粒子弹，在膛子里未曾放出，总巡把子弹带回去考验，原来与宋教仁肚子里挖出来的弹子同一式样。这个罪名愈将应桂馨坐实了。当日便由法国李副领事、公堂聂谳员与英租界会审员关炯之，及城内审判厅长王庆愉，升坐公堂，会审这重大案件。那武士英说原名吴福铭，山西人氏，曾在贵州学堂中读书，后投云南军队，被裁来沪。偶在茶馆中遇到一陈姓朋友，邀我入共进会，晚上同在六野旅馆住宿。姓陈的说应会长要办一个人，武士英问与此人有何仇隙，姓陈的说他是无政府党，我等应替四万万同胞除害。次日便将武士英带至应家见应会长，由应会长面托说打死此人，名利双收。我听有一千元赏钱，便一力担任。到了行事的那天，由姓陈的约武士英到老半斋去吃晚饭，武士英吃得酒意醺醺。姓陈的交给他一杆手枪，同坐车子到火车站，买了两张月台票进去。另有两人在外而看风。不多几时，那宋教仁也进月台来，后面有许多朋友相送。那姓陈的将宋教仁指点给他看，武士英觑看那送行的人在四面散步，独有黄兴和宋教仁对立着谈话。这正是良好机会，武士英便开枪轰击。他手段真好，一枪便打中了宋教仁的腰部。武士英拔脚便逃，将到月台门时，只怕有人追赶他，便又朝天开了两枪，所以一共放去了三粒子弹。武士英招供明白，问官吩咐将他收监。此时应宅中共捉来男女十六人，便一一审问，将无干系的人先行开释，妓女胡翡云也释放出来。接着英租界卜总巡又带了大队公役，到应家细细搜查，有外国箱两只，中国箱一只，内藏的全是要件，统统搬回捕房去。那江苏都督程德全，见上海闹出这样大案件来，便亲自赶到上海，与黄兴、陈其美商量办法。孙中山也从日本赶回来，每日在黄兴宅中谈论此事。陈英士忽然问程德全："应桂馨江苏巡查长的缺份是什么人委他的？"程德全答说："是我委的。"英士又问："何故委此等流氓做官？"程德全答："是内务部秘书长洪述祖保荐的。"陈英士听得了洪述祖三字，便跳起来说道："我知道了。这杀宋的主谋人，还不只是应桂馨呢！"黄兴问何以知道，英士道："那洪述祖和袁世凯是有密切关系的人，如今应桂馨唆使武士英杀人，定是受了洪述祖的授意。而洪述祖还不是真正的教唆犯呢！"这句话说出，众人都瞠目结舌，一时里说不出话来。陈英士再追一句说道："这样子仇杀下去，今日在座的人难保不做第二个宋教仁呢！"程德全便拍着自己胸脯道："这案件我当彻底清查。"黄兴听了，便起身向程德全兜头一鞠躬说："若得都督出力，我当代渔父道谢！"当时程德全便打电话给交涉使陈贻范，请他立刻与英法领事交涉，说此案发生地点在沪宁火车站，全是华界所捉得的，应武两犯又都是华人，应将全案人证移交华官办理。那英法领事见交涉使说的理由十分充足，也便不好反对，只说因目前尚须搜集证据，且凶手向有同党未曾捉得，这引渡的事体暂缓几天。一面英法领事会商审问凶犯的地点，大家决定在新衙门开堂，正式审问。当时由法捕房派西捕五人，押着武士英共登汽车，送至会审公廨。那应桂馨竟请律师到堂辩护。工部局代表律师侃克，中国政府代表律师德雷斯。犯人方面亦有律师三人：一是爱理司·坦文，一是沃克，一是罗礼士。一群西洋律师，先把案情研究一过。当时又有宋教仁的叔父宋宗润，从湖南赶来，为侄儿伸冤；也请了两个西洋律师：一名佑尼干，一名梅吉益。律师愈多，审案愈费时，往往因两造律师辩论时间过久不及开审人犯的。这样一堂一堂的延挨过去，有时审到应桂馨、武士英两个犯人，便也百般狡赖没有一定的口供。此时应桂馨监禁在英租界西牢中，武士英监禁在法界捕房中，应桂馨又托人去买嘱武士英，叫他认定是自己起意杀人，与应桂馨无涉。因此，武士英后来在会审公堂上突然翻了口供，应桂馨更是把这件事推得干干净净。那时孙文、黄兴、程德全、陈英士一班人在旁听席上，见此情形，心中甚是焦急。彼此商量了一回，决意向法捕房索取应宅搜得的文件，打算从这里面搜出确实的证据来。那法捕房一时虽不肯将文件交出，但对孙黄二人说文件中与洪述祖往来的信札颇多。那程德全便想起调查电稿的事，立刻赶到电报局中，将应桂馨历次与北京通电的底稿取来一二译出，细加研究。那文字之间，不但与洪述祖通同一电，便是国务总理赵秉钧也与应桂馨常通消息。电文全用密码，幸得上海地方检察厅长陈英能识这一类密码，细细的译读，才知道那洪述祖、赵秉钧都不能脱却干系。原来他用的密码，是用应川两密本：第一电赵秉钧给应桂馨的，有密码送请检收以后有电直寄国务院可也的话。第二电应桂馨给赵秉钧的，有国会盲争真象已得，洪回而详的话。第三电应桂馨给赵秉钧的，有宪法起草，以文字鼓吹主张两纲：一除总理外不投票，一解散国会，此外何海鸣、戴天仇等已另筹对待的话。第四电应桂馨寄程济世转赵秉钧的，有孙、黄、黎、宋运动极烈，民党忽主宋任总理，已由日本购孙、黄、宋劣史，警厅供钞，宋犯骗案，刑事提票，用照辑印十万册，拟从横滨发行。从这几通电报上已是很显明的看得出来，赵秉钧确是这暗杀案主动人物之一。此外又从箱笼中搜得有关系的信件：二月一日，有洪述祖写给应桂馨的信，说有大题目总以做一篇激烈文章乃有价值。二月二日又有一信，说必有激烈举动，弟须于提前径密寄老赵索一数目。这信里的话，明明是说给凶手的酬劳金了。二月四日，又有一信，说冬电到赵处，即交兄手面呈，总统阅后色颇喜，说弟颇有本事，既有把握，即望进行。又略提款事，渠说将宋骗案及照出之提票式寄来，以为征信，弟以后用川密与兄。照他信上的话看来，这杀宋教仁的主动力，不在应桂馨，不在洪述祖，不在赵秉钧，竟在那大总统了。二月八日，洪述祖又与应桂馨函说宋辈有无觅处，中央对此似颇注意。接着二十一日一信，竟说宋件到手，即来素款。二十二日一信，说来函已面呈总统、总理阅过，以后勿通电国务院；因智庵已将应密电本交来，恐程君不机密，纯令归兄一手经理，请款务要在物件到后，为数不可过三十万。这一番话已是将暗杀的黑格完全捣穿，最明了的是三月十三日应桂馨给洪述祖的一信，说民立记钝初在宁之说词，读之即知其近来之势力及趋向所在矣。事关大计，欲为釜底抽薪法，若不去宋，非特生出无穷是非，恐大局必为扰乱。三月十三日，洪述祖寄应信，说毁宋酬勋位，相度机宜，妥筹办理。十四日应桂馨寄洪述祖信，说梁山匪魁四处扰乱，危险实甚，已发紧急命令设法剿捕。三月二十一日致洪述祖电，说匪魁已灭，我军无一伤亡堪慰。黄兴与陈英士查得了这种种铁据以后，恍然大悟。知道如今的大总统，竟将国民党当作仇敌一般看待。照电信上的话，杀宋的凶犯连洪述祖、赵秉钧二人也在内。便立刻打一电报，致内务部请将洪述祖拘留，谁知那洪秘书早已有人通报消息，放他带着妻小逃到青岛去了。那袁总统待洪述祖走了以后，便下一令说内务部秘书洪述祖携带女眷一人，乘津浦车至济南，由济南至浦口。此人面有红斑色须，务饬地方官一体严拿。这一纸其文，如何拿得到人？于是全国的人沸沸扬扬，都说宋教仁是总统谋死的。那总统为掩饰耳目计，便接接连连派侦探长派勤务督察长，又派秘书长梁士诒、工商总长刘揆一纷纷南下，名为协同办理宋案。当时由上海交涉使陈贻范，向英法领事交涉，所有宋案一应人证，统交由中国官厅审理。那租界官员，也无可推诿，便一一点交与上海检察厅接收。一面由检察官嘱令将凶犯严加看管。不料才过数天，那直接凶手武士英，在监狱中无病暴死，当由医生将尸身剖验，确系服毒自尽。上海检察官便传应桂馨审问，那应桂馨一味狡赖，孙、黄二人主张必须提洪述祖、赵秉钧二人到案，方能使案情水落石出。但洪赵二人，如何能提得到上海，从此把这大案悬宕起来。但是民气是不可抑止的，全国人民见政府出此卑鄙手段，谋杀国家英杰，便到处开追悼会演说会，口口声声都是指摘不良政府的一番话。大家又凑集了许多银钱，在上海用国葬礼，建造宋教仁坟墓铜像，墓旁还造了一座公园，留为人民纪念。至今常有人到宋园路宋教仁墓前像前凭吊唏嘘。那宋教仁的铜像兀立在空中，却年年看中国军人自相残杀，无罪的人民年年逃难。

欲知后事如何，且听下回分解。

## 第四十八回　**儿女英雄松下接吻　劣父弱女火里逃身**

宋教仁死后，接着又有林述庆得了奇怪的病症，也死在北京。这林述庆便是光复时候，会攻南京的联军首领之一。他从陆军学堂毕业，在南京当三十六标管带，暗地里却入了同盟会奔走革命的事业。会攻南京的时候，招集长江舰队，一方面亲冒枪弹，猛扑天宝城，剧战七日夜，将坚城攻下。各军推林为南京都督，后徐绍桢进城，林便让去地盘，率领军队驻扎临淮关，预备北伐。所有北伐军队，统归他节制。后来南北统一，袁世凯加他上将衔，聘为总统府中高等军事顾问。林述庆到北京的时候，正是蒙古军事吃紧的时候，他见了袁世凯，便将征蒙的策略侃侃而谈。说来纵横捭阖，煞是动听。袁世凯听了，不觉吃了一惊，心中暗想，久听说宋教仁是国民党中的人才，如今这林述庆才器却也不小，此人若得意，必非北方之利。袁世凯一边肚子里打算，一边口头敷衍。林述庆见总统对他神情淡淡的，知道话不投机，便告辞出府来，连顾问的职衔也辞去，另与王芝祥、孙毓筠一班人组织了一个建设国事维持会，到处演说，劝人加入国民党，努力做国家建设事业。只因林述庆生成爽直的性格，遇有不满意于政府的事，便在会场上公开批评，因此招了政府党的怨恨。四月初八这一天，梁士诒邀请林述庆赴宴，筵席设在将校俱乐部。林述庆到酒酣耳热的时候，便又放言高论，痛陈政府的弊害。那梁士诒在一旁便唯唯诺诺，不加可否。林述庆待至兴尽归来，便得了寒热病，一夜卧床不起。第二天病势更是沉重，便到山本医院去调治。隔了三天，忽然满身起了红泡，泡破流血不止，精神昏乱，语言颠倒。又请中外名医来院诊视，大家束手无策。第二天，红泡变成紫色，又转成黑色，小便中流出血来，挨到第七天上，竟是死了。孙毓筠在一旁顿足痛哭。林述庆死了以后，外面顿时又起了一种谣言，说他也是被袁世凯指使人在酒食中下了毒药，谋害死的。实在据医院中人说林述庆害的一种病名天然痘。

此时北京地方最热闹的事，便是行国会闭幕礼。民国二年四月八日十一时，参议员一百七十七人，众议员五百人，齐集在新建筑的众议院会场行礼。国务总理，外交、陆军、海军、司法、农林、交通各总长，一齐出席。大总统由梁士诒代表，宣读颂辞道：

> 中华民国二年四月八日，我中华民国第一次国会正式成立。此实四千余年历史上莫大之光荣，四万万人亿万年之幸福。世凯亦国民一分子，当与诸君子同深庆幸。念我共和民国由于四万万人民之心理所缔造，正式国会亦本于四万万人民心理所结合，则国家主权当然归之国民全体；但自民国成立迄今一年，所谓国民直接委任之机关，事实上尚未完全。今日国会诸议员系国民直接选举，即系国民直接委任。从此共和国之实体，藉以表现，统治权之运用，亦赖以圆满进行。诸君子皆识时俊杰，必能各抒谠论，为国忠谋。从此中华民国之邦基，益加巩固，五大族人民之幸福日见增进。同心协力，以造成至

强大之民国。使五色国旗，常照耀于神州大陆，是固世凯与诸君子所私心企祷者也。

这一篇颂辞无非是官样文章。袁世凯身为大总统，却专做那植党营私的事。袁世凯是河南地方人，他便将一个河南督军的位置给了他表兄张镇芳。这张督军是胸无点墨的人，他一到任只知搜刮钱财，敲诈人民，弄得地方上人人怨恨，雪片似冤状，告到国会里。那状上写着张镇芳六大罪：一是逮捕《自由报》主笔贾英夫，摧残舆论；二是张镇芳与他的妻妾吸食鸦片，违犯烟禁；三是私卖军火，与匪纵匪殃民；四是任用私人；五是蔑视法权；六是草菅人命。那参议院全体议员，动了公愤，向政府提出查办张镇芳的议案。袁世凯见了这公文，却置之不理。那张镇芳见国会也无可奈何，他更是跋扈起来，在河南地方擅作威福，横行不法。这时气坏了一位英雄，名叫王天纵的。这王天纵是河南嵩县的世家子弟，只因天性豪侠，爱弄拳棒，便有一班少年跟随了他，在地方上做些劫富济贫的事体，见有贪官污吏，便暗地里派人去取下他的头颅来。清朝官厅拿他当盗魁一般看待。宣统三年七月间，政府下命令由南北两省联合军队，会捉王天纵。这时王天纵带领他的部下驻扎在河南砀山一带，那官兵统领谢宝胜亲自出马，带了五千兵士与王天纵弟兄交战十日十夜，到底不能越砀山一步。从此王天纵的党羽一天多似一天，在河南地方专做些保护人民的事体。那地方官都有几分惧怕他。王天纵觑空便到日本留学去，因他长得品貌俊伟，当时有多少中国女留学生都看上了他，在王天纵眼中都是庸脂俗粉，毫不动心。但他有一天在一位朋友家中饮酒，同席有一个女学生，风姿绝世，举动潇洒，他已不觉动了心，到酒酣耳热之际，那女学生拔剑飞舞，剑光钗影，又雄壮，又妩媚，不由得这王天纵十分倾倒起来。当时便与这女学生订交。问他芳名时，便是毛奎英。毛原是湖南宦家闺秀，从此他二人过从甚密。毛奎英探问王天纵身世，天纵也不隐瞒，直说自己是劫富济贫的草泽英雄。毛奎英听了愈是欢喜他。毛家是诗礼门第，如何肯将这女儿许配给江湖浪子？有一天王天纵和毛奎英二人拿了酒榼诗囊，登箱根最高峰痛饮高吟，盘桓了一天。他两人在松荫深处，互抱接吻，订为夫妻。人不知鬼不觉的离了日本，来到河南砀山旧巢穴中，抬抚昔日子弟，共得少年英雄一万人，横行江湖，所向无敌。此时武昌起义，王天纵与黎元洪原有一日之雅，黎元洪便派人到砀山来约王天纵在北方响应。那时河南志士如张钟瑞、王天杰、张照发、刘凤楼、周维屏、张得成、冯广才、徐洪禄、王盘铭一班人，一面联络本省军队，一面又举王天纵为大将军。王天纵率领一万子弟兵，整旅出山，前往洛阳。沿途攻城略地，光复州县，一时声势大振，四方来归附的志士，亦有万人以上。在途中又接陕西都督急电，因潼关失守，约他援救。王天纵便分一半人马前去策应，又留他夫人毛奎英在河南中镇守。天纵军队一到，果然夺回潼关，援阌乡，下灵宝、陕州，直达渑池，与清兵血战六日六夜，不分胜负。他夫人也带兵前来救应。正吃紧的时候，忽得了南北议和的命令，双方停战。不料那清兵施弄诡计，假说前来投降，臂缠白布冲入王天纵营门，见人便杀。那革命军猝不及防，慌忙退让，已被杀死二千余人，幸得毛奎英一弹，打中了清兵将领，那清兵四散退去，解了重围。不多几天，南北统一，袁世凯就职北京，河南地方有张镇芳前来做都督，所有王天纵军队，改编做防营两团，其余子弟一律放归田里。王天纵闲散无事，也携着他夫人遨游大江南北，结识了无数英雄。

此时张镇芳把个河南地方弄得天怒人怨，民不聊生，便有一班土匪乘机起事。当时最有名的头目，名叫秦椒红、宋老年、张继贤、杜其宾、张三红、李鸿宾等，口口声声都说为民请命，在各处起事。内中有一个白阆斋，原在吴禄贞部下当过军官，后因吴将军被刺，他也流落在江湖上，联络旧部，学着王天纵昔日的行为，专做那劫富济贫的勾当。如今见河南地方被张镇芳搅扰得不成个样子，白阆斋也满怀愤怒。他与王天纵也是相识的，便到江南来拜访王天纵。天纵指示机宜，教他回河南去联络绿林豪杰，做一番事业。白阆斋回到河南召集了宋老年、张继贤这一班头目，组织军队。众头目公推白阆斋为首领。白阆斋有一个首领名季雨霖，原是湖北第八师师长，后授陆军中将赏勋三位。不料他在民国二年三月间，联合湖北军界中，组织改进团，希图推翻政府。黎元洪得了消息，四处搜捉党人，又破获机关多处。季雨霖在湖北存身不住，便也逃到河南来，与白阆斋合伙。此时河南人民受了张镇芳的压迫，大家都有反抗官厅的思想。听说白阆斋起义，便有许多人去投奔他。所有湖南、湖北、山西、陕西、直隶、山东一带无业游民，统会集在河南各处山野荒僻地方。起初大家还听首领白阆斋号令，后来人数太多，人品也杂，渐渐做出那打家劫舍的事体来。当时河南一省算是舞阳王店地方最是富庶，货如山积。那宋老年、秦椒红一班匪首，便邀集弟兄六千余人，黡夜向舞阳镇进发。镇上团练兵百余名，如何抵敌得住？早被那土匪杀死的杀死，赶跑的赶跑。匪徒四处劫掠，放火焚烧，从舞阳镇起，入象河关，进春水镇，沿途百余里富庶地方，立刻烧成白地。那春水镇有一个土豪名王沧海的，他平日专以欺压小民，盘剥重利为事，家产积累到数百万。此次被土匪捉住，绑着四肢，高挂在他自己院子东面的榆树上活活烧死。王海沧又留下五个女儿，个个长成绝世容姿，那大女儿被秦椒红抢去奸污了，二女儿也被李鸿宾掳去作了压寨夫人，留下三个女儿，正娇啼宛转的时候，幸得白阆斋赶到解救了她们。这白阆斋领了宋老年一班弟兄，向独树镇进攻，在半途上遇到了秦椒红、李鸿宾二人，两部人马，合在一处，声势愈盛。白阆斋指挥众弟兄，分占镇北的小顶山，自己率领精悍喽啰，把住镇西关口。张镇芳和他小老婆对躺在鸦片铺上正在那里吞云吐雾的时候，忽得了各处警报。他立刻打一个电报给南阳镇守使马继增，令他率队往剿，又令第六师师长李纯赴信阳会剿。那南阳镇守使部下营务处长田作霖，却是一员战将，他得了上司的命令，星夜驰赴独树镇援救。在小顶山和小关口两处，昼夜交战。此次李纯的部下异常出力，打得白阆斋一班人好似落花流水，四散奔逃。秦椒红不觉杀得火起，赤膊站在关顶上大声跳骂。猛不防冷地里飞来一粒枪弹，打在他肩胛上，应声而倒。秦椒红一面吩咐他手下喽啰背着王家女儿跟着他从山北面滚山而走，只以身受重伤，不堪再战，便改装作农人模样，逃回家乡去养伤。不料被他的邻人跑去向官厅告密，由防兵连夜打进屋子，去拿住送往县衙门，立处死刑。白阆斋逃入母猪山，渐渐召集旧部，把沿途掳得的富绅子女，令他父母出钱取赎，有数千元一票的，也有数万元一票的，最少也有数百元一票的。白阆斋得了大批银钱，军势又大振，向张镇芳部下第三营营长苏得胜防地进攻。那苏得胜被他打得大败遁逃，白阆斋占据了铜山沟。团长张敬尧奉了李纯的命令,前来堵截,不料在半路上中了白阆斋的埋伏,伤亡了三四百兵士,失去了野炮二尊,快枪百余支,饷银六千元,还有过山炮、机关枪。白阆斋的势力愈大,所有近处的城池,尽被他占据住,居然发号施令,委派官员,那张镇芳也无可奈何。那时官兵方面都称白阆斋的一股土匪,唤他为白狼,是说他有狼一般的狡诡凶狠。当时报纸上满写着白狼的消息,谈起白狼,人人变色。

欲知后事如何,且听下回分解。

## 第四十九回　美人胯下留炸弹　将军门前弄干戈

白狼口口声声说政府压迫人民，横征苛敛，擅作威福，如今起仁义之师，为民除害，因此各乡村人民，都欢迎他。他自从在铜山沟打败了张敬尧的官兵以后，声势愈盛。不多几天，所有湖北、陕西、甘肃都有他的足迹。他沿着京汉路线，夺得了新安店，又攻陷光山，附近房屋，多被他焚烧，接着又占据了商城、固始一带。那紫荆关的官兵共有十三营之众，一齐倒戈变乱投降了白狼，白狼的声势，真是所向无敌。他又分一股入安徽的六安城中，法国教士奚凤鸣被杀，马联甲统领赶到追杀，白狼又转向湖北随县奔去。驻扎在河口的官军，竟又投降了白狼。他的势力直达到光化县城，杀死挪威教士一名。大股土匪，又从紫荆关西入陕西地界，到山阳、商县等处，一路抢掠烧杀。先锋直扑孝义，在醴泉和官兵相遇，连战了五日五夜。白狼势不能支，便向甘肃退去，又占据了秦州、泾州、灵台、崇信、平凉一带地方，声势又盛。此时所有河南、湖北、山西、陕西各省官兵首领，在石家庄开会议定四面兜剿的办法。第一次大败于伏羌，白狼部下死伤五百余人，白狼自己也被枪弹打伤了腿都，便将部下分东西两股逃去。东股逃回陕西，白狼负伤奔逃，在郿县、宝鸡、子午峪一带，屡受官兵的拦击，损失甚大。白狼手下的大头目李鸿宾、白瞎子，都被官兵捉去杀死。白狼计穷力竭，便逃回鲁山的老巢中藏躲起来。此时各省调动大队官军。镇嵩军统领刘镇华、河南护军使赵倜、分统张治功，都出力兜剿。白狼在鲁山存身不住，便逃至石家庄地方，中弹而死。白狼从民国元年六七月间起，直至三年八月间才消灭，这也可算得是民国时代最有力量的巨匪了。

袁世凯根据满清官僚的习惯，专一结党营私，压迫民众，尤其是对于国民党时用狠辣的手段。那民党中人因被反对党谋死了宋教仁，已是怀着一肚子怨气，无可发泄。接着，忽然袁世凯下了一道命令，把江西都督李烈钧、安徽都督柏文蔚、广东都督胡汉民，一律免去本职，另委了孙多森兼署安徽都督，陈炯明为广东都督，黎元洪兼任江西都督。这一下把他们国民党中三个健将一齐打倒，那国民党同志，愈觉愤恨不堪。当时黎元洪在湖北省城里常常破获秘密机关，搜查出大批军火，那机关有讨贼团、诛奸团、铁血团等名目。最奇怪的那时北京国务院中捉到了一个女刺客，名唤周予儆的。军警执法处审问了几堂，这女刺客供认说是受了黄兴的指使，结连秘密党人潜入京师谋刺政府要人。袁世凯听说是黄兴指使的，不觉大怒，立饬北京地方检察厅，转咨上海法院，立传黄兴来京对质。这黄兴原是心怀坦白的，得了法院传票，便要亲自去申诉，他身旁的一班朋友竭力劝住说，如今南北势成水火的时候，北京那个女刺客，难保不是北方政府弄的狡诡计策，借此欲骗你进京，再用处治宋教仁的手段处治你，你却不可不防。几句话说得黄兴恍然大悟，便也不去理那法院的公文。隔了不多几天，武昌地方又破获了大批革命党，内中著名的如刘耀青、黄裔、曾尚武、吕丹书、许镜明、黄俊一班人，审问明白，他们直认二次革命不讳。黎元洪下令一律执行枪毙。第二天在武昌城内又破获了血光团机关,那机关中党人,却十分强硬,竟手提机关枪,与军警对轰起来。那省军被他打死了数人,兵士大怒,大喊一声,杀入室中,党人纷纷向屋顶上逃去,当场又捉住三个党人,和紧要文件各式枪弹一起,一并押送至都督衙门,由黎元洪亲自审处。党人直认革命,检查文件,大半和武汉国民党私通声气的。黎元洪立刻派选军队,前往搜查,那国民党办事处人员早已逃避一空。从此以后,那省城左近沙场、张家湾、潜江县、天门县、岳口、仙桃镇一带,时时有革命党骚扰。此扑彼起,东响西应,把个湖北军队东追西杀,穷于应付。黎元洪终日审问捉来的党人,也十分忙碌。

武昌副总统衙门里,平时出入的人原是很多的。如今每日破获乱党机关,那所有军人侦探出入的人更多。此时忽来了一个妙年女子,革履长裙,云髻高翘,才走到副总统府的二门口,便被守门军士拦住。那女子拿出名片来,上面写着苏舜华三字,口称有机密事谒见副总统。当即由府中秘书官出来招待,向苏舜华细细的盘诘。见她言语支吾,神情慌张,那秘书官便心生一计,暗地里去唤府中壮健仆妇出来,当场搜检这女子的身体。女子也毫不抗拒,任凭那仆妇辈在她浑身上下摸索,所有小衣衬裙,无处不按捏到,却一无可疑之处,独两股中间,未曾试探。秘书官喝令搜她的裤裆,那女子顿时颜色大变,一个仆妇伸手在她两胯间,摸出两枚圆圆的黑黑的东西来。这也不用说是炸弹了。原来这也是一个女刺客,当即将她绑赴军法科审问。这女子知无可抵赖,也便直认是铁血暗杀团中的副头目,此次为众团员所推举,前来行刺黎元洪。军法官见罪状已明,便立刻将她押赴刑场枪毙。又用秘密手段,到铁血团中去连捉住两个女犯人,一名周文英,在团中担任劫狱反牢,救出同党;一名陈舜英,原是革命党人钟仲衡的妻子。钟仲衡已被官厅捉去杀死,这陈舜英投入暗杀团中,原欲为夫报仇,不料事机不密,反被官厅捉去,问了死罪。黎元洪又打听得汉口租界中,也有党人设立机关,他便照会各国领事,双方派遣军警协力捉拿。又捉到宁调元、熊越山、曾毅、杨瑞鹿、成希禹、周览一班人,他们也有做过省会议员的,也有是国民党党员,没有一个没来历。黎元洪弄得无法可想,便电告袁世凯,请他下令通缉党人。当时著名的党人有夏述堂、王之光、季良轩(便是季雨霖)、钟勖莊、温楚珩、杨一罂(便是杨王鹏)、赵鹏飞、彭养光、詹大悲、邹永成、岳泉源、张秉文、彭临九、张南星、刘仲州这一班,因在湖北存身不住,纷纷到长江下游来活动。那上海的党人,陡添了声势。那国民党中一班领袖,因北方政府谋杀了宋教仁,又处处用恶辣手段压迫民党,使他不得发展,心中已是老大不高兴,如今见黎元洪也大杀党人,愈觉愤怒不堪。五月二十九日深夜,忽有徐企文率领一群形似苦力的人,趁着夜色迷茫、风雨晦冥的时候,直打进制造局去。一声大喊,惊醒了局中人员,见为首一个大汉率领了百数十个苦力前来抢夺军械。局中守卫兵士,死力抵御,那一群苦力,纷纷逃去,独捉住为首的徐企文。这个警报传到北京,袁世凯以为上海是东南重镇,那制造局又是军火的府库,凡一有失,军事上当受影响不小,便立刻派北洋陆军一千名,乘坐海轮到上海来驻扎,又拨北洋舰队到上海来保护制造局。特派一个得力人员,海军中将郑汝成,率领陆军团长臧致平、海军第一营营长魏清和、第二营营长周孝骞、第三营营长高全忠,一齐驻扎在制造局里,把个制造局把守得和铁桶相似,谁也不敢拿正眼去看他。

所有在湖北的民党，既不得志于长江上游，又不得志于上海口岸，他们便转向江西湖口一带地方去。当时有九江湖口要塞司令陈廷训，得了消息，立刻密电黎元洪，说有革党前来运动军队，煽惑炮台，请求派兵保护。黎元洪得了电报，立刻命北军司令李纯，赶赴沙河镇弹压。谁知时机已晚，此时已有前江西都督李烈钧，在初八这一天从上海到湖口约会第九、第十两团陆军，及辎重、工程两营，当夜举事，迫令各江口台官，交出炮台。那驻扎德安的旅长林虎，也竖起讨袁军的白旗。李纯兵围攻林虎军队，林虎势渐不支，幸得湖口也宣布独立，组织讨袁军。江西省议会便举行紧急会议，通电各省，推李烈钧为江西讨袁军总司令，欧阳武为江西都督。这个通电出去，第一个响应的便是黄兴。那黄兴亲眼见宋教仁死得可怜，那北方政治的黑暗，他忍着一肚子气，再也忍不住了，便从上海赶到南京去，召集第一、第八两师训话，决定起义独立。只有要塞总司令吴绍麟，讲武堂副堂长蒲鉴，不表同情。当由黄兴喝令擒下，便在大校场中枪毙。一面用江苏都督程德全名义通饬各属，委黄兴为江苏讨袁军总司令，统率第一、第八两师，乘津浦铁路火车赶赴徐州，联合原有徐州第三师师长冷遹防御北兵。但此次江苏独立，完全非程德全本意，程便潜行离开南京，一任黄兴在城中发号施令。此次黄兴起义，原与陈其美、柏文蔚约定。陈见黄兴已得手，便也在上海竖起讨袁旗帜，设立讨袁司令部。柏由上海赶到安徽临淮关，也竖起讨袁旗帜。同时，长江巡阅使谭人凤，也通电响应，四方独立的消息，如雪片也似报到北京。袁世凯原也早料到此，他便下令前国务总理赵秉钧任北京警备司令，日夜派出许多密探去监视国民党议员。一面任张勋为江北镇守使，倪嗣冲为皖北镇守使，冯国璋为第二军军长兼江淮宣抚使，浩浩荡荡，杀奔江南来。那程德全躲在上海，却暗地里拍送一个电报与袁世凯，声明江苏独立不干己事，又说了许多求饶的话。袁世凯回电，把程德全、应德闳二人痛痛的责备了一番，又许他在就近地方组织军政民政衙门，着程德全督饬师长章驾时等，率领得力军警严守要隘，迅图恢复。同时又下令褫夺黄兴、柏文蔚、陈其美三人所有官勋，随即通电全国声讨三人的罪状道：

> 前南京留守黄兴，自辞卸汉粤川路督办后，回沪就医。本月十二日，忽赴南京第八师部，煽惑军队，迫胁江苏都督程德全，同谋作乱。程德全离宁赴沪，黄兴捏用江苏都督名义，出示叛立，自称讨袁军总司令。其与湖口李逆烈钧电，有江苏宣布独立，足为公处声援之语，又迭派叛军攻击韩庄防营，遣其死党柏文蔚盗兵临淮，陈其美图占上海，唆使吴淞叛兵，炮击飞鹰兵舰。在宁戕杀要塞总司令吴绍麟、讲武堂副长蒲鉴、要塞掩护团教练官程凤章等多人，并在沪声言外人干涉，亦所不恤，必欲破坏民国，糜烂生民而后快。逆迹昭著，豺虎之所不食，有昊之所不容。查黄兴亡命鼓吹，本以改良政治为名，乃凶狡性成，竟于已经统一之国家甘心分裂。自南京留守取消以后，屡遣叛徒至武汉起事不成，又遣暗杀党至京行刺被获，侵蚀南京政府公款，以纠合暴徒，私匿公债票数百万，派人运动各省军队。政府虽查获证据，未经宣布，冀其良心未死，或有悔悟迁善之一日，乃政府徒蒙容忍之名，地方已遭蹂躏之

祸。该黄兴、陈其美、柏文蔚等，明目张胆，倒行逆施，各处商民怨恨切骨，函电纷纷，要求讨贼。本大总统恻然心痛，着冯国璋、张勋迅行剿办；一面悬赏缉拿逆首，有擒斩黄兴以自赎者，亦予赏金。

这一道通电出去，愈加激动了黄兴、陈英士的怒气。

欲知后事如何。且听下回分解。

# 第五十回　孙中山劝袁退位　陈英士抗北兴师

张勋从前被五省联军打出了南京城，至今他还含恨在心。现在他奉了袁世凯的命令，来攻打南京。他欲报复从前的仇恨，军队格外来得神速。他星夜赶到韩庄，便与第八师黄兴的部队相遇，两下酣战起来。张勋身先士卒，擎枪大喊。那民军抵敌不住，渐渐败退下来，张勋乘胜追到利国驿驻下。探报把军情报与黄兴知道，黄兴一面写一封书信与张勋，劝他倒戈共讨袁贼。那张勋立刻把书信扯得粉碎，一面进兵徐州，与冷遹兵士鏖战起来。正杀得吃紧的时候，不料横里杀出一路山东兵来。原来山东总兵田中玉，引兵来助张勋战冷遹，两路夹攻，杀得冷遹弃甲曳兵而逃。后来黄兴派遣救兵到来，冷遹得了救兵帮助，重复夺回阵地。张田两军驻扎驿北，冷遹军队驻扎利国骚南。到了第二天，张勋军中又运到野战炮四门，向冷遹阵地上猛烈扫射。这炮弹个个是开花弹，打得冷遹阵地上尸横遍野，血流成河。冷遹自己也中了流弹，打伤肋骨。南军不得已退出徐州。那时李烈钧也困守湖口，受敌人四面包围。北兵中有段芝贵、李纯两路大军，把李烈钧包围在垓心。李军部下团长周璧阶，又私向北军投诚，江西独立军更不能支。孙文看看局势十分危急，他便一面请出岑春煊来为民军大元帅，藉以号召人心。一面又亲笔写一书信与袁世凯，劝他退位道：

袁大总统鉴：文于去年北上，与公握手言欢，闻公谆谆以国家与人民为念，以一日在职为苦。文谓国民属望于公，不仅在临时政府而已，十年以内，大总统非公莫属，此言第对公言之，且对国民言之。自是以来，虽激昂之士，于公时有责言，文之初衷，未尝稍易。何图宋案发生，证据宣布，愕然出诸意外。不料公言与行违，至于如此，既愤且懑；而公更违法借款以作战费，无故调兵，以速战祸。异己既去，兵衅仍挑，以致东南军民，荷戈而起。众口一词，集于公之一身。意公此时必以平乱为言，姑无论东南军民未叛，国家未扰，秩序不得云乱；即使云乱而酿乱者谁？公于天下后世，亦无以自解。公之左右，陷公于不义，致有今日；此时必且劝公乘此一逞，树威雪愤。此但自为计，固未为国民计，为公计也！清帝辞位，公举其谋。清帝不忍人民之涂炭，公宁忍之？公果欲一战成事，宜用于忠清帝之时，不宜用于此时也！说者谓公虽欲引退，而部下牵掣，终不能决。然人各有所难，文当日辞职推荐公于国民，固有人责言，谓文徇北军之意，而不知顾十七省人民之付托。文于此时，迄不为动。人之进退，绰有余裕，若谓为人牵掣，不能自由，苟非托辞，即为自表。无能公必不尔也，为公仆者，受国民反对犹当引退，况于国民以死相拚杀一不辜以得天下犹不可为，况流天下之血以从一己之欲。公今日舍辞职外，决无他策。昔日为任天下之重而来，今日为息天下之祸而去，出处光明，于公何憾？

公能行此，文必力劝东南军民，易恶感为善意，不使公怀骑虎之虑。若公必欲残民以逞，善言不入，文不忍东南人民久困兵革，必以前次反对君主专制之决心，反对公之一人。义无反顾，谨为最后之公告，惟裁鉴之。孙文叩。

孙中山这一封信义正辞严，针针见血。袁世凯读了，不觉恼羞成怒，立刻下一通令与全国人民。他令中骂孙、黄为乱党，李烈钧、柏文蔚、陈英士为国贼，大意说受事之日，父老既以此完全统一国家，托诸藐躬，受代之时，藐躬当以此完全统一国家还诸父老。是用雪涕誓师，哀矜执讯，岂用黩武，实以完责。一俟凶恶荡平，国基奠定，行将自劾以谢天下。这几句话却也说得刚硬。那班民党遭袁世凯痛骂以后，愈是不肯干休，除九江、南京外，又有安徽宣告独立。那广东都督陈炯明，原是孙黄一派的人，他得了各路独立的消息，便亲自出席省议会，要求议员通过广东独立的议案。那议员略迟疑一些，陈炯明不觉大怒，拔下腰间的指挥刀来，向案上一掷。大声说道："诸君若不通过广东独立议案，我誓当与诸君同尽。"吓得众位议员面面相觑，一齐投票通过了这独立的议案。陈炯明称粤军总司令。当时广东有一班顽固的商人，却暗地里去讨好北政府，请求袁世凯发兵南征，保证商民。袁世凯便下令着龙济光为广东镇抚使，他弟弟观光为镇抚副使。那龙家军队原驻扎在广东边地，自得了袁世凯的命令，便向广东进发，双方交战起来。广东的邻省便是福建，福建西部与湖南相连，他们为援助广东起见，那湖南都督谭延闿，福建都督孙道仁，顺从了众意，也竖起独立旗来。蒋诩武为湘军总司令，许崇智为闽军总司令，同时重庆的熊克武，也宣布独立，声势甚是浩大。袁世凯见独立的省份一天一天多起来，他知道原动力是李烈钧、黄兴二人，便下令着段芝贵、李纯两路军队，向九江猛扑。另委陆军中将王占元，海军次长汤芗铭，率领水陆各军，协力进攻。段芝贵部下却是一班勇猛的士卒，有旅长马继增、鲍贵卿统带。马旅长从新港一带率兵猛攻，连夺要塞，又占领湖口炮台。鲍旅长的军队得海军大炮掩护，渡过湖口东岸，与李烈钧兵士死战。夺得钟山，又占领了东炮台。李烈钧站脚不住，由他部下保护弃了湖口，乘小船逃去。此次战功，马鲍二旅异常出力，袁世凯立赏银十万元，交由段芝贵分发。当交战的时候，有陆军少将余大鸿、参谋汤则贤，奉北政府命令，往江西公干，道出湖口，被李烈钧部下捉住，当作奸细杀死，投尸在长江中。此次袁世凯便命在湖口为余汤两人设立专祠。

陈英士在上海秘密运动，待南京、九江以次独立，上海也宣布独立，陈英士为驻沪讨袁军总司令。一面送一角公文与郑汝成，着立刻率领北军退出制造局，在二十四小时内如不退让，便下令攻击。那郑汝成是奉北政府命令，专来守卫制造局的，他手下带一千三百名劲卒，又有海军总司令李鼎新统带兵舰，停泊黄浦江中保护陆军。他得了陈其美的哀的美敦书，当然置之不复。一面传令水陆各军，加严防守二十四小时。到二十三日午夜十二点钟已满限，陈英士见郑汝成不肯退让，便与钮永建、刘福彪、黄膺白几位重要同志商议。当时推钮永建为总司令，秘密招募新军，分配军火。钮永建所靠的有一班学生军，都富于革命思想，个个年富力强，勇猛精悍。当时松江也有一支军队响应。陈英士派统领沈葆义、田嘉禄为师长、团长，先从沪南着手。延挨到二十三日深夜时分,各军官率领部队,乘黑夜开到龙华地方,便在制造分厂门外,开了几阵排枪示威。谁知厂中静悄悄的却毫无动静。原来里面除一个厂长几个夫役外,并无兵士把守。民军便毫不费力的占据了分厂。厂中储藏子弹火药,民军一一检点,加上封条又在厂前高挂白旗。分一小队兵士,看守厂门,火部人马赶向制造总局中来。那局长陈榥是一个文人,厂中工役又是十分胆小的,听说民军来攻,大家逃避一空,只有海军总司令李鼎新与郑汝成在局中商量防守事宜,郑汝成担任防守局所,李鼎新担任指挥军舰。李鼎新登海筹军舰,布置炮位。那陈英士的总司令部设在南市,所有邻近人民,人起恐慌,纷纷向上海租界中逃避。同时吴淞炮台台官姜文舟,也响应了陈英士,竖起独立旗来。陈英士又约定商会董事李平书、王一亭二人,为保安团正、副团长,照料地方。在未开战以前,陈英士便托李平书去向郑汝成做说客,愿出三万元送与制造局北军,令让出局地。李平书邀王一亭同去见了郑汝成,先将利害说他。谁知话未说完,郑汝成便大声呵斥起来说道:“我郑汝成系奉大总统命令来守此局,你二人是奉何人命令,却敢来撺逐我出去?我若不念旧交,便先砍下你二人的头颅来挂在局门外示众。”李、王二人讨了这场没趣,便各各抱头而去。陈英士知道郑汝成无悔过之心,便决意开战。此时驻扎在南京的福字营司令刘福彪,奉了黄兴之命,率领部下敢死队到上海来帮助陈英士作战。陈英士令他去打先锋,后面有镇江军队、上海军队,及驻防枫泾的浙江军队,一齐赶到共有三四千人。诸路停妥,便由陈英士发令,分三路进攻:一路攻东局门,一路攻后局门,一路攻西栅门。其时正在拂晓,一片乌黑的分不出路径来。陈英士知道东局门最关紧要,便调敢死队猛力冲锋。各人抛掷炸弹,乒乒乓乓打得局门口烟雾腾天。那局中兵士早已预备下机关枪扫射,敢死队也用手提机关枪对射。两下相持,各不相让。局门内忽飞出炮弹来,落地开花,响震数里,西栅门外火焰四起,后局门外枪声如连珠。郑汝成在局中指挥守御,十分镇定。那兵舰上李司令,原与郑汝成约定的;远望制造局门外火起,便开炮轰击。一路向东截击镇江军,一路向西截击浙江军。那炮弹粒粒命中,弄得民军七零八落。那镇江、浙江二军,本无革命精神,是陈英士用程德全名议召集来的,经兵船上炮弹猛击,早已四散逃亡。只留下松江军、上海军数百人,奋力支持,抵死不退。直到天明,郑汝成在高处瞭望清楚,便用过山炮猛射。松、沪两军,死亡枕藉,势力不支,且战且退。北军冲出局门来追杀,幸民军有炸弹队压阵,断住后路。但福军敢死队共有六百五十名,经此一夜剧战,已伤亡了大半。刘福彪心中甚是郁闷,到了晚间,由吴淞炮台官姜文舟拨来镇江军一营,协助攻打。陈其美下令在深夜时分,各军依旧分三路进攻,连放排枪。局中兵士,置之不理,直待民军扑近局门里面,开花炮弹如连珠一般打将出来,可怜那民军被炮台打得落花流水。刘福彪见自己军队又败了,气愤不过,到后方去运到大炮数尊,向局门猛攻。北军开炮还击,刘福彪冒险直进,忽半空中一弹飞来,打中了左臂,晕倒在地。便有手下兵士,抢出火线,抬向后方医院去医治。部下的敢死队只剩有三百人,无人统辖,向北门逃去。因北门地近法租界,那败兵满意想混入祖界,去逃了性命。谁知法租界的安南巡捕奉了捕头之命,见有败兵,立刻放枪赶回城中去。那败兵便在城内抢劫估衣店,各个穿了平常百姓衣服,由南码头泗水逃命。二十五这一天,忽有一只大轮船进口,船上满载工人模样的有三四千人。船靠码头,那三四千人尽向制造局中去,因此才知是北军假扮的混过了吴淞炮台的耳目。那制造局得了这一路生力军,愈觉精神百倍。陈英士得了此消息,立刻通电与松军司令钮永建,命他带领学生军及部下二千人,赶到上海来救应。郑汝成也早得了探报,便用先发制人之计,不待钮永建兵到,便派五百名精兵沿铁路上去迎头痛击。到底北军人少,支持不住,退入西栅内去。钮永建率领部下猛攻西栅,正鏖战时,后面忽又有一军杀到,人数约在一千左右。一到阵地,枪炮齐施,十分勇猛。

欲知后事如何,且听下回分解。

## 第五十一回　郑汝成防守制造局　钮永建鼓励学生军

钮永建正指挥部下酣战的时候，忽后面又有民军一千多人杀到，帮助攻打制造局西栅，枪炮隆隆，声势甚盛。钮永建问时，原来是陈其美新由苏州调来的第三师步兵。他们由闸北河道坐驳船到上海，随带机关枪炮，战斗力甚是充足，一路打去，并无拦阻。钮永建便催动军队前进，看看已到制造局门口，不料后面炮声大起，弹如雨下，接着那军舰上的大炮甚是猛烈，落地开花，打得尘土蔽天，士兵的尸身掷向半空中去。苏军一千余人，正在火线上，中弹倒地的人，前仆后继。苏军知道中了敌军的埋伏，急急后退。那局中的炮兵，又追杀出来，那炮弹粒粒向背后打来。苏军狼狈奔逃，逃至铁路相近，两旁伏兵齐起，打着北军的旗号，向苏军左右夹攻。两军混战一场，苏军死伤了大半，其余的向四野里逃生去。此时钮永建还督着淞江兵，内有学生军六十名，向制造局西栅门猛扑。不料半空中落下来的一粒大炮弹，震天价一声响亮，扫去了学生军三四十人。淞军受了这个大创，便各个弃枪而逃，逃至法租界，被安南兵拦住，一律缴械放行。学生军只剩了二十名，逃至徐家汇上山湾，那天主教士看见他们满身泥土，头额流血，心中不觉动了恻隐之心，便各给洋五元，留下枪枝，放他们逃命去。

陈英士在司令部中，连接败报，心中甚是惶急，忙下令如有临阵脱逃的一律枪毙。当时有苏军二十四名逃走的，被钮永建捉住，送交检察厅暂押。不料那班兵士与狱中囚犯打通一气，冲破牢监，闯进上房去，把厅长所有一切细软银钱，掳掠一空。模范监狱中原收押刺宋要犯应桂馨，这应桂馨手下的流氓甚多，便趁此里应外合，大闹起牢狱来。监狱官吴格生，镇压不住，只得随着应桂馨一起逃走。狱中五六百囚犯，打去枷锁，一齐逃出监狱中，在街道上东奔西窜，城内秩序大乱，巡警无法拦阻。那时有一群犯人，打进地方审判厅去，威迫厅长将所中男女各犯一齐释放出去。各犯人都欢天喜地，四散而去。此时上海一班绅士，见陈英士屡战屡败，知道他不能成事了，便公举出红十字会总办沈仲礼，向南北两方竭力调停。陈英士正在气愤头上，又有江阴派来救兵二千名助战，他如何肯罢手？沈仲礼再三劝他息兵，陈英士大声说道："若欲我罢兵，非杀尽敌人不休。"当夜陈司令又雇用了上海一班流氓和东洋车夫，加入江阴兵，进攻制造局。时在深夜，那兵舰上探海灯又来得厉害，测炮又来得准确，那民军被灯光逼住了眼睛，又动弹不得。制造局中大炮和黄浦江中大炮齐向民军阵地打来，那江阴兵中了弹，一排一排的倒下地去，从半夜战到天明，人马又折了大半。沈仲礼又再三来劝说，陈英士没奈何，只得将司令部迁至闸北。不料闸北地方有一家商务印书馆工厂总理夏瑞芳，他怕民军来扰害他的工厂，便去请了租界上的外国团练兵到我们中国地界来驻扎，在宝山路一带保护工厂。陈英士率领司令部人员，坐着汽车直驶而来，被外国兵阻住不得进宝山路，没奈何，只得绕道从别路到吴淞镇与要塞司令居正相见。此时钮永建还在南市，支持残局，到二十八日钮永建又收拾残军，并延聘日本炮兵作最后的攻击。此次战争比前四次尤为剧烈,民军不但轰击制造局,又轰击黄浦江中的兵舰。民军中放炮甚准,那海筹船尾上被民军炮弹打成一个窟窿,制造局中北军中弹死的也是不少。郑汝成大怒,立刻搬出八十磅的攻城大炮来,向民军阵地开放。钮永建军队原是有限,如今经这大炮猛力攻击,又死伤了许多。钮永建立脚不住,也向闸北方面退去。

此时江苏都督程德全和民政长应德闳,见陈英士快要失败,便出来说了一番官话。他的通告上说道:

> 德全德薄能鲜,奉职无状。光复以来,惟以地方秩序为主,以人民生命财产为重。保卫安宁,别无宗旨。不图诚信未孚,突有本月十五日宁军之变。维时事起仓猝,诚虑省城顷刻糜烂,不得不忍一时之苦痛,别作后图。苦支两日,冒死离宁,十七日抵沪后,即密招苏属旧部水陆军警,筹商恢复。众情愤激,询谋佥同。连日规画进行,布置略已就绪。兹于本月二十五日,即在苏州行署办事。近日沪上战事方剧,居民震骇,流亡在道。急宜首先安抚,次第善后。并在上海设立办事处,酌派人员,就近办理。德闳遵奉中央命令,亦即在沪组织行署,以便指挥各属,筹保卫而策进行。窃念统一政府自成立以来,政治不良,固无不讳,惟监替之权,自有法定机关,讵容以少数之人据一隅之地,诉诸武力破坏治安?德全与黄兴诸人,虽非夙契,亦托和交。每见辄谆谆以国家大局为忠告,即党见之异同,个人之利害,亦皆苦口危言,无微不至。乃自赣军肇衅,金陵响应,致令德全两年辛苦,艰难经营,积累所得尺寸之数,隳于一旦。哀我父老,嗟我子弟,奔走呼号,流离琐尾。泣血权心,无以自赎。德全等不知党派,不知南北,但有蹂躏我江苏尺土,扰乱我江苏一人,皆我江苏之同仇,即德全之公敌。区区之心,惟以地方秩序为主,以人民生命财产为重。始终不渝,天人共鉴,一俟乱事数平,省治规复,即当解职待罪,以谢吾苏。

这一通公告出来,那地方上一班绅士,便有许多人出来帮助程都督的。那袁世凯听说郑汝成战胜了民军,也便派人拿了十万块钱来犒赏制造局中的北兵,又将郑汝成加封为陆军上将官,升作上海镇守使,真是锦上添花。那班北军人人欢欣鼓舞,只有陈英士、钮永建这一班战败的将军,个个退守吴淞炮台,既少兵士,又缺军火。那刘福彪、钮永建的部下死亡的最多,他二人见了要塞司令居正,只是顿足叹气。居正拿好言安慰他,劝大家暂在吴淞地方守着,候别处的救兵到来,再行进攻。谁知一天一天的守下去,非但不见救兵到来,那郑汝成和李鼎新二人却调遣水陆军队,前来围攻炮台。接着海军总长刘冠雄,也奉了袁世凯的命令,率领北洋舰队,南下攻取吴淞。陈英士和居正困守在炮台中,见敌兵愈来愈多,情势十分危险,便一连打电报到南京去求救兵。黄兴在南京也弄得焦头烂额,军饷不足,便有一班军人不服调遣。又接连得了各方面战败的消息。看看孤城日暮,万难再守下去了,便假说亲往战地督阵,在七月二十八日的半夜里与代理都督章、梓二人，改穿日本服装，邀同日本人二人作伴，各人拿着怀中电筒，悄悄的出城。后面有一连护兵，护送到了下关码头，黄兴便赏护兵二百块钱，那护兵一律举枪恭送。黄兴登轮开船下驶，星夜赶来上海。谁知此时上海领事团已通饬各处巡捕房，访拿乱党，第一名便是黄兴；此外如李烈钧、柏文蔚、陈其美、钮永建、刘福彪、居正等，都在缉拿之列。又由工部局张贴告示，驱逐孙文、岑春煊、李平书、王一亭等，不准径留租界。黄兴也无路可走，只得投奔吴淞炮台去。见了居正、陈英士一班人，也无话可说。打听得孙文、岑春煊都逃往南洋去的，黄兴在钮永建营内住宿一宵，第二天一清早便登日本轮船渡海东去。这讨袁总司令黄兴走后，大家更觉没有兴趣，便是那南京师长洪承点，也弃职潜逃。南京城内，人心惶惶，当由代理民政长蔡寅联合第八师长陈之骥、第一师长周应时、要塞司令马锦春、宪兵司令茅乃葑、警察厅长吴忠信，又会同南京一绅仇继恒一班人，商议维持秩序。当即议定七事：一、取消独立名义；二、通告安民；三、电请程德全回南京；四、通电各省一律停战；五、筹饷；六、各路军队就原地驻扎暂不移动；七、由军警民团分别地段保护人民。这种办法，原是很好的，不料南京代表到上海来欢迎程德全，程德全却不肯回南京去；又因当时第一师师长洪承点出走，由南京人公举旅长周应时接充师长。如今程德全非但不肯承认，并且连周应时原有的旅长名义，也给他取消了。因此，南京地方人心又恐慌起来，兵心又变动起来。程德全得了北方消息，知道有冯国璋、张勋两路人马南来，便派杜淮川前往固镇迎接。

天铎报馆有一位何海鸣先生，他一向在报纸上著论鼓吹民权，又醉心民主。此次黄兴二次革命，何先生在报馆中，得了消息，喜得他终日手舞足蹈。后来又得了黄兴出走，民军失败的消息，又累得他终日垂头丧气。最后，报馆中忽然不见了这何先生的踪迹，那南京都督府中，却来了一个讨袁总司令何海鸣。他自称是奉黄兴命令，前来代理总司令职务；住在都督府中，发号施令，又出示恢复江苏独立的名称，一面通电宣布程德全、应德闳两人的罪状。正兴高彩烈的时候，忽有第八师师长陈之骥，带领一队兵士，前来拜会何海鸣；何海鸣十分谦虚，降阶相迎。这陈之骥却傲不为礼，开口便问："何先生此次带得几何饷银来？"何海鸣答称："造币厂中，取之不尽，何必我再带饷银。"陈师长又问："带得多少部队来？"何海鸣答称："黄兴的部队，便是我的部队，更何必我另带部队。"陈师长立刻放下脸来，向左右大声喝道："这厮胆大妄为，明明是乱党，快与我捆起来！"可怜何海鸣手无缚鸡之力，如何能抵抗得如狼如虎的兵士，早被他们用麻绳捆绑得和一只傻子相似，掷在阶下。陈之骥拿靴尖踢着何海鸣的肋骨，冷冷地说道："我此时暂留住你一条狗命，待程都督的命令，再来处分你。"便有兵士上去把何海鸣拖进陆军监狱去禁闭起来。一面由陈师长出面出示取消独立。南京人民在一天里忽见恢复独立的告示，又忽见取消独立的告示，更弄得人心不得安定。又因张勋辫子军，久有奸杀抢劫的野心，如今他的军队离南京一天近似一天，那南京的人心，尤觉得一天不安一天，稍有身家的人，纷纷向城外逃避，弄得城中风声鹤唳，草木皆兵。当时一班南京公正士绅，便组织了一个地方维持会，会中公举代表，渡江去见冯国璋，求他保全南京人生命财产，不可再动武力。又求他转商张勋，不可放辫子军入城。那冯国璋却顺从民意，容纳了代表的要求。此时陈之骥师长也赶过江来，谒见冯国璋。不料南京城里的第一师，打听得陈师长不在城中，便乘机报复；邀集了同营弟兄去抢劫第八师司令部，两面兵士，巷战起来。第八师人数既少，事起仓猝，所有军械，都被第一师夺去，只得全体退出南京城。此时南京城中，全是第一师的势力；那师长周应时，立刻去把何海鸣放出来，拥至都督衙门中，依旧做他的讨袁总司令，依旧宣布独立。那南京城里的百姓，经过这番扰乱，愈加吓得魂不附体，四散奔逃，大街上店铺，一律闭门，城门也终日关锁。何海鸣立刻委出卫戍司令及参谋长、旅团长各军官来。那第八师部下也渐渐来归附，只三十团抗不奉命，何海鸣便下令缴械，勉强将南京城内整理清楚。但那冯、张两路兵马，一天逼近似一天，南京人民，总不能安心。便是何海鸣也东奔西走，布置一切防守的事宜，十分忙碌。冯国璋、张勋二路军队，开到浦口江边，暂时扎住营盘；一面打电报给上海的海军总长刘冠雄，请他带领兵舰到长江来助战。但此时吴淞炮台，还在民军手中，刘冠雄从浦东川沙绕道东淮登岸，至制造局，与郑汝成、李鼎新商量进攻吴淞的策略。刘冠雄下一个密令，着海筹、海圻各舰，开抵吴淞，离炮台九英里地方，便开炮轰击。居正在炮台上，亲自督战还击兵舰。

欲知后事如何，且听下回分解。

## 第五十二回　让吴淞民军出走　攻南京辫兵横行

吴淞炮台和海筹、海坊二兵舰，互相开炮轰击，约历一小时之久，未分胜负。以后，每天都有战事，但每战不过炮台和兵舰互相轰击一阵。连战三天，也分不出胜败。海军总长刘冠雄，见急切不得取胜，便和郑汝成商议，用反间之计，由程德全秘密派人到刘福彪营中去，说他投降。这消息传在钮永建耳中，立刻去与要塞司令居正说知，居正大怒，立命炮台上开炮，轰击刘军。刘福彪因事出不意，抵挡不住，慌张溃逃，反逼着他投降到程德全那边去。程德全便下总攻击令，调齐海陆大军，合力围攻。刘冠雄督率外海舰队，李鼎新督率长江舰队，郑汝成督率大部陆战队，分三路向吴淞台包抄。钮永建此时，在宝山县城中设立司令部，所有上海革命军，统由钮永建指挥。两军开战，炮火甚烈，左近人民，死亡逃散的形状，十分凄惨。此时有上海红十字会柯医生，冒着炮火，赶到宝山城中去，再三劝钮永建息兵爱民。钮永建也因此时势穷力竭，外无援兵，知道不能再战了，便由柯医生拿了钮永建的亲笔书信，乘一艘小火轮，驶向海圻军舰。此时两军炮火，十分激烈。柯医生冒险闯入火线中，手执红十字会旗，向兵舰摇动；炮台上和兵舰上都停了炮火。柯医生登了兵舰，谒见刘冠雄，说明来意。刘冠雄与钮永建原有旧交，当下便赴制造局，与郑汝成、李鼎新二人商议。钮永建当时所开的条件，第一是不杀部下兵士，第二是由刘冠雄代表北方政府，给与一万块钱。郑汝成一概答应，立刻派人将钱送去；那钮永建得了钱，便照条件率领卫队三百人，退出宝山城三十英里外。柯医生率领救护队，进了宝山城，果然不见兵；又转至吴淞，察看炮台，那要塞司令居正，早已离开吴淞，只留下台兵。柯医生督看着，令兵士将炮闩除下，炮门向内，所有枪械，一齐缴出。炮上竖起红十字旗帜，那兵船上见了，海筹、海圻共有八条大兵舰，一齐驶近岸来。刘冠雄统兵士五十人登岸，炮台上换了海军大旗。在换旗的时候，所有南北兵士，一齐擎枪致敬。

郑汝成、刘冠雄战胜了上海的民军，一面拍电报告袁世凯。恰巧袁世凯派有长江查办使雷震春及陆军二十师师长潘矩楹，串领大队人马南下助攻吴淞炮台。如今见上海已无战事，袁世凯便改任雷震春南洋巡阅副使，刘冠雄为南洋巡阅正使，率领二十师军队，向南京出发助战。此时钮永建得了银钱，他心还不肯甘休，当时退出了宝山，便占据了嘉定，掘造战壕，设险防守。郑汝成得了消息，便令李鼎新、李厚基二人，水陆夹攻。钮永建又退至太仓，手下兵士，随路散去。他知事已不可为，便乘坐美国公司轮船出洋去。那陈英士、居正一班要人，也各个出洋避难。李烈钧退出南昌，柏文蔚退出安庆，欧阳武、陈炯明皆因失了势力，各离根据地，逃到南洋去。那时独有李烈钧在南昌，与北军对抗。南昌一班绅商，凑集了三十万元，送与李都督，要求他退兵。李烈钧便率领部下退至万家浦。与北军多次恶战，精锐尽失，看看支持不住，便向湖南方面退去。倪嗣冲夺回了安徽，马联甲在芜湖打退了柏文蔚的部队，孙道仁也取消了福建的独立，归罪在许崇智身上。广东地方,来了北方军人龙济光,把民军都打退了。此时只有何海鸣守住了南京地方,当时有唐辰为江苏省长,刘傑为警察厅长,合力抵御北军。幸得南京城池建造得十分坚固,素来是有名的石头城,任你冯国璋、张勋二路军队如何合力攻打,也不能动它分毫。何海鸣督率狮子山炮台,开放大炮,打死了北军五六百人,那张勋手下最得力的徐师长、团长赵振东都死在炮火中。张勋得了这个消息,不觉大愤,亲自领统辫子军,星夜渡江,又调动下游兵舰,合力攻城。血战了三日三夜,被他夺下了紫金山。这紫金山是南京最高的地方,上面有炮台,居高临下,颇占形势;那南京人民,都不觉恐慌起来。何海鸣因张尧卿深得兵心,便又推举他为都督,统兵扼守天宝城。适值柏文蔚也统兵开到,帮助何海鸣守城。柏文蔚又用包抄之计,派一路精兵,秘密出城,抄出张勋阵地后面。此时张勋已夺得了天宝城,不料那民军在半夜时候,掩杀过来,喊声震天,势如潮涌,那张勋军队站脚不住,又退出了天宝城。那冯国璋见张勋失利,便也摧动兵士,渡江来战民军,用大炮猛攻,横厉无比,杀退了民军,重复把天宝城夺去。又分两路进攻:一路,由聚宝门直攻雨花台;一路,进逼太平、朝阳两门。民军出城死战,都被北军杀回,城外尸骸堆积,腐臭触鼻。张尧卿见不能取胜,便将都督职衔,推让与柏文蔚;柏文蔚统领兵士,几次夺围死战,都不能得利。民军一天伤亡一天,一天缺少一天,北军却日见增加,日夜不休的用大炮围攻,那炮弹枪子,纷纷和暴雨一般,向城中打来。城中兵士,非但死伤日多,且粮也缺乏。何海鸣天天向商会索取,此时兵荒战乱,商业停顿,还有什么银钱来供给军饷?那商会会长被何海鸣催逼不过只得今天一千元,明天数百元,零星凑付。柏文蔚比较的有些经验,他见此情形,知道不能久守,便劝何海鸣安民息兵。何海鸣如何肯听,说:“我有炸弹队,便是被敌兵打破了城池,也可以和他巷战!”柏文蔚见何海鸣不听劝,便带领亲信部队,悄悄的出南门而去。何海鸣又推举韩恢为都督,决意死守。

此时冯国璋已将全部军队,支配停妥,派雷震春攻聚宝门,张勋攻太平门,徐宝珍攻仪凤门。冯国璋自己带领大队步兵,攻取水西门、汉西门。下关方面,又有兵舰助战,打得南京城中,炮火连天,房屋毁坏。那班小百姓,天天把性命送在炮火里,人心大乱起来。城中绅士,出来讲和。那何海鸣第一个条件,便是要十万块钱。可怜那时南京商会,已是罗掘俱穷,但为全城人民的生命起见,不得不竭力拼凑。今天凑一万,明天凑两万,过了六天,只凑了七万块钱,交与何海鸣。那民军还有三万块尚未到手,如何肯走;不料到了九月一日一清早,城外北兵连开大炮,将南京城垣打破。张勋、雷震春两军,一拥进城。何海鸣见大事已去,立刻从南门逃走。独可怜南京的百姓,被北军烧杀奸淫。他们借了搜剿的名目就挨门逐户任意搜刮,见有银钱,随意揣在腰包里,见有皮衣,随手披在身上,个个腰大十围,身体肥胖,好似水牛,行路蹒跚。他们穿着蓝衣,拖着大辫,南京人民见了,个个魂胆飘摇。幸得有几处教堂,收留那年轻女子在里面躲避了灾难。这班辫子军,从初一抢劫起,接连初二、初三三天,愈抢愈凶,尸横街冲,血流沟渠,真是惨不忍睹。直到初三傍晚,雷震春入城,才传下军令,严禁骚扰,违令者斩。到第四天,张勋进城,全城方得安定。这兵士三天的抢劫,好似他大帅默许他们应得的酬报,但是南京城中,已闹得十室九空,惨如墟墓。那冯国璋、刘冠雄一班大员，见打退了民军，还欣欣得意，立刻打电报到北京去告捷。袁世凯命令下来，赏张勋勋一位，冯国璋一等文虎章，刘冠雄勋二位，雷震春勋三位；又免去程德全江苏都督的官职，改任张勋为江苏都督。张勋也知道自己的兵士太糟踏了地方，有点对人民不起，便听了他身旁秘书长的话，为买服人心起见，派了十个宣慰员，到南京城中，挨家逐户的道歉。那人民只得装了满脸的苦笑，迎接这宣慰使，如何敢说半个不字。张勋一面又出告示，晓谕军民，凡有收藏人民衣物的银钱的，限三日内缴到商会，过限不缴的，查出便当以军法从事。当夜便有衣服器物沿路抛弃出来，那巡警见了，便收拾起来，一并交与商会。商会便令失主前去认领。那百姓跑去一看，哪里有什么好东西，尽是破衣粗服，旧铜烂铁，值不了多少钱的，那百姓只得垂头丧气，空手回家。

袁世凯既把民党打平了，他便高视阔步，目中无人。一面令熊希龄组织内阁，所有各部总长，也大加更动：陆军总长段祺瑞，海军总长刘冠雄，外交总长孙宝琦，内务总长朱启钤，教育总长汪大燮，司法总长梁启超，农林总长张謇，交通总长周自齐，熊希龄自兼财政总长；一面令国会赶议大总统选举法。这大总统法，共有七条：第一条，中华民国人民，完全享有公权；年满四十岁以上，并住居国内满十年以上者，得被选举为大总统。第二条，大总统由国会议员组织总统选举会选举之。（前项选举，以选举人总数三分之二以上之列席，用无记名投票行之；得票满投票人数四分之三者为当选。但两次投票，无人当选时，就第二次得票较多者二名决选之；以得票过投票人数之半者，为当选。）第三条，大总统任期五年，如再被选，得连任一次。（大总统任满，前三个月，国会议员，须自行集会，组织总统选举会，行次任大总统之选举。）第四条，大总统就职时，须为左列之宣誓。（余誓以至诚遵守宪法，执行大总统之职务，谨誓。）第五条，大总统缺位时，由副总统继任，至任大总统任满之日止。（大总统因故不能执行职务时，以副总统代理之；副总统同时缺位时，由国务院摄行其职务。同时国会议员于三个月内，自行集会，组织总统选举，行次任大总统之选举。）第六条，大总统应于任满之日解职，如届期次任大总统尚未选出，或选出后，尚未就职，次任副总统，亦不能代理时，由国务院摄行其职务。第七条，副总统之选举，依选举大总统之规定，与大总统之选举同时行之。但副总统缺位时，应补选之。七条选举法以外，附则一条：大总统之职权，当宪法未制定以前，暂适用临时约法。关于临时大总统职权之规定，选举法公布以后，便由国会议员组织总统选举会选举正式总统。第一次投票结果，袁世凯得票最多，但投票人数，不满四分之三，照例作为无效。第二次投票，仍不足法定人数，虽依旧是袁世凯的票数最多，但也不能发生效力。参议院议长王家襄，因两次选举，都不得结果，明知道是国民党议员在里面作祟，便秘密去向各议员疏通，说："看目下时势，非举袁世凯为总统，必要闹出大乱子来，况此人左右，全是阴谋政客，欲乘削平民军之功，推他为帝。吾们不如速举他为正式总统，也免得君主复活。"那班消极的议员，听王议长说话，也颇有理由，第三次便也一律出席投票选举。结果，是袁世凯和黎元洪的票数相等。照选举法第二条的规定，再行决选法。正在发票的时候，忽然院门外面闯进一大队武士来，个个身穿制服；望去军人又不像军人，学生又不像学生，腰间都挂有手枪。一走进屋子，便向四处分散，把这班议员包围在中央。会长问他们："是何等样人，来此何干？"这班人高声答应说："我们是公民团，特来监督你们选举的。"其势汹汹，好似要寻人斗殴一般。

欲知后事如何，且听下回分解。

# 第五十三回　选总统议员受窘　修约法政府越权

那班国会议员，尽是文弱书生，见了这一群赳赳武夫，早已吓得骨软筋酥。接着，那公民又大声说道："俺们听说贵会今日选举正式大总统，特来参观。此事关系重大，倘选得贤良的总统，我们公民都可受幸福，若选一个不满人望的大总统，将来葬送了国家也全是诸君的罪过！俺们公民团，是代表人民公意的，今日特来监督。诸位倘所举非人，诸位休想出这屋子一步！"众位议员听了这一番强项的话，各个面面相觑，明知道这班冒充的公民是受人指使来的，但眼见他们个个身怀武器，便有些不寒而栗。他们把议院的前后门看守起来，不放一人出入。有一位一百二十号议员，腹中内急了，便起身去小便。走至门口，那班武夫，大声喝问："你可曾投了票没有？"议员说："众人都不曾投票，我如何可以一人投票。"那武夫也不由分说，当胸一掌，推得那议员踉踉跄跄倒退三丈，没奈何，只得将小便排泄在痰盂里。所有屋子里四十六只痰盂，都盛满了尿，泛滥洋溢，骚臭熏蒸。这一场选举会，从上午十时起，直到下午六时，还不曾把正式大总统选出。满屋子人都嚷着肚子饿，只是那可怕的公民团恶狠狠四监视住了，不能越雷池一步。后来经议长再三劝说，众人便潦潦草草的写了袁世凯三字，投入选举箱中。开票唱名，果然是袁世凯当选为大总统。那班公民见了，一齐高呼大总统万岁，屋角上如起了一阵春雷，才一拥而出。接着，便选举一副总统，只一次投票，便举出了黎元洪。诸位议员退出席来，已是狼狈不堪。但袁世凯得了此消息，却甚是得意。定在中华民国二年十月十日国庆节，行就正式大总统礼。行礼的地点，在清室故宫太和殿中。早有各部总长，以及文武官员，头顶礼帽，身穿礼衣，在殿前分班站立。候到十点钟，那袁世凯挺着肚子，徐徐向殿上行来，两旁乐队奏乐，殿门外饱声连续响了一百零一声。此时殿上下挤了三四千人，却是鸦雀无声，静听大总统宣读誓语；接着便是全体官员，向袁世凯行三鞠躬礼。礼成奏乐，当有大礼官引导袁大总统退入休息室；一面由外交部长孙宝琦，邀请各国公使及参赞随员，入礼堂。袁世凯再登礼台，外国公使鞠躬朝贺，袁世凯答礼。又由领衡公使宣读颂辞，袁世凯也有答词。各国公使退后，又有清室代表世续上前，与袁世凯相见，照外国公使礼相见。礼成，各国公使退出，便有陆军总长段祺瑞进来，请大总统至天安门阅兵。袁世凯高坐在将台上，眼见一队一队的步、骑、炮、工、辎重兵士，步伐十分整齐，从台前经过，心中不觉欢喜，当即发下十万银钱去，犒赏兵士。那兵士得了银钱，便高呼万岁。袁世凯乘马回总统府去，接着又有外交部总长孙宝琦进府来，呈上俄、法、英、德、奥、意、日本、比、丹、葡、荷、瑞、挪各国承认中华民国的照会。袁世凯看了，更觉可喜，便在府上大设筵宴，款待众官员。第二天，总统府颁发出大批勋章来：特授世续、徐世昌、赵秉钧勋一位，朱瑞、蔡锷、胡景伊、唐继尧、阎锡山、张凤翙、张锡銮、倪嗣冲、张镇芳、周自齐、陈宧、汤芗铭勋二位，蒋尊簋、孙毓筠、莊蕴宽勋三位，张绍曾、陆建章勋四位，屈映光勋五位；王家襄、章宗祥一等嘉禾章，林长民、张国淦、施愚、王治馨、治格二等嘉禾章，顾鳌三等嘉禾章；荫昌一等文虎章，赵惟熙、陈昭常、宋小濂、张广建、唐在礼、张士钰、袁乃宽、李进才、江朝宗二等文虎章。这班人升了官，自然人人欢喜，个个快乐。

过了几天，赵秉钧进总统府去，与袁世凯闲谈。说起那大总统选举法，自宪法会议议决后，即直接宣布，并未经过总统考核，从此大总统的宣布权，将被国会夺去，这是近于国会专制。将来凡事须由国会取决宣布，事事不能自主，大总统反成了一个傀儡，这如何使得。赵秉钧当下主张非向国会争回这个宣布权来不可。当由总统府秘书起草，向国会送了一个咨文，内中有几句紧要的话道："本大总统当以民国议会，前经议决先举总统，后定宪法，系为奠定民国国基起见。本月四日，宪法会议议决大总统选举法案来咨，虽仅止声明、议决、宣布并公决送登政府公报等语，显与临时约法暨国会组织法规定不符。查民国立法程序，定有明文。一为提案，二为议决，三为公布；断未有但经提案议决而不经公布，可以成为法律者。大总统选举法案，若为法律之一种，则依据临时约法第二十二条、第三十条之规定，当然应由大总统公布。"这咨文送到国会，诸位议员看了，都说当议决大总统选举法时，大总统尚未产生，如何能公布。便也因议宪法草案十分忙碌，置之不答。但袁世凯这是关于自身权利的事体，如何肯轻易放过；他便派了施愚、顾鳌、饶孟任、黎渊、方枢、程树德、孔昭焱、余棨昌八个委员，带了大总统咨文，到国会里去，硬要加入宪法起草的会议。他又在咨文上说："本大总统谨以至诚对于民国宪法有所陈述，特饬委员前往，代达本大总统之意见，嗣后贵会开会时，或开宪法起草委员会，或开宪法审议会，均希先期知照国务院，以便该委员等随时出席陈述。"国会是独立的，国会议案，是自由的，绝对不能受行政人员的干涉。如今袁世凯以行政首领的资格，而欲干涉国会的立法权，那国会中人，如何肯容他。便老老实实对这八个委员说道："大总统此举，实是违法的行为，请诸位速速退出会外；要知道本会章程，只许国会议员列席旁听，此外无论何人，不得入席。"谁知那八个委员，却不由分说，径向大众发表大总统对于约法的意见，说："应修正的三条：第一条，便是临时约法第三十三条，应改为大总统得自由制定官制官规；第二条，便是临时约法第三十四条，应改为大总统得自由任免文武职官；第三条，便是临时约法第三十五条，应改为大总统得自由宣战媾和，及缔结条约。此外又追加两条：第一条说，大总统为保持公安、防御灾患，于国会闭会时，得制定与法律同效力之教令；前项教令，至次期国会开会十日内，须提出两院，求其承认。第二条说，大总统为保持公安、防御灾患，有紧急之需用而不及召集国会时，得以教令为临时财政处分；前项处分；至次期国会开会十日内，须提出众议院，求其承诺。"那议员们见政府委员自由向会中提出议案，已是心中老大的不高兴了；再听他提出的条件，全是君主专制的口吻，竟有朕即国家的气味，更是违背了众人的心理。当时众位议员相约不去睬他，自管自去开宪法草案三读会。

所有国务院派去国会出席的施愚、顾鳌等八个委员，当初奉了大总统的委任，兴抖抖的赶去，却不料抹了一鼻子灰，回来见了袁世凯，便加上了许多油盐酱醋，把话格外说得凶了些。袁世凯是一个不惯受人束缚的野心家，做了大总统，处处不得自由，叫他如何忍得？便立刻拍了一通电报，给各省军政长官，反对宪法草案。他长篇大论的说了一番道理，说：国民党人，破坏者多。始则托名政党，为虎作伥，危害国家，颠覆政府。此次宪法起草委员会，该党议员居其多数，阅其所拟宪法草案，妨害国家者甚多；立宪精神，以分权为原则，临时政府一年以内，三易内阁，屡陷于无政府地位，皆误于议会之有国务员同意权。又说：各部总长，虽准自由任命；然弹劾之外，又有不信任投票一条，必使各部行政，事事仰承意旨，否则，国务员即不违法，议员喜怒任意，可投不信任之票，行政权全在众议员少数人之手，直成为国会专制矣。他又说：国会闭会期间，规定国会委员会，由参、众两院选出四十人，共同组织会议，以委员三分之二以上列席，三分之二以上同意决之。此不特侵夺政府应有之特权，而仅四十委员，但得二十余人之列席，与十八人之同意，便可操纵一切。试问能否代表两院意见？以少数人专制多数人，此尤侮蔑立法之甚者也！后面又说：设非藉此以遂其破坏倾覆之谋，何至于国势民情梦梦若是？他最后又说：各该文武长官，同为国民一分子；且各负保卫治安之责，对于国家根本大法，利害与共，亦未便知而不言。务望逐条研究，共抒谠论。这个通电出去，谁不愿迎合大总统的意旨，那各省都督民政长，立刻响应起来。有说立刻解散国民党的，有说立刻撤销国民党议员的，有说立刻撤销草案、解散起草委员会的；有几个激烈的，索性在电文上大骂国民党一阵，请袁世凯用专制手段，立刻解散国会议员，永绝后患。袁世凯得了各路电报，心中已有了把握；当即把国务总理邀进总统府去，商议了很久，便决定下令，解散国民党，撤销国民党议员。他借口国民党是谋害国家的匪徒，国民党议员又与匪徒互通声气，便将国民党北京本部，及各省分部，限三日内一律解散。又说：查明自江西湖口地方倡乱之日起，凡国会议员之隶籍该国民党者，一律追缴议员证书、徽章。这一个令下后，凡是国会议员，全体震惊；他们不料袁世凯敢有如摧残民意机关的手段，便大家团结起来，与政府对抗。口口声声说议员除名，须经国会议决，非政府所得而干预。但理论总不能胜过事实，那北京军警执法处，便在袁世凯下令的这一天下午四点钟时候，只见军警十余人一组，共有数十组，纷纷闯入国民党议员住宅中，逼迫着缴出证书来。议员稍一迟疑，那兵士便拔出手枪来，大声呼喝；议员为保全性命计，不得不将一切议院的证书、徽章完全缴出。那班如狼似虎的军警，深夜挨家逐户的搜查，直闹到天明，一共搜得了四百三十余件，一齐送进总统衙门去。从此国会议员，因不足法定人数，便不能开议。袁世凯还不放心，更调了大队军警，去守住议院大门，盘查出入。政府索兴一不做二不休，接着下令各省，将各省省议会的国民党议员，也一律取消了。从此所有全国的立法机关，亦一律停顿。袁世凯惟我独尊，得以为所欲为。但他最欢喜做掩耳盗铃的事体，见国会已残缺不全，不能行使职务，又怕人说他摧残民意，便又挑选了几个有名人物，组织成一个政治会议。他自已指定李经义为会长，梁敦彦、樊增祥、蔡锷、宝熙、马良、杨度、赵惟熙七人为襄议员；再由国务总理举派二人，每部总长举派一人，法官二人，篆藏事务局酌派数人，各省都督、民政长亦酌派数人，集合议政，替代了国会的任务。那副总统黎元洪迎合袁世凯的意旨，又通电全国，主张遣散议员，取消国会，所有全国各省的军民长官，一体署名。他里面有几句话道：议院成立年余，惟以党争闻于天下；各议员多非人民公意之所推定，谓为代表，夫将谁欺？他又说：万不可拘文牵义，以各国长治久安之成式，施诸水深火热之中华。元洪等承乏地方,深知民人心理,痛恶暴乱之议员。袁世凯得了各省文武官员的响应,他知道自己的势力不小,便毅然决然的将国会解散了。

欲知后事如何,且听下回分解。

## 第五十四回　**黎元洪发难散国会　袁世凯用计撤副座**

黎元洪顺着袁世凯的心意，与各省文武官员，联名通电，主张解散国会。那国会中残余的议员，还在那里做梦，天天根据临时约法，去指摘政府，说他违背立法精神。却不料袁世凯忽然下了一道命令，说道：本日政治会议，呈复救国大计咨询一案。据称：前兼领湖北都督黎元洪等原电，修正宪法一节，若指约法而言，应于咨询增修约法程序案内，另行议复。其对于国会现有议员，给资回籍，另候召集一节，应请宣布停止两院现有议员职务，并声明两院现有议员，既与现行国会组织法第十五条所载总议员过半数之规定不符，应毋庸再为现行国会组织法第二条暨第三条之组织。至如何给资之处，应由政府迅速筹划施行，是否回籍，可听其便，政府勿庸问及等语，本大总统详加披阅，会议议复各节，与该前兼领都督黎元洪等救国苦心，深相契合。原呈所陈，大要以为非速改良国会之组织，无以勉符尊重国会之公心，洵属度时审势正当办法。查两院现有议员，既与现行国会组织第十五条所载总议员过半数之规定不符，应即依照政治会议议决，宣布停止议员职务，毋庸再为现行国会组织法第二条暨第三条之组织。所有民国议会，应候本大总统，依照约法，另行召集。此次停止务职，各议员由国务总理、财政总长，迅将如何给资之处，筹划施行；余如该会议所陈办现。至两院现有议员，自宣布停止职务之日起，既均毋庸再为国会组织法第二条暨第三条之组织，一应两院事务，应由内务总长督饬筹备国会事务局，分别妥筹办法，免滋贻误，以副本大总统尊重国会之初意。这一篇官样文章，原是欺人耳目；他既因这国会牵制他的行政自由，便大胆的解散了，如何还肯再另行召集国会，自讨没趣呢？所以从民国三年解散国会以后，直到现在，不曾见有第二国会产生出来。那第一次的国会议员，因无力反抗，也只得垂头丧气的出京回家去。

袁世凯饮水思源，这解散国会的大功，不得不感激黎元洪的电；倘然没有黎元洪的通电，那袁世凯也无所藉口。因此，他派了一位王家襄，秘密到武昌去，邀请黎元洪进京去游玩。袁世凯亲笔写了一封信，给黎元洪，情辞恳切，不由黎副总统不动心。当即将湖北军政要职分别委托给当地文武暂管，带了他夫人，推说因公事过江去，三五天便回。这原是防走漏了消息，军心有变，因此连副总统府中各办事人员，也不知黎元洪究竟到什么地方去的。直到副总统夫妇离去武昌的第三天，才接到袁世凯的命令，说："兼领湖北都督事黎元洪，因公来京着段祺瑞暂代兼领湖北都督事。这位黎元洪，也是堂堂一个副总统，他的行动，是全国人所注目的。如今这个革命元勋黎元洪，带了他夫人，轻车简从，悄悄的赶到北京去，大家都弄得莫名其妙。其实，这里面却有莫大的玄虚。原来袁世凯自从被选为正式大总统以后，便有帝制自为的意思，当时最碍手脚的，有两个机关：一个是监督政府的国会，一个是势成敌体的副总统。如今国会既已取消，那副总统还在武昌；黎元洪既是开国元勋，又是军人出身，手下也有不少部队，有相当的势力，袁世凯与赵秉钧日夜商议，如何可削去副总统的兵权。那时袁世凯的一个大公子袁克定，站在一旁，他是很有智谋的，也很有野心的；父亲的性情行为，他最能够知道。所以，袁世凯每有机密大事，必与大公子克定商议。那大公子每有计谋，往往能中他父亲的意。如今听他父亲和赵秉钧商议欲取消副总统的计划，从旁插嘴道："如此如此，包管他黎元洪入我彀中。"袁世凯听了，不觉大喜。原来此次解散国会，黎元洪有一臂之力。袁世凯便从这上面做文章，亲自写信给黎元洪，说了许多企慕感激的话。又说彼此神交已久，渴欲一瞻芝仪，身为公仆，职守所在，不能南下，兹特令王家襄为欢迎专使，恭迓大驾北上。多年相思，候于一旦，快慰何似。那黎元洪素有老实的名称，见了袁世凯此信，便信以为真。王家襄又传着总统的意旨，说："武昌军队如林，副总统行止，为全国所瞩目；如有漏泄，恐起变故，好在此去，只图与大总统一见，不久便可回南；不如出之秘密，较为稳便。"黎元洪又听信了他的话，便推说过江略有公事，一二日便回。叮嘱文武属员，安心办公，自己便略略收拾几件随身行李，跨上兵轮，向下游驶去。转挂津浦铁路花车，直开天津。沿途地方大员，听说副总统北上，便忙得他们迎送不迭。到了天津，袁世凯又派了八位招待员，在京津铁路上挂起花车，沿途军乐队大吹大擂的送到北京。黎元洪下得车来，只见车站上人头济济，旗帜飘扬，有许多峨冠博带的人物，上前来迎接下车。那四周公民团体，见了副总统，都摇旗呐喊，高呼万岁。黎元洪站在月台上，含笑点头，与众人答礼。熊希龄代表大总统上前接驾，把黎元洪夫妇招待坐上一辆高大的汽车，后面随着百余辆汽车，好似长蛇阵一般，向大街上走去。道旁军警擎枪鹄立，人民站在军警后面，见万头攒动，却又是鸦雀无声，满地铺着黄沙，沿路搭着彩牌。每过一个机关，便有军乐队吹欢迎曲。看看到了一座大宅院门前停下，那大门外高矗彩牌，大门内又是五色天帐，灯彩辉煌。这黎元洪自有生以来，也不曾享过如此繁荣，他心中只有感激袁世凯的份。一进屋子，更是装饰得金碧辉煌，辉得人眼花。黎元洪夫人，是一位勤谨朴实的妇人，她虽做了副总统夫人，平日在家中还是躬操井臼，克勤克俭，身上穿的是布衣，头上插的是荆钗，看待下人，十分和蔼。如今一入京来，席丰履厚，颐指气使，奴婢成群，锦绣遍体，这位夫人，实在过不惯这个生活，常常向黎元洪皱眉儿。黎元洪说："这是大总统的好意，如此优待俺们，却不可负了他的苦心。"第二天，大总统府中设宴，款待副总统。这大总统府，富丽堂皇，更是不同。袁世凯共有十五位如夫人，一位夫人；公子十五人，女公子十四人；一家五十口，住在一个府中，却是整齐严肃，一点儿听不到嚣杂的声气。当时由大总统大夫人于氏出来招待副总统夫人。这位副总统夫人，见了大总统夫人，彼此行过礼，便有仆役们从外面抬进四大个篾篓来。副总统夫人指着篓子，对于氏说道："妹子从乡间来，没有什么孝敬姊姊的，只有这四篓薹菜干儿，是妹子亲手晒制的。俺们湖北地方，这便算是最有味的土物儿，如今拿来孝敬姊姊，聊表做妹子的一点诚意。姊姊每日吃着山珍海味，吃得口中腻了，拿这薹菜干儿泡一碗汤呷呷，却是清美适口。"几句话引得两旁站着的婢仆，几乎要笑出声来，但却合了于氏的意。这位于氏夫人，自随了袁世凯，三十年患难夫妻，只生了一位大公子克定。如今年纪也老了，袁世凯又多内宠，夫妇之间，早已淡淡的。于氏夫人在府中另设一个佛堂，时时吃斋礼佛，如今见这位副总统夫人，别的不送，却送她薹菜干儿，正合了她的胃口。当下便满口道谢，内宅中摆起筵席，于氏夫人让黎夫人坐了首位，自己坐了主位，唤出那十四位小姐来陪坐。那十五位如夫人，却一律盛服，站立两旁，伺候上膳添菜的事。十几个丫鬟仆妇，静悄悄的伺候在廊下，传递碗盏，屋子里十分肃穆，鸦雀无声。那外面宅中，同时袁世凯宴请黎元洪，除梁士诒、赵秉钧、熊希龄、王家襄作陪外，那大公子袁克定也陪在末座。饮酒之间，袁、黎二人谈谈黄陂、项城两处的风土，又谈谈两人一生的经历，后来渐渐谈到革命事业上面去了。提起革命，便提起孙中山，又提起国民党，提起国会。袁世凯是痛恨国民党痛恨国会的，他便大骂那班国民党议员，骂得声色俱厉。黎元洪只得恭听着，不敢答一句话。

宴罢出席，梁士诒邀黎元洪入一密室去谈心。当下便将袁世凯命段祺瑞督鄂的命令拿出来给黎元洪看。到此时，黎元洪才明白袁世凯是调虎离山之计，所以哄他进京来。黎元洪退回客邸，和心腹秘书商议，立刻写了一封呈文，辞去本兼各职。他呈文上写道：

> 敬呈者：窃元洪屡觐钧颜，仰承优遇，恩逾于骨肉，礼渥于上宾。推心则山雪皆融，握手则池冰为泮，驰惶靡措，诚服无涯！伏念元洪忝列戎行，欣逢鼎运，属官吏播迁之众，承军民拥戴之殷。王陵之率义兵，坚辞未获；刘表之居重镇，勉负难胜。洎乎宣布共和，混一区夏，荷蒙大总统俯承旧贯，悉予真除。良以成规久圮，新制未颁，不得不沿袭名称，维持现状。元洪亦以神州多难，乱党环生，念瓜代之未来，顾豆分而不忍。思欲以一拳之石，暂砥狂澜；方寸之材，权撑圮厦。所幸仰承伟略，乞助雄师。风浪不惊，星河底定。获托威灵之庇，免贻陨越之羞。盖非常之变，非大力不能戡平；无妄之荣，实初心所不及料也。夫列侯据地，周室所以陵迟；诸镇拥兵，唐宗于焉萌靡。六朝玉步，蜕于功人；五代干戈，贻自骄将。偶昧保身之哲，遂丛误国之愆。灾黎填于壑而妄闻，敌国入于宫而不恤，远稽往乘，近览横流，国体虽更，乱源则一。未尝不哀其顽梗，憯莫惩嗟！前者章水弄兵，钟山窃位；三边酬诸异族，六省订为同盟。元洪当对垒之冲，亦尝尽同舟之谊，乃罪言弗纳，忠告罔闻，哀此苦心，竟逢战祸。久欲奉还职权，籍资表率，只以兵端甫启，选典未行，暂忍负乘致冠之嫌，勉图扶杖观成之计。孤怀耿耿，不敢告人；前路茫茫，但祈救国。今者列强承认，庶政更新。洗武库而偃兵，敞文园而弼教。处四海困穷之会，急起犹迟；念两年患难之场，回思尚悸。论全局则须筹统一，论个人则愿乞余年。倘仍恃宠长留，更或陈情不获；中流重任，岂忍施于久乏之身？当日苦衷，亦难禨诸无稽之口。此尤元洪所冰渊自惧，寝馈难安者也！伏乞大总统，矜其愚悃，假以闲时，将所领湖北都督一职，明令免去。元洪追随钧座，长听教言；汲湖水以澡心，撷山云而炼性。幸得此身健在，皆出解衣推食之恩；倘使边事偶生，敢忘擐甲执兵之报？

这一番话，说得悉宛曲折，煞是可怜。袁世凯看了，连称老黎却也是一个识趣的人！便也老实不客气，下一道免职的命令。黎元洪在天津地方，买了一所住宅，从此面团团作富家翁去了。

欲知后事如何，且听下回分解。

# 第五十五回　冯国璋得妇感主座　曹汝霖卖国亲东邻

上回说过，那袁世凯的大公子袁克定，却是一个足智多谋的人；他父亲常将国家大事和他商量，往往克定的计谋，胜于他父亲一筹。便是此次的召黎副总统进京和调段祺瑞出督武昌，都是克定的主谋。他深知道父亲的赞助民国，只是借民党的势力，推翻清朝，转身过来，仗着他趋炎附势的私党众多，又推翻了民党的势力，解散了国会，如今所碍眼的，便是这个黎副总统。他便密嘱王家襄，借亲近为名，把个黎元洪哄进京来，又由梁士诒恐吓着，使黎元洪自动的辞职，并不许他回家乡去，指定他住在天津，可以随时察看。那黎元洪是有名的忠厚人，绰号称作黎菩萨，如何能抵抗得这奸谋阴辣的袁氏父子。袁世凯此时见仇人尽去，便可以为所欲为。他又听了儿子的献计，将冯国璋调任江苏都督，赵秉钧调任直隶都督，把这两位袁家的心腹大将，安插在南北两洋，做个羽翼。尤其是冯国璋坐镇江南，手握重兵，袁世凯更觉放心。他常对段芝贵说起冯焕老忠心于我，如今在南方又异常出力，我打算重重的酬谢他。段芝贵是拉皮条的老手，他略一思索，便又拿出昔日替振贝子纳杨翠喜的老手法来，便向袁世凯进言道："听说冯将军悼亡多年，至今尚未续弦，如今大总统膝下女公子众多，何妨赏一个与冯将军，使他为门下子婿。冯将军得了这荣宠，自然更能效忠于大总统了。"袁世凯听了这一番话，略一思索，说道："这事不妥，冯将军倘与老夫结为翁婿，彼此避着嫌疑，将来反不能做事。"说到这里，那大公子克定在一旁插嘴道："孩儿却有一计，俺们家中不是有一个女教师周道如吗？她虽说已是三十许人，却长得丰容盛鬋，顾盼动人。在前几年，还听她说抱不嫁主义；近来据媳妇说，她们女伴中，常常探听她口气，却又有择人而事的意思。如今父亲欲笼络冯将军，莫如用此美人计，将周女士说嫁与他，岂不甚妙？"

这位周女士，在大总统府中充任了女教员，已有多年，所有袁世凯的十余位掌珠，都在周女士门下就读。周女士原是家学渊源，他父亲曾做过前清的内阁学士，膝下只生有一子一女。讲到学问性情，还是女胜于男，因此周学士便将满腹诗书，尽传授与女儿道如。后来道如随宦京师，又进了天津女子师范学校，学识愈加增进。后来他父亲周学士去世，家庭状况，日益衰落。他弟弟虽也在京城中得了一个小官，但俸禄甚薄，养不活堂上老母。周道如从师范学堂毕业出来，便在北京各官宦人家教读糊口，薪水所入，孝敬老母作为甘旨之奉。母女二人，相依为命。看到周女士天生玉貌，京城中所有名门望族，都来向她母亲求婚。周老太太因爱女心切，不敢专主，便向她女儿征求同意。谁知周女士因欲奉养母亲，矢志不嫁，将所有来求婚的各家，一律拒绝，眼看着这如花美眷，空闺终老。幸得周女士平日待人十分和蔼，因此各家闺秀，都和她来往。内中有总长夫人、将军夫人，都拜在周女士门下。只因周女士锦心绣口，文采典稚，闺阁中谁人不敬重她。恰巧袁世凯因家中妇女众多，闲居无事，便欲聘一位女教师，教读女公子和如夫人，久已知道周道如女士是一位名门闺秀，又是富有才学的，便托人去将厚礼聘请过来,令府中所有女公子及姬妾们,都跟着周女士诵读。周女士既肯尽心教授,又是和蔼可亲,合府的女眷,都和周女士相投。内中尤其是三夫人,最和周小姐知心。两人朝夕相随,可算得无话不说,所有周小姐的苦衷,三夫人尽能知道。有时三夫人向袁世凯说知,袁世凯便令三夫人常常将银钱绸缎赠与周小姐。周小姐拿了袁府的财帛,统统去孝敬她的老母。谁知她的老母无福消受,正在这时候,便害了三个月病死去了。把个周小姐哭得死去活来,幸得袁府三夫人竭力劝慰,又帮助她安葬老母。从此周小姐一个人在家中,孤苦零丁,无依无靠。三夫人索性将周小姐接进府中来住着,彼此朝夕安慰,慢慢的解去周小姐的愁烦。周小姐在袁府中一住五六年,那袁世凯的势力地位,一天高大似一天,那周小姐在府中,和众位女公子得到一样的享用。合府上下的人,对她甚是亲昵,便是袁世凯,也拿她当作自己女儿一般看待。三夫人在一旁默察周小姐的心情,近来渐渐有点变动。她每在无人的时候,便对三夫人长吁短叹,说:"一个女孩儿的身体,寄人篱下,总觉得虚飘飘的,一无着落!"三夫人知道周小姐起了室家之念,虽说她如今是三十许的老处女了,但她长得容貌美丽,风姿动人,也可以打扮作新娘,便悄悄的去对袁世凯说知。袁世凯此时正欲用美人计笼络冯将军呢,便自愿充一个月下老人。立刻打一个电报,将冯国璋传进京来,在府中设了盛筵,酒至半酣,便提起婚姻之事。冯将军说:"元配去世已久,只因戎马倥偬,也无暇及儿女之事。"袁世凯便去把这位周小姐请出外院来,介绍她与冯国璋相见。冯国璋见一位美人,身长玉立,皎洁出尘,不觉心神恍惚。他半生厮杀,在千军万马之中,从来不动心的,如今见了这位娘子军,却觉心中有几分把持不住了。袁世凯在一旁默察两人的神情,知道他们都是合意的,便竭力吹嘘,竟说成了这一头亲事。

民国三年一月十九日,是冯国璋纳娶周道如的大喜日。在七日前,袁世凯打发他大公子克定,陪同三夫人及周家亲族,护送周女士南下到南京地方。江宁铁路公司,特备华丽花车,迎接新娘。那冯国璋也将他全部兵士排队在车站轮埠一带地方,下关码头搭成彩牌,沿途军乐悠扬。周女士坐在大轿中,四围有亲兵保护,直到交涉局中住下。这交涉局,暂充作新娘宅第。第二日,冯国璋来行亲迎之礼。他身穿上将礼服,胸前勋章累累,乘坐大轿,排着全副仪仗,到女宅来行过礼,转身便回府去,候新娘乘坐花轿到来,在都督府大堂上行结婚礼,送入洞房。此时新娘年纪三十余岁,新郎年纪四十余岁,前妻留有子女,及姬妾人等都来参见。冯国璋临老作新郎,锦衾绣窝,玉人在抱,他到快乐之极,不得不感激大总统的深仁厚德。从此袁世凯凡有命令,冯国璋无不遵奉。袁世凯看美人计已成功了,他第二步便由政治会议筹备约法会议的选举事宜。在袁世凯的意思,因旧时南京议定的约法,种种不便于自己的私意,便欲自造约法;又怕人说他违背民主精神,他便想出一个假借民意的方法来。在表面上是由人民公举各省议员五十七人,实在还是袁世凯在暗中指派的。二月十八日约法会议正式开会,孙毓筠为正议长,施愚为副议长。议定约法六十八条,分国家、人民、大总统、立法、行政、司法、参政院、会计、制定宪法程序、附则,共十章。袁世凯便根据大总统权限,自由更改官制,废去国务院,在大总统府中,设立政事堂。所有京内外官员公文,直送大总统批阅。改组内阁,任孙宝琦为外交总长,朱启钤为内务总长，周自齐为财政总长，段祺瑞为陆军总长，刘冠雄为海军总长，章宗祥为司法总长，汤化龙为教育总长，张謇为农商总长。政事堂中又分为六局：一是法制局，二是机要局，三是铨叙局，四是主计局，五是印铸局，六是司务局，上面设一国务卿，由徐世昌担任，杨士琦、钱能训为政事堂左右承。林长民、金邦平、伍朝枢、郭则澐都为政事堂参议，张一麐为机要局局长，吴廷燮为主计局局长，施愚为法制局局长，夏寿康为铨叙局局长，袁思亮为印铸局局长，吴笈孙为司务局局长。政事堂成立，便裁去总统府秘书厅。又将各省民政长改为巡按使，改观察为道尹。每省设立财政厅，把持财源，受中央政府的指挥。又因黎元洪闲散无事，便又设立一个参政院，特任黎元洪为参政院院长，汪大燮为副院长。由大总统任命参政员七十人，专备大总统咨询的机关。各项机关成立以后，便将政治会议取消。从此，将从前约法民主的精神，全行推翻，国家大权，尽操于大总统一人之手，便可以为所欲为了。

这时欧洲各国，起了一场极大的战祸，正是中华民国三年七月时间。这战祸的起源，因从前奥国并吞塞尔维亚国的波斯尼亚、黑塞哥维亚二州土地以后，塞国人怨恨奥国人的心理，日甚一日，苦于没有反抗奥国的力量，只有在背地里奋拳怒目罢了。有一天，奥国的皇太子斐迪南，在波黑两州操练军队，塞国人愤不可抑，便刺死斐迪南夫妻二人和波斯尼亚的首府官塞拉热窝。奥国人大怒，便限塞国政府在二十四小时内交出凶手。塞国人不肯，奥国便对塞国宣战。俄国人帮助塞国人，德国人帮助奥国人，法国人又帮助俄国人。德国要攻打法国，因比利时土地介在德法中间，便先要破坏比利时的中立，攻打比国。英国又帮助比国，互相宣战。欧洲全土，都卷入战争旋涡中。那时我们中国，自顾不暇，也只得严守中立。不料日本人要趁这欧洲大乱的时候，独享东方的权利。借英日同盟，保护东亚和平的话头，便向德国宣战，下哀的美敦书，限令德国海军立刻退出日本及中国海面，又勒令他将胶州租借地让与日本保管。德国总督置之不理，日本遂与德国正式宣战，率领大队海军，封锁胶州港口。一面派海军陆战队围攻青岛，英国因同盟的关系，也调遣他驻在中国北部的军队，帮助日本攻取青岛。德国军队到底因寡不敌众，且远离本国，无从呼援，只得离开青岛。日本乘胜占据了青岛，不遵中国宣布的潍水以西济水以东的战争区域，竟乘胜直入，占有胶济铁路。山东全省，几入日本军人掌握中。到民国四年一月十八日，日本竟向袁世凯政府提出二十一条的要求。内分五号：第一号中国政府允许日本承受德国在山东之一切权利；第二号，声明日本在南满及东蒙有无限权利；第三号，许日本以管辖汉、冶、萍矿厂的权利；第四号，竟勒令中国不得以沿海各地转借于他国；第五号，规定中国政府，让交于日本人之手。他第一号中最紧要的一条，是中国政府允诺自后日本政府拟向德国政府协定所有关于山东省依据条约或其他关系，对中国政府享有一切权利利益让与等项之处分概行承认。第二号中最紧要的一句，是将旅顺大连租借期限并南满、安奉两铁路期限，均展至九十九年。第四号，只有一条，却很重要。是说：中国政府允准所有中国沿岸港湾及岛屿，概不得租让与第三国。第五号中的话，尤其荒谬。第一条说：中国中央政府，须聘用有力之日本人充为政治财政军事顾问；又说须将必要地方之警察，作为中日合办；又说设立中日合办之军械厂，用日本技师，买日本材料。第六条说：在福建省内，筹办铁道矿山,及整顿海口;如需外国资本时,先向日本国协议。都是一派胡言。中国全体人民,不由得愤怒起来。

欲知后事如何,且听下回分解。

## 第五十六回　除国贼上海罢市　试骏马日置伤胫

袁世凯与日本政府缔结了二十一条协约，将中国东三省、蒙古、山东全省、汉冶萍矿产，福建全省权利，尽送与日本人。不由全国人民不愤怒起来，查究当时的卖国外交官，正是陆宗舆、曹汝霖、章宗祥三人。那曹、陆、章三人，原是日本留学生出身，平日只知一味媚外，博取功名；如今见人民动了公愤，他们怕闹成大乱，便主张秘密订约，不将条约公布全国。人民打听得政府与日本订结密约，愈觉愤不可忍，各处开会反对。谁知袁世凯却一心要扩张自己的势力，不恤将国家土地赠送与外人。日本政府也明知袁世凯存着一肚子的野心，正是要用外人的力量帮助他欺压人民的时候，便故意刁难开出这欺人的条件来。袁世凯左右有日本顾问官两人：一名有贺长雄，一名西坂大佐，平日在暗地里窥探大总统的举动，秘密去报告他本国政府。中国驻日公使陆宗舆，又是与袁世凯一鼻孔出气的。那时日本首相大限重信，正是一个有名的铁腕外交家，见袁世凯来求助于日本，正可趁此机会，大大的敲一下竹杠，所开的二十一条，全是无理苛刻的要求。由驻扎中国的日本公使日置益氏，连日与中国大总统直接开秘密谈判。袁世凯也觉得日本的条件太凶了，自己不便说话，起初推给外交总长孙宝琦。风声传播出去，第一个恼动了段祺瑞，第二个恼动了黎元洪。他二人亲自跑到外交部，去当面质问孙总长，说这种亡国条件，绝对不能承认的，又说了几句很严厉的话，弄得孙宝琦下不得台，他立刻赶到总统府去向袁世凯辞去外交总长职务。袁世凯便令陆征祥接任外交总长，次长是曹妆霖。这曹汝霖是著名的媚外专家，当下代陆总长去与日本公使谈判条件，曹汝霖愈退让，日置益公使愈骄傲。那日置公使往往因一语不合，拂袖而去，气焰万丈，令人难当。陆曹二人明知交涉十分棘手，无奈这是总统授意，务必委屈就全；实在无法可想，只得将第一二三号中各款酌量承认下来。这个风声传到江南地方，第一个是江苏督军冯国璋，他联络了十九省分的军官，打了一通电报给北京政府，说道："日款发生，亡国预兆。国家既处如此危险之地位，国璋等对于中华民国同膺捍卫之责，义不容袖手旁观，一任神州之陆沉。且天下兴亡，匹夫有责，国璋分属军人，必尽其军人救国之天职。凡欲破坏吾国领土之完全者，吾辈军人，必以死力拒之！中国虽弱，但其国民尚能投袂奋起，以身殉国。所望大总统与政府群起，严词峻拒，勿稍畏葸。我军民等当始终为后盾也！"这通电传布在全国，那人民愈觉惊惶愤怒起来。各处开会的开会，打电报的打电报，又因日本欺我中国没有民众武力，那各学堂的学生都练起兵式体操来。又怕中国没有军费，不能与日本开战，立刻组织了一个救国储金团，大家捐钱存在银行中，准备万一之用。当时只上海一埠，已聚集了数十万块钱。此外又成立了国民对日同志会、劝用国货会，由公民黄毅、方梦超发起，在上海张园大草地上，开会演说。到会的有三四万人，有当场痛哭流涕的，有当场咬破手指写血书的，人心十分愤急。上海租界工部局，便派出大队巡捕，将黄毅、方梦超二人捉去。中国人愈加愤怒难当,立刻罢工罢学,最后上海全埠罢市,所有大街小巷的店铺,一律紧闭店门,停止交易。家家门口挂着白旗,上写“惩办卖国贼曹汝霖、陆宗舆、章宗祥”,又写“誓死取消二十一条”,又写“对日宣战”“抵制日货,提倡国货”种种口号旗帜。各处马路口拥挤得人山人海,口喊杀尽日本人。当时有一班胆大的日本人,跑到街上来看热闹,被民众捉住了,拳脚交下打得半死半活。竟有许多身材矮小的中国人,被人错认做日本人,冤枉打死的。那巡捕房派出大队马巡在大街两旁,往来驰骤,弹压民众,那人民依旧是高喊口号,散发传单。他们要求政府立刻将卖国的曹章陆三人斥退,一天不斥退,一天不开市。那上海的地方官,慌得没了手脚,一面向民众劝解,一面打电报给政府。谁知这时袁世凯已决心要和日本人订成条约,任你人民官吏如何反对,他总置之不理。恐曹汝霖一人办理不成,便又派了章宗祥帮助,与日本公使日置益每天在外交部商议条款。那日置益氏十分骄傲,曹章二人和他商量了多日,他却一丝一毫不肯退让。那时恼了北京的全体学生,聚集了数千人,发狂一般的拥进曹汝霖、章宗祥二人家中去。见物便毁,口口声声喊说打死卖国贼,片刻工夫,将曹章两人金碧辉煌的家庭打得稀烂。那曹汝霖见学生来势汹汹,幸而拔脚得快,从后门逃了出去。独章宗祥一人遭灾,被众学生捉住了,拳脚如雨点似的向身上打。内中有几个大力的学生,将章宗祥房中铜床毁坏,用铜床上的铜条打着章宗祥的右手,怨他的右手不该拿笔在条约上签字的。可怜章宗祥被众人打得头破血流,手掌肿烂,亏得家人奋勇,将他从人丛中救出来。那一群学生从曹、章家中退出来,又到总统府前去请愿,要求政府取消中日密约。任你总统府的卫兵驱逐踢打,那学生总是忍痛不走。直到天晚,大家都捱冻受饿的站在总统府门外,嚎哭叫唤,不肯散去。那在日本东京地方的一班中国留学生,也是去包围住中国公使馆,逼着公使陆宗舆下旗回国,准备与日本宣战。当时所有留日学生,全体罢学归国,到上海来指挥民众示威。那上海全埠罢市经过第一天、第二天,直到第七天,那人民还是坚决到底,不肯开市。满街满巷,尽是示威的民众,人心十分慌乱。接连着各处重要口岸,都有罢市的风潮。那人民各把自己家中的私财纷纷拿交与中国银行存储,希望存满了五千万块钱,由人民自动设立兵工厂,训练海陆军,振兴国内工艺种种的用途。从四月八日起,只是上海一埠,已是收得款五十万元,各省设立救国储金机关已有七十余处。

人民这方面闹得如火如荼的,那日本方面也逼得十分紧迫。日置益氏连日与陆征祥、曹汝霖磋商条约,不得要领,日置氏大声说中国政府太无诚意,便愤愤的别去。走出外交部大门,跃上马背,正要驰去,那马忽然将四蹄凌空跳掷起来,日置氏在马背上坐不住身直掀下地来,已跌伤了左足。那左右急将公使用汽车送回使馆养病,一连多日,不曾开议。谁知日本却趁此机会,暗暗的调动海军,向中国海面出发,又借着换防为名,在山东、奉天两处大增军队。中国政府得了这个消息,十分恐慌起来,忙派外交次长曹汝霖到日本公使馆去问伤,便在日置氏病榻旁会议。日置氏高卧在床,陆征祥、曹汝霖二人卑躬屈节的陪侍在床前,当时人称为“榻下之盟”,是中国的大耻辱。日置氏当时向陆曹二人大声说道:“本公使已奉政府训令,第一号条款尚可通融,第二号各款万难让步,但敝政府为顾全两国邦交起见,格外原谅。所有内地杂居的日本人,可服从中国法令缴纳赋税，至于土地所有权，改为永租。曹汝霖再三求日使让步，那日置氏摇头不答。过了几天，日使又提出要求，将东蒙古由中国政府予日本以与南满同等的利益。日本的欲望愈大，交涉愈不能妥协，日置氏索兴推托不开会议。一面日本海军已开入中国渤海口外游弋，人心惶乱，谣言愈大。那各埠的日本商人，纷纷搭船回国，那形势十分严重，好似战祸已在眼前。便是各国的公使，也到中国外交部中来探听消息，劝中国政府和平解决，切勿开战。正在吃紧的时候，忽然由日本公使带同随员，直向外交部来，送上最后的警告书，竟有开战的口气。那通牒中明写自递警告书起，至五月九日午后六时止，限二十四小时内答复。牒文大意说：

今回帝国政府与中国政府所以开始交涉之故，一则欲谋因日德战争所发生时局之善后办法，一则欲解决有害中日两国亲交原因之各种问题，冀巩固中日两国友好关系之基础。以确保东亚永远之和平起见，于本年一月向中国政府交出提案，开诚布公，与中国政府会议。至于今日，实有二十五回之多，其间帝国政府始终以妥协之精神，解释日本提案之要旨。即中国政府之主张，亦不论巨细，倾听无遗，其欲力图解决提案于圆满和平之间，自信实无余蕴。……五月一日，中国政府对于日本政府修正案之答复，实与帝国政府之预期，全然相反。胶州湾为东亚商业上军事上之要地，日本国因取得该地所费之血与财，自属不少。既为日本取得之后，毫无交还中国之义务；然为将来两国国交亲善起见，竟拟以之交还中国。中国政府不但不顾帝国政府关于交还胶州湾之情谊，且对于帝国政府之修正案于答复，要求将胶州湾无条件交还。并以日德战争之际，日本国于胶州湾用兵所生之结果，与不可避之各种损害，要求日本担任赔偿之责。其结果此次中国政府之答复，于全体全为空漠无意义。且查中国政府对于帝国政府修正案中，其他各项之回答，如南满洲及东部内蒙古，就地理上政治上商工利害上，皆与帝国有特别关系，为中外所共认。此种关系，因帝国政府经过前后二次之战争，更为深切。然中国政府轻视此种事实，任意改窜，使代表者之陈述，成为一篇空言。或此方则许而彼方则否，至不能认中国当局者之有信义与诚意。帝国政府因鉴于中国政府如此之态度，虽深惋惜，几再无继续协商之余地；然终眷眷于维持极东平和之帝国，务冀圆满了结此交涉，以避时局之纷纠。于无可忍之中，更酌量邻邦政府之情意，将帝国政府前次提出之修正案中之第五号各项，除关于福建互换文一事，业经两国政府代表协定外，其他五项，可承认与此次交涉脱离，日后另行协商。因此中国政府亦应谅帝国政府之谊，将其他各项，即第一号、第二号、第三号、第四号之各项，及第五号中关于福建省公文互换之件，照四月二十六日提出修正案所记载，不加以何等之更改，速行应诺帝国政府。兹再重行劝告，对此劝告，期望中国政府至五月九日午后六时为止，为满足之答复。如到期不受到满足之答复，则帝国政府将执行为必要之手段。合并声明。

这样命令式的国际公文，自来中外所无的，那日本竟悍然向中国提出。中国政府中各大官员，及大总统袁世凯看了这将执行为必要之手段一句话，个个吓得目瞪口呆。当由袁世凯召集朝中要人，连夜会议，直议到第二天上午，也议不出一个头绪来。下午二时，又召集国务卿、左右丞、各部总长，从参政院长黎元洪，参政熊希龄、赵尔巽、梁士诒、杨度、李盛铎一班人，开特别会议。

欲知后事如何，且听下回分解。

# 第五十七回　廿一条签约　六君子筹安

中国政府接了日本最后的通牒，限二十四小时答复，袁世凯也不觉慌张起来，召集了许多大员，在总统府会议。内中黎元洪最是激烈，竭力主战，那海陆军总长也主张却还日本无礼的牒文，召驻日公使回国，断绝邦交。袁世凯坐在席上，却沉着脸不发一言。待众人静默下来，才淡淡的说道："如今山东、奉天已遍驻日兵，倘然交涉决裂，日军便先发制人，长驱直入，眼见我们是要失败的。如今中国实力未充，开战谈何容易？与其他日战败求和，不如暂忍眼前的殷痛，接受了他们的条件罢。"说罢却将两眼望定了徐世昌，徐世昌也接着说道："越能忍耐，越可得最后的成功。如今的局势中国已处于必败之地，还不如和平了结的为是。"究竟大总统的话谁敢不服从，当时拟定复文，派外交部员施履本送达日本公使。其时恰恰是五月九日午后时，那复文上说道：中国政府为维持远东和平起见，允除第五项五款应俟日后召议外，所有第一二三四项各款，及第五项关于福建交换文书之件，照日本二十六日修正案及通牒中附加七条件之解释，即日承诺，俾中日悬案，从此解决。两国亲善，益加巩固。中政府爰请日使择日惠临外交部，整理文字，以便早日签定。此复。这桩交涉案件，直到五月二十五日，双方在外交部中签字。日本方面写大日本国皇帝特命全权公使从四位勋二等日置益，中国方面写大中华民国任命中卿一等嘉禾勋章外交总长陆征祥。当时交换的，共有正文三件，换文十三份。这时因上海罢市风潮愈加扩大，到第七日上海水电工厂的工匠，也要加入罢工。那各处的小菜场上，早已没有蔬菜可买，人心愈加惶乱。袁世凯知道民意难违，便将曹、陆、章三人撤职，上海商店得了最后的胜利，便一齐鸣炮开市。谁知日本侨民因中国政府签字，在二十一条密约上得了胜利，那汉口租界的日本人便举行提灯会，庆贺外交成功。中国人民大怒，便一齐闭门息灯，一时中日人民又起了冲突，游民乘机扰乱，打毁日本商店，中日人民互有损伤，幸得当地军警竭力镇压，但从此中国人民心里永远痛恶日本政府。那各处抵制日货的风潮愈闹愈大，所谓对日同志会、反日会种种，都成了固定的团体。那"五九国耻"四个字，已成了国民永久的口号。那袁世凯又下了一道敷衍人民的命令，最叫人注意的几句有，"一切疲玩之惰气，与虚骄之客气，有丘山之损，而无丝毫之益。所宜引为大戒。我中国自甲午、庚子两启兵端，皆因不量己力，不审外情，上下嚣张，轻于发难。卒至赔偿巨款各数万万，丧失国权，尤难枚举。乃事过境迁，恬嬉如故，厝火积薪之下，而寝处其上，卒至鱼烂土崩，不可收拾。"又说，"余以薄德，起自田间，大惧国势之已濒于危，而不忍生民永沦浩劫。寝兵主和，以固吾圉。两祸取轻，当能共喻。虽胶州湾可望规复，主权亦勉得保全；然南满权利损失已多，创巨痛深，引为惭憾。己则不竞，何尤于人？我之积弱召侮，事非旦夕，亦由予德薄能鲜有以致之。"最后他又把罪过推在百姓身上道："乃有倡乱之徒，早已甘心卖国，而于此次交涉之后，反借以为辞，纠合匪党，铸张为幻。此辈平日行为，向以倾覆祖国为目的，而其巧为尝试,欲乘国民之愤慨,藉簧鼓以开衅。极其居心,至为险狠。着各省文武官员,认真查禁,随时晓谕商民,切勿受其愚惑。至于自强之道,求其在我,祸福无门,唯人自召。群策群力,庶有成功;痛定思痛,力除积习。"

谁知他命令中所说的全是一派鬼话。袁世凯自从扑灭了二次革命,解散了国会以后,便时时想做皇帝。这虽由于一班趋炎附势的官员,自私自利的儿子,平日谄哄成功的。但袁世凯自己平素也有这个势利的根性,看看自己年纪渐老,便急欲一尝皇帝的滋味。他明知这事是违反民意的,所以暗地里去勾结日本军阀,许他二十一条的大利,求他帮助帝制大事。如今二十一条已签字,他便大胆进行。北京地方忽然发生了一个筹安会,印了数十万份的宣言书,通告全国。它口口声声为国民筹设长治久安之道,而它的第一条宗旨,竟是主张变更国体,改民主为君主。把一肚皮的私心,竟老老实实的说了出来。筹安会的发起人共有六名:第一个是杨度,第二个是孙毓筠,第三个是严复,第四个是刘师培,第五个是李燮和,第六个是胡瑛。这一班人半新半旧,各有各的来路。杨度原是保皇党的中坚人物,孙毓筠又自命为革命健儿,从前在安徽地方做过民军的高官。严复是一位学贯中西的名人,平日自命为新智识的先导。刘师培便是刘光汉,在前清时候却与章太炎一班人竭力鼓吹革命,又是一位博通训诂经学的大师。李燮和在民国元年时候打南京最出力的民军首领。胡瑛是宋教仁的老友。这六个人,各个宗旨不同。如今因贪恋袁家的利禄,竟同鼓吹变更国体的论调来。他们又怕中国人的话说不嘴响,便请一位总统府中的外国顾问官美国人古德诺,首先发难,发表一篇大文,说民主政体不及君主专制。杨度一班人靠了外国人的威势,借古德诺这篇文章,发起了一个筹安会,居然强词夺理的写出一篇宣言来道:

> 我国辛亥革命之时,国中人民激于情感,但除种族之障碍,未计政治之进行,仓猝之中,创立共和国体,于国情之适否不及三思。一议既倡,莫敢非难,深识之士,虽明知隐患方长,而不得不委屈附从,以免一时危亡之祸。故清室逊位,民国创始,绝续之际,以至临时政府正式政府递嬗之交,国家所历之危险,人民所感之困苦,举国上下,皆能言之。长此不革,祸将无已。近者南美、中美二洲共和各国,如巴西、阿根廷、秘鲁、智利、犹鲁卫、芬尼什拉等,莫不始于党争,终成战祸。葡萄牙近改共和,亦酿大乱。其最扰者,莫如墨西哥,自爹亚士逊位之后,干戈迄无宁岁,各党党魁,拥兵互竞,胜则据土,败则焚城,劫惊屠戮,无所不至,卒至五总统并立,陷国家于无政府之惨象。我国亦东方新进之共和国,以彼例我岂非前车之鉴乎?
>
> 美国者,世界共和之先达也!美人之大政治学者古德诺博士,即言世界国体君主,实较民主为优,而中国则尤不能不用君主国体。此义非独古博士言之也!各国明达之士,论者已多,而古博士以共和国民论共和政治之得失,自为深切明著。乃亦谓中美清殊,不可强为移植,彼外人轸念吾国者,且不惜大声疾呼,以为吾民忠告。而吾国人士,乃反委心任运,不思为根本解决之谋。甚或明知国势之危,而以一身毁誉,利害所关,瞻顾徘徊,惮于发议。将

爱国之谓何？国民义务之谓何？

我等身为中国人民，国之存亡，即为身家之生死，岂忍苟安默视，坐待其亡？用特纠集同志，组成此会，筹一国之治安，将于国势之前途及共和之利害，各摅所见，以尽切磋之义，并以贡献于国民。国中远识之士，鉴其愚忱，惠然肯来，共相商榷，中国幸甚。

宣言后面还附着章程五条：第一条本会以发挥学理，商榷政论，以供国民之研究为宗旨。第二条愿充本会会员者，须具入会愿书，由本会会员四人以上之介绍，理事长之认可。第三条本会置理事六人，由发起人暂任，并互推理事长一人，副理事长一人。第四条本会置名誉理事若干人，参议若干人，由理事长推任。第五条本会置干事若干人，由理事推任之。其事务之分配，随时酌定。他们把会址设在北京石驸马大街。高大门墙，金碧招牌，门口站着威风凛凛的兵士，出入的尽是大官伟人，一时声势煊赫，车马喧阗，一望而知这个筹安会后面是有大人物抱腰的，不然在这袁世凯势力之下，谁人敢说变更国体的话。独是那班小百姓，却睡在鼓里，见筹安会诸君子，居然要推翻民国，惹得他们在茶坊酒肆中纷纷议论。此时官家派有侦探警察，分布在各处，见有人谈论国政，你才一开口，后面便伸过巨灵掌来，拖去警察局里办你个造谣生事的罪，监禁一年半载，都是不定的。从此小百姓都吓得不敢说话，只许他们大人物自说自话，把国家大事视同儿戏。如今索性想把偌大一个中国双手奉送与袁家了。

这件事体内幕，却是袁世凯的长子袁克定一个人在里面作祟。他见父亲已做了大总统，又是特别专制的一个大总统，平日擅作威福，出警入跸，何等崇荣。做儿子的看得十分眼热，便欲运动他父亲称帝，将来父亲死了，自己也稳是一个一二世皇帝了。克定这个心事藏在肚子里多年了，如今默察父亲的口气，也有帝制自为的意思。只是父子之间，不好说破这个心事，当时克定与总统府中各幕友互相联络，秘密来往。遇有不可告人之事，彼此上下其手的讲究生财之进。内中一位梁士诒，尤其与袁克定交好。梁士诒也是袁世凯的心腹人儿，执掌府中财权，平素与大公子极有交情，见面时彼此无话不说。这天袁克定在书房中置酒独请梁士诒对酌，梁士诒是何等机警的人，袁氏父子的心事，他早已看得明明白白。如今袁克定请他吃酒，假装做痴呆，在席上一句话也不说。袁克定三杯酒下肚，便已忍耐不住，叹一气说道："咱们如今算过得很好的了！但是大总统年纪已老，夕阳无限好，可惜近黄昏。眼见不久荣华过去，俺弟兄们还免不了一般的风流云散。燕孙大哥，你是有名的智多星儿，替俺们打个千年桩儿，想一条长治久安之进。"禁不得袁克定横求竖求，又许他种种好处，梁士诒才伸着指儿说道："公子不是和这个六姨儿很够得上交情的吗？总统只有他的话才肯听，公子还不如求她去，只叫总统答应俺们弟兄，无事不可商量。"几句话说得袁克定恍然大悟，连连向梁士诒打拱道谢。那袁世凯的六姨，便是红姨，又称洪姨太，是袁世凯的第六妾。袁世凯共有十五位如夫人，虽说年轻的美貌的都有，只因红姨生性十分乖巧，身材苗条，面貌美丽，平日一言一笑，一举一动，都能迎合袁世凯的意思，又是识字知书，能写能算，府中账目事务，都由红姨掌管。因此六姨的宠爱日深，威权日大，她做人又和气不过，对待家中上下人等,从无疾言厉色。又时在暗地里给他们许多好处,因此合府的人都爱戴她,大家替她在袁世凯跟前说话。她尤其是和大公子说得投机,红姨有许多外面的事管不到的,却暗地里托大公子替她料理。便是每月存放的账款,也是大公子替她在外面收付,因此他二人关系愈加深了。觑空那大公子,便溜进六姨房中去唧唧哝哝的长谈不休。她房的婢仆,大家都知道六姨和大公子在那里算账,便一齐远远的回避着,不敢惊动他们。

欲知后事如何,且听下回分解。

# 第五十八回　**月明夜静美人伴公子　利令智昏总统变帝王**

月明如水，侯门如海，那绣帘深深的掩着，灯光幽幽的照着，庭院中人影一瞥，绣帘开处，一位俊俏的美人，倚户相迎。一男一女，并着肩儿，走进房去。那知趣的丫鬟，低头含笑，退出房来，轻轻的将房门拽上。房中一双人影，慢慢的移动着，开了后院门出去。一个女的靠着台阶上栏杆边坐下，一个男的便倚着女的肩头坐下。此时栏杆外面月光十分皎洁，照在海棠花朵儿上，倍觉鲜艳。耳中只听得那男子低低的唤着娘。那女子俏声应着，又说道："折杀奴也。"夹着嘤宁的笑声。两个身体愈贴愈近了，男的手中拿着一个小色儿，向女的怀中一揣。女子又忍不住吃吃的笑起来。到了第二晚，袁世凯便到红姨房中来睡，他两人在床上唧唧哝哝说了一通宵的话。到了天明，袁世凯出到外宅去会客，袁克定匆匆的又溜了进来。红姨把昨夜的情形告诉他，把个袁克定喜得眉花眼笑，连连向红姨作揖。红姨伸手在公子肩上一推，一手掩着朱唇笑道："不用向我婆婆妈妈了，快出去办事罢！当心总统进来，撞见了不是玩的。"原来这红姨便是洪述祖的妹子，所以又称作洪姨太。这洪述祖自幼死了父亲，家道甚是艰苦，到二十岁时候，幸得他亲戚推荐，在天津洋行写字间中充当练习生。他于学业虽毫无长进，但生性灵敏，颇能得那洋行外国人的怜惜，便升他充作洋行跑街。此时袁世凯在小站练兵，需要军用杂物，洪述祖向那军需官竭力运动，得了这一笔大生意。洪述祖为讨好袁世凯起见，把各种货物办得格外丰富，暗暗的合了主帅的心意。从此洪述祖常常孝敬袁世凯礼物，趁此与袁世凯见面。洪述祖一张嘴说得流利圆活，袁世凯大喜，便唤他到营中去，不久便得了一个襄办军务的差使。从来说的小人得水便浮，洪述祖经袁世凯重用以后，对于营中同寅，便十分骄傲，常常依势凌人。内中触怒了一位标统张勋，便在袁世凯跟前说了洪述祖大批坏话，要求斥退洪某。袁世凯的心也渐渐被他说活动了，洪述祖十分惶恐，便想得了一条捷径。他深知道主帅是一个好色之徒，到了此时，只有用美人计，可以挽回主帅的心。洪述祖家中有一个妹妹，长得十分妖冶，小家碧玉，引动得四邻的游蜂浪蝶，齐到洪家门口来探望。洪家浅房促屋，这洪家美人也无法躲避，常常在众人跟前露色相。但她心气高傲，不将那班男子放在眼中。她哥哥常听他妹子说，要拣一个大户人家，便是作妾也愿意的。如今洪述祖欲将他妹妹送与袁世凯，便去和他妹子商量。他妹子起初不肯，说这袁世凯年纪太大，是一个好色之徒，家中姬妾众多，嫁到他去难免怄气。经洪述祖百般譬说，甚至在他妹妹跟前下跪，说可怜妹妹替哥哥保住这饭碗，终身终世不忘妹妹的大德，他妹妹才答应下来。洪述祖又辗转托袁世凯左右的心腹，设法将他妹妹送进府去。仗着他妹子的美貌聪明，果然大得袁世凯的宠爱。起初袁世凯认红姨是平常烟花女子，后来慢慢的知道她是洪述祖的胞妹，便也称赞洪述祖忠心有义气，更加重用他。此时红姨只是十九岁的女孩子，生成秀外慧中，粉装玉琢，能以眉听，能以目话。最是一张樱桃小口，有说有笑，着实使人怜爱。因此红姨在袁府中位虽居第六,那宠爱却能胜过新进的各位姬妾。

袁世凯经红姨一夜劝谏,他主意已大定,第二天便召杨度二人进府去。他见了杨度,劈头一句便说道:"皙子、燕孙,这'共和'二字老夫实在不能维持了,你二人何不替我想一个治国的善法?"杨、梁二人听了这句话,心中会意,便故意低头筹思半晌。杨度说道:"国家大事,似我二人浅薄,如何敢妄议?但这'共和'二字,如今却确有许多人对它怀疑的,我们何妨先组织一会,先在学理上讨论中国今日以何种政体为宜。"梁士诒听了,不禁拍手称善了说:"究竟皙子兄博学多才,如今便请杨君放胆做去,至于经费一层,俺梁某当竭力担任。"袁世凯又问,如何在学理上讨论国体?杨度说:"俺们先邀一班朋友,讨论君主、民主二种国体,以何种适于中国。在表面上声明专以学理的是非与事实的利害为讨论的范围,譬如说中国数千年何以有君主而无民主,至清代末年何以不成君主而成民主。中国实行共和以后,究竟有何利益。再讨论世界共和国家,何以有治有乱。我们会中讨论这一类重大问题,大总统不加禁止,那各省长官便可以知道这原是大总统的意旨。倘然没有人出来反对,我们便可以将这理论渐渐的实用在事实上了。"袁世凯听了,也不禁连声称妙,立刻面交发款凭条二纸,每一纸上写着凭条照发银十万两。杨度和梁士诒各人领了一纸,退出府来,各人分头进行去。筹安会中人先将变更国体的宣言打了一个通电与全国各省文武大员,那班封疆大吏,全是大总统的心腹,各人得了电报,彼此会意,一时也不发表什么意见。此时只有旧国会议员谷钟秀、徐傅霖一班人,在上海发起了一个共和维持会,周震勋、邹稷光一班人,在北京发起了一个治安会。内中有一个参政严修,却是袁世凯数十年来的患难朋友,如今听说袁世凯竟欲背叛民意自称帝王,不觉大惊,便亲自从天津赶来北京,当夜入总统府,向袁世凯苦口谏说不可违背民意,自毁威信。情词恳切,说得声泪齐下。袁世凯见这老厌物,纠缠不清,无可推诿,便说自己原是忠心于民国,全是杨度那班书呆子在外面组织团体,作学理上的讨论。我也觉得他们太胡闹了,现在便请你替我去拟一道命令,明天便将他们解散了罢。这几句话说得何等冠冕,不由严修不上他的当,当即匆匆退出府来,连夜拟了一道解散筹安会的命令。第二天一早,兴抖抖拿去见总统。谁知才走到门口,却被府中卫兵拦住了。严修对卫兵再三说今天是总统特约俺来谈话的,你如何敢拦阻我?那卫兵依旧不肯放行,只大声说道:"今日清早奉总统密令,说无论何人概不传见。"严修听了不觉大怒,一拂袖回到天津去,立刻上了一个辞呈,将参政的名衔辞去。接着,又有机要局长张一麐,他也是袁世凯十多年的知交,此次见筹安会诸人如此大做,心中也深不以为然,当即到总统府去劝谏。谁知袁世凯也十分狡猾,他见了张一麐,却绝口不承认有帝制的事体,并且说拿袁世凯生平的名誉道德打赌,我决不做皇帝,请你放心。那张一麐便信以为真,退出总统府来,在诸同僚跟前极力替袁世凯分辩说,便是杨度也并不是真要鼓吹帝制,他原要组织一个有力的宪政党,故意借变更国体四字来醒人耳目的。其时有一个肃政厅肃政史庄蕴宽,却看得十分明白,便上一个弹章,请罢斥杨度等人取消筹安会。大略说道:自筹安会成立以来,虽宣言为学理上之研究,然各地谣言蜂起,大有不可遏抑之势。杨度身为参政,孙毓筠曾任约法议长,彼等倡此异说,加以函电交驰,号召各省军政两界,各派代表加入讨论,无怪人民惊疑。虽经大总统特派员在参政院代行立法院发表意见，剀切声明，维持共和为大总统应尽之职分，并认匆遽变更国体为不合事宜，然日来人心并不因之稍安，揆厥所由，无非以筹安会依然存在之故。应恳大总统迅予取消，以靖人心。此外内务部也呈请限制筹安会，大略说道：政谈集会，本为讲学家研究学理之资，其界说属于言论。从前君主时代，于讨论共和之政体，深闭固拒，故其原理未遑晓畅；而其说输入人心，乃酝酿于秘密煽惑之中，一发而不可收拾。易地以思，可为殷鉴！接着各处行政官厅，大小军人，都纷纷通电，反对帝制。众口一辞，说是违反民意。袁世凯每日披览电报，见全国骚动，颇觉后悔。又打电话召梁士诒、杨度二人入府。袁世凯拿各路的电报给他二人看，梁士诒意志十分坚决，便对总统侃侃的说道："若辈易与尔！总统若肯破囊五百万，小子能使全国官吏拜倒称臣。至于全国民意，实望总统早登帝位，使人民共享承平之福。"袁世凯听梁士诒说得十分兴奋，便也不觉动了心，忙问道："燕孙何以知道全国人民盼老夫早登帝位?"说时迟那时快，梁士诒、杨度二人不慌不忙从袖中拿出两大卷公文来，打开看时，里面尽是各省公民的劝进表。骈四骊六，词彩风流，美不胜收。袁世凯看了，不觉大喜，接着梁士诒又从夹袋中掏出一叠《上海申报》《新闻报》来，上面满载着各省省议会、县议会、农会、商会的劝进表文。袁世凯细看报纸格式纸张，毫无错误，心知这不能假造的了。喜得伸手连拍着梁、杨二人的肩头，说道："这正是朕的左右臂也!"袁世凯无意中把个朕字漏出口来，止不住脸上飞起一朵红云。谁知梁、杨二人接着俯伏在地，口称万岁。袁世凯顿时身体虚飘飘的好似登天一般，立刻传话，去取一个银行存折来。内有存款五百万元，又亲笔写一手谕给财政部，命令部中筹付特别用费三百万元，一齐交与梁士诒。二人欢欢喜喜的退出府来。

从来说的得人钱财，替人消灾，梁士诒既拿了八百万的巨款，便与杨度秘密商议。决定拿钱去买通各处人民团体，令他组织全国请愿联合会，公举代表来京来请愿袁世凯称帝。一面组织参政院，代行立法院，行使立法职权。那立法院开会的第一天，便有山东、江苏、甘肃、云南、广西、湖南、新疆、绥远各省的代表，齐到院中来，呈递变更国体请愿书。当时充全国请愿联合会会长是沈云霈，副会长是那彦图、张镇芳。接着又有全国商民代表马麟霈，全国公民代表团阿穆尔灵圭，中国回教俱进会回族联合请愿团，暨回疆八部代表王宽，哈、蜜、吐鲁番回部代表马吉符，锡林果勒盟代表程承铎，云南迤西各土司总代表邓汇源，新疆蒙回全体王公代表暨宁夏驻防满蒙代表杨增炳等，北京二十区市民代表董文铨等，北京社政进行会恽毓鼎等，南京学界代表丁伟东等，贵州总商会徐治涛，全商会联合会蔚丰等一共有八十三个团体，纷纷向代行立法院递请愿书，居然装点得十分有精神。独有那不知趣的陆军总长段祺瑞，第二次又到总统府去，向袁世凯切切实实的劝谏了一番。那段祺瑞和袁世凯是多年的老友，彼此见面，没有什么客气的。老段便当了总统的面，大骂梁士诒、杨度两人误国殃民，又说袁克定不知爱惜父亲名誉，也跟着外面人胡闹。说的都是逆耳之言。近日袁世凯受各省官民的拥戴，那一班趋炎附势的官员，已有向袁世凯称万岁的。袁世凯正踌躇满志、心高气傲的时候，如何肯受段祺瑞的直言？两位老友不免在言语间起了冲突，段祺瑞大怒，拂袖而出，立刻提出辞职书。袁世凯深知段祺瑞能得军心，只怕他一辞职，要酿成兵变。得了老段辞职书正觉为难,忽见大公子克定和梁士诒进屋子来,袁世凯便将老段的辞职书给他二人看,克定一向与老段是不对的,今见了辞职书,便竭力怂恿他父亲批准,又说王士珍可以继长陆军。袁世凯便令大公子到王士珍家中去面求。克定向王士珍下跪求恳,士珍却情不过,便将陆军总长的名衔担任了下来。

欲知后事如何,且听下回分解。

# 第五十九回　**贺振雄上书抗帝制　杨士琦献计辱民权**

王士珍新任陆军总长，深怕各路军人反对帝制，便拿银钱去买服人心。所有费用，都向梁士诒一人领取。京城内外官员，都称他梁财神。但梁士诒原是一个穷光蛋，何处来这许多银钱。此时除袁世凯交付的八百万现款以外，一共已用去了一千五六百万。只因梁士诒新任税务督办，把全国的税饷握在一人手中，将国中一切正经用途，一齐搁起，却整千整万的拿去运动帝制，收买爪牙。梁士诒又兼任交通银行总裁，把中交两银行改为国家银行，竟令两银行滥发纸币，间接吸收人民现款，所有银行中准备金，全数运入北京，作为政治运动的费用。再有不敷的地方又由梁士诒代表中国政府，向日本各国秘密借款，许他厚利。四处八方搜刮的钱财，总数竟在五千万以上。这边正在兴高彩烈的办帝制，冷不防出了贺振雄、李诲二人上了两篇公文，一递肃政厅转呈大总统，一递总检察厅，都是竭力反对帝制，请求严办筹安会为首诸人。那肃政厅和检察厅仰政府的鼻息，当然置之不理。这贺李二人急了，便拿了这两篇公文底稿送到印刷所去，满想印出十万份来，在北京地方散发，鼓起民气来。谁知那各印刷所的掌柜，见了这两篇大文，便一齐摇头伸舌，不肯承印。贺李二人奔走了一天，把全北京城里所有三四十家印刷铺子都找到了，却没有一家敢担任印刷。气得贺李二人回家去，连夜拿油印机器印成数千份。第二天去雇了四个苦力，在大街上当路散发起来。那贺振雄的文章里说道：

为扰乱国政，亡灭中华，流毒苍生，遗祸元首，恳请肃政厅长代呈大总统，严拿正法，救灭亡而谢天下事。窃闻天下兴亡，匹夫有责，奸奴误国，人得而诛。我古神州四千余载，君主相传，干戈扰攘，万民涂炭，四海疮痍。稽披历史，至为寒心。各代君主，而今安在？惟留祸害，传染中华。自古愚人相争相夺，称帝称王，一时昏迷不悟，徒博眼前虚荣，而遗子孙。实祸诚可怜而可哀也！在昔闭关时代，相争相夺，犹是一家，今则环海交通，群雄耽视，一招灭亡，万劫难复。叔宝全无心肝，何至于此？吾民国共和创造，未及五载，而沙场血渍，腥臭犹闻，人民痛苦呻吟未已。我大总统手创共和力任艰巨，惟日孜孜，不遗余力。民生国计，渐有秩序，国力日见发展，国基日见巩固。而谓吾中国不适于共和，不能不用君主政体，真狗彘不食之语也！何物妖魔，竟敢于青天白日之下，露尾现形，利禄熏心，荧惑众听，尝试天下，贻笑友邦。窥若辈之倒行逆施，是直欲陷吾元首于不仁不义之中！非圣非贤之类，其用心之巧，藏毒之深，喻之卖国野贼，白狼枭匪，其计尤奸，其罪尤大。呜呼！国家将亡，必有妖孽；妖孽者谁？即发起筹安会之杨度、孙毓筠、严复、刘师培、李燮和、胡瑛诸贼也！振雄敢以头颅相誓，脑血相溅，恳请严拿国贼明正典刑。

那李海的文章里说道：

> 为叛逆昭彰，摇动国本，恳准按法惩治，以弭大患事。窃维武汉首义，全国鼎沸，大总统不忍生灵涂炭，出肩艰巨。不数月间，清室退位，南北统一。我总统就职宣言，曾经郑重声明，不使帝制复活。虽内忧外患，尚未消弭，而我大总统雄才大略，硕画宏谟，期以十年，何患我国家不足比肩法美。乃国贼孙毓筠、杨度、严复、刘师培、李燮和、胡瑛等，组织筹安会，主张变更国体，是自求扰乱，与暴徒甘心破坏结果无殊。虽自诩忠爱，实为招乱之媒，其罪岂容轻恕？伏查三年十一月二十四日申令有云：民主共和载在约法，邪词惑众，厥有常刑。嗣后如有造作谰言，著书立说，及开会集议以紊乱国宪者，即照内乱罪从严惩办。明令具在，今杨度等倡导邪说，紊乱国宪，实属弁髦法纪，罪不容诛。李诲怀匹夫有责之义心，所谓危不敢安于缄默，用特据实告发，泣恳按照内乱罪，从严惩治，以弭大患。

从来说的公道自在人心，这两篇大文，虽出于两位平常读书人之手，但暗地里人心响应它的很多。这肃政厅中接连收到一百数十封意见书，都是攻击杨度、梁士诒一班人的。那肃政厅都肃政史庄蕴宽，究竟比较有几分骨气的，他觉得实在耐不住了，便赶去谒见徐世昌。那徐世昌此时身为内阁总理，又是老大总统的前辈，庄蕴宽想去探探徐总理的口气，便可以对付那班反抗的人民。这徐世昌是老于宦途的，他见了庄蕴宽，反说道："筹安是很好的事呀。现在内忧外患，扰攘不宁，难得有他们热心君子，出来筹安，真是邦人的幸福了。"庄蕴宽急说道："听说他们是借着'筹安'二字做幌子，暗地里是恢复帝制呢。"徐世昌听了，却不动声色，掀髯笑道："帝制也罢，王制也罢，只求实在能筹安，就是我们的造化了！"庄蕴宽更急了，忙说道："现在已有许多国民出来反对他们。"徐世昌把脸一沉，说道："他们反对筹安，岂不是反抗政府吗？"庄蕴宽到此时知道话不投机，便起身告辞出去。那徐世昌自送庄蕴宽去后，自己心中也觉不安，意思欲上总统府去探袁世凯的口气。便更换了一套常礼服，坐车赶向总统府来。刚走到府中怀仁堂阶下，劈面见杨度身穿大礼服，从里面出来。徐世昌不愿见他，急避过一边。俟杨度行过，他又踱进内院去。听得书房中一阵笑声，知道总统正在会客，他是到总统府中来惯的熟客，便在书房外面客室中坐下。侧耳听时，仿佛屋里面有一个口操安徽口音的老者笑说道："要做皇帝，四爷你还早呢！我李家要做几个皇帝，还不能么？如今外交不顺手，在各强国监视之下，有谁肯让你做太平天子呢？况且国体已经共和了四年，无论它适合不适合，国民智识已开，尝过共和的味儿，那清帝让位，又是说尊重共和。饶你不主张帝制，还有人攻击你，说你破坏共和。那南方的民党，口口声声说你叛谋民国，如今你若真的做了出来，岂不更叫人家骂死你吗？我的老总，我看你年纪说大不大，说小不小，今年五十七岁了，讲到富贵呢，当然我的骨头没有你的重；若讲到交情，我二人自幼一块儿长大的，你不要仗着小站练兵几十年的势力，苦闹这个帝制的玩意儿。怕只有几个没饭吃的傻瓜，跟着你做狗，便是芝泉、华甫两人，怕也不见得肯来帮忙罢！再在如今的民意也不向着你，你何苦与全国人为敌呢？如今看在俺们数十年老友面上，教你一个乖儿，据我看，你如今党羽又多，又独揽大权，还不如实行专制共和做一个终身大总统，何必徒要这虚名皇帝，受万世人的唾骂呢？”那人说到这里，把话锋收住了，屋子里静悄悄的半晌。始听袁世凯叹着气说道：“九爷，别人不明白我的苦心也还罢了，你怎么也不明白我的苦心么？外边风风雨雨，说俺是枭雄，又说我有称帝的野心。你想我如今已是望六的人了，早已把功名利禄的念头看得很淡了。再谈我家那老大他自从那年在马上跌下来以后，就带了残疾；老二又整天跟着樊樊山、易实甫、叶德辉这班老怪物，在一处鬼混，简直是得了一个名士迷。那老三完全是一个武夫，一点不懂得世故人情，其余尽是纨绔公子，只知靠着父亲享福。我生了这一班儿子，还想做什么千秋万世的事业呢？”袁世凯说这番话时，声调恳切，任你老于世故的李仲仙听了，也不由得不信。只把老李一肚子牢骚打了回去，便不觉心平气和的对袁世凯说道：“四爷，你能说这一番话才算得是一位圣明的大总统！我听了外边的闲言闲语，几乎错怪了老朋友。”徐世昌坐在门外听准了这说话的人确是李九爷，彼此是熟人，便也闯进书房中。彼此招呼，坐定了，徐世昌对袁世凯说道：“总统快不要听那班书呆子的呆话，做一辈子的大总统，比较做不合时的皇帝强得万倍。到了将来改订宪法的时候，我们约几个老朋友，想一个变通法儿就是了。总统倘为儿孙计，那金匮里面，俺们也可以做一点手脚的。”徐世昌说时，把两眼看着李仲仙；李九爷也不住的点头。他三人又谈了一会闲天，便起身告退。

袁世凯送客出门，便也退至内室；才一脚跨进六姨太太的房门，便见一个人抢近身来，低低的唤了一声爷！袁世凯也不睬他，只上炕去，倒身在鸦片烟灯畔，自有红姨上去，伏身在对面，打烟泡，把灯火，袁世凯一口气吸过八口烟。这时屋内静悄悄的，只有袁克定站在炕前，双眼似流星的，在红姨浑身上下打量着。今天红姨格外打扮得妖娆，看她一身俊俏，斜靠在炕上，侧着身儿，越显得腰肢一搦，风骚动人。大公子正出神的时候，忽听他父亲劈空说道：“他们究竟进行得怎么样了？”大公子忙把飞出去的魂魄收回腔子来，搬一张矮脚凳子，坐近炕床去，低声答道：“他们诸事已停妥了。那日本的有贺长雄，也愿意仿着古德诺一般，做一篇文章。至于各路的劝进表文，现已接到了十一个省份的。”说着，从袖中掏出一扣大红帖子来，上面写着“全国人民请愿表”。袁世凯接过去看时，里面劈头几句说道：中国二千余年，以君主制度立国，人民心理，久定一尊。辛亥以后，改行共和，实与国情不合，以致人无固志，国本不安。诚由共和制度，元首以时更替，国家不能保长久之经画，人民不能定专一之趋向。袁世凯读到这两句，不禁拿手打着炕沿，连称好笔好笔！正要往下读时，忽一个内尉进来禀称：“右丞杨士琦请见。”那杨士琦和梁士诒二人，是袁世凯的左右手；只因近日二人争宠，各人肚子里怀着一股醋劲，倒反弄得尹邢避面。如今杨士琦因白天避着梁士诒，所以在晚间来见总统。袁世凯因热心帝位，便也不辞劳苦，深夜见客。那杨士琦年已五十岁，长成瘦弱身材，脸上横着两道扫帚眉，配着一对三角眼，中悬胆鼻，红得如狗肾一般；唇上蓄着八字短须，两颧酒刺，长得几乎不见皮肉。他见了袁氏父子，走了几步俏步，抢上去向世凯请了一个安，又向克定对行了礼。接着，从靴统子里掏出一张帖子来。袁总统接过去看时，原来是代行立法院代表国民拥戴总统为皇帝的奏章。上面说：国民代表大会，各省代表共一千九百九十三人，议决投票，得主张君主立宪票一千九百九十三张，即由民国代表大会通电全国，一致推戴今大总统为皇帝。查约法内，载民国之主权，本于国民之全体；经国民代表大会全体表决，改用君主立宪，本立法院自无讨论之余地。袁世凯看到这几句，不禁心花怒放，便伸手拍着杨士琦的肩头道："究竟杏城足智多谋，行事胜人一筹！这假借民意，是必不可少的。"正高兴的时候，忽然外面又进来案报说："张老夫子请见。"这时袁世凯看桌上自鸣钟，已打过十一下，身体颇觉疲倦，但张季直这个老戆大，不是容易打发的，他既深夜来到，是非见不可的。袁世凯没奈何，只得递眼色令大公子和杨士琦退入别室去。这里张季直一脚跨进房门，便嚷道："老弟！外面沸沸扬扬，说老弟要做皇帝了！把老夫骇得一大跳。特连夜进府来，问问老弟的心事，究竟如何？"袁世凯见他来势颇急，便冷冷的说道："我身已负国民的委托，不能参预帝制。"张季直又追一句道："倘然国民逼迫老弟，老弟又如何对付呢？"亏袁世凯装出一副决绝的神色来，说道："果然如此，我便往英国一跑！好在我已在伦敦置有薄产，便不怕落魄他乡了。"说着，忍不住格格的冷笑几声。

欲知后事如何，且听下回分解。

# 第六十回　梁士诒罗掘金钱　杨皙子笼络名士

张季直自幼看袁世凯长大的,深知袁世凯有口是心非的坏脾气。如今任你袁世凯罚神赌咒的说决无做皇帝的心思,这张老头儿总是不放心,只是寻根究底地盘问不休。袁世凯急了,便说道:“中国有皇帝资格的人很多呢！第一是宣统帝,第二是衍圣公,倘然说汉人的天下还给汉人,那还有明朝朱家的子孙。像内务总长朱启钤,浙江将军朱介人,都有做皇帝的资格,也万轮不到我袁某身上。”张季直听袁世凯说到这里,便忍不住微笑着说道:“讲到朱家子孙,还有那唱京调小生的朱素云也是很有希望的!”一句话说得袁世凯两朵红云,从须根儿直向上伸,罩住了面颊,半晌说出话来。张季直知道这句话挖苦得厉害了,便起身告辞出府。接着便有人报说杨士琦杨右丞请见。袁世凯一听,便满脸堆下笑来,连说快请。杨士琦跨进门槛,走了几步俏步,抢到袁世凯面前,仍照前清旧礼请了一个安。袁世凯急忙让座,杨士琦口中连连称是;斜着身体,埋下屁股去,才在凳角上碰了一碰。便又站起来急急从靴统子里掏出一封红简帖来,双手呈与袁世凯。袁世凯拿过去大略看了一看,便连声说好。随手递与克文,又嘱咐照杏城条陈上的话办去。接着袁世凯升炕抽大烟,杨士琦知道府中姨太太要出来打烟的,自己在屋子里不便,即告辞出来。

谁知那梁士诒消息甚灵,他打听得杨士琦上的是筹款的条陈,梁士诒深怕杨士琦夺去自己的宠爱,便星夜去和袁世凯干儿段芝贵商量。这段芝贵也因打听得袁世凯有帝制的大举,便从湖北急急赶进京来帮忙的。当时京中一班官僚,背地里都称段芝贵为御干儿。这事起因远在袁世凯小站练兵的时候,有阮忠枢在营中当总文案。段芝贵是一个候补同知,久不得差使,穷苦难堪,他便背城借一,弄了几个钱来走阮忠枢的门路,要求他在袁世凯跟前说一句好话。阮忠枢指点他一条门路,说袁世凯是爱好风流的,若要运动差使,非借重美人不可。段芝贵原天生是拉马的能手,当下打听得北京地方有一个妓女名柳三儿的,长得天仙也似的美丽。段芝贵便借三儿妆阁,请袁世凯宴聚。知道袁世凯身为显宦,不便明目张胆的嫖妓,便乘夜阑人静时候,由阮忠枢引导,三人微服往游。那柳三儿经段芝贵预先说知,当下见了袁世凯,故意眉挑目逗,卖弄风骚;一席华筵,把个袁世凯调弄得神魂颠倒。段芝贵在一旁见此神情,知道袁老头子已深入迷魂阵里,隔了不多几天,便由段芝贵代为赎身,暗地里送进袁府去,算是第四位姨太太。第二天,袁世凯立刻下一道札子,委段芝贵为新军总提调。从此段芝贵和袁世凯交情十分亲密,每日到袁世凯宅子里去伺候起居。有时袁世凯拥着四姨儿,在房中高卧,那段芝贵却鹄立在房门外问安。袁世凯见了段芝贵笑问道:“汝非我子,何必晨昏定省?”段芝贵乘机拜倒在地,口称:“大人栽培恩胜父母,如蒙不弃,愿做义子!”袁世凯却不防他有这样一副手段,眼见他趴在地下,连连磕头,便也不由得心中欢喜起来。从此满京城官员,都知道段芝贵是袁氏义子。如今袁世凯要做皇帝,大家都到这御干儿门下来奔走，便是梁士诒也怕被杨士琦在袁世凯跟前夺了自己的宠去，便去走段芝贵的路。段芝贵立刻替他去对袁世凯说道："梁士诒是中国一位有名的大财神。他能在十天以内，准备四五千万现金，专为帝制之用。"袁世凯听了大喜，立刻委他做财政总长。梁士诒有了这个名义，便向外国秘密借款；又因他兼任交通银行的总裁，便暗令中国、交通两银行滥发纸币，将两行的准备金如数提进京去。又勒令各省人民，行用纸币，钞票不准兑现，还有各处银行中保存着的国民捐救国储金，还有邮政储金，一律挪用做帝制运动之费。令行到各省，各省的银行行长，以及小百姓谁敢说一个不字。独上海中国银行行长宋汉章，却是一个硬汉，他偏偏不服从命令，非但不滥发纸币，反大登广告，招人拿钞票去兑现，一面又将救国储金按户发还。这一来上海中国银行的名誉，却陡然光大起来了。只因宋汉章住在上海租界上，那袁世凯也无可奈何他；但梁士诒四处罗掘，不上十日工夫，果然四五千万现金捏在手中了。从来说的有钱能使鬼推磨，如今梁士诒有了钱，谁不愿去趋奉他？他第一步便花了几十万块钱，组织了一个公民请愿团，拉拢了京城里几个五方杂处的滥官僚，冒充各省公民，上了一份公书劝政府改组君主立宪，又公推袁世凯为大皇帝。第二步便逼令参政院长黎元洪，率领全部参政，上书劝进。那黎元洪自命为革命元首，却如何肯做这苟且的事体？便不由得大怒，立刻上书辞去参政院长及参谋总长的职衔。政事堂批示下来，不准告辞。梁士诒又授计段芝贵回武昌，去与各省将军、民政长会衔拍一通长电到北京，请速变更国体，改为君主，一律拥戴袁世凯为大皇帝。梁士诒又想到假借民意舆论，是很要紧的；他虽在京中改印上海各报，但这终不是长久之计。索兴花上十万块钱，到上海地方独立开设一家亚细亚报馆，专为袁家做机关，天天登着各路劝进的文章。每日封呈一份，送与袁世凯阅开。谁知正在这吃紧的时候，横路里那前任司法总长梁启超，却来了一篇反对帝制的文章，题目叫做《异哉所谓国体问题者》，洋洋万余言，登在上海各大日报上。原来梁启超自从戊戌年变法不成，逃在外洋，那日本南洋汉国一带，都有他的脚迹。他的性质与他师傅康有为不同！康有为虽逃在外国，依旧是死抱住保皇的宗旨，固执不变；梁启超却略圆通一点，他在外国几次与孙中山见面，两人交情日密。又得到他同学韩文举、欧矩甲、张智若、梁子刚一班人从旁怂恿，便有孙、梁两党合并的计划，打算推举孙中山为会长，梁启超为副会长。梁启超到香港去和徐勤、陈少白二人商量两党联合的办法。谁知梁党中有一个麦孟华，在暗中反对甚力；暗暗与康有为通信，说卓如进了行者的圈套。康有为大怒，立刻打发同党叶觉，带了一宗款项，到香港来勒令梁启超回檀香山办理保皇党事。此时梁启超还恋恋不舍孙中山的革命事业，临行的时候还通信给孙中山，说合作到底，至死不渝。又因檀香山是兴中会的根据地，同志当亦不少，便托孙中山写介绍信邀约他的哥哥德彰等帮助启超办事。那时中山之兄德彰，住在茂宜岛，见了梁启超十分敬礼，又介绍华侨富商李昌、郑金、何宽、卓海一班有力的人，又令爱子阿昌拜梁启超为师傅。梁启超便利用华侨知识浅薄，在檀香山成立保皇会，哄骗华侨保皇便是革命，侨商踊跃捐款，只是捐助汉口起事的军饷，银洋在十万元以上。当时便有中山的友人写信通报消息，孙中山才知道被梁启超所卖，急通信责备他失约。但此时梁启超又转赴日本，运动横滨兴中会员一体加入保皇党，为保皇党奔走。消息传来,孙中山不觉大骇,急急赶赴日本,面责梁启超。梁启超把这过失完全推托在康有为身上,又有从此披发入山,不问世事的话。当时有日本人宫崎寅藏在一旁,愿到新加坡去面见康有为,说合两党,劝康梁抛弃保皇主义,联合革命同志。谁知宫崎寅藏才到新加坡,便有一班康有为的同志,谣传说宫崎寅藏是奉李鸿章的密令,来南洋行刺康有为的。康有为急请英国官厅保护,自己却藏躲起来。因此宫崎寅藏到新加坡才得两日,便被警察捉去,监禁起来。孙中山随后也离了日本,到安南地方,得了宫氏被捕的消息,便亲自去访见英国总督,说明谣言的真相,才得将宫崎释放出狱。但从此孙康两党的恶感日深一日,合作的希望,完全断绝。两党各在海外组织报馆,鼓吹自己的主义。那时革命党方面的有香港陈少白主办的《中国报》,檀香山卢信主办的《自由新报》,旧金山刘成禺主办的《大同报》,东京胡汉民、汪精卫、章太炎、朱执信主办的《民报》。保皇党方面的有横滨梁启超主办的《新民业报》,檀香山梁文卿主办的《新中国报》,香港徐勤主办的《商报》,旧金山梁朝杰主办的《文兴报》。两面旗鼓相当,轰轰烈烈,中国人的耳目,都为之一新。内中要算梁启超的《新民业报》办得最出色,因梁启超的笔力雄健,最受中国内地学生界的欢迎。直到民国革命成功,梁启超才从外洋回国来。那时袁世凯初任总统,一切要人帮忙,知道梁启超的笔头十分锋利,又因戊戌那年袁世凯有些对不起康梁的地方,此时见梁启超回国来,便竭力拉拢他,请他当司法总长、财政总长,又是币制总裁,参政院参政。袁世凯心中又恨他,又提防着他,如今自己要做皇帝,便先派杨度去探听梁启超的口气。杨度便在自己家中,办了一桌筵席,邀请梁启超入席。当时只有袁大公子坐陪。他三人浅酎低酌,正默然神往的时候,杨度忽然叹了一口气说道:"中国的时局糟到这个样子,若有一个盖世英雄出来,救了中国四万万生灵,那时任凭他把国体改作共和也好,专制也好,俺杨度只求有一口太平饭吃,便也心满意足了!"说着只把两道眼光望着袁克定。梁启超听了这种口气,看了这样的神色,心中早已雪亮。便勃然作声道:"先生的话,不是这样说的。"

欲知后事如何,且听下回分解。

## 第六十一回　谈国体梁启超发说论　拒封号黎元洪持正义

梁启超正色说道："我的意思中国国体既已改了共和，不宜多所更张。如今局势虽不佳，但只宜在现行国体之下，求政体的改革。国体与政体本是绝不相干的，能行宪法，无论君主共和皆可以强国，若不能行宪法，无论什么政体，都是不行的。如今我只谈政体，不谈国体。政体变迁，乃是国家进化的现象；变更国体，直是革命的行为了！国家遇到革命，好似人身染了疾病一般，任你如何强壮的身体，也经不起几次疾病的纠缠。我如今不反对共和，也不反对君主，只反对革命行为。"他说到这地方，便也起身告辞，把杨度、袁克定二人弄得搔不着痒处。那边梁启超本来正患痢疾，他乘此时机，便留书向袁世凯告了一个月的假，连夜到天津去养病。在病榻旁便写了这一篇国体问题的大文，内中最精要的几句话说道：

今之论者曰：与其共和而专制，孰若君主而立宪？夫立宪与非立宪，则政体之名词也；共和与非共和，则国体之名词也。吾侪平昔持论，只问政体，不问国体；故以为政体诚能立宪，则无论国体为君主为共和，无一而不可也。政体而非立宪，则无论国体为君主为共和，无一而可也。国体与政体，本截然不相蒙，谓欲变更政体，必须以变更国体为手段，天下宁有此理论？而前此论者，谓君主决不能立宪，惟共和始能立宪；今兹论者又谓共和决不能立宪，惟君主始能立宪。吾诚不知其据何种理论，以自完其说也！

吾友徐佛苏当五六年前，尝为我言：谓中国势力不能不革命；革命势不能不共和；共和势不能不亡国。吾至今深味其言，欲求所以祓祣此妖识者而殊若无术也！夫共和国体之难以图存，公等当优能言之失。吾又言君主国体之难以规复者，则又何也？盖君主之为物，原赖历史习俗上一种似魔非魔的观念以保其尊严；此种尊严自能于无形中发生一种效力，直接间接以镇压。此国君主之可贵，其必在此。虽然，尊严者不可亵者也；一度亵焉，而遂将不复能维持。譬如范雕土木偶，名之曰神。舁诸闳殿，供诸华龛，群相礼拜，灵应如响。忽有狂生，拽倒而践踏之，投诸溷牏，经旬无联；虽复舁取以重入殿龛，而其灵则已渺失！自古君主国体之国，其人民之对于君主，恒视为一种神圣，于其地位不敢妄生言思拟议；若经一度共和之后，此种观念，遂如断者之不可复续。试观并世之共和国，其不患苦共和者有几？而遂无一国焉。能有术以脱共和之轭。就中惟法国共和以后，帝政两见，王政一见，然皆不转瞬而覆也。则由共和复返于君主，其难可想也。

梁启超这篇文章，一写写上了四万字。本来他善于写长篇大论的文字的，如今遇到了这样的大题目，现成的材料，他那得不说个畅快。第二天便在天津的《公论报》上发表了出来。这报纸传进北京城里，第一个看见的便是杨度。他把这张报纸缩在袖内，匆匆的来见袁克定。座中有孙毓筠、薛大可、夏寿田、樊增祥一班人。杨度未曾坐定，便高声嚷道："你们看梁卓如他如今也翻过脸来捣乱。"一面打开那报纸来交给大众观看。袁克定将这篇文章一口气读毕，便冷笑一声说道："卓如此次总算是大帮忙了！上一次我们请他吃饭，他说出个只论政体不论国体的滑头话来，我便知道他不赞成我们的事体。其实他和老爷子不对，还是为戊戌那年的私事。到民国手里，给他做司法总长，币制总裁，参政院参政，也算竭力笼络他了，如何他如今还是良心不足，处处和老爷子为难。难道说叫老爷子让位给他不成？"袁克定说着，脸色气得铁青。还是杨度想出一条计策来，叫薛大可亲自出马，到上海去在亚细亚机关报上，多多的做几篇文章反驳他。樊增祥和易鼎顺二人，也在一旁连声说妙。袁克定立刻签了一张二万块钱的支票，交给薛大可带到上海去使用。谁知薛大可反驳梁启超的文章，还没有拟就，那《异哉所谓国体问题者》的文章，早已由中外报纸转辗登载，传遍了全国。那全国反对帝制的空气，忽然更逼紧了一步。上海的亚细亚日报馆里，忽然飞来一粒炸弹，把门窗玻璃打得粉碎。薛大可吓得魂飞天外，莫说做文章，连一个大字也写不出来了。只是终日躲在窑姐儿房中，抽鸦片烟避风头。

在这空气紧张的时候，却有一个热血男儿，忍不住一腔孤愤，跑到天津来拜望他老师梁启超。这人原来是前任云南都督蔡锷，字松坡的。当下他见了老师，便把袁世凯大骂了一场。梁启超问他近日京中有什么事故？蔡锷说道："如今北京局面愈弄愈糟，那自命为革命元勋的黎元洪，却与新皇帝袁世凯结了儿女亲家。眼看着孤鼠跳梁，他也不出来说一句公道话。所有参政院中的参政，国院中的总长，一个个利令智昏，上表称臣。袁世凯深怕旧日民党出来反对，便定出一条自首的办法来：凡昔二次革命列名通缉的，只须亲来北京报到具结自首，那袁政府非但不追究你已往的罪名，反用你做袁家的新官。竟有许多昧尽良心的起码民党，他自己变节自首了还不算，竟投到军政执法处去充当侦探，陷害同党。这军政执法处真是暗无天日的所在，他们请出三个刽子手来：一个是雷震春，一个是江朝宗，一个是吴炳湘。这三个人天天吃人血肉，他们也不捉真正的民党，只拣那北京地方有钱的人捉。那人怕死，自然有上千上万的银钱孝敬上去。这竟是掳人勒赎的勾当。那天下闻名的书呆子章炳麟，如今竟也被他们捉了去监禁起来了，这真是豺狼当道，安问狐狸？俺蔡锷誓不与奸贼共朝暮！"松坡说到这里，目眥尽裂。梁启超见蔡锷竟是一个血性男儿，不觉大喜。他师生二人在密室中商量反抗帝制的计划，蔡松坡说学生在西南各省的旧部甚多，由学生亲自去号召，不难得数十万人。只是云南唐继尧、贵州刘显世、广西陆荣廷、四川陈宧、广东陈炯明，却都是学生昔日同僚。老师如肯劳驾前去劝说，他们无不听命的。梁启超听了蔡锷的话，深以为然，便先打了一个密电给云南都督唐继尧，一面却嘱咐蔡锷速速改装作苦力模样，混出天津，搭船到西南去主持革命军事，自己也不久南下，帮助谋划军事。蔡锷奉了他老师之命，便星夜离了天津，干他的大事去了。

全国人心都在悲愤中异口同声的反对帝制。绝大的风潮快要爆发了，而那风潮的初步,便是上海革命党人秘密联络海军学生陈可钧,在夜深人静的时候一窝蜂拥上肇和兵舰,开足机轮,直驶进黄浦江中来。他的目的,原要夺取上海制造局。那兵舰看看驶近南黄浦的制造局,便轰轰连声得放起大炮来,把制造局中守兵,以及停泊在黄浦江中的各兵舰,一齐惊醒。大家围定了这只兵舰,用炮火猛攻。这肇和原是一只旗舰,船身既小,炮身也小,如何敌得水陆夹攻,早已被四面的炮弹打得七洞七穿,那班革命党人,看看不济事,早已纷纷跳下舢板,四散逃命去。一场战事,顿时烟消火灭。那北京城里的袁世凯,一不做二不休,索性指使杨度一班人,组织大典筹备处,准备袁世凯登基的礼节。袁世凯到了如此地步,还要假借民意,暗地里令杨度、杨士琦、梁士诒一班人,多花银钱,四处运动,组织成各种人民的请愿团,来纷纷递呈子到参政院去请愿袁世凯做皇帝。最大的是公民请愿团,又买通冯麟霈代表北京商会请愿,周金箴代表上海商会请愿,梅宝玑代表教育会请愿,安静生女士代表妇女请愿。此外甚至北京人力车夫,也组织请愿团,沿街的乞丐,也公举代表请愿。妓女花元春,也代表窑姐儿请愿,真是笑话百出,无非是这几个造孽钱在那里作怪。有人说花元春是北京的红倌人,极得袁克定的宠爱,便有人指使她出来出风头,也是讨好大公子的意思。谁知这面人民纷纷请愿,那边外国使臣却纷纷劝告袁世凯,从缓实行帝制。第一次日、英、俄三国公使,一齐到中国外交部衙门,会见外交总长,口称奉本国政府训令,劝告中国政府暂缓变更国体,免起时局纠纷。接着法国公使也来劝告,美国代理公使也来劝告。后来各国公使索性联合起来,提出责问。外交部中人,禀承政府的意志答复公使团道:"中国政府今次改建帝国,全出国民公意,政府为俯顺舆论起见,自应照办。且各省官吏纷纷请愿,并声明力任地方治安,并无变乱之虞。"这几句话真是自己相信自己,大胆老面皮使外人也无可再劝了。

在中华民国四年十二月间,袁世凯竟下一圣旨,承认帝制,又改年号为洪宪二字。又怕第一个革命元勋黎元洪不服,他便立刻下了一道上谕,册封他为武义亲王。全套着大皇帝的口气说道:"光复华夏,肇始武昌,追溯缔造之基,实赖山林之启。所有辛亥首事立功人员勋业伟大,及今弥彰。凡夙昔酬庸之典,允宜加隆。上将黎元洪,建节上游,号召东南,拱护中央,坚苦卓绝,力保大局,百折不回。癸丑赣宁之乱,督师防剿,厥功尤伟。照约法第二十七条,特霈荣施,以昭勋烈。黎元洪着册封武义亲王,带砺山河,与同休戚。槃名茂典,王其敬承。"这一番肉麻相当有趣的话,叫黎元洪如何忍得住?他想我昔日在武汉杀死了革命同志张振武、方维两人,招了许多人的怪;如今进京来和他结作儿女亲家,亦无非是帮他的忙讨他的好,原望他这个终身大总统好好的做去,俺们也得叨他的光,一辈子吃一口安耽饭。谁不知他如今要出这套把戏来,俺身为革命元勋,在一旁不言不语也算对得起亲戚了,他如今竟要到俺头上来了,叫俺如何受得了!黎元洪和他夫人说着这个话,黎夫人却是很有见识的说道:"老袁下这一道圣旨,原是试探试探俺们的态度。如今京中帝制派的气焰很多,在这样的年口,俺们还是快快跳出是非圈,搬到天津去住几天罢。"

欲知后事如何,且听下回分解。

# 第六十二回　灯昏月上将军遇刺　纸醉金迷都督被围

袁世凯见黎元洪不肯受这个封号，知道他不赞成帝制，便暗地里派人去恐吓他。黎夫人也劝他丈夫速速到天津去避祸。黎元洪一向有"菩萨"的称号，因他平素待人，总是善眉善眼的，如今惹得菩萨也动了气。他对人说："生为民国元勋，死也殉送民国，俺偏要住在京城里，看老袁拿我怎么样！"从此他便关上门儿，不问外事，所有宾客，一概不见。袁世凯便也无可奈何他。此时有一位陆军总长段祺瑞，却也是一个硬汉，口口声声说不赞成帝制。袁世凯也曾派雷震春去向他疏通，但总是无效。此时张勋又从徐州打来一个电报，催袁世凯速速宣布帝制，又说愿率十万健儿，恭效驰驱。袁世凯看了这电报，胆子大了一大，便召吴炳湘等入内商议。吴炳湘见了袁世凯，居然拜伏称臣。袁世凯拿段芝贵率各路军人拥戴的电报给他看，又拿张勋的电报给他看。吴炳湘说："现在境内的将帅，谁不是陛下亲自提拔出来的？陛下说怎么，他们岂有个不服从的吗？老实说一句话，如今中国的事，只须一手有枪，一手有钱，还怕什么呢？"袁世凯听了，也不禁点头称是。忽然又眉头一皱，说道："眼前只是这个合肥老呆儿，不容易收服。"吴炳湘慨然说道："怕他怎么？现在他部下的人，都已向着陛下，只留一个光杆儿的段祺瑞，也没有什么用的！"袁世凯道："你的话虽不错，但陆军中总算他一个老前辈。"袁世凯话不曾说完，吴炳湘抢着说道："讲到老前辈，还要数王士珍呢！"袁世凯听了，一拍手说道："对了！我怎么竟忘记了他呢！如今你便找老王去，看他有什么法儿。"

吴炳湘奉命来找王士珍。这王士珍已是皤然一老，在军人中资格，却在段祺瑞以上。但因与袁世凯相处得最久，便也倾向了老袁。这一天吴炳湘见了王士珍，谈起帝制的事体，他便一口赞成。说中国人那里配谈民主，徒然使几个野心的军阀，从中争权图利，还不如早早改了开明专制，国家安静得多呢！吴炳湘便说起要联合北京的陆军上级人员，开一个军事秘密会议，拿武力做新皇帝的后盾。此事独要瞒过老段。王士珍略思索了一回，说道："这事容易。星期日不是大家停止办公的吗？咱们便秘密通知各将军，在星期日就陆军部大客厅开一个拥戴会，大家签上名儿，这件事体便成功了。"吴炳湘受了王士珍的指导，便分头向各人秘密报信去。谁知段祺瑞虽坐在家中，消息却是很灵。陆军部里有一个心腹人员，便打一个电话给总长，说总统召集在京上级军官，在陆军部开秘密会议。段祺瑞听了，不觉大诧，他想，召集上级军官开秘密会议，怎么没有我老段的份儿？又想起近来外面闹的筹备大典，那袁世凯简直要帝制自为，今日开的会，也须与帝制有关。他们见我一向不赞成这事体的，便瞒着我做这种鬼鬼祟祟的勾当。他们愈是要瞒我，我却愈要闹穿它。想着便吩咐卫兵，把陆军上将的制服拿出来穿上，挂上指挥刀，装束得十分威武，坐上车儿，一直赶到陆军部衙门里去。那大门口守卫兵，见总长来了，忙的擎枪致敬。段祺瑞忙摇手不许吹号，悄悄的踅到大客厅里去。一脚跨进屋子,只见黑压压的坐了一屋子人。王老头子正坐在主席的位置上,指手划脚地高谈阔论。身旁一个卫兵,见段祺瑞走进门来,便高喊一声道:“总长到!”屋子里的人,立刻张皇起来,大家一时找不出话来敷衍。段祺瑞装作没事人儿一般,向众人说道:“哎呀!今天是星期,诸君有什么要紧事体,还在这里开会,也未免太劳苦了!”说着哈哈大笑一阵,大家都被他笑得面红耳热,越发说不出话来。究竟是王士珍老练,他便拿了一张张勋劝进的电报,给段祺瑞看,又说大总统为了这电报上的事,委决不下,便面谕老夫在此开一个军事秘密会议。段祺瑞听了王老头子的话,也不看电报,便大声说道:“张疯子他生来是一个扫帚星,一味的乱七八糟,肚子里塞满了茅草,他懂得什么国势民情?各外交这样的棘手,内乱又是那样的繁多,财政万分的窘迫,政治十分的昏暗,正经事还忙不了,他却来要这一套。偏偏我们那位大总统也被他闹糊涂了,好好的共和国怎么又玩儿起帝制来了。难道说那清帝让位的诏书,和大总统就职的誓语,他都忘记了吗?大总统忘记了,俺们便不该忘记,怎的诸位也跟着张疯子一样的疯起来了呢?”段祺瑞说到这里,忽然把脸色一沉,刺的一声,把手中的电报纸扯得粉碎。那班将军见陆军总长动了怒,知道这个会开不成了,便一个个脚底上搽油,溜出大门去。不上一刻钟工夫,屋子里溜得干干净净,独留下王士珍和段祺瑞二人。段祺瑞笑着邀王士珍一同起身,走出大门。各人跨上自己的车儿,分道回家去。这一场秘密大运动,被段祺瑞闹得风流云散。王士珍连夜进总统府去报告段祺瑞扯碎电报闹散会场的情形。袁世凯不觉大怒,梁士诒也在一旁,便向大总统献计说:“这人牛性难驯,若不趁早除去,俺们办事便有许多阻力。”袁世凯点头,忽然眼中露出凶光来说道:“这人交在你身上,三日以内务必弄丢了他,莫再给他在这里碍眼。”梁士诒听了会意,便诺诺连声答应着退出屋子去。

段祺瑞最爱的是下围棋,他自从在陆军部闹散了会场,回到家中,便找一个门客对坐下棋,一心专在棋盘上,所有陆军部秘密会议的事体,一句也不提。这一局棋一直下到上灯,仆人上来请示开饭,他二人方才罢手。饭后段祺瑞踱进书房去,翻开一本棋谱,在灯下细细玩味。忽见门帘一动,接着一条黑影儿蹿进房来。段祺瑞出身营伍,何等机警;他如今和袁世凯作对,他心中岂有不防备之理。他立刻跳起身来,把腰间手枪掏在手中,大声喝道:“什么人?”那站在房外的卫兵,听得了声音,一齐提枪赶来,在屋子里四处搜寻。顿时把个将军府闹得风声鹤唳起来,大家知道府中来了刺客,便由副官长传令把府中内外门严守起来,无论什么人,一概不许放他出入。正在慌乱的时候,忽然砰的一声枪响,从书房中的炕榻下发出来,那一班卫兵忙揭起炕帏来看时,果然炕脚里面横卧着一个大汉,一团烟气绕着那大汉的胸口,还不曾散尽,那鲜血从胸口直流下地来。众人七手八脚,将这刺客拖出来,看他已双目紧闭,说不得话,只是两脚还颤动着。段祺瑞看了心中雪亮,见那刺客已不中用了,便喝令众人不许胡说,立刻去拿一口大号皮箱来把这刺客的尸身团塞在皮箱中,趁夜静更深的时候,由两个卫兵抬出去,拣那城墙脚下的荒地上掩埋了。这里便有许多至亲好友,前来劝老段请假到天津去,说养病,暂时避避风头。此时雷震春一班混世魔王,受了上峰的密令,在京城地方,无日不杀党人。也有用暗杀的,也有派军警捉去明令枪毙的。被杀的究竟是否真正民党,也没有人敢去追问他。总之,袁世凯的意思是要多杀几个党人,吓吓那班民党伟人,使他们害怕,从此不敢反对。他不但是在北京地方秘密杀人,便是各省的将军,得了政府的密令,也大胆的杀人。那一班胆小的,被他杀得万分惊惶,便一齐去投诚的投诚,请求特赦的请求特赦。此中有一个金发哥,他自从绍兴都督退任下来,腰包里很有几个钱,来到上海买地皮造洋房坐汽车抱小老婆,大做其富家翁。谁知他招摇得太厉害,便有一班旧日穷苦同志,前来包围他,一开口无非借钱。金发哥被这班穷朋友纠缠得头昏脑涨,后来告帮的人愈来愈多,金发哥便带了他姨太太,向日本一溜。谁知不到日本犹可,一到日本,真是越发的不得开交。原来那班民党伟人,自从二次革命失败以后,因为贪图近便起见,大都是逃在日本。他们在日本闲游浪荡,日子久了个个都穷得成了精。如今见这位面团团富家翁的金发哥也到日本来,来得个正好。大家好似蚂蚁扛鲞头一般的,立刻将他包围起来。金发哥见不是路,便急转车逃回中国。这时他身旁有一个姓谢的军师,又有一个姓姚的参谋,两人去替他走门路,花了十万块钱到北京,去办到了一个特赦。从此金发哥是投诚北方的人了,可以毫无顾忌的在各处自由自在的游玩。所有旧日同志,因他是和政府来往的人,便也怕去找寻他。这金发哥便带了他如夫人和参谋军师,遨游北京,又游览南京。所到之处,都与地方长官交往。那各省将军,见他有钱,便也乐与他周旋。到了此时,金发哥心中毫无顾忌了,因久不到杭州地方,心中渴念西湖的风景。他从前在贫苦的时候,偶然走过西湖旁富家别墅,远望水木明瑟,楼台掩映,心中万分艳羡;如今自己也是一个富家翁了,极应该去尝尝这个味儿。他听了姚秘书的劝,便特意从上海带了一辆大号汽车,在西湖堤岸上往来驰驱。杭州人初次见汽车的面,便引动得人山人海,围在湖堤上看热闹。金发哥高坐车厢,顾盼自豪,不久他便在西湖北岸买得了一座大宅院,花柳扶疏,回廊曲折。金发哥和他心爱的花宝宝,迁住在里面,真是不啻神仙眷属。每到夕阳西下,他便驾着汽车,在湖堤上往来驰骤。谁知天下的事往往乐极生悲,这一天靠晚时候,金发哥正在湖岸上指导他如夫人驾驶汽车,忽一匹快马,从后面疾驰而至,马上跳下一个军官装束的人来,向金发哥举手行礼。金发哥举目看时,认识是浙江将军府的副官长,便问他何事。那副官长随手递上一张将军朱介人的名片来,说将军有要事奉商,务必请王大人立刻枉驾。金发哥原是生成鲁莽的性格,他毫不思索,立刻随着来人赶到将军府里。那朱将军昔日金发哥到杭州的时候,也曾设席替他接过风。如今相见,依旧是十分客气,请他直到内客厅去坐谈。朱将军举目示意,令屋子里的仆人,一齐退出,又掩上房门,然后从衣袋里掏出一封信来。信面上写明托朱将军转交金发哥收启。那发信人的地址,写着上海两字。金发到此时还不觉悟。他当着朱将军的面,立刻把信拆开来一看,不觉呆了。原来信上写着聊聊几句道:所议之事,从速进行。朱将军在一旁看了,立刻把脸色沉下来。

欲知后事如何,且听下回分解。

## 第六十三回　**西子湖边金发送命　镇南关外任公逃生**

王金发到此时，方才心中有些觉得。他又把那来信细细的一看，说道："这明明是陈老二的笔迹。他在日本，向我借五万块钱，不曾借得，因此衔恨在心，故意写这无头信来陷害我，将军如不信，尽可派人调查。我如今既已投诚，决不敢再有秘密行为。如查得有丝毫不是，便请将军立刻拿我去枪毙！"那朱将军总是板起了一张铁面，不说一句话。金发哥心中不由得惶急起来，便又加上一句道："将军若还不放心，我今天便住在将军衙门里，待将军调查得清楚，再放我出去未迟。"那朱将军听了，微微点了一点头。一手按着电铃，便进来了两个卫兵。朱将军吩咐："护送王都督到俞旅长房中去谈谈。"说着，向金发哥一点头，退入后面去了。这里金发哥由两个卫兵押送到俞旅长房中去。这俞旅长原是金发哥的旧部，如今充当混成旅长。当时见的金发哥，便竭力招待，将自己的房间，让与金发哥起坐。金发哥说起那封无头信，不觉气虎虎的，俞旅长又竭力劝解，说不久便可水落石出的。第二天，花宝宝亲自到将军府中来探望，又亲手制了几色菜送来。谁知金发哥在衙门里甚是舒服，每天吃着筵席，还有许多人陪着他说笑。金发哥久坐便觉气闷，要出去散散心。由俞旅长陪着他，依旧坐着汽车，在湖岸上往来游玩，晚间入戏院听戏，甚是自由。只不过来去有四个卫兵在后而跟着。金发哥是性情爽直的人，但自以谓居心坦白，所以住在衙门里，一般的有说有笑。这样的过了十多天，每天闲暇的时候，由俞旅长陪着他下一局棋散散闷。下棋，是金发哥最欢喜的事体，所以每坐在棋盘边，便聚精会神的去对付他。这一天，一局棋才罢，回过头去，忽见身后站着四个卫兵，个个手执快枪，内中有一个卫兵，送上一副洋手铐来，冷冷的说道："请王都督带上这个！"金发哥看了，不觉大骇，回首看那俞旅长时，已忍不住流下泪来。金发哥也不禁大哭，便将后事托付这俞旅长又将右手指上套着的一只巨大钻环除下来，交与俞旅长，说道："我二人结交多年，如今又烦你替我料理后事；没有什么送你的，请你将这指环收下了做个纪念罢！"那俞旅长泪流如雨，沿着他颔下的长须，淋漓湿透衣襟，只是摇手呜咽着说道："我们一场交好，如今见都督如此下场，无力挽救，心中已是万分难受，如何再有心受都督的好处，这指环我是万万不敢受的，至于都督身后之事，尽请都督放心。"金发哥叮嘱俞旅长不少的话，后面卫兵催着快走。金发哥把一只指环向口中一送，一咽嘟咽下肚子里去了。俞旅长上去，扶着金发哥走出房来，由一队兵士押着，走出大门，坐上他自己的汽车，直驶到陆军监狱门口下车。走到大院子里，兵士们动手，将他反绑在一株大梧桐树下面。金发哥此时闭目垂头，任他们摆布去。忽听得有一声惨呼道："都督冤枉啊！"不由得金发哥睁目四望，只见他对面一株梧桐树上，也绑着一个人。这人便是他带到杭州来的姚秘书，被捕囚禁在陆军监狱里，已有二十多天了。如今朱将军下命令将金发哥执行枪决，兵士们也将他从监狱里提出来，绑在院子里，这姚秘书身体本来是十分瘦弱的，如今在监狱中，受尽苦楚，早已弄得奄奄垂毙。见兵士将他身体绑在树上,知道自己性命不保,他只喊了一声冤枉,便已晕厥过去了。待到悠悠醒来,那金发哥已打死在树上,一件绸长衫,当胸一个大窟隆,鲜血潺潺不住的流着。兵士上去,将姚秘书解放下来,依旧押入监狱里去。后来听说几经拷打,迫问他金发哥的财产数目和收藏的地方。这姚秘书实在说不出来,那人已经被打得遍体鳞伤,和鬼一般的了。最后,还是逃不了一枪,结果了性命。

这时,袁政府暗地里指使忠顺他的各省将军,在四处杀人。他最注意的是民党,这里面不知道有多少人被他冤枉杀死的。便是梁启超在北方,也存身不住了,便只身乔装,从天津偷渡到上海。此时冯国璋在南京,得了袁氏称帝的消息,又知梁启超已南下,便特派代表将梁启超邀到南京去,商量阻止袁氏的举动,冯国璋不信袁世凯有如此荒谬的举动,便主张入京去面劝,邀梁启超同往北京。梁启超此次有冯国璋保护,便大胆再进京去,两人同谒大总统。谁知袁世凯见了他两人,便极口否认有称帝的事体。又说:“我受清帝及民国国民托付之重,誓语俱在,岂容反汗?”冯梁二人,见袁世凯如此说了,便也不好再说什么。谁知当晚便有人到客店中去找梁启超说,奉大总统之命,愿送他二十万元,从此不许再反对帝制。梁启超不禁勃然大怒,说道:“大总统倘没有帝制行为,我便是要反对也无从反对起;若果有帝制的事体,即买得我梁某一人的口,怕也买不得四万万人的口!”那人听了梁启超的话,也把脸色一沉,说道:“梁先生可曾忘了海外亡命的滋味么?”说着又冷笑了几声。梁启超却也不弱,便抗声说道:“俺梁某确是十余年的老亡命家了,便是大总统不容我住在中国,再去做一次亡命客,也很愿意的!”那人无话可说,便拂袖而去。梁启超知道不可久留,便又微服出京,在天津寓中,召集紧急会议。在座的有前云南都督蔡锷,四川省长戴戡,及重要同志十数人。当由梁启超定计,先密电云南唐继尧,贵州刘显世,广西陆荣廷,约期起事;令蔡锷间道入云南,宣布独立。一月后贵州独立,二月后广西独立,用云贵兵力下四川,用广西兵力下广东。这是当时预定的计划。蔡锷十三岁时候,即拜梁启超为师,生平最敬重梁启超一人,所以梁启超说的话,他无不服从。当夜在梁启超家中,扮作苦力模样,和梁家仆人,混在一起,偷上轮船;到十二月二十六日,蔡锷在云南宣布独立,与在四川的北兵,日夜血战,死伤甚多。一面由唐继尧领衔通电,痛斥袁氏左右。电文大略说道:

全国人民,腐心切齿,皆谓变更国体之原动力,实发自京师;其首祸之人,皆大总统之股肱心脉。盖杨度等所倡之筹安会,煽动于前;而段芝贵等所发各省之通电,促成于后。大总统知而不罪,民惑实滋。查三年申令,有云:民主共和,载在约法,邪说惑众,厥有常刑;自后如有造作谰言,紊乱国宪,即照内乱罪从严惩办等语。杨度等之公然集会,朱启钤等之秘密电商,皆为内乱重要罪犯,证据凿然;应请大总统查照前项申令,立将杨度、孙毓筠、严复、刘师培、李燮和、胡瑛、段芝贵、朱启钤、周自齐、梁士诒、张镇芳、袁乃宽、顾鳌等,明正典刑,以谢天下。此间军民痛愤久积,非得有中央永除帝制之实据,万难镇劝。以上所请,乞于二十五日上午十点钟以前赐答。

这一道通电，简直是向袁世凯下的战书。同时广西陆荣廷也通电响应，所有大军，尽向广东边境开拔。一方面派人到上海去邀请梁启超到桂林去主持军机。此时广东将军龙济光是袁世凯的爪牙，梁启超欲赴广西，势必欲通过广东，路上十分危险，便变计由安南入广西。但梁启超此行，是十分秘密的，既不能向官厅请护照，而安南铁路，搜查甚严，没有护照的，不放通过。梁启超此时不得不用偷渡之法，假装作工人模样；又怕袁世凯的侦探觉察，便沿路换船，共换了十几条船，才到得海防地方。此海防沿铁路一带地方，军队密布，侦探四出，那广东将军龙济光，已得了袁世凯的密电，令他搜捕梁启超。梁启超躲在海防地方的下等客店中，真有风声鹤唳、草木皆兵之势；便与同伴商议，决计步行从间道进镇南关。沿途经过荒山恶水，昼伏夜行，共走了十多日，把个梁启超累得狼狈不堪。勉强走到南宁地方，已是广西地界。陆荣廷派有军队，前来将梁启超迎进行营去，彼此欢然，商议攻取广东之策。由梁启超修一通书，寄予广东将军龙济光，动以大义，劝他共起义师；一方面由陆荣廷调动五万大军，直压广东边界。那龙济光恐慌起来，便也通电宣布独立；一面派人来广西，邀请独立各省要人，到广东去开军事会议。陆荣廷与梁启超商议，众人说："龙济光是著名袁家的心腹，此次独立，怕其中有诈，我们不可赴会。"梁启超说："不可失信于人。"欲亲自赴会，后经再三磋商，便派代表汤觉顿和民军正司令徐勤，乘坐宝璧军舰来广东。四月十四日，在海珠岛水上警察衙门中开会。在广西方面，除徐汤二人外，有谭学夔、王广龄等人；在广东方面，有粤军统领颜启汉、贺文彪、潘斯凯、蔡春华，商团领袖岑伯著一班人。待商议到民军改编的问题，各人意见不同，争论甚是激烈；那屋中的卫队，竟开枪轰击广西代表。可怜汤觉顿、谭学夔二人，当场倒地而死；王广龄、吕仲明二人，腹中受了枪弹，匍匐出屋，死在门外。徐勤幸而眼明足快，趁扰乱的时候，急步逃脱了虎口，回至广西，报告情形。陆荣廷十分动怒，立命魏邦平率领军舰，进逼广东。梁启超一面劝广西军队暂驻肇庆，一面单身入广东来见龙济光，晓以大义。龙济光十分感动，便联合省长张鸣岐，正式宣布，不承认袁世凯为皇帝，并不承认为总统的电报，两广才同心合作。此时云贵两省军队，正与北军交战，十分吃紧。陆荣廷除留一部分军队驻扎在肇庆监督广东以外，便亲统大军，直攻湖南。一面由梁启超起草，组织一军务院，以唐继尧、刘显世、陆荣廷、龙济光、梁启超、蔡锷、李烈钧、陈炳焜、任可澄、戴戡十人为委员，唐继尧为委员长，岑春煊为副委员长。一面由军务院电黎元洪，公认黎公为中华民国合法大总统，一面电告北京各国公使，请公使就近保护黎元洪的生命。

欲知后事如何，且听下回分解。

# 第六十四回　弹药横飞郑汝成遭惨击　金壶远掷袁世凯受虚惊

西南各省正在风起云涌,纷纷宣布独立的时候,忽然上海又出了一件重大的暗杀案件,那被杀的正是赫赫有名的郑汝成将军。这郑汝成原是一个大将之才,他一生忠心于袁世凯。二次革命的时候,全仗他独力镇守上海,打退陈英士,长江一带,总得转危为安。在袁世凯眼中,自然拿个郑汝成看得是第一个功臣;但在革命党方面,却看得他是第一个罪人。处心积虑,切齿痛心,非将他打死不可。此次袁世凯称帝,第一个受恩典的除黎元洪册封王爵以外,便算是郑汝成,他不但受封做上将,而且又加封侯爵。郑汝成受了这样的知遇,如何不替他主人出死力呢?因此在上海地方,搜捕革命党人,更是严紧。从来说的明枪易躲,暗箭难防。民国四年十一月十日是日本大正皇帝登位的正日,在上海的中国长官,纷纷到日本领事馆去道贺。这郑汝成是上海唯一的长官,正可借此机会在外国人跟前夸示他的上将服装和侯爵勋章,他全副披挂,高坐在一辆华美的汽车上。车旁站立着卫兵,手擎短枪,十分威武,风驰电掣似的沿黄浦江岸驶来。看看驶到外白渡桥上,因车马拥挤,便将车轮放缓一点。谁知便在这时候,左面飞也似的奔来一大汉,手擎木壳枪,一跃登车,向车中乱放。第一弹打中那卫兵,第二弹打中了车夫,那车辆便停了下来。郑汝成正欲向右面车门逃去,这时右面又奔来一个大汉,那枪珠像急雨似的向郑将军当胸打来。人是血肉之躯,如何抵抗得两支木壳枪?双枪齐下,早已将郑汝成的身体打成三四十个透明窟窿。那一缕鲜血,直从车上流在桥板上。将军的一缕魂儿,早已离了躯壳,飞向天空去了!此时桥上往来的行人以及车马,都四散惊避,谁也不敢去捉那凶手。郑汝成身旁坐着一个副官长,也饮弹倒毙。在车一汽车人,都被他打死了,那两个凶手才相视一笑,从容下车,分向桥堍两面走去。那马路上的中西巡捕,到此时方吹起警笛来,立刻聚集了二三十个红头黑炭,向这两个凶手包围拢来。凶手究竟只有两个人,如何能敌得这大群巡捕;况且凶手此时早已把手枪中的子弹放尽,而那班巡捕却个个擎着手枪口对着他二人的胸口。这两个凶手只得束手就捕,送到会审公堂去。这两个凶手不待官员审问,自认是替人民泄愤,自动的来刺死郑汝成的。又自己说一个名王明山,一个名王晓峰,极简单的把这几句话供说明白,以后便不肯多说一字。承审官再三盘问,他二人总是不发一言。会审官也无法可想,将这两个凶犯引渡交给上海审判衙门,审问明白,立刻绑赴高昌庙,在镇守使衙门口执行枪决。一面袁世凯发下抚恤令来,给治丧费二万元,赐祭田三千亩,又准他子孙世袭侯爵。

袁世凯生成牛性,他愈见有人反对他,却愈要把事体做出来。自从郑汝成被人暗杀以后,袁世凯却积极进行帝制的事体。那大典筹备,也连夜赶制龙袍龙椅,预定民国五年一月一日宣布"洪宪"帝号。所以民国四年十月十日的国庆,停止朝贺。这事体莫说袁世凯心中欢喜,便府中的十六位如夫人,十五位公子,十四位女公子,也没有一个不把颈子伸得和鹅颈儿一般长,盼望这民国五年一月一日的来到。你道为什么?原来这大典筹备处,是专制造皇帝的衣服器用,这是秘密的事,所有支出的费用,不能公开向财部报销的。到底那二姨太太黄氏、三姨太太何氏聪明高人一等,她首先发起组织一个家庭合股公司,所有如夫人男女公子每人将私蓄拨出一万两银子来,共四十五人,凑成四十五万两银子的大典资本,交大典筹备处支用,专替袁世凯绣龙袍龙垫之用。袁世凯这时有梁士诒帮着他在国中搜刮金钱,动辄千万,原不愁没有钱用,只因看在姨太太儿女们一点孝心分上,便收了她们的股款。又答应她们待登极以后,各人都有优先权利。因此合家儿女,都眼睁睁的盼望着。此时忙煞了大典筹备处处长袁乃宽,这袁乃宽本与袁世凯同姓不同宗的,只因他拍马屁的手段高强,中了袁世凯的意,认他做了一位侄少爷。从此他和总统有了叔侄之分,便大着胆在府中出入。仗着他言语柔媚,举动漂亮,又中了府中二姨太太和三姨太太的意。他在暗地里又送了十万,孝敬两位如夫人,替他在枕边保举得了这处长的优缺。他任事以后,第一件要事是绣制皇帝皇后龙袍象服。北京地面的绸缎绣货庄,谁人不知道第一家是山东人开设的瑞蚨祥。那瑞蚨祥老板便又竭力向袁乃宽运动承绣龙袍象服。袁氏以火德旺,所以龙袍用红色,上用赤金线盘绣衮龙,遍身缀着明珠,领袖嵌入金刚钻。又制平天冠一顶,四周垂旒,每旒用东珠串成冠,簷上又缀着统大珍珠。只是这一套衣冠,代价已在六十万元以上。此外衣履屏壁,竟达一百五十万元以上。这家绣庄,却也是资本雄厚的,它收了袁乃宽五十万元定洋,其余订定合同,须候皇帝登极才能将账目结清。不上两个月,已将龙袍制成了,袁乃宽亲自捧着衣袍,送进府去。袁世凯看了大喜。那十六位如夫人,又团团围住了看那龙袍闪出奇光来,耀得众人眼花。如夫人又七嘴八舌的撺哄着请新皇帝试新衣,袁世凯也是一时高兴,便将龙袍加在身上。好在龙椅已制成多日了,便命人将龙椅抬出来,安在屋子正中,由二姨太、七姨太扶着坐上龙椅去。这十六位如夫人花枝招展似的,拜伏在地,娇声喊道:"臣妾十六人见驾,愿吾皇万岁万岁万万岁!"袁世凯看了,不觉哈哈大笑。在一阵欢笑声中,袁世凯不觉烟瘾发了,七姨太太忙上去扶下龙椅来,回房去过这八口鸦片烟瘾。这七姨太太原是袁世凯最得意的爱妾,每天早八口、中午八口、晚八口共二十四口鸦片烟,都是在七姨太太房中抽的。这七姨太太的房间,乃是坐南朝北,和大太太于氏夫人的卧房恰好只隔了一堵墙,中间又通着四扇玻璃窗儿。他两老夫妻有时隔窗谈着家务,两房宛如一室。袁世凯虽多内宠,但他看待于夫人,却甚是尊敬:一来是为的数十年患难夫妻;二来袁世凯一生所作所为,一本清账,全在于夫人肚子里,深怕触恼了于夫人,发起脾气来把他旧事重提,于新皇帝脸上不大好看。因此凡事忍让一点。因此于氏夫人在府中安富尊荣,平日除邀集几个老亲戚看几副纸牌以外,便是考究吃两样精致的菜蔬。袁世凯自从做了大总统以后,便按天给她十两纹银烧菜吃。于夫人自己年老失宠了,却最不爱看那班如夫人装妖作怪的样子,见是有不入眼的,她便要拍桌大骂。便是袁世凯照例每天也要到大太太房中去坐一回,若失了这个礼节,于氏却不依的。这一天袁世凯被众姬妾缠住了试新袍新椅,接着又到七姨太太房中去过烟瘾,竟把到于氏房中去的过节儿忘了。这于氏太太亲手炖下一只人参肘子,准备袁世凯到房中来时,两老夫妻下酒吃的。谁知眼巴巴的望了一天,却不见袁世凯进来。忽然听得隔房有袁世凯和七姨太太嘻笑之声，于氏心中老大的不自在。这一天合该有气淘，不知怎样，那只人参肘子不小心，已炖焦了。于氏夫人正气无可出的时候，见眼前一柄金质酒壶，她顺手抓起来，对准了玻璃窗，向隔房扔了过去，随口高声骂道："你这个老东西，白天也想登大宝，夜晚也想坐龙位，整天被那群小骚抓迷昏了，到如今还没穿上龙袍，便不要老婆了！倘然你真坐上金銮殿，还不要祖宗儿孙呢！"袁世凯横在榻上，手捧烟枪，正呛正呛的吸得出神，忽听得啷啷啷一声，一样金晃晃的东西隔着玻璃窗飞来，直落在袁世凯脚下。袁世凯直从榻上跳起来，低头细看时，认得是于夫人平日常用的一柄金质酒壶。耳中听得于夫人在隔室带哭带骂，一回儿嚷道："你们快些叫克定来，送我回彰德去，我也没有福气做什么皇娘，什么皇后！"骂得这个平日气焰万丈的袁世凯，静静的躺在榻上，一句也不敢作声。倒是府中众姨太太，赶进于氏房中，去横劝竖说，把于氏的气劝平来。袁世凯趁此时机，一溜烟走到外面书房中去。此时已有梁士诒、江朝宗二人候在室中。原来这两人是袁世凯派人去唤来的，当时袁世凯将他二人一邀，邀进了密室中，要把逼迫清室撤去帝号让出内宫的意思说了。梁江二人自然唯唯听命，当即充当新皇帝的代表，赶到清宫去。这清宫自从隆裕皇太后去世以后，所有内事，统由瑾、瑜二位太妃主持，外事统由世续、奕劻、载沣三人办理。宣统皇帝年纪还小，虽说有陆润庠、伊克坦汉满二位师傅教读，但宣统却一点不爱读书，终日和小太监宫女们鬼混。有时踢踢毽子，有时滚滚皮球，他懂得什么国家大事，天下大势。如今忽然跑来梁士诒、江朝宗二人，找世续讲话，说明要宣统让号让宫的事体。世续听了，知道关系太大，不敢擅自答复，便去把庆王奕劻请来。奕劻年纪已大，听了梁江二人的话，不觉大怒。当下依据优待条件，一口拒绝；又把袁世凯痛骂一番，说他是忘恩负义之徒。江朝宗也是一个烈性人，听庆王骂他的主子，便也忍不住破口对骂起来，甚至揎拳掳掌的要对打起来。幸得一面世续一面梁士诒上去，劝住奕劻，说这让号大事，须得禀命太妃召集皇族会议，再行决定，急切不能答复。梁江二人退出宫来，把情形回报袁世凯。袁世凯便得了一个主意，派人去逼着清室上一道劝进表文，宣统自己称臣。袁世凯得了这表文，欢喜得什么似的。接着，杨度进来报说各省的国民代表已到有一千九百九十三人，可以开得国民代表大会，议决国体了。原来袁世凯到此时还要假借民意；密令各省将军、巡按使，制造民意，搜寻了这一千九百余个代表，由财政部拨旅费送代表到北京，由朱启钤、周自齐一班人主持其事。京城里面设了招待所，供给十分丰盛。到了十二月十一日，在参政院中开会，各参政员也一律到场，独有院长黎元洪未到。院外军警排列得密密层层，暗地里监督代表的行动。会场中间设着两个大柜：左柜上写着"君主"二字，右柜上写着"民主"二字。各代表预先有人去接洽过的，到此时大家会意。

欲知后事如何，且听下回分解。

## 第六十五回 群雌粥粥戏呼万岁 新臣济济试锡五封

当时开出君主的柜来,一纸也不少,一千九百九十三人,投了一千九百九十三票。大众不觉高呼了三声帝国万岁。第二次投票,又选举袁世凯为中华帝国皇帝,全场一致同意。于是大众又高呼三声袁皇帝万岁。立刻由参政院秘书起草,写就推戴表文,内有"国民代表等谨以国民公意,恭戴今大总统袁世凯为中华帝国皇帝;并以国家最上完全主权,奉之于皇帝,承天建极,传之万世"一番话。由内务总长朱启钤送进府去。那袁世凯看了表文,还要装腔做势,下一道申令,谦让不遑。国民代表另行推戴,所有推戴表文,照例发还。国民代表又上第二次推戴书,袁世凯便也老实不客气,收留下了。这一千九百多个代表,大家心想此次进京佐成帝业,便算不封侯拜相,也可望一官半职,心中十分快乐。天天在八大胡同中,狎妓饮酒,流连不舍。谁知晴天中起了一个霹雳,政府命令下来着各代表速归故里,仍安本业。可怜这班代表到京将近二十天,所有川资,都买得妓女的笑,还欠了一屁股的债,叫他如何立得起身?大家便去包围杨度、孙毓筠一班人,由杨度做好做歹,每人发给一百元程仪,打发各代表出京。

袁世凯准备做皇帝,他最不满意的是宫内用太监。平日和梁士诒谈论,说太监流弊太多,不如改用女官。梁士诒听在肚子里,出来和杨度商量。杨度却认识一个安女士名静生的,长得容颜绝世,擅长口令。她曾经当过女学校的校长,在北京地方是有名的一朵交际之花。她所交往的女伴甚多,杨度便去运动安女士先组织了一个女国民请愿团,拥戴袁世凯为皇帝。团中有花枝招展的妇女四百多人,袁世凯便命在这班妇女中挑选一百二十人,入府为女官,却附有条件八项:第一条,须身家清白品行纯正;第二条,是年须在十四岁以上二十五岁以下;第三条,须略具姿色,体质健全,没有暗疾的;第四条,是须未出室及未受聘之闺女,或孀妇未经生育的;第五条,须无烟酒赌博等嗜好的;第六条,女官长月俸定四百元,公费百元,女官分一、二、三、四等,一等月俸二百元,二等一百五十元,三等一百元,四等六十元;第七条,三年后即开放出宫,其有愿留者听便;第八条,三年期满后,由女官长奏请皇上择尤优奖。这个条件颁布出去,所有四方有几分姿色的年轻妇女,争先恐后的来报名。安女士从中取利,每人收报名银洋十元,合格当选以后,每人还要缴保证银一百元。便是这一笔费,安女士也可以坐收一二万的利益。每月领下的女官俸,安女士又照八五折分发,此款也不在少数。但安女士平日趋承诸位皇妃意旨,暗地里孝敬,每月也要耗去数百两银子。因此各位皇妃,都在袁世凯跟前替安女士说好话。安女士又仗着自己的绝世容颜,常向袁世凯献殷勤,因此这位女官长,又大大的得宠起来。袁世凯在私地里又不知暗贴了多少好处。看看到了中华民国四年的大除夕了,此时满京城的官员,都已准备明日恭贺袁世凯登极,做新朝臣子了。前一日总统府中发下改元的申令来,说据大典筹备处奏请建元,着以民国五年改为洪宪元年。这时不独那班攀龙附凤的官员欢喜,便是袁氏一门,也准备做皇后、皇妃、皇子、皇女。大除夕的晚上，府中大开筵宴，除袁世凯老夫妇率同十六位姬妾列坐外，所有长子克定、次子克文、三子克良、四子克端、五子克权、六子克桓、七子克齐、八子克轸、九子克玖、十子克坚、十一子克安、十二子克度、十三子克相、十四子克捷、十五子克和；又有长女淑贤，次女淑顺、三女淑婉、四女淑贞、五女淑芳，六女淑兰、七女淑缇、八女椒瑾、九女淑珍、十女淑梅、十一女淑芸、十二女淑玲、十三女椒英、十四女淑萱，共子女二十九人，加上克定克文之子家融等七人，团团的坐了六桌，拥满了一屋子。趁此时机，我再把各姬妾的出身约略叙述一遍：长妾闵氏，人人知是朝鲜人，原为朝鲜王妃闵氏所赠，自称是王妃的女弟，其实是闵家的养女。原姓金，小名碧蝉，生有一子克文，一女淑贤。克文好文章，淑贤亦能诗工画，嫁与张氏为媳。次妾黄氏，原是袁世凯家乡豆腐店中黄姓之女，因皮肤生得白净，绰号小白菜。袁世凯出入家门，见小白菜貌美可爱，便纳作第二位如夫人。生一子克良。第三妾何氏，原是苏人之女，小名阿桂，由阿桂之父赠与袁世凯，纳为小星。生二子：克端、克齐，一女淑顺。女嫁与沈家，早寡，长住母家。第四妾柳氏，小名三儿，原是天津韩家班的名妓。生一子克桓，一女淑贞，已许字与杨家。第五妾红红，也是平康出身，袁世凯在山东巡抚任上，因红红与仆人私通，被袁世凯用计杀死。第六妾洪氏，便是洪述祖的妹妹，最有计谋。袁世凯凡事信托她，生子克权。第七妾范氏，是袁世凯乳母的女儿。他两人自幼儿便好上了，此时正式纳作如夫人，小名凤儿。第八妾叶氏，妾父叶巽，原籍杨州人氏。因叶巽在河南候补，客死家中，贫苦不堪，将女儿卖与河南绅士家充当婢女，又由绅士转送袁世凯为妾。生二子克轸、克玖，克玖与黎元洪女结为夫妇，一女淑兰，当时传说淑兰许字与宣统皇帝。第九妾名贵儿，原是盛姓碑女，扬州人。第十妾大尹氏，第十一妾小尹氏，她姊妹二人，原是第六妾房中的使女，被袁世凯爱上了，高升作如夫人。第十二妾汪氏，原是船家之女，与袁世凯是同乡。袁世凯雇坐她家的船只，便看中了这汪氏，拿一千元钱买去作妾。第十三妾周氏，原是杭州名妓，名忆秦楼。能吟诗写字。第十四妾虞氏，本是府中侍女，袁世凯无意中和她玩弄上手，便也列入姬妾中。第十五妾洪氏，是第六妾洪氏的侄女，小名翠媛，生成娇憨天性，常到府中来探望姑母，袁世凯见她娇小可爱，便用工夫勾引上手了。此外还有新纳的二妾，却不详她们的生平。

袁世凯正中坐下，众姬妾四面围绕，脂香粉腻，看了已是快乐，想起明日是登极的吉期，心中更是欢喜。从来说的酒落欢肠倍觉开怀，那姬妾们轮流劝着酒，耳中一声声万岁，娇声娇气的唤着，袁世凯如何不开怀畅饮？早不觉喝得酩酊大醉，由六姨儿扶着进房去睡下。袁世凯一枕黄粱，直睡到五更向尽，还未醒来，独一旁急坏了那位洪姨儿，她看看是时候了，便与侍女们上去把袁世凯从被窝中扶起，替他穿上龙袍套上龙靴。一面命侍卫们抬进那座三十六人掮的龙舆来，把袁世凯扶上了龙舆。袁世凯醉眼矇眬的坐在龙舆中，一刻儿到了居仁堂，睁眼一看，见堂上灯烛辉煌，龙案、龙椅，鲜明耀眼，才觉精神清醒过来。再向四下里瞧时，只见两旁自国务卿以下，都一字儿排班鹄立着。袁世凯下舆来，回头一看见，那御侄袁乃宽手捧帝冕，随在身后。袁世凯脸上觉得有点不好意思，便笑对袁乃宽说道："你们在这里演什么把戏？"袁乃宽却正色答道："今日扶万岁登基，原是全国人民的公意，臣等不敢演把戏。"接着便听得两旁的官员，高呼皇帝万岁。袁世凯便在这欢呼声中坐上龙椅去，袁乃宽恭恭敬敬的上去，替袁世凯加上皇冕。袁世凯此时也不觉把脸色涨得通红，幸得面上有冕旒垂着，可以遮得一时之羞。接着便是大小臣工排班朝贺，行三跪九叩首全礼，口中高呼吾皇万岁。袁世凯坐在高高的龙位上，身体虚飘飘的有点坐立不安起来，好不容易挨着待众官员拜贺毕，袁世凯向大众说了几句套话，急急离开座儿退下殿来。所有六君子十三太保，簇拥着回到新华宫新宫中来。此时诸皇妃已一律迁至新宫，个个打扮得花枝招展，前来拜贺，又是一阵子欢呼鼓舞。袁世凯究竟心中抱愧，便躲进六姨儿房中去，躺在榻上过瘾去了。

第二天上谕下来，册立于氏为皇后，众姬妾为妃嫔。于氏夫人却辞谢不受。接着纶音迭布，第一个封黎元洪为武义亲王。黎元洪再三辞射，却申令不许。任冯国璋为参谋总长，调入京都。册封徐世昌、赵尔巽、李经羲、张謇为嵩山四友，颁给嵩山照片各一张，均勿称臣。龙济光、张勋、冯国璋、姜桂题、段芝贵、倪嗣冲为一等公；汤芗铭、李纯、朱瑞、陆荣廷、赵倜、陈宧、唐继尧、阎锡山、王占元为一等侯；张锡銮、朱家宝、张鸣岐、田文烈、靳云鹏、杨增新、陆建章、孟思远、屈映光、齐耀琳、曹锟、杨善德为一等伯；朱庆澜、张广建、李厚基、刘显世为一等子；许世英、戚扬、吕调元、金永、蔡儒楷、段书云、任可澄、龙建章、王揖唐、沈金鉴、何宗莲、张怀芝、潘矩楹、龙觐光、陈炳焜、卢永祥为一等男；李兆珍、王祖同为二等男。第二批封刘冠雄为二等公；雷震春为一等伯；陈光远、米振标、张文生、马继增、张敬尧为一等子；倪毓棻、张作霖、肖良臣为二等子；林葆怿、鲍贵卿、马联甲、白宝山、施从滨、王廷桢、江朝宗、吕公望、马龙标、吴炳湘等为一等男；吴俊升、王怀庆、莫荣新、谭浩明、刘存厚、张载阳等为二等男；何丰林、臧致平、马福祥、李长泰、陈树藩、杨以德等为三等男。这种册封，可算得滑稽已极。那里面已有许多人通电反对宣布独立的了，不用说云贵两广一带，有梁启超、蔡锷、唐继尧一班人主持，声势甚盛，兵力亦强，北方军队和他对垒，着着失败。自从袁世凯宣布改元以后，那独立的省份愈多了，便是最亲信的陈宧，也通电宣布四川独立。接着浙江吕公望也宣布独立，汉南汤芗铭宣布独立；山东吴大洲宣布独立；此外山西之归化，湖北之南湖，安徽之大通，江西之广信，江苏之江阴吴江，都纷纷举旗起义，全国已去其大半。人心愤激，电报雪片似的送进新华宫去。袁世凯这才慌张起来，召杨度，梁士诒进宫，痛骂了一场，立刻下令取消帝位。大意说，民国肇建，变故纷乘，遂有多数人主张恢复帝制。言之成理，文电纷陈，迫切呼吁，予以原有之地位，应有维持国体之责。一再宣言，人不之谅。嗣经国民代表大会全体表决，予更无讨论之余地；然终以背弃誓词，无以自解。乃立法院称元首誓词，根于地位，当随民意为从违。责备弥周，已至无可诿避。始以筹备为词，藉塞众望，并未实行。及滇黔变故，明令决计从缓。总之万方有罪，在予一人，今承认之案，业已撤销；如有扰乱地方，自贻口实，则福祸皆由自召。这一番话说得何等可怜。

欲知后事如何，且听下回分解。

# 第六十六回　张敬尧军败泸地　蔡松坡威震綦江

袁世凯申令取消帝制以后，又取消洪宪年号，在府中搜集关于帝制的公文信札，共八百数十件，一齐拿去焚毁。帝制时代的政事堂，依旧恢复原状，称为国务院。袁世凯依旧戴上假面具，做他的民国总统。谁知这种变节总统，他第一个亲信人龙济光，便首先不承认。他通电中说袁自去年十二月十三日下令称帝后，大总统资格早已消灭。同月二十五日大典筹备处电云：今上所居，乃帝国元首地位，非民国元首地位。是袁氏非民国大总统，在彼亦已自承今称帝不遂，分为齐民，安能僭称大总统？就法理论之，我民国已为袁氏所篡灭，灭而复兴，则元首选举，自有应履行之程序，今袁有何理由，擅自盗据。粤省若欲息兵，请速联电，袁氏引身逊避，服法律之制裁，静候新选举之结果，庶足以表其确无利天下之心。这几句话真是铁面无私，字字见骨。这袁世凯一生以意气临人的，使他如何受得住这个羞辱？那梁启超、蔡锷一班人，又通电说：今袁世凯谋叛罪之成立，现已昭然，即将帝制撤销，已成之罪固在。特以约法上之弹劾裁判机关，久被蹂躏，不能行其职权，致使逍遥法外；除由本军政府暂率大军，务将该犯围捕，待将来召集国会依法弹劾，组织法庭依法裁判外，特此宣言：前大总统袁世凯因犯谋叛大罪，自民国四年十二月十三日下令称帝以后，所有民国大总统之资格，当然消灭。这几句话更来得严正有力，怎不把个平日不可一世的袁世凯气出一场大病来？西南各将领，又通电拥戴副总统黎元洪为大总统，并照会各国公使，所有袁世凯犯法以后，与各国所办外交，一律作为无效。这一下更是逼得袁世凯走头无路。他肚子闷气无可发泄，起初只在家人姬妾跟前拍桌顿脚，发发牢骚；后来竟害起神经病来，常常一个人嘻笑怒骂，众姬妾惊惶万分。他到高兴时候，把姬妾抱在膝上，玩弄一番；忽然动起怒来，在她们粉颊上连批几掌，弄得她们哭不得笑不得。消息传来，各省战事一天吃紧一天，袁世凯尚不悔悟，一味的主张用武力对待民众。他此时遣发出去的军队，也不在少数，所有第三师曹锟的部队，第七师张敬尧的部队，第八师李长泰的部队，四川第一师周骏的部队，第四混成旅伍祥祯的部队，第十六混成旅冯玉祥的部队，第六师马继增的部队，第七师混成旅唐天喜的部队，第二十师范国璋的部队，第二十七师张作霖的部队，安武军十五营倪毓棻的部队，第二师王金镜的部队，湖南混成旅胡叔麟的部队，湖北独立旅卢金山的部队，共有十数万大军，分作三路进行。第一路以马继增为司令官，由湖南经贵州，向云南进攻，以常德为根据地；并发飞机两架，由秦国镛架驶。第二路以张敬尧为司令官，由四川向云南进攻，以重庆为根据地，发飞机四架，由王鹗架驶。第一、二路人马总由曹锟节制。第三路以龙觐光为总司令，统带广东、广西不曾独立各军，由广西百色向云南进攻，以南宁为根据地，声势果然甚大。但云南联军是有主义的军队，曹锟所带的军队，将骄卒惰，一见南方繁华，便已士无斗志。尤其是第三师兵士，原是民国元年袁世凯嗾使在京中变乱的军队，沿路奸淫掳掠，骚扰不堪。北军与南军交战，起初尚称得手。后来独立的省份愈多,联军的势力愈大,李烈钧攻入湖南,陆荣廷攻入广东,从此北军只有打败仗的份儿,绝无打胜仗的机会。各路北军中,要以张敬尧一支兵最没有战斗力。他此时驻守泸州,适当云南护国第一军总司令蔡锷的大敌。那张敬尧的部下,一听说蔡锷二字,便吓得胆战心惊,握住在泸州地方,不肯前进。日子久了,那北兵又放出老脾气来,在左近一带地方奸淫掳掠,无所不为。蔡锷却召集遗亡,抚养人民,那地方老百姓没有一个不感激蔡将军大恩的。泸州地方有土匪头目,在四川东部地方,势力甚大。因他指挥部下,以装作鸡叫为口号,他头目姓卢,大家取绰号做卢叫鸡。这卢叫鸡却还有一腔血性,他见北军残暴不仁,便率领众兄弟投到蔡锷军前,说愿去引诱北军至山中,绝地生擒张继尧。来见蔡锷,便问他如何引诱方法,那叫鸡说明如此如此,蔡锷连声称妙。第二天张敬尧接到军报,说江安、南川已入南军之手,现在蔡锷前锋已到纳溪,形势十分紧急。张敬尧便欲自己率队前去援救。忽有人报称土匪首领卢叫鸡前来投诚。这张敬尧一向也闻得叫鸡的名气,便唤他入帐,当面盘问。叫鸡将沿途山形地势,说得十分清楚。说此处有一山岭,正是入纳溪间道,只须半天路程,便可到达。张敬尧踌躇半晌,说道:"山岭险僻,倘遇敌兵埋伏,如何抵当?"叫鸡说:"此山路莫说敌军,便是此间乡人,也少有知道的。小人在此间出没十年,平日匿迹山林,所以认得此径。"张敬尧便命卢叫鸡充向导,说如能平安通过,便有重赏。一面却暗嘱部下旅长,暗地里监视这头目的行动,自己却在后面押阵,慢慢的向山岭行来。才行得十数里,便见前面层峦起伏,形状十分险恶。张敬尧率领亲信军队,扎驻在山脚下不进,那卢叫鸡已引军先进,一队一队走进山口,愈高愈险。走到天黑,军士们都喘不过气来。那督队的旅长,正欲传令休息,忽听得山顶上一声号炮响亮,那四面八方尽是卢叫鸡的弟兄杀来,枪炮锐厉,战斗勇猛,蔡锷军队又扼住山口厮杀,那班北军不是死于半山便是死于山下。张敬尧临阵最善于奔逃,他一听得炮声便带队退走。蔡锷军队追杀一阵,张敬尧部下已死亡过半,被南军夺去枪支无算。一场恶战,那卢叫鸡被张军手下的旅长监视住了,活捉到泸州,绑赴行辕,山张敬尧亲自审问。此时纳溪也入蔡锷手下,张敬尧正怒不可忍,喝令左右将这匪首用乱刀砍死,一面送紧急文书与冯玉祥。冯玉祥率领本部人马,与伍祥祯军队一齐赶到那泸州城内,兵势又大振。蔡锷得了侦探报告,便单人匹马,先来探视泸州地形。蔡将军立马高处,手持望远镜,向山下察看,只见前而深沟高垒,旗帜如林,知道紧切不易得手,便回至营中,与众将士计议。此时忽得綦江急报,说曹锟军队攻綦江甚急。蔡锷便将军事交与刘云峰,嘱他坚守勿出,自己带了一千精锐,驰赴綦江救应去。

蔡锷行军素来神速,快到綦江边,只见一带山峦回环曲折,人马在山中行走,往往失道。在深山中遇到一个老人,蔡锷下马亲自问他山中路径,这老人一听说是蔡将军,便十分喜悦,连声说:"救星来了!"又自说名姓王思孝,年纪七十岁了,自幼生长在綦江,却不曾见过眼前北军那种强暴的行为,不但是骚扰民间,强取财物,且奸淫良家女子,小民怨苦连天。今日蔡将军到,俺们好似重见天日一般。蔡锷问他通綦江的路径,王思孝说愿为向导。蔡锷便令老人先行。看他七十岁老翁,依旧健步如飞,约一小时已到松坎地方,形势十分险恶。两旁峭壁中留小径,峭壁上大松丛茁蔽日成荫。这松林绵延十余里，便是埋伏数千人马，敌人也无从窥见。王思孝指点与蔡锷看，何处可藏伏兵，何处可设炮位，蔡锷甚是欢喜。随命取一百银圆，赏与老人。老人却说老汉生长山乡，一生不曾见过厮杀，如今幸遇蔡将军仁义之师，老汉愿留在军前，看将军杀贼呢。说着掀髯大笑。蔡锷也觉这老人有趣，便与他携手上山。才行至山腰，便见綦江如匹练。还是老人眼快，他用手指着对江说道："将军看，兀不是那北军来也！"蔡锷依他所指的方向看去，果然隐隐见有北军的旗帜，迤逦向山中行来。蔡锷即传令分五百兵士埋伏山口，五百兵士专候厮杀。那王思孝看了也高兴起来，向蔡将军领得一杆枪，说待老汉也杀一个敌人试试。顿时一千兵士，在松林下埋伏着，躲得一个人影儿也没有。蔡锷自与老人据坐山冈，不时用望远镜窥着。只见北军来得势甚飘忽，不一时排成长蛇阵，向山径中行来。蔡锷传下密令去，只听得一声号起，枪炮四射，杀声震天，两军在山壁下肉搏起来。蔡锷在这吃紧时候，也顾不得老人，便疾驰下山，指挥作战去。一阵猛战，护国军渐渐取了包围之势，同时伏兵齐起，弹如雨下，北军被困在这窄壁中，死伤大半。后面曹锟见不是路，急带了数百败残军士，死力杀出重围，逃回綦江去死守着，再不敢出来。这一场恶战，独可怜那王思孝以七十岁的老百姓，死在炮火之下。蔡将军念他领导之功，又因他帮助杀敌，忠勇可嘉，便将自己上将制服脱下来，收殓这老人，另赏银洋五百元，安慰他的家小。收殓完毕，蔡将军亲自到老人家中去祭奠，轰动乡邻数千人齐来观看。大家感激涕零，都说蔡将军是人民父母，便有一千余精壮少年，愿随蔡将军去杀贼。蔡将军不忍拂逆人民的好意，便带着他们回纳溪来。一面教练新军，一面计划战略。第二天便有冯玉祥、伍祥祯的军队前来讨战。蔡锷出阵应敌，不久便占了优势，北军大败。蔡锷挥众奋勇追杀，直扑泸城。横里杀出一支张敬尧军队来，三路人马混战一场，互有胜负。次日又与冯、伍两军对垒，蔡锷佯败，勒兵退走。冯、伍二军，乘胜追来，看看追进了一座林子，浓荫蔽天，悄无人声。冯玉祥知事不妙，急回转马头时，那炮声四起，人声鼎沸，冯、伍二军已被蔡锷军队包围在垓心中，蔡军势如云集，重重围裹，势与铁桶相似。冯、伍二人死力抵抗，眼见得北兵一排一排中枪倒地死去。北方军官帽上，都有一撮白缨，骑在马上，甚是明显。那南军炮火轰轰的向冯、伍二人马前打来，伍祯祥悄悄的对冯玉祥说，快跳下马，摘去缨子，混在军士里面。冯玉祥才下得马，只听那匹白马长嘶一声，中枪倒地而死。伍祯祥拖住冯玉祥，躲在森林密处，那部下人马十停人已死了五停，早已失了战斗能力。那南军的枪弹，和急雨似的打来，北军中只有零零落落的枪声应着。正在危急时候，忽听东北角上起了一片喊杀声，冲进来一支人马。冯玉祥认识是张敬尧的旗号，急带领败残兵士，与张军混在一起，且战且退，杀出了重围，没命的奔逃。后面蔡锷杀到了，又打死了五六百北兵。张敬尧与冯、伍二军急急退进泸州城，闭上城门死守，再也不敢出战了。

欲知后事如何，且听下回分解。

## 第六十七回　逼退位总统抚遗物　不吃饭巡按传笑柄

张敬尧、冯玉祥死守住泸州城，满望曹锟来救应。谁知曹锟松坎一役，也被蔡锷杀得魂飞胆落，还有什么力量去救应？泸州张敬尧实在守不住了，所有城中粮食，早已搜刮穷尽，不得不与冯玉祥商定退走之计。在半夜时分，城中四处火起，百姓惊慌混乱，北军趁这混乱时候，开北门而去。蔡锷军队入城，把火救熄，所有城中大宅院，全被北军烧毁。蔡锷亲自步行至大街小巷，访问人民疾苦。城中人民粮食断绝，蔡锷又拨大批粮米，煮粥赈饥，人民大为感动，所有四川城镇，一律拒绝北军。北军在长江上游，不能立足，一齐退至下游。败报不断的到了新华宫，把个袁世凯气得坐立不安。可怜他花了上千万的军费，竟是这样不经一战的。接着，江苏将军冯国璋、山东将军靳云鹏、江西将军李纯、浙江将军朱瑞，联合徐州将军张勋，打了一通电报给袁世凯，劝他速速退位，以安人心。袁世凯看了这电报，真气得一佛出世，二佛升天。他想，别人逼我退位犹可，说连你张勋、冯国璋、靳云鹏这一班人，都是袁氏一手提拔的，如何也跟着他们翻转脸不认人起来了！这里袁世凯余怒未息，那传达处又送进一张长电来，袁世凯不敢拆看，便令秘书译。那电文的起首一句，竟称他慰亭总统老弟，下面具名的是康有为三字。袁世凯不禁骂道："这老厌物他也来教训咱吗？"正一肚子不高兴，忽见大公子克定踅进屋子来。袁世凯忽想起如今此事惟有徐世昌资格最老，请他出来调停，或可以有转圜之望，当下便命克定速速到天津去，邀请徐老伯。当夜徐世昌进新华宫去，他两老友密密切切的商议了半天。徐世昌忽然想起一个人来，说此事非请段祺瑞出来不可。他是北洋军人的领袖，如今的事，穿长袍人说的话没有穿短衣人说的话有效力。袁世凯摇头说道："芝老一向反对俺们的帝制，如今去请他，怕他不见得肯来呢！"徐世昌道："如今已取消帝制了，我若奉总统的命去邀他，料他一定来的。"袁世凯向徐世昌拱拱手说道："费菊老的心。"徐世昌告辞出去，分头找人去了。

这里袁世凯回进内室，只见那十余位皇妃，聚集在一处，交头接耳的，翠眉双锁，玉容黯淡。见袁世凯跨进屋子来，第一个便是洪氏皇妃，迎上前来凄声责问道："陛下为什么将帝制取消了？臣妾等朝盼夕望，便是盼望陛下有这至尊极贵的一天。如今眼见得这到手的荣华，尽付东流，叫臣妾等如何不要伤心！"说着不觉珠泪涔涔。接着那于氏夫人也出来说道："前日你们玩这把戏的时候，我曾劝你们不要想糊涂了心肝，这皇帝不是容易做的，你们都不信我的话，背地里还说我是黄脸婆子不中抬举。这几十天里面我这黄脸婆子已经被你们抬举得够了，这个称我国母，那个称我皇娘，如今忽地里又取消帝制了！试问叫我黄脸婆子，这张黄脸搁到什么地方去？"这几句话说得袁世凯好似万箭钻心，坐立不安。眼看着那群宠爱的姬妾们，个个玉容黯淡，脂粉零落，心中大大的不忍。正无可奈何的时候，忽报徐世昌夫人和孙宝琦夫人来问安。两位夫人走进屋子，向袁世凯行叩安的礼，口中依旧称着万岁。袁世凯心中又不觉得意洋洋起来，他一转念又要把取消帝制的成命收回来,急急出去和秘书室商议草成收回取消帝制命令的命令,连夜送交铸印局去印发。第二天徐世昌进宫来,一开口便说世昌特来辞行,明天要回天津去。袁世凯忙问菊老为何变卦?徐世昌却正色说道:“总统变得卦,难道我徐世昌变不得卦?”袁世凯恍然大悟说道:“菊老不必多疑,待我将收回成命的命令去收回来便了。”说着便传侍卫立刻向铸印局去取回,推说要改正文字。徐世昌见老袁如此没有主意,又见他精神恍惚的样子,知道他神经错乱了,不觉动了怜惜之念,便又答应帮他的忙。这里徐世昌退出新华宫,袁世凯回进内室,各姬妾又来包围他。袁世凯心烦意乱,不觉凄然说道:“帝制帝制,眼见得已成泡影,我的福薄,拖累你们命苦,还有什么说的!虽说我如今还做着总统,将来机缘凑巧,不难再恢复帝制;可惜我年纪已老了,怕今生今世已不能如你们的心愿了!”说着竟不觉淌下眼泪来。各姬妾更是个个哭得和带雨梨花一般,大家掩面回房去不提。第二天,袁世凯命大典筹备处处长袁乃宽,将从前所制的御用品,还有价值五六十万元的龙袍,价值四十万元的檀香宝座,并价值六百元的御鞋御袜,一起收进来,陈列在内室。最后袁世凯看见一块万岁牌,不觉对着这牌下泪。又时时抚摩着那龙袍龙椅,不住的太息,竟好似疯癫了一般。可怜他自从民国四年十二月三十一日起,到五年三月二十二日止,共计做了八十三日皇帝,筹备大典约费去了二千万元,犒赏军队费去了一千万元,收买国民代表开设机关报,各处运动联络经费,以及军队开拔费用,又耗去二千万元,共花了五千万元冤枉钱。那川、湘、鄂、桂各路军队,又雪片似的电报催饷,袁世凯连姬妾们的首饰也拿出来变卖银钱,去发军饷。后来实在罗掘俱穷,束手无策,才不得已取消帝制。那六君子十三太保,也失了权势,一律退去,任徐世昌为国务卿,段祺瑞为参谋总长。第一件,事体便是发起南北和议,邀黎元洪出面,电致蔡锷、唐继尧、陆荣廷几个南方首领,请息兵议所开的条款。第一条,滇、黔、桂三省取消独立;第二条,责令三省维持治安;第三条,三省添募新兵,一律解散;第四条,三省军队一律退守原防;第五条,是南北军立刻停战;第六条,是三省各派代表一人来京筹商善后。这六条开出去,那西南独立各省,却都置之不理。徐世昌又用私人名义,写信与康有为,请他代电梁启超,转告蔡锷,速速息兵。谁知蔡锷开来的六条条件,却十分严厉:

第一条,袁世凯于一定期限内退位,可贷其一死,但须驱出国境。

第二条,依云南义兵最初要求诛戮附逆之杨度、段芝贵等十三人,以谢天下。

第三条,关于帝制之筹备费,及此次军费约六千万,应抄没袁世凯及附逆十三人家产赔偿。

第四条,袁世凯之子孙,三世剥夺公权。

第五条,袁世凯退位后,即按照约法,以黎副总统元洪继任。

第六条,文武官吏,除国务员外,一律仍旧供职。但军队驻扎地点,须听护国军都督之指命。

袁世凯见南方的条件如此严酷,他如何能忍。便又召集六君子十三太保,在宫中密议。大家都说如今已取消帝制,西南还不停战,这是反抗总统的行为。如今我们便师出有名了,当即电致倪嗣冲、段芝贵、张勋、龙济光一班私党,教他们努力决战。电文中有各发天良,共图生存;万一不幸,予之地位不能维持,尔等身家俱将不保这几句话,说来也甚是动听。果然各省又重起战祸,内中广东的龙济光,本是假意独立;他得了袁世凯的密电,心中便有些活动起来。但广东是民党的巢穴,一派是黄兴手下的护国军,一派是孙文手下的老同志。什么陈炯明军、徐勤军、魏邦屏军、林虎军、朱执信军、邓铿军、叶戛声军、何海鸣军;潮汕地方,有莫擎宇军;钦廉地方,有隆世储军。四面包围,龙济光如何敢动?只密电到北京去请兵。袁世凯密令驻扎上海的杨善德第十师去救援广东,又调驻扎北京南苑的第十二师到上海去接防。这消息传到上海,那旅沪的广东人,一齐鼓噪起来;在广东的海军,也响应民军,反对北军。同时浙江也宣布独立了。浙江将军朱瑞,巡按使屈映光,原都受袁世凯封号的;尤其是屈映光,他是一个乡下人出身,忽然做了大官,他心中最感激的是袁世凯,所以他对袁世凯,自称干儿的。当时驻扎浙江省城的两师浙军,早已要独立了;只因朱屈二人与袁世凯暗通声气。他们见本省军队渐渐不稳,便打一个密电到北京,请派北军前来坐镇,一面将城内的两师浙军,调出城外。第一师师长童保暄,最是忠于民党的;还有旅长叶焕华,联合了几位军界同志,出其不意,直入将军府,请宣布独立。参谋长金华林、师长叶颂清,却反对独立。童保暄知不可理喻,便于四月十一日夜间,率领二十三团、二十四团兵士,攻入省城,打进将军府去。朱介人早已得了消息,从后门逃去。童保暄又转至巡按使衙门,那屈映光颇能见风驶帆,便一口赞成独立。但他的独立,是维持地方的独立,不是反对袁世凯的独立,屈映光自己仍称巡按使。他的心事,颇能得袁世凯的谅解。北京政府来一电报,反加他将军衔,兼署督理浙江军务。因此一电,屈映光的诡计,完全显露。第一个宁台镇守使周凤岐不答应,通电指斥屈映光,说他非驴非马;接着各处都来电,不承认他为浙江将军。屈映光弄巧成拙,闷着一肚子肮脏气,躲在巡按使衙门里,不见宾客。恰巧杭州商会中人,请他赴宴;屈映光心烦意乱,拉起笔来,随手在请帖上写道:本使向不吃饭,今天更不吃饭。从此不吃饭的巡按使,却传作人人口中的笑话。屈映光没奈何,便挽托参谋会议长,出来转圜。屈映光自称都督,宣布真正的独立。有这浙江的一独立,长江下游,也顿时起了战云。袁世凯除派第十师、第十二师陆军对付江浙外,又搜罗了大批北洋杂色海陆军队,约有二千余人,由海军总长刘冠雄统带。海军由海容、海圻两兵舰装运,陆军却扣住了招商局的新康、新裕、新铭等商轮装运。大队人马,从海上行来,甚是威武。不知怎的,一行船驶到浙江的温州洋面,漫天落下大雾来,竟至对面不相见,只听得震天价一声响亮,新裕的轮船竟与海容兵船相撞。那新裕的轮船立刻沉下海底去,俺死了兵士七百四十人,军官数十人,军饷损失数十万,又沉没机关炮四架,过山炮六架,弹药五十万发。这样重大的损失,待其余军士到了福建,早已无斗志了。袁世凯到此时,方知天怒人怨,无可挽回,便又托徐世昌、段祺瑞出来,与南方讲和。用国务院名义,打一通电与熊希龄、张謇、伍廷芳、唐绍仪、范源濂、蔡元培、天正廷、王宠惠一班名流。随即接到各人复电,第一个条件,众口同声,便要袁世凯退位。弄得徐世昌、段祺瑞二人,也左右为难起来。后来又由张勋、冯国璋、倪嗣冲三人,发起南京会议,各省居然也派代表二十余人到南京去开会,但西南军务院中要人,都不曾列席。这一场会议的结果,仍是劝袁世凯退位。

欲知后事如何,且听下回分解。

# 第六十八回　黄金逼人陈其美遇刺　帝子末路袁项城病疯

袁世凯是一个热心功利的人，他如何肯退位。但西南方面的军务院，已自行推举黎元洪为中华民国大总统，兼陆海军大元帅。所有唐继尧、刘显世、陆荣廷、龙济光、岑春煊、梁启超、蔡锷、李烈钧、陈炳焜一班重要人，皆为抚军。南军节节胜利，冯国璋在南京发起会议，西南要人又都置之不理。张敬尧、曹锟两路人马，都打得一败涂地。警报到了京中，袁世凯与徐世昌商议。因冯国璋坐镇南京，有举足天下之重，便秘密派人去哀求冯将军，请他看在袁世凯从前替他夫人作伐的分上，出来帮一个忙。此时冯国璋与他夫人周女士，已生得一子，老年得子，分外欢喜。周女士在袁家充当多年的西宾，与袁家未免有一点交情，便也替袁世凯劝他丈夫助旧主人一臂之力。冯国璋在鸳鸯枕上，听了他夫人的话，便决计保留袁世凯大总统的地位。第二天，暗地里与张勋、倪嗣冲二人约定了，在议席上力争。谁知倪嗣冲才一开口，便有靳将军的代表丁世峄辩驳说："袁世凯热心帝制，已失大信于人民。袁世凯自己亦知错误，无颜再作总统；难道说中国除袁世凯便没有人可以当得总统了吗？"倪嗣冲听了姓丁的话，便瞪着双眼，大声责问道："你说中国除袁总统以外，谁人配当得元首？"丁世峄尚未答言，便有一位山东代表孙家林答道："袁世凯如去位，元首应推副总统继任，何消多问？"倪嗣冲更怒不可当，喝道："你二人敢是私通南军，来此捣乱不成？"这丁、孙二人不及答言，便有湖南代表陈裔时、湖北代表冯贺、江西代表何思溥等纷纷发言，都赞成孙、丁二人的主意。倪嗣冲见自己孤立，便恼羞成怒，竟投袂而起，愤然道："我倪某只知拥护袁总统，若有异议，便当以兵力解决。"原来此次倪嗣冲来南京，带有大队人马，欲以威屈服众人。他说了这句话以后，便有直隶、奉天、吉林、河南、热河宁夏几处的代表，一致赞成用武力，这会议立刻解散。虽经冯国璋竭力调停，又连开了两次会议，他们彼此面和心不和，每次议和都不得结果。

南京会议不曾开得成功，而江苏地方的民军，却纷纷变动起来。第一次，金山县警卫水巡与缉私营兵受了民党的运动，在白昼起事，驱逐县知事林开棻。民军攻入县衙门，搜索银钱，放出牢狱中的犯人，全城扰乱不堪。后由闵行水上警察派兵来，依旧将县城收回。第二次，民党运动太仓苏军防营，围攻县衙门，竖起独立旗。后冯国璋派陆军到太仓，分发军饷，劝苏军取消独立。第三次，有民党一百余人，忽在半夜黑暗里，乘坐小火轮三只，各带快枪，去围攻停泊在吴淞江的策电兵舰，被舰上炮火打退。第四次，民党运动江阴炮台总司令方更生独立。他部下守兵有部分反对，两方兵士在炮台下交战起来，杀死了反对的军官。方更生带领人马，退至无锡独立，又举萧姓为总司令；不久又把独立取消了。第五次，吴江党人何嘉禄，在各乡水警独众，水巡队长殷培六，率巡队开至太湖，与何嘉禄联合；又由殷队长进城，去劝知事周焘、水警署长杨玉贵宣布独立。周知事偷逃出城，赶至南京求救。何嘉禄率队进城，占据县城，宣布独立。

上面这几件零碎的独立,都是党人陈其美在暗中指使的。陈其美在民党中是有名的一员战将,此次却何以反不能有所大作为?这实在是限于经费。英士自从闹过二次革命,把自己所有的私蓄都已化完了,孙中山又远在外洋,呼应不灵。只有陈其美一人,潜回上海来,住在上海法租界,随时指挥党人工作。此时上海来往的党人虽多,却都是不名一钱的。陈其美眼看着他党中同志穷苦到了万分,而运动革命处处要钱,正是一筹莫展的时候,忽然有一党人李海秋,介绍了两个朋友来:一个名许谷兰,一个名宿振芳。这两人举止阔绰,性情豪爽,自称是江西鸿丰煤矿公司的经理。陈英士与许、宿二人,交游颇称莫逆。因党中缺乏经费,陈英士常常在口头吐露。谁知许宿二人十分慷慨,说自己所有数百万家财,都已经营了矿业,如民军起义,缺乏经费,他二人愿将全部矿产作抵。押得无论十万百万,愿完全捐入民党。陈英士听了万分感激,从此他二人踪迹愈密。许宿二人设事务所在法租界,房屋十分广大,陈英士也常到这鸿丰煤矿事务所中去游玩。许宿二人邀陈英士出入花丛,在几个名妓家中饮酒作乐。陈其美虽也爱这个游玩,但究竟有事在心。他时时在找寻大资本家,使他受押矿产。不多几天,果然给他找到一个日本资本家,愿出二百万钱,受押鸿丰产业。陈英士大乐,连夜在妓院中请客,对许宿二人说知。这一席花酒直吃到夜阑人散,彼此分手,约定第二天再来陈英士寓中细谈。陈英士回家一睡,到次日午时候方醒。急急起来,梳洗完毕,那许宿二人已到。陈英士身披和服,忙至客室中相迎。三人坐谈,直至下午二时,方把各种问题谈妥。许宿二人起身告辞,陈英士送客。正握手的时候,那宿振芳便从陈英士背后打过一枪去,许谷兰也拔枪向陈英士胁下开放两枪,都中要害。陈英士当即应声倒地。这两个凶手只怕陈英士不死,又对准了陈英士脑部开放两枪,顿时脑浆迸裂,一缕英魂,飞向空中去了。许宿二人见已得手,急急飞跑出门,跳上原来的汽车,风驰电掣的去了。陈家的仆役,初听得枪声,又听得主人的唤救声,却吓得躲在里面不敢出来;后来凶手已去远了,才出来查看。只见陈英士倒扑在血泊中,已毫无声息,这才忙着四处兜捕凶手。一面报告捕房,一面报告陈英士的亲友。民党中人,一听说陈英士被刺,个个愤恨,大家凑集赏银,请捕房务要搜捉凶手,追究案情。不多几天,那许宿二人果然被法捕房的包探擒住送到公堂去审问。那许宿二人直认蓄意暗杀。又问他受了什么人的指使?姓许的供认是受南京方面的指使,姓宿的供认是受北京方面的指使。再要问他详细情形,他便一个字也不肯说了。官厅也无可奈何,便照杀人抵罪的条例,将二人执行枪毙完案。

袁世凯得了陈英士被杀的消息,心中虽也欢喜;但此时大局日非,各处兵变的消息,各人痛骂的电报,纷纷传达到新华宫中去。我前面已说过,袁世凯近日因受的激刺太深,一言一动,都有神经错乱的现状。这一天他同时又接到两个电报,一个是陕西将军陆建章逃亡,一个是四川将军陈宧逼袁退位。这陆建章是袁世凯的心腹,陈宧更是袁世凯的干女婿。他电报中说退位为一事,善后为一事,二者不可并为一谈,请即日宣告退位,示大信于天下。宧请代表川人,与项城告绝。袁氏在任一日,所处分川事,川省皆视为无效。措辞十分严酷。袁世凯一时急怒,不觉神经病大发。女官长安女士,正装妖作媚的,手指装成兰花式捧着一杯人参汤,走近袁世凯身旁去,袁世凯劈手将玉盏儿夺去,向安女士迎脸掷来。安女士眼快,急把脖子一侧,豁喇一声,那玉盏儿碰在石柱上,已打得粉碎。安女士见不是路,一溜烟避开室去。他第十二姨太太,认是袁世凯不满意于女官长,急进屋来,亲自伺候。只见袁世凯手捧电报纸,两臂不住的打颤,脸上皮色气得铁青,他看到愤怒的时候,随手又抓起一只茶杯,向十二姨太太面门掷去。只听得一声娇啼,那十二姨太太左额上打成一条裂缝,鲜红的血直淌下来。急奔进几个女仆,一面将十二姨太太的娇躯扶住,拿她的白色丝巾,替她扎住头上的伤口。谁知袁世凯一眼见十二姨太太头上扎着白,触犯了他的忌讳,又不禁大怒起来,喝道:"我还未死,你们给她白巾扎在头上莫非要咒我速死么?"袁世凯平日有一支手杖,是美国公使送他的,坚阔可爱。袁世凯终日不离手。此时他跳起身来,拿着手杖乱舞,见人便打。可怜那班俊俏丫头,年轻女仆,个个被他打得皮肤青紫,面目红肿。一片娇声,嚷着万岁爷饶命。袁世凯余怒未息,一叠连声说去把陈家大小姐唤来。原来这陈家大小姐,便是四川将军陈宧的夫人,自幼拜在袁世凯正夫人于氏膝下,认为义女。今日年近四十,却是一位半老佳人,生成性情和顺,话言伶俐,常在袁世凯家中出入,陪伴于夫人讲话、看纸牌,消闲解闷。于夫人也很爱怜她。只因干女婿陈宧,如今娶了三四房如夫人,把这正室丢在脑后,陈宧四川去上任,也不曾把他夫人接去。陈夫人冷清清的,一人住在北京地方长日无聊,越是在他义父义母家中走得勤。袁氏家中上下人等,个个称陈宧夫人为大小姐,以表示亲热之意。如今袁世凯看了陈宧的电报,一肚子恶气,无处发泄,忽然想起这陈夫人来,便立刻将她唤进新华宫去。这陈夫人忽听得义父传唤,不知何事,便略略装扮,赶进宫来。一眼见他干爷,满脸罩着严霜,慌得她急跪倒在地,不住的磕头。袁世凯愤愤的问道:"你知道二庵这畜生做的勾当么?"一句话问得陈夫人一时摸不着头路,低声答道:"孩儿未知。"袁世凯接着厉声道:"他近日竟与西南乱党勾通一气,打电报来,侮辱老夫呢!"陈夫人只说得一句这事怕传闻失实,袁世凯不觉咆哮起来,大声喝道:"好一个干女儿,你也庇护着你那狗彘不食的丈夫啊!我亲手提拔你们,竟提拔出一班反叛来了。陈宧这小子,我恨不能亲手杀死他,泄我胸头之气。如今便将你为质;你若要性命的,速速发电到四川,令二庵快快来京领罪。"说到这里,便唤进一班女官来,将陈夫人拖进后院冷屋子去幽禁起来。那陈夫人久已被丈夫抛撇了,如今却替丈夫受着罪,一肚子冤枉无可告诉,便用钱财买通女官,求她去通报于夫人。于夫人是最爱陈夫人的,得了这消息,立刻去将她干女放了出来,并留在宫中作伴儿。此时袁世凯不但患了神经病,因他心中气恼过度,忽然成了一种尿毒重症。小便点滴不通,身体浮肿。徐世昌推荐前清御医陈莲舫诊病。那陈大夫细细的诊察了一回,说脏腑中伏毒多年,此次暴发甚烈。

欲知后事如何,且听下回分解。

## 第六十九回　**托孤寄子徐世昌受遗命　推云见日黎元洪就大位**

袁世凯的尿毒症，一天凶险似一天，每日服药总是无效，膀胱胀痛，满身浮肿，小便甚是艰难。后来还是袁世凯自己想出来方法，令生平最宠爱的几个姬妾，轮流用口吮取小便。每吮痛如刀割，每痛必用手杖打人。可怜那班姬妾们，平日娇生惯养的，如何经得这样的磨折？又因日夜伺候病人，不得回房去休息，个个弄得面目憔悴，脂粉飘零。那袁世凯的病势一天剧烈一天，渐渐的成了便血的症候。此时袁世凯忽然不信任中医，改请西医诊察。西医断说脏腑中有毒，服下药水去，腹中更是痛得厉害。袁世凯每日睡在床上呻吟痛苦，也无心处理国家大事。身旁各姬妾轮流看护，独有那大姨太太闵氏，守候在病榻前，寸步不离。袁世凯有时昏沉过去，有时清醒转来，见闵氏坐在床前，便欷歔道："你随我多年，可算得患难夫妻！今日我病已不起，所有身后之事，全靠你替我料理。第一不放心的，是几个年轻的姨太太，你须替我严加管束，保住我颜面要紧。"闵氏听袁世凯从来不说这可怜话的，如今说出这话来，也忍不住呜咽道："妾身受陛下恩泽已二十多年，陛下如有不测，妾身愿追随陛下至地下。"说着，那珠泪如雨一般落下来。袁世凯伸手握住闵氏的臂儿，却矇眬睡去。忽见光绪帝与隆裕后站在他面前，满脸露着怒容，一霎时又转出戊戌年被杀的六君子来，各各血污满身，瞠目切齿。袁世凯大骇，正要叫唤，那六君子又变作了宋教仁、应桂馨、武士英一班人的面貌，又变作陈英士、徐宝山、林述庆一班人的面貌，后面人愈来愈多，黑影憧憧，都向袁世凯扑来。袁世凯大喊一声醒来，吓得满身淌着冷汗，自己心中明白。闵氏听他叫唤，急上去慰问，袁世凯只是摇着头不讲话。从此病势一天沉重似一天，急得姬妾子女，个个愁眉泪眼；便是那于氏夫人，念老年夫妻分上，也镇日里替他丈夫求神拜佛，虔心祷告。那克定、克文、克端几个年长的公子，终日与徐世昌、王士珍一班老前辈商量医药的事。有的主张用中药，有的主张用西药，争论不休，甚至破口大骂。徐世昌忙上前劝解，克文、克端一班做兄弟的，还口口声声说父亲的称帝，都是大哥一心想做太子，怂恿成功的。如今父亲受天下人笑骂，气恼成病，全是大哥害的。说得克定满面羞惭，哑口无言。袁世凯这时虽说神志昏沉，但心上却很是清楚的，听隔室他弟兄争论，又听那兄弟责备克定的话，心中也痛恨克定。这时适值四姨太太走近床来，袁世凯不知是那里来的气力，一个虎势从床上跳起来，双手勒定四姨太太的脖子，两眼圆睁，咬牙切齿的骂道："你想要我的命，我今天要你的命！"又将四姨太太按倒在床上，狠命的勒着，勒得四姨太太丝毫喘不过气来，只将手足乱颠乱动。此时虽挤了一屋子的姬妾，见袁世凯和癫大虫一般，谁也不敢上前去解劝。可怜这四姨太太挣扎不多时，便活活被袁世凯勒死。那袁世凯也将生平的气力用尽，一撒手昏倒在床。众人上去七手八脚，将四姨太太的尸身抬出房去，又将袁世凯身体扶正躺下，看他脸上变了颜色，不住的喘气，总是出气多入气少。

大家静悄悄的围定在床前,也不敢叫唤,又不敢哭泣。正在危急时候,那闵氏悲不可忍,便觑众人不防备的时候,一纳头用力向龙床撞去,顿时脑浆迸裂而死。那床柱子一震动,却把袁世凯惊醒过来。一眼见闵氏死在床前,不觉点头流泪道:"死得好死得好!你在地下候着,俺来和你做着伴呢!"

袁世凯延挨到六月五日,忽然神气清爽起来。他便命克定、克端二人,去请徐世昌来。徐世昌直至榻前,袁世凯伸着一条颤巍巍的臂儿,和他老友相握。徐世昌正要用话安慰他,袁世凯命将全府的眷属男女大小共有五六十人,黑压压的挤了一屋子,一齐向徐世昌拜下地去。慌得徐世昌忙起身谦让。袁世凯在床上呜咽道:"我命在旦夕,我死以后,全赖老友成全,免得他们遗羞门楣。"说着又回过脸儿去,对一班子女姬妾们说道:"我死后你等大小事宜,统须向徐伯父请训;我与徐伯父是至交,你等事徐伯父须如事我一样。"满室中儿女姬妾,听了袁世凯的话,都齐声答应。有忍不住呜呜咽咽哭起来的,内中惟第八姨太大叶氏哭得尤其凄楚。袁世凯指着叶氏,对徐世昌说道:"诸妾中只这孩子秉性最是纯良,对我亦甚忠心,生子亦多,他日或得享受晚福。但种种须求老友多看顾她母子们。"徐世昌听了这种断头话,哭得老泪纵横,只是诺诺应着。袁世凯命家人们一齐退出,又传自已亲信秘书来,自己嘴里一句一句说着遗嘱,那秘书一字一字的写着。遗嘱上写明家产一百数上万磅,对于姬妾分三种支配:第一种是随侍多年而生有子女的;第二种是随侍多年而无子女的,以及随侍日浅却已生有子女的;第三种是随侍未久而无子女的。以全部财产百分之十之八之六依次递减。女公子已出阁的各给百分之一,未出阁的各给百分之三,其余统归于氏夫人为养老之费。分家产时,悉听徐伯父作主。遗嘱写成,由袁世凯亲笔签上名字,徐世昌也写上名字;又分头去请王士珍、赵尔巽、段祺瑞来,各个写上名字,算是中证。徐世昌见诸事议妥,便与王、段诸人一齐告退出宫。袁世凯又命人去请于氏夫人来。那于氏夫人和袁世凯究属是多年的老夫妻了,如今见丈夫病在垂危,也忍不住满脸淌着泪。袁世凯又嘱咐他身后大殓,须用祭天礼服,在京中开过吊,便须带领全眷,扶柩回籍,速葬在洹上。子孙便在洹上耕种度日,切不可再入政界。老夫妻二人谈论多时,袁世凯也觉疲倦了。第八姨太太送上参汤,略呷了一口,便沉沉睡去。直至次日清早醒来,又不住的呻吟起来,众子女姬妾都已赶到环立在床前。袁世凯忽瞪目大呼道:"快,快!"那舌根已木强起来。家人们急急将徐世昌请来。见袁世凯两颧泛着红色,睁大了眼光,那口中吁的气,一阵急似一阵,只听他直着喉咙喊了一声杨度,又喊了一声梁士诒,又喘了好一回气,又喊一声二人误我,只将上下唇张吸二次,便将身体一挺,双眼一翻,死过去了。这正是六月六日上午巳时,年纪五十八岁。

袁世凯死过以后,徐世昌终日在新华宫中,料理后事。段祺瑞又与各部总长开联席会议,第一件紧要事体,便是下一道袁世凯的遗令,将大总统职权让与副总统。他命令上说道:

民国成立,五载于兹。本大总统忝膺国民付托之重,徒以德薄能鲜,心余力绌,于救国救民之素愿,愧未能发摅万一。溯自就任以来,昼作夜思,弹勤擘划，虽国基未固，民困未苏，应革应兴，万端待理，而赖我官吏将士之力，得使各省秩序，粗就安宁，列强邦交，克臻辑治。抚衷稍慰，怀疚仍多。方期及时引退，得以休养林泉，遂吾初服，不意感疾，寖至弥留。顾念国事至重，寄托必须得人，依约法第二十九条，大总统因故去职，或不能视事时，副总统代行其职权。本大总统遵照约法宣告，以副总统黎元洪代行中华民国大总统职权。副总统忠厚仁明，必能宏济时艰，奠安大局，以补本大总统阙失，而慰全国人民之望。所有京外文武官吏，以及军警士民，尤当共念国步艰难，维持秩序，力保治安，专以国家为重。昔人言：惟生者能自强，则死者为不死，本大总统犹此志也！

六月七日，黎元洪便进京接受大总统的职位。那西南各省，本来拥戴黎总统的，如今见袁世凯已死，黎元洪已就职，便由唐继尧、刘显世、梁启超、岑春煊，陆荣廷、陈炳焜、吕公望、蔡锷、李烈钧、戴戡、李鼎新、罗佩金、刘存厚一班要人，具名通电，撤销军务院，服从黎大总统命令。接着，陕西将军陈树藩、四川将军陈宧、广东将军龙济光，先后取消独立。黎元洪便下令将各省将军，改称督军。又每省立一省长，专理民事，为军民分治的基础。奉天督军张作霖，吉林督军孟恩远，山东督军张怀芝，河南督军赵倜，山西督军阎锡山，江苏督军冯国璋，安徽督军张勋，江西督军李纯，福建督军李厚基、浙江督军吕公望，湖北督军王占元，湖南督军陈宧，陕西督军陈树藩，四川督军蔡锷，广东督军陆荣廷，广西督军陈炳焜，云南督军唐继尧，贵州督军刘显世；又令郭宗熙为吉林省长，毕桂芳兼黑龙江省长，朱家宝为直隶省长，孙发绪为山东省长，田文烈为河南省长，沈铭昌为山西省长，齐耀琳为江苏省长，倪嗣冲为安徽省长，戚扬为江西省长，胡瑞霖为福建省长，范守佑为湖北省长，朱庆澜为广东省长，罗佩金为广西省长，任可澄为云南省长，戴戡为贵州省长，此外有许多省份，都是以督军兼省长的。这大批官员，得了黎元洪的新任命，个个弹冠相庆。只有那班帝制祸首杨度、孙毓筠、顾鳌、梁士诒、夏寿田、朱启钤、周自齐、薛大可八人，由黎总统申令各省，一体严拿，交法庭详确审问，严行惩办。这原是一纸空文，所谓罪魁，都已饱得了金钱，向外国一躲，避过一时的风势。过了几时，又和鬼影一般，一个一个的出现了，直到现在，何曾办得一个。便是洪宪皇帝死过以后，依旧占据着新华宫，大办起丧事来，由政府派曹汝霖、周自齐、王揖唐三人为治丧大员。政府一方面下令，通缉帝制罪魁，一方面又派帝制罪魁承办丧事人典，这岂不是千古笑话？那曹、周、王三人，便大事铺张，下令全国各官署、军营、军舰、海关，下半旗二十七日，出殡日下半旗一日。灵柩驻在所，亦下半旗，至出殡日为止。文武官吏，停止宴会二十七日，民间停止音乐七日。文官左臂缠黑纱二十七日，武官及兵士在左臂及兵柄上缠黑纱二十七日，各官署公文封面纸面用黑边，宽约五分，亦二十七日。从殓奠之后一日起，至释服日止，在京中文武各机关，除公祭外，按日轮班前往行礼。京外大员，有来京者，即以到日随本日轮祭机关前往行礼。出殡之日，鸣礼炮一百零八响，在京各路军队分班至新华门举枪致敬。自这个命令颁布以后，新华宫中进出的吊客，尽是政府大员。车马喧阗，十分热闹起来。袁克定率领诸弟，匍匐在孝帏以内，充当孝子。徐世昌又终日在宫中,照料内外宾客。又代处理家事,把个老头子忙得无片刻休息。

欲知后事如何,且听下回分解。

# 第七十回　国会重光冯华甫中选　伟人遽弱黄克强病逝

新华宫中丧事正办得热闹，忽然那皇妃洪氏、周氏与长公子在孝帏内大哭大吵起来，把袁世凯的棺木打得震天价响，大声哭嚷着说："不能做人了，要出府去削发做尼姑去了！"把个孝堂吵得秩序大乱。后来还是请徐世昌进来调解，每人分给家产六万，立刻出府去，自由行动。到了治丧期满，便将袁世凯棺木，搬运回彰德去。灵柩移至车站，沿路观看的人山人海，所有旗亭乐队，蜿蜒十里。京中大小文武官员，一律步行执绋。外国各公使和清皇室代表，恭送至中华门内。所有文武各机关长官、上级军官、各机关特派人员，及大总统特派承祭官，一律随柩送至彰德故第。在灵前挂着一副竟丈的挽联，上面大书道："共和误民国，民国误共和；百世而后，再平是狱。君宪负明公，明公负君宪；九泉之下，三复斯言。"下面具名便是杨度二字。此外挽对素帏，多至一千余件，竟把内外大宅院的四壁都挂满了。袁克定皇太子虽做不成，但从此在家中作威作福，竟做起一乡的土皇帝来。

黎元洪将袁世凯的丧事办妥以后，接连接着各处的电报，张勋又组织七省同盟，联合直隶、安徽、山西、河南及东三省的代表，在徐州开会议决十条。第一是优待清室；第二是保全袁世凯身后荣誉，及其家属生命财产；第三是速行组织国会，施行完全宪政；第四是取消未归附各省的独立；第五是抵制迭次倡乱的暴烈分子，不得参预政权；第六保卫本省治安；第七如有用兵之时，合力筹饷；第八干涉中央弊政；第九固结团体，取同一态度；第十国事稍定后，罢除苛细杂捐。同时西南各要人，也通电要求四大条件：第一是恢复民国元年的旧约法，废去民国三年袁世凯的新约法；第二重行召集民国二年被袁世凯解散的国会；第三严办帝制罪魁十三人；第四速召集军事会议，妥商善后办法。对于召集国会的事体，已有旧议员谷钟秀、孙洪伊一班人，在上海登报，自行召集。除在洪宪时代做过官吏的一律排斥外，旬日之间，已有会员三百人，齐集在上海。此时段祺瑞充当国务卿，他对于恢复约法的事，不肯用政府的命令。他说这是用政府的命令变更国家法律，从此开一恶例，有碍立法尊严。但在唐绍仪、梁启超一班人说来，民国三年的新约法，是袁世凯私意造成，不能认为法律，只能认为一种不法的命令。如今用合法的命令废去那不法的命令，于立法律精神毫无损害；况且如今副总统继任大总统，以及国务院的重行成立，都是根据于民国元年的旧约法。在实际上说来，如今黎元洪、段祺瑞的地位，必须先推翻新约法，才有立脚点。这议论透辟，理由充足，但段祺瑞还不肯用明令恢复，惹得海军总司令李鼎新，为要求恢复元年约法、重开国会、成立正式内阁，便率领他的第一舰队及练习舰队，宣布独立。中国当时的海军，只有第一舰、第二舰及练习舰三队。第一舰队便是外海舰队，所有几艘大兵船，都在他司令手下。段祺瑞经此打击，便与黎总统商量，下令召集旧国会，恢复旧约法。又明令任段祺瑞为国务总理。可怜黎元洪是著名一位忠厚老实的人，大家取他绰号称他"黎菩萨"，如今与这个军阀首领挟有实力的段总理相处，那得不被他玩弄于股掌之上。总理说是，总统不敢说非；总理向东，总统不敢向西。当时段内阁的人才，除段祺瑞自兼陆军总长外，唐绍仪为外交总长，孙洪伊为内务总长，陈锦涛为财政总长，程璧光为海军总长，张耀曾为司法总长，范源濂为教育总长，张国淦为农商总长，许世英为交通总长。八月一日，旧国会重行开会，第一件议案便是追认内阁人员，全体都投同意票。第二件议案便是选举副总统，在十月三十日由参众两院议员七百二十四人联合投票选举副总统。结果冯国璋得五百二十票当选，所有江苏督军一席，仍由副总统兼任。此时内而国会问题，外而正、副总统问题，都依法解决，国家又表现出太平的气象来。在民国五年的双十国庆纪念日，全国民众便兴高彩烈的举行庆祝典礼。黎元洪为结好民党起见，特授孙文大勋位，黄兴勋一位，蔡锷、唐继尧、陆荣廷、梁启超、岑春煊因反对帝制，再造民国有功，也得授勋一位。段祺瑞、王士珍、冯国璋给予一等大绶宝光嘉禾章。果然人人欢欣，处处安静。

安静不多时，忽然有两个民国伟人，先后逝世，把全国人民都笼罩在悲风凄雨中。这两位伟人，一个是黄兴，一个是蔡锷。黄兴自从二次革命，在上海失败以后，便退居海外，时时不忘救国的事业。待蔡锷在云南独立，黄兴又悄悄的回上海来，投宿在东洋旅馆，召集同志秘密进行革命事业。不久又在广东组织军队，黄兴自任司令官，与北方军队交战，着着胜利。直至袁世凯去世，各皆取消独立，黄兴也觉劳苦日久，便带领他长子一欧，回到上海来休息。民国五年的双十节，是再造民国以后第一个大热闹日子，黄兴眼看他手造的民国转危为安，也觉十分有兴。便预先约定几个同志，欲在国庆日齐集上海张园开庆祝筵宴。到了十月十日，他便一清早起来，指挥家人在门口张挂旗彩，又亲自料理花草。忽然北京大总统命令下来，授他勋一位，黄兴想起一身的辛苦和眼前的荣誉，心中又是悲伤又是感激。意欲亲自动笔，写一信与黎大总统，辞去勋位。才一转步，忽觉耳鸣目眩，身体摇晃，口鼻中不住的喷出热血来，几欲仆倒。幸得他公子在一旁扶住，送进卧室去躺下。一面急请德国医生医治，在心脏上打下一针，才救醒过来。黄兴自知病不能起，便嘱咐一欧，拍电至北京，辞去勋位，一面拍电至日本长崎，唤一欧的母亲和诸弟回国。黄兴的病势一天沉重一天，那皮肤下层一齐现出黄色来。医生诊断，说是胆汁混入血管，势甚危险。此时黄兴吐血不止，延至十月三十日，病势更凶。适值孙中山、唐绍仪二人赶到，黄兴睡在床上，语言模糊。但他勉强一字一字的说着，孙中山坐在榻旁，静听他说道："民国大难方兴未已，我死以后还望二公极力维持！"孙、唐二人，不觉洒下英雄泪来，点头应诺。又劝他安心静养。谁知便在第二天的清晨，又吐血数升，延至午后四时死去，年纪只得四十一岁。江苏省长急派人员到上海来帮办丧事。黎元洪得了凶报，也甚是悲伤，立刻下令派王芝祥致祭，给治丧费二万元。出殡的一天，执绋的数千人，盘柩回湖南，用国葬礼建造高大祠墓。这黄兴的丧事方了，接着又要办蔡锷的丧事。

蔡锷是一个血性男儿，他虽受袁世凯聘请，充当军事顾问，但他见袁世凯的行为一天乖谬似一天，竟欲危及国家，使他如何能忍得。当时在北京地方，便要闹起来了。幸得他先生梁启超，劝他说现在袁世凯手下男女侦探密布，我们须敛起锋芒，才不招忌讳，蔡锷听了，点头称是。他为避人耳目起见，从此便醇酒妇人，终日潦倒起来。蔡将军在花丛中涉足，颇赏识一个名妓名小凤仙的。这小凤仙不但长得容貌绝世，且读得许多书本，深明大义。虽因家境贫寒，父母逼她堕入平康，但小凤仙总抱着择人而事的志愿。平日出入她妆阁的，颇多俗宦贱贾，小凤仙却一个不拿他们放在眼睛里。每有陪宴伴坐，任你如何对她调笑，她总是冷若冰霜。从不假人颜色。同院姊妹，见她如此慢客，人人替她抱忧。谁知小凤仙愈是慢客，那客人愈来得拥挤不开，樱桃花下，车马喧阗。因此京城地面小凤仙的名字，大噪起来。传在蔡松坡耳中，他这时正欲借醇酒美妇遮掩他自己的行藏。在一天黄昏时候，穿一件旧皮袍，戴一顶旧小帽，踅到小凤仙院子里去。院门外车马如云，院门内奴仆成群，望见妆阁里正是灯红酒绿，粉腻脂香。一阵阵嘹亮笙歌，送入耳中，真欲迷人如醉。这位蔡将军孤凄凄独立在院子里半晌，半晌不见人前来招呼。他便大踏步，自己闯进房去。见一个矮小龟奴，上前来拦住，问明是开盘子的客人，便把他一领领进了后屋一间小客室里。又冷清清的坐了半天，才有一个老婢懒洋洋的端进两只盆，一碗茶来，向茶几上一搁，转身便走。蔡将军慢慢的磕着瓜子，又守候了多时，只见门帘一动，眼前一亮，踅进来一个天仙似的美人。说也奇怪，这位美人一见了蔡将军，好似中了电气一般，两道闪电似的眼光，尽在蔡将军上下身乱转。忽然噗嗤一笑说道："好哇！你是哪里来的贵人？却扮着这穷样儿来哄我吗？"说着把柳腰儿一侧，挨着蔡将军坐下。蔡锷假造了一个名姓，说自己实在是一个穷书生。只因渴慕美人，特破戒前来一见，如今得见美人，便也心满意足了。像我们这样的穷措，还敢有别的奢望吗？说着站起身来便走。小凤仙急张着粉藕似的玉臂，将蔡将军当胸拦住，按他在椅子上坐下，一转身退出房去，将房门闭上。只听得察搭一声，外面已将键儿锁上了。蔡将军见小凤仙如此举动，心中万分诧异，但既已来此，只得静静的守着。直守到更深人静，蔡将军饿得肚子里呱呱的叫起来，双眼朦胧，颇有睡意。忽然呀的一声，房门开了，那位美人又走进屋子来，不住的向蔡将军裣衽赔罪说前房那些讨厌东西，都给我赶跑了，如今俺们一块儿吃饭去。蔡将军推托着要回去了，小凤仙如何肯依，便与蔡将军手挽手儿走进前房来。一脚踏进房门，不由得喝一声彩。这哪里一点儿像窑姐儿的卧房，竟是骚人墨客的书房。四壁挂着名人字画，当窗设一张书案，洁无纤尘。案上笔砚精良，案头置一本初拓黄庭经帖，一本引凤楼诗稿，一页一页写着灵飞经小楷，匀净柔媚。蔡将军看了这样的布置，先已对了他的胃口，小凤仙此时已换了内家的装束，谈吐温雅，举止端庄，竟是一位大家眷属，全不见半点轻狂。小丫头端上酒菜来，两人对坐着，浅斟低酌。小凤仙说："这房间是她退休的私室，从不许俗客进来的；今日一见先生那种清秀英俊的样儿，决不是俗客，故特意留住大驾，谈谈心。可怜我自吃了这捞什子的饭，终日被那班俗物缠得心痛；今日得遇先生，是天意使你我相见，俺们订一个忘形之交，结一个精神上的伴侣好么？"

欲知后事如何，且听下回分解。

## 第七十一回　识英雄小凤仙寄痴情　苦风尘蔡松坡赍壮志

小凤仙见了蔡将军，便出奇的缠绵起来；谈吐风雅，举动温柔，全无半点儿窑姐儿的习气。蔡将军是一个铁铮铮的丈夫，几乎被她一缕柔情束缚住了。但蔡将军是有国家大事在心的，如何肯为一小女儿自坏前程呢？当晚在小凤仙妆阁中，用过酒饭，硬着心肠，离了香巢。从此蔡将军便借小凤仙的妆阁，为同人秘密会集的地方。蔡松坡旧部，全在云南、四川一带，暗地里与滇、川密电往来。此时小凤仙与蔡将军已有了相当的交情，蔡将军见小凤仙心地忠实，且深明大义，便也将自己的机密事对他说了。小凤仙知道了蔡将军的家世，自夸眼力果然不差。从此，他二人的爱情，更是深结不解。云南起义的事，已渐见成熟，蔡松坡先遣发他一个心腹部下名王伯群的，充当代表，秘密入云南去见唐继尧，传达一切计划，并约定起义日期。那日期一天逼近一天，小凤仙芳心中一天忧急似一天，依小凤仙的心愿，立刻跳出火坑，嫁作蔡将军做妾，随往云南去，以便晨昏侍奉。无奈蔡将军此次人滇，是秘密的行径，莫说不能带一妇人，便是一个仆人也不能同行。蔡将军此时感动了小凤仙的柔情，虽也有金屋藏娇之意，但时机未至，只得好言安慰着小凤仙，俟军事平定以后，再实行嫁娶，现在只得彼此忍受着这两地相思的滋味。小凤仙听了这多情英雄的话，止不住扑簌簌落下泪珠来。蔡锷要安慰美人起见，第二天从总统府见了袁世凯出来，穿着上将制服，全身披挂得金碧辉煌，便赶到小凤仙妆阁里来。小凤仙也浓妆艳服，与将军并肩儿坐在一辆油碧香车里，前面一双栗色高头大马，高视阔步的在大街上来往着，照耀得街上人人眼花，个个称羡。小凤仙倚傍着蔡将军的肩头，心中说不出的得意。谁知这是蔡松坡预定的计谋，他带着小凤仙在大街上听戏上馆子，玩了一天，直到更深，回至小凤仙妆阁中，才将计谋对小凤仙说知。小凤仙知道蔡将军要和她分离了，惹得她直哭了一夜。蔡将军打叠起千万温存安慰她，又留下一万元钱，听她使用。两人唧唧哝哝直谈到天明。蔡锷趁清早，改装了一个煤夫，从小凤仙院子的后门悄悄溜出去。

蔡将军此去，受尽千辛万苦，沿路避着人耳目，昼伏夜行，偷渡镇南关，才得到达云南，又统带雄兵，出生入死，转战千里，无坚不摧，无敌不破。在泸州一役，几乎生擒了张敬尧；在綦江一役，活活赶跑了曹锟。从此威震天下，所向无敌。但将军驰驱山谷，躬冒风雨，身体便暗暗的受了损伤。直至黎元洪下令，拜他为四川督军，蔡将军已精神大坏，得了咳嗽病，一天重似一天。旧时四川将军陈宧与蔡将军联名独立，袁世凯便密令重庆镇守使周骏督理四川军务。周骏因怕西南兵力，虽接了袁世凯命令，却依旧按兵不动，直至袁世凯去世，周骏忽率兵西进，直逼成都。陈宧大怒，亦急急备战。四川绅士出来调解，又请政府将陈宧调去为湖南督军，周骏回重庆镇守使原任，令蔡锷率大军入川，为四川督军。此时必锷病倒在叙州，久咳之后，继以吐血，连喉音都哑了。医生断为神经衰弱，血枯力乏，劝他静养；但成都陈、周二军，剑拔弩张，大有一触即发之势。那四川人民，又朝发一电，暮遣一使，催促蔡将军入川定乱。蔡将军以民命为重，只得力疾赴任，将两方军队调遣停妥。他又兼任省长，事务更加忙迫，连日与帮办罗佩金处理军民大事。身体实在支持不住了，又得了失眠的症候，在蔡将军自己还想挣扎下去，后经左右苦劝，医生亦竭力警告，蔡锷便将军民各事，交与罗帮办代理，自己从成都起程，到上海去就医。上海各机关各闭休，连日开会欢迎；无奈蔡锷此时病势毫不轻减，又因喉痛失音，不能与人谈话，便将各处欢迎会一律谢绝，只在虹口日本医院中静心养病。蔡松坡是梁启超最得意的门生，梁启超打听得蔡将军有病，心中十分记念，便急急由广东动身，到上海来探望他。这时蔡将军在医院中已住了半个月，病势渐觉轻减，喉音已复。他师生二人见了面，真是患难余生，悲喜交集。蔡松坡见了梁启超，还执行弟子礼，站立在一旁，口口声声自己称学生。梁启超劝他身在病中，不拘礼节，蔡松坡正色说道："从来说一日为师，终身为父。况蔡锷今日功业，全出师恩，岂可效时下轻薄儿，一旦得意，便目无师长耶！"梁启超不便与他多谈，只临别时，执着蔡锷的手，低低嘱咐道："你我推翻帝制，外间仇家甚多；吾弟住在院中，须刻刻提防。"蔡锷听了，也点头称是，梁启超别后，蔡锷的病势，忽然剧烈起来，咳嗽日夜不停，喉中如虫豸蠕蠕爬动，饮食语言，十分艰难；到了夜间，依旧终夕睁大了双眼，不能安眠。那院中医生，劝他到日本去就医，蔡锷也很愿意。第二天，由虹口医院中悄悄的出来，下了日本邮船；此时有梁启超接到电话，急急赶至码头送行。师生二人，依依惜别，说定一到日本，便当用电报报告病情。隔了五六天，果然接得蔡锷电报，说在福冈医院，病有转机。梁启超将这电报传各友朋观看，大家略略放心。不多几天，便是十一月八号竟由日本福冈医院直接通电与梁启超。梁启超接电报在手，已撑不住一阵心跳，待将电报号码译出来看，果然是"蔡锷于本日下午四时去世"十一个字。梁启超只喊得松坡两字，便已忍不住眼泪如潮水一般的涌出来。直至十日以后，才将蔡将军的灵柩运至上海。据那伴送蔡将军的人说："蔡将军初到日本，病势却没有变动。过了几天，便是日本的天长节，全日本地方，举行盛大的提灯会。蔡将军还勉强支持着，由数友伴着，在街市中乘车游览，兴尽归来，已是傍晚时候。忽接得上海黄兴逝世的急电，蔡将军不觉动了悲感，从此抑郁不欢，病势大变。到十一月八号上午，已是不能起坐，医生也束手无策。忽听得天空中轧轧的机声，蔡将军忽然从床上挣扎着起来，用手指着窗外，意欲观看天空的飞机，由看护扶着，缓缓下床，倚窗眺望。一架白色飞机，适从屋顶上飞过，看它翱翔自得，进退自如。蔡将军见那飞机远向西方天末飞去，他不觉目送天空，欷歔说道："西方是俺中华祖国，俺从此要与他长别了！"说着，一阵眼花，伏身在看护肩头，扶至床前睡下。直至下午四时，便悠悠逝世，年只三十七岁。这样盛年的英雄，竟因劳苦夭折，噩报到中国，次日在报纸上宣布，无论识与不识，一齐泪下。又隔一天，黎元洪下令道：

勋一位上将衔陆军中将蔡锷，才略冠时，志气弘毅；年来奔走军旅，维持共和，厥功尤伟。前在四川督军任内，以积劳致疾，请假赴日本就医；方期调理可痊，长资倚畀。边闻溘逝，震悼殊深！所有身后一切事宜，即着驻日公使章宗祥遴派专员，妥为照料。给银二万元，治丧。俟灵榇回国之日，另行派员致祭，并交国务院从优议恤，以示笃念殊勋之至意。此令。

这个命令一宣布在报上，差不多天下人都知道。此时最伤神的，要算是那名妓小凤仙。她自蔡将军去后，便撤去牌子，拒绝宾客，淡扫蛾眉，静守闺中。她因蔡将军在西南作战，便每天注意报纸上的消息。有时蔡将军在百忙中，也寄个柬儿给他意中人，写来情致缠绵，宛转动人。小凤仙每接到将军情书，便将它藏在贴身衣袋里，坐着也读，行着也读，睡时也读，醒时也读。一缕芳心，不觉飞越关山，依依在将军身上了。这样的度着岁月，看看报纸上西南战事已了，蔡将军就任四川督军，小凤仙心中欢喜，每每对镜开颜。她同伴姊妹们齐来向她贺喜，说她不久要上任去做督军太太了。后来隔了多日，不见蔡将军有音信来；在小凤仙意料将军将亲自来京，所以没有信了。后来忽见报上说蔡将军抱病到上海就医，又转至日本就医；把个小凤仙急得终日惶惶，在闺房中烧着香烛，不停的向空中叩头祷告，说愿将自己身体代蔡将军去死。可怜她从此茶饭无心，睡眠不安。往往在半夜中，大惊小怪的呼喊起来，说："外面有人打门，送蔡郎的电报来了！"那假母被她每夜惊起来几次，待到去开门看时，只有一丸冷月，几阵清风。每次必得假母再三安慰，才能略略睡去。人的精神有限，小凤仙又是娇弱的身躯，她自从蔡郎去后，刻骨相思，深入梦寐，又因忧念蔡郎的病体，她自己也撑不住病了。在病中她还叮嘱小丫头，每日去买报纸来看，一日，忽见报纸上登载着蔡将军的死耗，把个小凤仙惊得从床上直跳起来，只直着嗓子唤了一声："蔡郎！"一时气闭，晕绝过去。忙得那假母和同伴姊妹，纷纷唤救。待到小凤仙哭醒过来，看她两眼直视，见人便唤蔡郎，耸身直扑上去，竟是疯癫一般，吓得屋子里的人，四散奔逃。假母急请西医来调治。西医打下安睡针，才得安睡，几天以后，神志渐渐清醒。她也不哭，也不吵，待到黎元洪下令优恤蔡将军，小凤仙也在报纸上看见到了。第二天日上三竿，还不见小凤仙开房门，假母心中大疑，急唤同院姊妹，一齐打门进去。只见小凤仙严严的裹在被里面，再看时，她脸色铁青，气息如丝，竟是服毒的样子。假母大声呼唤，小凤仙眼眶中只流下两行眼泪来。急急将她车送到医院中去救治，已是来不及了。后来假母从她的镜奁中搜出一张绝命书来，上面大约说："妾与蔡郎，生不相逢，死当可依；或者精魂长在，飞越重洋，追随蔡郎，得依依于地下，永作黄泉伴侣，不愿再生人间。死后若再不能如愿，妾愿作恨海啼鹃，望白云苍茫处，夜夜悲鸣！"这小凤仙死后，京城风月场中，传为佳话；便是传在蔡夫人耳中，也称难得。此时蔡锷的灵柩，已到上海；那码头上迎接的人，个个挥泪，人人悲伤。最难当的，便是那共心志同患难的梁启超，见了他门人蔡将军的棺木，竟抚棺大恸。在上海开吊，素车白马，充塞道路，便是各国领事和英、美、法、日海军，也齐来执绋。灵柩回籍，在上海送葬的人，竟有五六千之多，手挽白带，蜿蜒数里。各国军士，迭奏哀乐，在上海英租界大马路上走着，整齐严肃，另有一种悲壮气象。

欲知后事如何，且听下回分解。

# 第七十二回　孙总理重组革命党　卢夫人力持离婚议

蔡锷与黄兴二人死后，同用国葬大礼，在原籍立祠立墓；穹碑高树，详镌生前功绩。这二人虽是同为保护中国共和政体的伟人，但他们的派别不同：黄兴是属于国民党的，蔡锷是属于宪政党的。此次云南起义，反抗帝制，虽是梁启超、岑春煊一班人从中主持；但孙中山却也在暗地指挥，将长江方面的军事交给了陈其美，将广东方面的责任交给了黄兴。黄兴自充总司令，与广东龙济光开战，前广东都督陈炯明，受黄兴的指挥，奋力与袁世凯的军队厮杀。此时袁世凯未死，势力未灭，那民党的军队又不能得云南军务院的帮助，便着着失败下来。陈英士被刺，陈炯明兵败逃至新加坡；孙中山写信给袁世凯道："君今已为国家之罪人矣，则我日前反对满清之举，将起而反对君矣！"几句话说得义正辞严。孙中山在香港，那香港政府因表同情于袁世凯的帝国主义，便下令捕拿孙中山。后得日本领事帮助，发给护照，从福州暗渡至台湾，又从台湾到日本东京。此时国民党十分失势，有许多党员对于革命的事业怀疑，纷纷脱离孙中山。但孙中山总是劝着同志说道："你为什么灰心？你为什么惨伤？十年来以我们工作没有成功，于是我们成功了，现在又失败了！所以让我们忘记去了成功，而重新到十年前的地位去！"但一般趋炎附势的同志，决计不愿再受失败，竟掉头不顾，抛下孙中山去了。孙中山见此情形，知道国民党非重行组织不可，便召集真正的革命同志，在日本组织中华革命党，用严格的训练，使同志绝对服从党纲。举定职员：孙中山为总理，居正担任党务部，胡汉民担任政治部，张静江、廖仲恺担任财政部，许崇智担任陆军部，发行《建设月报》为宣传机关。此外又有星期评论、民国杂志。由孙中山、胡汉民、汪精卫、朱执信、廖仲恺、戴天仇数人担任撰著。孙中山便在时期内，发表《孙文学说》《民权初步》《实业计画》等救国的根本文章。所有《中华革命党的组织大纲》，是很有关系于后来中华民国政治历史的，如今将它附写在下面：

中华革命党总章　一、本党名曰中华革命党。二、本党以实行民权、民生两主义为宗旨。三、本党以扫除专制政治，建设完全民国为目的。四、本党进行秩序，分作三时期：（一）军政时期，此期以积极武力扫除一切障碍，而奠定民国墓础。（二）训政时期，此期以文明治理，督率国民建设地方自治。（三）宪政时期，此期俟地方自治完备之后，乃由国民选举代表，组织宪法委员会，创制宪法。宪法颁布之日，即为革命成功之时。五、自革命军起义之日，至宪法颁布之时，名曰"革命时期"。在此时期之内，一切军国庶政，悉归本党负完全责任，力为其难，为同胞造无穷之幸福。六、凡中国同胞皆有进本党之权利义务。七、凡进本党者必须以牺牲一己之身命自由权利，而图革命之成功为条件。立约宣誓，永久遵守。八、凡党员须纳入党费十元，每年年捐一元于本部;惟前时曾致力于革命,及现在为革命奔走者悉免。其有额外义捐巨资者,照事前筹饷章程办理。九、每党员至少须介绍新进一人,方完义务。其于革命军起义之前介绍新进百人者,记功一次,千人者记大功一次,照酬勋章程办理。十、凡党员有背党行为,除处罚本人之外,介绍人应负过失之责。十一、凡于革命军未起义之前进党者,名为首义党员,凡于革命军起义之后革命政府成立以前进党者,名为协助党员;凡于革命政府成立之后进党者,名曰普通党员。十二、革命时期之内,首义党员悉隶为元勋公民,得一切参政执政之优先权利;协助党员得隶为有功公民,能得选举及被选举权利;普通党员得隶为先进公民,享有选举权利。十三、凡非党员在革命时期之内不得有公民资格,必待宪法颁布之后,始能从宪法而获得之。宪法颁布以后,国民一律平等。十四、凡有功于本党,或曾在本党人员之麾下服务一年者,虽未照第七条之手续进党,若得党员十人之保证,可补立誓约,请本部追认为首义党员,得享元勋公民之权利。十五、本党公举总理一人,协理一人。十六、总理有全权组织本部,为革命军之策源,协理辅助之或代理之。十七、本部各部长职员,悉由总理委任。十八、各地支部长,由各地党员推荐,总理委任。十九、本部之组织如左:(一)总务部;(二)党务部;(三)财政部;(四)军事部;(五)政治部。二十、每部任部长一人,副部长一人,职务长若干人,职务员若干人。二十一、总务部之职务如左:(一)总务部庶务;(二)接洽内地支部;(三)接洽海外支部;(四)制管公文符印;(五)交涉党外事宜;(六)办理不属他部之事。二十二、党务部之职务如左:(一)主盟新进;(二)存管誓幸册籍;(三)调查党员履历;(四)招待外宾;(五)传布宗旨。二十三、财政部之职务如左:(一)管理党中度支;(二)接收支部党费义捐;(三)筹集事前款项;(四)规定运粮方法;(五)计划事后财政。二十四、军本部之职务如左:(一)物色并培育将才;(二)调查各省敌情;(三)计划作战;(四)运动敌军;(五)调查并购制武器;(六)筹备军政。二十五、政治部之职务如左:(一)物色并培育政才;(二)筹备中央政府;(三)规划地方自治;(四)审定建设规模。二十六、凡属党员,皆能赞助总理,及所在地支部长进行党事之责,故统名之曰"协赞会",分为四院,与本部并立为五,使人人得以资其经验,备为五权宪法之张本。其组织如左:(一)立法院;(二)司法院;(三)监誉院;(四)考试院。二十七、协赞会会长一人,副会长一人,由总理委任,各院院长由党员选举,但对于会长负责任。二十八、立法院之职务如左:(一)创制各部规则;(二)提议修改总章;(三)批准支部章程;(四)筹备国会组织。二十九、司法院之职务如左:(一)裁判各部或职员之冲突;(二)裁判党员之争执及处罚事宜;(三)裁判各支部分部之冲突;(四)筹备司法院之组织。三十、监督院之职务如左:(一)监察党务进行;(二)责备职员服务;(三)察视职员行为;(四)稽查党中账目;(五)筹备监察院之组织。三十一、考试院之职务如左:(一)考验党员才干;而定其任事资格;(二)调查职员事功而定其勋绩;(三)筹备考试院之组织。三十二、支部为各地之自治团体，得自行议立章程，请本部批准；并推荐支部长，请本部总理委任。三十三、支部长便宜行事派委人员，在其附近地方设立分部，而直接统辖之。三十四、分部发达至万人以上者，能自立为支部，直接受本部统辖。三十五、凡国内及海外各种政治组合，及爱国团体人数过万，有欲归属本党者，须照章写立誓约缴入党捐，便得为本党支部。三十六、国内支部专事实行，海外支部专事筹款；所事虽异而成效无别，故于革命成功之日，国内海外各支部同一享参政之权利。三十七、革命政府成立之后，每支部得举代表一人，以参预政事，组织国会，并各种补助机关以助政府之进行。三十八、各支部皆有权推荐人才，政府当量才从优器使。三十九、本党总章之修改，须由立法院之提议，得本部职员及协赞会职员三分之二之可决，乃得修改之。

国民党自从改组为中华革命党以后，精神为之一振，凡在党中奔走的，全是忠实同志，刻刻不停的在各方面做秘密工作。自从袁世凯死后，黎元洪继任，孙中山的行动才得恢复自由，时时在上海广东各重要地方来往。这时候，在孙中山家庭中发生了一件重大的变动，便是孙中山与他夫人卢氏离婚的事。当孙中山二十岁的时候，与夫人卢氏结婚。这婚姻原是孙中山的父母和几位媒人在一起竭力主持，订定夫妻的名义。卢氏的母家虽与中山的故乡翠亨相离不远，但直至红氍交拜的时候，才得与他夫人见面。孙中山是一个志在四方的人物，如何耐得这温柔乡的束缚？所以他结婚不久，便又在各处奔走。在卢氏未嫁以前，孙中山常到火奴鲁鲁去，眼见外国人婚姻自由的幸福，便屡次向他父母提出撤销专制婚姻的要求。他父母是受过旧礼教洗礼的人，如何肯允他儿子的要求。但孙中山自结婚以后，虽不常在家中，却也与他夫人和好，继续生了三个男孩儿：长子名科，字哲生，后在哥仑比亚和加利佛尼亚大学毕业，做了一个海外商人。次子名孙贤，幼年已夭折了。三子名孙安，亦在美国读书，回国随母亲卢氏在澳门居住。“夫妻多情，白头相守”，原是普通妇女的希望。卢氏见丈夫淡于儿女私情，时时分离，又在外面干出许多危险事体，几次险些送了性命，卢氏心中不免有几分忧虑，又有几分愁怨，觑他丈夫回家来的时候，总苦苦的劝着罢了手，不要再干这革命的事体了。孙中山原也爱他夫人贤德的，但一听到这种话，便掉头不顾的去了。因此他夫妻之间，便渐渐的感情隔膜起来。直待到孙中山二次革命失败以后，重作亡命之客，前往日本，夫人卢氏便推托说欲回母家侍奉双亲，不愿随丈夫到日本去避难。孙中山虽不满意于她婚姻的结合，但夫妇相处多年，不免也一点交情，再三劝说妇人是不能离丈夫的，你又是一个旧式女子，没有独立的才能，也没有独立的财产，如何可以离开丈夫呢？卢氏此时认定她丈夫此次又要去做革命的工作，却是极危险的事，她对于从前已经过去的危险，是饱经忧患的了，此后她再也当不起这个忧患的了；一任她丈夫如何劝戒，她总不愿再随她丈夫去度这亡命的岁月。后来孙中山又说若单身到日本去，一切饮食起居，苦于无人照顾，卢氏近年来照料丈夫的饮食衣服，使孙中山成了一个习惯。

欲知后事如何，且听下回分解。

# 第七十三回　宋庆龄慧眼识英杰　李烈钧独力抗凶徒

卢氏此番是决意不愿随丈夫同去的了，听孙中山说孤身在外，没人照料，卢氏一点也不迟疑便说："可纳一妾，朝夕听候呼唤。"孙中山到此时知道他夫人的意志十分坚决，再也无可挽回了，便凄声向卢氏说道："你真的忍心割断了我俩二十年患难夫妻的交情，不愿跟随我一起了么？"卢氏听了虽也不觉动了情感，落下眼泪来，但她最后竟也同意与孙中山的离婚条件，山律师主持，在条约上签了字。孙中山因怜惜他夫人的没有自立才能，便愿意把自己所有的很有限的几个积蓄的银钱，如数的送给他的夫人，作为他夫人终身的赡养费。便在这时候，孙中山和他的夫人黯然而别，一个回他广东的家乡去，一个率领了他一班最亲信的同志东渡到日本去，再做那革命奋斗的工作。起初住在横滨，后来因要指挥一切机密事体，便秘密到东京地方来。由同志的介绍，住在一家姓宋的华侨家里。那宋先生是一个热心于祖国的老前辈，一生在美国南洋一带经营商业，受尽外国政府暴力的压迫。自己的祖国在异族手中，那异族政府一点也不注意保护海外华侨的事业，因此宋老先生大愤了，他常常对朋友说："倘然我们祖国能赶跑了异族，重见光明的一天，老夫愿将一生所有，尽数捐助在革命事业里！"待孙中山创办同盟会，宋老先生远在加拿大，便有人去劝他入会，因此，宋老先生也是一位老同盟会员。后来武汉起义，南京临时政府成立，宋老先生捐助了不少的银钱。孙中山心中很感激宋老先生的仗义疏财，但七八年来彼此总是神交，一个在东，一个在西，老不得见一回面儿。凑巧如今孙中山又做亡命客了，跑到日本去，这宋老先生在日本经商，十分顺手。家里住着巨大的洋式房屋，手中也有巨大的财产，他二人第一次见面，说不尽彼此想慕的深情。宋老先生又听说孙总理此次不曾带得家眷，便将孙中山留住在自己的家里。宋家不但宅第宏敞，且饶有园林之胜，孙中山住的偏西一座书房，望去水木明瑟松竹掩映，境地十分清幽。孙中山这时正忙着改组中华革命党，每日在书房中和重要同志开着秘密会议；有时从朝至暮，谈论不休。宋老先生也参预密议，从此宋老先生看待孙中山，好似家人父子一般。他除讨论国家大事以外，所有孙中山的衣食起居，也十分注意。尤其是宋老太太，她生成是一副慈爱的心肠，见孙中山孤客，独自便时时去嘘寒问暖；便是宋老先生的子女，也早晚伴着孙中山说笑游玩。长女宋霭龄，次女宋庆龄，幼女宋美龄，个个都长得花月容貌，冰雪聪明。便是宋家大公子宋子文，次子安，虽尚年幼但也长得玉树临风，一般甚是俊美。孙中山异乡孤客，得此小友，却颇可慰得寂寞。尤其是美龄、子文、子安三人，都在稚年，终日嘻笑跳浪，有时围在孙中山膝前纠缠不清，要听他讲些海外奇谈。孙中山也觉孩子们娇憨可爱，便对他们讲些世界的奇俗异境，又讲些自己革命党中伟人悲壮的事迹。说得三个小孩子个个眉飞色舞，便是霭龄、庆龄姊妹二人也随待在一旁，默默的听着。眼见这世界的唯一英雄，中国第一任的大总统，亲口演讲他生平掀天揭地的事业，那一寸芳心，兔起鹘落，起了无限羡慕钦敬之意。只因女儿家害羞,只是在一旁默默的听着。这位长女公子生成丰肌玉貌,仪态万方;次女公子却又是娇小玲珑,容光绝艳。她从前在美国威斯连洋大学留学的时候,曾被美国人公举为东方第一美人。这位女公子的美誉,从此传遍世界。孙中山在退休的时候,得此一双丽人,好似小鸟依人一般,左右追随,却也能减去不少愁思。此时党中正筹集大宗军火饷银,由日本潜送内地,派李烈钧赴云南,居觉生赴山东,朱执信、陈炯明回广东,程潜回湖南,于右任回陕西,分路起兵。孙中山在日本十分忙碌,昼夜不得休息。日间召集同志开秘密会议,夜间手不停挥,起草各路的函电。所有议案文稿,全是重要秘密的,苦不能令外人帮助,孙中山实在太觉辛苦了。宋老先生在一旁看了,颇觉不忍,便令他长女宋霭龄终日陪待在书室里,帮助孙中山记录文稿。这霭龄小姐原受过高深教育,于中西文学都有相当的修养,女孩儿又细心又谨慎,孙中山得了这一位女记室,果然十分愉快。从此他精神上得了安慰,办起国家大事来,愈是井井有条。便是那次女公子,也是满肚子的学问,不时来帮助她大姊,办理案牍。这一间房中,平添了两位美人,顿觉满室生春。孙中山每在休息的时候,和他姊妹闲谈,颇多逸趣。尤其是宋庆龄,她钦佩这救国伟人,钦佩到极处了,所有孙中山平日的饮食起居,都由这位二小姐一手料理。孙中山也慢慢的养成习惯,从此一饮一食,非得二小姐料理不可。这时忽从旧金山来了一个电报,说他次子孙贤因急病死在美国学堂里。孙中山精神上受了这重大的打击,从此再也没有以前的笑逐颜开了。这孙贤长得又俊美又聪明,是孙中山生平最疼爱的一个,如今无端夭折了教他如何不要痛心?从来说忧能伤人,孙中山竟病了。这党国的首领病了,全党的人起了绝大的恐慌,那重要党员纷纷前来探问病情。医生不许他见客,孙中山在病中只要宋家二小姐作伴。这庆龄女士也愿意担负看护的责任,终日陪坐在病榻旁,说些安慰的话。这安慰温存的话,出在绝世美人的口中,怎不教人心动?从来异乡孤客,身在病中,最易勾起家乡之感。孙中山的家,自与他夫人卢氏离婚后,早已毁了。在中山心中,早愿拚此一身,独往独来,牺牲于国事。谁知天公怜惜此英雄,为之生一绝世女儿。他二人十余日病榻缠绵,便不觉深深的种下了情爱根苗。虽说这时孙中山已是四十九岁的半老英雄,但从来美人最爱英雄,待孙中山病愈以后,二小姐将自己的心事,说与母亲知道。宋老夫人对他丈夫说知,宋老先生有何不愿,立刻允许了这段美满婚姻。孙中山便与宋庆龄在日本神户地方举行盛大的婚礼,有情人从此便成了神仙眷属。

李烈钧是民党中的一员大将,此时袁世凯已死,黎元洪入京就大总统职,各省都取消独立。便是云南的军务院,也同时解散。独有广东一隅,还战争不休。李烈钧奉孙中山的命令,统率军队,力战龙济光。龙是袁世凯的心腹,他受各方军队的包围,不得已宣布广东独立。但他心中却无时无刻不想乘机压迫民党。他唆使凶手,暗杀汤觉顿。人人知道老龙居心叵测,决非善类。便是讲到他平时在广东的行为,横征暴敛,贪赃枉法,无恶不作。广东人不论老幼,个个切齿痛恨。李烈钧见此情形,便竭力主张逐龙济光,救广东人民出水火。黎元洪下令陆荣廷任广东督军,龙济光即来京候用,谁知龙济光竟抗不奉命。李烈钧大怒,便出兵力攻源潭,龙军着着失败。李司令又联合桂军司令莫荣新,从西路攻下三水,会师观音山下,决一胜负。龙济光凭城而守,把城门封锁起来，准备作一死战。那城中百姓，顿时慌乱起来。绅士们愿送赠百万军费，请龙将军离开省城。旅居在上海的重要广东人唐绍仪、梁启超、温宗尧、王宠惠一班人，纷纷通电给政府，要求驱龙。一方面那旧派的军人，如张勋、倪嗣冲等，又联合东北各省，通电指斥李烈钧。双方争持不决，黎元洪没了主意，还是段祺瑞的主意，下令催促陆荣廷带兵入粤，又令朱庆澜为广东省长。这陆、朱二人到了广东沙面地方，便逗留住不敢进城。因害怕龙济光的兵威，黎元洪又令萨镇冰为粤闽巡阅使，统带兵舰，直驶广东白鹅潭。此时龙济光与李烈钧已血战了多日，军民死伤甚多，待听得陆荣廷的陆军，萨镇冰的海军，两路齐到，龙济光才停战，将萨陆二人迎进城去。一开口便要五百万开拔费，由朱庆澜东拚西凑，才将龙济光的军队送向琼崖一带地方去。李烈钧见龙军已退，也退兵他去。袁世凯称帝时候，居觉生奉孙中山命令，至山东起义，联合吴大洲的军队，与张怀芝对垒。吴大洲部下有七八千人，居正部下有一万四五千人，张怀芝如何抵挡得住？幸而袁氏去世，黎元洪派曲同丰至山东调解，将民军改编，归政府节制，将各方军事平定下来。

黎元洪是一个好好先生，他虽身为大总统，凡事却不敢专主。因段祺瑞是军人领袖，此次反对帝制，他的功劳也不小，因此遇事请段祺瑞进府去商量。段祺瑞身为总理，他是主张责任内阁制的，凡事都由段祺瑞担责。责任既重，权力当然也大，渐渐的总统的权力，全被总理侵占了去。本来段祺瑞仗着北洋派领袖资格，不拿总统放在眼中。所谓北洋派便是从前直隶总督李鸿章时候创办了一所北洋武备学堂，冯国璋、段祺瑞二人同是北洋毕业学生，段祺瑞又出洋到德国去游学。后来袁世凯在小站练兵，所用军官，大都是北洋学生。冯国璋、段祺瑞二人，又同在新军营中当军官，当时大家背地里称段为虎，称冯为狗，段祺瑞隐隐为北洋军人的重心。此次冯国璋被举为副总统，坐镇在南京，暗地里却与段祺瑞通着声气。至于黎元洪在他们军人统系上讲来，却是个晚辈。当时黎元洪在武昌当统领，段祺瑞早已在北京当统制。如今黎元洪却做了总统，段祺瑞做国务总理，如何肯受他的节制？当初武昌起义的时候，有一张振武，是孙中山的忠信同志，他统带新军，驻扎在汉口。一声炮响，张振武带了少数军士，冒险攻进武昌城中。他便四处找寻黎元洪。黎元洪此时身为统领，胆量却甚小，据包尔林百克的《孙逸仙传记》上说：张将军搜寻黎统领，黎从这一间屋子跑到那一间屋子！后来在床下找到一个隐身之地。张将军冲进屋子去，在床下见黎元洪的一双足跟。黎面向地下躺着抖着。张振武命令兵士向前一面柔声指着一双足跟说话，呼兵士请他起来。张将军更用手拉出黎，用好言安慰，请黎元洪出来帮助民军革命。黎元洪从此将他全镇兵士，加入张振武的军队作战。

欲知后事如何，且听下回分解。

## 第七十四回　段祺瑞受惑凌总统　德意志持强封海面

黎元洪虽加入了革命工作，但心中常常衔恨这个张振武，只因他见了当时自己那种怕死藏躲的丑状，时时要致张振武于死地而后快。后来张振武进北京，被袁世凯杀死，有许多人说这是黎元洪借刀杀人。这情形在《孙逸仙传记》上讲得很详细，但北洋军人，因此也瞧不起这位副总统。如今段祺瑞做了国务总理，时时拿出老前辈态度不满意总统。这黎大总统气度甚是宽大，原也不计较这小过节儿，独有一位孙洪伊，却大大的替总统抱不平。这孙洪伊也是一位同盟会中的健将，初为众议院议员，后因反对帝制，在黎元洪、冯国璋二人面前竭力陈说利害，劝他不可赞成帝制。如今黎元洪升任大总统，便十分信用孙洪伊。孙身为内务总长，却天天在总统府中，参预机密。每有宾客来往，孙洪伊总陪坐在一旁，每有意见冲突的地方，黎元洪却大度包容通融过去，独孙洪伊却不肯通融，高声辩论，旁若无人，往往使人难堪。便是在国务院中，他仗着有总统的脚力，时时与段祺瑞顶撞，背地里斥段总理为旧式官僚，头脑陈腐。段祺瑞碍于总统的面子，却也不好与他计较。这时却恼了一位国务院的秘书长徐树铮，这徐树铮也是不可一世的人，他是段祺瑞的得意门生，少年气盛，怀抱大志，在日本士官学校毕业，亦颇有文才。段祺瑞留他在身旁，视如左右手。所有内政外交，段祺瑞都要与徐秘书磋商定计。而徐树铮定的计，往往都是胜利的，国务院中人背地里都称他为总理第二。独有孙洪伊不拿他放在眼中，口口声声说树铮是小孩儿，懂得什么国家大事。因此凡遇国务院中公文送府盖印的，孙洪伊便从中百般挑剔，有时给他驳回，有时代为改削。这自命为文武全才不可一世的徐树铮，如何肯忍这口气，因此每遇开国务会议，徐树铮常常代段总理发言，与孙洪伊辩驳。孙洪伊却阻止他发言，冷冷的说道："此处是国务会议，非国务员无发言权的；足下的大才我很钦佩，且忍着待阁下入阁后再领高论未迟。"几句话说得徐树铮面红耳赤，哑口无言。这羞辱如何忍得？于是徐树铮便大骂孙洪伊，说他勾通报馆，泄漏秘密。两人你一句我一句，握拳怒目，几乎要争斗起来，经同席的各总长上前去劝住。孙洪伊余怒未消，便向段祺瑞大声说道："总理如何用此狂人，纵容得他如此大胆？"段祺瑞见孙洪伊攻击他的私人，心中本不舒服；如今见他直接来攻击自己了，不觉大怒说道："这地方是会议场，不是争斗场；孙总长如此形径，未免也自失体统。"说罢段祺瑞便拂袖而起。

第二天，段祺瑞入府去见总统，谈起国务院中孙、徐交哄的事体，谁知黎元洪早已听了孙洪伊的诉说，先入为主，便淡淡的答道："孙总长果然性躁，但徐秘书长也太不安分。"段祺瑞听了这话，脸上顿时失了光彩，便不觉动怒说道："孙总长是大总统身旁的要人，徐树铮这孩子原无足轻重的，总统说他不安分当然是不错的，待祺瑞回院去令他立刻辞职。祺瑞任用非人，也当连带辞职。"黎元洪究竟是老实人，听说段祺瑞要辞职，便慌张起来，忙说："如今国家多故，全仗总理从中主持，如何说起这辞职的话来！"段祺瑞淡淡的说道："祺瑞本无心再出，全是大总统的栽培，勉强出来维持几天现状；如今大局已定，祺瑞正可退避，请大总统在阁员中选一个出众的人才，担任国家大事。"这几句话明明是在那里指摘黎元洪偏护孙洪伊，但黎元洪还要说挽留他的话，段祺瑞已起身告辞而去。黎元洪心中十分惶急，知道段祺瑞在军人中的势力不小，这一去难免又要惹起绝大风潮来。正在彷徨的时候，忽然交通总长许世英进府来，黎元洪便将段祺瑞辞职的事和设法挽留的意思，对他说了。许世英是足智多谋的人，知道这件府院冲突的事，非有大面子的人调停不下来的。思索了半天，忽然想到去邀请徐世昌。黎元洪也赞成这意思，便由黎元洪亲笔写了一信，派人赶到辉县去把这位徐老头儿硬拖进京。徐世昌和段祺瑞是有相当友谊的。一方面是大总统的面子，不由他不把这调人的肩子担负下来。徐世昌连日在府院两面奔走，段祺瑞态度十分强硬，徐世昌再三劝说，总要顾全大总统的面子，段祺瑞才略略转意，提出一个条件来说，须先要大总统将孙洪伊免职，方令徐树铮自动的辞职。黎元洪拗他不过，只得先下命令将孙洪伊免职，第二天徐树铮才呈进辞职书去。黎元洪改任张国淦为秘书长，那徐树铮虽辞去了秘书长的名义，却做了段总理的灵魂，终日陪着段祺瑞策划国家大事。段对于徐，真是言听计从，徐树铮自从被黎元洪批准辞职书以后，刻刻不忘这个仇恨。平日在段祺瑞跟前，无时不想法挑拨，使总理与总统兴起恶感，一方面又劝段祺瑞厚植势力。第一个便将浙江督军吕公望免职，任杨善德为浙江督军。杨善德原是一个忠实武夫，只知有段总理，不知有总统的。他原任松江镇守使，升任松沪护军使。自从杨善德来浙江，打破了浙人治浙的风气，浙江人虽也有反抗的，但新督军率领了他雄赳赳的第四师北方军队，浙江人也便无话可说。一方面卢永祥升任了松沪镇守使，上海与杭州，打通一气。便是冯副总统，也管不到上海的事。接着又是对德宣战的事，徐树铮便劝段祺瑞乘此时机，扩势力于国外。

起初德国公使辛慈，忽然送一通谍来，说从二月一日以后，德国采用海上封锁政策，所有中立国船只，一律不许在划定的禁止区域内行驶，否则遇有危险，德政府不负责任这一番话。德国仗着他的潜艇势力，在海面上毁灭敌国的船只，已不计其数；如今又欲波及中立国的船只，这原是违背公法的举动。段祺瑞接到这个牒文，与徐树铮商量停妥，也不征求总统的同意，立刻由外交部向德国提出抗议，说他是蹂躏国际公法。归结有几句很严厉的话说道：若事出望外，此抗议竟归无效，使敌国不得已而断绝两国现存之外交关系，实属可悲。谁知这牒文去后，德国政府竟置之不理，中国政府为保全威信起见，不得不实行绝交的办法。当时段祺瑞也曾邀陆征祥、梁启超、汪大燮、曹汝霖一班要人商量过，大多数赞成与德国绝交，尤其是梁启超，他拿起笔来，写了洋洋洒洒的一篇大文，说明与德国绝交的大道理。谁知此时独有黎元洪一人不肯与德国绝交。黎元洪原是毫没有成见的，他以他人之意见为意见。此时黎元洪身旁去了一个孙洪伊，来了一个饶汉祥，黎元洪一般的信任他。饶汉祥竭力劝总统不要加入欧战旋涡，始终维持中立态度。黎元洪也便信了他的话，与段祺瑞又大闹其意见起来。段祺瑞进府来，请总统下命令。黎元洪推说要经过国会同意，才可下令。段祺瑞说可先令驻外各公使，向各国交换条件，黎元洪总是不答应，段祺瑞一翻脸，便出京回天津私寓去。

一面呈上辞职书,又要辞去总理不干。黎元洪又大起恐慌,立命人追到天津去劝驾。此时副总统冯国璋,也因商议对德绝交的事体来北京。黎元洪一时拉不到人,便拉住了副总统请他作调人,到天津去跑一趟。冯国璋早已与段祺瑞打通一气的了,他却要黎元洪先答应对德绝交的事体,再去天津挽留段总理。黎元洪见段祺瑞的势力大,便也软化了下来,先承认了段祺瑞的绝交政策。冯国平日当晚把个段祺瑞从天津拉进京来,段祺瑞一方面便在迎宾馆宴请两院议员,运动他们通过对德绝交的议案。那班议员酒肉吃下肚去,第二天投起票来,居然众议员得三百三十一张同意票,八十七张不同意票。参议员得一百五十张同意票,三十五张不同意票,多数通过。虽是有唐宝锷、马君武、张勋、倪酮冲、王占元、唐绍仪、康有为、温宗尧一班人通电反对,但段祺瑞一概不问,一面命令外交部办理护送德国公使出国的护照,一面致最后通牒与德国政府,宣布与德政府断绝现有之外交关系。在段祺瑞的意思,立刻与德国宣战,黎元洪却主张暂缓。但段是军人首领,仗着各省督军的势力,便在北京召集军人会议。那山西督军阎锡山、河南督军赵倜、山东督军张怀芝、江西督军李纯、湖北督军王占元、福建督军李厚基、吉林督军孟恩远、直隶督军曹锟、安徽省长倪嗣冲、察哈尔都统田中玉、绥远都统蒋雁行、晋北镇守使孔庚,一律亲自出席。段祺瑞演说非对德宣战不可,各督军一律赞成。段祺瑞令大家签名在议案上,拿了这议案去见黎元洪,逼着总统要他下令宣战,又滔滔不绝的谈论宣战的必要。黎元洪俟段祺瑞话说完了,才淡淡地说道:“这宣战的大事,须由国会议决,不能专听军人主张。”几句话把段祺瑞的气焰挫了下去,才说请大总统下咨文。黎元洪便请段祺瑞起草。隔了一天,国务院中居然将咨文送来,请黎总统盖印。黎元洪一肚子没好气,胡乱在咨文上用了印,掷付与来人。段祺瑞将此咨文先送交众议院去,那众议院议长汤化龙,和全院议员平素大部分是不主张对德国宣战的;如今接到段祺瑞交来的议案,知道这事关系甚多,不能立刻开议,便另由议院中组织委员会,专审查这宣战的讹案。委员正在审查,外面雪片似的送进请愿来,下面具着各种各样的团体名目,什么海陆军人同志会,五族公民联合会,政治讨论商人联合会,学生联合会,市民联合会,五花八门的名称。他们同抱着唯一宗旨,请议院一律通过对德宣战议案。汤化龙看了这情形,知道其中另有作用,便将各请愿书一字也不看,投入字纸篓中去了。到了五月十日,将宣战案列入议事日程中,清晨九时,各议员一律到齐。正待开议,忽然议院门外来了数千人,将这议院包围得铁桶相似,各人手执小旗,高声大喊,声震山岳。内中更有数百人,身强力壮的一拥入了议场,各个手执传单,在议场上分发。传单上尽是恫吓的话,说若不通过宣战议案,便当武力从事。下面具名是北京各界全体公民请愿团,有几个大汉竟跃上议长台上,高声演说起来。议员们上去干涉,只听得墙角边喝一声打,众公民一齐动手,拳打脚踢,将几个文弱书生打得头破血流,议场上秩序大乱。

欲知后事如何,且听下回分解。

# 第七十五回　公民党干涉参战案　督军团逼下解散令

从来说的“士可杀不可辱”，那班议员老爷，平素撒长袖子踱方步儿斯文脉脉的人，如何经得起这班公民的老拳。说也奇怪，那班公民个个长成铜拳铁嘴，打在头脸上，十分结实。不消几下，那议员老爷的脸面上，都开了果子铺，红一块青一块，眼也肿了，鼻也破了。议长汤化龙，忙打恭作揖，向各位公民求情。那数千公民，众口同声的说：“今天非将宣战议案通过，不能放一人回去。”这时屋子里挤满的是公民，有的高据议席，有的杂坐讲坛。经汤化龙再三恳求，这公民团才退出屋外大院子里候着。另举代表赵鹏图、吴光宪、刘坚、白亮、张尧卿、刘世钧六人，入旁听席监督着。那班议员老爷，被逼着没奈何，个个苦嘴苦脸的入席开会。汤化龙乘机退入密室中，打电话给国务院及巡警总监，说有匪群包围议场，速速派兵弹压，自己却躲在密室中延挨着不出议场去。足足挨过了一个时辰，看看天色将晚，院子里的一班公民守候得不耐烦起来。几次发喊要攻进室中去，幸得守门巡警劝住。正在危急之秋，忽听得一声吆喝，那国务总理段祺瑞和巡警总监吴炳湘，二人一律戎装佩剑，踱进院子来。身后随着数百名警察，荷枪实弹，向公民进逼。那班公民见了雪亮的枪刺，对胸口冲来，却也胆寒，一齐逃避出院去。那议院门外又有数百名马上巡警，四面追赶，才把数千公民赶散。这一场纷乱，直闹到黄昏月上，各议员才得脱离议室，纷纷抱头回家。第二天一律停议，那议员受了这一场大辱，如何肯干休，便纷纷验伤的验伤，起诉的起诉，把个司法总长包围起来。那张耀曾受各方的诉呈，明知道事情棘手，便上了一个呈文，向大总统辞去司法总长职位。接着外交总长伍廷芳、农商总长谷钟秀、海军总长程璧光，一齐辞职，顿时把个段内阁弄成残缺不全。参众两院，便声明国务院人员已多数辞职，所交对德宣战议案，因无人负责，且从缓议。这段祺瑞望眼欲穿的宣战案，被国会中搁置起来，岂不令他焦急万分；他便与留在京中的督军二十余人，连日开秘密会议，公具了一张呈文，反对议员所议的宪法，请大总统即日解散国会，另行组织议院。谁知道呈文送进府去，事隔多日，大总统毫无表示。各省督军只得告辞出京，路过徐州，便在张勋的署中开了一次密议。正在这时候，忽然黎元洪下了一道命令，免国务总理兼陆军总长段祺瑞职，着外交总长伍廷芳代理国务总理。这一个晴天霹雳，出于各督军意料之外。段琪瑞无颜再留北京，他一面动身到天津，一面却通电给各省督军，声明调换总理命令，未经祺瑞副署，将来地方及国家因此生何影响，祺瑞概不负责。这句话显有挑拨的意思。不多几天，果然安徽省长倪嗣冲第一个通电反对，宣布安徽省独立。他通电上说群小怙权，扰乱政局，国会议员，乘机构煽。政府几乎一空宪法，又系议院专制。自本日始，与中央脱离关系。这个电报出去以后，随即扣留津浦路火车，运兵向天津进发，其势汹汹。接着又有奉天督军张作霖、陕西督军陈树藩、河南督军赵倜、浙江督军杨善德、山东督军张怀芝、黑龙江督军毕桂芳、直隶督军曹锟、福建督军李厚基等，陆续通电表示与倪嗣冲抱同一态度,与中央断绝关系。各省运兵运械,大军云集。他们又在天津组织一个总参谋部,算是各省的联合办事机关。他们第二次通电,竟欲在天津另组政府,另立国会。黎元洪万想不到这班督军,如此胆大,竟至勾结武力,反叛政府。他心中又是气愤,又是忧虑。此时只有代理国务总理伍廷芳,常常入府去安慰。黎元洪命秘书长拟成数千字长的一篇劝告书,通电各督军;又派宣慰使,往各省去调解。那督军手中有的是兵马,黎元洪、伍廷芳二人,并无一兵半卒,如何放在他们眼中。不劝告倒也罢了,这一劝告,又有山西督军阎锡山、第二十师师长范国璋、绥远旅长王丕焕、第七师师长张敬尧、第八师师长李长泰一班军人,纷纷通电宣布独立,加入督军团,反抗中央。接着冯国璋又通电辞去中华民国副总统职,将证书缴还国会。而众议院议长汤化龙,见空气日恶,也向众人辞职,院中改选了吴景濂为议长。全国将掀起极大风潮,黎元洪不得已,为防万一起见,便派王士珍为京津一带临时警备总司令,江朝宗、陈光远二人为副司令,统带得力军队,拱卫京师。这一来,更是挑动了督军团的怒气,双方剑拔弩张,大有爆裂之势。

正在为难时候,那安徽督军张勋,忽然来一呈文,他大意劝黎元洪勿再固执,危及国家,又有自愿入京为调人的口气。黎元洪道张勋在督军团中,颇有势力的;如今他肯出来调停,真是不胜欢迎之至。便一面拍电去邀请张勋进京,一面替张督军在京中觅定高大的宅第为行辕,一面又回电挽留冯副总统。正在忙碌的时候,忽然江西督军李纯进京来见黎元洪,也愿担负调解的责任。此时黎元洪一心希望张勋进京,且李纯在督军团中的势力,不及张勋,便也不愿委托李纯。李纯讨了一场没趣,怏怏出京去。过了几天,张勋来电,说已由皖省起程,把个黎元洪今天也望,明天也望,颈子望得和鹅脖子一般的长,却总不见张大辫子进京来。后来,有人进府去密报说:“张大帅早已到了天津,连日与各督军在天津开军事会议,局势十分严重,大总统须加以注意。”黎元洪问:“如何见得局势严重?”那人说:“张大帅此次带得精兵五千,已在京津一带,严密布防,和大总统的警备军,大有一触即发之势。”黎元洪这才大骇起来,又忙打电到天津去探问。谁知张勋复电,措辞十必严厉,一开口,便说出两个条件来:第一条,是立刻解散国会;第二条,是立刻撤去京津路沿线的警备军。这两个条件,都使黎元洪十分为难,便又拉住伍廷芳磋商,伍廷芳说:“张勋以兵力要挟总统,万不能开此恶例,大总统万不可答应他的条件。”伍廷芳去后,黎元洪又连接张勋的来电,催逼得十分紧促。黎元洪实在害怕张勋威力,不得已便自动的将警备军撤去,取消王士珍、江朝宗、陈光远三人正副司令的名义。谁知张勋还认为不满意,一口咬定,须将国会解散;若不解散国会,他万不能进京,便立刻要回安徽去了。黎元洪听说张勋要回去了,便慌得他手足无措,便又与伍廷芳商议。伍廷芳见总统屈服于督军条件之下,认为政府的大辱,便也托病辞职。一面张勋又来了一电,说静候三天,过期便当回任去。黎元洪愈加恐慌,伍总理既不问事,无人可拉,便拉了几位总长到府中磋商。那总长听说要解散国会,大家说:“民国约法,并无解散国会的明文,谁敢担此干系?”一连开一了几次会议,却商量不出好方法来。看看三天的限期将到,黎元洪真急得寝食不安起来。江朝宗在一旁,看了不忍,便挺身出来,请大总统下令,准伍廷芳辞职,任江朝宗为代理国务总理,接着又下一道解散国会的命令,由江朝宗副署。那命令大意说:我国欲得良妥善法,非从根本改正,实无以善其后。以常事与国会较,固国会重;以国会与国家较,固国家重。今日之国会,既不为国家计,惟有权宜轻重,毅然独断,将参众两院,即日辞散,另行组织。这一番话,虽是说来好听;但是黎元洪和江朝宗二人,都不免犯了违法的嫌疑。江朝宗随即通电声明,为欲维持大局,保卫京畿,特犯违法处分,权代总理,副署命令。黎元洪也不自安,继续下一命令,说明心迹。他最可怜的几句话说道:"皖奉发难,海内骚然,众矢所集,皆在国会。元洪以约法无解散之明文,未便破坏法律,曲询众议。而解难靖纷,智勇俱穷,亟思逊位避贤,还我初服。乃各路兵队,逼近京畿,更于天津设立总参谋处,以雷震春为参谋长,自由号召;并闻有组织临时政府与复辟两说,人心浮动,讹言繁兴。安徽张督军北来,力主调停,首以解散国会为请;迭经派员接洽,据该员复述,如不即发明令,即行通电卸职,各省军队自由行动,势难约束等语。际此危疑震撼之时,诚恐藐躬引退,立启兵端;匪独国家政体根本推翻,抑且攘夺相寻,生灵涂炭。都门首善之地,受害尤烈。外人为自卫计,势必至始于干涉,终以保护。亡国之祸,即在目前。元洪筹思再四,法律事实,势难兼顾;实不忍为一己博守法之虚名,而使兆民受亡国之惨痛。为保存共和国体,保全京畿人民,保持南北统一计,迫不获已,始有本日国会改选之令。忍辱负责,取济一时;吞声茹痛,内疚神明!"这几句话,把个大总统忠厚老实的本性,一齐显露出来了。那两院议员,自被政府解散以后,坐在这围城中,也不敢说一句反抗的话,只得一个个垂头丧气的溜出京去。大家在上海会齐,才得恢复了他们的言论自由。立刻通电湘、粤、桂、滇、黔、川各省,声明黎元洪解散国会的命令为无效。他们说民国约法中,总统无解散国会的权力;江朝宗是步军统领,也无代总理的资格。这个电报出去,那广东督军陈炳焜、广西督军谭浩明,便第一个通电反对中央,宣布独立;须候恢复旧国会或重组新国会以后,再取消独立。两广远在南方,虽有表示,也不放在那督军团的眼中。张勋见黎元洪已屈服在他的条件之下,便趾高气扬的拉着李经羲一齐进京。黎元洪特派大员,到车站去欢迎。张勋一到北京,便满街贴着定武将军的安民告示。定武二字,是张勋的勋衔。他是安徽督军,何以竟到京城里来张贴告示?京中人民看了,已不觉满肚狐疑。谁知张勋连日在京中与他的同党在宅中密议复辟的事。此时康有为也秘密到京,张勋留他在府,草拟复辟的诏书。又勾通警察总监吴炳湘,在半夜中悄悄的开了城门,放张勋部下的定武军入城。张勋在黎明时候,邀集一班复辟同志,在家中饱餐一顿,各个穿着朝衣朝帽,出门登车,一路向清宫进发。到朝门口,那宫门尚未开,由军士上前去叫门。宫门一开,张勋与王士珍当先率领众官员,翎顶辉煌的鱼贯而入。后面随着大队兵士,掮着雪亮的快枪。清宫中人员见此情形,个个吓得发抖。

欲知后事如何,且听下回分解。

# 第七十六回　**闹复辟悍将逼宫　避烽烟总统出府**

清宫里一班君臣，过得好好的；忽然闯进一个张勋来，立刻逼着他们复辟。张勋的辫子军，把守住宫门，只放世续一人进来，商议大事。世续如何敢做主，便去把两位太妃请出来。张勋见了太妃，行过臣礼，起来，便大声说道："今日复辟，便请万岁登殿！"瑾太妃问："这是何人主张？"张勋拍着胸脯说道："太妃放心，由我老张作主，包你没事！"瑜太妃说道："此事体大，还须将军三思。"张勋见太妃如此胆小，不觉性急，便大声说道："老臣受先帝厚恩，难得今日好机会，老臣特意进宫来，帮助皇上复辟，难不成太妃反不愿意吗？"瑜太妃与世续二人，面面相觑，迟疑不决。张勋回身，向他的辫子军一举手，那两廊的定武军，便一齐擎枪鼓噪起来。吓得二位太妃，手足无措，含泪说道："将军此举，虽是好意，万一不成，怕反害了俺全家！"世续见张勋来势凶横，知道不可理喻，忙向两位太妃摇着手；一面命太监将宣统帝扶出殿来。张勋率领一班官员，拜倒在阶下，呼万岁。王士珍、康有为二人上殿去，夹辅宣统。当由康有为宣读诏书道：

朕不幸，以四龄继承大业，茕茕在疚，来堪多难。辛亥变起，我孝定景皇后至德深仁，不忍生民涂炭，毅然以祖宗垂创之重，亿兆生灵之命，付托前阁臣袁世凯，设临时政府，推让政权，公诸天下。冀以息争弭乱，民得安居。乃国体自改革共和以来，纷争无已，迭起干戈，强劫暴敛，贿赂公行；岁入增至四万万，而仍患不足，外债增出十余万万，有加无已。海内嚣然，丧其乐生之气。使我孝定景皇后不得已逊政恤民之举，转以重困吾民，此诚我孝定景皇后初衷所不及料，在天之灵，恻痛而难安者。而朕深居宫禁，日夜祷天，彷徨饮泣，不知所出者也。今者，复以党争，激成兵祸；天下汹汹，久莫能定。共和解体，补救已穷。据张勋、冯国璋、陆荣廷等以国体动摇，人心思旧，合词奏请复辟，以拯生灵。又据瞿鸿禨等，为国势阽危，人心涣散合词奏请御极听政，以顺天人。又据黎元洪奏请奉还大政，以惠中国而拯生民等语。览奏，情词恳切，实深痛惧。既不敢以天下存亡之大责，轻任于冲人微眇之躬；又不忍以一姓祸福之謷言，遂置生灵于不顾。权衡轻重，天人交迫；不得已，人如所奏，于宣统九年五月十三日，临朝听政，收回大权，与民更始。而今以往，以纲常名教，为精神之宪法；以礼义廉耻，收溃决之人心。上下以至诚相感，不徒恃法守为维系之资；政令以惩毖为心，不得以国本为尝试之具。况当此万虚度耗，元气垂绝，存亡绝续之交，朕临深履薄，固不敢有乐为君，稍自纵逸；尔大小臣工，尤当精白乃心，涤除旧染，息息以民瘼为念。为民生留一分元气，即为国家留一息命脉。庶几危亡可救，感召天庥。

当殿拜张勋、王士珍、陈宝琛、梁敦彦、刘廷琛、袁大化、张镇芳七人为内阁议政大臣；所有大权，都在张勋一人掌握之中。一时京城中大街小巷，遍贴直隶总督兼北洋大臣张勋的告示。勒令大小衙门，商店人家，一律将黄龙旗挂起。独有黎元洪却不肯悬挂龙旗。张勋便向宣统帝请得一等公爵的封章，派梁鼎棻送往总统府，便作说客，劝黎元洪投降。黎元洪见了梁鼎棻，愤愤的说道："我召张将军入京，难道叫他来复辟的吗?"梁鼎棻却涎着脸说道："这是天与人归，大总统也是先朝旧人，凡事随和些罢。"黎元洪不觉大怒，说道："俺这大总统的职位，是全国人民所授予，不能凭一人私意废除。复辟这件事，全是张少轩一人的私意，中外人心，皆所反对，我不能与他同流合污！"说着，便起身退回内室去。当夜便吩咐秘书，拟了几条电报稿。只因北京电报局被张勋军队把守住，不能自由拍发，便派人秘密出京，到上海发表公电。第一电说：本日张巡阅使，率兵入城，实行复辟，断绝交通；派梁鼎棻等来府游说，元洪严词拒绝，誓不承认。副总统等拥护共和，当必有善后之策。第二电说：天不悔祸，复辟实行；闻本日清室上谕，有元洪奏请归政等语，不胜骇异。吾国由专制为共和，实出五族人民之公意；元洪受国民付托之重，自当始终民国，不知其他。第三电说：国家不幸，患难相寻；前因宪法争持，恐启兵端。安徽督军张勋，愿任调停之责，由国务总理李经羲主张，招致入都，共商国是。甫至天津，首请解散国会。在京各员，屡次声称保全国家统一起见，委曲相从。刻正组织内阁，期速完成，以图补救。不料昨晚十二点钟，突接报告，张勋主张复辟，先将电报局派兵占领；今日梁鼎棻等入府，面称先朝旧物，应即归还等语。当经痛加责斥，逐出府外。风闻彼等已发出通电数道，何人名义，内容如何，概不得知。元洪负国民付托之重，本拟一俟内阁成立，秩序稍复，即行辞职，以谢国人。今既枝节横生，张勋胆敢以一人之野心，破坏群力建造之邦基，即世界各国承认之国体，是果何事？敢卸仔肩。时局至此，诸公夙怀爱国，远过元洪，伫望迅即出师，共图讨贼，以期复我共和而救危亡。

谁知黎元洪发出电报以后，救兵未至，大难已临。此时竟有一大队定武军，声势汹汹的闯进府来。那总统府卫队统领唐仲寅，率领卫队，上去拦阻。定武军人口口声声喝令卫兵缴械，又说须黎总统让出三海地方；一时枪声四起，十分危急。黎元洪急派秘书刘钟秀出来调和，劝定武军稍待。这里因总理李经羲已辞职，便下一道密令，任段祺瑞为总理，又令副总统冯国璋代理大总统职权，派人秘密将大总统印信，送往天津去，交段祺瑞保管。黎元洪收拾些细软行李，携带亲信随员二人，悄悄的溜出总统府的后门，竟投东交民巷欲入法国医院中暂避。谁知因时已过晚，那医院大门，已紧紧闭上，叫唤不开。还是那卫队长唐仲寅，他出了一个主意，说俺们不如去投奔日本公使馆罢。那驻日公使武随员斋藤少将，素来与唐队长是有交情的。黎元洪此时前无去路，后有追兵，没奈何，也只得依了唐队长的话，折入日本使馆界内。一行人悄悄的行来，在夜色苍茫中，东奔西走，落落如丧家之犬。那街头的路灯，已放出幽幽的光来。迎而一座高大洋楼，便是日本使馆。先由唐队长投进名刺去，说明要见斋藤少将。幸得斋藤少将不曾出门，见了唐仲寅的名片，立刻出迎。又见黎元洪一行人，那少将也曾见过中国大总统的，当时不觉大骇。后来由唐队长说明来由，又恳代在日本公使前说情，欲在使馆中暂避几天。少将一力担承，一面招呼黎元洪请里面客厅中坐定，侍者送上茶点。

黎元洪此时肚子已饿,便也胡乱吃些。停了一回,斋藤少将传出公使的话来,留黎元洪一班人,在营房中暂住。第二天,日本公使便发一道通告,给各国公使和宣统皇帝。大意说:黎大总统带侍卫武官陆军中将唐仲寅,秘书刘钟秀,及从者一名,于七月二日午后九时半,不预先通知,突至日本使馆界内之使馆武随员斋藤少将官舍,恳其保护生命。日本公使馆,认为不得已之事情,并顾及国际通义,决定作相当之保护。即以使馆域内之营房,暂充黎总统居所,特此告知。

这是何等大事,电报传到南京,冯国璋身为副总统,只因远处长江,一时不能救应;便打一通密电给天津的段祺瑞。那时梁启超也在天律,段接了副总统的电报,立刻去拜见梁总长,彼此交换意见。梁启超一力怂恿段祺瑞从速用兵,一来可以洗刷自己的心迹,二来也是保障共和的大业。段祺瑞回寓去,暗暗计算,此时有部下陈光远将军,统率数千雄师,驻扎津门。段祺瑞便一面下令,给陈光远,嘱他准备一切;一面却请梁启超做一篇反对复辟的文章。它说道:“张勋等以个人权利欲望之私,悍然犯大不讳,以倡此逆谋,思欲效法莽、卓,挟幼主以制天下,横逆至此,中外震骇。自辛亥缔造伊始,祺瑞不敏,实从领军诸君子后,共促其成。既已服劳于民国,不能坐视共颠覆分裂。且亦曾受恩于前朝,更不忍听其为匪人所利用。情义所在,守死不渝。”这几句说得冠冕堂皇,面面圆到。这文章发表以后,接着便有冯国璋的讨逆电文,陆荣廷一班人表明心迹的电文。此外,各省都有电报响应。段祺瑞便亲自出马,自称共和军总司令,在马厂地方,召集各路军队,在将台上,把梁启超预先做下的一篇檄文,慷慨悲咽的读起来。檄文中把个张勋骂得痛快淋漓,劈头便说道:“呜呼!天降鞠凶,国生奇变;逆贼张勋,以凶狡之资乘时盗柄,竟有本月一日之事。颠覆国命,震扰京师,天宇晦霾,神人同愤!该逆出身灶养,行秽性顽;便佞希荣,渐跻显位。自入民国,阻兵要津;显抗国定之服章,婪索法外之饷糈。军焰凶横,行旅裹足,诛求无艺,私囊充盈。凡兹稔恶,天下共闻。值时多艰,久稽显戮。比以世变洊迫,政局小纷;阳托调停之名,阴为篡逆之备。要挟总统,明令敦召,遂率其丑类,直犯京师。当是日夜十二时,该逆张勋,忽集其凶党,勒召都中军警长官,二十余人,列戟会议;勋叱咤命令,迫众雷同。旋即闯入宫禁,强为拥戴。所谓奏折上谕,皆张勋及其凶党数人密室篝灯,构此空中楼阁。自昔神奸巨蠹,其优孟儿戏,未有若今日之甚者也。”下面又列着张勋大八罪:服官民国,已历六载,群力构造之邦基,一人肆行破坏,是一罪;置清室于危地,致优待条件中止效力,辜负先朝,是二罪;清室太妃师傅,誓死不从,勋胁以威,目无故主,是三罪;拥幼冲玩诸股掌,袖发中旨,权逾莽、卓,是四罪;与同舟坚约,拥护共和,口血未干,卖友自绝,是五罪;捏造正副总统奏折,思以强暴污人,以一手掩天下耳目,是六罪;辫兵横行京邑,骚扰闾阎,复广募胡匪游痞,授以枪械,满布四门,陷京师于糜烂,是七罪;以列强承认之民国,一旦破碎,致友邦愤怒惊疑,群谋干涉,是八罪。当时四方开来的军队,也渐渐的多起来,把军队改称讨逆军,公举段祺瑞为讨逆军总司令。便在天津造币总厂设立总司令部,委任段芝贵为东路司令,曹锟为西路司令,两路夹攻。那时副总统冯国璋又来电给段祺瑞,嘱他代理一切职权。段祺瑞此时十分忙碌,也是十分烜赫。

欲知后事如何,且听下回分解。

## 第七十七回　段祺瑞马厂誓师　孙中山广东拜帅

段祺瑞马厂誓师,以后便把人马分做两路出发。第一路曹锟,统带一万新军,向西面进攻;第二路段芝贵,也统带一万精兵,向东面进攻。张勋得了报告,也把军队分两路前来迎敌。西路军在芦沟桥,东路军在黄村,同时交战起来。炮火连天,杀声震地,死战了一夜。无奈张勋部下军兵,只有五千个人,除去一部分看守宫门、保护城池以外,只有三千四百人,前来应敌。苦战到拂晓时分,辫子军又死亡了一千人,看看不支,那曹锟和段芝贵挥兵直入,同时占据了黄村、芦沟桥两个要隘,张军退守廊房。此时段曹两路人马,合作上了一路,又加上陈光远的生力军,合力攻打;辫子军虽说蛮横,但众寡悬殊,立刻又败退了下来。段芝贵又占据下丰台地方,张勋军队只得退入北京城去,闭门死守。接着冯国璋以代理大总统名义,发令褫夺张勋官勋,所有安徽督军职位,由省长倪嗣冲兼署。张勋在京城中,得到这个命令,不觉大怒。拍案大骂:"这一班狗入的!俺们在徐州会议讲得好好的,怎么撺掇老子爬上了竿儿,大家便袖着手儿不管了吗?好好,待老子打退了那一班狗子,再来找你们这一起混蛋算账!"他便亲自出马,收罗部下败残军马,又在地方上拉夫,把那流氓地痞,杂凑成军,集中在天坛一带。又在天安门、景山、东华门、西华门、南河沿等险要去处,安设炮位,派兵扼守。在张勋的意思,准备作困兽之斗。北京一片繁华所在,他竟要作起大战场来了。所有京中人民,人人心惊,个个胆战。便是那各国驻京公使,也深怕池鱼遭殃,一连送照会给张勋,劝他解除武装,取消复辟。张勋是天生牛性,如何肯服输,便昼夜指挥兵士,与讨逆军对垒作战。北京城中,罩满了弹雨硝烟。苦战了一永日,看看到了黄昏月上,西南角上一声响亮,城垣中了开花弹,坍倒了十余丈。那讨逆军乘势抢进城来,那人马势如潮涌,锐不可当。旅长冯玉祥、吴佩孚、张纪祥一班劲卒,直攻天坛。张勋在天坛用大炮押阵,逼迫部下,与讨逆军作死战;眼见得那一班流氓地痞集合成的军队,一排一排的死去,尸如山积。那讨逆军得了胜利,步步进逼。张勋看看形势险恶,便拨转马头,飞也似的向南河沿逃去。原来张勋在南河沿建有住宅,安顿家小。他气急败坏的逃回家中去一看,所有从前的心腹门客,以及宠爱的姬妾,都逃走得不知去向,只留下了一位正室夫人。张勋和他夫人素日是不和睦的,他夫人见张勋听信了万绳栻的哄,闹出这复辟大祸来;如今弄得妻离子散,家破人亡,她便将万绳栻大骂一场,骂得万绳栻满面羞惭,抱头鼠窜而去。张勋见去了万绳栻,他好似失落了魂灵,心中谎张,毫无主意。又打发人去找寻康有为一班人,已一个个躲得影迹全无。张勋又顿足大骂了一阵狗入的。探马来说:张镇芳、雷震春、冯德麟一班复辟大臣,俱被段祺瑞的军队捉去。张勋知道自己也是不免的,左右是一个死,他又召集了宅子里的卫兵,共有五六百人,预备在中央公园一带巷战,与敌兵抵抗。谁知那讨逆军此时已有一部分兵士,由旅长王承斌统带,悄悄的追踪到南河沿一带来,排列着机关炮,对准了张勋的私宅开放。一霎时墙坍壁倒,儿啼女嚎,南河沿一带地方,顿时变了一片瓦砾场。张勋也撇了他的家园,急拉着家中妻儿,从后院跳墙出去,爬上摩托车,开足汽机,逃出了烟火场,直开住东交民巷使馆地界,向荷兰公使衙门中一钻。回看那南河沿一带,火光烛天,所有残留的辫子军,一齐投降。讨逆军于傍晚时分,整队入城。第二天,段祺瑞也乘专车进城,立刻派江朝宗到日本公使馆去,迎接黎元洪回府。黎元洪经过这一次祸变,早已心灰意懒;且以堂堂总统,寄托外人保护之下,在国体上也不很好看。他便决意不愿再干,一面谢过了日本公使,退出使馆地界,回到东厂胡同私宅,立刻通电全国,宣告退职,一面推荐冯国璋为大总统。冯国璋如何肯受,便也通电推让,但黎元洪此次决意不再上台的。他第二次通电中说道:宁有辞条之叶,仍返林柯;堕溷之花,再登茵席?心肝倘在,面目何施?这几句话,说得十分沉痛。冯国璋也有奉还大总统职权的复电,他电文中说:现在京师收复,应向日本使馆表示谢悃,迎归黎大总统,即日入居旧府,并以国璋代理之职权,奉还黎大总统。法律事实,均宜如此。谁知双方正在推让的时候,那黎大总统府中,又闹出岔子来了。黎元洪的私宅,是在北京东厂胡同,原有卫队一营,驻扎在宅旁花园中。在七月十六日一清早,有队兵王德禄,忽似害了神经病一般,手握大刀,向人乱砍。一时花园中人声鼎沸,秩序大乱。那疯汉横冲直掩,勇不可当;便有护卫马占成,正目王凤鸣,上去拦阻,被他一个一刀,劈开脑壳而死。一路杀出来,竟奔内宅中去。当时连长宾世礼,看势甚危急,深恐伤害了大总统,便奋不顾身的上去夺刀。一个措手不及,被那疯汉用刀尖搠进胸膛去,倒身在血泊中死去。此时后面追上来二十个卫兵,个个手持枪刺,将疯汉包围在垓心,举枪乱刺;顿时将疯汉浑身上下,搠成数十百个透明窟窿。只听得一声大喊,这凶手倒在地下,翻腾了一晌,才死。这一场惊扰,早惊起了内宅的黎大总统和全家眷属。黎元洪听说好好的人,忽然患起神经病来,其中难保不是受人指使,特意来暗算他的。这样一想,不觉慌张起来,立刻带同家眷跳上汽车,直赴东交民巷法国医院中暂避。

黎元洪第二次避入东交民巷去,所有国家大权,全入段祺瑞一人之手。他便重组内阁,特任汤化龙为内务总长,梁启超为财政总长,林长民为司法总长,张国淦为农商总长,曹汝霖为交通总长。内阁成立以后,第一件副署的命令,便是对德奥两国宣战,另组战时国际事务委员。一面将副总统请进北京来。那冯国璋是七月三十一日,从南京动身,八月一日到北京地方;那沿路的军警保护,灯彩欢迎,自有一番热闹。但冯国璋因有黎元洪在京,心中还是虚怯怯的。他一面派武官长到黎元洪府中去求见,一国中的正副元首,在外国医院中见而,总觉得有伤国体。黎元洪没奈,又从法国医院中回到自己私邸候着。冯国璋与黎元洪一见面,便竭立劝驾,请大总统复任,仍回总统府去。黎元洪如何肯依,当将国家大事,交代清楚,向冯国璋说了一声恭喜,立刻起身,重复回到法国医院中去。冯国璋看看已无可挽回,便老实不客气,依法就代理大总统的职任。一面由国务院通电各省,及外国公使,称冯大总统,一面以大总统的名义,下对德奥国宣战的命令。从中华民国六年八月十四日上午十时起,与德、奥两国,同时入于交战状态中。所有国际间的条约,一律废止。德奥两国,在中国公有的财产,一律没收。最显明的,是上海沿黄浦江的两座大厦,一是德华银行的屋子,一是德国总会的屋子。此外德国政府在中国的船只和码头，一律由中国政府接收。最可惜的是上海外滩公园门外的德船断桅的纪念铜像，断缆碎旗，临风如生的，是全世界少数的美术品。无奈为一时协约国国家主义的客气所乘，竟将这世界人公享的美行物销毁了。此时段祺瑞耀武扬威的编起参战军来，调兵遣将，十分忙碌，只是冯大总统闲得无事可做，他便下一道命令，通缉复辟要犯，像张勋、康有为、刘廷琛、万绳栻、梁敦彦、胡嗣瑗这一班人，都在通缉之列。谁知这通缉令下得太晚了，康有为一行人，早已溜出京去，走得个影迹全无。有一个张勋，躲在荷兰公使衙门里，每天骂一班狗入的。他见人便说道："徐州会议的时候，人人签字，赞成复辟；如今见老子干得不顺手，便大家翻过脸来，打落水狗。这一班不成器的坏蛋，现在索性通缉起老子来了，好便好，不好时，那各人签名的议单，俱在老子掌握中，俺便交给外国报馆，拿他统统宣布出来，索性大家不要脸了。"张勋说着，又捧出一大包书函来，给来人观看。这风声传在当道的耳中，只因投鼠忌器，也只得马马虎虎的过去。

那时最不肯马虎的，便是孙中山。他见北京政府忽而解散国会，忽而张勋复辟，倪嗣冲纠合督军团造反，段祺瑞挟迫黎元洪下野，这都是违背国法的大罪。且自国会解散以后，北京武人主政，愈是肆无忌惮。孙中山知道保护国法的运动，刻不容缓，便嘱咐海军总司令程璧光，率领第一舰队，开到广东，宣言护法，脱离北京政府。他七月二十一日的独立通电中说明：自倪嗣冲首揭叛旗，毁弃约法，蹂躏国会，而中华民国之实亡；自张勋拥兵入京，公然僭窃，而中华民国之名亦亡。今张勋覆灭，中华民国之名已亡而复存矣；然约法毁弃，国会蹂躏，国家纲纪，荡然已尽，岂中华民国仅以存其名为足，而其实乃可以置之于不问耶？我海军将士，既以铁血构造共和，即以铁血拥护之；必使已僵之约法，回其效力，已散之国会，复其原状。元恶大憝，为国蠡贼者，无所逃罪，然后解甲。自约法失效、国会解散之日起，一切命令，无所根据，当然无效；发此命令之政府，当然否认。这通电发表以后，第一个响应的，便是云南唐继尧，他通电中要求的有四条件：一、总统仍当复职，否则应向国会解职；二、国会非法解散，不能认为有效；三、国务员非得国会同意，由总统任命，不能认为合法；四、称兵抗命之祸首，应照内乱罪，按律惩办。当时广东督军是陈炳焜，素来服从孙中山命令的；此次海军南来，陈督军十分欢迎。当时又有唐绍仪、汪精卫同至广东，组织军政府，迎接孙中山回广东，公举为大元帅。所有散居在北京、上海的议员，也纷纷赶到广州，受军政府的保护，开非常国会，议定军政府大纲。孙中山就职后，便进行北伐的事件。当即下令给湖南零陵镇守使刘建藩，充北伐先锋，率领部下出发。孙中山又下命令，说明段祺瑞、倪嗣冲、梁启超、汤化龙、朱深一班人，背叛民国，一致声讨。而北京政府，也下命令通缉孙文道：孙文、吴景濂等，通电全国，僭称非常国会，设立军政府，举孙文为大元帅，于九月十日受职，并立各部总长都督司令名目，擅发伪令，煽动军队。复据奉天督军张作霖呈报，查获孙文派人招集党徒，联络马贼，预备起事各证据。其为谋覆政府，紊乱国宪，逆迹实已昭著，非按法惩治，不足以伸国宪。

欲知后事如何，且听下回分解。

## 第七十八回　**绮梦难圆冯国璋悼亡　雄心勃发张作霖劫械**

当时北京政府，又下令通缉蓝天蔚，因蓝天蔚受了孙大元帅的密令，到东三省去运动独立。命令上说，他受孙文伪令，勾结东三省大盗刘景双、顾鸿宾、马海龙、金鼎臣等。分带多金，联合胡匪，分途扰乱。所过地方，均遭焚掠。所有勋四位建威上将军衔陆军中将的官衔，一齐褫夺。这种命令，看在孙中山眼里，果然不值一笑。此时非常国会，已将大纲议定，将军政府改为总裁制，孙中山辞去大元帅职位，就军政府总裁。当时另推岑春煊、唐继尧、唐绍仪、伍廷芳、陆荣廷、林葆怿共七人，为总裁。设立政务院，总理军政大事。但孙中山此时在政学会派的势力包围中，虽身为总裁，绝未在议席上发表政见。同时北京政府，也召集各省参议员到京，组织临时参议院。他命令上说：令将所有应改之组织选举各法，开会议决。此外职权，应俟正式国会成立后，按法执行。同时又下一令，着内务部筹备国会选举，大略说：此次国体再奠，所有约法上机关，亟应完全设立；着内务部按照民国元年筹备国会事务局办理事宜，迅速筹办。这两道命令，原是对西南方面的一种表示，真是掩耳盗铃的办法。从此段祺瑞借着参战的名义，向日本银行团大借外债。第一次，日本正金银行理事小田切万寿出面，承借日金一千万元；那借款一到手，无非由几个强项的军阀分肥，转眼便空。后来湖南方面民军发动，段祺瑞知道不免有一场战事，便又借善后为名，向日本国的台湾、朝鲜、兴业三银行，商借日金二千万元。第一种借款，是以中国盐税余款担保；第二种借款，是拿中国国库券一千五百万元作抵。此时冯国璋虽名为大总统，但国家大权，尽在段祺瑞掌握之中，冯国璋无非依言传令，照例盖印。段总理怎么说，他便怎么办，简直是一个傀儡总统。更加冯国璋自进京以后，他夫人周道如，忽得了不治症，连朝求医服药，总是无效；延至九月十日夜午，竟在总统府逝世了。周夫人玉容丰肌，在冯国璋垂老鳏夫，得此如花美眷，真是说不出的朝欢暮爱。他二人结婚不久，便产了一个麟儿，左拥孺子，右抱细君，富贵无极，艳福无穷。夫妻三年，再想不到，又出了这个岔子。冯国璋哀毁之余，再也没有这个心劲儿去问国事，凡事由段祺瑞独断独行。此时借款到手，向日本买到大批军械，秘密运往湖南，交给湖南督军傅良佐。第一次派李右文去攻打刘建藩，谁知刘李二人，平日暗通声气，此次右文行军到衡山地方，便全部投降了军政府，反倒戈相向。傅良佐大怒立刻又改派了北军师长王妆贤、范国璋，联合湘军师长陈复初，会攻零陵。果然士气大震，连日与南军交战，每次都获大胜。拔衡山，下宝庆，直逼零陵。一方面安徽北军，也向湘边出动，攻得了攸县。败报到广东军政府，陈炳焜便运动广西独立，合兵救助湖南。段祺瑞也暗地里拿了金钱去运动两广军队，广东清乡总办张天骥，竟脱离军政府，宣告独立。接着潮州镇守使莫擎宇，联结钦廉镇守使隆世储，宣布与广东军政府脱离关系。军政府不得不派刘志陆、洪兆麟、罗兆昌、刘达庆一班得力的军人，去围攻潮、汕、惠、钦一带。一时广东地方，内乱不休。幸得陈炳焜与广西军队力攻北军,在数日之间,夺回宝庆、衡山,又攻得衡阳、湘潭一带地方。正在吃紧时候,那北军中王汝贤、范国璋二人,忽通电休兵,袖手旁观。只有傅良佐一支军队,与民军周旋。民军乘胜直入,锐不可当。看看前锋快到长沙,傅良佐立脚不住了,便与代理省长周肇祥夤夜潜登兵输,逃至岳州;一面拍电到北京,说明王汝贤、范国璋坐失时机之罪。这王范二人,原是冯国璋的旧部,段祺瑞得了长沙失守的电报,便进总统府去,对着冯国璋痛骂王、范二人的忘恩负义。这明明是对了和尚骂贼秃,冯国璋虽是好说话,到此时也怒不可忍,便也厉声痛骂傅良佐弃城之罪。段祺瑞听了总统的话,才觉悟此中有隐情,原来王、范两人的行为,竟是由冯总统暗中主使的,便一时忍不住怒气,变色说道:“总统主和,祺瑞主战,两不相谋,如何能成大事呢?现在祺瑞愿请辞职,请总统另任贤者。”说着,便起身告辞出府,回到家中,愈想愈没有趣味,便提起笔来,写了一封辞职呈文,递进府去。那各部总长,听说总理辞职了,便也来一个总辞职。冯国璋便也照例派人去挽留,一面写了一封公文,表明心迹。说道:

> 国事濒危,人心浮动;一隅生隙,全国动摇。兹将数日经历情形,暨失机可惜之点,通告于左:自复辟打消,共和再造,军人实为功首;此后军人团体,即为全国之中点,生死存亡,有莫大之关系。此不但本国人所共知,亦外交团所共认。此次政府成立,所以政策以改良民国根本大法为宗旨,故不急召集新国会而为先设参议院之举;在法律上虽微有不同,而用心实无私意存乎其内。西南二三省,起而反对,无理要求。中央屡为迁就,愈就愈远,不得已而用兵,只求达到宗旨而已,初非有武力压迫之野心也。兵事既起,胜负虽未大分,而川事则中央颇为得手,滇、黔在川之兵,不日可期退出川界。广东方面,陆、陈、谭虽有援湘之兵,因龙、李、莫倾向中央,暗中牵制,以是不能大举。是时也,湘南战事,我北军将士,稍为振奋,保持固有之势,中央即可达完善之结果;不意我北军九死一生最有名誉之健儿,误听人言,壮志消沮。虽系一部分之自弃,而掣动新胜,暨相持未败之众。于是合谋罢战,要求长官,通电乞和,不顾羞耻。虽曰其中有不得已之苦衷,而中央完全将成之计划,尽行打消矣。诸君闻之,能不惜哉!能不痛哉!特是通电求和,主持人道,欲达宗旨,亦必能战,而后能和。假如占住势力,战胜一步,宣布调停,再进一程,征求同意,为中央留余地,保政府之威信,吾辈军人之名誉大张,国家人民之幸福是赖,乐何如之。乃不出此,而为摇尾乞求;纵能达到和平目的,我军人面皮丧尽矣。国璋亦军人之一分子也,如此行为,万无下场余地;不为羞死,亦将气死!诸君皆爱国丈夫,有何高见,如何挽救,能否贾勇救国,振奋部下士卒精神?筹兵筹饷,以谋胜利。则大错虽已铸成,尚可同心补救。国璋代行权位,惶愧奚如;国将不存,身将焉附。如有同心,国璋愿自督一旅之师,亲身督战,先我士卒,以雪此羞!

这一番话,一望而明明为敷衍段祺瑞的面子,冯国璋暗地里却甚愿与广东讲和。

不多几天，果然有直隶曹锟、湖北王占元、江苏李纯、江西陈光远四督军，通电主张撤兵停战。冯国璋一方面又请他同乡老前辈王士珍出来，署国务总理，所有各部总长，已改派陆征祥任外交，钱能训任内务，王克敏任财政，江庸任司法，刘冠雄任海军，田文烈任农商，曹汝霖任交通，荫昌任参谋总长。所有段派人物，完全失势。此时在湖南湖北的北军，暗承冯国璋的意旨，一律休战。南方军队，乘机直入，将湖南全省，完全占据了去。段祺瑞见冯国璋有意压迫，便也运用他的阴谋，就近派人到关外去，与张作霖联络。东三省近年来地方安静，物产丰富；张作霖坐镇一方，养得兵强马壮，久有关外王的绰号。他在东三省一带，势力一天膨胀似一天，早有进图中原的大欲。如今见段祺瑞来联络他，正可乘机而入。恰巧此时冯国璋派人在日本新买得大批军械，在秦皇岛上岸，被张作霖派大队人马，前去全数截留，从京奉铁路搬回奉天。一面分遣各师旅分批入关，沿京奉路线，到秦皇岛、滦州、独流、廊房一带，分段驻扎，设总司令部在军粮城，张作霖自为总司令，徐树铮为副司令。关外军队，包围京津一带，大有咄咄逼人之势。后来张作霖又命部下，截取陆军部所留的军粮三千石。消息到冯国璋耳中，渐觉有点坐立不安起来。接着在天津的曹锟，忽然又向冯总统翻了脸，他竟联合倪嗣冲、张怀芝，又有陕西、山西、河南、福建、浙江、热河、察哈尔、绥远并上海护军使，四省剿匪督办，各代表在天津地方，开成重大会议。议决一律主战，反对调停。由各省认定出兵数目，公举曹锟为第一军司令，张怀芝为第二军司令，下动员令向湖北境界出发。此时南方军队，亦一步一步向湖北境界进逼，形势十分危急。冯国璋到此时，也觉在北京地方，不能安居，便乘人不备的时候，在七年一月二十六日下午，搭乘八时五十分的京津车，秘密出京。一路到天津、济南、蚌埠等处，与山东督军张怀芝，安徽督军倪嗣冲，四省剿匪督办张敬尧，江苏督军李纯，在蚌埠会见，交换意见。冯国璋完全顺从各军阀的意思，下正式命令，特派曹锟为两湖宣抚使，张敬尧为攻岳前总司令；一方面又下罪己布告，又下令褫去广西督军谭浩明、湖南督军傅良佐、江西督军陈光远等人的官位，这才满了众军阀的意。冯国璋便又安然回去北京，复他大总统的原任。

独有陆军第十六混成旅旅长冯玉祥，在武穴发出一通电，请求罢兵。电文中揭穿各军阀的黑幕，大意说元首始终以和乎为心，讨伐之令，出自胁迫等话。但冯玉祥位卑力弱，也没有人去注意他的话。这边段祺瑞在暗中指挥，催促北军努力战斗。直隶、山东军队，居然向岳州施行总攻击，从南军手中夺了过来。一面奉军也乘机南下，帮助北军，在两湖一带地方打仗，一转眼，又把长沙城池打破。北方军队，威势大震。段祺瑞和曹锟二人，十分快意，便用大宗银钱去犒赏将士。你知道这许多银钱，段祺瑞从何处得来的？这里面他又犯下了一件极大的卖国罪状。段祺瑞此时恨不能立刻将南方军队扫平，因此一不做二不休，与他的心腹曹妆霖、陆宗舆二人商量。曹汝霖是一位交通总长，又兼财政总长；陆宗舆原是一位苦学生出身，在日本速成法政科毕业，回来官运亨通，已做到中国驻日公使。家中颇积蓄得几个钱，便与日本商人合办汇业银行。后来陆氏回国，任币制局总裁；改任章宗祥为驻日公使。这章氏也是亲日派中人物，与曹、陆二人，一鼻孔出气。传说章宗祥还有一段婚姻艳史，更享得裙带之福。

欲知后事如何，且听下回分解。

# 第七十九回　穷书生海天欣奇遇　小将军杯酒斩元凶

章宗祥，是吴兴荻港人，虽是乡僻寒士，却又怀抱大志；辗转从内地学堂，升到上海南洋公学来读书。只因上海是一个文化的中心点，不独是男子负笈游学的很多，便是女学生，也是满目皆是。章宗祥生平最倾心于女学生，仗着他的面目清秀，性情柔和，更能卜得女孩儿的欢喜。当时有一位苏州来的女学，名陈婉如的，与章宗祥邂逅相遇。他二人曾结下五百年的风流姻缘，一双香钩，两道情眼，便彼此目成心许。从此花月良辰，卿卿我我，流传出许多韵事来，便是他二人的同学，见章、陈二人如漆似胶，也不觉十分艳羡。由羡生妒，内中有一个恶作剧的人，竟是一封无头信，寄到陈婉如家里，说他家女儿，在上海如何风流放诞。陈家父母，接得此信，立刻赶到上海来，把他女儿拉回苏州去，严加管束，棒打鸳鸯，从此生离。章宗祥转眼又考得了日本留学，在黄海舟中，无意间又与陈婉如相遇。海天情侣，倍觉亲昵。在日本一岁光阴，上野看花，富山探胜，他二人总是形影儿不离的。学成归国，他二人便在归舟中自由订定婚姻。到得上海，婉如的父母，见生米已煮成熟饭，也只得将错就错。留学生归国的，第一便是吃饭问题。章宗祥与曹汝霖原是同学，此时曹汝霖已经显贵，章宗祥便向他去上条陈，无非是欲借此入门，得一噉饭地位。曹汝霖念彼此同学分上，给他将条陈递了上去。谁知政府却置之不理，把个章宗祥急得只是在家中垂头叹气。陈氏见他丈夫如此情形，便也暗暗策划。忽然她想起在日本留学的时候，曾认识一个满洲王族的女儿。此时满清政府庆亲王，权势甚大。庆王的儿子，便是振贝子。那王族女儿和振贝子却是同族兄妹。陈氏便决意去走这一条路子。当下备了一份厚礼，去拜访这位贵族格格。格格见了陈氏，果然也很亲热。因为陈婉如在日本，有美人之目；同学女生，大家艳羡她，因此大家和她交好。陈氏与格格来往几次以后，便诉说他丈夫赋闲无事，穷困欲死，求格格提拔。格格看在陈氏分上，便也替章宗祥递条陈与振贝子。第二天，果然蒙振贝子召见。在章宗祥满心想这一见，便可富贵到手；谁知振贝子见了他，只是淡淡的，照例问了几句话，端茶送客。章宗祥失望回来，他妻子从闺中迎接出来，问事体怎么样了？章宗祥只是摇头，夫妻二人，愁眉相对，黯然神伤。半晌，婉如跳起身来，说道."罢，罢！拚我不着，替你去弄一个前程罢！"当下她轻匀脂粉，低整云鬟；换了一身鲜艳的衣裙，越显得如出水芙蓉一般，风光绝丽。她打扮停当，向章宗祥盈盈一笑，说道："你在家中候着消息罢！"说着，如一朵轻云，冉冉出岫，出门上车而去。

这一晚，陈婉如并没有回家，把个章宗祥急得在屋子里团团打着旋儿，直待到次日中午时分，才见他妻子笑吟吟的回家来。章宗祥急上前去拥抱着，连问昨晚到什么地方去了？陈氏把粉脖子一扭，娇声说道："你莫管哩！你所要的饭碗，如今已替你要到了，快快做你的官去罢！"原来陈氏在外面一晚工夫，因那位格格的力量，伴着她进振贝子府中。陈氏又长得招人怜爱，柔顺轻灵，一张樱挑似的小嘴，好似叶底莺声，能说善笑。振贝子的夫人,一见便合上了心意。陈氏立刻拜振贝子的夫人为寄母,振贝子看了,也欢喜,立刻替她去向父亲庆亲王奕劻前进言。庆王活了这一大把年纪,从不曾见过这样粉装玉琢成似的女孩儿。陈氏向庆亲王替他丈夫当面求差使,庆王一口答应,但有一项交换的条件,须陈氏立刻搬进王府中去住。庆王聘她做西宾,在府中教授他的孙男孙女。陈氏因醉心富贵,便只得抛撇了她丈夫,孤单单的迁入王府中去做女教师,隔不多几天,果然赐章宗祥进士出身,先调入民政部当差;后又派至参丞上行走,接着又是宪政编查馆委员,又补上右丞,又调任内城巡警总厅厅丞。待南方革命军起,章宗祥也曾当过议和代表。袁政府时代,任大理院院长,又任司法总长,农商总长。在段内阁时,第二次任司法总长。此时他已充当了驻日的中国大使,一路竿头直上,飞皇腾达,都是他床头人运动之力。段祺瑞密令他向日本借款,充作战费。段祺瑞深恐章宗祥一人的力量不够,便令曹汝霖、陆宗舆二位亲日健将,帮助他办理。第一次,借款日金三千万元,以吉林、黑龙江两省森林矿产为抵;第二次,借款一千万元,以盐税余款作抵;第三次,又借款一千万元,以吉会铁路作抵;第四次,借款二千万元,以洮南至热河、长春至洮南、吉林至开原、热河至海港的四条铁路的财产及收入作抵;第五次,亦借款二千万元,以山东铁路为抵。除此以外,还有零星的制铁借款,参战借款,或数十万元,或一二百万元,东拖西借,抵押尽净;钱一到手,立刻花完。在段祺瑞的意思,只叫立刻打平了南军,快了他的私意,便是将中国全土奉送与邻国,也是愿意的事体。

在这南北战争的时候,冯国璋与段祺瑞的意见,愈闹愈深,且各令他的部下,暗中行动。当时有一个炳威上将军陆建章,在袁政府时代,充当军警执法处处长,专一迎合袁氏意志,屠杀反对党人,一时绰号,称他屠夫。后任陕西督军,又被段祺瑞嗾使陈树藩将他赶跑,因此恨段派的人入骨。今见冯段失和,他便投到冯国璋这边来,在江西、湖北一带地方,奔走鼓吹,劝军人停战议和。段祺瑞也恨陆建章入骨,恰巧陆建章此次自投罗网,到天津来游说驻天津的奉军倒戈。此时徐树铮任为奉军副司令,得到这个消息,他也是一个有名辣手的人,便假意送一信给陆建章,请他来商量和议,一面在壁中埋伏下甲兵。建章自以谓是老前辈,不把小徐放在眼里,当时接了徐树铮的请帖,立刻赶到奉军司令部中来。徐树铮欢颜出迎,邀入营中,开筵款待,列席的尽是奉军长官。彼此杯酒酬酢,也绝不提起军国大事。待到撤席,小徐又邀陆建章至后花园中闲步。陆建章不防他有诈,便与小徐并肩在花园中行着。小徐回头向卫兵递一个眼色,那花园门便立刻闭上。小徐这才翻过脸来,厉声向陆建章喝道:"你可知罪吗!"陆建章还是倔强着说道:"我有什么罪?"小徐便大声道:"你还不知罪么?你为南方作走狗,东奔西跑,煽惑军心,如今天网恢恢,也落到俺小徐手中来了!"陆建章还要说出一番议和的大道理来。小徐摇着手道:"不必多说了!"便喝令左右,将陆建章拿下。十多个兵士,一涌上前,将陆建章擒住。陆建章到此时,只得软语乞怜。小徐也不去理他,指挥兵士,将陆建章绑在一株槐树上,徐徐的由腰间掏出一支手枪来,扳动枪机砰砰三响,三粒子弹,打中陆将军要害,立刻死去。小徐依仗段祺瑞的权势,不经国家法律,擅自杀一上将。便是冯国璋面前,自有段祺瑞、段芝贵替他掩护。冯国璋在北方军阀势力包围之中,也是敢怒而不敢言。谁知因陆将军的死,却恼动了一位后起的英雄。你道是谁,便是驻扎在武穴的冯玉祥。这冯玉祥,却是陆建章嫡亲的内侄,他姑母冯氏,见丈夫屈死在小徐手中,便在他侄子跟前哭诉,求他代报夫仇。这冯玉祥是十分有计谋的人,他上次通电主和,已显然与段祺瑞立于反对地位,如今听了姑母的话,愈将段祺瑞恨入骨髓。当时他便要起兵打进京去,只因自己只做了一个混成旅长,没有多大力量,虽说他治军有法,部下人人都肯替他效死。原来冯玉祥自己是宦家子弟,他父亲是直隶知府,住在天津的时候,生下冯玉祥来。少年时候,在教会学堂读书,便也信仰了基督教。后进了保定军官学校,毕业后,保送在武卫右军统当差遣。遇见了杨善德,极赞他才可大用,便推荐与段祺瑞,段亦不加重用。冯玉祥便自觅头路,先为第三镇管带,统带一百人,驻扎在房山县。由他姑父陆建章的帮忙,统带京畿宪兵营,有部下二千人。直到民国二年,袁世凯欲增加北洋军队的势力,添练混成旅十八路,冯玉祥便充当第十六混成旅长。直到此时,已训练成一支有力的军队。因军纪甚好,地方上人民,大家肯帮助他,便是段祺瑞,也惧惮他三分。当时他听了姑母的话,虽不便一旦决裂,但也不能不略有表示。他部下副官李鸣钟,团长杨贵堂,都愿为他效力。冯玉祥便在武穴地方,通电独立。自从冯军独立以后,中部失了联络;所有段氏军队,四处败退下来。当时段祺瑞第一个大将,便是山东督军张怀芝;此时兼任了援粤总司令。军队驻扎在汉口地方,张怀芝忽然害起病来,六军无主,被南军潜入攸县进攻,猛扑北军防地。张军十数营,猝不及防,纷纷溃退。一面龙济光在广东,被李烈钧的军队,打得落花流水,困守在雷州地方,粮尽援绝。没奈何只得拍电向就近福建督军李厚基处去求救。此时段祺瑞已向浙江督军杨善德借得童宝暄一支兵,渡海来福建,编成闽浙联军,与广东军队死战。说起浙江童军,完全是本省的子弟兵,历年专任保护乡上,从未调向外省作战的。此次杨善德以北军巨头,入据浙江,便将部下北兵,调入浙江去,又将浙江原有军队,调出外省来,原有反客为主之意。偏偏这师长童宝暄,在浙江省城中,暗谋革命,先由蒋尊簋在宁波起事,向绍兴进攻,约定童军在城中响应。谁知事机不密,军情漏泄,已被北军从钱塘江打过绍兴来。蒋尊簋站脚不住,躲在轮船煤舱中,逃到上海,那童宝暄的军队,被北兵监视,也是寸步难行。事过以后,杨善德便把童宝暄看做如眼中之钉,恰巧段祺瑞向浙江来要兵,杨善德便用调虎离山之计,将童师长连他的部下,一齐调赴前敌。童师长自己也知道不能在家乡存身,便乐得借事脱离。据说那时这位少年将军,还闹一件极香艳的故事。在安徽芜湖地方,有一位如花似玉的小姐,名方楚贞,养在闺中,那远近慕名来求聘的富贵大族,也不下数十百家。最后,他父亲作主,将这位天仙似的美女,许配给魏翰林家的第四个公子做妻子。这魏翰林坐拥着千万家财,四公子也长得人品端正,眉目清秀;十六岁在大学堂毕业,父亲替他运动得了一名官费生,保送到美国留学去。这两家虽是旧式婚姻,但在这新思想流行的时候,也不得不变通办理。魏翰林托冰人去与方家说明了,在四公子动身的前几天,领着四公子到方家来,给他一对未婚夫妻见面。方小姐在家中,也读过诗书,写得一手好美丽的字。小夫妻两口儿说定了,以后两人常常通信,也可解了闺中的寂寞。四公子美国四载光阴,彼此鱼雁往来,情爱已到了十分浓厚的地步。

欲知后事如何,且听下回分解。

## 第八十回　美人薄命海天折鸳翼　侍儿多情风月结郎心

魏四公子在美国留学四年,看看快毕业了,满想学成归国,与方楚贞小姐完其好事。谁知好事多磨,良缘天妒,魏四公子在归国的途上,染了急症,一病身死。外洋船的规矩,船上有染疫死的人,立刻把尸身抛在海洋里,一面停船消毒。这消息传到方、魏两家,不独两家的父母老泪纵横,便是这位方小姐也哭得魂销肠断。可怜她自有生以来,只在近一二年中,才尝得爱情的滋味,正魂梦甜蜜的时候,忽做了寡鹄离鸾,怎叫她不伤心呢!方小姐伤心到极地,便在三更月黑的时候,悄悄的起身拿一条汗巾,向床栏上自缢去,亏得伴睡的小丫头惊觉过来,抢上去将她救下。父亲知道了,也赶到女儿房里来苦劝戒,说:"年纪轻轻,前途幸福无量,做父亲的,决不是一个老顽固,待冷过几时,心中淡忘了,再给你说婆家去,嫁得一个如意郎君,一双两好的过着快乐日子。至于魏家四公子,他人已死了,生前纵有万千恩爱,人死过以后,万事全休;你要是心中舍他不下,替他守着一年心丧,也便可以对得他起了。我只生有你这个女孩儿,你母亲又早死了,你又长得得人意儿,我岂肯把你这花朵也似的女孩儿,生生的断送在凄凉寂寞的光阴里呢。我的好孩儿!你莫伤心罢,听你爹爹的话,好好的在家里伴着你爹爹罢!"她父亲说到这里,忍不住眼圈儿也红了。方小姐听他父亲说完了话,忽然噗的跪下地来,求她父亲,许她在家守节。又说:"父亲倘不答应,只有一死以了残生!"她父亲方举人看他女儿正在伤心头里,一时不好意思逼迫她,怕逼出祸事来,当时含糊答应。过了几天,那芜湖地方的世家大宅,打听得方家小姐已守着望门寡,便又纷纷挽着媒人到方家来求亲。方举人也合意,便在无人的时候,劝着他女儿说道:"世界上的女人,难得有几个能够真正守着贞节的;不是为迫于一时感情的冲动,便是贪图一时的虚荣,立下这个誓来。到那感情慢慢的淡了,那虚荣也慢慢的过去了,留下的只有年深月久的抑郁凄凉,除悲伤过度,早早死去的以外,有因受外面的引诱,做出丧名失节的事体的。到那时一失足成千古恨,倒不如趁早打到主意,嫁了的干净。你是我的亲生女儿,眼看着你青春年少,既不忍坐看你抑郁而死,也怕见你将来做出丧名失节的事体来。你还是好好的听了做父亲的说话,嫁到别家去罢。莫说你是女孩儿的身体,便是寡妇再醮,也是人情之常,决没有人来非笑你的。"

方小姐意志万分坚定,一任他父亲横说竖说,她丝毫不改变她的心肠,说:"愿替魏家公子守着节,至死靡他!"方举人听了,也无话可说。无奈那班说媒的人,还不肯死心,却常常登门来纠缠。方小姐不觉大怒,便和她父亲说明,要避免别人缠绕起见,托旧时的媒人去和魏家商议,说她愿意抱牌位做亲,过门去守节,也死了那班说媒的人的心肠。那魏翰林,是讲究名节的人,听了媒人的话,便满口称赞,并说:"我家出了这样的节妇,真是门楣生光,立刻在自己的家财里划出十万银钱来,立了一口存折,交给节妇,自由支用。便是她父亲,也提出三万块现款来,交给女儿,算是陪嫁产。拣了一个好日子,冷冷清清的把方小姐抬了过去,在魏家守着空房。魏翰林因为她是一个节妇,把她抬得和天一般高。拨过去一个丫鬟,一个老妈子,专伺候四少奶奶的。真是茶来伸手,饭来张口,诸事不用她劳心。她拚了如花美眷,似岁流年,咬紧牙齿,死心塌地,度这清静寂寞孤苦无聊的岁月。

从来说的:死节事易,守节事难。任你一等的英雄,凭着一股勇气一瞑不视,做出惊天动地的事体来,却也是可能的。如今年深月久,寂寞凄清,那从前的一股勇气,渐渐的淡了,所过去的虚荣,渐渐有些敌不住眼前繁华的引诱。再加这方楚贞正在妙年,她和魏公子又是旧式结成的婚姻,原没有如何深挚的情感,他们又没有做过一天夫妇,也说不到身体上的节操,徒以当初碍于两家的门第,动于守节的虚荣,毫无意识的做下了这件事体。待到热烈一退,实受着这凄凉的况味,心中暗暗地有些后悔起来。天下的节妇有几桩可怕的事么:第一,是年纪轻;第二,是家里有钱;第三,是容貌长得美丽;第四,是寂寞得没有事体可做;第五,是思想不高超,不曾读过书,不会吟诗作画,做些闲的事体;第六,是家里有年轻夫妻,恩爱的样子,落在她眼里;第七,是房中有艳婢;第八,是有繁华的社会引诱着。如今方节妇住在家中,这八件可怕的事体,都完全。她这娇嫩的身体,薄弱的意志,天天和这八个魔鬼暗斗,可怜这贞节之神,渐渐有些斗败下来了!魏家还有一位五公子,是方节妇过门的第二年做的亲;一对新夫妻,终日在闺房中调笑无忌,不避耳目。那种风流样儿,也有露在方节妇眼中的,也有被丫鬟仆妇们偷看着的。方节妇贴身一个丫鬟,名唤小红的,方节妇爱她长得白净,人又生得伶俐,格外欢喜她。终日闷在房里,原闲得没事可做,便指授小红学习针线,和她说说笑笑,解着闷儿,亲热得好似姊妹一般。谁知这小红生性却十分风骚的,年纪也到了標梅时候了,专爱偷看五公子夫妻间的风情事儿,来告诉给她的奶奶听。这四奶奶,因为一个人闷得慌,听她说着,消消闲。小红见奶奶爱听,便也东一搭西一搭的搜寻些野语村言来,与奶奶解闷儿。起初,小红说起人家夫妻间的风流故事,四奶奶便喝阻她。后来也渐渐的听惯了,听到出神的时候,四奶奶一张素脸上,羞得统红,把粉颈低垂下去。小红越说越起劲,四奶奶越听越有趣,有时小红不说,四奶奶也要千方百计的逗她开口。说到动人的时候,四奶奶不是伸手在小红肩膀上打一下,便是笑着在小红苹果似的红腮儿上拧一下。小红越发得了意,便去打听得外面有什么风流案件,龌龊事故,进来说与四奶奶听。女人最坏事的,是识字不多,她读正经书则不足,看小唱本儿则有余。这位节妇,她犯了同样的毛病。她嫌小红的风情话不过瘾,便悄悄的拿出钱来,由小红去托看门人在门口书摊上买了许多什么:《三笑姻缘》《楼袍》《九美图》《文武香球》《玉蜻蜓》这一类专说风情的小本儿;还有什么《叹五更》《十送郎》《十杯酒》《十把扇子》等等淫词艳曲,偷偷运进房来,藏在枕畔。每到黄昏人静的时候,她主婢二人,低低的唱着,细细谈着。四奶奶究属是大家闺秀,还支撑得住,稳重些;独把个小红却说疯了。这时候她公公魏翰林忽动了官兴,来杭州做什么财政主任,租着一座大厦,两老夫妻,只带着四奶奶,住在后院三厅上。四奶奶因是一个侧身,爱安静些,住在四厅上。空着头厅、二厅和正屋左面一座大花厅,转租给这位师长。那冷冷清清魏翰林的屋子里,顿时热闹起来了。门口有站岗的卫兵,门里有马弁听差一班人,挤满在门房里。师长把左面一座花厅,做了会客厅。每天从早至晚,这客室里总是客人不断的。便是师长太太的上房里,也有官绅的眷属来往着,或是打牌,或是吃酒,十分热闹。这师长初搬进魏家屋子来,也曾办过邻舍酒,恭恭敬敬备着帖子,请魏翰林老夫妻和四奶奶走赴席。这四奶奶是节妇,不便到人家里去,只有魏翰林夫妻二人去坐了一坐。回到家中,她婆婆对四奶仍说起这位师长长得如何英秀,又如何和气识趣,四少奶奶听在耳中,记在心中,也不便说什么。但从此以后,前院子便万分热闹起来,后院子却依旧是十分寂寞。小红是小孩子的心性,欢喜轧热闹。四少奶奶每天用过午膳,是要打中觉的,小红觑着空,便溜到前院子去,有时溜到门房里去,和那班卫兵马弁鬼混。他们见小红皮肤又长得白净,面貌也生得端正,便大家围定了她,百般调笑。有几个在暗地里陪些小心,有送手帕的,有送花粉的,有送糖食的,有送银钱的,弄得这小红应接不暇。后来到底和内中一个马弁名长贵的,勾搭上了。这长贵年纪又轻,眉眼儿也清秀,说话也伶俐,所以小红看上了他。两人瞒着大众,在花园中,不知幽会过了几次。那座花园,远在正屋的后面,小红终日陪着她四奶奶住在第四座厅上,这厅后小院子里,却有一重腰门,通着花园的。小红自从和长贵有了私情以后,嫌两地里往来不便,悄悄的去开了那扇腰门。每到斜月三更的时候,小红便偷偷的开出腰门去,和她意中人在花园里干着风流事体。

隔了几天,那师长太太因为谢步,到魏家来,拜会魏老太太、他见四奶奶长得和天仙一般,两人便出奇的亲密起来了。这师长太太,原是北洋女子师范学堂里出身的,装着一肚子的新道理。又生成一张能言善辩的利口。她见四奶奶中了礼教的毒,便不惜苦口婆心的劝导,说道:“天给你一副聪明的肚肠,又给你这百年有用的光阴,原叫你到世界上来做一番事业的;怎么你如今却甘心牺牲了一切,替一个已死的人守着节?须知你虽甘心,天却不甘心。天生你这个人,不是你自己可以私有的,也不是你已死的丈夫可以霸占的,是社会上公有的。如今我且不说这守节的事体有没有道理,便是要守节,也何必要糟蹋了你一世的光阴,牺牲了你一生的精神去守着这个无影无踪的节呢?守节原叫你守在心里,尽可以拣快乐的事体去做做,到消遣的地方去走走。像你这样死守住在屋子里活活逼死自己,这不叫做守节,直叫做暴殄天物呢!”这位太太说话十分杀辣,那四奶奶一句话也回答不出来。师长太太不待他回答,便把四奶奶粉臂儿一拉,到自己上房里去。师长太太房中,早已有几位本城绅士人家的太太候着她打牌呢。这打牌的事,四奶奶是自幼儿喜欢的,从前在母家的时候,拉着几个亲戚中的姊妹,没日没夜的干这个玩儿。自从到魏家来守了节以后,心如死灰,久已不打牌了。如今见师长太太和几绅士太太打着牌,不觉触了她的旧好,便坐在肩下看打牌。这师长太太真来得,她一面打着牌,一面还叽叽咕咕的和四奶奶谈笑。有时师长太太打错了牌,四奶奶便从旁指点着。打过了三圈,忽见一个小丫头进来,低低的说了几句话。师长太太便站起身来,一面请四奶奶替她打几副牌,自己走出房去了。这四奶奶打牌原是一个好手,打不多几副,这四奶奶手中和了一副三元倒勒的牌出来,一算足足到手了三百六十元,满屋子顿时起了一片说笑声,四奶奶多年不开的笑口,到此时也不禁瓠犀微露,双蛾轻展的笑了起来。说在这个当儿,师长太太走进屋子来,四奶奶抬头一看,见师长太太身后跟着一个英秀的男子,四奶奶忙敛起了笑容,低垂着粉颈,害起羞来,说要告辞回家去了。师长太太如何肯放手,便一把按在她身旁的椅子上坐下。

欲知后事如何,且听下回分解。

## 第八十一回　罗帐春深名媛失节　情天月缺武夫亡身

魏家节妇又偷眼看那男子时，只见他圆圆的脸儿，嘴上留着一撮浓浓的小胡髭，愈显得脸上黑白分明。上身穿着茶青色的军衣，金色肩章领章袖章，配着胸口的徽章，参谋带子，愈觉得金碧辉煌，下身穿着马裤，漆黑的皮绑腿，腰上挂着指挥刀，锵啷锵啷的拖进房来，见了各位太太，便笑嘻嘻的和她们打着招呼，大家都称他师长。独有这节妇，却羞答答的不肯抬起头来，站起身来，一手搭在小红的肩上，向师长太太低低的告辞，走出房回家去。从来含情默默的女人，最能叫人动心；这位师长，又是风月场中的惯手，如今见魏家四奶奶这一副神情，容颜美丽，举止飘逸，早不觉深深的嵌进他心窝中去了。他当着众位绅士太太的面，虽不好意思说什么；那马弁长贵，却是他的心腹。师长在外面花街柳巷的闲逛，长贵不但预闻其事，又帮着在家中瞒住他的太太，因此得主人的欢心，凡事与他商量。如今这师长见了魏家节妇，便顿时坐立不安起来。长贵看得出主人的心事，便在无人的时候，用话去探问。那师长却向长贵打探魏四奶奶的情形，长贵也不隐瞒他的主人，便把自己和魏四奶奶身旁的丫头名小红勾搭上的情形，老老实实的说了出来。师长听了，便将自己的事体，也拜托了长贵，要他对小红说去，要小红帮同他做成了好事。如事体成功，长贵和小红每人赏银子五千两，便可以舒舒服服的做一份人家了。长贵听说和小红做人家，是第一件高兴事体，便急急找小红商量去。

天下的女子欢喜男子，不全在他的面貌如何美丽，性情如何温柔，是要他的体格魁梧，性情豪爽，站在人前，英英露爽。像这种男子，最能叫女子看了动心。如今这位师长，却也够得上这个资格。那时四奶奶虽只照了一眼，回到自己房里，那副白净的脸色，嘻笑的神气，终日好似照在她眼中。把个一尘不染的四奶奶，也弄得神魂颠倒起来。再加小红受了长贵的运动，觑没人的时候，便常常在四奶奶跟前提起那位师长的好处：面貌如河清秀，性情如何温存，在女人身上如何下工夫，在外面如何有威势。凡是女人，没有不慕虚荣，不爱温柔的。如今听说这师长肯在女人身上赔小心，手里又有威权，早弄得这个四奶奶心驰意乱。恰巧那师长太太常常进来看望她，见她闷坐无聊，便拉她到自己上房里去打牌。这师长太太，也很识趣，每逢拉四奶奶去打牌，总是拣师长不在家中的时候。四奶奶原是爱打牌的，如今引起了她的赌兴，便天天非打牌不可。有时便不是师长太太来唤她，也要自己找上门去了。如此天天来往着，总不免有和师长见面的时候；他们起初各自避着，便是四奶奶见了师长，总是含羞默默的。渐渐的面数见得多了，也慢慢的招呼起来，从招呼而谈话，从谈话而说笑，从说笑而同桌打牌。男女在一桌儿打牌的时候，倘然是彼此有心，那说话手脚之间，最容易传着心事。这时师长和四奶奶同坐在一桌上，不住的暗地里拿眼去瞟她。起初四奶奶还不肯接受，后来师长耐住性，不停的用工夫，日子愈多，工夫愈深，四奶奶受尽了这位师长的温存，便背着人和师长说起活来，但每到犯嫌疑的地方，四奶奶便低下脖子闭着嘴不肯说下去了。这师长是偷香窃玉的行家，知道此事非单刀直入不可。

有一天夜里，四奶奶正从床上睡醒来，听妆台上自鸣钟正打了一下，屋子里静悄悄的，充满了夜色。魏节妇在枕上一转念，那白白的脸儿黑黑的小胡子，又现在眼前了，任你闭上了眼皮，不要看他，那脸蛋子却越显露得鲜明。四奶奶心中一阵子烦躁，从床头坐起身来，忽听得后房有小红低低的呜咽声。小红是四奶奶最心爱的丫头，又为夜间便于招呼起见，便给她睡在自己的后房。如今在这半夜人静的时候，忽然后房里有低低的哭声，不由得她不问，连问了几声，小红也不答应。四奶奶忍不住，走下床来。这时夏末秋初，天气微有凉意，四奶奶随手披了一件小夹袄儿，拽着睡鞋，把妆台上的灯旋亮了，转过后房去，伸手轻轻的揭起小红床上的帐子一看，不由得四奶奶脸上轰的一阵热，忙捽下帐门，不觉四肢瘫软了。正要回到自己房中去，那小红拉着长贵从床里出来，双双跪倒在四奶奶跟前，把个四奶奶羞得进退无路。正在慌张的时候，忽觉身后一个人影儿一晃，那位师长，笑吟吟的走了进来。这时魏节妇被一群魔鬼围逼着，便也无力抵抗，悄悄投降了他们。从来男女既走错了路，决没有回头的时候。那四奶奶心中既有了这个师长，便要想和他做一个长久的伴侣。常常和师长在枕席间商量，那师长岂有不愿意的，只苦于两家门第所限，明明的魏家四奶奶，一时如何能改做师长太太呢？事有凑巧，那督军命令下来，调这位师长到福建去打前敌。军令急于火，如何敢怠慢，便星夜起程。未动身以前，长贵便已设法把魏四奶奶偷出府去，藏在师长的坐船舱里了。

师长在九松山一役，甚是出力；他带领全军，到了山谷口，相度了地势；见山北面还有一座高峰，便下紧急命令，派第一团团长，带了两门重炮，限他在天色未明以前，便要进占这个山头。师长自己也带了一团兵，把住在山谷口，埋伏在树荫浓密的地方。四尊大炮，对准了山脚下一条出谷的鸟道，上面有大树遮住，往山脚下望上来，望不见一人一卒。果然，到了天上露着死灰色的时候，那北面山头上连珠似的炮声起来了。那边炮手的本领很好，一粒一粒炮弹，都打在第三个山冈上，落地炸裂起来。只见山冈里起了一阵浓烟，那敌人站脚不住了，由军官带领着，悄悄的从山冈上逃下来。逃出了山麓，便是山谷的一条羊肠小道。这时天不做美，忽然下起一阵大雨来，那敌军在鸟道上拖泥带水的走着。便是这边的师长，在山顶上穿着雨衣，在雨中直挺挺的站着。他拿望远镜向山下一照，只见那鸟道上许多敌人，蠕蠕的动着；这时天色苍黑，也分辨不出有多少人马。只见师长把手中指挥刀一举，四管炮口，齐向那条鸟道上打下炮弹去。可怜一阵子山鸣谷应，烟雾过去，那鸟道上铺满了死人，都是残肢断臂的躺着。师长再拿望远镜照时，那山谷上静悄悄的，莫说一个活人，便是一株活的树儿、一茎活的草儿也没有了。这边得了全胜，这师长心里痛快，便跨马下山，找路回营。在路上，那雨下得越发大了，好似为那班战死的兵士在那里痛哭；一阵阵冷风刮来，禁不住浑身打战。急急的回城，到公馆里，进了上房，脱去湿衣，暖上火盆，四奶奶服侍他睡在又香又软的被窝里，已是来不及了。这师长满身发着烧，三天不曾退热。军中现成有的医官，替他诊断服药，背地说师长犯了失阴伤害的重症，在山中又受了瘴气，病势十分危险。后来他脚气病发作，腿上肿得很快，不上七天，直肿到胸口，一口气不来，便丢他这位心爱的四奶奶死去了。这四奶奶哭得伤心，比到第一次魏家四公子死时，还要伤心十倍。她没日没夜的哭泣着，买上好的衣衾棺椁，收殓师长的尸体；一面打电报到杭州公馆里去报丧，一面在福建地方开吊。四奶奶居然伏在孝帏里面，呜呜的痛哭，想到自己身子没有着落，那杭州的正式太太快要到了，叫她如何有这脸面和她相见。她想到没路的时候，便悄悄的把生鸦片烟吃下肚去，做第二次殉节的事体了。亏得服侍她的一个老妈子发觉得早，忙去告诉军医官知道。那医生赶来，手忙脚乱的把她一灌救，把一条美人的性命保住。接着，那杭州正式的太太也赶到了。在四奶奶的意思，自己既抢了她的丈夫，如今死也死不成，说不得待那正式太太来时，赔些小心，求她收做师长的姨太太。谁知那位太太到时，凭棺一恸，带着师长的棺材便走，也不和四奶奶见面，也不料理家事。这时四奶奶才从死路上救转来，不多几天，睡在床上，动也不能动，只有一个老妈子伺候着，主仆两人，受尽凄凉况味。后来还是师长的旧部，看这美人零落得可怜，便大家凑了几个盘川，送她回杭州去。四奶奶也无颜再进魏家门去了，只在杭州一座长寿庵中，落发修行，长斋礼佛去。这也是护法时代南北战征中的一件韵事。

北方军阀，一面与南军交战，一面又用政治竞争的手腕，夺取国家名义上的大权。原来段祺瑞的门生徐树铮，号称足智多谋，在暗中进行，拿大批借款去买得了许多新国会议员，又属托他的同党梁士诒、王揖唐一班人出面组织政党。这政党名唤安福部，党中唯一宗旨，便是选举段祺瑞为大总统，张作霖为副总统。只因此时冯国璋代理总统的期限快满，此时新国会议员，全是安福部的同志，段祺瑞不怕不当选为大总统。谁知冯国璋因主和主战的事体，暗地里和段派的人意见闹得很大。如今见段祺瑞竟欲篡夺他的地位，他便用一恶计，预先下一道命令，说道："所冀国会议员，各本良心上之主张，公举一德望兼备足以复统一和平者，以副约法精神之所在。"这几句说话，明明是在那里指摘段祺瑞是不足以复统一和平的，又是不能守约法的人。段派的人受了大大一个打劫，接着广东军政府又响应了一个电报，声明除认副总统代理大总统执行职务外，其余北京非法政府一切行为，军政府万无容忍之余地。乃者，大总统法定任期无几，大选在即，北京自构机关，号称国会，竟将从事于选举。夫军政府所重者法耳，于人无容心焉；故其候补为何人，无所用其赞否。赞否之所得施，亦视其人之所从举为合法与否而已。苟北京非法国会，竟尔窃用大权，贸然投柜；无论所选为谁，决不承认！这种取瑟而歌的手段，把个段祺瑞弄得左右为难。在徐树铮奔走运动，费尽九牛二虎之力，满意捧段氏上台，大家都可以弹冠相庆。不料冯国璋一个命令，预先揭穿了阴谋。段祺瑞是一个乖巧的人，看看风色不顺，便也声明与冯国璋同时下野。安福部一班人，深夜密议，便找出一个替身来，是住在天津的徐世昌。徐世昌一上台，依旧可以保持安福部本来的势力。他们竟于九月四日，以四百三十六人得四百二十五票，选出了徐世昌为大总统。徐世昌是一个老官场，一时如何肯就职，便通电辞让。冯国璋深怕徐世昌不来，或致选段祺瑞，便也忙着打电劝驾。此外黄河、长江二流域的地方文武官员，十有八九，都通电赞成。独有广东的岑春煊、伍廷芳，劝徐世昌不可上台。谁知徐世昌已于民国七年的双十节，进京就职了。在事前，冯国璋得了消息，便收拾总统府一切值钱的器物，一齐拿走，搬往私宅。据当时一班人传说："冯氏是很爱钱财的，从前做江苏督军时候，暗做烟土买卖；后在北京当大总统，又变卖南海、北海中的大鱼，发了大财。"当时冯既下野，段祺瑞有约在先，不能失信，便也连带辞去国务总理的名义，只任参战督办一职。但段氏的私党，依旧布满北京要道。

欲知后事如何，且听下回分解。

# 第八十二回　陆征祥和会抗议　章公使车站蒙羞

徐世昌就大总统任后，第一道命令，便派钱能训为内阁总理；第二道命令，却是南北停战，又令江苏督军李纯从中主持和议。广东政府派出代表来，但要求须在上海议和，李纯却主张在南京议和。后来北方也便牵就了南方的主张，借上海黄浦江边已经没收的德国总会，充作南北议和的会所。北方派总代表朱启钤，又有分代表吴鼎昌、王克敏、施愚、方枢、汪有龄、刘恩格、李国珍、江绍杰、徐佛苏九人；南方派唐绍仪为总代表，章士钊、胡汉民、缪嘉寿、曾彦、郭椿森、刘光烈、王伯群、彭允彝八人为分代表。谁知一面议和的只管讲和，一面陕西地方陈树藩和于右任打仗的依旧打仗。那陈树藩十分强项，所有徐世昌的命令，各省督军的劝告，各方人民的请求，还有英、美、法、日、意五国公使的调停，他都置之不理；一味的调兵遣将，向于右任攻打。于右任也不是一个弱者，便也调动军队，和陈军对垒。上海地方议和议得热闹，陕西地方打仗也打得热闹。南方代表唐绍仪不觉大愤，便立刻停止和议，说北方政府没有诚意，从此两方又把议案停顿起来。却急坏了一个中间人李纯，又连连打电与陈树藩，痛哭流涕的劝他停战。好不容易，陕西战事中止，在四月四日，南北双方又开起议来；这和议足足开了一个多月，还是毫无头绪。一般人民，都觉得诧异。起初还有上海五十三个公团通电催促，后来因中国与日本闹出绝大的交涉来，全国人视线都集中在卖国贼曹汝霖、陆宗舆、章宗祥三人身上，却把这南北议和的事体搁起了。

这一场交涉，原要怪袁世凯不好。袁氏在位的时候，因欲称帝，一面希望日本人帮助他，便秘密与日本人订下二十一条约，承认日本暂行保管德国在青岛山东一带的土地铁路权利。约文里有一句交还胶州湾，须待欧战停后解决。如今轰轰烈烈的一场欧洲大战，居然也有停战讲和的一天。中国在名义上，也是协约国的一分子，便由北京政府派了陆征祥法国去参预盛大的欧洲和会。陆专使去后，又继续派了顾维钧、王正廷、施肇基、魏宸组四人，以便轮流出席。谁知这和会竟是个强权会议，在名单列席会议的，虽有二十七国，而得充当和会正会长的，是法国人克勒孟沙，充当副会长的，是美国人蓝辛、英国人劳合乔治、意国人欧兰都、日本人西园寺侯爵。在协约国最高会议的会长也是法人克勒孟沙，会员是美总统威尔逊和蓝辛，英人劳合乔治与贝尔福，法人克勒孟沙与毕勋，意人欧兰都与沙尼诺，日本人西园寺侯爵与牧野男爵。中华这样一个堂堂大国，连一个会员资格都够不上。因此一切议案，都由五大强国主张，中国人竟无容喙之地，便是关系于中国和德国的事件，也要先经五大国决定。承他们各强国的赏赐，规定了五条议案：第一条是德国对华放弃由一九零一年拳匪条约而得之各种特别权利与赔款，与其在天津、汉口德租界，及其他中国境内，除胶州外，所有之房屋码头营房炮台军火船只无线电台，及其他产业。惟使署领署，不在其内。并允一九零零年与一九零一年所夺取之所有天文仪器，一律归还中国。第二条，是中国未经署名于拳乱条约之各国同意,不得施行处分北京使馆界内德人产业之计划。第三条,德国承认放弃汉口与天津之租界,中冈允准两处租界,扩为万国公用。第四条,德国对于中国,或对于任何与国之政府,不得因在华德人被幽禁,或被遣回,及因德人利益于一九一七年八月十四日被没收,或被清理之故,而有所要求。第五条,德国放弃其在广州英租界内之国有产业,让与英国,并放弃上海法租界内德人学校之产业,让与中、法两国。这种越俎代谋侵略中国自主权的条约,订得叫人又可气又可笑。他们心目中,早已把中国看做是半殖民地,一切权利,及土地,都要受各强国的支配。你想叫我们的专使陆征祥,在会议席上,如何丢得下这个面子。当时便提出抗议,又提出中国须无条件收回日本保管之下的一切山东权利。谁知日本专使西园寺,更是无礼,他竟要强占青岛及济南铁路。他便也提出四条约文:第一条,德以胶州各项权利所有权特别权利,与因一八九八年三月六日与中国立约及其他关于山东条约,而得之铁路矿产海底电线,让与日本。第二条,属于青岛至济南铁路之德国各项权利,连同器用矿权开掘权,一并让与日本。第三条,自青岛至沪及烟台之海底电线,亦让与日本,免偿其值。第四条,胶州德国国有之一切动产与不动产,亦归日本所有,免偿其值。这种条款,竟是一面之辞。胶州、济南,完全是中国的领土,只因清朝光绪二十四年,德教士在曹州被乡人谋杀,德国政府便派兵到中国来,强占胶州一带地方,后来作为德国租界,条约上载明定期九十九年。如今中国既与德国宣战,那德国在中国的所有一切租借地,当然由中国收回。那日本因久已垂涎山东半岛地方,竟趁欧战的时候,破坏万国公法,出兵来夺取中国的山东领土。中国政府向他质问,他竟老着脸皮,说替中国代管,待欧战平定后,再交还中国。这时因袁世凯希望日本帮助他称帝,便与日本秘密订二十一条将胶州权利让与日本。这都是曹汝霖、陆宗舆、章宗祥这一群卖国贼订下丧心病狂的卖国条约,现在欧洲和议一开,日本人竟老实不客气,将这胶州地方,一口吞下,不肯归还中国。陆征祥如何肯休,便写成极有理由的说帖,说明胶州山东一带地方的主权,并日本人强占山东的历史。当时美国总统威尔逊,也曾在场劝解,劝日本将胶州地方归还中国。日本专使也自知理屈,他便强辞夺理的说道:“俺日本并不欲占据胶州地方,原与中国政府订有二十一条约文,愿将胶州领土权归还中国,但此次日本所有战事损失,亦须中国照数偿还。中国既不能偿我损失,便应当将从前德国人所有的权利归日本享受。那英、美各国,听说日本与中国另订有条约,便也不来顾问,反许日本自由处置。这个消息传到中国地方,又传到日本地方,在日本的中国留学生,尤其愤怒,痛恨曹、陆、章三人的卖国行为。此时章宗祥新任外交总长,他卸去了驻日公使的职务,带着妻儿行李,从日本东京新桥车站搭乘火车回国去。正在车站候车的时候,忽有数十个中国留学生,向前来,将章氏包围在垓心,齐声喝叫:“章宗祥卖国贼!”又说:“你此番带得多少卖国钱回去?”章宗祥到此时,也只得一口抵赖说:“并无其事。”那班学生高声怒目,摩拳擦掌,竟欲动武,幸得火车已到,由日本警察上前来保护章氏夫妇上车。章夫人此时打扮得花朵儿似的,留学生此时实在忿不可耐,便齐举手指着章夫人高声呼道:“章宗祥!你要卖国,你何不把这妻子也卖给了日本人呢!”这一句话,说得太厉害了,章夫人听了,不禁把粉脸儿躲在车厢里,脸上起了一阵一阵红云,盈盈欲哭。只因在人众之上,要哭也不好哭。

此时北京地方的学生，听说青岛将割让与日本，闹得更是厉害。由北京大学为首，约定五月四日，在天安门示威。当时聚集了学生人民数十万，由法科学生谢绍敏跳台，咬破手指，血书"还我青岛"四大字。会场上竖起一张大白旗，上写着一联道："卖国求荣，早知曹瞒遗种碑无字；倾心媚外，不期章惇余孽死有头！"那边款上写着："北京学界挽卖国贼曹汝霖章宗祥遗臭千古！"一行字。此外各人手中擎着小白旗，上面有写取消二十一条的，有写誓死不签字的，有写还我青岛的，有写打倒卖国政府的，有写打倒卖国贼的，有写勿存五分钟热度的，五光十色。望去人头济济，旗帜如林。当谢绍敏咬齿的时候，那数十万人，齐声高呼着："中华民国万岁！""中华人心不死！"数十万条手臂，摇动着，声势十分悲壮。这许多民众里面，有大学生五千余人，他们都个个手捧着大叠的传单，向群众分散，又奔走流汗、痛哭流涕的向群众演说。天安门外一大片广场，竟挤得水泄不通。

警察总监吴炳湘，独坐在办公室中；忽见壁上铃声大震，原来天安门警察局打来电话，报告学生示威情形。他急忙派警察大队，到场弹压。无奈此时万众一心，任你警察到场来婉言劝解，他们好似耳旁风，一般给你个不理不睬。警察大队一百余人，众寡悬殊，也是无可奈何。后来，吴炳湘亲自出马，邀同教育部人员，坐着一辆汽车，向人群中冲去。那吴炳湘站在车上，向众人打躬作揖，好言劝解；那教育部人员，也向学生声明，教育部愿代学生办理一切交涉，请众学生回学校静候消息。那班学生却没有一个人去听他，当由学生总指挥动议，率领全队学生，向东交民巷进发。他们想去见各国公使，说明中国的民意，请各国协助中国争回青岛。警察总监深怕学生到东交民巷去闯出祸来，引起外交，便亲自向前拦阻，不许学生前进。那时人头和潮水一般的涌来，区区一个吴炳湘，如何拦得住他们，眼看着大队学生过去。他们进了使馆界，却十分严整，排着队先到美国公使馆前，公举罗家伦等四人为代表，进去谒见美国公使；不巧这一天是星期，公使不在馆中，罗家伦只得交出意见书，退出。以次到英法各使馆，后来行至日本使馆界，忽有日本卫兵上前来，索取政府的护照；若无护照，便不放众人过去。众人无奈，便绕道到长安街，出崇文门大街，又转入东城赵家楼。只见一座大宅，高矗在眼前，大众不禁减道："这是曹妆霖宅子！卖国贼快出来见我！"喊声未了，那两扇大门，忽然呀的一声紧紧闭上。不闭上门犹可，闭上门，那众学生不觉愤怒起来，一涌上前，打他的大门，拳打脚踢，一片震天价响。左近站岗的警察，顿时聚拢来数十人，保护曹部长的宅子。但是众怒难犯，这数十个警察，敌不过数千个学生；此时学生已将曹汝霖的宅子团团围定，摇旗呐喊，声震屋瓦。可巧沿街有一排玻璃窗，里面悬着美丽的窗帘，众学生各个拾起地上砖石，向玻璃窗掷去，立刻打成几个乌溜溜的窟窿。众人将手中的小白旗一齐投进窗洞去，那白旗在屋子里面，立刻堆成小山。那边打大门的学生，愈聚愈多，大门已被众人推得岌岌摇动。正在危急的时候，只听一声响亮，双扉洞辟，学生一拥而入。走到大厅上，静悄悄的不见人影。众人高呼曹汝霖的名字，也不听得有人答应。眼见厅事上陈设十分整齐，那红木紫檀的大椅大圆桌，烨烨的发出一片光来。内中有一个学生，跃上桌去，向大众高声道："眼见这种高贵的器具，都是卖国所得的回扣换来的！我们何不打毁了它！”说话未了，只听得东一声吻唧唧，把陈设的大花瓶大镜屏打碎了；西一声哗啦啦，那红木几椅都向台阶下掷去，打得四分五裂，耳中一片喝打声，砰砰碰碰，把全一个大厅上的器具，打成雪片。

欲知后事如何，且听下回分解。

## 第八十三回　学生队捣毁曹家宅　工商界停罢沪市场

众学生打得兴起，又拥进了曹家的花园中去。眼前一片锦绣，花香鸟语，亭阁掩映，但看在众学生眼中愈觉愤怒。大众说山东青岛的小百姓，在那里吃日本人的苦，这卖国的曹汝霖，却造着锦绣的花园，在这里享福，真是天理难容！说着，众人一齐动手，一霎时花残柳折，壁坍墙倒；瞥眼见甬道上停着两辆精美的汽车，大家一拥上去，七手八脚，把汽车又毁坏得不成个样子。众人再向里面闯进去，是一间幽雅的客室，一眼见里面坐着三五个日本人，却静静的相对，神情十分镇定。内中有几个学生眼尖，认识内中一个面团团穿着东洋装的，却正是驻日公使章宗祥。冤家路狭，觌面相逢，众学生如何肯放过，当有几个学生，大步抢进屋中去，用手指着章宗祥，说道："章先生！久仰久仰！如今你穿着这一身东洋装，请问你，究竟是中国人生的，还是东洋人生的？却为何甘心做这卖国奴的行为？"章宗祥还不及答话，那座间的几个东洋人，却揎拳怒目的横身出来干涉。那几个学生愈是愤怒，说："章宗祥有意指使日本人出来欺侮中国人。"说着，只听得全院子里人齐喝一声打，顿时拳脚齐下，向章宗祥浑身上下打去；章宗祥急抱着头，向日本人肋下躲去，到底人多手快，早已将章宗祥打得口鼻浮肿，皮肤青紫，脸上臂上，淌下血来。那几个日本人，竭力拦劝，左右遮护；好不容易，将章宗祥救出了人群，匆匆向后门逃去。众学生见走了章宗祥，又到各处大小房屋中去找寻曹汝霖。走进一间内房，香帘绣榻，床前坐着一个美妇人，有一群丫鬟仆妇，拥护着，此时妇人已吓得玉容失色。有几个学生上去，喝问："这妇人是何人？"当有仆妇代答："是曹部长的新姨太太。"那学生说道："敢是新得了卖国的回扣买来的吗？"一句话引得众人反觉好笑起来，大家念她是无知妇女，不便相逼，但四处搜寻曹汝霖，终不可得，只得将他卧房中的器具一律毁坏了出来。刚走到大门口，忽然飞也似来了一辆汽车，当门停下；车中跃出一个军人打扮的，众人看时，认得是警察总监吴炳湘。众学生看了，认做他是来捕捉学生的，却也毫不畏惧，直挺挺的站着；谁知吴炳湘也不说话，也不捉人，他昂头阔步的越过了人群，直到内屋，把那个美妇人领出大门，脱离人群，坐上汽车，呜呜一声，风驰电掣的去了。这里学生总指挥，正要吹动警笛，召齐众人，离去曹家；忽见曹家婢仆，纷纷逃出大门来，屋子里浓烟四塞，火光迸射，不知什么时候失的火。立刻有许多军警，赶来救火。此时火势甚大，众学生也惊慌起来，四下里觅路奔逃，慌慌张张，逃回学校去。一检点，竟失去了易克嶷、曹允、许德珩等十九人。后来一打听，才知这十九个学生，确被那军警当场捉去的。那学生们如何肯罢手，当时又大家聚集起来，准备全体到警察衙门中去拚命。后来还是北京大学校长蔡元培出来调停，答应去与警察总监说话，大家才肯静候着。

曹汝霖平日养尊处优，妻妾供奉，住在东城私宅中，甚是享福。他是亲日派的首领，家中常有日本宾客来往。这一天，外交总长章宗祥又陪同了几个日本人来拜访曹部长，无非是商量那借款订约的事体。正在密谈，忽见一个仆人，慌慌张张的赶来，说道："不好了！学生们大队打来了！"接着听得一阵呼喊，声震内外。曹妆霖也不觉惊慌起来，忙吩咐先把大门闭上，一面收拾细软，带着一家妻儿数口，正要开后门逃走。谁知那学生已把屋子前后围住，只好意欲越墙出去。墙外喊声大起，接着啷唧唧一阵响亮，那靠街的窗上玻璃，已被众人打得粉碎。此时大门上打得一片，雷声相似的。曹汝霖眉头一皱，计上心来，便吩咐仆人，索兴将大门开放。那众学生见大门已开，便一齐向大门内拥进来；却不料曹妆霖趁着这机会，从墙外逃走。谁知那墙头很高，曹汝霖从墙上跳下地去的时候，把腿跌伤了；家人们忙上去扶持，雇得车辆，赶向六国饭店去，请医生诊治。那章宗祥仗着有日本人保护，便不肯躲避，后来究竟吃了眼前亏，被学生打得头破鼻肿，日本人保护着逃出后门，送往日华医院医治去。他躺在医院的病床上，紧闭着双眼，好似神志昏迷的样子。其实，他内部并没有受伤，只因他自日本回来，一路上受留学生的嘲骂，他妻子陈氏，因丈夫受了羞辱，也与他闹翻了，此时便留住在天津母家，不肯随丈夫进京来。章宗祥已是抱着一肚子委屈，如今又遭了学生的毒打，心中已气得发昏，一时肝气大发，神志昏厥。经医生打下针去，才见活动。接着，有许多亲友到医院中来探望，章宗祥也无话可说，只连声喊道："军阀害我！军阀害我！"

章宗祥离开日本以后，那东京地方的中国留学生，声势一天紧迫似一天，他们听说北京学生被捕，又值是五月九日国耻纪念，便欲在东京地方开一外交后援大会。此时日本的军警当道，十分注意中国学生的举动；那中国学生欲借会场，均遭拒绝。学生便主张在中国公使馆内开会，可以避免日本政府的干涉。当即派代表去谒见代理公使庄景珂。那庄公使听学生说的话，义正辞严，却也不好意思拒绝，只含糊答应；把那代表送出以后，便暗地里去通报日本官厅，派了大队军警，在中国公使馆内外地界分布得密密层层。待到留学生的代表第二次去见中国公使，已被那班军警拒绝；那警察擎着枪刺，怒目相视，一班留学生，不敢近身去，只得在公使馆门外徘徊着。忽听得使馆中度出一派笙歌来，悠扬悦耳，夹着一阵掌声欢声，学生们都觉诧异，忙问人时，原来北京新来了一个唱小旦的梅兰芳，正在日本卖唱。这一天，庄公使请客，令梅兰芳当筵唱曲，是娱乐外宾的意思。外交失败，国耻纪念的时候，这庄公使还是如此寻乐，真是全无心肝。那留学生回去报告，彼此痛哭流涕。知道中国公使不肯保护中国学生的，大家便起了一个决心，便定耻日分队游行的办法。当夜写成几份公理书，预备向各国公使递送去的。到第二日，邀集了留学生二千余人，分为两队：一从葵桥进发，一从三宅坂进发，各个手执白旗，声势甚是悲壮。那第二队学生，一下车，便遭日本警察拦阻，那学生和他辩论，又举旗高呼："打倒军国主义！"警察大队包围过来，夺取学生手中的白旗，学生便和他争夺，一时起了绝大的骚扰。来了一队马巡捕，横冲直撞，拔剑乱砍，留学生一片惨呼，倒地受伤的很多。有一百余学生，冒死冲出重围，直奔英国公使馆，递上公理书，说明日本强占青岛的无礼。那英国公使用好言劝慰，允许转告英国政府。学生退出，又到法国俄国各公使馆，各公使都赞叹学生的热心毅力。学生从俄国使馆出来，正欲到昆谷公园去守候第一队的学生，行至半路，忽又有大队日本警察赶来，将学生手中的旗，一齐夺去。那领队的学生姓龚的，手执一面国旗，日警又欲上来夺取，龚姓学生，抵死回护。旁有留学生大声说："这是中华民国国旗，你日本人不能侵犯她！"谁知那日本警察大吼一声，竟将龚姓手中国旗夺下，又上来几个警察，围打这个学生，拳脚齐下，更用绳子将这学生手足捆住，狂拽而去。后面学生看了不忍，便发一声喊，拚死上前，将这学生夺回。日警又沿路捉人，殴人，众学生无奈，只得逃入青年会场内暂避。一面派人出去探听第一队学生的下落。那第一队学生，先到美国公使馆中，谒见了美使，又转至瑞士公使馆中。外国公使，都以礼相待，并劝学生们早早散队回去。各学生退出使馆来，大家都说："外国人尚且容我们说一句话，只有自己的公使，却拒绝我们见面，太说不过理去了。"当时有许多人主张，非再到中国公使馆去一趟不可。这大队学生，便又折向中国使馆地界来。正走到门前，忽奔来无数马步军警，恶狠狠的刀砍剑刺，又夺取学生手中的白旗。此时领队的，是一个山东人名杜中的，手执着国旗前行，有一马兵，前来夺他的国旗，杜中死抱住不放。一霎赶上来数十个军警，围住了杜中，可怜这学生，国旗被他们夺去，还被众人打得遍体鳞伤！再看众学生时，被马踏剑砍，受了重伤，倒卧在街旁的，满路皆是。这一场大羞辱，那中国公使竟缩着脖子，躲在屋子里，问也不问一声儿。

风声传到上海，叫人心如何忍得？那时全国学生，罢课已久；那徐世昌忽然下了一道命令，着教育部、各省教育厅，督饬各校职员，约束学生，即日一律上课。对于那北京被捕的学生，东京被捕的学生，如何下落，一字不提；还有那全国痛恨的曹、陆、章三个卖国官员，以及全国人注意的青岛交涉，也一个字不提。那上海的学生团体，第一个暴发起来了。同时北京学生，又作第二次的示威。他们聚集了数千人，在京城内外热闹市场上，到处演说，分发传单。警察局派保安马队出来干涉，那街道上东一簇西一簇，聚集着都是听讲的人，警察上去劝解，学生置之不理。后来竟用马队向人丛中冲去，那学生有许多遭马蹄踏伤的。马队愈来愈多，将学生包围起来，驱逼着退回北京大学去。警察将各学生赶进了学校中。法科理科各课堂，竟拿他幽闭起来，不放一人出入。门前有军警大队守住，便是学校的校长职员，前来讨保，也是不放。从早到晚，学生被囚在室中，饥饿难当。那教育次长袁希涛，也愤而辞职。上海的学生，正在各处开会，得了北京的消息，更是怒不可当。便是上海的商人，也与学生联成一气，便于六月五日起，由南市商家发起，一律罢市。那英法两租界，以及闸北市场，到午刻时分，所有大小商店，都把双门紧闭，满街上只见学生，奔走呼号，分发传单，逢人演讲。无论冷街僻巷，一霎时都挤满了民众。电车汽车，无法行驶。把个东亚第一大商埠，弄得惨雾愁云，歌停舞息，满街望去，只见一式白旗，临风招展。旗上写的是不除国贼，誓不开门！也有写不取消二十一条，誓不开门的；也有写不还我青岛，誓不开门的。五光十色，竟变成了丧帏式的街道。那各家店铺门上，又横七竖八的贴着同样文字的标语，还有长篇大论的传单。街道上往来民众，千万成群，齐呼着口号，声震霄汉。那管理租界的巡捕房，及中国警察局，一齐着了忙。立刻派出通班巡捕与侦探，四处向商人劝说开市。那商人答称："商人甘心牺牲，贸易绝对自由，不碍治安，不劳你们过问。"那巡警却也无话可说，各个退去。谁知这一罢市，连着六天，还是坚持着；任你官厅如何劝告，他们只回答一句话："不除国贼，决不开市！"

欲知后事如何，且听下回分解。

# 第八十四回　孙中山退沪著书　吴佩孚投笔从戎

上海是一个通商大埠,每日买卖出入,总在千万万以上;停市一天,损失已是不浅,何况一连罢市六天。第一个,各国的洋行银行,没有生意可做,城门失火,殃及池鱼。外国商人,直叫起苦来,便纷纷打电给各国公使,各国公使也向中国政府劝告。便是上海的民众,罢课罢市罢工的,一天多似一天,这数十百万人,终日在街市中闲游示威,见了日本人,便要喝打,地方警察,竭力保护,实是顾此失彼。后来人民与政府相持不下,那上海的自来水工人,电气工人,都要全体罢工了。这可以立刻闹出大乱子来,是万分危险的事体。上海地方官,雪片似的电报,打到北京去告急,那徐世昌看看民气如此坚强,他也不得不屈服了。当即下一道命令,将曹汝霖、陆宗舆、章宗祥三人,一律免职;那拘捕的学生,也一律释放。民众得到了最后的胜利,上海总领事便劝商人开市,学生上课。学生因此次商人帮助学界的地方很多,便派了代表,向各商店道谢。第七天清早,大小店铺,燃放炮竹,升挂国旗,在万人欢呼中,一律开市。便是各省都市,也有罢市三日的,五日的,此时也跟着开市。徐世昌见自己失了面子,便不愿再做总统,向参众两院提出辞职书;那总理钱能训,也连带辞职。这原是官场中应有的一番做作,后经各省督军通电一挽留,便也算顾全了面子。

上海地方南北的和议,老是延宕着。北京的政府,腐败不堪,广东的军政府,也是意见丛生,毫无发展。孙中山知道中国人民还不曾彻底明了革命的意义,所以政府得不到人民的帮助。他便退出军政府,来到上海,一面组织《建设杂志》。由戴季陶、朱执信几位革命文人主笔,竭力鼓吹;便是孙中山自己,也写出大部的学说来,名为《建国方略》。里面分心理建设、物质建设、社会建设三部。心理建设,便是行易知难的学说;物质建设,便是中国振兴实业的计划;社会建设,却是人民对于民权初步的训练。这几种学说,都于后来中国的政事上发生极大的关系,现在我也约略说一说:

> 孙中山说“行易知难”道:中国事向来之不振者,非坐于不能行也,实坐于不能知也;及其既知之,而又不行者,则误于以知为易以行为难也。始则求知而后行,及其知之不可得也,则惟有望洋兴叹,而放去一切而已。间有不屈不挠之士,费尽生平之力,以求得一知者,而又以行之为尤难,则虽知之而仍不敢行之。如是,不知固不欲行,而知之又不敢行,则天下事无可为者矣。人群之进化,分为三期:曰不知而行,曰行而后知,曰知而后行。以人言之:先知先觉者,创造发明;后知后觉者,仿效推行;不知不觉者,竭力乐成。
>
> 孙中山说“实业计画”道:将来各国欲恢复其战前经济之原状,尤非发展中国之富源,以补救各国之穷困不可。然则中国富源之发展,已成为今日世界人类之至大问题,不独为中国之利害而已。惟发展之权,操之在我则存,操

之在人则亡。此后中国存亡之关键，则在此实业发展之一事也。

孙中山说“民权初步”道：革命党之誓约曰：恢复中华，创立民国，盖欲以此世界至大至优之民族，而造一世界至进步至庄严至富强至安乐之国家；而为民所有，为民所治，为民所享。民权何由而发达？非从集会不为功。是集会者，实为民权发达之第一步。

孙中山欲训练出一班合于做民国主人翁来，不恤埋头工作，做出这《孙文学说》来，提高人民的思想。但此时广东的军政府，渐渐腐化起来；那所谓军政府总裁岑春煊、陆荣廷和广东督军莫荣新一班人，因北方政府常常派人去秘密运动，竟与粤派同志决裂起来了。岑、陆二人原是桂派首领，江苏督军李纯，常与通信，劝他们脱离西南政府，归向北方，因此起了绝大争斗。当时由云南督军唐继尧下令，免除驻粤第六军军长李根源的职，所有在广东的滇军，直受督军的指挥。那广东督军莫荣新，却与唐继尧反对。便是驻扎广东的云南军队，也分做两派：一派是反抗李根源的，一派是拥护李根源的。双方军队，竟在韶州、始兴，英德一带地方，大战起来。那唐继尧派他弟弟唐继虞，率领三师人马，从云南出发，陆荣廷也领大队人马，从广西出发，形势十分危急。便是这几位总裁，也是意见各执，党派分歧。此时岑春煊在中间竭力调解，谁知愈调停愈破坏。那海军部长林葆怿，财政部长伍廷芳，一齐辞职，离开广东。便是旧国会两位议长林森、吴景濂和一部分议员，陆续都离广东，又通电攻击岑春煊，说他私通北方，破坏护法。那岑春煊也老实不客气，下令一面免林、伍二人的职，又改任陈锦涛为财政部长，温宗尧为外交部长；补选熊克武、温宗尧、刘显世三人为总裁。这里还引起了一重法律的交涉，只因那财政部长伍廷芳，临走时候，将西南所收得的关悦余款，共有六十余万元，带走汇存在上海汇丰银行里。那岑春煊如何肯依，立刻派人追踪到上海，向法庭起诉。以堂堂中国政府，竟听命于外国法堂的裁判，将这一笔钱扣留，双方都不能到手。伍廷芳愈觉愤怒不堪，立刻与孙文、唐绍仪、唐继尧联合通电，反对岑春煊说：“广州无政府，无国会，残余之众，滥用名义，呼啸俦侣，岂能掩盖天下耳目？”这一番话接着由唐绍仪另备公函，与北方和议总代表王揖唐，欲重开和议；那岑春煊又下令免去唐绍仪的职务，改派温宗尧为南北和议总代表，一面发电与北方政府，说唐、王议之和平条件，不能发生效力。北京政府立刻下命令与王揖唐，嘱他不可与唐绍仪开议。王揖唐服从政府命令，拒绝了唐绍仪的公函。在上海闲住无事，结识上了一个上海的外国富商，名唤哈同。他原是犹太人，在上海建有一座极大的花园。自从哈同与揖唐做了朋友以后，便每天在花园中宴饮联欢。王揖唐有一爱女，随侍在身旁；此时便将王小姐寄在哈同夫妇名下，做一个义女。哈同将王揖唐全家眷属都接进花园中去住，王揖唐优游园林，却把这国家大事抛在脑后了。

西南政府中了北方反间之计，此中主谋，全是出于徐树铮一人。徐是段祺瑞的门生，如今见反间有效，徐树铮不觉得意忘形，渐渐的骄傲起来。再加那时内阁总理是靳云鹏，又是段派的人，他两人一里一外，把持朝政。因段祺瑞是安徽人，所以外面称段、靳、徐一派人为皖系。皖系的人，权力一天大似一天，便招各方面的妒忌。和皖系反抗的,便是直系。直系的首领,原是冯国璋,因冯是直隶河间人。如今冯总统退位,便由曹锟承接了这首领的地位。此外又新起了一种势力,便是东三省巡阅使张作霖统带的奉派军人,自成一个统系。张作霖当初听了徐树铮的哄骗,许他副总统的位,他便统兵入关,为皖系军人卖力。如今见事不成,他便也冷淡了下来。只有徐世昌一个文人,周旋在一群武人中间,所有国家大事,一点也不能办;终日所忙的,只是向外国借债,替武人筹军饷。将民国八年的公债票,抵押与外国商人,每一百元,只押三十元,竟将全国的田赋为担保品。如此吃亏及失体统的事体,只为几个军阀,弄得民穷财尽。那班武人,个个丧尽天良,吃了国家的俸禄,去扩充自己的势力。徐世昌到此时,也弄得毫无办法,他索性推托不管,每日只与几个门客下棋敲诗。他立了一个晚晴簃诗社,拉了几个老怪物,如樊樊山、易实甫一班人,终日吟风弄月;又将清儒颜习斋捧出来,人祀文庙,设立四存学会,讲究《颜李丛书》中存人存性存礼存治,四项做人的道理。在这兵荒马乱的时候,居然做起这太平事业来,确也是难得的事。但此时军人的暗斗,一天激烈似一天。那曹锟也得了一个帮手,便是第三师师长吴佩孚。这吴师长,本是山东蓬莱县人,年幼时因早死了父母,便靠着兄嫂抚养长大;少年时候,因不得志于功名,便投入保定武备学堂习武去。他身虽在学堂中,却好读《古文观止》,又因他中得一名秀才,当时同学,取他绰号,称吴秀才。恰巧靳云鹏当保定武备学堂的总理,看吴佩孚好学不倦便十分看重他。待学校中毕业以后,便写封荐书,投在江北提督王士珍部下,后又转入第三师,当了一名营弁。当时第三师师长,便是曹锟,曹锟生性忠厚,事事落后。吴佩孚便在一旁随时献计,居然能见功效,曹锟大喜,不停的将吴佩孚的官阶升拔。从排长而连长,而营长,而团长,而旅长;后来曹锟带兵到湖南去,又保举吴佩孚为第三师师长,充当前敌总司令,夺了岳州长沙一带地方。曹锟宠用吴佩孚,所有曹锟部下的军队,全听吴佩孚的指挥。吴佩孚感恩知己,愿为曹锟出死力。曹锟是直派首领与皖派的段祺瑞,势成水火。后又因段祺瑞派了张敬尧去当湖南督军,埋没了吴长沙的战功,心中更是怨恨。从此将公仇变为私仇,时时表露出反抗段派的行劲来。那段祺瑞便表荐他为孚威将军,原是牢笼英雄之意,但吴佩孚的希望很大,如何肯就范围,便也发一通电,催促南北议和,自己在湖南,先行退兵。那谭延闿见吴佩孚退兵,便也乘虚而入,连日收复了来阳、祁阳、衡山、宝庆一带地方。张敬尧节节败退,放弃长沙,逃至岳州。徐世昌得了败报,便勃然大怒,立刻下令,革去张敬尧职衔,派王占元为两湖巡阅使,和吴光新二人去援救湖南。谁知救兵未到,那赵恒惕的兵马厉害,竟逐去了张敬尧,占领了岳州城。张敬尧退守湖北嘉鱼县,那驻扎在常德桃源一带的冯玉祥,此时也立脚不住了,退出湖南,来到湖北。此时吴佩孚的军队,驻扎在洛阳一带,他献计与曹锟,召集各路军人首领,在保定开会,商议解决时局办法。这曹锟此时做了直派军人的首领,在北方军界中,甚有势力。但他在少年时候,出身并不清高,家住天津乡间,因他排行第三,人人呼他曹三。曹三生性愚笨,往来乡间,贩卖布匹,只是很爱女色,见有妇女,不论老小美丑,他总爱和她们调笑。又酷好杯中物,每日贩布回家,便在村店中沽饮三杯,倒头便睡。醒来,所有钱布,俱被乡间顽童偷去。但曹三也不与他们计较,只是一笑而罢,因此乡人都呼他三傻子。后来袁世凯在小站练兵,曹三便投入行伍。袁世凯好以奸诈待人，却爱曹三的忠厚，便竭力提拔他，在洪宪皇帝时代曹锟已为第三师师长。奉袁皇帝的命令，带领部下，到云南去打唐继尧。谁知他路出汉阳，在妓院中遇到了一个绝色美人，名唤花宝宝的；那美人的一双媚眼，勾住了他全师的人马，一任那袁世凯在金銮殿上如何焦急，他却一纳头钻在销金帐中，撒胆的寻欢。后来亏得吴佩孚替他争了一口气，到湖南去夺回了长沙岳州一带地方来。

欲知后事如何，且听下回分解。

# 第八十五回　徐树铮邀权遭众敌　段祺瑞护短受大差

曹锟以四省经略使的名义，召集保定会议，解决时局。那时前来赴会的，竟有三省的代表，所有黄河、长江两流域的省份，都一律加入，只有西南各省不在内。吴佩孚代表曹锟主盟，此次主要议案，便是拥护靳云鹏，打倒安福派。老实说来，竟是直系与皖系挑衅。吴佩孚得了势力，便与段祺瑞对抗。那北京总统徐世昌，是一个文人出身，无拳无勇，夹在中间，十分为难。没奈何便去请了一个奉派首领张作霖出来，向两方调停。这张作霖在东三省养得羽毛丰满，兵精粮足，人人称他是关外王，早有觊觎关内的心事。如今见徐世昌一连几个电报请他进京，他便率领全班人马，耀武扬威的来到北京。一下车，便向总统府报到。徐世昌听说张作霖已到，好似天上落下一粒救星来，慌忙接见。说起直皖两派火并的事，便再三拜托张作霖去保定一趟，调解了这一场祸事。张作霖满口答应，接着张作霖又替张勋讨保。原来张勋自从复辟失败以后，便去躲在荷兰公使馆中，直到现在，不能越雷池一步，心中十分焦急。他见张作霖有左右政府的势力，便托人去向张雨帅求情，又送了一封极重的礼，作为孝敬。从来说的，得人钱财，与人消灾。现在张作霖见涂世昌有求于他，他便向徐世昌讨一个特赦令，起用张勋。那徐世昌害怕张作霖的势力，不敢不依，便答应他待直皖问题解决以后，定可帮忙。张作霖也说这调和的事体，却也有几分把握。他便兴匆匆的来到保定，走访曹锟谈起总统委托他来调停直皖争执的事体，又下了一番说辞，竭力劝两方不可意气用事，当以国家为重。陪坐的人，有各省代表和吴佩孚一班人。曹锟听了张作霖的话，却只是诺诺连声。那吴佩孚却忍不住气，奋拳张目的跳起来说道："俺们此番会议，并不是不看重国家，却正是看重国家，只因那忘廉鲜耻的安福派，做出来尽是危害国家的事体。抵押国上，丧失国权，结党营私，惟利是图；外交失败，内政不修，大权独揽，人心分裂。如此丑类，若不早早除去，俺吴佩孚虽能忍得，曹大帅部下的全体，恐怕决决忍不得！"在众人前而，把个安福部骂得狗血喷头，任你张作霖如何好言调解，吴佩孚总咬定非解散安福部，驱逐徐树铮，撤换王揖唐，决无调停之余地。一屋子的人，尽是吴佩孚一个人的说话，大家又附和着。张作霖看看插不下嘴去，便暂时告退。第二天曹锟又请张作霖去商通，但说来说去，总是吴佩孚一人作梗。他说别的都可以通融，惟撤换徐树铮一条，万难除去。张作霖回到北京，又去见段祺瑞。段是最爱徐树铮的，又听说吴佩孚态度甚是强项，也不禁勃然大怒，说道："吴佩孚这小子，若不服气，尽可和我兵戎相见！"张作霖见两面各趋极端，知道这调人难做，便告辞回去。这里张作霖才出关，那徐树铮急急从库伦赶回来见老段。原来此时徐树铮身为西北边防总司令，统领大军驻扎在库伦，得了张作霖奉召入关的消息，他深怕直奉两派联合起来，压迫皖派，所以急急回南。他一方面运动日本，阻止东三省军队乘坐他的火车，使奉军不能入关；另一方面又唆使红胡子扰乱东三省地方,使张作霖无暇兼顾关内的事体。谁知事机不密,那派去运动胡匪的人,被张作霖的侦探在车站上捉住了,用严刑审问出来。张作霖大怒,便发电与曹锟、李纯、吴佩孚,合力排斥徐树铮一人,通电各省。说他有六大罪:第一罪,是祸国殃民;第二罪,是卖国媚外;第三罪,是把持政柄;第四罪,是破坏统一;第五罪,是以下杀上;第六罪,是以奴欺主。张作霖一面又打电与徐世昌,请革除徐树铮职权。电文下面有枕戈听命四字。那徐世昌一面要顾全段祺瑞的面子,一面又害怕张作霖的兵力;为两全之计,下了两道命令。一是裁撤西北边防总司令的缺份,一是任徐树铮为远威将军。徐树铮得了一个空名,却失去了实权,他如何肯罢休,立刻到段祺瑞面前去哭诉。老段听了徐树铮一面之辞,立刻赶到总统府去,当徐世昌的面,说了许多曹锟的不是,又要总统下令,撤去曹锟、吴佩孚二人的功名。徐世昌才说得一句曹吴有收复湖南之功。段祺瑞便拂袖而起,说:"总统若欲宠任曹吴二人,他日休得后悔。"说着,悻悻而去。徐世昌连呼:"段大哥回来,有话可以商量!"那段祺瑞全不回头,回到团河,军队驻扎的地方,便令徐树铮率领卫队,星夜赶到北京去,先将写成的请求褫夺曹、吴官职下令拿办的公呈,迫令将军府将军全体具名,由段祺瑞领衔。徐树铮拿着呈文,转至总统府中,先令卫兵将总统府团团围定,自己面见总统,硬请徐世昌下令惩办曹、吴二人。那府外的兵士,又齐声呐喊起来,说:"总统办事不公!"把个徐世昌吓得手足无措,当下不得已,写了一道命令,开去吴佩孚第三师师长职权,交陆军部惩办;曹锟革职留任。

这道命令下去以后,那曹吴二人,如何肯服从?当时又联合陈光远、王占元、张作霖、李纯一班有力的军人,通电全国,声明总统被段派监视,失却自由,所有命令,一概无效。段祺瑞也知道直派军人,决不干休;便先下手为强,调动边防军第一第三第九各师,用段芝贵为总司令,直向保定进发,声称奉总统命令,讨罚叛将曹锟、吴佩孚。那张作霖看看段派的人,真的动起手来了,便也急急回东三省去,调动兵马,直入山海关。他在面子上,向各方声明说:"是保护京畿,又维持京奉路的交通,并不预问战事。"曹锟见奉军入关,便立刻胆大起来,便亲赴天津,召集部下,当场行过誓师礼,派吴佩孚为总司令。段祺瑞分兵四路,第一路刘询,第二路曲同丰,第三路陈文远,第四路魏宗瀚;徐树铮充总参谋。两军愈逼愈近,段的军队,自称边防军;曹锟的军队,却称讨贼军。在琉璃河一带,边防军先动手,枪弹齐发,直逼直派军营;那边防军来势甚猛,讨贼军且战且退。段芝贵见已得胜,便挥众直前;正在迫赶的时候,猛听得脑后一声响亮,那大小子弹,和雨点一般,从背心上打来。这地方一片平阳,四无掩蔽;只见烟尘靡漫、血肉横飞。那边防军如何支持得住,只是抱头鼠窜,四散逃命。后面一声呐喊,那伏在战壕中的讨贼军,一齐跃起,如飞电一般的杀来。那森林中转出一支奇兵,奋勇追杀,边防军四面受敌。可怜段芝贵手下,十停人马,死了五成。那败残兵士,由段芝贵领着,狼狈遁去。离战场渐渐的远了,已是日落时分,各兵士肚中万分饥饿,在一山谷中埋锅造饭。谁知饭尚未熟,那山顶上一声炮响,段芝贵说声:"不好!"忙拨马落荒而走。后面只跟了一千多兵士,尚有二三千人马,已被敌军堵住在山谷中了。段芝贵得了性命,便向杨村投奔。原来杨村地方,还驻有边防军第三师第二混成旅驻扎着,段芝贵意欲前去求救。走到皇后店地方,已打听得杨村地被讨贼军曹瑛部下占住了。段芝贵又转向别路投奔。败信报到段祺瑞耳中,那徐树铮气得直跳起来,便向段祺瑞请令,自领一军,直赴杨村来攻曹瑛。此时战祸四伏,那湖南督军吴光新和张敬尧,因长沙岳州被南军夺去,无处安身,暂住在湖北。他两人是段祺瑞的亲信人物,见直皖开战,便也秘密商议,令部下攻取湖北。又遣一密使,到河南去。有旧部赵云龙,还驻扎在河南信阳地方,叫他攻取河南,遥为声援。谁知这一个密使,因事机不密,被湖北官厅的侦探捉住,由湖北督军王占元,问出口供,不觉大怒。那王占元本是直系的人,他与曹锟是互通声气的,吴光新平日的一举一动,他早已注意。如今居然被他真赃现获,他原意也要和吴光新刀兵相见;后来由他的秘书献计,备了一张柬帖,邀吴光新赴宴。那吴光新自己败露了形迹,还不曾觉悟,当下得了柬帖,便大模大样的踱进湖北督军衙门中去。由王占元亲自招待坐席,陪坐的尽是王占元部下的上级军官。酒过数巡,王占元开言问:"近日直皖战争,究竟谁屈谁直?"吴光新假意叹着气说道:"这种自相残杀的行为,实在没有什么屈直可言!"王占元听了,立刻变了脸色,喝道:"胡说!贵督军既不赞成别人自相残杀,为什么自己却又要做出这互相残杀的事体来呢?"说着,便令将那捉住的密使,推出来相认。又令一副官,将那密使的口供,朗声诵读。吴光新此时坐在席上,哑口无言,低头认罪。王占元又大声说道:"本当将贵督军执行枪毙,如今念在段祺瑞分上,屈驾暂在敝署中作几天客罢!"说着,便有四个卫兵上来,将吴光新全身武装剥去,押解到一间暗室中囚禁起来。一面派人去接收吴光新的军队,迫他们一律缴械。有几营兵士,闻风哗变,由湖北军队包围住,将全营兵士击毙。只便宜了一个张敬尧,他消息灵通,早已一溜烟逃去了。

如今再说徐树铮。他率部下亲自出马,在杨村地方,大战曹瑛。这徐树铮是很有智谋的,他用声东击西之策,大败了曹瑛的兵士,又占据了杨村地方,心中十分得意。偏偏战马报来,那高碑店一路的皖军,被吴佩孚杀得一败涂地,段芝贵退守涿州。吴佩孚令混成旅旅长肖耀南与补充旅旅长彭寿莘,合力攻城。那城中守将,正是曲同丰,他是一个不惯战斗的人,见敌兵来势猛烈,吓得他忙弃械投诚。吴佩孚进了涿州城,兵势大震,那皖派大将第三师师长陈文运,竟弃职潜逃。段芝贵此时,无兵可调,变了一只没脚蟹,急急躲进北京城去。所有段祺瑞西路人马,完全失败。段祺瑞接连得了兵败的消息,急得他在书房中只是顿足大骂。徐树铮看看局势大变,急欲领军去西路救应。在半夜时分,兵士正好睡,忽听四野里喊声震地,火光烛天,曹瑛统领生力军,勇猛杀入营来,见人便砍,见马便杀。那边防军兵心已去,不敢应战,只是乘黑夜里觅路奔逃。曹瑛挥动大众追杀了一阵,依旧将杨村地盘夺回。徐树铮到此地步,也只得垂头丧气的溜进北京城,向六国饭店中一躲。这一场战祸,又不知伤失了多少性命,耗费了多少钱财,却作成了吴佩孚,坐享大名。徐世昌忙下令停战,吴佩孚回一电报,说"歼厥渠魁,指日可待;从此魑魅敛迹,日月重光"一番话。徐世昌没奈何,依旧把张作霖去请进关来,托他做一个调人。此时吴佩孚耀武扬威的带着部队,直进北京城,驻扎在南苑;奉军驻扎在北苑。张作霖从前是瞧不起吴佩孚的,到此时也不得不与吴佩孚联络,往返磋商,结果议定了六条:第一,是解散安福部;第二,是惩办罪魁十四人;第三,是解散边防军和西北军；第四，北京、天津一带治安，由直军与奉军驻扎保卫；第五，驱逐王揖唐，另委和议代表，第六，解散新旧两国会，另行选举。

欲知后事如何，且听下回分解。

# 第八十六回　李纯羞愤戕生　孙文慷慨誓师

段祺瑞自命为老前辈，目空一切，万想不到今日却败在吴佩孚手中。从来说的，墙倒众人推，段祺瑞既失败了，所有段系的人，如徐树铮、曾毓隽、段芝贵、丁士源、朱深、王郅隆、梁鸿志、姚震、李思浩、姚国祯等，由徐世昌下令，褫夺官勋。并着步军统领，京师警察厅，一体严缉，依法讯办。徐树铮一班人，看着风色不对，便一齐避入东交民巷各国使馆中去。他们平日与日本公使最是接近，且各有银钱存在日本银行中，又因英法美三国公使声明，徐树铮等是扰乱京城、贻害人民的罪犯，不肯承认他们是国事犯，去保护他们，这九位安福部健将，便一齐躲入日本公使馆去了。徐世昌便令外交部写一通公文，要求日本公使引渡徐树铮一行人。那日本公使却复信说，因鉴于国际上之通义，及中国几多往例，不得已而加以保护，竟拒绝引渡。中国政府也没奈何他。只是徐世昌去了一个段祺瑞，心思已觉愉快。他最敬重的，便是曹锟、张作霖二人，所有政府一切大事，悉听直奉二大首领主持。北京一带地方，遍驻了直奉军队。此时曹锟与张作霖二人，心意相投，无日不见面；便是张大帅的夫人和曹大帅的夫人，也拜认了姊妹。自有好事的人，替两家说合，使张曹二人，结成儿女亲家；将曹锟二夫人所生的小姐，说配与张作霖二夫人所生的公子，一双小夫妇，年纪都在十岁左右，两小无猜，作父母的，拿儿女终身大事，看作自己消遣快意的事体，又为父母联络感情的工具。违背人道，剥夺自由，他们这班武人，如何知道。独吴佩孚，却不管这种闲事；他乘着战胜的余威，却颇思做一番装体面的事业。他知在民国时代，最好是假用人民的名义，才能得多数人的同情。因此他便发起一个国民大会，说是由国民自行召集，凡统一办法，宪法起草，一切国家大事，统由国民自己起来解决。这国民大会的会员，由全国各县农工商会每会各举一人成立。谁知张作霖却极端不赞成这国民大会，说："国事须由政府主持，那小百姓懂得什么！"因此一句话，吴佩孚的一团高兴，都被他无形打消了。张吴二人，虽常常见面，而意见总是不能相合，在张作霖眼中看吴佩孚，是一个后进小子，时时表露出骄傲的神气来。吴佩孚如何能忍得，只因看在他上司曹锟面上，凡事不和他计较。此时徐世昌下令，任曹锟为直鲁豫巡阅使，吴佩孚为巡阅副使，渐渐的显露头角出来。靳云鹏第二次做内阁总理，他又主张与南方重开和议，由江苏督军李纯担任南北和议总代表的责任。此时李纯亦因反抗皖系有功，由徐世昌下令，升为苏皖赣巡阅使。齐燮元为巡阅副使。谁知这个命令一下，便有许多人不服，说："李纯资格太浅，且毫无功绩。"那江西督军陈光远，第一个表示不服从，他声明愿受湖北节制，不愿听江苏的号令。更因他委了一个嫖赌大王的王克敏为江苏省长，又委一个不识羞耻的张文和为江苏财政厅长，引得江苏人民大哗起来，纷纷打电报，表示反对，那电文中还说了许多嘲笑的话。原来张文和是一位下贱无耻的小人，李纯在江西督军的时候，张文和百般诸托，得与李督军见面。谁知他一见李纯，便掩面悲啼，叩头不止。李纯慌忙将他扶起，问起原因,张文和呜咽着答道:“只因大人虎颜,酷似先父,今日一见,不禁勾起了满腹哀思,失体之处,还求大人海涵。”说着,他又拜下地去。李纯见他这样有孝思,便不觉起敬,当时认他为义子。从此张文和十分得意,见人便说义父如何栽培我。说话的人,自己不知道惭愧,那听话的人,却替他忍不住羞耻。偏偏世界上不爱廉耻的人最能得意,那张文和自从拜了李纯为义父以后,竟一路飞黄腾达。李督军委任他为烟酒公卖局局长,又任为两淮盐运使,如今又调任江苏财政厅长。这江苏人便群起而攻之,那公电有得罪李纯的地方,说道:“文和为李督干儿,卑鄙无耻,不惜谓他人父,人格如此,操守可知。财政关系一省命脉,岂堪假手贪都小人?如果见诸事实,苏民誓不承认!且江苏者,江苏人之江苏,非李督所得而私。李督身任兼圻,竟视江苏为个人私产,并籍以为要挟中央之具,见解之谬,一至于此;专横之态,溢于言外。既以去就相要于前,我苏民本不乐有此夺主之喧宾!中央亦何贵有此跋扈之藩镇?”这几句话,说来咄咄逼人。这李纯原是一个武夫,胸中没有多大智谋的。他见堂堂一个巡阅使竟不能安置一个私人,如今弄得满城风雨,人人痛骂,他恼羞成怒,便以全力与江苏人对持,竟欲牺牲自己一身功名,去成全这张文和。哪知江苏人民,也十分强项,函电纷驰,竟闹到府院中去。那上海各种报纸,又天天写出那冷嘲热骂的文章来。李纯每天读报,起初还是长吁短叹,后来竟是痛哭流涕,从此看他精神恍惚,语言颠倒,李纯有一个弟弟,名李桂山,靠李纯的力量,官也做到中将;他兄弟二人,平日甚是友爱。桂山见他哥哥每日对着报纸下泪,便劝他不看报纸也罢。李纯说道:“报纸上的话,虽是嘲骂我,但亦可拿他做诤友看,不当屏去不看。”从此李纯每天与桂山商量,将来如何布置家产,如何辞官回家。李纯的正夫人王氏,甚是贤淑,见他丈夫终日悲愁,便时用温言劝解。李纯早年因无子,娶一如夫人孙氏,后又连娶四妾,都不生子。但妻妾之间,却甚是和睦,每日用膳,总是家人团坐。王夫人有一弟,亦充当营长;李纯忽将这王营长召入署中,给他七千块钱,对他说道:“我的巡阅使做不成了,你的营长也不用再干了!好好的回家买点田地,做一个乡下人罢,何必在外面自取烦恼!”李纯说着,又不觉流下泪来。家中人见他举动异常,却也不敢去问他。到了十一日的清早,李纯忽问他副官道:“我有勃朗林手枪一支,前嘱汝送机器局修理的,快去取来。”那副官奉命去取得手枪来,李纯即将手枪收藏在小皮箱内;直到黄昏时候,李纯拍一电报与徐世昌,说病势难痊,密保齐燮元代理江苏督军。夜膳后,家中人都已就寝,李纯又起来,在书桌上写了许多信件,将信锁置在抽屉内,依旧上床安睡。这李纯虽说娶了许多妻妾,每夜却依旧与元配夫人同床共枕。这晚,王夫人睡在枕上,心知李纯的举动有异,却不敢熟睡,刻刻提防着,便是李纯潜身起来写信,王夫人假装睡熟,一一都看在眼里。后来见李纯依旧上床来安睡,且睡得甚是酣适,王夫人也便放了心,沉沉睡去。到五更时分,王夫人在睡梦中,忽听得一声怪响,心知不妙,急跃身起来看李纯时,已是面色惨变,不省人事。只瞪着双眼,不住的流下泪珠来。王夫人大哭大喊起来,惊醒了内外的男女。李纯的弟弟桂山,急去把日本医士须藤拉来,察看他哥哥的病症。医生解开李纯的衣服,猛见一缕鲜血从腰间流出,又见他身下露着一段手枪柄,大家才恍然李纯是拿手枪自尽的。眼见这位巡阅使兼江苏督军,已气息全无,长辞人世去了。事后王夫人检点遗物,从书桌抽屉中,得了李纯的遗书;上面说明因南北和议无望,惟有自戕以谢国人的话。还有是处置自己家产的遗嘱。这件事来得突然,外边便有许多议论;竟有说是妻妾妒恨被暗杀的,也有说是齐帮办下的毒手。

李纯死后,南北和议,依旧不能开成。此时不但北京政府势崩瓦解,便是广东政府,因岑春煊与孙中山破裂后,孙中山与伍廷芳退居上海,岑春煊虽在广东,已是号令不行,军心涣散。北方虽欲议和,也找不到一个南方相当的代表来。后来径由南北两政府首领,直接通电议和。岑春煊表示因欲早日统一,便首先退位。他电文中说:"春煊何忍使国家分裂,致贻误国之罪,爰于急日宣言引退,收束军府。"一面分电各省,迅速取消自治,由中央分别接管。北方政府见广东政府居然自愿投降,真是求之不得,当即下令,各省文武官收接自治各省份,筹办统一以后后善事务。孙文一班人在上海,见了这电报,如何肯承认,便也以军政府政务总裁名议,发一通电,不承认岑春煊。他说岑春煊早丧失地位资格,所有北方伪统一宣言,文等绝不承认。孙中山这通电发出以后,便连夜会议,分派代表去运动许崇智、陈炯明两路军队,令他用兵力驱逐岑春煊。接着湖南谭延闿、赵恒惕,也通电不承认取消自治。广东陈炯明也声明广州军政府政务会议,自孙、伍两总裁离粤之后,因不足法定人数,即不能发生效力。一面便听孙中山的指挥,与许崇智分两路出兵,包围广州省城,逼岑春煊一班人离开广东。那文人的笔,如何敌得武人的枪;岑春煊站脚不住,只得率领他的同伴,退出广东。同时陆荣廷、莫荣新逃入广西,所有广东全省,依旧属于孙中山势力之下。广东全体军民,拍电来上海,欢迎孙中山回广东。孙文率领伍廷芳、唐绍仪、唐继尧一班重要人,在广州重开政务会议,继续革命工作。一面派兵入广西,追杀陆、莫二军。九月三十日,将龙州、梧州完全占领。那陆荣廷直退至与安南交界的水口地方,溃兵入十万大山中,狼狈不堪。此时孙中山已由广东国会选举为大总统,以五月五日就职,称为双五节。不料广西军队,势力复活起来,攻入了广东的雷州;孙中山大怒,命叶举为援桂总司令,先行出发。孙中山原欲亲自出征的,忽有苏俄派一代表马林,来与孙中山会面,欲彼此联络邦交。又说苏俄政策,合于世界潮流,苏俄军队能得精神的教练。革命只十个月,便能恢复原状。孙中山原也是赞成苏俄政策的,如今听了马林的话,更是神往不置,当即派蒋介石一行人立刻动身到俄国去,实地考察军事教育,及革命民众的训练方法。蒋介石动身以后,孙中山便亲统大兵,深入广西。在孙中山原意,欲待广西平定,便继续北伐。不料那广东的陈炯明,此时不知有何意见,不满于孙中山,竟乘孙中山出军之时,在广东省城内外,布满党羽,一方面扣住孙中山的军饷,使北伐军不能行动。孙中山知事不妙,急急又回广东省城观音山上的总统府中。一面命李烈钧、许崇智统兵进攻江西,一面下令免去陈炯明内务总长、陆军总长各职。陈炯明愈是愤怒,便令他部下军官叶举,领兵围攻总统府。弹烟横飞,总统府卫兵,将孙中山和夫人宋庆龄,从炮火中匍匐救出。卫队长中弹身亡。孙文避入永丰兵舰,又率领海军永翔、广玉、豫章、楚豫等兵舰,与陈炯明陆军,在白鹅潭交战。蒋介石已从俄国回来,同在兵舰中,帮助孙中山计划一切。双方支持一月之久,孙中山电召许崇智回兵救援,与陈炯明士兵交战,因众寡不敌,地势不利,败退。孙中山幸得部下援救出险,离去广东,又来至上海。那广东总统府,被炮火延烧了一片焦土,所有孙中山一生心血所成的著作,都已毁尽。此是西南政府的事变。孙中山到了上海以后,便发表一封公信,将此次事变的始末,说得甚详细。陈炯明为人坚忍耐劳,城府甚深,早有人劝孙中山须提防一二,后来果然闹出这大乱子来。

欲知后事如何,且听下回分解。

# 第八十七回　**陈炯明炮攻总统府　张作霖兵败天津卫**

孙中山脱险，到了上海，便有许多党员，前来慰问。孙文写出一通告来道：当文率北伐诸军次于桂林，以为陈炯明虽不肯自赴前敌，后方接济，当不容辞。初不意其阴蓄异谋，务欲陷我于绝地。自去年十月，以至今年四月，半载有余，种种异谋，始渐发觉。其一，文自桂林出师，必经湖南，而陈炯明诱惑湖南当局，多方阻遏，使不得前，其函多为文所得。其二，诸军出发以来，以十三旅之众，而行军费及军械子弹，从未接济；滇黔诸军，受中央直辖者，并伙食亦进而不与，屡次电促，曾不一诺。综此二者，一为阻我前进，一为绝我归路。文所以能在桂林拮据支持半载有余者，全恃临行借提广东省银行纸币二百万，为陈炯明所未及知，得以暂维军用。四月之杪，文率北伐堵军，回次梧州，其本意在解决后方接济问题。及陈炯明辞职而去，文初以为感，盖犹以君子之心度之，以为陈炯明将护我独行其志，然又念其前功，不忍恝然舍去，于是电报信使，不绝于道，但使对于大计不生异同，必当倚畀如故。陈炯明于此亦愿留陆军总长之职，稍事休息，再效力行间。文于五月六日，亲临誓师，决出师江西，悉命诸军集中韶州。李烈钧、许崇智、朱培德、李福林、黄大伟、梁鸿楷诸将，遂各率所部，向江西前进。陈炯明在惠州，与文电报相商，委任叶举为粤桂边防督办，令率所部，分驻肇阳、罗高、雷钦、廉州、梧州、郁林一带；及北伐诸君已入江西，大庾岭已发生战事，叶举等遂率所部五十余营，突至省垣。广州卫戍总司令魏邦平力不能制，文为镇静人心计，乃晓叶举等以大义，令加入北伐，共竟全功。叶举等则以要求陈炯明复出，规复粤军息司令为请。乃命陈炯明以陆军总长，办理两广军务，所有两广地方军队，悉归节制调遣。陈炯明来电，言叶举等部，必无轨外行动，愿以人格生命为保证。文以省垣镇摄无人，乃于六月一日，留胡汉民守韶州大本营，自率卫士，径至省垣，仍驻总统府，示前敌诸军以省垣无恙，安心前进。前敌诸军，捷报迭至，赣南诸县，以次攻克。陈光远兵破溃殆尽，屈指师期，克赣州后，进取吉安，拔南昌至九江，不逾一月。文将亲率海军舰队，至上海，入长江，与陆军会于九江，以北定中原。乃命汪精卫至上海，料量此事。其时北方将士，已有尊重护法之表示，文对之因有六月六日之宣言。苟无六月十六日之变，则政府无恙，定能贯彻所期。六月十六日之变，文于事前二小时，得林直勉、林拯民奔告，于叛军罗弋之中，由间道出总统府，至海珠。甫登军舰，而叛军已围攻总统府，步枪与机关枪交作，继以煤油焚天桥，以大炮毁粤秀楼，卫士死伤枕藉，总统府遂成灰烬。首事者洪兆麟所统之第二师，指挥者叶举，主谋者陈炯明也。总统府既毁，所属各机关，或被枪劫。财政部次长廖仲恺，事前一日，被诱往拘，禁午石龙。国会议员，悉数被逐，并掠其行李。总统府所属各职员，或劫或杀，南洋华侨，及联义社员，亦被惨杀；复纵兵淫掠，商廛民居，横罹蹂躏。军士掠得物品，于街市公然发卖。繁盛之广州市，自明末二百七十余年来，无此劫也。文既登兵舰，集合舰队将士，勉以讨贼。目击省垣惨罹兵燹，且闻叛军已由粤汉铁路往袭韶关，乃命舰队先发炮攻击在省叛军，以示义之不屈，政府威信之犹在。发炮后，始还驻黄埔，以埃北伐诸军之旋师来援。其时虎门要塞，已落叛军之手，惟长洲要塞司令马伯麟，能坚守，与舰队相犄角，合以海军陆战队，及新招诸民军，为数虽少，尚能牵制叛军兵力，使不能尽聚于北江。故叛军必欲得此而甘心，一欲终置文于死地，一欲以死力攻上长洲，使舰队失陆地以为依据也。相持二旬有余，叛军终不得逞。而舰队中竟有一部分将士，受其运动，使海圻、海琛、肇和三大舰，驶出战线，长洲要塞，孤悬受敌，遂以不守。文乃率余舰，驶进省河，沿途受炮垒轰击，僚属将士，皆有死伤；所驻永丰舰，亦被弹洞穴。然以奋斗不馁之结果，竟于七月十日，进至白鹅潭。海防司令陈策等，更分率兵舰往袭江门等处，以牵制叛军兵力。此时北伐诸军，已攻克赣州，进至吉安。陈光远既逃，蔡成勋不敢进，南昌指日可下。北伐诸军，入赣州后，搜得陈光远电报，尽悉陈炯明与陈联络之阴谋。胡汉民自韶州驰至，告以变乱消息，军心激昂。许崇智、李福林、朱培德即日决议，旋师讨贼。黄大伟继归，李烈钧留守赣南，惟梁鸿楷一部，于决议后，潜归惠州，与陈炯明联合。第一师为邓仲元手创，入赣与许崇智共同作战，乃闻变以后，甘心从逆，仲元之目，为不瞑矣！许、李、朱、黄诸部，自南雄、始兴进至韶州，七月九日开始与贼剧战。复分兵出翁源，湘军陈嘉祐所部，亦来助战。然贼据粤汉铁路以为顽抗，北伐诸军，因江西响应之师，不以时应；饷弹不继，兵额死伤者，无可补充，犹力战不屈。直至蔡成勋、沈鸿英之兵，自后掩至，李烈钧所部赣军，与敌众寡悬殊，至于挠败。于是许、李、黄、陈等部，首尾受敌，无可再战，许、李、黄退至赣东，朱、陈退至湘边。文率诸舰，自黄埔进至白鹅潭后，贼以水雷狙击永丰舰，不得逞，又欲以炮击沙面，不得遂。自六月十六日至八月九日，历五十余日之久，舰中能吏虽极疲劳，意气弥厉。及闻北伐诸军已分道退却，知陆路援绝，株守无济，文始率将吏离舰，乘英国兵舰至港，转乘商轮赴沪。

孙文脱险来到上海，依旧召集其他国民党重要人员，连日计议国家大事；并有许多亲友同志，前来慰问。当时有一位蒋介石，始终陪侍孙文，不离左右。对于孙文遭难的经过，知道得十分详细，便写出一篇《孙大总统广州蒙难记》的文字来，给大众看。他后面还写上一番痛斥陈炯明的话道：

> 陈氏在广州叛乱，谋害总统之事实，其历历可数者，不下六七次，至余所闻，而尚未发见者，又不知凡几。叛逆之为智不为不足，今既事过境迁，如其苟为天地父母之所生者，应有天良；于此当悔昔日之非，翻然自新，以恢复其坠落人格之不暇，奈何必欲置其十余年父事师事之长上于死地而后甘心乎？呜呼，陈逆！即使汝能谋害总统一人，其能谋害三百万之党友乎？即能掩尽中华民国四万万国民之耳目，其能抹杀汝遗臭万年之历史乎？

但在陈炯明一方面说来，又是振振有词。他是主张联省自治的一人，他说中华民国贫弱到这地步，实在不堪再事用兵；只宜各安本分，保境安民，休养十年，才能回复元气。他眼中看孙总统，是使南北统一不能实现的一重大障碍，所以必要除去他。他又说孙中山有与徐世昌同时下野的约言，此番原是要逼迫孙中山下野，去实践他的约言。这一种话，有理无理，孙中山和蒋介石的文章里，早已辩论的清清楚楚；便是此时的孙中山，也颇欲与北方联络，因北方将士，已有尊重护法的表示。当时，东三省的张作霖、皖派首领段祺瑞，以及江浙的卢永祥、何丰林，都有倾向于孙中山的表示，彼此派遣代表，陆续不绝。

张作霖一方面，联络孙中山、江浙的卢永祥、福建的李厚基，还有不久做过仇敌的段祺瑞和初从荷兰公使馆中赦放出来的张勋，打成一片，用全力的反对曹锟。这是很滑稽的事。张、曹二人，不久前同伙儿打倒了段祺瑞，结了儿女亲家，双方共同出兵，驻扎京津一带，甚是投合。谁知曹锟部下有一位大将吴佩孚，他是一位桀骜不驯的人物。张作霖一向在关外称王，眼高于顶，也不把吴佩孚放在目中，吴佩孚与张作霖每次相遇，总是语言冲突，不欢而散。吴佩孚衔恨在心，又因张作霖在政府中事事揽权，荐用私人，且奉军入关，继续不已。东路沿津浦线，西路沿津汉线，侵夺直军的旁地，大有咄咄逼人之势。吴佩孚是直军的主干，他如何肯忍耐下去；且吴佩孚主张的是国民会议，张作霖主张的是南北统一，两方的旗号不同，渐渐的有跃跃欲动之势。他们都在梁内阁身上做文章。此时梁士诒充当内阁总理，吴佩孚极力反对。因此梁士诒率同叶恭绰一班阁员，全体告假，政府陷入停顿状态。那双方的意见，愈闹愈深。徐世昌下令调解，毫无效力。那张作霖大发虎威，亲统奉军，长驱入关，命孙烈臣为总司令，张作相为第一司令，张学良为第二司令，李景林为第三司令，张九卿为第四司令，那曹锟原是忠厚无用的，他见奉军来势汹汹，心中害怕，便打发他弟弟曹锐去向张作霖求情，自己却带领家眷，向天津一溜。那直派军队便大噪起来，全体拥戴吴佩孚出来，抵抗奉军。在表面上仍以曹锟为正司令，吴佩孚任南路司令，担任陇海路后面工作；王承斌镇守保定，为西路总司令；张国溶为东路总司令。吴佩孚统领精兵，向中路奋斗出去。此外齐燮元、陈光远、萧耀南、田中玉、赵倜、冯玉祥、刘镇华各路军人，都是暗助吴佩孚的。奉军来势甚猛，他一下手，便占据天津，驻兵在德州，以山海关为集合点，向军粮城、杨柳青进发；所有长辛店、独流镇、马厂一带，满布奉军。独吴佩孚行军，不主急进，他一面放弃天津，固守郑州。北京近郊为第一防线，保定、顺德间为第二防线，洛阳为大本营，信阳至偃城为后方防区，武胜关到刘家庙为供应区域。冯玉祥统带三万五千人，镇守郑州。在二十八日晚间，奉直二军，开始大战。奉军在西路长辛店败退，直军在中路廊房败退，东路马厂交战不分胜负。张作霖在军粮城督战。到第二日，西路奉军，加入生力军，直军不能支持，退出良乡。第三日，张作霖亲自出马，进兵直攻长辛店；这一战，弹烟蔽天，死兵山积，双方都死折了大将，从辰时直杀到申时，直军又败退。第四日，东西两路，均有大战；吴佩孚见直军连日败北，他甚是愤怒，亲自扮作小兵模样，抢入火线，呼号厮杀。部下兵卒，精神大振，亦奋勇向前。吴佩孚又令人在四处造起谣言来，说吴佩孚已阵亡；又令东路兵，假装作打败逃去。那奉军信以为真，便顿时骄傲起来，不把直军放在眼中，入晚，奉兵放心酣睡。此时河南有一路兵，是归赵杰统带的，他也听信了吴佩孚阵亡的谣言，竟倒戈来攻打直军。谁知吴佩孚早已有防备，那冯玉祥和靳云鹗两路兵，从后面杀来。赵杰兵败身亡，连累他哥哥赵倜也丢去了河南督军的头衔，冯玉祥却做了河南督军。吴佩孚既去了后顾之忧，便立刻下令反攻。在第七日的拂晓，用火车头大炮，猛攻长辛店的奉军。吴佩孚自打前敌，那奉军见吴佩孚复活了，个个吓得魂胆飘摇，无心恋战，一路败退。从丰台而落堡，而马厂，而静海。后面冯玉祥的精兵又杀到，奉军来也快，去也快，在一天里面，退出天津，逃往山海关去了。张作霖此次在关内一战，声名狼藉，银钱损失在三千万元以上；他从前在征蒙的名义，所得的钱财，如今已加数倍呕出。据当时所传，奉军入关数十万众，一路死伤逃亡，至张作霖退回滦州时，只有败残人马二万余人。阵亡军官梁朝栋、鲍德山、许兰洲、阚朝玺、张九卿、缪汉臣、赵明德七人，张景惠逃匿无踪，张学良入医院，真是弄得焦头烂额。那奉天商人，因张作霖限令一星期缴齐二百万元军饷，闹得十室九空。

欲知后事如何，且听下回分解。

# 第八十八回　徐世昌被逼下场　黎元洪受围登台

徐世昌见张作霖狼狈败去，便也连下命令：着奉军即撤出关外，褫夺梁士诒、叶恭绰、张弧的职位，免郑洪年的职，免去张作霖本兼各职，一律交法庭惩办，裁去东三省巡阅使、蒙疆经略使官职。可怜自命为中华民国大总统的徐世昌，他从前因直皖之战，张作霖占了上风，便不得不迎合战胜者的意志，拿战败的段祺瑞革职；如今一转眼，吴佩孚又占上风，便又不得不迎合直系军人的意志，拿张作霖革职。为来为去，在这军阀专权的时代，做总统的为保全自己饭碗起见，也不得不顺着潮流做人。谁知徐世昌虽竭力巴结直系军阀，但吴佩孚还不把徐世昌放在眼中，忽然创议，欲恢复法统，请黎元洪出山。一方面旧时参议院议长王家襄和众议院议长吴景濂，也竭力运动恢复国会。民国的总统和国会，都在军人卵冀之下，如今王、吴二人，得了吴佩孚的保护，便响当当的竟在天津地方，自行召集国会。吴佩孚又暗暗的指使长江上游总司令孙传芳，先后发了两个通电：第一个通电，是主张请黎元洪复位，召集六年旧国会，速制宪法，共选副座，以抵制广东的非常国会；第二个电报，直接请孙中山、徐世昌同时退位。他说道：

> 法律神圣，不容假借；事实障碍，应早化除。广东孙大总统，原于护法，法统已复，功成身退，有何流连？北京徐大总统，新会选出，旧会召集，新会无凭，连带问题，同时失效。所望两先生体天之德，视民如伤，敝屣尊荣，及时引退，中国幸甚！

这个电报，对于广东孙中山，自然不能发生效力，便是徐世昌做总统，正做得高兴，一时如何肯退。不想此次直系军人竟有意与徐世昌为难。接着江苏督军齐燮元又来了一个电报，电中说：恢复国统，已成国是，万喙同声，群情一致。伏思我大总统为民为国，敝屣尊荣，本其素志；倦勤有待，屡闻德音。虚己待贤，匪伊朝夕。若能俯从民意之请，愿仍本救国之初心，慷慨宣言，功成身退；既昭德让，复示大公。进退维谷，无愈于此。徐世昌连接了几个催逼退位的电报，正在无计可施的时候；忽然那旧国会，又来了一篇宣言，那辞锋更是咄咄逼人，竟说："徐世昌之任大总统，既系选自非法大总统选举会，显属篡窃行为，应即宣告无效。"再进一步说道："徐世昌窃位数年，祸国殃民，障碍统一，不忠共和，黩货营私，种种罪恶，举国痛心。"跟着这宣言，逼徐世昌退位的，还有冯玉祥、刘镇华的电报。如此群起围攻，徐世昌不能再装假呆了，便勉强答复了一个通电，说一有合宜办法，便即束身而退。

吴佩孚见徐世昌竟占住总统的地位，不肯退让，他便打发张国淦直接跑到总统府中见徐世昌，劈头一句便说："国会的宣言，菊人先生可曾见到？"徐世昌一看张国淦脸上的气声不对，便忙说道："如今战事结束，我也正想下野；便是当初上台，也何尝是我的意思。只因看在曹、吴两位大帅和雨亭老友的分上，出来维持维持的。"徐世昌正要说下去，张国淦便摇手道："已往之事，不必说它。张某今日奉曹、吴两位大帅的命，特来请问菊人先生，现在意见如何？菊人先生既想下野，究竟何日可以将公府让出？"徐世昌不料张国淦竟如此不客气，心中气愤，一时答不出话来。张国淦认是徐世昌还不肯走，便又追紧一步，大声说道："曹、吴两大帅嘱张某致意菊人先生，如愿让位，愈速愈好，如多延时日，只怕酿成兵变！"徐世昌听到兵变二字，知道大势已去，便也凄然的答道："我决在此一二日内让出公府！"张国淦得了这满意的答复，便告辞出府，竟自回保定报告曹锟、吴佩孚二人去了。到了第三天，果然见徐世昌传出一道辞职命令来，道："查大总统选举法第五条内载，大总统因故不能执行职务时，以副总统代理之；又载副总统同时缺位时，由国务院摄行其职务，各等语。本大总统现因怀病，宣告辞职，依法应由国务院摄行职务。"徐世昌被各方用强力驱逐下台，还有什么人去顾怜他。难得京畿卫戍司令王怀庆，念平日的交情，便悄悄的将徐世昌送出京去。在天津地方觅了一处屋子住下。同时那黎元洪的宅门口，每日车马喧腾，宾客如云，便是各方打来劝驾的电报，少说说每日也有数百起。尤其是吴佩孚的代表和参众两院长，天天在黎元洪家中出入，催促黎元洪进京复职去。原来黎元洪久住天津，起居安适，绝对不想出山，再受烦恼。他从前在总统位上，也曾领教过军人的手段，现在如何肯再上圈套。况且黎元洪此时，另接得浙江督军卢永祥的电报，辞气之间，竭力反对黎元洪复任。他最重要的几句话道："大总统选举法，规定任期五年，河间代理期满，即是黄陂法定任期终了。在法律上成为公民，早已无任可复。黄随复位之说，适陷于非法。"最后他有几句吓人的话说道："永祥等当视力之所及，以尽国民自卫之天职，决不忍坐视四万万人民共有之国家，作少数人之孤注也！"附和卢永祥反对黎元洪复位的，还有何丰林、褚辅成、孙洪伊一班人。他们认定中国没有统治全国能力的人，主张联省自治，所谓保境安民的政策。

中央政府在直派军人包围之中，曹吴两巨头，主张黎元洪复职。黎元洪是一个老实头菩萨，他如何有力量反抗军人。接连十余日，黎元洪家中被众军人政客包围得水泄不通。黎元洪躲避不得，便提出废督裁兵四个字来，要求军人通过他的主张，才肯进京。黎元洪嘱咐秘书洋洋洒洒的做了一篇废督裁兵的大文章，宣布天下。对于废督有几句最精要的文章道："督军制兴，滥用威权，干涉政治，囊括赋税，变更官吏；有利于私者，弊政必留，有害于私者，善政必阻。省长皆其姻娅，议员皆其重台。官治已难，遑问民治！"曹锟、吴佩孚为敷衍黎元洪面子起见，首先通电赞成。那冯玉祥、刘镇华、肖耀南、孙传芳、刘湘、田中玉、张文生、陈光远、齐耀珊一班直系军人，连同海军杜锡珪、萨镇冰，都随声附和。一面又联名催促黎元洪进京。黎元洪于进京之日，连发两电：一是宣告暂摄大总统职权；一是取消前解散国会的命令。特命颜惠庆为国务总理，兼外交总长；内务谭延闿，财政董康，陆军吴佩孚，海军李鼎新，司法王宠惠，农商张国淦，交通高恩洪，教育黄炎培。政府改革，焕然一新。只因黎元洪是开国元首，生平也没有失德的事体，所以此次入京，颇能镇定人心，连那反对派如卢永祥、何丰林一班人都通电服从中央，独有张作霖自败退关外以外，还是不服气；此时尚有一部分奉军，驻扎在山海关。张作霖因中央已废去巡阅使名号，便自称东三省保安总司令。张作霖之子张学良，是一个少年军人，头脑比较清楚；他主张与直系讲和，便托英国牧师德古脱介绍，先与直军要人彭寿莘磋商条件。此时东三省因张作霖勒索军饷，滥发纸币，弄得市面萧条，银根奇紧，实在有不得不讲和之势。谁知张作霖听信了张宗昌的话，乘直军不防，努力反攻，直军连吃了几次败仗，张作霖顿时得意起来，忙又调动了大队人马，与直军对垒。吴佩孚得了这个消息，忙与王承斌到前线来察看，见山海关形势险要，一时不易取胜，略一思索，便得了一计。便命王承斌带领大队精兵悄悄的绕出九门口去，直扑奉军的后方，一面令山海关的直军，紧守关口。那奉军自以为得手，天天到关下来讨战；正得意的时候，忽听得后方喊声大起，枪炮齐发，那子弹如飞蝗一般，从脑后飞来。奉军万想不到是直军包围他的后方，还认做自己的军队倒戈，人人吓得惊惶失措。关上的直军，见时机已至，便冲出关来，奋勇厮杀，奉军围在垓心，腹背受敌。连战了三日三夜，奉军死伤万人，那副司令孙烈臣，也中了流弹，部下兵士，死力杀出一条血路，投回奉天去。直军乘势长驱，锐不可当。张作霖到了此时，也惊惶起来，忙又与东三省省议会联合会商量，由议会出面，向北京政府求和。奉军方面，派张学良、孙烈臣为代表；直军方面，派王承斌、彭寿莘为代表。划出关内外中立地点，双方不得驻兵。直军调回洛阳，奉军自返奉、吉、黑三省。一场私战，勉强结束。

黎元洪既上了台，心中所念念不忘的，便是广东政府；他便由私人出面，打电与孙中山、伍廷芳、李烈钧三人，请他们北来，共议国事。此时孙中山、伍廷芳一班人，因陈炯明叛变，退出广州，来至上海，正在失意的时候，便和退居在上海的岑春煊联络。孙中山和岑春煊，原因西南政府职权的问题，闹过意见的，如今因事急了，两家又和好起来。岑春煊的旧部沈鸿英自领一军，和直军联合抵杭广东军的。如今因孙、岑和好，沈鸿英便率领军队，从前线回广西，帮助孙中山攻打陈炯明的同派军人韩彩凤，在柳州大战。那陈炯明用炮火赶跑了孙中山以后，便走进广州城来，在白云山，立了粤军总司令部。又因便于筹饷起见，派银行行长陈席儒做了广东省长，陈炯明同派的人，如叶举、洪兆麟、林虎一班军官，向四处发展。那刘镜寰也自称广西各军总司令，陆荣廷在龙州自称广西边防督办。形势十分混乱。只有许崇智、黄大伟、李福林，联合王永泉、徐树铮、臧致平一班人，包围李厚基，图夺福建的地盘。那李明扬、赖世璜、朱培德一路军队，在湖南立脚不住了，退入广西，打跑了梁华堂，占住了桂林城。此时李烈钧也退住在上海，得了沈鸿英连次的战胜消息，便命朱培德运动刘震寰与陈炯明宣战。陈炯明派叶举为总指挥，直攻梧州的刘震寰军队。朱培德用计，令沈鸿英潜攻叶举的侧面。又运动梁鸿楷倒戈。在广东后方的海军，也因受了孙中山的运动，表示不服从粤军总司令的命令。叶举居在四面楚歌之中，如何有心恋战，早已败退下来。一路被沈鸿英军队追杀，死伤的，投降的兵，折了大半。广州城中，人心摇动。接连又是海军总司令温树德和魏邦平，都和朱培德取一致行动。广州人心，十分恐慌。各团体推举代表，纷纷去谒见陈炯明，求他下野，免得人民遭殃。那陈炯明部下从前敌退回的，也主张退出广州，保守东江。陈炯明无可奈何，便通电下野，领兵退出广州，前住惠州死守。又另派一路军队,前赴韶关,与孙传芳军队联络,谋取福建。当时便有驻扎在汕头的洪兆麟,联合各粤系将领,欢迎孙中山、许崇智回广东,主持大局。

欲知后事如何,且听下回分解。

## 第八十九回　孙中山重返广州城　许崇智力守博罗江

洪兆麟在陈炯明得势的时候，是属陈军部下，他实在是湘省军队，平日貌合神离。如今见陈的大势已去，便也翻过脸来，欢迎孙中山，和许崇智联合。许崇智此时正在福建，与李厚基交战。他运动李厚基部下王永泉旅长倒戈，李厚基亲自领兵到水口地方，与下旅长交战。谁知许崇智乘福州空虚，竟不费一兵一卒，夺取了福建省城。王永泉也乘势进攻，李厚基进退无路，便逃入台湾银行，求日本人保护去。那许崇智、王永泉、徐树铮进了城，便由徐树铮主张，照他所著的《建国真诠》书上的方法，立起建国军制置府来。王永泉居然充当福建总抚，如此奇特的名义，便是北京政府，也不答应，立刻派常德盛为援闽总司令，浩浩荡荡杀奔福州来。福州海军萨镇冰，也帮助李厚基。此时忽来了一路生力军，便是前福建第二师长臧致平。他受了孙中山之命，前来厦门活动，统率旧部，策应福州。那福州的内部，此时忽然起了变化。只因王永泉总抚的名称，实在定得奇怪，福建人大都不赞成。便是许崇智，也劝徐树铮，把这名义改了。徐树铮改任王永泉为总司令，林森为省长。王永泉心中大不高兴，便要找徐树铮讲理；徐树铮吓得逃出福建，不知去向。李厚基从台湾银行溜出，坐着兵船，跑到南京；向齐燮元求救。齐燮元一时无兵可派，便帮助大批军火，又银钱，交给李厚基。李急回厦门，令高全忠军队反攻。谁知高部下已与臧致平各生异志，在半夜时分，忽然爆发起来。臧致平督兵围攻高全忠，李厚基和高全忠二人，在乱军中改扮乞丐，逃出渡海，逃至鼓浪屿。臧致平的军威大震，进扑杉关。消息传到吴佩孚耳中，立刻下令，命孙传芳为援闽总司令，又令驻扎江西的周荫人为总指挥，两路向福建杀来。此时许崇智已受了孙中山的命令，任为广东总司令，带兵回广州。王永泉此时与许崇智，各有意见，他乘许崇智回兵的时候，便翻过脸来，联络福建海军，通电服从北京政府。吴佩孚趁势说北京政府下令，任孙传芳为督理福建军务善后事宜，王永泉为帮办，便是臧致平，也打成一片，得任命为漳厦护军使。

陈炯明军队远退东江，广东全体军民，欢迎孙中山回粤。孙中山便委胡汉民、孙洪伊、汪精卫、徐谦四人驻在上海，与北方办理和平统一的事体。一面委徐绍桢为广东省长，沈鸿英为桂军总司令，杨希闵为粤军总司令。中山到广东以后，又发一通电，说明联合段祺瑞、张作霖、卢永祥、黎元洪、张敬尧一班重要人物，筹划和平统一的事体。南北空气，渐见和缓。李烈钧也从上海来广东，孙中山命他为闽赣边防督办，收编潮汕一带陈炯明的旧部，带到福建边地驻扎。许崇智军队，驻扎在潮汕一带。又因广东地方客军云集，给养为难，便令沈鸿英移兵驻防西江。沈鸿英在广州住得好好的，忽然要他到西江苦地方去，心中自然不愿，但在表面，也只好服从命令。沈氏的心事，却被吴佩孚看出来了，便派人拿大批银钱去运动沈鸿英，令他反攻孙中山。一方面派北方军人张克瑶、方本仁、岳兆麟等，前来助战。沈鸿英暗暗的将军队集中在韶关，可以与北军互通声气。北京政府给了他一个督理广东军务的头衔,沈鸿英顿时强项起来,也发了一个通电,请孙中山速离广东。孙中山看了电报,如何忍得,便调动杨希闵、朱培德各路军队,围攻西江沈军阵地。那杨希闵的军队,十分骁勇,沈鸿英连败了几阵。独有肇庆方面,沈鸿英部下张希栻,能与孙中山的联军周旋了二十多天。后孙中山又派陈策、周之贞二路生力军加入,才将张希栻打退,夺得肇庆。那边沈鸿英杀一阵败一阵,所有沿粤汉铁路的地盘,全被杨希闵军队夺去,直退至南雄,已到了方本仁的防地。那方本仁原是救助沈鸿英来的,如今见沈鸿英败不成军,便运动广东军队谢文炳倒戈,在右路反攻杨希闵,仍令沈鸿英任中路,自己却当左路的劲敌。军势大振,杀奔韶关来。杨希闵抵敌不住,奉孙中山命令,暂时退守。方本仁、沈鸿英、谢文炳三路人马,会集在韶关。从来胜兵必骄,何况这三路军队,各人气味不同,夹杂在一处;不多几天,便内部闹起意见来了。大家只知争权夺利,把个敌人丢在脑后。杨希闵得了这个消息,先派兵去攻击谢文炳的部队。谢部不战而绩,谢文炳保得性命,逃到上海去。同时杨希闵自领一军,直攻韶关;那沈鸿英部下,因战胜得不到好处,人人心中抱怨,此时见杨军前来攻关,大家不愿应战。沈鸿英率领亲信军队,奋勇厮杀,杨军退避,沈鸿英挥兵直进,不料在半路上中了伏兵,同时后路平圃地方,也被杨希闵分兵占住。沈鸿英前后受敌,军心大乱,一路败退,直退到南雄地界。杨希闵紧追不舍,直追至江西大庚岭,因离根据地太远,便也勒兵回韶关来。

陈炯明见谢文炳一军,已消失净尽,杨希闵又是连打胜仗,因欲分他的兵力,便指使叶举向孙中山挑战。叶举打了一个通电,指说孙中山在广州纵赌卖烟,勒捐重税,种种污蔑的话。孙中山看了大怒,立派大军和叶举开战。陈炯明此时的兵力很强,孙军失了博罗,石龙也十分危险。海军总司令温树德又秘密联合各舰长倒戈。消息被孙中山探得,连夜乘各舰长未回舰时,发命令免温树德职,又将各舰长撤任,另换新舰长,由孙中山兼海军总司令职务,直接指挥。亏得手段敏捷,把一场大祸,无形消灭。孙中山知道陈炯明不去,大患未除,便命各路军队,围攻惠州。陈炯明部下杨坤如,死守惠州,急切不能攻下。孙中山又得了许崇智在潮汕一带战败的消息。福建林虎兵势甚强,夺得了潮汕的地盘,许崇智率领败残人马,向揭阳退去。幸得厦门的臧致平前来救应,许臧合兵在一处,又反攻潮汕,林虎力守潮汕,许崇智不能得手。许崇智是孙中山的心腹军队,天天希望他攻潮汕,可以包抄陈炯明的后路。正在此时,滇军忽又发生内部变化,原来杨如轩、杨池生两师,竟预备倒戈。杨希闵幸早得了消息,立下令给别路军队,解决二杨。二杨见阴谋已败露,便带领旧部投江西去了。此时孙中山将滇军改组,废去总司令,另立杨希闵、范石生、蒋光亮、朱培德四人,为四个师长,免了他彼此嫉妒倾轧的祸机。陈炯明见许崇智攻潮汕甚是吃紧,他便令林虎、洪兆麟二师,避去正面,却从饶平侧而攻去。臧致平不料林虎出此奇兵,一时措手不及,便狼狈败逃,坚守和平。正要向省城请救兵,忽然王永泉从北面压迫下来,得那海军又时时袭击,孙传芳又派大兵包抄他的西路,海军陆战队又在金门登陆,直攻他中坚,后面林虎追兵愈迫愈近,臧致平四面受困,急急回至厦门,用炮攻击海军。臧致平此时摆的背水阵,人人怀必死之心,猛力向海军袭击。臧部的炮兵,原是经过多年训练,技术很高,弹无虚发,将各兵舰一齐打伤。海军慌张起来,又因有外国兵舰停在海面,不能还击,只得将各兵舰退出厦门海口。但兵舰虽去,而王永泉和林虎的两路人马,从三面包围过来。臧致平生性十分倔强,他死守厦门,一面派副官将他妻小送至上海避难,一面召集厦门地方绅上,责他合力筹响,并说愿与厦门人民同生共死。那人民在这乱世,生死之权,原操于军人之手,只得竭力搜刮,供养军队。此时敌军三面包围,炮火连天,昼夜不息;但因臧致平守得十分严密,敌军竟也无隙可乘。林虎、王永泉见连日不得取胜,接连打电报给海军,调大队陆战兵士,渡海直攻金门。此时臧致平四面受敌,厦门亟亟可危,急通电与孙中山。孙中山用分兵之计,令许崇智回石龙,直逼惠州。那陈炯明的部将杨坤如在惠州受敌,形势十分险恶。陈炯明知道惠州是军事重要地方,急亲自带兵来救应惠州,又电调林虎、王永泉暂时放弃厦门,来惠州助战。因此厦门得解了危,战事重心,已移到东江一带。孙中山亲自出马,带领古应芬、赵宝等,尽调西江北江军队,来会攻惠州。孙中山因欲往来指挥军队,便不在陆地上设立行辕,终日起居在一只轮船上,船名大南洋。所有各路将领,都纷纷到船上来谒见请示。船身十分狭小,人员又多,天气又热,孙中山终日忙碌若,也不嫌辛苦。那只大南洋在各处停泊,出没无常。战事正在吃紧的时候,那大南洋忽然在博罗江上出现。这地方是许崇智的防地,也是近火线的战场。后许崇智见孙中山到来,慌忙带领师长杨廷培来谒见,又竭力劝孙中山退出危地。那孙中山却一笑置之。到了晚上,满天星火,映着江水,十分明静;孙中山凭舷纳凉,水面风来,沁人心脾。古应芬随侍在左右,孙中山和他讲些天地的至理,博爱的大道。听那岸山兵营中刁斗声起,孙中山便归后舱去就寝。古应芬卧房,便设在前舱。正要解衣就寝,忽见门帘外人影一闪,古应芬认作刺客,忙把手枪握在手中,抢步出门去一看,原来是许崇智和他部下团长邓演达。许崇智见了古应芬,忙摇手说:“不要惊动了大元帅!”一面两人拉着手,到船头上去。许崇智只匆匆说了一句:“现在得前线急报,敌军已近博罗,会战不待天明,此江两岸,必成火线;大元帅安危要紧,请速离博罗!”说完了话,二人拉了一拉手,许崇智和邓演达上岸去了。这里古应芬得了这消息,心中万分焦急;不得大元帅的命令,又不能擅自开船。若去请命大元帅,孙中山入睡不久,又不忍去惊醒他。古应芬左思右想,打不定一个主意,便蹑着脚,到大元帅房门外打探消息。从门缝中向里面望去,谁知孙中山还兀坐在案头,翻阅公文。他听得门外有足音,便喝问:“什么人?”那卫兵立刻出来查问。古应芬便走进屋中去,将许崇智来报告的一番话说了。孙中山听了,毫不惊慌,令古应芬暂且退去。孙中山提起笔来,写命令授许崇智种种应敌的方法。写成数千字,直到近天明,才写毕,着传令官送上岸去,这才下令,大南洋徐徐退出江口。此时东南风甚紧,那博罗城外的枪炮声,已是轰轰烈烈的响着。孙中山怕许崇智独力难支,便又传令航空队长用飞机传达驻广州的滇军蒋光亮等,前赴博罗援救。谁知敌兵快,救兵慢,那陈军部下李易标奋力扑城,许崇智力不能守,退走飞鹅岭。接着,林虎军队,又从右翼抄来。许崇智候救兵不到,急打发行营参谋陈翰誉赶来见孙中山求救。孙中山先拨一只差舰,冒险送军粮军火到前敌去,一面又令古应芬亲去催动广州救兵。不久,那李福林、朱培德的救兵一齐赶到。

欲知后事如何,且听下回分解。

# 第九十回　战东江大元帅冒险　修黄河众西宾观礼

各路军队齐到,独有蒋光亮的军队不来。后来财政次长郑洪年,也赶来,说:“营运使邓泽如送来的一万元,已被蒋光亮截去。”孙中山听说滇军已得了钱,又打电去催他开援。只因滇军的战斗力充足,孙中山很希望他去解救许崇智的围。谁知滇军此时,已变了态度,任你千呼万唤,总不见滇军的一兵一卒到来。孙中山又许他们解了博罗之围以后,重重犒赏。蒋光亮不得已,只派了四百人来。那滇军第四师,却全部开来了。孙中山大喜,命李福林和滇军前去救敌。谁知滇军第四师和蒋光亮部下的四百人,行到半路上,忽又闹起饷来,一齐退回广州、石龙去。此时许崇智实在无力支持了,孙中山一连接得败报,知道博罗一去,石龙难守,石龙一去,广州便也不保,大元帅日夜焦灼,想不出一个善计来,尽在屋中打着旋儿。后来他决计为鼓励军心起见,亲自到阵地上去察看一遭。左右竭力劝阻,孙中山慷慨说道:“俺孙某受国家托付之重,如何可爱惜生命!”当即传令大南洋座船,向苏村进发。一路上炮声隆隆,愈是清晰。忽见岸上一队军马来到,原来是招抚使姚雨平的救兵。由姚雨平军队保护着孙中山,舍舟登陆,冒险前进。此时与战场只隔得一座山头,那炮弹在空中飞着,发出嗖嗖的声音,孙中山率领随员,攀登山顶。山上有大军驻扎,见孙中山来到,齐声欢呼大元帅,士气立刻兴奋起来。中山站在山顶,军官递过望远镜来,从镜中望去,见前面烟雾蔽天,喊声盈耳。敌人在望远镜中窥见孙中山,冷地里打过一炮来,离孙中山足前三四丈地方,震天价一声响亮,那炮弹爆裂了。孙中山神色自若,面授滇军师长杨廷培机宜。那杨师长率领士卒,大喊一声,直冲下山去,那敌军支持不住。此时有卓旅长、李师长与杨师三路人马,勇猛杀敌,陈军败退,逃出江口,解了博罗之围。但杨廷培因亲冒枪炮,受伤甚重;部下兵士,死伤大半。孙中山命他调到广州去休养,另赏杨师一万元。探马报来,陈军部下,还逗留东江,孙中山命卓旅率领五团兵力,追杀敌人。邓演达攻师阳,李福林攻响水,命梅湖炮台掩护两路人马。第二天一清早,孙中山亲自赶到梅湖去,开了五炮,士气又大振起来。孙中山东西奔跑,精神也十分疲倦了,左右又再三劝回船去休息。孙中山带着随员王柏龄、马晓军一班人,回到船中,大南洋驶入白沙堆。此时刘震寰军队驻扎在飞鹅岭,正与惠州城内陈炯明军队对峙。孙中山又舍舟登陆,临去时候,嘱飞机队长杨仙逸、长洲要塞司令苏从山、鱼雷局长谢铁良,在船中守候着。

孙中山到刘震寰营中,正商议破城之计;忽见副官长慌张赶来说,那大南洋座船失火,一时船中鱼雷炸裂。苏从山、杨仙逸、谢铁良三人炸死在船中。孙中山听了,大哭起来。说:“杨、谢、苏三人,随我多年,屡立战功,如今死于非命,怎不令人悲伤!”急离了飞鹅岭,赶回白沙堆来看时,见三具尸身,血肉模糊,旁又排列着数具卫兵的尸身,孙中山看了,泪如雨下。亲自祭奠收殓,部下看了,人人感激。大元帅又下令,至广州速运鱼雷来,交给刘震寰攻打惠州。无奈惠州城池十分坚固,任你猛烈的炮火,休想动得它分毫。大元帅更命许崇智为中央军总指挥，杨希闵为左冀总指挥，朱培德为左冀总指挥。孙中山因身体不适，又失了座船，便回广州去休息几天。谁知中山一去，大事也去了。那陈军洪兆麟、林虎从两路攻来，平山、河源一日失守；刘震寰阵地又动摇，急急放弃了惠州，退出飞鹅岭。孙中山得了消息，忙同参谋长李烈钧，坐火车赶来，到石龙召集军官会议。令范石生担任肃清沿铁路敌军。起初范军十分勇猛，追杀敌人，那敌军沿铁路逃去；谁知追到张坑地方，伏兵四起，前面敌兵又回头猛攻，范石生被包围在垓心，折了许多人马。幸得西江的李根澐部开到，救出了重围，来见大元帅。正欲商议反攻，忽报林虎敌军已占领龙门，直扑增城，此时陈策、李天德两路军不支而退。孙中山急命朱培德师驰赴前敌援救。这里才打发出去，那许崇智又来电告急，说中央军及左翼军被敌军偷营，大败，退出博罗。许崇智亦退至石龙。孙中山大惊，急乘车赴石龙，亲自指挥。此时各路军马，纷纷退却；大元帅传令制止，如有退却的，军法从事！一面命范石生、杨希闵、朱培德前往援救。大元帅身旁留下了不多的人马，忽报敌将钟景棠、杨坤如、洪兆麟前锋，已进犯棠兰，势甚危急。孙中山令少数军队，乘火车前去死守。正在无兵可调的时候，忽有数列车兵士开到，原来是李根澐的兵士。左右劝大元帅把李军留着保卫自身，中山说："方才报到，前方石湾甚是吃紧。"便命李军开赴前敌。谁知根澐的军队未曾到得石湾，前方各军已纷纷败退下来，沿着铁路，势如潮涌。李军也被他冲动，立脚不住，大批溃军，直退至石滩。孙中山亲自下车，步行至石滩，李烈钧、古应芬左右夹持着，高声呼道："大元帅在此，各军不得退逃！"那数万人马，始一律站住。孙中山传李根澐到面前，令他严守石滩，不得使败军再退一步。正说时，前面又有溃兵火车开到，李烈钧急拥孙中山上车。谁知那溃兵的火车和孙中山的座车，开在一条轨道上，要喝也喝不住，直把孙中山的座车推走，势如奔马。只把一个古应芬丢在车站上，他只得沿轨道追赶。溃兵见此情形，以谓大元帅也逃去了，又纷纷四散奔逃，李根澐也无法制止。正在慌乱的时候，果然后面洪兆麟的大军赶到。洪见孙中山的座车相离不远，便紧紧追赶。一前一后，好似流星飞马一般，紧追不舍。那火车头上装着大炮，便向前开放。此时孙中山部下有一副官，名邓彦华的，遗留在铁路旁；他见大元帅十分危险，情急智生，他知道范小泉部队在横沥，相离不远，急急在车站打一电话去求救。自己又奋勇赶到岔路亭，把分路机器一扳，果然洪兆麟的火车开入岔路上去了。急把火车掉头过来，那孙中山座车已去远了。洪兆麟见已追赶不及，便令停车休息，自己下车在车站进中膳。此时范小泉的兵队正衔枚疾走的攻来，一时枪炮从四下里打来，洪兆麟吃了一惊，急抓江边小舟纷纷渡江逃避。一时船少人多，在江心中淹死了许多兵士。幸得这一仗，保护着孙中山，换乘机关车，安然回至广州。一面赶派省中部队到大沙头去迎截溃兵，一律缴械，才保得省城的安宁。此四个月的战事，便称为东江之战。

这时广东人民，担负又重，痛苦又深。孙中山见陈炯明的势力，一时还不容易除去，若要死战，徒苦军民，他便主张暂时保守地界，休息几天。这时山东地方，忽然闹出一桩新奇的官匪议和案件，宣传中外，人人诧异。这案件中的重要人物，却是山东峄县地方一个姓孙的。他家有弟兄五人，大哥孙美珠，原也是庄院人家，祖上传下来一份田地产业，弟兄五人，守着度日，却也宽裕。只因美珠一天从城中回家来，见一个军官，带着一队兵士，从大街上经过，那军官骑在马上，十分威武。美珠心中十分羡慕，回家去和他弟弟说知。他原认识师长毛思忠的，彼此乡亲，甚是亲热，他此时和弟弟们说明了自己的心事，欲前往济南投军去，把家产交给了弟弟管理。毛思忠军队驻扎在山东省城里，美珠便赶到省城里去，入了军籍，随从着毛师长东征西战，颇立了些战功，不多几时，居然位升到营长。后来毛思忠的部队解散了，孙美珠荷包里也多了几个钱了，便衣锦还乡，在家享福。乡下人见识短浅，见孙大哥发了财，便一人传十，十人传百，传到当地的军警耳中，便一次一次的跑到孙美珠家中去敲诈。说孙美珠私通匪党，又说他是匪军的余孽，每次总要拿几个钱去，才完事。后来那军警天天来纠缠不清，人数也愈来愈多；孙美珠身上几个钱，都被他们敲诈完了，却还是不肯罢休。孙家大哥哥大怒起来，对他四位弟弟说道："官府不容我们做安分的百姓，如今俺们拼着砍脑袋，把田地家产卖去，招兵买马，做一个山寨英雄，专杀贪官污吏，却也是一件快意事体。"孙氏二弟三弟四弟，究竟都是安分良民，听说大哥要落草，大家一齐摇起头来，说："愿意各自出外去谋生。"独有他五弟孙美瑶，却是一个大胆少年，他听了大哥的话，绝口赞成，说："俺们守着这年岁，再也没有出头日子了。倒不如做一番英雄事业，或反能图一个出身。"孙美珠听了大喜，忙拍着美瑶的肩头说道："好兄弟！快跟着你大哥去，痛痛快快的干一下子罢！"

孙氏弟兄二人，把家产变卖干净，得了上万银钱，还有卖不了的破烂家具，放一把火烧了。孙美珠还有一个妻子，长得甚是美貌，美珠临走的时候，意思要将妻子杀了。还是孙美瑶劝他哥哥，将嫂嫂放回娘家，任凭改嫁。诸事料理停妥，美珠、美瑶二人，去占住了一座豹子谷，招兵买马，积草屯粮的大弄起来。美珠自称为大都督，又有一个周天伦和他朋友诸思振，都拿了钱粮上山来合伙。美珠便拜周诸二人为左右副都督。他弟弟美瑶，却称为总司令，统率着各路司令。风声所播，四方响应，所有失意军官，退伍军人，以及穷苦百姓，一齐前来投奔。四出劫略，掳人勒赎。远近十六座山头，尽被孙家弟兄占住了，望去旗帜飘扬，刁斗相闻，好不威武。后来又占住了一座抱犊崮，形势却是十分险要，又与津浦铁路相近，商贾众多，来往便利。孙美珠便在抱犊崮中设立总柜，把四处掠夺来的财物，齐存放在总柜里，平均分配支用。又派一队得力弟兄，看守抱犊崮。此时孙家弟兄，势力一天大似一天，钱财也一天多似一天，便是各处绑来的肉票，每一个山头，总有百数十人，内中有城坊绅士，也有庄户人家。票价从数千元到数万元不等。后来绑得的人愈来愈多了，养在山上，每一天粮食，也要吃去不少。孙美珠便将各肉票整理一下，拣那票价大有希望的，留在山中自养；那票价小，家中穷苦，多年不来取赎的，便分配交给山下各庄户代养。孙美珠法令严明，凡是近山寨十里以内村庄，禁止弟兄劫略。孙家自立山头以来，匆匆已是十年，对于邻近的村坊，竟是秋毫无犯。孙氏弟兄在各山头来往着，经过沿路村庄，或和小孩调笑，或与妇女谈话；那庄户人家准备大鱼大肉，犒孙家寨中的弟兄，彼此甚是亲昵。便是孙美珠、孙美瑶二人，也常在各大城镇中出没；坐在火车中来往，从来也没人敢去难为他的。那驻扎在邻近滕县、临城一带的军警，因势力单薄，每逢地方上有绑人劫物的案件，报到衙门里来；他们照例发一纸缉捕的公文,阳奉阴违的热闹一番,以不了了之。因此孙家弟兄的胆子愈闹愈大了,所沿津浦一带,远至济南省城,人民都不得安宁。

欲知后事如何,且听下回分解。

## 第九十一回　祝师长力围抱犊崮　孙头目智劫津浦车

豹子谷土匪，此时已啸聚了二三万人，势力很大，地盘也很广。所有临城、枣庄、滕县、韩庄一带的官兵警察，都和他连通一气的。因此那土匪远近抢劫，积案累累，也从没有一次破案的。后来临城地方来了一位新任的祝旅长，上司派他来专事剿办土匪的。这祝旅长有几分肝胆，他见孙氏弟兄如此横行，地方上受他的害已是很深，若不趁早剿除，后患实不堪设想。他便召集部下会议，大家说兵少匪多，万难下手。这祝旅长听众人所说，也是实情。正在无法可想的时候，忽然一天，这祝旅长进省去，在火车中与那孙美珠遇到了。此时孙祝二人，各穿着平常袍褂，在外表一点也辨认不出来。祝旅长也不带卫兵，孙美珠也没有同伴，但祝旅长暗地里留神，见同车的客人见了这姓孙的，脸上神色有各异样。后来去打听那火车中的车长，才知道这人便是无恶不作的土匪大都督孙美珠。正是踏破铁鞋无觅处，得来全不费工夫。祝旅长心想，这机会不可错过；觑着火车靠站的时候，他假装作步闲，走下站去潜身伏在车窗下面，窗内正当孙美珠的坐位。此时孙美珠左手执刀，右手握叉，正在大嚼西菜。忽然砰砰几声，连珠似的枪弹，从窗外飞进来，粒粒打在孙美珠胸膛上，立刻血流满身，倒地而死。火车中的乘客，听得枪声，见了杀人，又顿时慌乱起来，抱着头，向四下里奔窜。祝旅长急进车来，安慰众人，说明打死孙美珠的理由。又在死人身畔，搜出种种证据来，立刻报到省里师部中去。师长见祝旅长立了大功，便将他保举上去，祝旅长又立刻升了第六师师长。便责成他率兵进豹子谷去剿匪。此时豹子谷老巢中的土匪，听说大当家被官兵打死，人人心慌，也有许多下山逃去的，但大半弟兄，都愤怒官兵。此时山寨中人方众多，除左右副都督外，还有十二路司令；当时便在山寨中召集会议，当场公举孙美珠的弟弟孙美瑶升任了山寨中的大都督。孙美瑶痛哭流涕，演说了一番，誓死欲替他哥哥报仇。部下数千人，一齐大喊："俺们愿意和官兵去拚命！"孙美瑶便分派各路下山，当夜便在山上忠义堂挂起孝堂来，替孙美珠开吊。堂下大院中，排着数百桌素席，各头目饱饮了一顿；第二天，各自下山去，找官兵报仇去。谁知那官兵正也不必你找，由祝师长调度，令部下各团长，分四面包围过来。兵匪交战了三天三夜，那豹子谷中军火有限，子弹不足，渐渐支持不住，孙美瑶见形势甚是危险，下令众弟兄，放弃豹子谷，退守抱犊崮。这抱犊崮的形势甚是险恶，冈岭起伏，道路崎岖，山脚下直至半山上，四周都长着石障，天然的炮垒，那进路狭隘曲折，竟有一夫当关，万夫莫开之势。孙美瑶率领众弟兄，退入抱犊崮以后，便下令，只可严守，不可妄费子弹。第六师官兵，见土匪败去，如何肯罢手，当时便追踪而至。见抱犊崮形势险恶，一时不能进攻，便多调人马，四处包围，将这一座山谷围得水泄不通。这一围，足足围了一个月，抱犊崮中所有囤积的粮食，都已吃尽。孙美瑶不觉恐慌起来，便召集各大头目商议。内中有一个郭其才，他父亲曾带过警备队，被土匪杀死，郭其才因愤恨官兵的无能，也投入孙美瑶部下来当一名头目。自幼颇有计谋,他也读过多年书,深知道国家大势,每天看看报纸。见《申报》上登着黄河闸口完工,定在五月八日行开闸礼,此次闸口工程,是照西洋工程建筑的,因此派人到上海去邀请中外宾客,及各报馆记者来观礼。郭其才把这新闻看在眼中,此时大家会议,郭其才顿时悟到了一条妙计,当下与孙美瑶说知,说此计若行,不怕官兵不解围讲和。众人听了,也齐说妙计。

郭其才率领一队精悍弟兄,身带快枪,盒子炮,悄悄的绕至山后,从小路下山;昼伏夜行,向临城进发。这临城是津浦路上的一个重要城镇,因为左近有一座中兴煤矿公司,工程甚是发达,资本也是雄厚,所以连带邻近的市面,也兴隆起来了。这时正是中华民国十二年五月五日的半夜里,津浦铁路上有一列特别快车风驰电掣的向山东道上走着,看看将近临城车站。车厢中正装着许多到黄河去参观开闸礼的上宾,共有英、美、法、意、墨各国人士四十多人,以及中国名人和上海报馆中的特派访员,大家挤满了头、二等卧车中,呼呼鼾睡。正甜适的时候,忽觉车身大震,接着天崩地坍一般的一声响亮,那中段几节客车,立刻倒卧在轨道上,顿时男啼女号,纷纷从车窗中爬出。忽听得四面野地里,辟辟拍拍的枪声起来,大家又慌得躲进车厢中去,伏在车底里,动也不敢动。此时枪声已止,忽然拥进一大群土匪来,个个横眉瞪眼,手执快枪。他们分做两队,一队人搜劫行李,一队人劫押着车中客人下车。妇女儿童,放他逃走,只留下少壮的男子。便有一个大头目上来,将乘客一一检查过,向明姓名年纪,嘱身旁的书记,一一写在簿子上。又注明头二三等客人。此时各乘客,都从睡梦中惊醒过来,赤着双脚,身上只穿一件衬衫,被那土匪威逼着,分作两行,驱逐着向那黑暗的野田里走去。可怜有许多大人先生们,在家中娇生惯养的,把两只脚养得又白又嫩,如今七高八低的在荆棘丛中,乱山石子上走着,早走得两脚皮烂肉绽,口不住的呻吟着。乘客中有一人名唤顾克瑶的,他最是大胆,当下便替众人要求,给穿上鞋子,如将来拿钱来赎身,准每人加鞋子钱一百元。那土匪听了顾克瑶的话,也十分满意,便将从火车里掳来的鞋子,给各人穿在脚上。那皮鞋有黄白黑三种颜色,又有大小不同,此时也顾不得了,大家胡乱穿上。有左脚穿着白色皮鞋,而右脚穿着黑色皮鞋的;有拿了两只都是左脚皮鞋的,七零八落,套在脚上,一颠一撅的走着。外国人中,有一位在上海当律师的穆安素,他的身体最胖,走在路上,十分累坠。顾克瑶便替他求情,说:"这位胖子洋人,是外国的巡阅使;你们须好好的看待他,将来他一欢喜,便肯多给几个钱呢。"那土匪一听说是外国巡阅使,便上前去,把他的身体掮在背上,走上山去。看看走到一座山顶,山顶外面有大石围绕着,便有一个头目出来,喝令大众站住。点一点名,共有三百六十四人。内中头二等乘客最多。那大头目便发令,因山寨上军饷不足,请诸位捐助:三等乘客,每人二千元;二等乘客,每人一万元;头等乘客,每人三万元;外国客人,每人五万元。请诸位快写信回家去,速来赎取!

这劫车的消息,飞马报到祝师长那里,祝师长部下,原有一营兵士,驻扎在滕县的,便立刻传命令营长,督兵进剿。此时土匪中大头目,便是郭其才,他听得山下枪炮声隆隆四起,知道是官兵前来追捕。他一面分派众弟兄下山去抵敌,一面便喝令外国人鲍惠尔,写一封信给官兵,令官兵立刻停止攻击,若不停攻,便将掳来的外国人,一齐杀死。彼此再以兵戎相见。那鲍惠尔写成西文,由顾克瑶译成中文,信上无非求官兵停止攻击,不然与被掳的四十余西人生命有碍,中国政府须负赔偿西人生命之责。小喽啰将此信送下山去,那官兵果然不放枪了。土匪从此把外国人格外优待起来,尤其是穆安素律师,土匪真拿他当外国巡阅使一般看待。每次行路,郭其才便命四个小喽啰抬着走,好似迎神赛会中的城隍菩萨一般。此时这一群肉票,由郭其才押着,度山越岭,转入一座村庄去。众人在茅屋中席地坐下,土匪又喝令老百姓煮饭打酒,给众客人吃。那班客人从昨夜在车中吃了大菜以后,直挨饿到次日下午,才得各吃一碗高粱米饭。这米粒虽是粗黑,他们此时腹中饥饿,便也吃得很是香甜。众人正吃饭时,前山炮声又起,官兵又在追赶土匪。郭其才指挥留下一部弟兄拒敌,自己却带着肉票,往山里奔去。把众人幽禁在一座破庙里,独穆安素律师,睡一架草铺,此外客人都席地而睡。小喽啰拿进干草来,众人抢着垫在身体底下。一宿无话,次日醒来,由外国人中发起,组织一个难民团体。外国人如俄利门、亨利、鲍尔惠、穆安素,都当了委员,顾克瑶当了翻译。西人中只亨利生性最是顽皮,时时和郭其才谈笑,拍着郭其才的肩头,称他是中国第一等的英雄。穆安素还有随身的照相器具带着,便替郭其才拍一张小照。郭其才欢喜,第二天砍倒一头牛,请外国人大嚼。吃肉时候,顾克瑶和亨利商量,由难民团体中,派中西代表二人下山去,和中国官通个消息,土匪如欲与官厅讲和,也得有人在中间斡旋。亨利竭力赞成顾克瑶的意思,当时顾克瑶大着胆去对郭其才说了。郭其才却也明理,只怕那两个代表,一下山,不肯回来,岂不是又失了两张肉票。亨利此时拍着胸脯说:“俺外国人专讲信用,愿将全体外国难民的性命担保,放代表下山去,三天以内,定可回山。”郭其才要顾克瑶在菩萨面前赌咒,顾克瑶便跪在一尊破佛前立了誓。郭其才便派亨利和顾克瑶二人下山。他二人赶到枣庄地方,却巧南京派来一个交涉使温世珍与北京派来一个外国顾问安迪生,都在枣庄欲进山去与土匪开谈判,只是不敢。亨利与顾克瑶二人,竭力劝驾,那温世珍、安迪生二人,便随他们上山。郭其才又领四人到抱犊崮去见孙美瑶。孙美瑶说:“这买卖进出甚大,我个人也不敢擅自作主,须得召集各山头目商议出条件来,再能与官府开议。”当下说定在二日内派人下山开议,依旧放温世珍、安迪生二人下山去。

这样大案件,此时已惊动了中国官场中的大人物。如山东督军田中玉、师长杨以德,以及总长吴敏麟、张树元、陈调元、冯国勋一班人,一齐坐着花车,赶到中兴煤矿公司车站上停下。这一班大人物,依旧在车上起坐;车站上密布军警,保护着。到第二天上,果然山上派下两个代表来见田中玉。他的条件却极简单:只说须官兵解围,退出抱犊崮三十里以外,又将各山上弟兄收编为国家正式军队,各山头目,由政府委充旅长、团长、营长,又委任孙美瑶为师长。这样的条件,叫田中玉如何答应得下。但要是不答应,许多外国人的生命,都在土匪掌握之中,那各国公使,已是云片似的公文送来,严辞责问。后来众位大人物想得了一条缓兵之计,先派丁振之、郭胜泰二人,充做山东督军代表,带了大批委任状去,依土匪的要求,各委他们营团旅长;又委孙美瑶为师长。谁知丁、郭二人跑到山上,将委任状送上,那孙美瑶接过去,撕得粉碎。拍案大骂说:“田中玉骗人!官兵在山依然不退,要这空名儿的委任状何用?田中玉想拿这几张无用的纸来哄我释放外国人,这真是三岁的小孩子也哄不过去的。如今借你两位的口下山去对田中玉说,快快把兵退去,一面须派正式代表商议改编的事;倘有半个不是啊,官兵敢放一枪,俺们便杀一个外国人,看这田中玉如何对得起外国的政府!”几句话,说得丁、郭二人满面羞惭,匆匆下山,回复田督军。田中玉见此计不行不觉大怒:立刻下令,催祝师长进攻。说俺们堂堂官厅,不能和土匪讲和;事到如今,我也顾不得外国人不外国人了。这消息传入人民的耳中,顿时恐慌起来。那滕峄两县的绅士,集合了二十多人齐去环求田中玉罢兵。一面由绅士中推举三个代表,入山去和孙美瑶商议。

欲知后事如何,且听下回分解。

# 第九十二回　孙中山据理争关税　王承斌持强夺印信

田中玉在山东做督军，闹出了这土匪劫车的大案件，自己也觉得无颜对人，政府中发下一道命令来，着田中玉免职。继任山东督军的，便是郑士琦。官匪双方，空气渐渐和缓下来。由政府派代表一人安迪生，山东督军派代表一人陈调元，再派剿匪前敌指挥旅长吴长植一人，入山与孙美瑶磋商多时，才把条件议妥：将土匪编为一旅，任命孙美瑶为旅长，周大松、郭其才二人为团长；先将山中的外国人释放下山，后将中国人释放。那外人一方面，再由中国政府赔偿损失，又向外交团道歉了事。北方的政府，如此无能，一面与土匪讲和，一面与外国人道歉；听在孙中山耳中，更是愤恨，他便与延闿商议，决意欲再与北伐之师。谭延闿说："北伐果然紧要，但粮饷更是重要，如今广东一省的财赋，欲供给各路军的军饷，已是万分困难，如何能再养大兵？"孙中山听了，也觉踌躇不决。两人在屋中低头思索，忽然孙中山一拍手，说道："我已想得了生财之道了！"谭延闿忙问："是何妙计？"孙中山说："我便将广东的海关，收回自主；所有关余银两，全数截留，作为北伐经费，岂不是妙。"谭延闿听了，也连说妙妙！孙中山立召秘书，备一角公文与外交部，嘱令向北京外交团交涉。外交部的公文上说道：

> 敝国关税，除拨偿外债外，所余尚多；此项关余，其中一部分，为粤省税款。北政府以取自西南者，为祸西南；揆之事理，岂得为平？况当一九一九年与一九二〇年间，因广东护法政府之请求，粤海关税，除应还抵押外债部分外，尝归本政府取用。今特援前例，要求外交团，此后所有关余，应一律由本政府取用，不得复拨交北政府，否则当用直接处决方法。惟在此期间，当静候两星期，以待答复。

这一纸公文去后，外交团立刻答复说："外交团无直接承诺要求之理。各任何方面，果有干涉之举，则外交团为保护海关起见，只有相当强迫手段，以为办理。"孙中山看了这几句，不由得大怒起来。一面又有府员前来报告，说："广州洋面，来了许多外国军舰，大概是监督海关示威之意。"孙中山是要做大事的人，如何肯屈伏于外人势力之下，便又立刻发宣言去：如海关不将关余交给广东政府，广东政府便当撤换税务司，又可将南方各港，开辟作自由贸易港，不受条件的束缚。外交团见了这宣言竟又和缓下来。由美国公使出面调停，将广东一部分的关余，每月由海关拨交广东政府财政部领用。孙中山有这一笔进款，便可以兴办各事。他在黄埔地方，设立一军官学校，自己担任总理，由蒋介石担任训练。招收一班青年勇武深明大义的子弟，授以军士学识，不久已大见成效。一面因俄国政府时时派人来讲求亲善，并愿派政治家军事家来帮助广东政府，训练俄国革命的精神。孙中山见俄国革命的事功，奏效颇速。蒋介石在俄国一年,深受他们的军政教育。此时中国也有一班共产主义青年团,仿照俄国的办法,在政治上积极运动,已得了多数青年的同情,势力一天一天的发展起来。孙中山深怕这班有用的青年,误入歧路,便修改国民党党纲,允许共产党加入国民党,共作革新中国政治的运动。一方面使国民党得到共产党势力的帮助,另一方面使共产党也感受三民主义的教化。这个政策,已经国民党开大会决定,虽有一班老党员反对,只因孙中山主张用宽大政策,大家也便无话可说。便是对于陈炯明,孙中山也力主宽大。陈炯明的内部,此时也起了变化:第一,沈鸿英原是桂系的旧人,他此次叛了孙中山,投降陈炯明,驻扎在广东北部,得不到陈炯明的救济,粮饷军火,一无所有。沈鸿英没奈何,又托人来求孙中山,愿依旧服从广东政府,带兵回广西,担任攻打陆荣廷。此时蒋介石在一旁力劝孙中山不可收容沈鸿英。因沈反复无常,不能深信。孙中山对蒋介石说:"我若收降了沈鸿英,便可以抽调西征军队,用全力对付东江。那沈鸿英既入广西,使陆荣廷也有所忌惮。广东北方的人民,也可免得受军队的蹂躏,岂不是一举数善的事体?"蒋介石见孙中山主意已定,也无话可说了。

过了几天孙中山读报纸,忽见上面有黎元洪被逐的新闻。原来直系军人,自从打跑张作霖以后,个个飞扬跋扈,目中无人。此时虽由黎元洪代理大总统职位,他们原拿黎总统当做一个傀儡看待的,一切大权,全操于曹锟一人手中。其实也不是曹锟一人的意思,全是他左右如王承斌、吴毓麟、高凌霨、吴景濂、熊炳琦、王毓芝一班军人政客包围住他。这班人各存野心,一力要把曹锟捧上台去,可以随了他们攀龙附凤之愿。本来黎元洪上台,是补足大总统的任期来的;三五个月,便当任满让人了。在吴佩孚的意思,原也打算待黎元洪任满以后,再把曹锟捧上台去,共势颇顺。谁知王承斌这班人功名的心思太急了,连这三五月也守不得了,大家想法要驱逐黎元洪。独有吴佩孚不赞成这个办法,说黎大总统是俺吴某捧上台的,不得由俺再撵他下台。王承斌在直系军人中,也颇有一部分势力,他见如今吴佩孚得了势,正满肚子妒忌他,因此便在曹锟跟前竭力破坏他二人的感情。吴佩孚此时带兵回洛阳去,便禁止自己部下,不许与闻驱逐黎元洪的事,也不许向政府去索取一官半职。王承斌见吴佩孚不问事,便越发大胆的干起来了。他第一步,便唆使张绍曾率领全体内阁,提出总辞职,要坍黎元洪的台。黎元洪也明知道直系的军人不满意于自己,但要维持政府的威信起见,不能任他们摆布。见张绍曾辞职,黎元洪便立刻批准,一面立命颜惠庆组织内阁。王承斌接着又进一步,指使北京城内外步军警察,要索欠饷,全体罢岗。数千名军警,一齐将一座公府包围住,不放一人出入。从早到晚,黎元洪困守在府中;最后由财部筹得十万元来发放,军警才散开。黎元洪坐着汽车,回公馆去,谁知身体尚未坐定,忽然门外来了二三千个流氓,各个手执白旗,上写"请黎元洪退位"。口中又高呼口号,把一座公馆又团团包围起来。他们口口声声自称公民团,是代表人民公意,来请黎元洪退位。黎元洪到了此时,却也十分强项起来。他说:"我这大总统的职位,是从国会得来的;今天若要退位,也得向国会辞去。什么公民团,他们怎敢侮辱他自己的大总统吗?"说着,喝令将公馆大门闭起,休去理他。这公民团在门外包围到第三天上,连自来水管电线一齐被他们截断了,弄得公馆内无水可喝,无灯可点。黎元洪这才不能不走了,便是陆军检阅使冯玉祥，步军统领王怀庆，见总统如此受辱，自己又无力制止，也齐辞了职。

黎元洪临走的时候，又发出五道命令：第一道命令，是说明此次事变的来原和自己维持政府威信的苦心；第二道命令，是裁撤各处巡阅使督军督理等名目，全国陆军，统由陆军部节制调遣；第三道命令，是免国务总理张绍曾的职；第四道命令，是令李根源代理国务总理；第五道命令，是任命金永炎为陆军部总长。命令发出后，便检出紧要的五颗大总统印，交给夫人带着，先走出公馆，到法国医院中去暂住。这里黎元洪轻车简从的坐一辆平常汽车，赶到前门车站，附搭特别快车，回天津去。谁知火车一进了天津车站，那两旁月台上站满了兵士，枪林剑戟，甚是威严。黎元洪看了，觉得诧异，忙问左右："谁的军队？来此何干？"那左右未及回答，只见一个军官，气昂昂的踱进车中来。黎元洪看时，认识是王承斌。那王承斌见了黎元洪，也不行礼，劈头一句便问："你们把印带走了吗？"黎元洪见他如此无礼，不禁大怒，喝道："你是什么东西，敢来查我的印？"这王承斌竟也大声说道："你是什么东西，敢藏匿大总统的印？"黎元洪左右的人听了，不觉脸上齐变了颜色。黎元洪更其气得讲不出一句话来，只是转过脖子去不睬他。那王承斌又抢上一步，说道："怎么样？你到底还印不还印？识时务的，快快把印交出来！若不识时务，哼哼！俺王承斌眼中是不认识人的！你今天休想出这车站！"黎元洪气得声音打战，断断续续的说道："俺是大总统，应当执掌大总统的印信，你如何配来向我要印。"王承斌冷笑着说道："俺也没有这大工夫来和你说废话！你若不交印，且看俺王承斌的手段！"说着，他伸手向车窗外一扬，顿时上来了二三十个雄赳赳的丘八，个个手执快枪，向黎元洪身前包围过来。那时黎元洪身旁的侍从武官看了这情形，不觉大骇，急上前去拉住王承斌，赔着笑脸，说道："王师长休得如此认真，大总统的印，好好的保存在公府，俺们大总统并不曾带走，请师长快快放俺们下车去罢！"那王承斌听武官的话，脸色略放和平了些，说："你们的话，口说无凭，既是印在公府中，待我打一电报到北京去，俟得了回电，果然不错，再请你们下车也还未迟。"说着传过一个小军官来，大声吩咐他："好好看守着车上的人，若有半点差池，小心你的性命！"那小军官口中诺诺连声，王承斌便长扬下车去了。这里侍从武官，忙用话安慰黎元洪。黎元洪只是叹气顿足，看看车窗外，密密层层的兵士包围着，黎元洪到此时，也只得死心塌地的在车上权宿一宵。到了第二天清早，只见那王承斌手中擎着电报纸，恶狠狠的跑上车来，说："公府中来电报，还缺五颗印，被黎夫人带走，如今要黎元洪出一笔据，问黎夫人去索回这五颗印来。黎元洪手下的秘书，见如此情形，无理可讲，不如早早打发他走了，免得多受气恼；当时把王承斌挡驾在外面客家中坐，自己跑到里面去，再三向黎元洪劝说。又说，倘不交印，怕黎夫人受了惊吓。黎元洪也无可奈河，便由秘书写了一张手条，黎元洪亲笔签了字，交给王承斌。王承斌这才踱进车厢来，喊了一声："黎大总统！"行了一个举手礼。下车，喝令兵士散队，一窝蜂似的出车站去了。

王承斌拿了大总统的印去，便用黎大总统的名义，下一道命令，说："本大总统因故离京，已向国会辞职；所有大总统职务，依法由国务院摄行。应即遵照。"这道命令发了出去，当然有许多人反对；便黎元洪也通电否认。褚辅成率领二百多议员，也在上海发出宣言不承认。尤其是奉天、浙江两省反对得最是激烈。但曹锟的爪牙高凌霨、王承斌一班人,看了反对的电报,毫不在意;他们蓄意要捧曹锟上台,便用银钱的势力去压迫国会议员,由高凌霨与议员头目吴景濂疏通,每一选票三千元,由曹锟收买。这班议员拿了三千块钱,好似卖猪仔一般,把自己的身价卖去;从此后,人人都称他们猪仔议员。这班猪仔议员,大家看钱面上,纷纷都跑到北京来;便在民国十二年十月五,投票选出曹锟为大总统。到双十节这一天曹锟居然进京就任。沿路黄沙铺地,军警夹道。曹锟就任以后,居然也下一道和平命令,说什么本大总统束发从戎,即以保护国家为志;又是什么甚欲开诚布公与海内贤豪更始,共谋和平之盛业,渐入统一之鸿途,巩固邦基,期成民治,这一番官面话。

欲知后事如何,且听下回分解。

## 第九十三回　张培荣计杀孙美瑶　孙传芳逼走卢永祥

曹锟上台以后，为酬劳功臣起见，便派吴佩孚为直鲁豫巡阅使；王承斌为直鲁豫副巡阅使，兼督理直隶军务善后事宜；齐燮元为苏皖赣巡阅使；萧耀南为两湖巡阅使；杜锡珪为海军总司令。这种办法，在直系一方面的人，自然人人满意；独有奉天、浙江、广东一班反直系的军人，如何肯忍下这口气去？便顿时函电纷驰，痛斥曹锟是贿选得来的总统，万不承认。曹锟有吴佩孚这样忠勇的军队，也不怕他们反对。便秘密下令给吴佩孚，嘱他向东北进攻，又令齐赞元向浙江进攻。此时浙江督军卢永祥与江苏督军，为上海军政权的问题，时起冲突。在地理上讲，上海原是属于江苏省管理的；而在人事上讲，上海护军使何丰林，却是与卢永祥一个统系的人，凡有军政要事，何丰林不去禀承齐燮元，却去禀承卢永祥。上海是著名的一个鸦片口岸，每月所得的利益甚厚；而江苏督军却丝毫不得分润，这叫齐燮元如何忍得。便时时有取何丰林而代之的意思。两边却着着设防，处处暗斗。那张作霖远在关外，无法攻击直军；他便私地里去勾结河南著名的匪首名老洋人的，在河南边界起事。一时声势甚盛，从河南攻入湖北省的郧西县，杀了四千人，把尸首抛在黄河里，填成长桥，匪兵踏尸而渡，沿路焚杀劫略，十分惨酷。吴佩孚密电湖北的萧耀南，河南的赵杰，分兵堵剿。这老洋人虽说有二万匪兵，但因缺乏子弹，战斗力远不及官兵，因此四处败走。走到郏县相近，匪中又断了粮食，喽啰们十分饥饿，又是疲倦，便四散去抢劫食物，找房屋住宿。此时官兵向四面迫来，老洋人逃命要紧，不许众匪停留；自己却安坐在轿子里，由四个喽啰抬着，轿中又满贮着食物。众匪兵见如此不平等，便大家愤怒起来，一声喊，蜂拥上前去，各出手枪，围住老洋人的轿子，乒乒乓乓一阵子响，早在老洋人身上打成十七八个窟窿，倒身在轿中死了。他部下的匪兵，也便一哄而散。此时孙美瑶自从充当旅长以后，驻扎在津浦路上，却很肯出力打土匪。那山东土匪，把这孙美瑶恨得牙痒痒的，愈是剿杀得厉害，那土匪愈是闹得凶。竟在各处杀人放火，打教堂，掳教士。吴佩孚看看这情形，疑心是孙美瑶在暗地里指挥的，便有杀孙美瑶之心。如今又打听得孙美瑶暗地里受了彼方的接济，他便秘密打一个电报，给山东的郑士琦。郑士琦又打一个密电，给吴可章团长，令他就近监视。又电兖州镇守使张培荣，派一旅兵，悄悄的向孙美瑶的防地四周包围过来。张培荣却单身到临城地方，孙美瑶和吴可章同是下属，自然前来迎接。张培荣见了孙美瑶，又竭力夸奖他。第二天，张培荣做东，借中兴煤矿公司的客厅设宴，请孙旅长与吴团长。孙美瑶见上司赏宴，觉得十分荣耀，便带了四个卫兵，欣然入席。张培荣的卫兵，将孙美瑶的卫兵，邀在外面，将酒肉款待，里面各军官入席，酒过三巡，张培荣忽然变了脸色，拍案指着孙美瑶喝令："拿下！"孙美瑶急伸手拔手枪时，背后跳出七八个大汉来，将孙美瑶擒住。孙美瑶极口呼冤，便跑过一个刀斧手来，一刀，把孙美瑶的头砍了下来，一面拿出预先写下的告示，贴出去，宣布孙美瑶私通奉系的罪状。又将两团匪兵缴械,给资押送回籍。吴佩孚用这敏捷手段,处置了这两处巨匪;从此威名大震,尤其是犯了浙江卢永祥的忌讳,他便在上海方面屯扎大兵,预防不测。

那齐燮元见浙江军队在暗地移动,便也用计密电福建的孙传芳,将军队渐渐向浙江的边境开拔。这孙传芳虽说已得了福建的地盘,但地方穷苦,又因客军四集,大有群雄割据之势。且帮办王永泉,在省中掌握大权,孙传芳也无利可图。如今齐燮元指示他一条向浙江发展的路,正中他的心怀。孙传芳便向王永泉筹得军费一百万,将自己的部队,陆续向仙霞岭一方面开去。这闽浙边界,忽然来了如许大军,早把地方上人民吓得惊惶失措。便是卢永祥,也万不料孙传芳有如此一着,浙江后路空虚,也不禁忧虑起来。其实,此次孙传芳的调动兵马,他另有阴谋;莫说卢永祥莫明其妙,便是王永泉也被他蒙在鼓里。孙传芳部下有两员战将:一是卢香亭,一是孟昭月,他二人驻扎福州的时候,王永泉心中十分忌惮。如今这卢、孟二人,随孙传芳出发闽边,王永泉好似拔去了眼中钉一般,立刻将他的心腹部将杨化昭从泉州调来,保护省城。王永泉自以为福建全省都在他势力之下,可以高枕无忧了;谁知隔了不久,那周荫人忽来了一个电报,限王永泉在三小时内退出省城。接着,又接到那洪山桥兵工厂的消息,说卢香亭、孟昭月二路军队,行到半路上,掉过头来,以后队作前队,直扑兵工厂;厂内守兵抵抗不住,便被卢、孟二军占了兵工厂去。王永泉得了消息,正要派兵前去救应,忽听得城外炮声连天,那卢、孟二路军队,一从东门,一从西门,杀进城来。城中守兵,纷纷缴械;王永泉也站不住脚了,急率领部下,逃出城去。由杨化昭保护着,向泉州退走,正渡江的时候,那江心中忽冲来二条兵舰,将满江装兵的小船,一齐撞沉,王永泉又折了大部人马。此时杨化昭献计,劝王永泉去投奔厦门的臧致平。杨化昭和臧致平私交甚厚,不难一说便合。臧致平此时守住厦门,但赖世璜从江西杀来,张毅从漳州杀来,他正要望人来援助,见王永泉前来投奔,彼此也不记前仇,合兵一处,抵敌卢、孟二军。谁知孙传芳出兵甚是神速,他又调周荫人大军前来追赶王永泉部下的大将高义,此时忽然哗变。王永泉在厦门又站不住脚,兄弟二人,一缕烟似的向上海逃去,独留了臧致平、杨化昭二人在厦门对付各路的敌兵。无奈此时海军帮周荫人竭力攻打臧、杨二人的部队,那周荫人又秘电洪兆麟,从背后袭攻厦门;臧杨二人,虽是有名的战将,但到此地步,粮尽援绝,已是万难存身。臧致平和杨化昭商议,因与浙江的卢永祥交情甚厚,意欲弃了厦门,投奔浙江去。但此事谈何容易,从厦门到浙江,须冲破许多敌人的阵地,事到如今,也只得拚一拚的了。当是臧致平向众军士慷慨激烈的演说一番,军士们人人怀必死之心,锐不可当,五六千人马,转战千里,杀出一条血路来,居然从广信玉山进了浙江的常山。浙江卢永祥,此时正怕自己的兵力单薄,为齐燮元所乘,忽见臧杨二支雄健的军队,前来投奔,不觉大喜,立刻招待他们来省城休养几天,改编为浙江边防军。臧致平为司令,杨化昭为旅长。这件事体,齐燮元如何肯答应,便打一通电报,劝卢永祥解散臧杨的军队,严守中立,免招嫌疑。卢永祥如何肯听,彼此函电往来,渐渐激烈起来。中间虽经江浙人民奔走调停,但也无济于事,双方军队,竟于九月三日,在黄渡地方,实行开战起来。那时江苏方面,有齐燮元的第六师,杨春普的十九师,白宝山、朱熙、马玉仁三师长;此外还有陈调元等七八个混成旅,以及江宁要塞司令宫邦铎的部下。浙江方面，除臧、杨二军，与卢永祥的第十师以外；有第四师陈乐山，浙军第一师长潘国纲，第二师长张载阳，以及上海的何丰林军队。苏军四万人，浙军夺万人，在宜兴浏河、嘉定、黄渡一带，战得十分凶猛。正在相持不下的时候，那浙江内部，忽然起了重大变化。浙军第一师长潘国纲，原出发浙边，抵敌孙传芳军队的，此时忽然总退却，纷纷回扑浙江省城。卢永祥站不住脚，连晚逃到上海，称为移沪督师。孙传芳得了这个机会，便指挥大军，长驱直入，从衢严之江上游，进至杭州。杭州官绅，一律欢迎，从此，孙传芳居然做起浙江的督军来。卢永祥和何丰林在上海一隅地方，原不能久守的，他们一面通电下野，一面向日本一溜，把江浙两省的地方，糟踏得一塌糊涂。

孙传芳在浙江地方养精蓄锐，声势一天盛大似一天。不久，那苏、浙、皖、闽、赣五省打成一片，他自称五省联军总司令。孙传芳是一个有计谋的人，平日准备实力，扩张地盘；一面又联络吴佩孚，暗地里又派代表到东三省去，解释前仇。五省的兵力，实有二十万人以上；他部下心腹大将，便是卢香亭、谢鸿勋、郑俊彦三人。除吴佩孚以外，他居然养成了第二个大军阀。孙中山常对左右说。要实现三民主义，统一中国政权；第一，非打倒这二大军阀不可。当时谭延闿、蒋介石二人献计，用远交近攻的策略，秘密派代表去，和东三省张作霖联络。此时张作霖吃了直系军人的眼前亏，一肚子怨气，正无处发泄；见有孙中山来联络他，便万分欢迎。孙中山又说他夹攻直系军人的策略，张作霖更是欢喜。孙中山便分别派遣代表，谭延闿、樊钟秀二人，秘密运动湖南、河北两省的军队，进攻江西；又派焦易堂去游说胡笠傅、冯玉祥、孙禹行各路军人，反攻吴佩孚。那段祺瑞的旧部，也日夜会议，要恢复他日的势力。孙中山知道了，也派人去帮助他，运用机谋。在孙中山唯一的目的，便是打倒军阀，统一中国。此时吴佩孚和曹锟二人，还睡在鼓中。第一个便是奉军入关，吴佩孚自视不可一世，便召集各路军队，对付奉军。谁知冯玉祥此时已受广东的运动，出其不意，在京津一带，反戈相向。吴佩孚败退武汉，段祺瑞乘机入北京，将曹锟幽闭在延庆楼上，自称临时执政，居然也组织政府。张作霖进关，彼此商量时局办法；段祺瑞因欲收服西南人民，便打一电报与孙中山，请孙中山速赴北京，会议政事。又派专使到广东劝驾。孙中山未动身以前，便发一宣言，主张召集国民会议，打倒帝国主义，及为帝国主义做走狗的中国军阀，废去不平等的条约。这几件大事，段祺瑞绝对赞成，又雪片似的函电邀孙中山北上；孙中山便与广东各同志开会讨论，又将军事交与蒋介石，党事交与廖中恺，政事交与胡汉民，在十一月中离开广州。先到上海，休养几天；因有要事，又往日本，从日本转至天津。段祺瑞在北京，正预备盛大的礼节，欢迎孙中山先生；谁知孙中山因多年劳苦，忧虑伤肝，忽然肝病大发。此时，中山夫人宋庆龄、宋子文、吴稚晖、孙科许多重要人，都在左右；见孙中山的病势十分凶险，大家商议，将中山送到北京协和医院中去医治。那医生是美国人，用心诊察，说孙先生患的是肝癌，最是难治，惟有镭锭可以治疗。最妙莫如割治。那镭锭是最尊贵的药物，孙中山服下药水，果然稍觉平安；但因病人身体十分虚弱，病势转眼又沉重起来。中西医生，都无法可想。宋庆龄用病车，将孙中山扶回北京铁狮子胡同行辕中，延至三月十二日午前九时半，便去世了。临死时口传遗嘱两道：一是关于家事的，一是关于国事的。那关于国事的遗嘱道：

余致力国民革命凡四十年,其目的在求中国之自由平等;积四十年之经验,深知欲达到此目的,必须唤起民众,及联合世界上以平等待我之民族,共同奋斗。现在革命尚未成功,凡我同志,务须依照余所著《建国方略》《建国大纲》《三民主义》及《第一次代表大会宣言》,继续努力,以求贯彻最近主张,开国民会议,及废除不平等条约。尤须于最短期间,促其实现。是所至嘱!

欲知后事如何,且听下回分解。

# 第九十四回　写遗嘱总理逝世　设公祭指挥行军

此次随同孙中山在北京的，除宋庆龄、宋子文、孙哲生、孔庸之以外，重要的党员，如汪精卫、吴稚晖等，也有二三十人。孙中山去世，真是全国震悼。汪吴几个人，便在铁狮子胡同行辕中，立起治丧事务所来，汪精卫主持一切。那时段政府也派代表来，料理丧事，并由北京政府致唁万金。汪精卫与诸同志议决，不受北政府的吊仪，拒绝政府中人的帮助，纯粹以党的仪式，收殓孙总理的尸体。用玻璃棺材，装置遗体，并由外国医师，用手术除去脏腑，加入防腐剂，使遗容永古如生。又因孙中山遗嘱，死后欲建坟墓在南京紫金山；眼前南北交战，道路阻隔，一时不能运柩回南，便择定日期，将灵柩移至北京西山顶上的碧云寺暂厝。出发的一天，中外官民送丧的，足有三四十万人，人头济济，蜿蜒数十里，沿途哀音迭奏，步伐整齐。灵柩前后，尽围绕着家族和党员，一路挥泪不止。吊客中此时在北京最有权力的，便是冯玉祥和胡景冀二人了。冯胡二人，经黄郛、焦易堂、柏文蔚、李烈钧、李石曾数人分头劝说，也信仰了三民主义。因此反抗吴佩孚，占领了京津一带，囚禁了曹锟，捧上了段祺瑞，驻兵在旃檀寺。政府号令，差不多都是冯玉祥一个人的意志。最快人意的，便是杀死了李彦青。这李彦青原是曹锟的娈童，他仗着主人的威力，大弄权势，从中贪赃枉法，吞没军饷，无恶不作。此次冯玉祥进了北京，便命他部下的司令鹿钟麟，将李彦青从妓女花春宝房中捉出来，押赴天桥枪毙。便是曹锟的弟弟曹锐，也被冯军捉去，私地里吞下孔雀胆自尽。从此冯玉祥的威名大振。冯玉祥一不做二不休，他想那宣统废帝，留在宫中，总是中华民国前途的大障碍。他便发了一个密令给鹿钟麟，命鹿率领军士，趁清晨时候，打进宫门去。那宫中的太监宫女，见了兵士，四散奔逃。鹿钟麟揪住一个太监，喝令他领路。走到宣统的内宫，见那宣统皇子正和几个宫女姬妾们，在院子里踢球玩耍。宣统皇后，坐在屋子里，手捧一本英文书，在那里诵读，一臂拿一个鲜红的苹果，送近她朱唇边咬着吃着。一见了鹿钟麟和兵士，忙把那吃剩的苹果丢在桌上，转身扑在她管宫的妈妈怀中。鹿钟麟也不便多说话，只喝令宣统从速收拾细软，快带领妻小，离开宫廷。宣统也无话可说，只得略略收拾几件衣物，由太监们拿着，率领他妻妾师傅们，后面跟着一大群宫女，仓皇奔出宫去。坐一辆汽车，星夜逃到天津住下。这里冯军尽行将宫女太监驱逐出宫，一面由李石曾、吴稚晖来检点遗物，分别封存。那宣统帝平日最爱做几首歪诗，写几封情书，当时搜出来的情书淫曲，实在不少，这也不必多说了。

吴佩孚在山海关与奉军死战，听说冯玉祥已入据北京，一时军心摇动，从滦州退至天津。那山东郑士琦又将津浦路截断，吴佩孚立脚不住，便坐着决川舰，逃到洛阳，又遇到阚玉琨迎头一仗，吴佩孚丧失了精锐，逃到信阳的鸡公山去暂守。后来，幸得江南的孙传芳、齐燮元，助他一臂之力，吴佩孚又改变政策，与张作霖联合，专打冯玉祥。冯玉祥急退出北京。奉军入了北京，放出曹锟，吴佩孚迎曹锟到开封去，替他做寿压惊。

但此时南方势力一天扩大似一天，蒋介石自孙中山离开广东以后，便承袭总理的力量，成了党政军民各方面的中心分子。这蒋介石的得孙中山重用，固然因孙中山在广州军舰中遭难的时候，蒋介石能不离左右，定计画策，帮助孙中山出了险地。又因孙中山在民国十二年秋季时候，派蒋介石到俄国去考察，到十二月回国报告，此时蒋介石又增长了不少学识。孙中山欲亲手训练成一支明白党义的党军，便设立黄埔军官学校。孙中山自任总理，蒋介石充校长，廖仲恺充党代表。校中重要职员，如戴传贤、王柏龄、李济深、何应钦、俞鹏飞一班人，此外汪精卫、胡汉民、邵元冲，都是重要讲师。第一期学生，从三千余有学识胆量的青年中，取得了五六百人，六月十六日开学，十月三十日毕业。另招第二期学生四百人，将两期毕业生，组织成第一、第二两教导团。第一团长何应钦，第二团长王柏龄。这实在是党军的基本部队。此时学生军已发生了极大的效力，第一功，便是蒋介石带了学生军，解决商团的事体。那时陈炯明困守惠州，时时不忘广州繁华的地方，他此时忽想利用广州汇丰银行的买办陈廉伯。这陈廉伯，是广州的财神，他一方面和外国商人通声气，操纵广东全省的金融。他原与陈炯明深交，廉伯的弟弟陈恭受，在广东商界中，也是十分有势力的。此时恭受充当广东商会会长，他弟兄二人，便在暗地里替陈炯明出着力，又替陈炯明去运动外国商人。外国人愿供给大批军火，又担任大批饷银，只须陈炯明打跑了孙中山，使外国商人得在中国地方自由行动便好。这陈恭受身为商会会长，便假募集商团的名义，招兵买马的大弄起来。如此大事，如何瞒得人？那孙中山早已得了消息，却悄悄的派人到海关上去密查，果然查得大批军火，正欲起运。孙中山传令，将军火全数扣留。陈氏兄弟见事机败露，便利用商民，使广州城内外商家一律罢市。孙中山也毫不畏惧，便令学生军出动，到各处街道上去，勒令开市。谁知此时外国领事，忽然横加干涉，通牒给孙中山，说："如果政府军队蹂躏市场，外国海军，亦当帮助商团，抵抗政府。"孙中山置之不理。后来那陈氏弟兄不知怎的，去运动了刘震寰、杨希闵两个军界要人，来替陈廉伯说情，并担保陈氏弟兄没有反叛行为。孙中山因刘杨二人，是多年的革命同志，又是得力人物，如何不卖这个交情，便立刻先发放一部分枪械，交给商团领去。谁知商团得了枪支，便约定在十月十日起事，攻击孙大元帅，另立商人政府。那双十节的清早，广州城中各大街上，已发现骚动的形状。孙中山得了消息，立刻飞调蒋介石，率领学生军五百人，入市街猛攻。一时血肉横飞，墙坍壁倒。商团的人，倒死在路上的，触目皆是，人民无辜送去性命损失财产的，更不必说了。一场大祸，立刻瓦解冰消；政府中人，互相庆幸。独可惜那繁盛市街，顿时变了一堆瓦砾场。

蒋介石自从此次立功以后，孙中山愈是看重他，便是孙中山逝世以后，蒋介石也以继续革命自任。他要鼓励军心，又要追悼孙总理起见，便率领全班黄埔学生军和各路军队，在行营广场上行祭礼。读着祝文道：

维中华民国十四年三月二十三日，麾下东征军总指挥蒋介石，率领全军同志，谨以醴牲香花之奠，掬诚致祭于本党总理护法政府大元帅孙公之灵曰：呜呼！一代人豪，正多阨塞；百年虏运，终见摧颓。扬汉族之声威，欃枪未扫；

慨神州之陷落，櫜鞬弥亲！覆秦三户，奴痛依然；苏后子黎，生机乃蹙。出师未捷，忧日遽倾。全军既感切何依，本党尤促靡所骋。望京华而不复，酸搅中肠；抚杯棬兮如新，恭承末命。呜呼！指盟白马，深惭负弩前驱；痛饮黄龙，所望灵旗陟降！不逢不若，来格来歆！呜呼哀哉！尚飨！

蒋介石读过祭文以后，接着便是一番悲壮沉痛的演说，兵士们听了，人人感动，泣不可仰。祭礼才罢，便得前线密报，说："陈炯明自称救粤军总司令，来攻广州。"广东政府中人，连夜开秘密会议，决定不待陈军发动，先出兵征东江。统计在革命政府指挥下的军队，有许崇智的粤军，谭延闿的湘军，杨希闵的滇军，刘震寰的桂军，朱培德的建国第一军；此外在江西、湖北、河南，遥为接应的军队，共有十余万人。蒋介石便分配用滇军去攻林虎防地，用粤军去攻海陆丰、潮汕一带洪兆麟的防地，用桂军直攻惠州的陈炯明，黄埔两教导团，加入粤军中作战。谁知道一班黄埔学生，竟好似初下山的猛虎一般，奋勇杀敌，所向无前，第一步，便占领了东莞。敌人向广九路退却；桂粤两军，沿铁路追杀，陈军完全退出。学生军又由广九路转战入淡水、平山，陈炯明派兵救援，又被粤军第二师击败，敌人退入淡水，闭城坚守。粤军与学生军将淡水城严密包围，洪兆麟自领大批军士，来战粤军。此时蒋介石兼任粤军参谋长，探得敌人消息，便下令务须乘敌人救兵未到以前，将淡水城攻破。在黄埔教导团中，选敢死勇士一百零五人，临时编成奋勇攻城队，限天明以前，须攻破城池。敢死队异常踊跃，由蒋亲自指挥，开炮掩护；何应钦奋臂大呼，率领敢死队，直冲至城下一百米突地方。团党代表缪斌、团副王俊，营长沈应时，尤能奋不顾身冲入火线中。后面敢死队如潮涌一般上去。大喊一声，那第一团的掌旗士，第一个抢到城墙脚下，各战士搭成人梯，爬上城去。后面粤军第二师第七旅，乘势直上，城中守兵，纷纷逃走。前后只九十分钟时间，便将淡水占领，从此黄埔教导团的威名大震。但到了第二日，陈炯明的救兵齐到，又将淡水城团团围住；蒋介石此时反客为主，形势十分危险。幸得粤军第二师出城应敌，从辰时苦战到傍晚，粤军中子弹不济，看看要败退下来了，蒋介石急令教导第一团守城，第二团由何应钦率领，杀出城去救应。炮火密集，彼此夜战，陈军渐渐不支，向后路退去。何应钦如何肯罢休，立督学生军追击，遇洪兆麟，在平山大战，只二小时，洪兆麟也不支，退出平山、白芒花一带。粤军与教导团，便驻扎在平山地方。

这右翼军已深入敌阵，那边攻惠州的桂军，以及攻兴宁的滇军，依然未动。蒋介石到此时，知道只有粤军及黄埔教导团一路可靠，便下紧急令，分粤军与教导团为两路。粤军在三多祝大败了敌人，教导团也在赤石圩杀退了敌兵，合力于二月二十七日攻下海丰城，合兵一路，向潮汕杀去。在三月七日，又得了潮安、汕头一带，洪兆麟败兵向粤闽边界退去。蒋介石正得意时候，忽得刘震寰、杨希闵二部兵变的消息。刘杨二人，暗地与云南唐继尧约定，用副元帅的名义，迎唐继尧来广东。范石生一部，也由东江撤兵从广西回云南去，那滇军也和林虎订了密约，倒戈过来，攻打粤军。林虎又从后路杀来，洪兆麟另率新军，从前方反攻。蒋介石三面受敌，坐困绝地。幸得蒋介石在得海丰以后，自知孤军深入，犯兵家之忌，便发密令，预调江西第一师粤军陈名枢和广州警卫军吴铁城前来东江策应。一转身间,那林洪两敌兵,反处于前后夹攻的地位。何应钦率领教导团至和顺,与敌兵相遇,敌兵万余人,何应钦部下只一千余人,那敌兵移山倒海一般围攻前来,教导团奋勇抵敌,第一营兵士,已死亡三分之一,教导团军官阵亡的前仆后继。无奈众寡不敌,渐渐败退下来。何应钦见形势十分险恶,急下令总预备队长刘峙,率兵一连,向敌人反攻。炮兵又向敌人奋击,敌人旋进旋退,何应钦被围在垓心,苦战至十二小时,那总预备队的兵士,已尽数加入,形势仍是险恶。幸得粤军第七旅从侧面杀来,帮助第三营杀退敌人。此时右面危险时期已过,何应钦亲自赶到左面助战,猛力反攻,仅得夺回原来的阵地,谁知右面失去了何应钦指挥,那粤军第七旅和教导第一团三营兵士,又败退下来。

欲知后事如何,且听下回分解。

## 第九十五回　廖仲恺遇仇遭惨杀　何应钦初战立奇功

可怜何应钦辛苦教练出来的黄埔教导团三营兵士，如今在棉湖地方，和十倍以上的敌人苦战，从上午四五点钟战起，直战到下午三时，全军死伤殆尽。何应钦正指挥部下，抵御左面的敌人，那右面正面，已无一兵，敌人乘胜直入，包围团部。何应钦只剩了数十名士兵，还是大声呐喊，奋力死抗。眼见敌兵如潮涌一般冲杀过来，在暮色苍茫中，忽听得敌军后路喊声大起，尘土蔽天，原来教导第二团，从鲤湖杀来救应。敌军在黑暗中，不敢恋战，急急退去。何应钦绝处逢生，党军亦转败为胜，蒋介石因林虎、洪兆麟二部大本营未破，便重复召集黄埔学生军及粤军。一日行一百二十里崎岖的山路，直趋五华城。城中敌兵，竟未觉得，待枪炮齐发，学生军奋力冲击，城中守兵大乱，弃城而遁。只二小时，何应钦便将五华城占据。蒋介石直驱兴宁，林虎被围在城中，蒋又调粤军第一旅对付水口敌军，林虎军首尾不能相应，水口敌兵先败，学生军猛力攻城，林虎部下闻水口已失，便无心应战。学生军乘胜自南门攻入，林虎从东门逃去。洪兆麟此时正反攻潮安，又被粤军第二师击败，林虎逃至江西，洪兆麟逃至福建边地。至此，第一次东征，已告一段落。

蒋介石因刘震寰、杨希闵已发生变化，刘杨二人，与敌方往来密电，已被粤军搜得。刘杨二军，驻扎广州，实为心腹之患。蒋自为总指挥，将黄埔学生军，改为党军第一旅，随同粤军回兵广州，令投降的陈军，驻扎潮梅一带。何应钦统率党军，陈铭枢统率粤军，吴铁城统率警卫军，齐趋广州北郊。一面，又调北江湘军、建国军，由粤汉路南下。李福材部，又隔江助战，在西江的粤军，又沿广三路杀来，海军由鱼珠炮台炮攻广九路敌军。黄埔军与敌人在瘦狗岭大战，藉炮火掩护，乘机渡河，在广九路一带，奋力肉搏，交战甚力。粤军施放大炮，敌军师长赵成梁中弹而死，敌人阵线动摇，纷纷向广州市内逃遁。党军直追入市中，滇桂军又退出市场，向西郊外奔逃。后面朱培德预先埋有伏兵，尽起而包围之，敌军陷入绝地，纷纷弃械投降。此次倒戈的滇桂军，共有五六万人，竟被少数的粤军，及学生军，在二十四小时内，完全消灭。蒋介石始无内顾之忧。此时大元帅孙中山去世，副元帅唐继尧又叛变，被范石生、黄绍竑两人打跑了。外交总长伍廷芳因广东内乱，气愤而死。广东政府，已是残缺不全。趁此时机，蒋中正与各要人商议改组，称国民政府，行委员制，各省设立委员会。国民政府军队，须受党的指挥，党权高于一切；军队改称国民革命军，军人即为党员，各军师旅团部，都有党代表监督。军人军士，共有七十万人，分为六军，何应钦为第一军军长，谭延闿为第二军军长，朱培德为第三军军长，李济深为第四军军长，李福林为第五军军长，程潜为第六军军长。廖仲恺为政治委员主席，蒋介石为军事委员主席。廖仲恺为孙中山共同组织兴中会，奔走革命，已有悠久的历史，他又能不避劳苦，不畏危险，与汪精卫、蒋介石，同称革命三杰。他夫人何香凝，又是光明磊落的一位女丈夫，且又长于吟咏，善于绘画。夫妇二人，出则议论国事,入则调铅敲诗,十分风雅。而生性又十分高洁,生平疾恶如仇。廖仲恺此时兼着广州市国民党党代表,何香凝也当一名委员;二人处置党务,十分清正,因此招了许多仇家。汪精卫、蒋介石、廖仲恺三人,时时接到匿名的恐吓信,说要用激烈手段对付,他三人都一笑置之。谁知在民国十五年八月二十日的上午九点钟时候,廖仲恺乘车到中央党部去办公;车门开处,廖仲恺正俯身走下地来,忽横路里冲出六七个短衣凶徒来,举枪便放。一阵枪响眼前烟雾迷漫,廖仲恺身上早已中了七八枪,倒身在血泊中死了。凶手见达了目的,便四散奔逃,卫兵奋力追赶,只捉了一个凶手。此时何香凝已得了消息,急急带了儿女赶来,已是不及了。何女士抱尸大哭,蒋介石、汪精卫二人也赶来,见廖仲恺死得可怜,不禁顿足大哭。一面即派人办理丧事,一面又组织一个检察委员会,审问凶手。那凶手竟说:"廖仲恺是人人要杀他的,如今俺们将廖仲恺打死了,香港方面,可以赏二百万两银子。"这时蒋介石才知廖仲恺是死于香港帝国主义势力之下的。因此他决定打倒帝国主义,与打倒北方军阀,同时并进。而欲打倒香港的帝国主义,非先解决了陈炯明不可,因此,他决意再兴第二次东征的战事。将东征军编成三个纵队:第一纵队长何应钦,第二纵队长李济深,第三纵队长程潜。蒋介石任总指挥,胡谦为总参谋。何应钦率领第一师、第三师及警卫军进攻,占住海丰城,令第三团长钱大钧守城;不料洪兆麟率领三四千人连夜来攻海丰城,钱大钧奋力与敌夜战,战至天明,杀死敌人甚多,洪军势不能支,且战且退,党军进至河婆地方。同时程潜前取五华,虽在河源失败,又被敌人切断后路联络线,但程潜勇猛向前,挥军直进。那蒋介石得塘湖党军被围的消息,便急往救应。蒋介石见华阳形势共险,便亲往督战。敌人以四倍之师,前来围攻;蒋急调第十一师及右翼冯铁裴军,包抄敌军后路,策应华阳。此时程潜军已到达五华,敌人军心动摇,立即败退。第一军团长刘峙,与洪兆麟在河婆对垒,刘团长亲自用机关枪扫射,又发重炮打敌人的后方。洪兆麟败不成军,第一纵队乘胜攻得兴宁、梅县、大埔一带,广东东部陈炯明的势力,完全消灭。

此时杨坤如死守惠州,惠州是陈炯明的根据地,蒋介石此时亦以解决惠州为第一着。但惠州城池,十分坚固,三面临水,不易近攻,因此,自唐朝以来,未尝破城。蒋介石存必取之心,便令何应钦任攻城军总指挥,从十月十三日起,飞机野炮,同时攻击。第三师攻南门西门,第二师第四团攻北门,炮兵也攻北门,因北门外有陆地,易于近攻,城内回击的炮火,亦甚猛烈。第四团团长刘尧宸,因奋不顾身,便阵亡;部下兵士,死伤累累。何应钦另组织攻城奋勇队,亲自率领伏至北门城下,候炮火密集时,即齐起冒弹烟前进。后面蒋介石亲自指挥,用重炮掩护。攻城队已达到城下,同时炸弹齐发,只听得大声震天,北门城垣,坍下一角,第四团一部分兵士,蛇行而上。守兵急随杨坤如逃出水城门,向东退去。这座在历史上的名城,党军从午后二时开始攻击,至三时五十分钟,即行陷落。东征军见时机不可失,即乘胜追击洪兆麟、李易标两军。又令陈铭枢、俞作柏二人驱逐南路陈军。此路为陈部下邓本殷军队,陈铭枢勇猛杀敌,势如破竹,先得廉州,再得钦州。桂军胡宗铎部,从广西截击;邓本殷势穷力促,遁入琼州老巢去。琼州系一海岛,四面环水,蒋介石便令第四军担负肃清琼州。邓本殷被第四军东西追杀,单身泛海逃去。从此广东全省,完全统治国民政府之下,蒋介石率领各路军队,凯旋广州。那广西也前来归附,广东政府中人才愈多,势力愈大。十五年一月,在广州举行第二次全国代表大会,蒋介石提议充实党军基本,继续出师北伐。此时除原有六军外,又加入李宗仁广西军队,为第七军;唐生智的湖南军队,为第八军。

这唐生智如何也加入了北伐军?只因此时吴佩孚与奉天张作霖联合,夹攻冯玉祥;冯玉祥此时已信仰三民主义与广东联络,也称为国民军,驻扎在热河、张家口、甘肃、陕西一带。冯玉祥是吴佩孚一手提拔的人,如今忽然倒戈相向,吴佩孚恨他反覆无常,宁与仇敌张作霖联合而对付冯军。一方面又与孙传芳、张宗昌、周荫人、萧耀南联合而对付湖南、福建,间接以压迫广东国民政府。吴佩孚在汉口组织总司令部,孙传芳自称浙、闽、苏、皖、赣五省联军总司令,张作霖却称东三省保安总司令。这三位司令,各据一方,声势煊赫,大有并吞广东政府之势。他们间接向蒋介石挑战,便运动赵恒惕驱逐唐生智。唐生智部下只有第四师一师兵力,而吴佩孚方面却有叶开鑫、马济、刘志陆、唐福山、李倬章、宋大霈、王都庆、董政国、陈嘉谟,以及海军第二舰队,水陆并进,大军压境。唐生智力不能支,退守衡阳。赵恒惕遂重做他的湖南督办。——当初赵恒惕原是被唐生智逼迫下野的,如今赵恒惕便引吴佩孚的北军入湖南,而重复夺回地盘。——唐生智投入蒋介石部下,党政府因湖南若有失,两广便受影响,更决计援助唐生智,与吴佩孚交兵。蒋介石亲往督师,在未出发以前,分配李济深坐镇广州,何应钦移防潮汕,第二军则扼守韶关,遥与赖世璜师相呼应。张贞独立团,便当防守福建之任,使孙传芳的兵队不敢从江西、福建袭党军后路。又调第三、第六两军,驻扎湖南南部。诸事停妥,蒋介石率四、七、八三军,约五万人,出动于长沙、衡阳一带。适值湖南涟水大涨,北军料唐生智无舰队,不能飞渡,那军事长官,各赴长沙、汉口游玩去了。谁知此时蒋介石突然下令,分四路奋力进攻,李品仙为第一路,攻湘潭,第四军张发奎一师助之;何键、刘兴为第二路,偷渡涟水前进,第七军胡宗铎、钟祖培为第三路,攻宁乡包抄长沙;陈铭枢、周澜为第四路,出茶陵,以攻醴陵。第一路有张发奎的铁军,去得如迅雷不及掩耳;那第二路偷渡涟水,作背水死战,都凶猛不可当。吴佩孚虽有兵舰,此时已失其效力,党军先取湘潭进迫长沙。叶开鑫军退出长沙,守住岳阳;唐生智又进迫岳阳,北军大队开到,由李倬章指挥,因地势关系,双方均力争东路平江方面。党军欲取得平江,抄过汨罗江后面,既可避免海军的攻击,又是取岳阳的捷径。蒋介石调第七军李宗仁,第八军唐生智,下总攻击令,与敌人死战。此时湖南农民,心向着党军;李宗仁利用农民敢死队,便衣袭击北军,使北军防不胜防。农民又为党军作侦探,作向导,党军着着胜利,北军着着失败。最后,董政国不得不放弃岳阳而退入湖北。

此时吴佩孚正为联合奉军,奋力击败南口的冯玉祥军队。忽得党军占据湖南的消息,他急回兵,离开长辛店,迅速南下,令部下大将刘玉春星夜赶至汉口。此时党军已突破北军湖北阵线,而攻入羊楼司、通城一带地方,沿武长铁路进展,在汀泗桥遇到北军劲敌。汀泗桥是天险所在,三面环水,一面又有高山作屏障,仅西南端有一线铁路可通。吴佩孚便令刘玉春死守此桥,蒋介石千里行军利于速战,便分配军队为四路,合力会攻汀泗桥。第一路,以第四军陈铭枢、张发奎两师,由崇阳通山抄袭汀泗桥;第二路,以第七军速取蒲圻,会攻汀泗桥;第三路,以第八军之一部,助第七军由蒲圻会攻汀泗桥;第四路,以第八军何健、刘兴二师,沿江而下,直取嘉鱼,包抄汀泗桥。北军疏于崇阳的防务,被张发奎的铁军,冲破通山,竟以数百人攻下汀泗桥。北军见党军如天上来,一时手足无措,纷纷退却。吴佩孚大怒,即手斩败退之旅团营长九人;各军分配大刀队,押阵,如有退却的,一律斩首。刘玉春救兵已到,各路北军便乘夜猛攻。张发奎前锋因前进太猛,失却后方联络,今见北军用大队反攻,只得退出汀泗桥。

欲知后事如何,且听下回分解。

# 第九十六回　**刘玉春坚守武昌城　孙传芳兵退沪宁道**

党军既得了汀泗桥，重复失去，如何肯干休？陈铭枢又添生力军，再行猛扑；此时第七、第八两军，亦已赶到，炮火连天，积尸成山，苦战了四小时，汀泗桥又入于党军手中。吴佩孚又调马济武卫军赶到，再行反攻；巨炮机枪，连声不绝，党军因久战力疲，此时唐生智、陈铭枢、张发奎各军，各当一方面，不能救应，幸得王柏龄的总预备队加入战线，再行猛扑，在汀泗桥、贺胜桥间，苦斗终日。党军纪律甚严，如有退后的，立刻枪毙，因此人人怀必死之心，奋勇直上，视死如归。第四军深入敌阵，敌不能支，纷纷向武昌城外的纸坊市退去。党军进占汀泗桥，一面分派军队，追踪前进。吴佩孚得了兵败的消息，立派刘玉春、张占鳌前去助战；又派张其煌督阵，如有退却的，立刻斩首。那张其煌站在高处，用望远镜四面察看，只见战线上炮火弥漫，那身穿绿衣的党军，如蜂拥而至，纵横驰骤，所向披靡。刘玉春用大炮猛攻，党军前仆后继，尸如山积。那党军皆踏尸而过，猛烈的炮火，竟不能阻住他前进。北兵大败，虽有大刀队在后面拦杀，但溃兵势如潮涌。便是刘玉春也站不住了，急急退入武昌城中，在洪山上安置大炮，分兵守住各要隘。吴佩孚又调靳云鹗为武汉警备司令。靳部下高汝桐，却是一员战将，他军队称铜帽军，与刘佐龙合力守住汉阳。武汉三镇，是长江的心腹，吴佩孚欲以死力守之，党军亦欲以死力攻之。当时蒋介石又将军队分配为三路：中路李宗仁，专攻武昌；左路夏斗寅，专攻汉阳；右路唐生智，专攻汉口。中路李宗仁战争最力，武昌城素称难攻，城上大炮不停的轰打，而党军坚守阵地，毫不畏怯。李宗仁亲率士兵，三次猛扑，死伤革命军人无数。同时蒋介石带精锐之师，占领洪山炮台，北军纷纷退进城去。城内蛇山炮台，又猛射洪山上的党军。此时武昌城上的大炮机关炮，也齐向洪山打来。蒋介石站在山顶上，兀立不动，党军死在炮火之下的，漫山遍野，但终不肯退。又时时从洪山发炮回攻城中，城中四处被火，人心顿时慌乱起来。蒋介石下令，各军同时围攻武昌城，令参谋长白崇禧往来督战。蒋介石又派人秘密进城去，运动刘佐龙，在夜深时，突然兵变，围攻兵工厂。高汝桐的铜帽军，也守不住了，纷纷退出，刘佐龙便开城迎接党军。吴佩孚由靳云鹗保护，退往孝感，独刘玉春部下三万人，坚守武昌，任党军在城外猛攻，他总坚守不去。吴佩孚又密电刘玉春，嘱他死守武昌，牵掣党军。蒋介石派人去劝刘玉春投降，刘态度甚是强硬，说愿与城中人民同归于尽。党军便着手围攻武昌，四面用炮轰击，天空中又有飞机，抛掷炸弹，每日从朝至晚，不停的围攻。但刘玉春竟能坚守不退，从十日至二十日，又至三十日，城中人民兵士，死伤日众，粮尽援绝，甚至将草根树皮充塞饥肠。城外党军，掷面粉鱼肉至城中，劝他投降，刘玉春终不肯屈，他一心希望吴佩孚的救兵开到。谁知吴佩孚此时自顾不暇，他发令卢金山、张联升二军，前往救应武汉，卢、张二人，抗不奉命。又希望杨森从四川出兵，但此时四川刘湘已通电声讨吴佩孚，杨森虑刘湘军包抄他的后路，也只得按兵不动。那党军一方面围攻武昌，一方面又调后路军队兼程而进,追踪至武胜关。吴佩孚坚守关隘,但关内樊钟秀的军,早已与党军联合。此时樊钟秀又运动吴佩孚部下庞炳勋的军队倒戈,吴佩孚猝不及防,立调田维勤军前来对付庞军。谁知田维勤与寇英杰正因争夺河南地盘,互相残杀。靳云鹗见吴佩孚大势已去,便又脱离吴的统系。吴佩孚见众叛亲离,便欲退回保定、大名去保守北方的势力,谁知保大一带,已有奉军驻守。此时吴佩孚派人去与张作霖商量,张作霖坚不肯让。吴佩孚没奈何,只得死守信阳。那刘玉春、陈嘉谟在武昌城中死守,兵士死亡的日多,炮弹也完了,粮食早绝了,便在十月十日,被党军攻进城来,活活捉去。党军吕超、贺龙等军队,驱逐王都庆、于学忠残部,两湖地盘,此时全入国民政府之手。

党军初出发时,曾有三种口号,说:打倒吴佩孚!联络孙传芳!不理张作霖!这原是离间北方军阀的一种策略。如今吴佩孚既被打例,第二个便要轮到孙传芳了。孙传芳此时自称五省联军总司令,守着人不犯我,我不犯人的政策。但到此时,眼见吴佩孚已一败涂地,党军渐渐进逼,他五省地盘,将不可保,便趁蒋吴交战的时候,他便派江西唐福山的军队侵入湖南。而第四师谢鸿勋在江西,第十二师周荫人在福建,都作积极准备。孙传芳部下大将卢香亭,主持对党军战事的全局。蒋介石便调第二、第三、第六军,攻击江西,令何应钦任东路总指挥,率领谭曙卿、张贞二部,会攻福建。孙传芳见战事扩大,便将五省兵力分配为六个方面:第一方面司令邓如琢,部下为唐福山、蒋镇臣、杨如轩、杨他生、张凤岐、刘宝题等;第二方面司令为郑俊彦,部下为李彦青、王良田等;第三方面司令为卢香亭,部下为谢鸿勋、周凤岐、李俊义、杨赓和杨震东等;第四方面司令为周荫人,部下为张毅、李凤祥等;第五方面司令为陈调元,部下为王普、马祥斌、刘凤图、毕化东等;第六方面司令为颜景崇,部下为马登瀛等。全数军队,约近二十万人。最初布置,是以第一方面,抵江西南部,及萍乡两路的党军;第二方面,专任攻击策应第五方面,救应武汉;第三方面,为主力军,由修水、铜鼓出两湖,直击党军。周荫人一军,欲乘虚攻入广东,但国民政府也深明敌情,便令李宗仁扼守长江,程潜由平江攻修水、铜鼓,王柏龄由浏阳攻万载,朱培德攻袁州,谭道源、陈嘉佑会同归附的十四军赖世璜攻取赣州;任蒋介石为总司令,率领第一军第二师及学生军在萍乡助战。何应钦率领留守潮汕一带的军队,入攻福建。张贞部队,对于福建地势,最是熟悉;又得福建民军曹万顺、杜起云在内地帮助,着着胜利。周荫人大有顾此失彼之势。孙传芳的军队,久经训练,他与党军对垒,真是工力悉敌,双方军队,在江西苦战。不久,那江西省城南昌和德安两座重要城池,被党军攻破。孙军暂时退却,又调得援军来反攻,党军因后方没有联络,便又退出南昌、德安,又去攻取建昌,孙军竟能死守不去。此时孙部主力军卢香亭,因欲援救各方面的危机,已是四分五裂,实力减少。蒋介石用计,令别队在江西南部出动,孙传芳急令邓如琢前往援救,而南昌方面兵力骤形单薄,党军乘机又夺取了南昌。德安方面,又有李宗仁的军队打败谢鸿勋军,而重复占领。孙传芳正欲调兵前往反攻,忽然党军贺耀祖长驱直入,袭取了马回岭,而江西的险要尽失,九江也因之摇动起来。此时守九江是周凤岐的军队,竟不战而溃;党军进取九江,孙传芳站脚不住,坐着兵舰,顺流下退,直至南京,收拾残兵,意图反攻。

孙传芳一方面失意于江西，正欲调周荫人前来助战，谁知此时福建正在吃紧时候。当初周荫人奉孙传芳命令，抄袭党军后方，进攻潮汕，周荫人便令张毅出动，自己却坐镇省垣。孙传芳深虑福建摇动，则浙江便受影响，便极力帮助周荫人弹药军火。不料党军何应钦在潮汕一带，早已严密布置；并已运动得在福建的民军曹万顺、杜起云两师长为内应。何应钦又分路进攻，将第一军第十四师冯轶裴部攻中路，直取永定；第一军第三师谭曙卿部任左路，第四独立师张贞部会合第二十师钱大钧部任右路进窥和平。更调赖世璜进逼汀州，胡谦领第六军坐镇梅县。何应钦运用战略，先令党军中左二路以重兵攻取永定，同时会合曹、杜两部，夹攻峰市之孙云峰。又出其不意，回攻松江，袭断刘俊后方，刘军大败，刘俊死于乱军之中，骑兵团长李宝珩被俘。永定、松江两次大战，党军得了全胜，福建大局摇动，周荫人便向北方面逃去。周荫人最得力的一支张毅军队，也退出省城，保守漳州。何应钦联络马江海军，夹攻张毅。张部军械最是新式，海军中人垂涎已久，此时便用陆战队及大炮猛攻张毅，张毅军队东奔西窜，最后退至福州，表示服从党军。周荫人此时退至延平，满望孙传芳派兵来援救他，谁知蒋介石在江西已大胜孙军，孙军自顾不暇，如何有力量再救周军呢？周荫人困守延平，忽然福建民军卢兴邦、江西王均一师，前来会攻延平；周荫人立脚不住，弃了延平，逃入浙江边境。东路总指挥何应钦，一方面收编降军，整理地方。福建既乏财力，又无人才，何应钦将军费暂时垫付政费，一方面又指挥部队，追踪前进，将福建全省事务，委托了于松江战役最有功的谭曙卿。

福建既得，武汉亦下，党军得在长江方面活跃。蒋介石便召集军事会议，将北伐分为两个步骤：第一步，进取长江下游；第二部，便渡黄河而直取北京。改任唐生智为西路军总指挥，何应钦为东路军总指挥，白崇禧为东路军前敌总指挥，蒋介石自任中央军总指挥。又将中央军分江左、江右二部：李宗仁为江左军总指挥，程潜为江右军总指挥。各部划定工作地段：西路军进取武信关入河南。东路军由福建、江西入江、浙两省，并协助江右军进攻南京。中央军的江左军，取得安庆以后，亦协助江右军攻取南京；江右军则顺流而下，由九江进攻芜湖，再进而攻南京的正面。何应钦将部下分为六个纵队。何应钦节节胜利，自湖州、长兴、泗安、广德、安吉一带，敌军闻风投降。郑俊彦驻扎宜兴，竭力反攻；有张宗昌的鲁军援助。孙传芳、白宝山又沿沪宁铁路防守，直至三月十五日，党军占领了宜兴、常州，十六日又占领溧水、溧阳，北军退守镇江。何应钦则早于二月中旬，占领了杭州，即分白崇禧率领一二三纵队，攻取上海；分四五六纵队，向宜兴、丹阳方面进取。此时李宗仁与程潜两路军，夹攻安庆，安徽军人陈调元、王普，自愿脱离孙传芳，加入党军。蒋介石任陈调元为总指挥，王普为军长，安庆城也同时攻下。此时中央军与东路军，已呵成一气，夹攻沪宁铁路。第四纵队先驱除金坛北军，常州的鲁军全部退入南京。白宝山部被党军在常州围攻，溃散奔逃，败不成军。此时中央军的江右军，因进攻太猛，与后方失却联络，张宗昌的鲁军，乘机从后方包抄过来，江右军又不明南京的地理，形势甚是危险，幸得何应钦令第五纵队向上海进攻，第四、第六两纵队向南京进攻，以分鲁军兵力。第六、第四纵队战斗力极大，一方面有江右军合作，连日攻下蜀山、句容，北军退至南京方面；双方军队在观音山、尖山、塞府山一带决死战，于三月二十三日午后六时，江右军便攻入南京城，何应钦亦率领第四纵队收拾南京附近地方。杭州、南京两处重要城池，齐入于党军之手。当攻取浙江时，蒋介石决定以冯轶裴、翰世璜、曹万顺、戴岳等为入浙队伍，另编薛岳、刘峙、严重、陈继承各师为第一、第三两纵队，以王俊、白崇禧率领从江西入浙江，第一步占领衢州。事先，蒋介石秘密委浙江省长夏超为十八军军长，在省城响应；事为孙传芳察破，急回军先攻夏超，夏超兵力单薄，大败于护杭路，夏超竟死于乱军之中。

欲知后事如何，且听下回分解。

# 第九十七回　**谋响应夏超失踪　乘间隙龙潭苦战**

浙江省长夏超死后，浙军第一师师长陈仪，在绍兴响应；第二师师长周凤岐，在桐庐响应。国民政府即改编陈仪部为第十九军，周凤岐部由富阳、桐庐集中衢州，陈仪部便在宁绍一带解决周荫人残部。此时孙传芳派孟昭月率领韩光裕、王森、白宝山、冯绍闵、王雅之各师，对付陈仪部队。又令段承泽、周荫人夹攻周凤岐。党军东路前敌总指挥白崇禧已赶到，部下有薛岳、刘峙、严重等师长，奋勇向兰溪进攻，另派戴岳向淳安进攻。王俊、陈继承在衢州策应，兰溪方面，恶战至二日二夜，党军团民郭俊阵亡，孙部死伤更多。孟昭月力不能支，退出诸暨、桐庐一带，陈仪与周荫人亦在宁绍发生剧战，曹万顺部，从温台方面追踪而至，周荫人不敢恋战，沿沪杭铁路退走。孟昭月逃至江北一带。上海一隅，除张宗昌部下毕庶澄军队外，各路败兵，亦纷纷聚集；上海人民，大遭蹂躏，扶老携幼，逃入租界的，昼夜不绝。孙军的李宝璋部，尤是蛮横无礼；分派大刀队四处巡逻，见有人民手执报纸，及一切商店传单，正在阅看，大刀队目不识丁，便认为革命传单，即举大刀向人民脑后砍去。这样草菅人命，真是死得莫名其妙。又设立执法处，凡有告密的，不问是非，便用绑票方法捉去，秘密枪毙。人民大起恐慌，人人希望党军到来，出于水火。何应钦便派白崇禧率薛岳、刘峙二师，及李明扬的先遣队，向上海进攻。海军总司令杨树庄，在上海响应；周凤岐部向金山攻来，严重向苏州攻去；曹万顺从长兴截断沪宁路的北军；水上警察长何嘉禄，又助党军夹攻，因猛战阵亡。张宗昌用白俄兵驾驶铁甲车，向沪宁路党军猛冲，在松江交战两昼夜，孙军不支，退去，党军便占领松江城。党部政治人员，又秘密运动上海工人，实行大罢工；集合数千工人，在闸北宝山路一带，与毕庶澄部队交战，炮火昼夜不绝，双方死伤人数在一千以上，沿路尸积如山，北军又纵火焚烧民房千数百家，北车站一带，顿成焦土。但工人奋斗到底，竟将毕部兵士赶走，败兵纷纷缴械。第一师薛岳，第二师刘峙，便占领上海。

党军既得了江、浙以后，正可以乘胜长驱，不料此时内部忽发生变化，国民党一部分的共产党，因争权而内讧。政府中人，也因第三次大会而意见纷歧。汉口与南京二政府，亦不能合作。在文字上，吴稚晖与汪精卫的笔战，甚是热闹。南京国民政府，便将军事暂行停顿，各处举行清党，凡共产党分子，一律开除国民党籍。其间因共产党三个字的关系，也不知死了多少；民间又起了绝大的恐慌，有私怨的，往往用共产党三字去陷害人。内部如此纷乱，孙传芳便得了机会，收拾部下败残的人马，共有数万人，雇用民船，从乌江、大胜关一带偷渡，乘昏夜占领对江乌龙山地方。截断铁路，割去电线。孙军即得了立脚点，便又有二万人漫江而下。该处国民党军第二十二师，新招的兵士，战力薄弱，虽竭力抵抗，但孙军渡江的愈来愈众，同时栖霞山阵地，亦被孙军占去。孙军续到部队，又占领南北象山，发炮猛攻党军；二十二师力不能支，节节败退。孙军得地愈多，战线延长；一方面迫近南京，一方进攻苏、常。此时适值谭延闿、李宗仁、陈调元乘船向东行去，瞥见孙军的渡船，在江面上往来如织，局势十分严重，立刻用无线电令白崇禧指挥镇江以下各部队，火速援救。党军第一军第二十一师及第七军一师，赶至栖霞山，围攻。孙军万余人，扼守险要，炮弹四射，猛不可当。党军冒险前进，阵亡军士漫山遍野，苦战一昼夜，始得将栖霞山攻下。孙军探得党军在龙潭方面空虚，便下令猛攻；党军在龙潭的，只第一军第十四师的一团，及第五十八团兵士。孙军用十倍之众，袭击龙潭，不久孙军便占领了龙潭。此时孙军继续渡江的，又有三万人，党军失了联络，从高资到栖霞附近，尽为孙军所有。何应钦得报，急亲赴前线督战，白崇禧亦令第一师刘峙，及镇江以东各部队，齐向孙军进攻。在龙潭东西南三方面逐步围攻；在三口村、青龙山、黄龙山三处，战斗最烈。孙军重要将领，皆来龙潭督战。孙军居高临下，炮火四射，党军步步仰攻，前仆后继，死伤甚众。只以事机危急，党军能人人奋不顾身，阵地毫无动摇，苦战终日。忽有海军楚同、楚谦、通济、联鲸、永建五舰开到，在龙潭、栖霞、下蜀一带江面上，开炮向孙军轰击；孙军阵线动摇纷纷退却。何应钦夜宿于东阳镇，一面以无线电约白崇禧。次日拂晓，两路夹攻，直迫孙军，退至龙潭江边。何应钦部下军队，已尽数调遣在外；又将前敌伤兵挑选身体复原的，编成别动队，向常天子孙军的根据地猛攻。孙军在江南岸已站脚不住，纷纷向江边退走。何白二军，沿江猛追。江岸上喊杀连天，两军抛去枪械，各执刺刀，互相扭斗。孙军已无斗志，死在炮火刺刀之下的，尸身坍满江岸。孙军夺得火车，乘车退逃，才出车站，车头相撞，列车翻倒在铁路两旁，有压死的，有闷死的，血肉模糊，惨不忍睹。有铁篷车两节，倒地的时候，车门压在下面；车中千余兵士，一齐闷死。积雨连朝，尸气四播，直至尸骨腐尽，红十字会方将列车用起重机扶起，将千余具尸骨掩埋。此外孙军因欲渡江逃命，纷纷夺船；船小人多，眼见它离岸不远，一齐沉没在江心里。江中又停泊下党军的舰队。此时大炮轰轰，满江小船，尽被炮弹打成齑粉；万余具尸身，浮江而下，江水为之涌塞。此一战，孙军可称完全覆没，党军共缴得步枪三万支，手机关枪、机关炮等不计其数。统计孙军前后渡江的，共有五师三混成旅之众，不下六七万人；便是党军方面，也因第一、第七两军战斗最力，死伤亦在六千人以上。何应钦、李宗仁、白崇禧三总指挥，亲冒弹雨，出入火线。师氏夏威在黄龙山督战，深陷敌阵，危险万状；刘峙亦头部受伤；卫立煌翻身落水，均能奋不顾身。从此党军威名，远播江北。但孙传芳心犹不甘，率领残部，坚守北岸。张宗昌、褚玉璞军队，盘踞陇海路一带，奉军纷纷入关，以全力攻击阎锡山。国民政府会议结果，决定二次渡江北伐。

原来党军初得南京时，即将部队编成三路：第一路何应钦为总指挥，第二路蒋介石为总指挥，第三路李宗仁为总指挥，分派渡江北伐，称为第三期北伐。孙传芳在江北，张宗昌在浦口，势力甚大；浦口方面的白俄铁甲车兵，每日开炮向下关轰击，南京人心惶乱，一日数惊。蒋介石命第二路军由长江上游偷渡，联合第三路军，截断津浦的张军，取得明光、蚌埠一带。第一路军便乘胜渡江，解决江北孙军，在瓜河、南通的孙军，纷纷退却。党军分两路追击：一路沿如皋，经东台、盐城、灌云、海州，一路沿扬州运河向清江浦。何应钦亲自攻下清江浦，休息；第三路军攻下蚌埠，第二路军追击敌人至洪泽湖。徐州方面，民军纷纷响应，击死北军将领马济。张宗昌、褚玉璞弃下徐州，蒋介石进至徐州，召集重要会议。冯玉祥自开封来，胡汉民、蔡元培、吴稚晖、李煜瀛自南京来。蒋、冯在徐州是生平第一次的会面，冯玉祥敝衣垢面，朴质一如小兵。彼此将军事议定而去。吴佩孚退出两湖后，即退守河南，一面派密使至奉天、山东求援。不料河南的北军，如靳云鹗、贺国光、魏益三、任应歧、梁寿恺、庞炳勋一班士，通电响应党军，在开封、郑州、许昌一带反攻。奉鲁军腹背受敌。蒋介石又调唐生智北进，冯玉祥的西北国民军亦出潼关击破奉军右路。郑州、开封，齐入西北军之手。奉军不支，纷纷退至黄河以北。第三期北伐的战局，也颇顺利；不料后方宁汉两当局，因政见不同，突然起了变化。汉方军队，竟回师东下。蒋介石急将一、二、三路北伐军调回，对付武汉一面。又酌留部队，保守前线。王天培守临城，邓振铨、顾祝同两师守枣庄，十七、三十七两军守郯城。张宗昌得了此消息，又反攻临城；王天培兵变，放弃临城、徐州一带。唐生智军队，自由出动，东下湖口，将不利于南京。蒋介石愤而辞职，八月十四日悄然出京，回返奉化乡间，虽有政府要人，追踪挽留，但蒋介石已离宁波而至日本。国民政府军事无人主持，便组织军事委员会，处置一切。直到龙潭一役，打败了孙传芳军队，士气复振，党军又二次渡江。张宗昌部下十五万人，在津浦一齐抵抗。何应钦命刘峙统领第一军，向徐州南面进攻，顾祝同向集河镇进攻，夏斗寅向定远一带进攻，贺耀祖、张克瑶二军在后方接应。张宗昌利用白俄人铁甲车，向党军冲击。党军坚守阵地，不稍退让；各路党军死伤甚众，血战数次，终得占领张八岭、凤阳等处。又在马鞍山左近苦战，白俄军队用大炮猛轰，党军弹尽力竭，血战终日，不得已退出马鞍山。幸徐庭瑶从侧面包抄，占领了临淮；党军重鼓勇气，进逼蚌埠。张军炮火甚猛，党军匍匐前进，直战至天晚，完全攻得了蚌埠，鲁军退守固镇。张宗昌与褚玉璞二人，镇守徐州，徐州四面凭山，形势险要，张宗昌命兵士深沟高垒，预备久守。谁知此时褚玉璞部下在兰封大败，沿陇海线退守，西北军韩复榘沿陇海铁路追杀，占领场山、黄口。褚军退九里山，又有西北军郑大章的骑兵，突出猛攻，石友三从侧面攻来，鲁军大溃。同时鹿钟麟克复萧县，各路党军，集合在一处，齐向徐州进攻。直至徐州城下，正准备扑城，忽后方土匪军四起，党军又退守黄口一带。后何应钦调集各路得力军队，会合前进。第一次在赵楼血战，党军数次冲锋，死伤甚众。第二次在韩山血战，孙传芳又加入二师三旅三团之众，助鲁军围攻党军，形势十分危急，党军第五十六团长程式，在此役阵亡；但党军能拚死力战，守住阵地。何应钦急调夏斗寅、贺耀祖前来救援，得转败为胜。第三次，在良山、颜山血战，击退孙部陆殿臣军，占领天山、凤凰山，鲁军全线摇动，党军随乘胜攻下徐州城池，鲁军向韩庄退去。西北军鹿钟麟由砀山赶到，双方军队，合并一处。此时南北军队，共分七路对抗：陈焯、曹万顺、李明扬各部，在海州、日照间对抗；刘峙、顾祝同、夏斗寅各部，在台儿庄、韩庄间对抗；孙良诚、刘镇华各部，在曹州、济宁间与孙传芳、姜明玉对抗；韩复榘、韩占元各部，在大名间与孙殿英、于学忠对抗；孙连仲部，在卫辉、彰德间与奉军对抗；徐永昌部与奉军主力在并阱间对抗；西北军商震与奉军张作相部，在龙泉关、雁门关、偏关三处对抗；此时因北方地理人事的关系，党军已与山西阎锡山、河南冯玉祥各部军队联合作战，称为国民联军。战事重心，已由津浦路转向陇海路；直鲁军自知在此生死存亡之秋，亦以全力抵抗。分配在陇海路一带的，有十六万人；在黄河以北的，有三万人。同时发动，全力猛扑。阎锡山部下商震等，冯玉祥部下鹿钟麟、石友三、韩复榘等，与直鲁军在兰封，经过两次大战，直鲁军右路刘志陆，中路褚玉璞，左路张敬尧，三路齐进，各路交战，十分勇猛。何应饮攻下蚌埠，分兵向陇海津浦两路北进，北军节节败退，与北方国民联军渐渐接近。直鲁军便放弃兰封，冯玉祥便在陕西、河南一带工作，阎锡山则向京绥路一带直迫北京。何应钦则向山东进展。

欲知后事如何，且听下回分解。

## 第九十八回　守涿州傅军震威名　袭羊城共党扰后路

冯玉祥此时从俄罗斯回国。冯军部下适与吴佩孚、张作霖在京绥路交战，大败，退守平地泉、包头镇。于右任、孙岳、徐永昌、方振武、鹿钟麟、宋哲元、石敬亭、赵守钰各将领，齐拥戴冯玉祥为国民联军总司令。冯军十万，军火粮饷，两俱缺乏；北方苦寒，冬衣无着。冯玉祥惨淡经营，使兵士各得温饱。便向陕西出发，以孙良诚、方振武为援陕正副司令，分七路进攻，陕西刘镇华以全力抵御。孙良诚先得了咸阳，急向长安进展；一面分刘汝明军，从后方包抄，至十里铺。刘镇华全线动摇，向潼关退去。刘汝明一面解西安之围，一面向潼关追击，方振武军队，亦已到达同州。孙良诚部进至渭南，沿途大战，刘军死伤甚众。冯玉祥进至西安，分兵向湖北、河南两路，与党军会攻直、鲁军。此时冯玉祥已奉国民政府命令，将所部改为第二集团军，任冯为总司令，阎锡山为第三集团军总司令；旧有北伐党军，则称为第一集团军。冯玉祥自统方振武、张治公、孙良诚、石友三各军，向洛旧方面，猛力进攻，节节胜利；便在五月终，占领洛阳重地，夺得敌军枪械粮食，共载数十列车。冯军不敢稍停，即继续向郑州进攻，与第一集团军两面夹攻。第一步，进占孟津。在黑石关死战，两军肉搏，各以指挥刀相杀；吴佩孚军力不能支，退至关内，党军又用骑兵包抄，占领密县，吴军便退出郑州。此时吴佩孚率领亲信部队，退走南阳，岳维峻部向南阳追击，方振武亦由襄城前来会师。六月二十五日，攻下南阳，吴佩孚逃向邓县，部下只于学忠追随不去，孙连仲用重兵包围邓县，吴佩孚不能支持，由汉水退入四川。正在樊城竹筱一带，觅船渡河，张联升大兵杀到，三面围攻，于学忠部纷纷赴水逃命，吴佩孚只有卫兵三百人觅得竹筏，保护妻小，狼狈逃脱。所有吴军根据地，完全消灭，吴军旧部，亦纷纷投降党军。襄樊一带，由方振武前住接防。

冯玉祥既得郑州后，即令第三旅长张华堂追杀敌军，便又占领开封。此时蒋介石经各方敦促，仍出任总司令之职，主持第一集团军，电约冯玉祥至徐州相见。当时有李宗仁、白崇禧、胡汉民、吴稚晖、李煜瀛、李烈钧、张人杰，同在徐州会议党政大事。冯玉祥报告靳云鹗与刘镇华二人已投降第二集团军。第二集团军，共编为八个方面军：第一方面军总指挥孙良诚，第二靳云鹗，第三方振武，第四宋哲元，第五岳维峻，第六石敬亭，第七刘郁芬，第八刘镇华。蒋介石认为满意。散会以后，冯玉祥忽得报告，靳云鹗暗联吴佩孚、张宗昌、孙传芳、张作霖等，在后方正图反攻。冯玉祥大怒，立命孙良诚用迅雷不及掩耳手段，逼偃城、漯河的靳军退却。孙仲连在南面夹攻，韩复榘亦占领登封、白沙、禹城一带，靳云鹗在次城亲率数万人，与石友三恶战。但靳部下纷纷逃散，靳云鹗力不能支，率领残部逃去。第二集团军，心腹之患已除，从此便无内顾之忧。

阎锡山方面，共有陆军十二万人，分为二路：一向大同，一向娘子关，直趋北京方面，欲解决奉军。张作霖初得消息，急派代表至太原，商议妥协条件。但阎锡山以奉军在关内，终是大患，决意欲驱除之。令商震为右路军总指挥，向大同、平地泉、天镇一带进展；在柴家堡大战，奉军即退向张家口。在怀安又有大战，奉军向宣化退却。商震会师，以全力攻下张家口，又追踪进攻南口。此时奉军援兵大至，突向商部冲击。此时商部第五师、第十五师死守阵地，弹如雨下，死亡枕藉，犹伏地力守阵线，苦战终日。商部第十五师死亡竟达全部三分之一，后商震改变计划，令左路军在侧面取攻势。此时阎锡山部下有一大将傅作义，年只三十余岁，任第四师师长；因涿州城为山西直隶两省交界处的一座重要城池，阎锡山便命傅作义将部下编为挺进队，从山西北方直取涿州。第四师即携带钢炮十六门，机关枪四十挺，手榴弹数百箱；又带有三个月的粮食弹药，从天镇出发，入九龙口，火速前进。沿途尽是山冈绝险，漫无道路，须攀越山岭，徒涉河涧，十分困苦。傅作义奋勇前进，人衔枚，马摘铃；十月十日，在张坊镇会合全师，悄悄的入了涿州城。城中竟一无守兵。涿州为奉军往来运粮的要道，此时前方吃紧，奉军调大批援军，向山西进发；经过涿州，始发觉涿州城已被阎军占去，当即调集大队奉军围攻。此周围仅有十里的小城，大炮机枪，四面打来；奉军万福麟率领万余人，用全力猛攻。傅作义在城中死守，只见城外敌军愈集愈众，奉军一连轰击了三日，涿州城丝毫未动。张学良亲自赶来，率领素有威名的邹作华炮兵集团作战，从二十四日至二十七日，城外炮火连天，枪声动耳，弹烟气息，充塞全城。张学良又组织敢死队；数次扑城，又令飞机向城中抛掷炸弹，工兵沿城开掘隧道。傅作义即运用他的兵事学识，令手榴弹兵，伏伺在城上，对付城外敢死队，手弹抛去，敢死队纷纷倒地。又分派工兵，在城下静候，伏地听察；城外有掘地道的声息，便另掘一地道，埋下地雷，待敌兵进入地道时，地雷爆炸，奉军死亡累累。傅作义又秘密掘一地道，直通城外；令挺进队伏在地道中，出其不意，夺取奉军粮饷军火，从地道中运入。奉军十分骇怪，叹为神奇之师。城中守兵，全数只八千人，困守三月之久。奉兵在五万人以上，张学良因涿州城不下，奉军便不能侵入山西，便决意欲将涿州城攻下，从后方去调得坦克炮车来。一面令步兵全体向东南城角冲去，这坦克炮车向城垣猛撞时，震动天地，同时步兵叠成人梯，呐喊猛扑，城垣岌岌摇动。城上守兵，见形势危急，便将手榴弹如密雨似的抛下，奉军死在城下，纵横遍地，其势稍杀。到第二日张学良又指挥攻城队，在城外面北角上开掘隧道，进至城脚下，埋藏炸药；只听得震天价的一声响，西北城垣坍了一角，奉军部队，如潮水一般涌进城去。谁知傅作义此时早指挥着工兵，在城墙缺口的里面，开掘了一口极大的陷阱；奉军从城外直冲进来，不及防备，马仰人翻，一齐落下陷阱去。接着坑底下的地雷爆炸，将奉军五六百人，轰成焦炭。后面部队，见中了敌计，急急退出城来；傅作义趁此时机，急令工兵用土袋将城缺补好，依旧分兵严守。奉军自从吃了这个大亏以后，人人胆寒，不敢再猛烈攻城。此时城内粮尽援绝，涿州人民，死在炮火饥寒之中的，满地皆是。尤其是一班妇人孩童，最是可怜。便有当地慈善会代表，出来向双方调解，请张学良停止攻击，傅作义开放城门，将城中妇孺救出。慈善代表，又向傅作义提起和议；傅作义因与阎锡山约定的，守城三月之期，早已满过。且城中粮食军火，两俱断绝，实在守无可守，便出城与奉天攻城主将万福麟会见。傅军愿意让城，但奉军不得乘机攻击。双方订约，傅作义便整队出城；部下兵士，毫无损失。

当初武汉当局与南京当局，因政见不同，便形分裂；至此时，已彼此谅解，汪精卫远赴法国，宋庆龄、陈友仁已赴俄国，所有双方军队，依旧合作，一致北伐。蒋介石令李宗仁、程潜、朱培德三路军队，联络海军第二舰队司令陈绍宽，镇守长江。西部唐生智，因部下失败，即出国至日本。武汉由南京政府派人接收，所有军队，调赴前线。蒋介石下野的时候，叶挺、贺龙两部军队二万余人，在南昌兵变，直向福建、广东攻去；广东政府主席李济深，组织第八路军，与黄绍竑、钱大钧、范石生等，合力抵敌；湖南共产党侵入江西潮梅一带，土匪蜂起，占据县城。李济深又组织两纵队，由陈济棠指挥，分头防战。叶贺二军，此时已入广东，占领潮汕，直至陆丰。陈济棠猛力扑战，在陆丰附近，包围叶贺二军，完全消灭。此时广州城内，又有共产党起事，集合近城农军，宣布苏维埃政府。省城大乱，四处火起。中央银行被毁，张发奎的第四军，回广州扑灭乱军；广州人民，热烈欢迎铁军回省。但张发奎、黄琪翔已向中央辞职，由缪培南、薛岳继任第四军正副军长。

南京政府开第四次中央全体会议，命令蒋介石完成北伐。蒋介石、冯玉祥、阎锡山、李宗仁为第一、第二、第三、第四集闭军总司令，何应钦任国民革命军总司令参谋长。第一集团军部下，又分第一军团总指挥刘峙，第一师长蒋鼎文，第二师长徐庭耀，第三师长胡宗南，第四军长缪培南，第十二师长吴奇伟，第二五师长李汉魂，第二六师长陈芝馨，教导第一师长邓龙光，第二师长黄镇球，第九军长顾祝同，第三师长涂思宗，第十四师长陈国梁，第二一师长孙常钧，第十军长杨胜治，第二八师长王天生，第二九师长陈克逊，第三十师长张锡海；第二军团总指挥陈调元，第十七军长曹万顺，第五三师长余仲麟，第五四师长李明扬，第五五师长李德铭，第二十六军长陈焯，第六二师长赵观涛，第六三师长邢震南，第六四师长文鸿恩，第三七军长陈调元，第七九师长岳盛宣，第八十师长丁翰东，第八一师长谈经国，教导师长范熙绩；第三军团总指挥贺耀祖兼第四十军长，第八二师长李益滋，第八三师长杨永清，第八四师长陶峙岳，教导师长毛炳文，第三三军长张克瑶，第七十师长袁家声，第七一师长张克瑶，第七二师长岳相如，教导师长潘善齐，第二七军长夏斗寅，第六五师长万耀煌，第六六师长张森，独立第三师长陈耀汉；第四军团总指挥方振武，第三四军长阮玄武，第八八师长王日新，第八九师长袁秉道，第九十师长徐岱东，第四一军长鲍刚，第九一师长王占林，第九二师长冯华堂，第九三师长石斗山，第四二军长马文德，第九四师长傅丹墀，第九五师长余亚农，第九六师长魏光武，第四七军长高桂滋，第一零七师长王守义，第一零八师长邢肇堂，第一零九师长刘天禄；第一集团军总预备队总指挥朱培德，第三军长王均兼第七师长，第八师长朱世贵，第九师长杨池生，第三一军长金汉鼎，第二七师长杨如轩，第二八师长韦杵，第二九师长周志群，独立第三七师长熊式辉，独立第七师长刘士毅，后方警备部第三二军长钱大钧，第二十师长蔡忠笏，第六九师长蔡熙盛，第三师长钱大钧，第四六军长方鼎英，新编第四师长唐星，新编第五师长张春浦，新编第六师长高霁，第十二军长任应岐，第一师长颜芝兰，第二师长赵青山，第三师长安荣昌，教导师长文清林，第四九军长谢文炳。第二集团军，分第一二三五八九各方面总指挥，为孙良诚、孙连仲、韩复榘、岳维峻、刘镇华、鹿钟麟六人，军长为马鸿达、石友三、韩占元、秦德纯、冯治安、李云龙、邓宝珊、卫定一、刘恩茂、万选堂、刘汝明、庞炳勋、吕秀文、王鸿恩、刘骥、郑大章等。第三集团军,分第一军总司令商震,第二三联合军司令杨爱源,第四军司令傅存怀,第五七联合军司令张荫梧,第六军司令丰玉玺,第八军司令谭庆林,第十军司令李维新,第十一军司令王茂公,第十二军司令徐永昌。第四集团军军长鲁涤平,胡文斗、夏威、吴尚、陈嘉祐、陶钧、胡宗铎、何键、李燊、邹鹏振等为直辖部队;前敌总指挥为白崇禧,第三十军长魏益三属之,十三路总指挥为李品仙,叶琪、周斌、廖磊三军属之,第八路总指挥为李济深,前敌总指挥为黄绍竑,陈济棠、徐景唐、陈铭枢、范石生各军属之。此外又有杨森、刘湘等的川军,胡若愚等的滇军,周西成等的黔军,共有数百万人马,真是浩浩荡荡,人马整齐,杀奔直鲁两省地界来。

欲知后事如何,且听下回分解。

# 第九十九回　**杀蔡公五三留惨案　炸张帅东北悬新旗**

直鲁东省军人,共分二大派:一是在山东方面的,张孙联合军,一是在直隶方面的奉军。联合军重要将领,除张宗昌、孙传芳外,有郑俊彦、李宝章、袁致和、张敬尧、程国瑞、王楝、许琨、寇英杰、刘志陆等部队,奉军重要将领,除张作霖、张学良、杨宇霆、张作相、吴俊升、褚玉璞外,有万福麟、高维岳、汲金池、于学忠、荣臻、何丰林、富双英、汤玉麟、吴泰来、孙殿英等部队;另有直隶省陆军第一二三师,兵力亦不可谓不厚。蒋介石在徐州开过军事会议立刻下动员令,先向山东进攻。第一步占领台儿庄,孙良诚部攻下郸城,刘峙部攻下韩庄,第四军得枣庄,第一军得临城。在艾亭、鱼台遇孙传芳的主力军,交战剧烈,革命军师长龚宪阵亡,幸得石友三东进助战,孙良诚部乘虚攻破济宁城。孙传芳回兵,与方振武、孙良诚在济宁战斗甚猛;顾祝同、缪培南二军,出奇兵夺得曲阜、兖州两处要地。革命军会合济宁,张孙军队退守泰安、济南。第一军继续猛攻,占领泰安城;第九、第二六、第三七各军,包围济南,力攻下之。蒋介石亦进驻济南城。

日本人久已视满洲为第二故乡,视山东为第二满洲,今见革命军已攻入济南城,便以保护侨民为名,出兵先占据胶济铁路。又派大队人马驻扎济南商埠。在五月三日上午十时,有一党军兵士,从日本守兵身旁经过;这日兵所站立的,正是纯粹中国地界,由日军强行划入防守区域内的。彼日本守兵,竟开枪将中国兵士击毙,并用先发制人的手段,调集大队日兵,蜂拥至中国交涉公署内。中国交涉员蔡公时,据理责问;一言不合,日兵即发其兽性,群起将蔡公时及署内办公人员,共十数人,一齐捆绑在柱子上,用指挥刀枪刺等砍死。交涉员蔡公时,死得更惨:在未死以前,日兵先将其耳鼻割下,又断其腿臂,血肉狼藉,不成人形。日兵犹不满意,又转向中国外交部长办处室中行凶;更调大军,包围革命军营地,四周用大炮对峙,勒逼革命军缴械。中国军长得此消息,立至日本司令部责问,又向提出赔偿条件;日兵乘机又用大炮轰击革命军阵地,炸毁军用无线电。一方面由驻青岛的日本军官福田,率领日本第六师团,共乘火车两列,赶至济南,竟欲用全力屠杀我军民。革命军四十军陶峙岳师第七团,适当其冲,死力与日兵抵抗,死伤甚众,其余尽被日军缴械。又捉去革命兵士一千余人,幽禁于日本正金银行楼上。日兵擎枪监视,不许坐卧行动,又断绝饮食。更分兵占据我国电报邮政各局,故意容纳直鲁军便衣队,出入城市,扰乱后方。日本兵士又乘机在普利门外,抢劫中国商店。次日福田军官,忽向中国政府提出无理要求五项:一是惩办最高军士长官;二是离济南四周二十里内,不准驻扎革命军士;三是许日本兵士驻守辛庄营房;四是赔偿损失;五是中国军队见日本军时,须解除武装。并声明须在十二小时内完满答复,否则日兵即自由行动。此时各路交通,既已断绝,蒋介石驻党家庄,日军通牒,设法辗转送来,早已逾了限定时间。当即派熊式辉、罗家伦二人,赶赴日本司令部;谁知福田竟不稍待,命令部下,实行轰击济南城。一方拆毁黄河铁桥,占据新城兵工厂,炸毁火药库,劫夺党军粮米。济南城中,只有党军一团留守;又奉总司令命,不准还击。日军日夜炮击,又抛掷炸弹,城内人民死伤,房屋焚毁的,触目皆是。城中兵士,不能坐以待毙;便奉命突围出城,日兵乘机入城,大肆屠杀;后方病院中,留有伤兵七百余人,尽被日兵杀死。事后由济南市党部调查报告,共死伤军民一万一千零六十二人;至于财产损失,实已不胜计数。

日兵在济南行凶,故意阻止党军前进;直鲁军得此良好机会,便从容退却,在德州施行防御工作。蒋介石一面命第一军刘峙,率领五支队,在济南四周防御;一面命陈调元、贺耀祖、方振武、孙良诚,各率精兵,向德州方面追击。津浦线战事由朱培德指挥,京汉线战事由蒋介石指导;各路战事甚猛。十九日朱培德得德州,六月二日,又得沧州,五日占领马厂,进迫北京。此时阎锡山、冯玉祥各路军队,亦已将山西、河南方面的直鲁奉军,步步击退;在两湖的第四集团军,亦加入北伐,向陇海路进展。所有一二三四各集团军,均会合在京津郊外。五月三十一日,攻下保定,京津一带的守兵,愈形动摇;当时张作霖、褚玉璞、孙传芳三巨头,困守北京。张宗昌早已由山东逃至日本,残部藉日军之庇护,犹盘踞青岛及胶济路一带。孙张辈更欲利用京津国际上的特别地位,使革命军不能力攻,集中奉军的主力,阴图反攻。阎锡山便派代表南桂馨入北京,以大义劝说张、孙。张、孙因济南五三惨案,亦觉内乱的无聊,便要求革命军许其全师退出;革命军便勒兵在京津一带,监视奉军退兵。张作霖与吴俊升,乘坐京奉路火车,向关外退却;六月四日,张、吴专车开至皇姑屯,忽遇猛烈炸弹,将铁路炸毁十余丈,张、吴坐车,裂成齑粉,奉军二巨头,俱遭惨死。张作霖子张学良,悲愤之余,便觉悟穷兵黩武之非计;此时关内北京、天津一带,完全入党军之手。张学良便秘密派代表入关,磋商东三省统一的办法。但此时张宗昌、褚玉璞、孙传芳各残部,尚聚集在山海关一带,张学良欲表示服从国民政府之意,便出兵协助党军,在滦州一带,解决张、褚残部。东三省军阀,在战败之后,派别分裂,险象四伏;张学良用迅雷不及掩耳的手段,在家庭谈笑间,将杨宇霆枪毙。联合张作相、万福麟等军人首领,通电改换青天白日新国旗,一切服从中央命令。国民政府即任命张学良为东北边防司令长官,张作相、万福麟为副司令。

民国成立已十八年,此中岁月,无时无战争;更以各人意见不同,党派纷歧。然大都植党营私,争权夺地;而军阀等于盗魁,小民任其鱼肉。更以国家岁入百分之九十四,供各军阀豢养爪牙之用;那当小兵的,竟以每月三五元之饷银,甘将生命供献于其头目。其受生活的逼迫,已达极点。此次国民政府,成立于国民党的指导之下,统一中国,党权高于一切。名之所在,人必争之,从此而国民党多事矣!扰乱根源,实因国民党员本有左右两派,时相倾轧;自从孙中山改变策略,因苏俄首先取消不平等条约,以实力援助国民党;又以过去的国民党员,太缺少奋斗的精神。因将联俄容共两条,列入党纲。从此中国共产党,纷纷加入国民党,时时发生内部分裂的现状。第一次孙中山死后,有委员十数人,集合于北京西山孙中山灵前,提出重要议案;议决取消政治委员会,取消共产党籍,解除俄国人鲍罗廷顾问的职务,又开除汪精卫党籍六个月。当时列席的委员,有林森、居正、石青阳、覃振、沈定一、邹鲁、叶楚沧、石瑛、邵元冲、张继、谢持、茅祖权、张知本，傅汝霖；而被开除党籍的，有谭平山、李大钊、于树德、林祖涵、毛泽东、瞿秋白、韩麟符、于方舟、张国焘一班人。在上海设立中央执行委员会，举戴季陶、张继、叶楚伧、邵元冲、沈定一、林森、邹鲁、覃振、茅祖权、居正、张知本、石青阳十二人为委员。直到十五年，广州举行第二次全国代表大会，又提出弹劾西山会议派。待党军到达江浙一带以后，南京方面蒋介石等，决定先行清党；便是将国民党中的共产分子，杀的杀，赶的赶。在上海的陈群、杨虎二人，办得最是认真。在宝山路一带，听说与共产党人交战，打死的人，连夜用汽车搬运出去埋葬；各地都有清党委员，监牢中囚着许多真正共产党和嫌疑犯。清党工作中，送去性命的人，有秘密的，有公开的，不计其数；而武汉方面与南京方面，因此闹起意见来，交情破裂。吴稚晖与汪精卫二人，又天天在报纸上宣布攻击的文章，形势日见险恶。武汉方面竟令唐生智率兵东下，南京方面，亦调兵西向。大家把北伐的事体停顿起来，从事内争。幸得有一部重要党员，从中奔走调停，汪精卫、陈友仁、宋庆龄相继出国，所有南京、汉口、上海各方面党员，依旧合作，组织一中央特别委员，处理一切军政大事。接着便开成第四次全体大会，议决中央执行委员中，因入共产党而开除的，有谭平山、林祖涵、于树德、吴玉章、杨瓠安、挥代英六人，附逆有据而开除的有彭泽民一人，停止职权的，有徐谦一人，候补中央执行委员被开除的，有毛泽东、许甦魂、夏曦、韩鳞符、董用威、屈武、邓颖超七人，附逆有据开除党籍的，有邓演达一人，停止职权的，有陈其瑗一人，中央监察委员被开除的，有高语罕、江浩二人，停止职权的，有邓懋修、谢晋二人。

做小百姓的，原不知党国大事；全国人民心中所祈望的，无非是和平二字。在此次清党以后，原想能够安静几时；谁知隔不多时，蒋介石又奉国民政府命令，任为国民政府主席，兼中华民国陆海空军总司令。领陆海空军，出师讨伐武汉的李宗仁氏。据南京方面宣布的罪状，说李宗仁自就第四集军团总司令后，即收编唐生智军队，占有两湖地盘；对于异己军队，竭力排斥。第六军原为自粤出师时之革命基本队伍，由军长程潜统率西征，功绩甚大；而李宗仁于武汉政治分会开会时将程潜捕押，并威迫第六军至江西而消灭之，嗣后复与李济深、白崇禧、黄绍竑联结，盘踞湖北、北平，一方面裁减第二第十四二军，一方面扩充桂军至四师之众。十八年二月间，又以武汉政治分会名义，突然罢免湖南省政府全体委员职务；又令桂系军人叶琪，率兵进逼长沙，向鲁涤平旧部取敌对行为。湖南省政府主席鲁涤平，避至上海，武汉军队向长江下游进展不已。南京政府叠次派人调和；此时李宗仁已秘密赴广东，一面调其亲信部队胡宗铎、陶钧、夏威各师，向长江下游出动。李宗仁又至上海，住陈氏融园中；蒋介石亲自乘楚同军舰西进，在安徽督战。当时蒋任命刘峙、朱培德、韩复榘为三路指挥，出兵向武汉进攻。白崇禧在北京，亦调兵南下，包围政府军队；双方正战得热烈的时候，适广东李济深因赴南京代表大会，出席，被南京政府扣留，幽囚于南京汤山，每日由吴稚晖作伴。后广东省主席陈铭枢回广州，力主和平；所有广西军队，全部退出广东地界。黄绍竑见大势已去，亦退至梧州。白崇禧在北平，被部下反对，李品仙代表全体军人，通电表示服从中央。蒋介石重任魏益三为师长，唐生智就五路总指挥职，来至天津；白崇禧立脚不住，秘密离天津，从间道回广西。刘峙军队，已直入两湖。湖南省主席何键，通电服从中央；蒋介石任何键为第四路总指挥职，鲁涤平为武汉卫戍司令，胡宗铎、陶钧各路军队，一律投诚。两湖战事，暂告一段落。此时南京方面，孙中山墓地工程告成；所有迎榇大道，亦由南京市长刘纪文督促完工。政府派郑洪年等为迎榇专委，先行北上。孙中山夫人宋庆龄女士，亦回俄罗斯绕道归国。所有孙科、戴恩赛、宋霭龄、宋美龄、孔祥熙等亲族，先期已聚集在北方；在数月前，由迎榇专员训练夫役数十人移榇重大的仪式。在北平各国公使，一律来南京吊奠。此时孙中山遗体，停留西山碧云寺，倏已五年，北方政局，经过数次剧变，幸守灵部队，竭力防守，安然无恙。孙中山遗休，原经注入防腐剂，安放在玻璃棺中，五年来音容宛然。

欲知后事如何，且听下回分解。

# 第一百回　孙哲生西山移榇　宋庆龄南海伤神

国民政府正忙着料理孙中山安葬的大典，而冯玉祥态度忽然大变起来。本来冯玉祥在南京已多日，与蒋介石朝夕不离，过得很好。他又提倡节俭，凡事亲身操作，蒋介石便组织了一个军人励志会，军人长官，在会中须自己工作，煮饭洗菜，不分尊卑，甚是快乐。冯玉祥又生有特性，终日蓬头垢面，敝衣破服，出入于中央政府。他生平最恨奢侈的行为，此时南京市长刘纪文，少年出仕，最爱体面，又新婚娶得一位美人许淑贞，举行盛大的婚礼，引得民间做父母的都有"不重生男重生女"的感想。看在冯玉祥眼中，大不以为然，时时在蒋介石耳旁絮聒，又在刘纪文新宅旁，搭盖草屋，使洋楼愈显得高大。种种举动，使人难堪。当时便有一班不满于冯玉祥的人，阴谋对付他。谁知冯玉祥正趁全国忙着总理奉安的事体，他便悄悄出京回西北去，西北军即退京汉路，又将铁路拆毁。政府大怒，便下令撤职通缉，以致蒋介石预定到北京去亲迎孙中山灵柩南下的事，也不能实行。只得由蒋夫人宋美龄女士代表至北京，与庆龄女士姊妹相会，自有一番亲密，但孙中山夫人此时见了丈夫的遗容，勾起了往日的恩情，以及眼前的牢愁，万语千言，无从说起，只对遗体说了一句："总理！你知道么？"不觉凭棺大恸起来。此时是五月二十二日，是改殓孙中山遗体之期。由孙科陪同北京协和医院的医生施蒂芬，直到灵堂前，将玻璃棺开启，捧出遗体来，抽出五年来注射腹中的药水，又用格司林药擦洗，灌入油质防腐剂。头发用梳理齐，面搽白色膏；先将白绸裹住全身，只留出面部。外穿蓝绸袍、黑马褂，白手套、云履，戴黑色礼帽。面目生动，与常人无异。各人行礼毕，举遗体殓入铜棺。此铜棺系从美国运来，上有两重盖板，在外的是铜盖，在内的是玻璃盖，铜盖须在入葬时最后盖上，此时只加玻璃盖，可以任人瞻谒。至二十五日夜一时，先燃放鞭炮，用二十四人，将铜棺抬出碧云寺，徐徐下山，出山口，即换三十二名杠夫；经山下北新村，至万寿山，又换六十四人大杠，直出西直门。沿途由步兵保护，亲友执绋，以及平民参加的，共在十万人以上。阎锡山特派代表商震，蒋介石亦派代表何成濬指挥军队，护送灵柩上花车。前面有护灵压道车，及铁甲车，最后是灵车，以次开行。空中东北有飞机三架护送，沿津浦路南下。所过各处车站，均有官民致祭；迎送的人，夹道如云，素车白马，满望如雪。车至蚌埠，蒋介石已与舅子宋子文及唐生智、何香凝一班人，在车站迎接。由讨逆军第六路总指挥方振武，在车站指挥。此时伴送灵车南下的，有孙中山生前老友日本人梅屋、山田、菊池，及陈少白一班人。灵车到浦口，由威胜军舰渡江迎接。舰上满乘国民政府高级长官，及党部重要委员。航空部有飞机十架，在下关浦口一带往来飞巡。同时狮子山炮台领导，首先鸣炮；那有停泊江面的中外兵舰，一齐鸣礼炮一百零一声。直至灵柩到达南京城内，盛大的迎榇队伍在迎榇大道上徐徐行去。夹道的平民，竟有二三十万人。由总指挥朱培德率领军队护送，直至中央党部大礼堂开吊。事前由奉安委员会总干事孔祥熙通告，规定五月二十九日，为中央委员、国府委员、党政军警代表公祭之日；三十日，为民众团体代表公祭之日；三十一日，为各国专使及外宾与孙中山亲友家族公祭之日。中央委员及特任官，分班守候灵堂；每三人为一组，每四小时更易一次。从五月二十八日下午四时起：第一组为蒋介石、谭延闿、胡汉民；第二组为刘隐芦、戴季陶、程天放；第三组为李文范、林翔、陈肇英；第四组为陈耀垣、刘纪文、张静江；第五组为林焕庭、古应芬、林云陔；第六组为孔祥熙、王正廷、王伯群；第七组为邵力子、何香凝、杨杏佛；第八组为张道藩、余井塘、郑青阳；第九组为陈果夫、宋子文、叶楚伧；第十组为朱家骅、陈立夫、张静江；第十一组为朱培德、黄实、谷正伦；第十二组为方觉慧、刘文岛、唐生智；第十三组为林森、张继、吴铁城；第十四组为何应钦、王柏龄、缪斌；第十五组为吴稚晖、蒋梦麟、褚民谊；第十六组为蔡元培、王宠惠、魏道明；第十七组为邵元冲、桂崇基、陈绍宽；第十八组为杨树庄、周启刚、丁超五；第十九组为思克巴图、克兴额、郑洪年；第二十组为于右任、丁维汾、曾养甫；第二十一组陈嘉祐、贺耀祖、李石曾。

这二十一组守灵的人员，直守到六月一日上午四时，正是移灵向中山大墓的时候。在半夜里，南京大小街巷，已是扶老携幼，挤得水泄不通。迎榇大道上，车水马龙，万家灯火，宛如长龙。待东方微明，由主祭人胡汉民率领总理家族、中央委员、国府委员、总理亲友，以及各特任官员，行最敬祭礼；全体人员，扶灵柩出大礼堂，分左右肃立，候灵榇上车。一时哀乐齐奏，炮声大鸣。各人员分列执拂，各国专使亦全副装束，执绋步行。宋庆龄与孙科母子在玄色功布内，坐马车随行。沿途送殡的人，分为十列：第一行列，是骑兵与军乐队；第二行列，由朱培德领导步兵，枪口一律向下；第三行列，是海军陆战队；第四行列，是各大学中学学生，由姚琮指挥；第五行列，各行政官员，由谷正伦指导；第六行列，是各级党部人员；第七行列，是各国专使，及党政各委员与总理亲友家族，拥护灵车徐步而行；第八行列，是机关枪队；第九行列，是步兵；第十行列，是执长矛的骑兵。那送殡的各国专使，均穿本国礼服，胸悬勋章，腰佩宝刀，左臂缠黑纱。日本政府要人，如头山满、梅屋、犬养毅等，均步行执绋。灵榇到达墓道口，送葬人员，扶柩下车，换杠上山。送葬人员，分左右沿石级而上，直送入祭堂。由指挥者分总理家族、中央委员、国府委员、各特任官、总理亲故、迎榇专员、葬事委员、各国专使分队肃立，行奉安典礼。奏哀乐，读哀词。又移灵榇进墓门，奏哀乐，全体静默。行礼毕，由纠仪员领导送殡人员，依次进墓门去，绕圹一周，瞻仰遗容。从玻璃盖望进去，只见孙中山遗容，两颊及额部现青黑色，肌肉微陷，略露戚容。瞻仰毕，各就原位肃立，然后将铜棺盖合上。此时正十二点钟，哀乐大奏，炮声齐鸣。孙中山夫人泣不可抑，何香凝亦悲不自胜。礼成，各依原来次序退出。此时中山大道从中山门直达墓山，沿途共有灯彩牌楼十四座，是贵州、绥远、陕西、四川、察哈尔等省政府所献，上写着“遐迩怀思”“浩气长存”等字样。沿路两旁电杆上，均挂着党旗国旗，和花圈一枚；墓前石级两旁，均排列各处送来的花圈数千枚，直达墓门。正中置宋庆龄的大花圈，高可三丈，上缀绫带二条，上款写“中山夫子灵右”，下款写“妻宋庆龄特献”。石级两旁，有旗杆二支，均下半旗；党旗居右，国旗居左，幅面极大。坟墓四周，满挂小旗，及蓝红间隔的纸灯。讲到孙中山坟墓的形势，位于紫金山下的中茅山南坡；冈峦前列，嶂岭后峙。左邻孝卫，右接灵谷,气象十分雄伟。当国民十四年,孙中山逝世时,即由北京葬事筹备会,征求坟墓图案,第一名吕彦直当选。依图案建筑,直至十八年完工。从墓门直达祭堂,共三百三十九石级;石级两旁,又有平坡,可容五千人。最上为大平台,中央建立祭堂,一色用大理石;堂顶系用马赛克镶成青天白日党徽。堂前廊庑,用港石筑成极大方柱四支。堂门亦川港石刻花,筑成三座大弯窿;每一弯窿自东至西,刻有"民族""民生""民权"篆额。堂之四隅,均有小方室。正面双楹间,嵌孙中山亲笔"天地正气"四字直匾一方。东西两壁,分刻总理手书的《建国大纲》。左首,刻蒋介石、胡汉民所写的校训;右面,刻孙中山告诫党员的演说辞。墓门外框,刻着"浩气长存"四字。墓门上刻着"孙中山先生之墓"七字。墓的中央,设花纹大理石的圹;四面又有大理石围栏。圹的中央,开着直长约二公尺十三公分。深广约一公尺六公分的墓穴,工程甚是精美。

在这孙中山奉安大典中,最感觉悲伤的,除宋庆龄以外,当然要算蒋介石了。蒋对于他的总理,不但有知己之感,且是患难之交。孙中山自己常说:广州兵舰中避难的时候,只有蒋介石终日不离左右。所以许多人送殡的时候,眼见蒋介石愁眉泪眼,他心中的哀伤也可想而知了。他不但是悲伤,且因冯玉祥的翻脸,也使他十分忧愁。他想从来军阀的战争,都起于彼此隔膜;如今要消除西北军的误会,非得请冯玉祥南来,彼此面谈不可。因接连打了几通电报,邀清老冯,而老冯终不肯来。幸得此时冯玉祥部下的健将韩复榘,通电服从中央,把军队开在陇海线上,预防冯军南下。蒋介石到此时,便毅然决然动身到北平去,邀集阎锡山、张学良会议大事。阎锡山对于冯玉祥,是有相当的私交;而对于蒋介石,却有应守的公义。此时阎先生夹在中间,往来调停;他因要表示自己的人格起见,便声明与冯玉祥同时下野出洋。冯玉祥也答应愿意出洋去。阎锡山一面收拾行装,结束军事,请女翻译,买船票。诸事停妥,冯玉祥也与他夫人李德全离了洛阳,来至太原,两家眷属,会合在一处。冯玉祥此时,居然也剃光了胡子,穿了崭新的衣服,年纪骤然轻了十年。他二人兴高采烈的正要拔起脚来走,谁知南京政府此时正忙着编缩军队的事体,所有第二、第三集团军编遣的责任,若阎锡山一跑,却没有别人担负得起。因此大家赶来,把这阎锡山拉住,死也不放他走。便是二、三集团的军官,也下愿放他走。阎锡山无可奈何,只得又住下来。一面将冯玉祥安置在晋祠里,待以上宾之理。一方面着手办编遣的事,一方面声明待编遣的事体一完,立刻陪冯玉祥出洋去,以全两人的信义。便是蒋介石和冯玉祥也彼此谅解;蒋介石回南京来,替冯玉祥向政府竭力申说,便将通缉令取消。又任命冯玉祥的亲信人鹿钟麟为军事部长。一天云雾,瓦解冰销。做小百姓的,衣食生死,都寄托在大人物的脚下。大人先生只须将脚尖略略移动,那小百姓和蝼蚁一般,便伤失了千百条性命。这大人先生翻脸的事体,怎么能叫小百姓不刻刻在心!如今竟将大事化为无事,小百姓怎的不要喜心翻倒!谁知笑口方开,那愁眉又结。不知怎的,鹿钟麟在南京当军事部长,不久,两下里又闹翻了。南京政府正要通缉他,这位鹿部长竟改扮了乡下人,带了他的同伴,早已溜出南京,经过上海,从山西回到河南地方去了。从此漫天风雨,骤然四起。一方面第二集团军,由孙良诚、宋哲元、石友三一班人,通电反对中央,尤其反对蒋介石个人。立刻兴师动众,出兵南下,向武胜关、津浦路两方面袭来。蒋介石忍无可忍,先调他的亲信部队刘峙,对付武汉一路;陈调元对付津浦一路。又派何应钦亲送中华民国陆海空军副司令的印信到山西去,请阎锡山就职,出兵对付冯军。一面又将国府主席,及总司令的职衔,分别托人代理,亲自出发到前线去,奋勇厮杀。西北方面大军云集,喊杀连天;那陕甘一带数十百万灾民,弱小的呼救声,早被南方的大炮声掩住,听不到了!

西北方正在烟硝弥漫、血肉横飞的时候,忽见一只巨大轮船,在南海上奔腾澎湃,脱离这中国海岸而去。轮船甲板上,并坐着两位老者,手拿一份上海的《太晤士报》看着。忽见上面中国中央军与西北军开战的新闻,不觉同声长叹道:“他们竟是自相残杀了十八年,还不休息!怎么对得起这辛苦一生的孙中山?”正说到这里,内中一个老者,忽伸手指着舷外海尽头处,说道:“你看那海天交界处一个黑点,这是乌云,还是陆地呢?”第二老者是常在南海上来往的,见问,便答道:“这黑点吗?不是乌云,正是孙中山先生的家乡,翠亨村外的金星港。”那问话的老者听了,不觉微微的叹一口气,说道:“想不到当年一个蓝衣小辫的乡村小儿,如今却做出这惊天动地的事业来!”他正要说下去,那第二个老者又急向他摆手;又悄悄的用手指着站在离他们不远的一个中年中国女子。看这女子,穿着玄色长袍,倚定船舷上的铁栏,正也在望着那海尽头的一点黑影出神,又不停的拿手帕揾着她的珠泪。第一个老者,看了这女子却不认识,悄悄的问:“她是谁?”第二个老者,便凑近第一个老者的耳边去,低低的说了三个字:“宋庆龄。”